rororo

Sandra Lüpkes ist Autorin zahlreicher Romane, Sachbücher, Drehbücher und Erzählungen. Mit «Die Schule am Meer» hat sie einen groß angelegten Gesellschaftsroman geschrieben über ein reformpädagogisches Internat auf Juist. Die ausgiebigen Recherchen zu den historischen Begebenheiten und realen Personen im Umfeld der Schule führten sie ins Tessin, nach Berlin und natürlich auch nach Juist, wo sie aufgewachsen ist und wo sie lange Jahre gelebt hat. Der Roman stand wochenlang auf der Bestsellerliste und begeisterte Presse und Leser.

«Spannend und ausgesprochen gut recherchiert ... Ein interessanter und vielschichtiger Roman.» *NDR Info*

«Perfekter Romanstoff mit Zutaten wie Liebe, Hass, Freundschaft, Verrat ... Eine bewegende Geschichte aus einer bewegten Zeit.» *Emotion*

«Detail- und kenntnisreich ... mit hohem erzählerischem Tempo, fein konturierten Charakteren und geschmeidigen Dialogen.» *Mare*

«Gute Unterhaltungsliteratur ... ausgiebig und akribisch recherchiert.» *Radio Bremen Zwei*

«Ein packendes Stück Zeitgeschichte.» *Freundin*

Sandra Lüpkes

Die Schule am Meer

Roman

Rowohlt Taschenbuch Verlag

6. Auflage Mai 2025

Veröffentlicht im Rowohlt Taschenbuch Verlag,
Rowohlt Verlag GmbH, Kirchenallee 19, 20099 Hamburg, Februar 2022

Redaktion Susann Rehlein

Covergestaltung any.way, Barbara Hanke / Cordula Schmidt
Cover- und Innenabbildungen
Archiv des Küstenmuseums Juist; solarbird / Shutterstock
Satz aus der Adobe Garamond Pro
bei Pinkuin Satz und Datentechnik, Berlin
Druck und Bindung CPI books GmbH, Leck
ISBN 978-3-499-27677-4

Kontaktadresse nach EU-Produktsicherheitsverordnung:
produktsicherheit@rowohlt.de

FSC www.fsc.org MIX Papier | Fördert gute Waldnutzung FSC® C083411

Die Schule am Meer

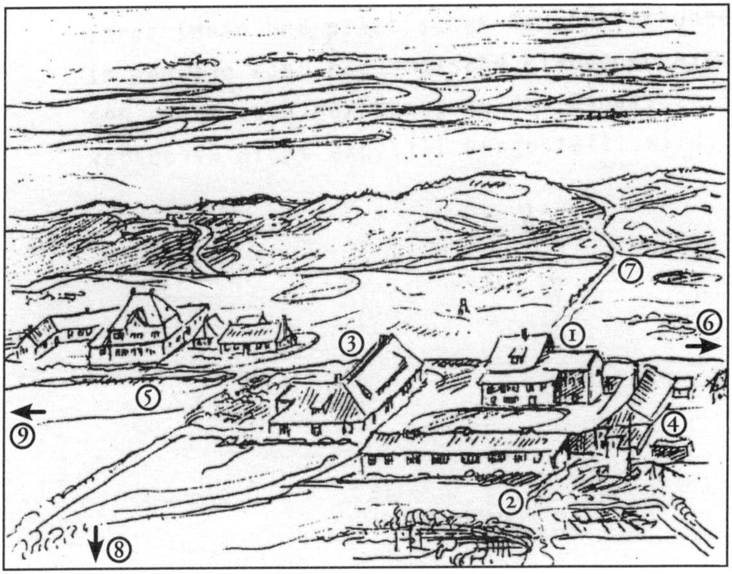

1. Diesseits: Küche und Speisesaal
2. Jenseits: Zimmer
3. Arche: Klassenräume und Zimmer
4. Waschräume, Werkstatt und Hauswirtschaft
5. Doyen-Haus: Klassenräume und Krankenstation
6. Weg zum Inseldorf
7. Trampelpfad zum Strand
8. Weg zum Bootsschuppen
9. Weg zur Hammerbucht/Hammersee

Prolog

Brissago, Tessin, Schweiz 1962

Der erste Hieb ist schmerzhaft. Für mich und wohl auch für den Feigenbaum, der seit Jahren keine Früchte mehr trägt, die Wurzeln kraftlos, der Stamm hohl, die Äste morsch und brüchig. Heute Morgen habe ich meinen kleinen Schreibtisch, der all die Jahre im Schatten des Baumes stand, schweren Herzens von dort weggetragen, dichter ans Haus, das den Hang hinauf liegt. Ohne den Baum wird dies nicht mehr derselbe Ort sein, an dem sich vor vielen Jahren mein Leben entschied, dafür bietet sich beim Schreiben eine bessere Aussicht auf den prächtigen See. Eine ganze Weile habe ich noch da gesessen und das Wasser beobachtet. Dann bin ich aufgestanden und habe die Axt aus dem Schuppen geholt. Mich breitbeinig hingestellt. Die Augen geschlossen. Ausgeholt und blind zugeschlagen.

Die Borke splittert, das Holz darunter leistet keinerlei Widerstand, die Klinge gleitet hinein. Erst jetzt schaue ich hin, um die Kerbe zu treffen, ein Dutzend Mal. Das Fallen geschieht langsam und ächzend, doch ohne Vorwurf. Insekten schwirren auf und ein Vogelpaar, das zu schnell davonflattert, als dass ich erkennen könnte, um welche Art es sich handelt. Gesungen haben sie nie da oben im Baum.

Später werde ich den Klotz holen, um auf ihm den Stamm, die Äste und Zweige zu hellen, feinfaserigen Feuerscheiten zu zerteilen. Die trage ich dann in den Keller, lagere sie in der trockenen Ecke ganz hinten an der Rückwand, bis es Winter wird im Tessin.

Vorher muss ich kochen. Der Mangold wächst wie Unkraut, hübsch sieht er aus mit seinen roten und gelben und violetten Stängeln. Dazu gibt es geröstete Baumnüsse, Knoblauch und frische Pasta. Eine Flasche Wein werde ich öffnen zur Feier des Tages, denn ich habe Besuch.

Früher habe ich mitten unter Menschen gelebt, habe viele Freunde gehabt. Aber die sind gestorben oder nicht mehr meine Freunde oder in alle Welt zerstreut. Zuweilen kommen noch Briefe, und manchmal besucht mich – so wie heute – einer von weit her. Die Kinder leben in der Stadt, ich fahre oft zu ihnen, erzähle meinen Enkeln Geschichten und erfreue mich daran, dass sie auch kein bisschen braver sind, als ihre Eltern es waren.

Ich habe in vielen Ländern gelebt, an vielen Orten: in großen Städten, mitten im Wald und sogar auf einer kleinen Insel im Meer. Ich habe in einem Palast mit vielen Sälen und Zimmern gewohnt und in Baracken, in denen es bei Regen durch das Dach tropfte.

Nun nenne ich das kleine Steinhaus am See mein Zuhause. Tagelang sehe ich niemanden – nur wenn ich das Fernglas zur Hand nehme, erkenne ich die Bootsführer weit draußen, die ihre Segelschiffe und Ausflugsdampfer von einem Ufer zum anderen steuern. Ich weiß die Einsamkeit zu schätzen. Sie birgt keine Gefahr. Genauso wenig wie der Lago Maggiore zu meinen Füßen: keine Welle, keine Strömung, kein Panzer aus Eis.

Im Haus ertönt Musik. Bach. Das Wohltemperierte Klavier. *Sprudelnde Klänge, schwarzweiße Kaskaden in C-Dur, tropfender Bass und fließende Höhen. Mein Gast hat sich an den Flügel gesetzt und mich mit nur wenigen Takten zurück an die Nordsee gespült. Ich werde hineingehen und ihn bitten, etwas anderes zu spielen.*

TEIL I

Wir wollen uns unsere eigene Welt schaffen.

Martin Luserke,
1. Logbuch der Schule am Meer

Sexta

Juli 1925

Ein heftiger Ruck durchfuhr das Schiff, als es gegen die Dalben des Anlegers stieß. Anni hörte die Holzpfähle stöhnen. Durch die salzverkrusteten Bullaugen des Salons waren Matrosen zu erkennen, die raue Seile um die Poller legten, sie festzurrten und den Steg an Bord schoben. Das schmale Brett, über das die Passagiere gleich balancieren mussten, war immerhin mit einem Geländer versehen, doch mit hochhackigen Schuhen war es kaum zu bewältigen, denn es regnete und windete ohne Unterlass, der Steg war glatt und schwankte.

Anni trug flache Schnürer mit rutschfester Sohle und eine Hose. Das war wenig elegant und hatte ihr schon missbilligende Blicke der Mitreisenden eingebracht, burschikose Frauen waren im mondänen Nordseebad vermutlich eine Seltenheit. Dafür würde sie garantiert gleich auf dem nassen Steg eine bessere Figur machen als beispielsweise die junge Frau da vorn mit ihren sandelholzfarbenen Stöckelschuhen (deren Absätze vermutlich in den Spalten zwischen den Brettern stecken bleiben würden), einem sandelholzfarbenen Plisseerock (unter den der Wind mit Vorliebe griff) und einem ebenso sandelholzfarbenen Hut (der gewiss schon bei der ersten Böe abhob).

«Renate? Aufwachen.» Anni strich ihrer ältesten Tochter über den Arm. Die Reise war anstrengend gewesen. Gestern Vormittag waren sie in Frankfurt gestartet, am Nachmittag hatten sie in Köln umsteigen müssen, außerdem lag eine wenig bequeme

Nacht im kleinen Gasthaus Neptun in Norddeich hinter ihnen. Weil in der Hochsaison die Zimmer knapp waren, hatten Anni, ihre Mutter und die beiden großen Mädchen sich zu viert ein Doppelbett teilen müssen, der kleinen Ruth war von der Neptun-Wirtin netterweise ein Kinderbettchen zur Verfügung gestellt worden. Geschlafen hatten sie alle kaum, weil es laut gewesen war in der Pension, in deren Erdgeschoss sich ein gutbesuchtes Restaurant befand. Dazu die Aufregung, weil früh am nächsten Morgen das Schiff zu der Insel fuhr, auf der sie fortan leben würden. Die Mädchen hatten Anni mit Fragen gelöchert: Wie groß wird unser Kinderzimmer sein? Gibt es auf Juist Tiere? Und wie oft gehen eigentlich Schiffe unter? Auch Annis Mutter, die sie auf der Reise begleitete und tatkräftig unterstützte, war neugierig, ihr ging es allerdings eher um die finanzielle Situation ihrer Tochter. Schon in Wickersdorf hatten Paul und Anni ein kleines Vermögen in den Sand gesetzt, auf Juist durfte das nicht noch einmal passieren. «Bei aller Liebe zur Pädagogik», hatte Annis Mutter gesagt, «es wäre keine Schande, wenn etwas Geld dabei herumkäme.» Darüber hatten sie erst gestern wieder gestritten, leise flüsternd auf dem Flur der Pension, damit die Mädchen nichts mitbekamen: «Es ist unser Traum, Mutter! Und ich brauche den ganzen Luxus nicht, keine Villa in der Stadt, keine Sommerresidenz auf dem Land. Wenn Paul, ich und die anderen nur unser großes Ziel erlangen, werden wir reicher beschenkt sein als durch Vaters Vermögen!»

«Du weißt, dass ich euch unterstütze», hatte die Mutter erwidert. «Auch ideell. Dass ich euch sogar bewundere für euren Mut, eine eigene Schule zu gründen. Aber ich habe auch Angst, dass du dich selbst ausbeutest. Ich vermute, Vater hat seinen Hilfsarbeitern mehr gezahlt als das, was für Paul und dich bestenfalls übrig bleibt.»

Die Argumente waren hin und her gegangen. Und am Ende hatte Philippine Hochschild ihrer Tochter einen größeren Scheck zugesteckt mit der Anweisung, den Mädchen dafür etwas Hübsches zum Anziehen zu kaufen, sobald sich die Gelegenheit böte. Anni hatte es ihrer Mutter versprechen müssen – und im selben Moment ausgerechnet, dass, wenn sie die Kleider selbst schneiderte, am Ende vielleicht etwas übrig blieb, wovon sie Tafelkreide, Schwamm und Zeigestock bezahlen könnte.

Irgendwann war Renate auf den Flur gekommen, weil sie Mutter und Großmutter im Bett vermisst und das inzwischen nicht mehr so leise Gespräch belauscht hatte. Annis Älteste bekam viel mit von dem, was den Eltern Sorgen bereitete. Entsprechend übermüdet wirkte sie heute, war halb dösend an Bord geschlichen, hatte keine heiße Schokolade gewollt und verschlief die gesamte Schiffsreise, auf die sie sich eigentlich so gefreut hatte.

Es tat Anni in der Seele weh, Renate wecken zu müssen. «Wir sind da, Natischatz. Kannst du bitte Ruth mit der Jacke helfen?»

«Warum immer ich?», jammerte Renate und richtete sich bleich und mit zerzaustem Haar auf.

Da wegen des schlechten Wetters kaum ein Mensch freiwillig an Deck ging, war die Luft im Salon schnell verbraucht und vom Qualm zahlreicher Zigaretten geschwängert gewesen. Zudem war es laut, weil alle durcheinanderredeten und einige Gäste den Urlaub mit Bier oder Sekt einläuteten, was für aufgekratzte Stimmung sorgte. Renate hatte dennoch beneidenswert tief und fest geschlafen.

«Na komm!» Anni half ihrer Tochter in die Senkrechte und gab ihr einen Kuss auf die warme Wange.

«Und warum muss Eva sich nie um Ruth kümmern?»

«Sie ist erst sechs. Außerdem ist ihr schlecht.» Tatsächlich war Eva nach wie vor ganz grün im Gesicht. Das sensible Kind hatte einen launischen Magen, und im Seegatt zwischen Juist und Norderney schaukelte es bei Windstärke fünf ganz ordentlich. Bei der Sekt-und-Bier-Fraktion hatte das für Heiterkeit gesorgt, bei Eva für Brechreiz. Eine halbe Ewigkeit mussten sie die Bordtoilette okkupieren, und zwischen den Würgeattacken hatte die kleine Eva traurig gefragt, warum denn das Meer so böse sei, so wild und überhaupt nicht blau.

Sie hatte nicht unrecht. Sie alle kannten nur den sommerlich glitzernden Lago Maggiore, an dem die Kinder gemeinsam mit der Großmutter wunderbare Ferientage verlebt hatten, in einem schneeweißen Hotel mit federweichen Betten, türkisfarbenem Schwimmbecken und einem Pagen, der ihnen Limonade servierte. Die Nordsee zeigte sich hingegen grau wie Beton, und wenn die Wellen gegen das Schiff schlugen, schien sie auch genauso hart und unnachgiebig zu sein.

«Nun aber aufstehen, Kinder. Großmutter ist längst draußen an Deck und kümmert sich um das Gepäck. Wir wollen doch zu unserer neuen Schule.»

Vier Koffer hatten sie dabei, in denen gerade das Allernötigste steckte: Sommerkleider, Wäsche, Spielsachen, dann noch ein paar Jacken, Socken und Mützen, schließlich war es an der Nordsee stets ein paar Grad kälter. Dafür, dass dies ein kompletter Umzug war, fiel das Gepäck spartanisch aus.

Paul war schon seit März auf Juist; er hatte dafür gesorgt, dass die Möbel in Wickersdorf abgeholt und zur Insel gebracht worden waren: der heißgeliebte Samowar, der alte Kirschbaumsekretär, die Truhe von Onkel Salomon, das schlichte Bücherregal, das Paul im Werkunterricht mit den Wickersdorfer Schülern gezimmert hatte, sogar Annis Cello. Alles habe inzwischen seinen Platz gefunden, und es sehe recht hübsch aus, hatte er am Telefon versichert, doch Anni blieb skeptisch. Ihr liebster Paul las Bücher, schrieb Briefe, beschäftigte sich mit der Zeitung und diskutierte gern bis in die späten Abendstunden über Politik. Aber ihr liebster Paul hatte kein Auge für Hübsches. Sonst hätte er sich eine andere Frau ausgesucht. So eine wie die Sandelholzfarbene da hinten. Blond und blauäugig. Und vielleicht auch dünn und dümmlich wie die Zeitung, die Anni gestern während der Fahrt gelesen hatte, weil ein Exemplar im Zug liegen geblieben war. Der Aufmacher auf dem Titelblatt der *Rheinisch-Westfälischen* hatte Anni neugierig gemacht: *Erziehung muss sich auf Weltanschauung gründen, die nur dem rein arischen Blute gegeben ist.* Wären die Behauptungen des Bunds völkischer Lehrer, der sich inzwischen in nahezu allen deutschen Großstädten gegründet hatte, nicht so lächerlich, Anni würde sich glatt fürchten. Mit Genuss hatte sie das Blatt dazu benutzt, das Dutzend geräucherter Aale darin einzurollen, das sie nach ihrer Ankunft am Hafen gekauft hatte.

Die Sandelholz-Frau sah zu ihr her, musterte erst Anni von oben bis unten, danach die Kinder. Ruth quengelte, als Renate, deren Zöpfe sich nun ganz aufgelöst hatten, ihr ins Jäckchen half. Eva verkündete lautstark, ihr sei schon wieder schlecht. Die Frau zog eine ihrer gezupften Augenbrauen nach oben.

Hektisch schob Anni ihrer Tochter den Wollpullover über den Kopf. «Keine Sorge, dein Bauch ist leer, da kommt bestimmt nichts mehr raus. Außerdem haben wir es gleich geschafft.» Anni zeigte aus dem kreisrunden Fenster. «Schau, da gehen schon die Ersten von Bord. Wir müssen nur noch in das Züglein steigen …»

«Ich will nicht schon wieder Zug fahren!», beschwerte sich Renate und stampfte mit dem Fuß auf.

«Es ist ein ganz besonderer Zug. Eine Inselbahn. Sie fährt über das Wasser, weil das Schiff im flachen Watt nicht nahe genug ans Ufer gelangt. Also tuckern wir den Rest der Strecke über einen hölzernen Damm bis zum Bahnhof. Dort wartet euer Vater, der freut sich riesig, seine Mädchen endlich wieder in die Arme zu schließen.» Und mich, fügte Anni in Gedanken hinzu. So lange waren sie noch nie voneinander getrennt gewesen, abgesehen vom Krieg, aber das war eine andere Geschichte.

Nun würde endlich alles gut werden, nach allem, was sie in Wickersdorf durchgemacht hatten. Der schreckliche Streit mit der Schulleitung. Die Angst in den Augen der Schüler, denen niemand Glauben schenken mochte. Die Kündigung derer, die es dennoch taten. Vier engagierte Lehrerehepaare standen plötzlich auf der Straße. Dass sie sich so bald schon auf einer Insel in der Nordsee wiedersehen würden, um einen gemeinsamen Neustart zu wagen, war ein großes Glück.

Anni nahm die strampelnde Ruth auf den Arm, Eva und Renate fassten sich widerwillig bei den Händen, dann kämpften sie sich trotz schwankenden Untergrunds mit der Menschenmenge nach oben an Deck.

Die Schlange vor dem Ausstieg war lang. Da immer nur ein einzelner Passagier den Steg betreten durfte, ging es schleppend voran, und die ersten Leute fingen zu meckern an; es waren dieselben, die sich vorhin zugeprostet und die gute Laune zu Urlaubsbeginn beschworen hatten.

Glücklicherweise regnete es gerade nicht, so blieben sie wenigstens trocken.

«Ich kann gar nichts sehen», klagte Renate, die zwischen den Leuten hin und her geschoben wurde und nur auf warm verhüllte Hinterteile blickte.

«Soll ich dich hochheben?», fragte ein großgewachsener

Mann, der sich schon während der Überfahrt als kinderlieb erwiesen und der spuckenden Eva sein sauberes Taschentuch gereicht hatte.

Renate nickte, und der nette Herr hob sie für einen Moment hoch über seine Schultern. «Schau, da hinten, die Hügel! Das sind die Dünen von Juist.»

«Aber da sind ja gar keine Palmen», sagte Renate und brachte den Herrn und Anni zum Lachen.

«Nein, Palmen gibt es dort nicht. Auch keine Kokosnüsse.»

«Und Seeräuber?»

«Wenn, dann nur welche ohne Augenklappe und Holzbein.» Er ließ Renate wieder runter und zwinkerte Anni zu. «Ich will Ihrer Tochter keine Angst einjagen, aber zu behaupten, es gäbe auf Juist keine Piraten, wäre geschwindelt. Die Insulaner weisen schon eine gewisse Ähnlichkeit mit Freibeutern auf.»

Anni musste grinsen. «Sie scheinen ja bestens Bescheid zu wissen.»

Er zog seinen Hut. «Gestatten, Doktor Hensell. Meine Familie und ich leben seit drei Jahren auf Juist, und als Inselarzt darf ich wohl behaupten, die Eingeborenen in- und auswendig zu kennen. Glauben Sie mir, die nehmen, was sie kriegen können. Allein die Zimmerpreise in der Hochsaison sind Beweis genug, dass in den Juister Adern Piratenblut fließt.»

«Ich hörte davon.» Anni musste an die Verhandlungen beim Kauf des Schul-Anwesens denken, die tatsächlich ausgesprochen zäh verlaufen waren. Und obwohl Paul ein talentierter Geschäftemacher war, hatten sie stolze 18 000 Mark für das Tusculum bezahlt, ein altes Gasthaus auf einem heruntergekommenen Stück Brachland, nebst Baracke und löchrigem Stall. Zuzüglich 6000 Mark Ablöse, damit der trunksüchtige Pächter halbwegs schnell aus der vermüllten Bude auszog. Um die Summe war etliche Wochen vor Gericht gestritten worden. Zum Glück hatte es aus Annis Familienvermögen eine Ausschüttung gegeben, gerade noch rechtzeitig, um für die Begleichung der Gerichtskosten keinen neuen Kredit aufnehmen zu müssen. Ein trauriges Anfangskapitel für ihre neue Schule, das aber nach Pauls Aussage inzwischen endgültig abgeschlossen war.

«Juist, das Piratennest.» Anni seufzte. «Na, dann können wir uns die nächsten Jahre ja auf etwas gefasst machen.»

Doktor Hensell schien erfreut. «Hab ich mir doch gleich gedacht, dass Sie keine Touristin sind.»

Sie reichte ihm die Hand. «Anni Reiner. Ich bin Lehrerin für Deutschkunde und Naturwissenschaften. Mein Mann ist Geschäftsführer an der neu gegründeten Schule am Meer.»

«Ach, der Dr. Reiner, wie schön! Wir sind uns vorgestern bei einem naturkundlichen Vortrag im Kurhaus begegnet. Ein angenehmer, gebildeter Mann.» Er raunte ihr zu: «Leute seines Kalibers kann man auf der Insel an einer Hand abzählen. Aber wir hoffen doch sehr, dass sich das mit der Einrichtung Ihrer Schule ändern wird. Theater, Bildende Kunst, Musik ...»

«Musik leider noch nicht», unterbrach Anni. «Uns fehlt bislang die geeignete Lehrkraft.»

Der Inselarzt tippte sich an den Hut. «Auf jeden Fall werden wir uns öfter über den Weg laufen. Besonders groß ist die Insel nicht.»

«Das würde mich freuen.» Und obwohl Paul bereits mehrfach versichert hatte, dass die Insulaner durchaus in der Lage waren, Hochdeutsch zu sprechen und gute Manieren zu beweisen, war Anni erleichtert über diese erste freundliche Begegnung.

Die Leute schoben inzwischen von allen Seiten, wie beruhigend, dass dieser stattliche Inselarzt wie ein Bollwerk bei ihr und den Mädchen stand.

«Ach, da seid ihr ja!» Annis Mutter bahnte sich ihren Weg durch die Menge. Philippine Hochschild war das personifizierte Selbstbewusstsein, und zwar ganz ohne Modefarbe, Stöckelschuhe und albernen Hut. Ein mehr als sechzig Jahre währendes Leben auf dem blankpolierten Parkett der Frankfurter Gesellschaft prägte die Haltung. Ob Wohltätigkeitsbasar, Vorstandsbankett oder Klavierkonzert im Saalbau, die Witwe des Mitbegründers der Metallwerke hatte einen geraden Rücken. Selbst nach vierundzwanzig Stunden Reise und einer unruhigen Nacht bewegte sich Annis Mutter, als müsse man ihr beim Ausstieg selbstverständlich den Vortritt lassen. «Ich habe alles geregelt. Man bringt die Koffer direkt in mein Hotel. Ihr begleitet mich doch erst noch?» Sie nahm Eva an die linke und Renate an die rechte Hand und betrat den Steg, der unter ihren entschiedenen Schritten das Wanken einzustellen schien.

Anni folgte und griff nach dem Geländer. «Halt dich gut an mir fest, Ruth. Jetzt geht es los!»

Das Umsteigen in die Inselbahn verlief ohne Probleme, und eine Viertelstunde später kroch der kleine Zug auf einer Pfahlbrücke in Richtung Insel. Hier war es nicht ganz so eng. Anni hatte sogar eine Bank für sich, während die Mädchen zu dritt die Großmutter belagerten und sich an den Scheiben die Nasen platt drückten. Wenn man aus den Fenstern sah, glaubte man, über Wasser zu fahren, die Wellen klatschten gegen die Schienen und spritzten bis zu ihnen herauf. Die Mädchen fanden das lustig und kicherten die ganze Fahrt hindurch, und weder Anni noch Philippine Hochschild ermahnten sie deswegen. Die ausgelassene Vorfreude der drei war eine Wohltat.

Beim Abschied in Wickersdorf waren viele Tränen geflossen. Gerade die beiden Großen hatten von einem Tag auf den anderen ihre Freunde, die gewohnte Umgebung mit all ihren

Hunden und Katzen und Geheimverstecken verlassen müssen. Zwar waren die Monate danach, in denen sie sich in Frankfurt von der Großmutter hatten trösten und verwöhnen lassen, eine willkommene Ruhepause gewesen, doch nun war es höchste Zeit, dass sie als Familie neu zusammenfanden.

Manchmal ertappte Anni sich bei der Sorge, ihren Kindern zu viel zuzumuten. Einen geregelten Alltag, wie Gleichaltrige ihn genossen, etwas Privatsphäre und Wohlstand – all das wurde Renate, Eva und Ruth vorenthalten. Doch das, was Paul und Anni ihnen ermöglichten, war ungleich größer, oder nicht? Sie durften aufwachsen in einer Gemeinschaft, in der jedem Menschen, gleich welchem Elternhaus er entstammte, gleich ob Junge oder Mädchen, ob begabt oder förderbedürftig – in der jedem ermöglicht wurde, die Welt um sich herum mit allen Sinnen zu erkunden. Nah an der Natur, an der Kunst, an der Musik. Um dann, auf dem Weg ins Erwachsenenalter, sich selbst und die eigene Rolle in dieser Gemeinschaft zu entdecken. Ganz ähnlich, in etwas eleganteren Sätzen natürlich, hatten sie es als Präambel im Schulkonzept formuliert. Eine solche Freiheit hätte Anni den Mädchen kaum bieten können, wenn sie im Schoße der Familie Hochschild geblieben wären.

Die Insel, der sie sich Meter um Meter näherten, wirkte karger und kleiner, als Paul sie geschildert hatte. Ein paar Häuser kauerten im Inseldorf, ein Kirchturm erhob sich über die roten Dächer, und auf der höchsten Düne stand ein weißer Prachtbau, wahrscheinlich das Kurhaus. Dort, im nobelsten Hotel der Insel, hatte ihre Mutter leider kein Zimmer mehr ergattert. Dafür im Hotel Gerken, das sich in der Nähe des Hauptbadestrandes befand und das auf dem Werbeprospekt, den Paul ihnen nach Frankfurt geschickt hatte, mit seiner lichtdurchfluteten Frühstücksveranda und dem Tanzcafé Promenade warb. Gern hätte Anni ihre Mutter mit in der Schule wohnen lassen, Platz genug war dort, da sich die meisten Kinder derzeit in den Sommerferien befanden. Doch Paul hatte abgeraten, die Räumlichkeiten seien für eine Industriellenwitwe kaum standesgemäß, schon die Lehrer und Schüler mussten sich in Bescheidenheit üben, solange Wassertoiletten und Elektrizität nicht einwandfrei funktionierten. Aber Philippine könne mit der Kutsche täglich zu ihnen kommen, an den Mahlzeiten und gegebenenfalls auch an den Freizeitbeschäftigungen teilnehmen. Also würden sie Annis Mutter erst zum Hotel Gerken bringen und sich dann auf den Weg zur Schule machen, die eine halbe Stunde Fußmarsch entfernt im Westen lag.

Die Bahn folgte einer Kurve, die Schienen lagen jetzt auf festem Boden. Kurz vor dem kleinen Deich, der das Inseldorf vor Sturmfluten schützte, erblickte Anni den ersten Menschen: einen einsamen Mann, der seinen Dackel auf der Wattwiese Gassi führte. Ihre Blicke trafen sich im Vorbeifahren, der Mann nickte kurz. Nur wenige Meter weiter wurde es belebter, fröhliche Urlauber winkten ihnen zu – einige von ihnen mit schneeweißen Bettlaken, die sich im Wind verhedderten, weil der Stoff regenfeucht und unhandlich war, was im Zug für Gelächter sorgte. Das Ganze schien irgendein Ritual zu sein. Die Lokomotive verkündete pfeifend ihre baldige Ankunft.

Sehr liebenswert fand Anni das Ganze bis jetzt und lehnte sich das erste Mal seit ihrer Abfahrt in Frankfurt entspannt zurück. Es würde eine gute Zeit werden, sagte sie sich. Paul und sie wussten, was sie taten. Außerdem hatten sie sich mit Freunden und vertrauten Kollegen zusammengetan, was sollte da schiefgehen? Die Katastrophe lag doch bereits hinter ihnen. Sogar einige Schüler aus Wickersdorf waren mitgezogen, das stimmte optimistisch. Anni schloss die Augen. Ja, Wickersdorf gehörte endgültig der Vergangenheit an, die Auseinandersetzungen waren größtenteils ad acta gelegt, und zu kündigen hatte sich als die richtige Entscheidung erwiesen. Hier auf Juist konnten sie eine neue Welt erschaffen. Konnten ihre gemeinsame Vision von einer Schule ohne Angst verwirklichen. Wer, wenn nicht sie? Eine Truppe, die auf den ersten Blick wie bunt zusammengewürfelt wirkte: Lu, der Leitwolf, daneben der feinsinnige Mister, und Aeschli mit seiner humorvollen Art. Selbst Paul, der sich immer noch als Anarchisten bezeichnete, obwohl die Revolution schon sechs Jahre zurücklag, eckte zwischen diesen so unterschiedlichen Männern kaum an. Nicht zu vergessen die Frauen, die für das Gemeinschaftsgefüge, die Krankenstation, den Englisch- und den Elementarunterricht zuständig waren. Anni plante außerdem, zwischen den Baracken einen kleinen Garten anzulegen. Mit Kartoffeln und Bohnen, Kohl und ein paar Obstbäumen, damit man auch in harten Zeiten immer eine gut gefüllte Speisekammer hätte. Es gab so viel zu tun …

Und dann war sie tatsächlich für einen Moment eingenickt und hatte die Einfahrt in den Bahnhof verschlafen. Dieses Mal war es umgekehrt, und Renate musste ihre Mutter ins Hier und Jetzt zurückholen. Sie tat es, indem sie Annis Gesicht mit feucht-klebrigen Küsschen bedeckte und begeistert kreischte: «Der Papa steht da! Der Papa steht da!»

Außer Anni hatten sich alle bereits von den Plätzen erhoben und griffen nach ihrem Gepäck, die Türen wurden aufgeschoben, und frische Nordseeluft strömte in den Waggon. Anni schaute hinaus. Der Inselbahnhof bestand aus einem schmucklosen hölzernen Betriebsgebäude mit einer großen Uhr und einem Bahnsteig, auf dem dicht gedrängt die Menschen standen und gespannt Ausschau nach ihren Angehörigen hielten.

Einer von ihnen war Paul. Ihr Paul! Der schönste Mann der Welt zweifelsohne, denn nie hatte Anni in strahlendere Augen geschaut, nie war sie einer so unwiderstehlichen Mischung aus Charme und Klugheit begegnet. Das hatte Anni sofort begriffen, als sie vor fast zehn Jahren ihre Schwester in Heidelberg besucht hatte und dem Assistenten von deren Soziologieprofessor begegnet war: Paul! Seinetwegen hatte sie sich nur wenig später ebenfalls dort eingeschrieben, für Naturwissenschaften und Germanistik. Paul war der erste Mann, der in Anni mehr sah als bloß die gutbetuchte Tochter eines jüdischen Geschäftsmannes, die zur Universität geschickt wurde, um einen adäquaten Heiratskandidaten zu finden. Zu Beginn hatte Anni sich in seiner Gegenwart beinahe geschämt. Ein Linker, der politische Schriften las und seine Dissertation über das trigonale Kristallsystem verfasst hatte, was konnte der schon mit einer höheren Tochter anfangen? Um sich ihm gegenüber als aufgeklärt und bodenständig zu präsentieren, hatte Anni bei ihrem ersten Rendezvous Spiegeleier gebraten. Zwar war ihr erster und bislang letzter Einsatz am Herd ein Reinfall gewesen, doch Paul hatte diskret die Eierschalen aus dem Essen gepflückt und sich an diesem Abend in Anni verliebt. Paul suchte ohnehin keine Frau, die ihn bekochte. Oder seine gute Hose bügelte, denn die legte er einfach am Abend unter die Matratze und zog sie am nächsten Morgen plattgelegen wieder an. Statt tanzen zu gehen oder in ein Weinlokal, waren Anni und Paul sich durch endlose Gespräche nähergekommen, deren sie bis heute nie überdrüssig wurden. Gemeinsam waren sie einmal zum Kreis um Stefan George gepilgert, hatten sich jedoch bald verabschiedet, nachdem ihnen dort die an Heiligenverehrung grenzende Bewunderung für den Lyriker falsch erschienen war. Am Ende des Studiums heiratete Anni dann tatsächlich – aber keinen Mann mit großer Zukunft, sondern Paul, einen Pädagogen, der kein Geld in der Tasche hatte, dafür aber den Kopf voller Überzeugungen, die auch zu den ihren geworden waren.

Die Mädchen waren Paul längst um den Hals gefallen, als Anni endlich den Bahnsteig betrat. Selbst die kleine Ruth hatte bereits an der Hand ihrer Großmutter den sicheren Weg zum Papa gefunden und hing nun an seinen Hosenbeinen.

«Wie lange hab ich auf meine Mädchen gewartet!» Paul strahlte Anni entgegen. «Vor allem auf dich, meine Liebste!»

Es gab keine Chance auf einen Kuss, dazu ging es auf dem Bahnsteig zu hektisch zu.

«Darf ich euch unsere neue Heimat vorstellen?» Paul bot Anni und seiner Schwiegermutter galant den Arm. «Heute leider ohne die obligatorische Scheinwerfer-Sonne, und den Wind hatte ich eigentlich auch abbestellt. Aber ihr werdet es trotzdem lieben!»

Die Mädchen hüpften vergnügt um sie herum. Renate hatte Ruth huckepack genommen. Von schlechter Laune und Übelkeit keine Spur mehr, jetzt ging das Abenteuer los. Anni lehnte den Kopf an Pauls Schulter und atmete tief durch.

«Und hier wird wirklich noch immer alles mit Kutschen transportiert?», erkundigte sich Philippine Hochschild.

Paul nickte. «Und mit Fahrrädern. Die Insulaner hängen kleine Karren dahinter, da bekommt man schon einiges von A nach B.»

«Wie idyllisch.»

«Na ja, beim Aufbau des Stalls hätten wir auch ganz gern mal einen Traktor für die Holzbalken benutzt. Stattdessen mussten wir alles schleppen. Schaut euch meine Oberarme an.» Paul hielt ihnen scherzhaft den Oberarm zum Fühlen hin, und Anni musterte ihren Liebsten von der Seite, tatsächlich war er muskulöser geworden. Es stand ihm gut, genau wie das gebräunte Gesicht.

Vor dem Bahnhofsgebäude breitete sich ein Platz aus, so öde und windig, dass man sich kaum willkommen fühlte. Sandverwehungen und Strandhafer erstickten die mickrigen Gewächse der dort über die gesamte Brachfläche verteilt halbherzig angelegten Nutzgärten, und der Schwengel der Wasserpumpe hing verrostet herab. Schweine suhlten sich in einer schlammigen Senke. Und wer war bloß auf die Idee gekommen, diese wackeligen Sitzbänke vor dem Bahnhofsgebäude aufzustellen? Da musste man beim Rasten ja fürchten, in den Staub zu fallen.

Annis skeptischer Blick blieb nicht unbemerkt.

«Rate mal, nach wem sie diesen Platz benannt haben», sagte Paul augenzwinkernd. «Nach unserem in der Versenkung verschwundenen Kaiser Wilhelm!»

«Falls den Platz mal jemand auf Vordermann bringt, muss man ihn glatt umbenennen», lachte Philippine Hochschild.

«Tatsächlich plant die Kurverwaltung ein neues Gesamtkonzept.» Paul strahlte. «Wäre doch großartig, wenn wir uns als Schule in den gestalterischen Prozess einbringen könnten.»

«Oh ja, das wäre es wirklich!»

«Unser schulinterner Wettbewerb für die neuen Lampen im Speisesaal war jedenfalls schon mal ein voller Erfolg. Mehr als die Hälfte der Schüler hat sich beteiligt. Gewonnen hat übrigens der Entwurf von Gregor.»

«Da trifft es aber genau den Richtigen!» Gregor Bernhard war einer der Schüler, die ihnen aus Wickersdorf gefolgt waren. Ein stiller, musisch begabter Junge, uneheliches Kind einer Sängerin und eines zahlungskräftigen Bankiers. Und leider einer von denen, die Wynekens Besuche über sich hatten ergehen lassen müssen – der Schulleiter, der seine Verfehlungen damit schönredete, dass derartige Beziehungen zwischen Lehrer und Schüler völlig natürlich und von pädagogischem Wert seien. Wenn Anni nur daran dachte, summte Schmerz in ihren Schläfen.

«Zur Feier des Tages, weil ihr nun endlich, endlich da seid, werden die Lampen heute zum ersten Mal angestellt. Fräulein Kea wird Schollen braten, die wir bei unserer gestrigen Segeltour gefangen haben. Frischer geht's nicht.»

«Und als Vorspeise können wir die Aale essen, die ich in Norddeich erstanden habe», schlug Anni vor. Sie freute sich, mit allen gemeinsam am Tisch zu sitzen, zu essen, zu trinken, zu reden und zu lachen. Sie war gespannt auf die Hauswirtschafterin, die neuen Schüler, das Haus. Auf einfach alles.

«Wie gut, dass ich passend dazu drei Flaschen Riesling aus der Heimat mitgebracht habe», sagte Annis Mutter. «Die kannst du mitnehmen und bis heute Abend kaltstellen, Paul. Ihr habt doch einen Keller?»

«So etwas Ähnliches. In den Dünen hinter der Baracke dient ein alter Bunker als Vorratsraum. Dort wird es nie über zehn Grad warm.»

«Perfekt.» Nun, das war es sicher nicht, doch Anni wusste: Philippine Hochschild war zwar vornehm, aber nicht etepetete. Obwohl sie in einer prächtigen Villa lebte, mit Marmorboden und kristallenen Leuchtern. Annis Mutter hatte auch in Frankfurt stets mit beiden Beinen auf dem Boden gestanden und oftmals lieber mit der Köchin geplaudert, als sich mit ihresgleichen zu langweilen. Entsprechend stellte es für sie auch kein Problem dar, auf diese Insel zu fahren statt wie sonst an den Lago Maggiore. Hauptsache, sie hatte ihre Enkeltöchter in der Nähe und durfte sich auf ein gepflegtes Mahl in netter Gesellschaft freuen.

Sie gingen die Straße entlang, die nur teilweise gepflastert war und leicht bergan bis zum Hauptbadestrand führte. Am Himmel flatterten bunte Lenkdrachen, und für einen kurzen Moment lugte sogar die Sonne zwischen den dicken Wolkenbergen hervor.

An den Anschlagtafeln neben dem Rathaus fanden sich die Badezeiten, der Wetterbericht sowie Ankündigungen einiger Vorträge und Orgelkonzerte. Ein auffälliges Plakat rief dazu auf, am Nachmittag an der großen Strandtreppen-Aktion teilzunehmen: *Endlich wieder bequem zum Bade gehen – Wenn wir alle mit anpacken, werden wir es schaffen – Schaufeln, Spaten und Eimer sind mitzubringen – Start um 2 Uhr nachmittags am Fahnenmast.*

Paul runzelte missbilligend die Stirn. «Ein Sisyphos-Projekt, sage ich euch. Hat sich ein überambitionierter Saisonkellner ausgedacht.»

«Was hat es damit auf sich?»

«Es gibt angeblich eine Steintreppe, die zum Hauptbadestrand führt, die ist aber inzwischen metertief vom Flugsand bedeckt. Jetzt will der Kerl die Stufen wieder freilegen. Wahrscheinlich, um seinem Chef zu imponieren.» Paul tippte sich an die Stirn. «Die sollten lieber alle zu uns kommen und Grassoden verteilen, das wäre wenigstens von Bestand.»

Es war erstaunlich viel los im Ort, und sie mussten auf der Hut sein vor den vielen Fahrradfahrern, die nicht unbedingt klingelten, wenn sie an ihnen vorbeirasten. Die Mädchen zeigten sich begeistert von den Pferdekutschen und tätschelten das verschwitzte Fell der Arbeitstiere. Sogar die kleine Ruth traute sich, auf dem Arm ihres Vaters, die Blesse eines schnaubenden Haflingers zu streicheln.

«Es ist schön hier», jubelte Renate, und Annis Herz jubelte mit. Ja, es war tatsächlich schön. Und es war gut. Und richtig.

Das Hotel Gerken, das nahe der Strandstraße etwas zurückgesetzt in den Dünen lag, stach mit seinen vier Stockwerken, den zahlreichen Dachgauben und dem verzierten Holzvorbau zwischen den eher bescheidenen Frühstückspensionen heraus. Die Fenster waren mit vornehm drapierten Gardinen und Stiefmütterchen geschmückt, und ein taubenblauer Teppich bedeckte die Stufen, die zum Eingang führten. Die Doppeltür stand weit offen.

Annis Mutter ging erhobenen Hauptes voran. Die Mädchen sprangen neugierig hinterher.

Anni und Paul nutzten den kurzen Augenblick des Alleinseins für eine innige Umarmung. «Jetzt geht es endlich los», sagten sie beinahe zeitgleich, lachten und folgten nach einem Kuss – dem ersten seit vier langen Monaten! – den anderen.

Annis Mutter stand bereits an der Rezeption. Ein Mann in dunkelgrauer Livree schaute hektisch zwischen dem Empfangsbuch und dem ausgefüllten Anmeldeformular, das sie ihm gereicht hatte, hin und her. «Das kann unmöglich sein.»

«Oh doch. Hochschild. Philippine. Ein Einzelzimmer für zehn Tage, ohne Verpflegung.»

«Das kann unmöglich sein», wiederholte der Rezeptionist.

«Versuchen Sie es mit Dr. Reiner.» Paul trat näher. «Ich habe das Zimmer für meine Schwiegermutter gebucht. Und zwar bei Fräulein Gerken persönlich.»

Der Hotelangestellte wurde noch nervöser. «Ja, stimmt, da habe ich ein Einzelzimmer notiert.» Der arme Kerl schien sich überwinden zu müssen, den Blick aus den Unterlagen zu heben, zudem blinzelte er, als sei ihm Sand ins Auge geflogen. «Dr. Paul Reiner? Schule am Meer im Loog?»

«Exakt. Dann wäre die Sache ja geklärt.»

«Ich fürchte, nein …» Der Rezeptionist trat hinter dem

Tresen hervor und lief zum Eingang. «Vielleicht haben Sie das Schild nicht gesehen, das könnte sein, schließlich standen beide Türen offen.»

Sie folgten ihm. «Welches Schild?»

Doch da sah Anni es schon, ohne dass er darauf hätte zeigen müssen. Der Mann hatte recht, wären die Türen verschlossen gewesen, man hätte es garantiert nicht übersehen, denn es war riesig und nahm gut ein Viertel der gesamten Glasscheibe ein. Ein graues Schild, auf dem ein Hund und ein Mensch gezeichnet waren. Der Hund hatte die Lefzen hochgezogen und zeigte seine scharfen Zähne. Und der Mensch wirkte nicht weniger bedrohlich mit seiner riesigen, krummen Nase, dem Buckel, dem verschlagenen Grinsen im Gesicht. Ein fetter, roter Strich lag diagonal über der Karikatur. *Hunde und Juden haben hier keinen Zutritt!*

«Das ist ja wohl ein schlechter Scherz», sagte Paul.

Der Mann zuckte mit den Schultern. «Nein, das ist das Hausrecht der Familie Gerken.»

«Bevor Sie meine Schwiegermutter – die nebenbei bemerkt einer der angenehmsten Menschen ist, denen ich je begegnet bin – hinauswerfen wollen, bestehe ich darauf, mit Fräulein Gerken zu sprechen.»

«Natürlich. Warten Sie hier.» Der Rezeptionist schien erleichtert, die Verantwortung abgeben zu können. Er rannte beinahe zu der Tür, die hinter dem Empfangstresen lag und auf der *Zutritt für Unbefugte verboten* stand.

Anni, Paul und Philippine warteten reglos am Eingang und sagten kein Wort. Sogar die Mädchen blieben seltsam still und gesellten sich zu ihrer Großmutter.

Anni hatte von den Vorbehalten gegen jüdische Gäste gehört und in der Zeitung davon gelesen. Erlebt hatte sie dergleichen noch nie. Auf Borkum, so hatte ihr eine Freundin erzählt, war es besonders schlimm, allabendlich würde dort ein Hetzlied gesungen: *Doch wer dir naht mit platten Füßen, mit Nasen krumm und Haaren kraus, der soll nicht deinen Strand genießen, der muss hinaus, der muss hinaus!* Und das Kurorchester spielte dazu einen heiteren Walzer. Dass es auf Juist ähnlich judenfeindlich zuging, damit hatte sie nicht gerechnet. Und noch weniger, dass sie selbst davon betroffen sein könnte. Schließlich waren sie alles andere als orthodox, sie aßen nicht koscher und arbeiteten am Sabbat wie alle anderen Deutschen auch.

«Lass uns gehen, Paul», bat sie. «Wir finden etwas anderes für meine Mutter.»

Doch Paul schüttelte energisch den Kopf. «Als ich vor zwei Wochen hier war, sind die mir wegen meines Doktortitels in den Allerwertesten gekrochen. *Aber gern, Herr Doktor, es ist uns eine Freude, Herr Doktor …!*», sagte Paul mit gepresster Stimme, «also wird der Herr Doktor jetzt mal Tacheles reden!»

Die Bürotür öffnete sich – und heraus kam niemand anderes als die sandelholzfarbene Frau. Sie tat geschäftig, studierte ein Blatt Papier, drehte und wendete es, dann legte sie es vor sich auf den Tresen, stützte die Hände links und rechts davon ab und schaute hoch. «Um Missverständnisse gleich aus der Welt zu räumen, Herr Reiner …»

«Dr. Reiner», unterbrach Paul. «So viel Zeit muss sein.» Er hatte sich vor der Rezeption aufgebaut, ein Mann wie ein Baum, Anni konnte sich kaum vorstellen, dass jemand immun gegen seine Ausstrahlung sein könnte.

Doch Fräulein Gerken war es. «Es kommt nicht darauf an, wer das Zimmer bucht, sondern wer darin nächtigt. Und unsere Hausordnung lässt da keinen Ermessensspielraum zu.» Sie lächelte. «Glauben Sie mir, wir freuen uns über jeden arischen

Gast und unternehmen alles, um den Aufenthalt so angenehm wie möglich zu gestalten. Wenn Sie also Angehörige Ihrer familiären Seite einladen, wäre es uns ein Vergnügen.»

«Und die Familie meiner Frau?»

Fräulein Gerken tat so, als würde sie das Blatt vor sich erneut studieren. «Philippine Hochschild, Witwe des Zacharias Hochschild, so hat sie es eingetragen … Ich bitte Sie, Herr Reiner, Sie sind schließlich Lehrer. Sie können doch lesen.» Sie zeigte auf das Schild.

Es war Renate, die die aufgeladene Stille unterbrach. «Ach, Oma, ist nicht so schlimm. Wir können uns wieder ganz dünn machen und in einem Bett schlafen.»

«Du hast recht, mein Schatz», sagte Philippine Hochschild und strich ihrer Enkelin übers Haar. «Ich werde bei euch wunderbar schlafen.»

Damit drehten sie sich um und verließen schweigend das Hotel Gerken. Der Weg nach draußen schien endlos. Und zum ersten Mal meinte Anni, ihre Mutter mit gebeugtem Rücken zu sehen.

Die Kuhle unter dem Sanddornbusch ist genau richtig. Könnte von einem Hund stammen, vielleicht hat der Korff auf der Jagd nach einem wilden Kaninchen tüchtig gebuddelt. Das perfekte Versteck. Sein Ausweg.

Moskito schaut sich verstohlen um und verlässt den Trampelpfad, biegt links in die Dünen, duckt sich weg und kriecht auf dem Bauch in die Lücke zwischen Gestrüpp und regennassem Sand. Sie ist gerade groß genug. Die Dornen streifen über seinen Rücken, doch er trägt ein Hemd aus fester Baumwolle, das ihn vor Kratzern bewahrt.

Drinnen ist es fast wie in einem Zelt, das vor Regen schützt. Und vor Blicken. Moskito lehnt sich an den Stamm. Der Sanddorn ist dicht gewachsen, die schmalen Blätter sind auf der einen Seite grün, auf der anderen silbern, unreife Beeren sitzen wie Perlen eng am Holz. Angeblich schmecken sie bitter, selbst Ende August, wenn sie reif und orange sind. Fräulein Kea will Marmelade daraus kochen, hat sie gesagt, weil Sanddorn so gesund ist. Moskito freut sich darauf, die Marmeladen von Fräulein Kea schmecken köstlich. Und sie helfen gegen Heimweh.

Sein Herz klopft. Halb so laut wie die Brandung unten am Strand, aber im selben Takt wie die Wellen, die heute besonders hoch und wild sind. Zwischen den Ästen erkennt er die Umrisse der Dünen. Mit zusammengekniffenen Augen folgt er der Grenze zwischen Erde und Himmel. Gar nicht so viel anders als die Berge zu Hause. Staubiger Sand, scharfkantige Gräser, Wolken dahinter. Nur dass der Gipfel der höchsten Juister Düne fünfundzwanzig Meter über dem Meeresspiegel liegt. Der *Cerro Rico*, an dessen Fuß die Zinnmine von Moskitos Vaters steht, ist viertausend Meter höher. Die Luft dort ist dünn, hier schmeckt sie salzig. Moskito schließt die Augen und atmet tief ein.

Plötzlich Hundegebell und die ersten Schreie. Es ist jeden Morgen dasselbe. Man zieht sich aus bis auf die Badesachen und rennt los, nimmt den kürzesten Weg über den Strand und sprintet ins Meer. Wenn es regnet und der Wind so weht wie heute, ist es besonders schlimm. Die meisten machen einfach einen Satz ins Wasser und tauchen unter, um es hinter sich zu haben. Jeden Morgen einmal mit dem Kopf in der Nordsee, von April bis Oktober, das ist der Alltag in der Schule am Meer, die Moskito seit nunmehr sechs Wochen besucht. Besuchen muss.

Die Lehrer nennen es «Mystisches Tauchbad», angeblich härtet es Körper und Geist ab. Hier zeigt sich, sagen die alle, wer mutig ist und wer nicht. Und Maximilian Mücke, genannt Moskito, der vor zehn Jahren in Bolivien geboren wurde und dessen Eltern noch immer dort leben, war heute mutig, weil er sich nämlich das erste Mal gegen dieses blöde Ritual gewehrt hat.

Ob dieser Mut ausreicht, um endlich bei den Bären aufgenommen zu werden? Die sind abenteuerlustig, unbeugsam und kampferprobt. Jeder, der hier an der Schule ist, muss sich irgendwann für eine Kameradschaft entscheiden, weil diese so etwas wie seine neue Familie ist. Mit einem Lehrer als Elternersatz und jeder Menge Jungs und Mädchen als große und kleine und gleichaltrige Geschwister. Obwohl Moskito seine Zweifel hat, dass irgendetwas je seine Mutter ersetzen könnte, seinen Vater, seine Schwester, wäre er gern bei den Bären. Eigentlich gibt es derzeit nichts, was er sich inniger wünscht. Abgesehen von … aber nein, bis zum Abitur muss er bleiben. Neun lange Jahre. Das haben seine Eltern so entschieden.

«Ach, hier bist du.» Zwischen den Ästen taucht Volkmars Blondschopf auf. «Glaub bloß nicht, dass du der Erste bist, der sich hier rein verkrümelt. Das Versteck kennt jeder, sogar die Mädchen.»

«Bitte verpetz mich nicht.»

«Quatsch.» Volkmar reicht ihm die Hand. «Komm, ich helfe dir.»

Moskito duckt sich und wird von Volkmar nach draußen gezogen. Sein Freund und Zimmerkamerad steht bereits in Badehose da. «Moskito, du Idiot. Kannst du dir doch denken, dass das nicht gut geht. Schon Walter ist damit aufgeflogen, vorletzte Woche, und da waren wir viermal so viele beim Tauchbad, weil noch keine Ferien waren.»

Moskito streckt den Rücken durch. «Aber Walter ist gar

nicht erst mitgekommen, sondern einfach im Bett liegen geblieben. Ich bin schlauer. Ich hätte mich später einfach wieder dazugemogelt, und niemand hätte was gemerkt.»

Volkmar tippt sich an die Stirn. «Die Wahrheit kommt immer raus. Walter hat etwas von Halsschmerzen gefaselt. Da hat ihn Lu zu Frau Hafner in die Krankenstation geschickt. Und was war? Nichts da mit Halsschmerzen! Walter durfte am Nachmittag trotz Dauerregens die Grassoden im Hof verteilen. Ungefähr zwei Millionen Stück!»

Moskito stöhnt.

«Na komm, dann lieber Tauchbad bei sechzehn Grad kaltem Wasser und schneidendem Westwind.» Volkmar klopft ihm grinsend auf die Schulter. «Stimmt's?»

«Meinetwegen.» Moskito ist einen Kopf kleiner als Volkmar. Aber neulich, als beide gewogen wurden, brachten sie trotzdem dasselbe Gewicht auf die Waage. Wahrscheinlich tuscheln die Mädchen, kichern hinter vorgehaltener Hand und machen Sprüche wie: «So ein fetter Moskito! Wie soll der denn überhaupt fliegen?»

Volkmar wird ungeduldig. «Na los! Wenn du dich jetzt todesmutig und ohne eine Miene zu verziehen in die Nordsee stürzt, wird Lu kein Drama draus machen. Beim ersten Mal drückt er immer ein Auge zu. Und ein zweites Mal wird es nicht geben.»

Volkmar rennt los. Moskito hinterher. Es ist anstrengend, durch die Dünen zu laufen, der weiche Sand bremst jeden Schritt, und Moskito hustet, weil ihm die Luft knapp wird, noch bevor er auf dem letzten Hügel ist.

Oben angekommen, sieht er die anderen. Die Lehrer, allen voran Schulleiter Lu, der eigentlich Luserke heißt, aber keiner hier nennt ihn so, sogar seine Frau wird nur Frau Lu gerufen.

Überhaupt ist das gewöhnungsbedürftig, dass man die Lehrer nicht siezen muss, das hätte Moskito sich bei seinem Elementarschullehrer an der Deutschen Schule in Bolivien nicht erlauben dürfen, der hätte den Rohrstock gezückt.

Aber hier gibt es auch einen Aeschli, der eigentlich Herr Aeschlimann heißt und einen, den man nicht bei seinem eigentlichen Namen Herrn Hafner ruft, sondern Mister. Die kommen gerade wieder an Land, gemeinsam mit ihren Frauen und Kindern, und lachen laut. Alle nehmen am Ritual teil. Nur Paul hat sich heute offiziell abgemeldet, weil er seine Familie vom Bahnhof abholt.

Fräulein Kea schwimmt richtig schnell bis zur hinteren Sandbank. Sie kommt von der Insel, deswegen können ihr Kälte und Wellengang nichts anhaben. Die Mädchen, es sind nur drei, Marje, Greta und Rahel, rubbeln sich bereits gegenseitig ab, prusten und kichern.

Als Moskito sich der Wasserkante nähert, piksen die Muschelschalen unter den Fußsohlen.

Die Jungs warten in der Brandung auf ihn, treten von einem Bein auf das andere, um sich warm zu halten. Theo, Hubert und Gregor. «Da bist du ja endlich. Uns sind schon die Zehen abgefroren!»

Es gibt kein Zurück. Also zieht Moskito sich im Laufen das Hemd über den Kopf, es ist etwas eng, und ein Knopf springt ab, der wird sich zwischen den Muscheln niemals wiederfinden. Moskito steigt aus den Hosenbeinen, verfängt sich nicht, zum Glück, das hätte noch gefehlt, sich vor aller Augen langzumachen.

«He, Moskito, hast du nicht tausendmal gesagt, du willst einer von den Bären sein?» Volkmar nimmt seine rechte Hand, Gregor die linke. Auch Hubert und Theo fassen sich an, gemeinsam bilden sie eine Kette und rennen los. Ja, Moskito will zu dieser Gruppe gehören, Teil ihrer Kameradschaft werden. Das Wasser schäumt zu ihren Füßen. Die ersten Tropfen landen auf seiner Brust. Dann ist er drin. Wasser im Ohr, im Mund, in den Augen. Moskito taucht unter. Hat's geschafft.

Jetzt fängt der Tag richtig an.

Später fließt der Sand in schmalen Schlieren an Moskitos Beinen hinab. Die Körner sammeln sich rings um seine Zehen, schwimmen in die Rinne an der Wand, und dann verschwinden sie mit dem Sand der anderen Jungenbeine in einer enger werdenden Spirale im Abflussgitter. Wenn man sich den Sand und das Salzwasser unter der Dusche abgespült hat, fühlt es sich doch ganz gut an, im Meer gewesen zu sein.

Volkmar und Theo bewerfen sich gegenseitig mit Seife. Hoffentlich rutschen die nicht aus, denkt Moskito, der ganze Boden ist mit Schaum bedeckt. Ihr Geschrei hallt von den Fliesen der Duschecke wider. Der Waschraum ist ganz neu, und seit zwei Wochen haben die Schüler manchmal sogar warmes Wasser. Da bringt es schon Spaß, sich hier ein bisschen länger als nötig aufzuhalten und Faxen zu machen. Nur Gregor verkriecht sich scheu in einer Ecke und beeilt sich mit der Körperpflege. Das macht er immer so. Angeblich ist Gregor in seiner vorherigen Schule von einem der Lehrer angefasst worden. Niemand traut sich zu fragen, wo genau.

Ein Stück Seife streift Moskitos Schläfe. Er fängt es auf, das glitschige Teil rutscht ihm fast wieder aus der Hand, aber er hält es fest und wirft es in Volkmars Richtung.

«Volltreffer!» So geschickt ist Moskito selten. «Wirst du mich jetzt bei den Bären ins Gespräch bringen?»

«Mal sehen.» Volkmar legt die Seife in die Ablage, stellt die

Dusche ab und geht zu seinem Handtuch, das an einem Metallhaken an der Wand hängt. Er reibt seine Haare trocken, die blonden Strähnen stehen vom Kopf ab, als habe er mit Strom experimentiert.

«Bist du dir eigentlich im Klaren, was es heißt, Teil einer Kameradschaft zu sein?»

Moskito nickt. «Aber ja!»

«Du verbringst viel Zeit mit der Kameradschaft, du kämpfst für sie, du schreibst dir das gemeinsame Ziel auf die Fahne. Also muss das passen, verstehst du?»

Moskito schluckt. «Klar!»

«Warum glaubst du denn, dass die Bären das Richtige für dich sind?»

Moskito wird langsam kalt, aber er traut sich nicht, zu seinem Handtuch zu greifen. Wenn er sich jetzt umdreht, ist das Gespräch vielleicht zu Ende, bevor es begonnen hat. Also bleibt er tropfnass stehen.

«Ausgerechnet du willst zu den Bären?», mischt Theo sich ein, der jetzt auch endlich unter der Dusche hervorkommt, das glatte Haar klatschnass, sodass seine Segelohren richtig schön zur Geltung kommen. «Die sind die ganze Zeit auf dem Wasser, das ist dir doch klar?»

«Man gewöhnt sich an alles …»

Theo lacht sich kaputt. «Seetauglich sollte man schon sein. Bei deiner Anreise hast du gekotzt. Gegen den Wind. Deine ganze Jacke war eingesaut!»

Wann wird diese blöde Geschichte endlich vergessen sein? Zumal sie nur zur Hälfte stimmt. Damals, vor sechs Wochen, da hat Moskito gar nicht selbst gekotzt. Er stand nur neben den anderen Seekranken an der Reling. Von einem von denen stammen die Flecken.

«Warum gehst du nicht zu den Wölfen?», fragt Volkmar.

«Ich war da schon mal, zwei Abende lang. Die malen Bilder.» Mit Schaudern erinnert Moskito sich daran, wie er unter der Leitung von Herrn Hafner, den hier alle nur Mister nennen, mit Kohlestift eine Wellhornschnecke zeichnen sollte. Er hat sich wirklich Mühe gegeben, doch am Ende sah es aus wie ein Hundehaufen.

«Ich bin bei den Wölfen», sagt Gregor, der schon längst angezogen ist und sich vor dem beschlagenen Spiegel einen geraden Scheitel ins schwarze Haar zieht. «Wir machen auch Skulpturen. Und arbeiten mit Ton.»

«Dann kann ich ja gleich bei den Nixen basteln und häkeln.» Moskito holt tief Luft. «Meine Entscheidung ist gefallen: Ich will zu den Bären!» Hoffentlich war das jetzt überzeugend. Er ist nämlich einer der Jüngsten hier. Volkmar ist schon in der Quinta, Gregor sogar in der Untersekunda.

«Paul leitet die Pinguine, hast du da schon mal drüber nachgedacht?», schlägt Hubert vor, der jetzt erst zum Duschen hereinkommt. Hubert hat es mit Politik und liebt die Debatten mit dem Geschichtslehrer. Kein Wunder, Huberts Vater ist Diplomat in China. Oder Japan. Oder so.

«Warte mal ab, wenn Paul heute seine Familie anschleppt», unkt Volkmar. «Er hat angeblich drei kleine Töchter. Und eine Frau aus besserem Hause. Bei so vielen verwöhnten Weibern wird der sich bestimmt nicht mehr so intensiv um euch und eure Gesellschaftsseminare kümmern.»

«Anni ist überhaupt nicht verwöhnt», sagt Gregor, der die meisten Lehrer aus seiner vorherigen Schule kennt. Jene Schule, wo ihm die Sache passiert ist, über die keiner spricht. «Pauls Frau hat ein großes Herz und einen grünen Daumen.»

«Einen grünen Daumen!» Theo muss wieder lachen. «Das

will ich sehen. Auf dieser Insel fault dir der grüne Daumen ab. Überall dieser elende Sand.» Er greift sich ins Haar. «Ich hab zehn Minuten geduscht, und trotzdem ist das Zeug noch drin.»

So langsam beginnt Moskito zu zittern. Seine Lippen sind schon ganz blau. «Also, was ist denn jetzt? Kann ich einer von den Bären werden, oder nicht?»

«Kommt drauf an.»

«Worauf?»

Volkmar tut so, als müsse er überlegen. «Ob du dich traust, die Büchse der Pandora zu öffnen!»

Die anderen Jungs starren Volkmar an, Theo tippt sich an die Stirn. «Bist du verrückt? Moskito soll in die Speisekammer einbrechen?»

Volkmar reibt sich mit dem Handtuch den Rücken trocken. «Gestern gab es Klütje. Weißt du noch, diese köstlichen Hefeklöße?»

Natürlich weiß Moskito das noch, er hat sich die Finger danach abgeleckt, weil es dazu Vanillemilch und Birnenkompott gab.

«Ich bin mir sicher, Fräulein Kea hat noch ein paar aufgehoben – in der Büchse der Pandora.» Und weil Moskito schon die ganze Zeit ein Fragezeichen im Gesicht stehen hat, ergänzt Volkmar: «Das ist die Eichenholzkiste im Vorratsraum.»

«Immer diese komischen Bezeichnungen», sagt Moskito. Denn Lu gibt allen Sachen in der Schule so seltsame Namen. *Jenseits* zum Beispiel, so nennen sie die Baracke, in der die Jungen schlafen. Sie liegt gegenüber dem Haupthaus, das *Diesseits* heißt. Der Heuboden über dem Stall ist der *Olymp* (wegen der Höhe), die Klassenzimmer heißen *Zitrone* und *Tomate* (wegen der Wandfarbe), der Besprechungsraum *Nachtpfauenauge* (warum auch immer). Aber daran gewöhnt man sich schnell. Vor seiner Ankunft hat ihn auch kein Mensch Moskito genannt – und jetzt würde er wahrscheinlich gar nicht mehr wissen, dass er gemeint ist, wenn jemand Maximilian ruft. Neulich kam der erste Brief von seinen Eltern an. Der lag noch drei Tage rum, weil die, die die Schulpost verteilen, nicht wussten, wer dieser Maximilian sein soll. Er hat zurückgeschrieben, dass sie das nächste Mal auch seinen Spitznamen aufs Kuvert schreiben sollen, vorsichtshalber.

Gregor weiß natürlich, was es mit dieser Büchse auf sich hat: «Angeblich hat Zeus der ersten Frau – ebendieser Pandora – einen Behälter mit auf die Erde gegeben, den die Menschen unter keinen Umständen öffnen sollten.»

«Und warum nicht?», fragt Moskito vorsichtig.

«Weil darin alles Schlechte aufbewahrt ist: Krankheit, Krieg, Naturkatastrophen.»

«Aber jemand wäre vor Neugierde fast geplatzt und hat sie schließlich aufgemacht.»

«Klar», sagt Theo. «Pandora selbst. Bei der erstbesten Gelegenheit. Wie Weiber eben so sind.»

Alle lachen. Moskito am lautesten. Damit man sein Zähneklappern nicht so hört. Alle anderen sind schon fast angezogen.

«Davon sollte Moskito sich nicht abschrecken lassen», findet Volkmar. «In unserer Büchse lauern keine bedrohlichen Sachen, sondern Klütje. Jungs, mal ehrlich, darauf hättet ihr doch auch Appetit!» Alle pflichten ihm bei.

«Aber die Speisekammer ist verschlossen!», gibt Moskito zu bedenken.

«Dann lass dir was einfallen.» Volkmar schaut ihn an. «Für jeden einen Hefekloß, und ich lege bei Lu und den anderen Bären ein gutes Wort für dich ein.»

Moskito ist einverstanden. Was bleibt ihm anderes übrig?

«Ach, und Moskito: Trockne dich endlich ab. Das kann ja kein Mensch mit ansehen, wie du vor dich hin schlotterst!»

Es war ein *Es.* Keineswegs lupenrein, vielmehr hing es in der Mitte durch wie die Matratze in seiner Frühstückspension und erinnerte Eduard schmerzlich an das vergeigte Konzert im April, als das Cello im zweiten Teil knapp unter den anderen spielte und ihn beinahe in den Wahnsinn getrieben hatte. Stoisch hatte er die Sinfonie durchdirigieren müssen, während er sich die ganze Zeit fragte, ob der Cellist – ein junger Ungar – wohl taub auf beiden Ohren gewesen war, als er das Instrument gestimmt hatte. Eduard mochte nicht weiter daran denken, schließlich hatte er Urlaub und war geflohen vor den vielen falschen Tönen in Frankfurt am Main.

Doch nun verfolgte ihn dieses ausgeleierte Es, seit er mit Waldi an der Leine den Weg an den Gleisen der Inselbahn entlang eingeschlagen hatte, um dem Sommertrubel im Inseldorf wenigstens kurzzeitig zu entkommen. Das Leben auf Juist hatte er sich deutlich ruhiger vorgestellt. Immerhin war Autoverkehr gänzlich verboten, und die Fähre setzte nur einmal am Tag, wenn das Wasser im Wattenmeer hoch genug stand, vom Festland über. Dennoch war da dieser ständige Lärm: Geschrei und Pfeifen und Hufgetrappel, auf diesem Eiland war es fast so laut wie zu Hause in der Stadt.

Die Möwen störten ihn wenig, die zogen gemächlich ihre Kreise im verhangenen Himmel und lachten in herrlichem C-Dur – womöglich über die Kurgäste, die ständig übers Wetter klagten. Einige beschwerten sich gar, um ihren wohlverdienten Sonnenbrand gebracht worden zu sein.

«Normalerweise riecht der Juister Juli nach Sonnenöl», hatte ihn heute Morgen beim Frühstück seine Zimmernachbarin aufgeklärt. Die überaus freundliche Pensionswirtin servierte herrlich süßen Rosinenstuten, butterweiche Eier und Tee nach friesischer Art, mit Sahne und knisterndem Kandis. Man hätte also rundum zufrieden sein können. Frau Stahlkötter aus Westfalen war es nicht. «In diesem Sommer riecht es aber leider nach Brust-Caramellen. Weil jeder sich erkältet.»

Nun, Eduards Geruchssinn war nicht besonders sensibel. So, wie andere Menschen einen Schnupfen bekamen, fing er sich ständig Töne ein. Schrille und weiche, laute oder leise, sie setzten sich ungefragt in sein Ohr und begleiteten ihn, ob er nun wollte oder nicht. Früher, als junger Mann, hatte Eduard geglaubt, dies mache ihn zu einem begnadeten Musiker. Heute, nachdem er einer geworden war, sah er die Sache anders. Auf dieses hohe Es zum Beispiel hätte er liebend gern verzichtet. Er hatte keine Ahnung, woher der seltsame Ton eigentlich kam, er durchsetzte die feuchte Luft, als würden die Regentropfen vehement vor sich hin summen.

Waldi kläffte. Eduard löste die Leine. Trotz ihrer Stummelbeinchen rannte die Dackeldame los, steckte die Schnauze tief in das nassgrüne Gras und schlug beinahe Purzelbäume vor Aufregung. Wahrscheinlich hatte Waldi ein Kaninchen ausgemacht. Gut, das sollte sie sich ruhig schnappen. Kaninchen hatten hier nämlich eigentlich nichts zu suchen, sondern waren vor Jahren auf der Insel ausgesetzt worden, das hatte Eduard vorgestern bei einem naturkundlichen Vortrag im Kurhaus erfahren. Otto Leege, ein angenehmer, gebildeter Mann mit weißem Spitzbart und runder Brille, war auf der Insel für Flora und Fauna zuständig und hatte über die Kaninchenplage geklagt: Die Nager zerstörten die Grasnarbe am Ufer, was bei

Sturmfluten verheerende Folgen nach sich ziehen könnte. Im anschließenden Gespräch mit dem Publikum hatte sich herausgestellt, dass Leege Organist der Inselkirche war. Auch ein Politiklehrer und der Inselarzt waren zugegen gewesen, angenehme Männer. Eduard hatte es dennoch vermieden, sich ihnen persönlich vorzustellen. Die Anwesenden hatten sich zum Glück ohnehin weit mehr für den Sanderling, die Brandseeschwalbe und das gewöhnliche Tellerkraut interessiert als für einen dahergelaufenen Konzertmeister aus der Großstadt.

«Aus jetzt!», rief Eduard, denn allmählich stand zu befürchten, dass Waldi bei ihrer Kaninchenjagd noch größeren Schaden anrichtete als die Nager selbst. «Bei Fuß!» Doch Waldi ignorierte ihr Herrchen.

Hoffentlich kam Leege nicht zufällig vorbei und erkannte in dem verantwortungslosen Dackelbesitzer den interessierten Zuhörer von vorgestern. Das gäbe eine Standpauke. Womöglich würde Eduard der Insel verwiesen und müsste den Rest seiner freien Tage bei der Familie verbringen. In Mainz, wo das Fräulein Neuer dringlich darauf wartete, dass er endlich um ihre Hand anhielt. Oder bei seinem Bruder in Berlin, das war immer sehr anstrengend, zudem hatte Carl erst vor kurzem geheiratet. Nein, Eduard zog es vor, hier auf Juist zu bleiben, allein und in vergleichsweise himmlischer Ruhe.

Wunderbar, wie weit das Auge hier trotz des Regenwetters schauen konnte. Ganz anders als im beengten Inseldorf, wo die roten Backsteinhäuser dicht beieinanderstanden und schlechtgelaunte Badegäste herumliefen. Es gab einen Bäcker, einen Fotografen, eine Drogerie und ein kleines Lebensmittelgeschäft, in dem man auch Ansichtskarten und Souvenirs kaufen konnte. An der Strandseite war der Blick auf den prächtigen Horizont durch Sandburgen, Strandzelte, Fähnchen und die wegen des Westwindes mannshohen Brandungswellen ruiniert. Lediglich auf der Terrasse des Tanzcafés Promenade genoss man eine ungestörte Aussicht, bei gutem Wetter angeblich bis Helgoland. Doch Eduard hielt es dort nicht lange aus, denn die Gäste tranken den ganzen Tag (und zwar kein stilles Wasser) und gebärdeten sich aufgekratzt, am schlimmsten aber war das Grammophon, das unaufhörlich Operettenschlager spielte, und zwar immer eine Idee zu schnell.

Nur hier am Rande des Wattenmeers, wohin sich keiner außer ihm vorwagte, störte nichts und niemand die Weite. Eduard hätte gern ein bisschen mehr über die Pflanzen gewusst, die auf den Salzwiesen wuchsen und die er noch nie zuvor gesehen hatte. Einige Blätter waren fleischig und fingerdick, daneben gedieh etwas Fliederähnliches, dessen leicht medizinischen Geruch er trotz der unsensiblen Nase wahrnahm. In das Meer aus Grün, Gelb und Violett mischte sich immer auch ein wenig Grau, was leicht melancholisch wirkte.

Wie passend, dachte Eduard, denn melancholisch war er auch.

Endlich kam Waldi zurück. Sie trug etwas in der Schnauze, und Eduard befürchtete schon, er müsste nun einen zerbissenen Kadaver entsorgen. Doch als er sich zu seiner Hündin hinunterbeugte, stellte er erleichtert fest, dass es sich bloß um ein poröses Stück Treibholz handelte.

«Brav!», lobte er die knurrende Waldi und warf das Stöckchen ein Stück weiter in die Richtung, in die er gehen wollte. Gen Westen. Dort sollte es nach ungefähr drei Kilometern noch einen Ort geben, das sogenannte Loog, wesentlich kleiner und ruhiger als das Inseldorf. Hätte Eduard vorher davon gewusst, er hätte sich ganz sicher dort ein Zimmer gemietet.

Denn obwohl er Musiker war und über das absolute Gehör

verfügte – oder vielleicht gerade deswegen –, liebte er diese einzigartige Stille, die über dem Meer, dem Wind und den Tönen der Natur lag. Jedes weitere Geräusch war eine Herausforderung für ihn. Das Quietschen der Metallhaken, mit denen die Fensterläden seines Einzelzimmers im Obergeschoss der Frühstückspension an der Hauswand arretiert waren und die nachts unrhythmisch im Wind klackerten, was ihn unweigerlich an seine Schüler am Konservatorium erinnerte, die zwar hochtalentiert waren, dennoch allesamt den Takt nicht hielten, wenn sie moderne Stücke spielten, einen Ravel zum Beispiel oder Debussy. Zwei harmlose, halb verrostete Haken, die lose an der Ziegelmauer hingen, brachten ihn um den Schlaf! Weil Eduard dadurch immer wieder ins Grübeln geriet, warum er sich das antat, dieses Leben in den Konzertsälen.

Die Mitglieder seines Orchesters machten sich verrückt. Lob ließ sie schweben, Kritik zu Kreuze kriechen – und beides war nicht gut beim Musizieren. Wie schön wäre es, gäbe es diesen Zirkus gar nicht und man könnte sich einfach nur nach Herzenslust den Instrumenten widmen.

An einem geteerten Holzschuppen, der den halben Weg bis zum Loog markierte, war Waldi schon ziemlich aus der Puste. Friedlich trabte sie an Eduards Seite, das stumpfe Fell nass vom Regen. Ab und zu versperrte ein schmaler Entwässerungsgraben den Weg, dann nahm Eduard den Hund auf den Arm und sprang mit ein wenig Anlauf hinüber. Seine Schuhe waren besprenkelt mit graugrünem Schlamm. Zum Glück gab es vor der Frühstückspension ein kleines Bänkchen, auf dem auch Bürste, Lappen und Terpentin bereitstanden, da könnte er nach seiner Heimkehr alles putzen, bevor er womöglich einen scheelen Blick von Frau Stahlkötter aus Westfalen riskierte.

Schwanzwedelnd schnüffelte Waldi an der Schuppenwand.

Eduard spähte durch die staubigen Fenster, hinter denen sich ein recht unordentlicher Raum befand. Eine Art Geräteschuppen, wahrscheinlich wurden hier Werkzeuge und Materialien gelagert, die man für die Instandhaltung eines Kurortes benötigte. Für die vielen Laternen und Bänke, die Stege und Transportwege, die Plakate und medizinischen Bäder, vielleicht auch für die kleine Inselbahn. Vor einigen Minuten war sie an Eduard vorbeigerattert, er war stehen geblieben, hatte kurz überlegt zu winken, es dann aber bei einem Kopfnicken belassen, als er dem Blick einer fremden Frau begegnet war.

Die Reise ans Ende der Republik war ein kleines Abenteuer gewesen, was Eduard durchaus gefallen hatte. Eine Herausforderung, das war es schließlich, wonach er sich gesehnt hatte. Frankfurt war öde. Dieser perfektionistische Musikapparat war öde. Und Fräulein Neuer war leider Gottes auch öde.

Plötzlich machte Waldi ein merkwürdiges Geräusch, es klang, als könne sie sich zwischen Kläffen und Jaulen nicht recht entscheiden.

«Waldi?» Vielleicht war sie hinter diesem Verschlag, der windschief an der Seitenmauer des Schuppens lehnte. Eduard stieg über zwei Säcke voller Unrat hinweg und blieb wie festgenagelt stehen.

Eine Schaufel, großflächig wie eine aufgeschlagene Zeitung, wurde gerade in die Luft gehoben, in der nächsten Sekunde würde sie hinuntersausen – und seiner kleinen Waldi den Schädel zertrümmern.

«Halt! Was machen Sie da?»

Ein junger Mann, hellblond, breitschultrig, wütend, ließ Gott sei Dank die Schaufel sinken. «Leinen Sie verdammt noch mal Ihren Köter an!»

«Sie wollten doch nicht ernsthaft zuschlagen?» Eduard bückte sich und machte die Leine an Waldis Halsband fest. Der Hund schleckte ihm über den Handrücken. «Sehen Sie? Waldi ist 'ne ganz Liebe.»

«Interessiert mich nicht.» Der Mann warf die Schaufel auf eine Gepäckkarre, in der sich Besen, Schaufeln und ein paar Eimer befanden. Die Sprachmelodie seiner Sätze verriet, dass er kein Einheimischer war, es fehlte das angenehm Brachiale, das sonst im Friesischen mitschwang, er klang eher nach Mitteldeutschland. Seine Kleidung ließ nicht darauf schließen, dass er ernsthaft vorhatte, körperlich zu arbeiten. Ein weißes Hemd, eine seidige, leicht taillierte Weste, in der Hose eine akkurate Bügelfalte – damit erinnerte er Eduard eher an einen der Glücksritter, die in Frankfurt die Börse bevölkerten. Einzig die großen Hände verrieten, dass er zuzupacken verstand. Und vielleicht auch das vorgereckte Kinn, die strenge Falte zwischen den Brauen und der entschlossene Gesichtsausdruck, mit dem er Eduard zurechtwies: «Hier herrscht Leinenpflicht. Für jeden Hund.»

Der Tonfall machte klar, dass alle Freundlichkeit vergeudet wäre, also bemühte Eduard sich um einen möglichst neutralen Gesichtsausdruck. «Entschuldigen Sie, das wusste ich nicht.»

«Steht im *Seehund.*»

Eduard hatte das Mitteilungsblatt der Kurverwaltung bei seiner Anreise von der Pensionswirtin ausgehändigt bekommen und es auch überflogen. Aber er hatte nicht gedacht, dass man diese Regeln so streng auslegen würde, bei so winzigen Hunden wie Waldi. «Kommt nicht wieder vor.»

Der Blonde hielt die schwielige Hand auf. «Zwei Mark.»

«Was? Ganz schön happig.» Eduard nahm seinen Mut zusammen. «Dann wüsste ich aber schon gern, mit wem ich es zu tun habe. Könnte ja jeder kommen.»

«Gustav Wenniger.»

«Und in welcher Funktion sind Sie hier?»

«Wenn Sie nicht zahlen, sag ich's dem Gemeindediener. Dann wird's noch teurer.»

Eduard holte sein Portemonnaie aus der Innentasche seines Jacketts und klaubte die Münzen umständlich zusammen. Natürlich hätte er es auch passend gehabt, doch er schob die silbernen Markstücke zur Seite und ließ diesen korrupten Insulaner warten, während er die Pfennige abzählte. Endlich legte er eine Handvoll Kleingeld auf den Mauervorsprung. Sauber abgezählt ergab das eins dreiundachtzig. «Stimmt so.»

«Da fehlt was», sagte der Mann prompt. «Mathematiklehrer sind Sie ja wohl nicht.»

«Wie kommen Sie darauf, dass ich Lehrer sein könnte?» Es erschütterte Eduard, dass dieser Grobian ihn als Lehrer erkannte. Schließlich war er im Urlaub, trug statt des Anzugs eine graue Baumwollhose, ein weißes Hemd ohne Krawatte und ein leichtes beiges Jackett. Preußisch-verstockt fühlte er sich jedenfalls nicht. Eventuell verlieh ihm aber seine schwarze Hornbrille einen Anstrich von Gelehrtheit.

«Sie wollen bestimmt zur Schule am Meer. Freiwillig geht sonst kein Fremder ins Loog.»

Eduard hatte gar nicht gewusst, dass es im Loog eine Schule gab. Schließlich hatte er am Vortag beim Spazierengehen bereits eine Dorfschule entdeckt, ganz in der Nähe der Inselkirche. Doch er wollte diesen Grobian endlich loswerden, also schwindelte Eduard ausnahmsweise ein bisschen. «Mein Name ist Zuckmayer. Ich unterrichte Musik.» Das war ja nicht einmal richtig gelogen.

«Noch schlimmer.» Über der Diskussion hatte sein Gegenüber wohl vergessen, die restlichen Pfennige einzuklagen, jedenfalls wuchtete er noch einen Spaten auf die Karre und schnallte deren Griff unter den Sattel seines schwarzen Drahtesels. «Wenn Sie mal richtig arbeiten wollen: Um zwei Uhr schaufeln wir die Treppe zum Strand frei. Da können wir jede Hand gebrauchen. Sogar, wenn sie sonst nur Klavier spielt.»

Gustav Wenniger stieg auf und radelte davon, ohne sich noch einmal umzuschauen. An der Rückseite der Karre war ein Messingschild befestigt: Tanzcafé Promenade.

Kaum war der Kerl weg, hörte Eduard wieder den Ton. Das Es. Lauter als zuvor surrte es über seinem Scheitel. Er schaute nach oben, prompt legten sich Regentropfen auf seine Brille. Eduard nahm das Gestell ab, wischte mit dem Taschentuch die Gläser trocken, und als er danach hindurchblickte, verstand er endlich, woher das hohe Es kam. Dort verlief ein Stromkabel, offensichtlich neu gespannt, denn das Kupfer, das an den Verteilerdosen blank lag, glänzte noch. Die dünne Schnur reichte von Mast zu Mast, den ganzen Weg bis ins Loog. Und ebendieses Kabel sang. Das machte Eduard neugierig. «Los, Waldi, weiter!»

Was Eduard über dem Wetter fast vergessen hatte: Es waren Sommerferien. Entsprechend verlassen standen die Schulgebäude im matschigen Dünental. Es hätte ein erbärmlicher Anblick sein können, denn die Häuser – oder sollte man eher Baracken sagen – wirkten spartanisch und hatten nichts mit dem Alten Gymnasium am Kronberger Hof gemein, auf dem Eduard vor einer Ewigkeit, also vor dem Krieg, das Abitur gemacht hatte. Statt Schnörkeln und verputzten Säulenelementen gab es nackten Backstein und Holz, kein Emailleschild wies darauf hin, dass es sich um eine Bildungsanstalt handelte. Dafür stapelten sich auf dem zerfransten Rasen jede Menge Bretter und Kisten, wahrscheinlich zum Verfeuern, nach einer behaglichen Behausung mit Zentralheizung sah das hier nämlich nicht aus. Eher nach einer Notunterkunft: drei Gebäude, eins aus Stein und zwei aus Holz, die etwas phantasielos, aber praktisch im rechten Winkel zueinander standen und deren Hof durch Pflaster- und Gartenarbeiten verschönert werden sollte. Doch es gab Indizien, die Eduard sofort verrieten, dass dies kein trauriger Ort sein konnte.

Zum einen der Fahnenmast in der Mitte des Hofes, an dem kunterbunte Wimpel im Wind flatterten. Überall in der Republik beflaggte man entweder in Schwarz-Weiß-Rot oder Schwarz-Rot-Gold, so richtig nachvollziehen konnte diese Flaggenpolitik niemand. Statt des landesweit üblichen Adlers sah man hier allerdings fröhliche Bären, herumtollende Wölfe, Nixen und schwimmende Pinguine. Was würde der frisch gewählte Reichspräsident wohl davon halten?

Der zweite Grund, der überall auf der Welt und bei jedem Wetter die Sonne scheinen ließ, war das Klavierspiel, das Eduard vernahm. Es drang aus dem offenstehenden Fenster des zweigeschossigen Gebäudes, welches dem Fußweg am nächsten stand. Kein Chopin und kein Mozart, sondern der gute alte Flohwalzer, der ja genau genommen noch nicht einmal ein Walzer, sondern eine Polka war, noch dazu holperig und fehlerhaft auf die Tasten gezwungen. Jeder seiner Kollegen hätte sich die Ohren zugehalten, sogar Waldi winselte. Doch Eduard blieb stehen.

Ta da bum tata, Ta da bum tata, Ta da bum ta bum ta bum tata …

Im Konservatorium würde sich das niemand trauen. Selbst die allerjüngsten Schüler, die von ihren Eltern in die Klavierstunde geschleppt wurden, spielten in ihrem Übermut höchstens mal *Für Elise* im Prestissimo. Aber garantiert schon nach den ersten Takten kam ein genervter Lehrer herein und schimpfte: «Wir sind hier nicht auf dem Jahrmarkt!»

Ja, warum denn eigentlich nicht?, dachte Eduard. Warum durfte die Musik kein Jahrmarkt sein, mit Riesenrad-Symphonien, Zuckerwatte-Sonaten und Schießbuden-Tusch?

Ein dicker Regentropfen platschte auf Eduards Handrücken, und gleich darauf landete einer im Hemdkragen, schließlich ging es richtig los. Waldi mochte Platzregen und schnappte nach den Tropfen. Doch Eduards Begeisterung hielt sich in Grenzen. Denn die wenigen Bäume dieser Insel waren sehr klein, die würden keinen Schutz bieten.

Der Flohwalzer verstummte, und ein junges Mädchen mit dunkelblondem Pagenschnitt tauchte im Fenster auf, um die Läden zu schließen. Als es die herumtollende Waldi erblickte, legte sich Mitleid auf das hübsche Gesicht.

«Der Hund wird ja ganz nass», rief sie Eduard zu. «Wenn er will, kann er sich bei uns unterstellen.»

«Darf ich auch mitkommen?»

Das Mädchen nickte. «Einmal ums Haus. Aber aufpassen, der Korff läuft frei herum. Und der beißt manchmal bei Fremden. Sie dürfen sich einfach nicht anmerken lassen, dass Sie Angst haben.»

Natürlich schoss besagter Korff – ein großer roter Mischling – mit gefletschten Zähnen und heiserem Bellen auf Eduard und Waldi zu, kaum hatten sie das Schulgelände betreten. Es war nicht einfach, mutig zu tun, wenn von hochgezogenen Lefzen der Sabber tropfte. Augenblicklich wurden Eduards Achselhöhlen nass, und der Puls trommelte im Staccato. Waldi probierte es erst mit tapferem Gegenkläffen, doch dann musste auch sie kapitulieren und folgte Eduard, der mit schnellen

Schritten durch die Pfützen auf die Tür des Schulhauses zurannte, in der das Mädchen bereits stand.

«Aus!», sagte sie mit erhobenem Zeigefinger. Der Hund legte den Kopf schief und hielt immerhin lange genug inne, dass Eduard und Waldi die rettende Türschwelle erreichen konnten.

«Puh!» Eduard wischte sich mit einem regennassen Ärmel den Angstschweiß von der Stirn.

Das Mädchen reichte ihm beiläufig eine Stoffserviette. «Damit können Sie sich abtrocknen.» Dann wurde Waldi mit Hingabe gestreichelt. «Wie heißt der denn?»

«Waldi ist eine Sie.»

«Die ist so süß!»

Eduard schaute sich um. Er war wohl im Speisesaal der Schule gelandet. Die dunkle Holzvertäfelung an Wänden und Decke sowie behelfsmäßig aufgehängte Baumwollvorhänge verliehen dem Raum die Atmosphäre einer gemütlichen Gaststube, in deren Mitte ein schlichter, recht kleiner Flügel stand. Der Deckel war hochgeklappt, und auf dem Notenständer wartete eine Partitur darauf, gespielt zu werden. Das war auf keinen Fall der Flohwalzer, die Melodiebögen ließen eher auf Brahms schließen. Die Tische waren mit weißen Tüchern bedeckt, und auf jedem stand eine Vase mit Wildblumen. Nur ein Tisch war freigeräumt, auf dem stand ein kleiner, untersetzter Mann mit schräg sitzender Baskenmütze, reckte sich in die Höhe und fummelte konzentriert an der Deckenlampe herum, vermutlich der Hausmeister. Er hatte einen Schraubenzieher zwischen die Zähne geklemmt, was ihn nicht unbedingt gesprächstauglich machte, dennoch hielt Eduard es für ratsam, sich vorzustellen. «Entschuldigen Sie, dass ich hier so hereinplatze …»

Der Mann nahm den Lampenschirm ab und reichte ihn Eduard. «Halten Sie mal», nuschelte er, dann nahm er das

Werkzeug aus dem Mund. «Selbst entworfen. Von unseren Schülern.»

Der Lampenschirm war würfelförmig, mit Milchglas zwischen hölzernen Streben, die im selben dunklen Farbton lasiert waren wie der Rest des Speisesaals.

«Ich hatte auch einen Entwurf gemacht», sagte das Mädchen. «Der war viel schöner als diese langweiligen Klötze.»

«Marje wollte, dass wir hier leuchtende Nixen aufhängen», ergänzte der Hausmeister schmunzelnd. «In Himmelblau.»

Das Mädchen schmollte. «Die Jungs waren aber dagegen.»

«Kann ich mir vorstellen.» Eduard bekam nun auch den Schraubenzieher gereicht.

Der Hausmeister mühte sich mit der Aufhängung ab. Er ächzte, als er den Befestigungshaken in die Deckenverkleidung drehte. «Drei Abende haben wir diskutiert, welche Lampen es werden sollen. Und glauben Sie mir, die Argumente waren weit blumiger als das Endergebnis hier.»

«Das Modell ist zeitlos.» Eduard gab sich diplomatisch und wandte sich an das Mädchen. «Glaub mir, junge Dame, in spätestens drei Jahren findest du himmelblaue Nixen absolut furchtbar.»

«Den Schraubenzieher, bitte», der Hausmeister streckte die Hand auffordernd aus, als sei er ein Chirurg bei der Arbeit.

Eduard, die OP-Schwester, reichte das gewünschte Werkzeug an. Drei oder vier angestrengte Atemzüge später hing die Lampe. «Geh, Marje, wir wollen es wagen. Mach mal an.»

Das Mädchen hüpfte zur Tür und drehte am Knopf. Als das Licht den Raum erhellte, strahlte Marje mit der Lampe um die Wette. «Oh, wie schön!»

«Ein Testlauf. Wir haben nämlich erst seit gestern Elektrizität», klärte ihn der Hausmeister auf.

«Ich habe das neue Stromkabel gesehen.» Und gehört, dachte Eduard und ging zu dem Instrument. Seine Hand streichelte das schwarz lackierte Holz des Ibach-Flügels. Kein Steinway, kein Schimmel, aber gute deutsche Wertarbeit, und der Klang war im Allgemeinen angenehm weich. Sehr ungewöhnlich, so etwas in einem Schul-Speisesaal vorzufinden.

Er hatte sich nicht getäuscht, die Partitur auf dem Notenständer entpuppte sich tatsächlich als ein Stück von Brahms. Eine der *Sieben Fantasien.* Eduard musste schwer mit sich kämpfen, mit seinem enzyklopädischen Wissen hinter dem Berg zu halten. Es gäbe so viel Spannendes über Brahms zu erzählen, aber ob das für eine Zehnjährige und einen mäßig begabten Handwerker von Interesse war?

Der Hausmeister kletterte vom Tisch. Er hatte etwas Gewitztes im Blick, kleine, neugierige Augen, eine kräftige Nase und den leichten Ansatz eines Doppelkinns. Er mochte zehn Jahre älter sein als Eduard, also Mitte vierzig. Die Baskenmütze trug er wohl, weil das Haar darunter nicht mehr allzu üppig wuchs.

Nun schaute der Hausmeister Eduard das erste Mal richtig an. «Haben Sie Ahnung von Musik?»

«Ja, ein wenig.» Eduard ging auf den Mann zu und reichte ihm die Hand. «Zuckmayer. Eduard Zuckmayer.»

Der Hausmeister erwiderte nichts, musterte Eduard nur von oben bis unten, am intensivsten die Hände, die er nach der förmlichen Begrüßung schnell wieder losgelassen hatte.

Verlegen schaute Eduard aus dem Fenster und tat so, als ob er das Ende des Regengusses nicht abwarten könnte. Und tatsächlich schien das Schlimmste vorbei zu sein. «Es ist jedenfalls nett, dass ich mich hier kurz unterstellen durfte.»

«Noch nicht gehen!», protestierte Marje. «Ich geb der Waldi etwas Wasser und ein Stück Wienerle.»

«Na, Marje, nicht zu großzügig sein», bremste der Hausmeister. «Die Wienerle sind abgezählt, wie ich deine Tante kenne.»

Doch das Mädchen war schon losgerannt, und Waldi, die anscheinend genau wusste, dass es um die Wurst ging, schwanzwedelnd hinterher.

«Zuckmayer?», fragte der Hausmeister nachdenklich. «Dann spielen Sie doch mal was vor.»

Eduard ließ sich nicht zweimal bitten. In Frankfurt musste er spielen, hier *durfte* er. Schon deshalb verspürte er seit langem das erste Mal wieder große Lust darauf. Außerdem mochte er die *Sieben Fantasien.* Kurz schloss er die Augen und legte die Finger auf die Tasten, genoss die Berührung des Elfenbeins, das sich nie kalt anfühlte, nie wie ein Gegenstand, und dem Eduard stets größte Behutsamkeit entgegenbrachte. Nicht hämmern und kämpfen, sondern die Finger einfach das tun lassen, was der Komponist sich für sie hatte einfallen lassen.

Der Hausmeister ließ sich schwer auf einen der Stühle fallen und starrte Eduard an.

«Eigentlich dachte Brahms, er habe das Feld der Musik abgegrast und es gäbe keine Harmonie, die er nicht schon zu Papier gebracht hatte. Doch dann schuf er dieses Werk, fast wie ein Schriftsteller, der eine Autobiographie schreibt. Das vierte Stück zum Beispiel …» Eduard spielte die ersten Töne, langsam und unaufgeregt, die Akustik war leider miserabel. «Es hat fast keine Dynamik, wirkt sehr zurückgenommen. Vielleicht erinnert Brahms hier an die unerfüllte Liebe zu Clara Schumann, die erst verheiratet war und dann, nach dem Tod ihres Mannes, lieber trauernde Witwe sein wollte als glückliche Frau Brahms.»

Der Hausmeister beugte sich vor. Entweder hatte er Bauchweh, oder er war ernsthaft interessiert.

«Vielleicht verständlich», fuhr Eduard fort, «wenn man weiß, dass Clara vierzehn Jahre älter war. Damals sind die beiden übereingekommen, alle Briefe, die ihre innige Beziehung belegten, zu vernichten. Brahms hielt sich daran. Und hören Sie?» Eduard war nun am Ende des Mittelteils angekommen und verharrte im Spiel. «Man hätte hier prächtige Dur- oder Mollakkorde einbauen können.» Jetzt erst glitten seine Finger wieder über die Tasten. «Brahms zügelt sich ... Er ist übrigens zeit seines Lebens unverheiratet geblieben.»

Die letzten Töne verklangen. Eduard lehnte sich auf dem Klavierhocker zurück und schaute den Hausmeister an. Überraschenderweise wischte der sich eine Träne aus dem Augenwinkel.

«Hab ich ein ...», Eduard suchte die passenden Worte, «... ein für Sie unangenehmes Thema angesprochen? Das täte mir leid.»

Der Hausmeister schüttelte den Kopf. «Nein, keine Sorge, ich bin seit fast zwanzig Jahren glücklich verheiratet und vierfacher Vater. Es ist einfach nur ... Ihr Vortrag war wunderbar.»

«Ich weiß, die meisten meiner Kollegen schwätzen nicht so viel beim Klavierspiel. Das ist eine Eigenart von mir. Erst wenn ich weiß, in welcher Lebenslage ein Komponist sein Werk erschaffen hat, kann ich es wirklich durchdringen.»

«Sie sind tatsächlich Eduard Zuckmayer.»

«Aber ja.»

Der kleine Mann stand auf, näherte sich Eduard beinahe ehrfurchtsvoll, dann starrte er wieder auf dessen Hände. «Aber was ist mit Ihren Fingern?»

Eduard hob die Arme, schaute seine Hände von allen Seiten gründlich an, doch sie waren sauber, gepflegt, selbst Frau Stahlkötter aus Westfalen hätte nichts an ihnen auszusetzen. «Was soll mit denen sein?»

«Ich hörte, die wären Ihnen im Großen Krieg abgefallen.»

Ach, diese unangenehme Geschichte wieder. Eduard erhob sich und schloss den Deckel über der Tastatur. «Sie kennen also meinen Bruder?»

«Nicht persönlich. Aber wissen Sie, unter uns Theaterleuten …» Der Mann stellte sich aufrecht hin und streckte zu Eduards Verwunderung die Hand aus. «Jetzt traue ich mich auch, Sie mit einem ordentlichen Handschlag zu begrüßen.»

«Mein Bruder Carl … Seine Behauptung, mir wären beim gemeinsamen Einsatz in Russland die Finger abgefroren, ist deutlich dramatischer als die Wahrheit. Die Sache fand in Wahrheit 1918 statt, und zwar in Frankreich, und sie bescherte mir eine kaputte Wirbelsäule.»

Der Mann lachte. «Ich bin froh darüber. Andernfalls hätte ich nämlich nie Ihrem wunderbaren Spiel und den dazugehörigen Erzählungen lauschen können.» Er nahm die Baskenmütze ab. Das Haar darunter wuchs tatsächlich spärlich, doch auffälliger war, dass eine gewaltige Narbe die Kopfhaut zerriss. «Wir haben alle unsere Kriegsverletzungen mit nach Hause gebracht. Und manchmal sieht es schlimmer aus, als es ist. Mein Kopf funktioniert jedenfalls einwandfrei.» Er zwinkerte. «Zumindest glaube ich das.»

Eduard lachte höflich. Ja, es war ein Glück, dass seine Hände verschont geblieben waren. Jedoch machte sich niemand eine Vorstellung davon, welche Folgen eine Splitterverletzung am Lendenwirbel nach sich zog. Er konnte weiterhin Klavier spielen, doch würde er wahrscheinlich nie eigene Kinder haben, die ihn mit dem Flohwalzer in den Wahnsinn trieben. Darüber sprach Eduard allerdings nicht. Nicht mit dem Arzt, der ihn betreute, nicht mit seiner Mutter, die sich sorgte, nicht mit seinem Bruder, der gerade geheiratet hatte. Und am wenigsten mit Fräulein Neuer. Es war höchste Zeit für einen Themenwechsel: «Und mit wem habe ich das Vergnügen?»

«Ach, hatte ich mich gar nicht vorgestellt?» Der Mann deutete eine kleine Verbeugung an. «Luserke, Martin. Lu genannt. Schulleiter. Und übrigens, wir suchen dringend einen engagierten Musiklehrer.»

~

Moskito hat ein flaues Gefühl im Bauch. Auf der Obstkiste, die er vorhin aus dem Holzhaufen im Hof gezogen hat, steht ein alter Blechkanister, in dem mal Schmieröl für die Wasserpumpe gewesen ist. Und obendrauf steht er jetzt, klitschnass, weil es immer noch regnet.

Jeder, der zu den Bären gehören will, muss so eine Mutprobe bestehen, sagt Volkmar.

Endlich hat Moskito einigermaßen sicheren Stand und kann das Fenster öffnen, ohne dass alles in sich zusammenkracht. Es steht einen Spalt offen, viel zu eng für seine Hand, doch mit der Fahrradspeiche, die er aus der Werkstatt stibitzt hat, geht's. Deren leicht gebogenes Ende löst nach einigem Fummeln innen den Haken. Leider zittern seine Hände. Moskito mag Fräulein Kea, sie ist zwar ganz schön ruppig und viel magerer als die Köchin seiner Eltern, und statt Humintas mit Rosinen kocht sie Klütje mit Birnenkompott, aber Fräulein Kea ist einfach keine Frau, die man gerne beklaut.

Geschafft! Das Fenster geht auf. Es quietscht. Aber nur ganz leise. Moskito schiebt seinen Oberkörper in die enge Öffnung, dreht sich ein bisschen. Zum Glück ist bei dem scheußlichen

Wetter kaum ein Mensch unterwegs, der würde sonst von der Straße aus einen Hintern und zwei in der Luft schwebende Beine sehen. Vorhin, vor dem heftigen Regenguss, war ein Mann hier entlangspaziert, der mit seiner großen Brille aussah wie ein versponnener Professor, einen kleinen Dackel hatte er auch dabei. Da hat Moskito sich in den Büschen versteckt und gewartet, bis der Korff sein Gebell loslässt, das jeden Neugierigen verschreckt. Erst danach ist Moskito hochgeklettert.

In der Speisekammer riecht es nach Schinken und dem Bohneneintopf von vorgestern. Kräuter hängen zum Trocknen auf der Leine, und die drei Eimer Brombeeren, die die Schüler gestern in den Dünen gepflückt haben, um Obstgrütze daraus zu kochen, stehen neben der Tür. Doch Moskito hat nur Augen für die Büchse der Pandora.

Er hängt halb drinnen, halb draußen. Der Fußboden ist bestimmt zwei Meter entfernt. Direkt unter dem Fenster sind ein paar Kochtöpfe gestapelt. Die Regalbretter zu seiner Linken sehen stabiler aus. Um dahin zu kommen, muss er sich ganz krumm machen.

Endlich erreichen seine Fingerspitzen den Vorratsschrank, und Moskito zieht sich Zentimeter für Zentimeter nach vorne, bis er eines der Beine angewinkelt hineinschieben kann. Er muss schnaufen, als hätte er gerade die Morgengymnastik am Strand absolviert, samt Dauerlauf durch die Dünen. Er bewegt sein rechtes Bein, versucht, den linken Arm durchstrecken, ohne das Gleichgewicht zu verlieren, dann lässt er sich langsam nach unten gleiten, genau zwischen das Kochgeschirr.

In dem Moment dreht sich der Schlüssel, die Tür der Speisekammer öffnet sich, und ein Hund kommt herein. Es ist der Dackel von vorhin. Das struppige Tier glotzt Moskito an, als habe es ihn bereits gerochen, kein Kläffen und kein Zähnefletschen, das glatte Gegenteil von Korff. Dafür treibt ihm das blonde Mädchen dahinter den Angstschweiß auf die Stirn: Ausgerechnet Marje steht da, die Nichte von Fräulein Kea und Streberin der Sexta. Sie ist von all den ständig plappernden Mädchen der Schule die Erste, die Moskito, wenn er die Wahl hätte, in einer Rakete zum Mond schießen würde.

Marje mustert ihn von oben bis unten, dann stemmt sie die Hände in die Hüften. «Lass mich raten: Volkmar, der alte Fresssack, zwingt dich, die Büchse der Pandora zu plündern.»

Moskito schüttelt den Kopf. Niemals würde er einen Freund verraten, schon gar nicht an ein Mädchen. «Ich … hab mich verlaufen.»

Sie schaut zum offenen Fenster. «Wohl eher verklettert.» Marjes Mundwinkel verziehen sich zu einem spöttischen Lächeln.

Sie wird ihn verpetzten, das ist sonnenklar. Mädchen sind immer schnell dabei, ihre Klappe aufzureißen, um andere schlecht und sich selbst besser dastehen zu lassen. Moskito könnte um Gnade betteln, doch dazu ist er zu stolz. Er könnte eine Gegenleistung für ihr Schweigen anbieten, doch ihm fällt nicht ein, was das sein sollte. Moskito steht bloß da wie ein Obertrottel, mit einem Fuß im Kartoffeltopf. Und sagt nichts.

~

Gustav hatte keine Ahnung, wie diese Farbe hieß, irgendetwas zwischen Schweinchenrosa und Mausgrau, viele Frauen trugen sie in diesem Sommer. Sie passte gut zu blondem Haar, zu blasser Haut und blauen Augen.

«Sandelholz», verriet Therese. Und schlug ihm dabei leicht auf den Handrücken, sodass er die Locke, die zwischen seinen

Fingern lag, wieder fallen ließ. Sie hatte sich so seidig auf seiner schwieligen Haut angefühlt.

Wann, fragte er sich zum hundertsten Male, würde man ihm den Bauernsohn endlich nicht mehr ansehen?

«Gustav, wir müssen vernünftig sein.»

Er machte einen Schritt von der Wand weg. Therese entschlüpfte ihm, richtete ihre Frisur, ging zum Schreibtisch und setzte sich. Jetzt sah sie wieder nach dem aus, was sie war: eine Hotelierstochter, die den Laden schmiss, weil ihr Vater in seinem Tanzcafé selbst der beste Kunde war und lieber mit den Stammtischfreunden auf die Jagd ging, als sich um Sachen wie Buchführung, Reservierungen oder Lieferscheine zu kümmern. Schon zu Lebzeiten seiner Frau hatte es sich der alte Gerken gut gehen und die Gattin nebst Angestellten die Arbeit erledigen lassen.

Das hatte Gustav von Josef erfahren, einem Kollegen, der schon länger im Tanzcafé Promenade kellnerte. Und der wohl auch mal eine Liebelei mit Therese hatte, bis es beinahe rausgekommen war. Als Angestellter machte man dann lieber den Abflug, als vom alten Gerken einen Anschiss zu riskieren, plus miserablem Zeugnis und der Garantie, dass jeder andere Gastronom im Umkreis von hundert Kilometern in Kenntnis gesetzt wurde, was für ein schlimmer Finger man war. Gustav blieb vorsichtig. Er mochte Therese viel zu sehr. Und nicht zuletzt mochte er die Aussicht darauf, einmal ihr Ehemann zu sein und es dann anders, also besser, zu machen. Seine Frau müsste nicht arbeiten gehen, wenn sie nicht unbedingt wollte. Sie dürfte sich um den Haushalt kümmern, um die Kinder und vielleicht noch um Wohltätigkeitsbelange in der Gemeinde. Aber nicht ums Geschäft!

Gustav knöpfte den obersten Knopf seiner Weste zu, setzte

sich halb auf den Tisch und tat so, als würde er sich für die Dokumente interessieren, die dort fein säuberlich rund um Thereses Schreibunterlage sortiert waren. «Viel zu tun, oder?»

Sie nickte. «Du solltest an die Arbeit gehen, sonst fällt das auf.»

«Ich hab heute Nachmittag frei, schon vergessen? Wir haben doch gleich die große Strandtreppen-Aktion.»

«Ach ja.» Sie lächelte müde. Kein Wunder, Therese war heute Morgen mit der frühen Fähre gekommen, weil sie gestern auf dem Festland beim Arzt gewesen war. Musste wohl ein Facharzt gewesen sein, sonst hätte sie auch zu Doktor Hensell gehen können, der auf der Insel praktizierte und kein schlechter Mediziner war. Doch Gustav fragte nicht weiter nach. So vertraut waren sie noch nicht.

«Was meinst du, Therese? Werden über hundert kommen? Dann können wir es vielleicht heute schon schaffen!»

«Ich weiß gar nicht, ob es auf der Insel überhaupt hundert Schaufeln gibt.»

«Sicher! Schau dir doch die Sandburgen unten am Strand an. Da buddeln die Gäste freiwillig den ganzen Tag. Warum sollen sie es nicht auch an der alten Treppe tun?»

Sie zuckte mit den Schultern. «An deiner Stelle würde ich mich vorher umziehen.»

Das hatte er nicht vor. «Du glaubst nicht dran, stimmt's?»

«Ach Gustav, ich muss arbeiten.»

Er erhob sich, ging um den Schreibtisch herum und drückte ihr einen schnellen, aber gefühlvollen Kuss in den Nacken. «Wenn ich erst deinen Vater überzeugt habe, musst du nicht mehr …»

«Pass bloß auf, er kann jederzeit hier hereinplatzen.»

Vor ihr lag eine Meldebestätigung. Ein Dr. Reiner von der

Schule am Meer. Das Formular war in der Mitte durchgerissen. «Was ist damit?»

«Ach, der hat hintenrum versucht, seine Schwiegermutter bei uns einzuschleusen.» Therese nahm das Blatt, zerknüllte es und warf es in den Papierkorb neben ihrem Stuhl. «Bei mir gibt er den seriösen Herrn Doktor, und dann kommt raus, dass er mit einer Jüdin verheiratet ist. Die Frau ist mir schon auf dem Schiff aufgefallen. Läuft herum wie ein Kerl. Vielleicht hat sie studiert, aber sonst ist nichts Vornehmes an ihr, diese runden Augen, dieser große Mund, dazu kurzes Haar. Und drei ungezogene Gören. Nun ja, Lehrers Kinder, Müllers Vieh ...»

Gustav pflichtete ihr bei: «Ist mir nicht geheuer, diese Schule am Meer. Die machen sich ein bisschen zu breit auf der Insel.» Als Kellner schnappte man viel Gerede auf, und in den letzten Wochen hatte Gustav einige Geschichten gehört über das neue Landschulheim. Intellektuelle, trugen lachhafte Mützchen schräg auf dem Kopf und meinten, sich alles erlauben zu können. Hatten den armen Vorpächter aus dem Tusculum auf die Straße gesetzt, einen frommen Deutschen, ohne ihm eine müde Mark zu geben. Und solche Halsabschneider sollten Vorbilder für die Jugend sein?

«Die Tochter von Fenna, unserer Spülhilfe, wurde dort als Schülerin angenommen», erzählte Therese. «Viel lernen tut das Mädchen freilich nicht, höchstens malen und Tiere füttern. Außerdem soll es in den Klassenzimmern durch die Decke regnen.»

«Warum schickt Fenna das Kind nicht in die Dorfschule? Ist die ihr nicht gut genug?»

Therese zuckte mit den Schultern. «Fennas Schwester hat das ausgehandelt. Angeblich hat der Schulleiter eine besondere Begabung bei dem Mädchen festgestellt und angeboten, dass Marje bis zum Abitur bleiben darf. Umsonst.»

«Wirklich? Ich hab gehört, die anderen Eltern zahlen ein Vermögen.»

«Eben. Da hat Fenna nicht lange gezögert. Sie hat ohnehin keinen Draht zu dem Kind. Schade, Marje ist ein hübsches Ding und von Fennas vier Rotzlöffeln sicher die Gelungenste.»

«Aber das Mädchen ausgerechnet in eine solche Einrichtung zu geben? Alles Kommunisten, wie ich hörte. Und die Männer sollen mehrere Frauen gleichzeitig haben. Einem von denen bin ich vorhin am Lokschuppen mit seinem Köter begegnet. So ein Mistvieh. Also, der Hund. Obwohl, der Mann hatte auch irgendwie was Jüdisches an sich.» Gustav deutete einen Höcker auf der Nase an und schob seine Ohren nach vorn.

Therese lächelte. Es stand ihr gut, wenn sie fröhlich war.

Plötzlich wurde die Tür aufgerissen, und der alte Gerken baute sich vor ihnen auf. Der Hotelier trug seine olivfarbene Jacke und das Gewehr noch geschultert – aber die Jagd war anscheinend erfolglos gewesen, denn die schlechte Laune stand ihm ins Gesicht geschrieben. Was für ein Glück, dass Gustav völlig harmlos an Thereses Schreibtisch stand. «Moin, Herr Gerken!»

«Tust du so, als ob du lesen könntest?»

Gustav verkniff sich eine Retourkutsche. «Und, was geschossen?», fragte er nur.

Der alte Gerken schien überlegen zu müssen, ob sein Angestellter überhaupt einer Antwort würdig war, dann grummelte er: «Graugans.»

«Also servieren wir den Gästen morgen frischen Gänsebraten?»

«Hm», machte Gerken.

Wahrscheinlich war ihm das Tier wieder mal durch die Lappen gegangen, vermutete Gustav. Wäre nicht das erste Mal.

«Vom Wetter her würde es ja auf die Speisekarte passen. Der Wind erinnert eher an November als an Juli. ’ne schöne Martinsgans mit Klößen und Kohl?» Der Scherz brachte niemanden zum Lachen.

Therese funkelte ihn warnend an. Sie hatte ja recht, besser, man fragte bei Gerkens Jagderfolgen nicht so genau nach.

«Ich muss los. Ist gleich zwei. Bestimmt warten die Leute schon auf mich.» Gustav ging zur Tür.

«Bislang steht da kein Mensch», schnaubte Gerken.

«Warten wir's ab!» Gustav warf Therese noch einen kurzen Blick zu, der leider nicht erwidert wurde, dann verließ er das Büro, drängelte sich am Rezeptionisten vorbei und trat durch den Hinterausgang nach draußen.

Es hatte inzwischen aufgehört zu regnen, das war doch schon mal ein gutes Zeichen. Der kurze Schleichweg durch die Dünen zum Tanzcafé war so schmal, dass der Handkarren mit den Schaufeln und Besen gerade eben hindurchpasste.

Der Aufgang zum Hauptbadestrand klaffte nur wenige Schritte vom Tanzcafé Promenade entfernt zwischen den Dünen. Leider hatte der alte Gerken recht, noch stand niemand neben dem Fahnenmast, der auf den zahlreichen Plakaten und Flugblättern, die Gustav im Dorf verteilt hatte, als Treffpunkt angegeben war. Doch die Kirchturmuhr zeigte erst Viertel vor zwei, wahrscheinlich stärkten sich die Freiwilligen noch mit einem kleinen Happen oder machten ein Mittagsschläfchen. Gustav lehnte sich lässig gegen den Mast und schaute sich um.

Daran, dass hier einmal eine breite Treppe fast bis zum Meer geführt hatte, erinnerte nur der klägliche Rest einer Brüstung, der einen knappen Meter aus dem Sand ragte. Diesen Stufen war passiert, was dem ganzen Land widerfahren war: Der Krieg war darüber hinweggegangen, hatte alles zerstört und begraben und unbrauchbar gemacht. Und niemand fühlte sich berufen, den alten Glanz wiederherzustellen. Niemand außer ihm.

«Bist du der Schaufelmann?», fragte eine dünne Stimme.

Gustav schaute nach unten. Ein Knirps mit winzigem Eimerchen stand zu seinen Füßen, ein drolliges Kerlchen mit rotem Haar. Gustav hockte sich hin.

«Ja, der bin ich. Und wer bist du?»

«Samuel Rosenthal.»

Ein Judenkind.

«Mein Vater und mein Onkel kommen auch gleich. Die sind ganz stark.»

Gustav richtete sich wieder auf. Trotz des kühlen Windes stand ihm mit einem Mal der Schweiß auf der Stirn. Das fing ja gut an. Doch dann sah er zum Glück drei Badewärter, die sich vom Hauptstrand her näherten, stramme Burschen, die außerhalb der Schwimmzeiten nichts zu tun hatten. Sie winkten schon mit ihren Schaufeln. Und einer rief: «Aber dafür gibst du uns später ein Bier im Tanzcafé aus, verstanden?»

Gustav nickte. Das Kleingeld von dem Dackeldeppen würde für drei Helle reichen, und das war es ihm wert. Er selber trank ohnehin nur Wasser. Seit jenem unseligen Abend hatte er keinen Tropfen Alkohol angerührt.

Noch fünf Minuten. Es kam ihm vor wie eine Ewigkeit. Aber der Judenbengel hatte nicht zu viel versprochen, zwei kräftige Männer gesellten sich zu ihnen. Und mit Erleichterung stellte Gustav fest, dass sich noch weitere Männer und Jungen rund um den Flaggenmast einfanden. Etwas weiter entfernt hatte sich auch der alte Gerken aufgestellt, mit verschränkten Armen wartete er anscheinend darauf, dass sein Saisonkellner sich gleich bis auf die Knochen blamierte.

Um kurz nach zwei war die Arbeitsgruppe auf immerhin dreißig Personen angewachsen. Keine hundert, das musste Gustav sich leider eingestehen. Aber egal, dann dauerte das Projekt eben ein paar Tage länger. Sobald die Anwesenden begriffen hatten, dass es um mehr ging als nur ein bisschen Buddelei, würden morgen schon doppelt so viele mithelfen. Mundpropaganda war hier auf der Insel schneller als ein Telegramm.

Gustav nahm seinen Spaten aus der Karre und kletterte auf den Mauerrest, um eine bessere Position zu haben. «Schön, dass Sie so zahlreich erschienen sind», sagte er mit lauter Stimme. «Bevor wir uns an die Arbeit machen, möchte ich Sie einschwören auf das, was an dieser Stelle», er klopfte mit dem Spaten auf die Mauer, «unter dem Sand verborgen liegt. Einst haben hier Könige residiert, Fürsten, Grafen und Barone. Das war lange bevor unser Land durch einen verlogenen Handel, der sich Friedensvertrag schimpft, seines Stolzes beraubt wurde.» Einige der Anwesenden nickten. Die Inselgäste waren zum Glück meist nicht aus der kommunistischen Ecke. «Wenn wir also diese Treppe, über die viele ehrenhafte Menschen einst zum Bade gegangen sind, wieder freilegen, so legen wir auch unsere stolze deutsche Seele frei, die viel zu lange verschüttet war.»

Gustav schaute sich um. Die meisten machten einen ergriffenen Eindruck. Auch der alte Gerken wirkte nicht mehr ganz so skeptisch. Nur so ein Alter mit Spitzbart und Brille, den Gustav vom Sehen kannte, schüttelte amüsiert den Kopf.

«Junger Mann, wenn Sie sich schon erdreisten, die natürlichen Vorgänge einer Insel mit der großen Politik zu vergleichen, dann sollten Sie den Menschen hier aber auch mitteilen, dass ihr Einsatz ebenso sinnlos sein wird wie das Aufbegehren gegen den Versailler Vertrag.»

Jetzt erkannte Gustav den Mann. Otto Leege, ein Querulant, der mit der halben Insel über Kreuz lag, weil er ständig irgendwelche Gesetze durchbringen wollte, die angeblich die Natur schützten. Sein halbes Leben hatte der Kerl auf einer benachbarten Vogelinsel verbracht, nun hauste er in einer Hütte im Ostdorf, hielt naturwissenschaftliche Vorträge und spielte am Sonntag in der Kirche die Orgel. Der alte Gerken hatte einmal gesagt, die Seemöwen hätten Otto Leege das Gehirn zugeschissen. Und tatsächlich näherte sich der Hotelier, um von dem Schlagabtausch ja nichts zu verpassen.

Jetzt kam es drauf an, jetzt durfte Gustav auf keinen Fall den Kürzeren ziehen. «Sie, Herr Leege, mögen einer von denen sein, die dem Geschwätz über die angebliche Niederlage unseres Volkes Glauben schenken.»

«Bleiben wir doch bei Ihrer Metapher, Herr Wenniger.»

Gustav war erstaunt, dass der Mann wusste, wer er war. Erfreulich, dann hatte er sich in der kurzen Zeit, die er auf Juist lebte, also bereits einen Namen gemacht.

«Demnach wäre das Volk die Treppe, die tief vergraben liegt», folgerte Leege.

Gustav nickte. «So ist es.»

«Aber wissen Sie auch, dass dieses Bauwerk schon zu den Zeiten, als es errichtet wurde, täglich mehrfach gefegt werden musste? Das Kurhaus hatte einen eigenen Hilfsarbeiter dafür angestellt, der, wenn er unten angekommen war, gleich oben weiterfegen durfte. Sieben Tage die Woche, zwölf Stunden am Tag. Und jeden Morgen lag bereits wieder zentimeterdick der Sand auf den Stufen.»

Vereinzeltes Gelächter war zu hören. Zwei, drei Männer lehnten ihre Schaufeln an den Karren und waren wohl im Begriff zu gehen.

«Nun …» Gustav musste seine Wut wegräuspern. «Ein gesundes Volk bedarf eben regelmäßiger Pflege.»

«Allerdings», pflichtete Leege ihm bei, doch ihm war anzusehen, dass er jetzt keinesfalls klein beigeben würde. «Oder man sieht früh genug ein, dass der Platz einfach schlecht gewählt ist. Diese Treppe hier», nun wandte der Klugschwätzer sich an die versammelte Truppe, «wird schneller wieder versandet sein, als Sie daheim ankommen. Juist ist nun mal eine Sandbank, Wind und Meer arbeiten sich ständig an ihr ab, der Strand gewinnt an dieser Stelle mehrere Meter im Jahr. Naturgewalten sind nicht auszutricksen, meine Herren, es sei denn, Sie betonieren alles zu. Und selbst dann werden sich die Elemente ihren Weg suchen, das ist so sicher wie das Amen in der Kirche.»

Eine Ader pochte wild an Gustavs Schläfe. Verfluchte Predigt!

Otto Leege nickte kurz und schickte sich an zu gehen.

Alle Augen waren nun wieder auf Gustav geheftet, in froher Erwartung einer gepfefferten Antwort, die er dem Alten mit auf den Weg gegeben würde. Auch der alte Gerken schaute ihn herausfordernd an.

Doch leider fiel Gustav nichts, aber auch gar nichts ein.

~

Volkmar sitzt auf dem Bett und wischt sich die Hände an der Tagesdecke ab, über seiner Lippe hängen zwei Krümel. «Und du willst den wirklich nicht?»

Moskito hockt seinem Freund gegenüber und reicht ihm seinen Klütje. Der Einbruch in die Speisekammer ist ihm auf den Magen geschlagen. Am liebsten würde er sich für den Rest des Tages unter der Bettdecke verkriechen.

«Die Portion ist sowieso ein bisschen mickrig ausgefallen», sagt Volkmar, kaum verständlich, weil er schon wieder am Kauen ist. «Und ohne Zimt und Zucker.»

«Die Sache war echt knapp! Wenn ich Marje gebeten hätte, mir auch noch den Zuckertopf zu reichen, hätte sie mich garantiert verpfiffen.»

«Quatsch, niemals. Sie schwärmt für dich.» Das hat Volkmar schon öfter behauptet, aber Moskito glaubt ihm kein Wort. Marje ist schließlich erst zehn. Die interessiert sich für Puppen. Und für die Schule, weil sie eine Streberin ist. Aber sicher nicht für Jungs. Und für ihn schon gar nicht.

«Eine Lehrstunde in Sachen Hauswirtschaft hat sie mir dafür erteilt», erzählt er und versucht, Marjes Tonfall nachzuahmen: «Meine Tante muss beim Einkaufen jeden Pfennig umdrehen. Wenn alle hier reinschleichen, um was zu klauen, geht die Schule pleite.»

«Blödsinn. Mein Vater zahlt jeden Monat mehr als hundert Mark, und da sind die Schuluniformen und Ausflüge noch nicht mit drin.» Volkmar verschlingt den letzten Bissen und lehnt sich auf seinem Bett zurück. Kritisch mustert er Moskito. «Und deine Eltern? Sind die reich?»

«Mein Vater hat ein Bergwerk in Bolivien.»

«Silber?»

«Zinn! Ist momentan der Renner.»

«Aber wenn deine Familie reich ist, warum schicken sie dann keine Fresspakete?»

«Haben sie bestimmt schon. Das dauert eben nur sehr lange.» Moskito versucht, lässig zu klingen, auch wenn sich bei diesem Thema etwas in seinem Innern zusammenzieht. «Als ich im Juni hierhergekommen bin, musste ich sieben verschiedene Fortbewegungsmittel benutzen. Zähl mal mit: Erst bin ich mit der Kutsche zum Busbahnhof in Potosí, das ist meine Heimatstadt in der Nähe vom Titicacasee.»

Natürlich kriegt sich Volkmar bei dem Namen nicht mehr ein. Wie alle Jungs. «Titicacasee, Titicacasee!»

Doch Moskito lässt sich nicht beirren. «Von dort mit dem Bus bis nach La Paz», redet er weiter, «mit dem Flugzeug nach Lima in Peru, dann mit dem Schiff nach Hamburg ...»

«Durch den Panama-Kanal?»

«Wo lang denn sonst? In Hamburg bin ich mit dem Taxi zum Bahnhof. Ab da bin ich ohne Gundula weiter.»

«Deine Schwester?»

Moskito nickt. «Sie studiert in Berlin und hat die Reise schon öfter gemacht.»

«Ist sie hübsch?»

«Keine Ahnung. Sie ist meine Schwester.»

«Blond? Brünett?»

«Dieselbe Haarfarbe wie ich.»

«Straßenköterbraun.» Volkmar wirkt deswegen nicht weniger interessiert. «Ist sie schlank oder eher so wie du?»

«Schlank.» Manchmal nervt Volkmars Gehabe. «Jedenfalls bin ich ab Hamburg alleine weiter, mit der Eisenbahn bis Norddeich und dann auf die Fähre nach Juist.» Dass er auf der ganzen Strecke geheult hat, behält Moskito natürlich für sich. Er will nicht, dass sein Zimmerkamerad ihn für verweichlicht hält.

Volkmar zählt vor und streckt nach und nach seine Finger aus. «Kutsche, Bus, Flugzeug, Schiff, Eisenbahn, Taxi. Eins fehlt noch.»

«Ach ja. Auf Juist bin ich noch vom Hafen zur Schule gelatscht. Zu Fuß. Nach fast vier Wochen Reise. Und zehntausend Kilometern.»

«Echt?» Volkmar steht auf und zieht ein dickes Buch unter dem Bett hervor. Es ist der Atlas aus dem Geographie-Unterricht, eigentlich darf man den gar nicht mit aufs Zimmer nehmen. Aber Volkmar borgt ihn trotzdem manchmal aus und vergisst dann, ihn zurückzubringen. «Zeig mal!»

Moskito blättert in dem schweren Buch, das ein bisschen muffig riecht. Es gibt mehrere Doppelseiten mit der ganzen Welt, er wählt die Karte, auf der die verschiedenen Gebirge, die Flüsse und Tiefebenen zu sehen sind. Wenn er seinen Daumen auf die Anden legt und den kleinen Finger in die Nordsee, muss er seine Hand ganz schön strecken.

«Ziemlich weit», staunt Volkmar. Natürlich staunt er. Seine Eltern leben schließlich nur in Bremen. Dann steht er auf, Stillsitzen ist nicht sein Ding. «Endlich, es hat aufgehört zu regnen. Lust auf 'ne Partie Hockey im Hof?»

Moskito lehnt ab. Vor einer Sportskanone wie Volkmar würde er das nie zugeben, aber er ist noch zu kaputt von seinem Abenteuer in der Speisekammer.

«Dann nicht, du Stubenhocker!» Die Tür fällt mit dem vertrauten Krachen ins Schloss.

Ob sie uns mit Absicht in ein Zimmer gesteckt haben?, überlegt Moskito. Einen, der immer Hummeln im Hintern hat … und einen wie mich.

Er betrachtet noch ein bisschen die Landkarten, reist ein halbes Dutzend Mal mit dem Finger zwischen Südamerika und Nordeuropa hin und her, dann packt er den Atlas in den Kleiderschrank, dort ist er besser aufgehoben als unterm Bett, schiebt ihn unter seinen grünen Lieblingspullover aus Alpakawolle, den seine Schwester Gundula ihm für Juist gestrickt hat. Den kann er leider nicht gebrauchen. In der Schule am Meer haben alle Jungs graue Knickerbocker und rostrote Pullunder an, im Winter mit und im Sommer ohne langes Hemd drunter. Die Mädchen tragen dunkelblaue Röcke. Dazu – Jungen wie Mädchen, der Direktor auch, das findet Moskito lustig – schwarze Baskenmützen.

«Moskito!» Der Ruf kommt aus dem Hof. «Moskito, schnell, das musst du sehen!»

Er tritt ans Fenster. Theo und Hubert stehen neben dem Fahnenmast und winken eifrig. Moskito öffnet das Fenster.

«Komm raus!»

«Ich kann nicht, ich muss lernen.»

«Unsinn!», ruft Theo. «Wir haben Ferien, und du bist sowieso Klassenbester.»

«Nach Marje», ergänzt Hubert und hat damit leider recht.

Jetzt kommt Volkmar dazu, mit angeekeltem Gesicht. In seinen Armen trägt er einen riesigen Vogel, den man auf den ersten Blick für tot halten könnte, dessen langer Hals aber bei genauerem Hinsehen leicht und regelmäßig vibriert. Eine Graugans.

«Haben Kurgäste vorbeigebracht», sagt Volkmar. «Kann nicht mehr fliegen.»

Ein verletzter Vogel! Moskito steigt in seine Sandalen, zieht die Schnallen fest und rennt aus dem Zimmer. Als er draußen ist, haben die anderen die Gans schon auf eine alte Decke gebettet. Selbst Marje ist dabei, sie hat sich hinuntergebeugt, traut sich aber nicht, das Tier anzufassen.

Moskito kniet sich neben die Decke und streicht über die weichen, warmen Daunen am Bauch. Der Vogel hält still, also tastet er vorsichtig weiter. Das in vielen verschiedenen Grautönen gestreifte Gefieder unterhalb des rechten Flügels ist zerzaust und blutverschmiert. Aus dem leicht geöffneten Schnabel kommt kein Laut.

«Die Juister Jäger mal wieder», sagt Volkmar. «Die ballern

einfach in der Gegend rum. Sind aber zu besoffen, um die Tiere anständig zu treffen und zu faul, nach den Kadavern zu suchen.»

«Wir müssen der Gans helfen», sagt Marje.

«Wie denn? Die hat schon so viel Blut verloren, außerdem ist sie ohne Flügel aufgeschmissen, wie soll sie Futter finden?» Volkmar hat recht, es steht schlecht um sie. «Bringen wir sie in den Bioraum und schauen in den Büchern nach, wie man so Viecher ausstopft.»

Das war hoffentlich nur ein schlechter Scherz. «Nichts da, ausstopfen», entscheidet Moskito. «Sie gehört in die Krankenstation.»

«Na, Frau Hafner wird sich bedanken.»

«Im Medizinschränkchen finden wir bestimmt Jod, Salbe und Verbandszeug.» Vorsichtig schlägt Moskito die Decke von allen Seiten um das verletzte Tier. Dann hebt er es hoch. Durch den Stoff fühlt man den Puls, er rast. «Ist schon gut», sagt er zu der Gans und registriert Marjes Lächeln.

Er trägt die Gans zu einer der Schubkarren, bettet sie hinein und schiebt sie Richtung Doyen-Haus, das ein paar Meter weiter auf der gegenüberliegenden Straßenseite liegt und wo außer der Lehrerfamilie Hafner noch die kleine Krankenstation untergebracht ist.

Vor dem Diesseits stehen einige Erwachsene: Fräulein Kea, deren Küchenschürze eng um den drahtigen Körper gebunden ist, hat die Haare wie immer streng nach hinten gekämmt und festgesteckt. Lu und der fremde Mann mit dem Dackel sind auch dabei. Und Paul, der seine Familie von der Fähre abgeholt hat. Sie reden über das Hotel Gerken, und Lu regt sich so furchtbar auf, dass sein Gesicht ganz rot wird. Moskito hofft, unbemerkt an der Truppe vorbeizukommen.

«Mama, der Junge da hat einen riesigen Vogel.» Das größte von Pauls Mädchen hüpft auf ihn zu. Ihre langen Zöpfe sind fast so zerrupft wie das Gefieder der Gans.

Lu lacht auf. «Renate, du Freche! Das kann Moskito aber auch missverstehen.»

Alle versammeln sich um die Schubkarre und bestaunen die Graugans. «Ich will sie wieder gesund machen», sagt Moskito. «Also bringe ich sie in die Krankenstation.»

Paul klopft ihm anerkennend auf die Schulter. «Ich gebe gleich Otto Leege Bescheid, er soll mal vorbeikommen und einen Blick darauf werfen. Wir könnten ihn ja als Dankeschön anschließend zum Abendessen einladen.»

«Fisch haben wir reichlich», sagt Lu. «Und dank Frau Hochschild auch genug zum Trinken.» Er zeigt auf drei Weinflaschen in Fräulein Keas Arm.

«Diese Jäger!», schimpft Paul. «Hoffentlich treffen sie nicht mal aus Versehen den Korff ...»

«Oder meine Waldi», ergänzt der Fremde mit dem Dackel.

«Hallo, ich bin Anni.» Pauls Frau reicht Moskito die Hand, die nicht so weich ist wie die Hand seiner Mutter, aber genauso warm. «Ich finde es toll, dass du dich um das Tier kümmern willst. Da hast du diesen gewissenlosen Jägern schon einmal eine Menge voraus.»

«Vielleicht stirbt sie ja auch.»

«Das wäre sehr schade, aber du hättest ihr wenigstens eine Chance gegeben.»

Während sich die anderen allmählich Richtung Speisesaal bewegen, bleibt Anni stehen, und Moskito kann sie heimlich etwas genauer betrachten. Sie hat kurze Haare und trägt eine Hose, und Moskito mag die Art, wie sie lächelt. Mit beiden Mundwinkeln gleich weit oben, nicht zu breit und ohne dabei nervig die Augenbrauen hochzuheben. Bei Anni muss man keine Angst haben, dass sie einem gleich über den Kopf wuschelt und sagt, wie groß oder dick oder frech man geworden ist.

«Ich finde, als ihr Retter darfst du dir auch einen Namen einfallen lassen. Also, wie soll die Gans heißen?»

Moskito muss nicht lange überlegen. «Titicaca!» Denn erstens bringt er so ein bisschen Heimat auf die Insel. Zweitens soll jeder wissen, dass er den Namen vergeben durfte. Und drittens ist so gleich klar, zu wem sie gehört. «Sie soll Titicaca heißen.»

~

Der Wind hatte gedreht und zerrte an Keas Haar. Die Sonne kämpfte sich durch die Wolken. Dann standen die Zeichen ja wohl günstig, dass es am Abend endlich mal so 'n bisschen was sommerlich werden würde.

Kea stellte den Napf mit den Fischabfällen nach draußen, wischte die Finger an der Schürze ab und schob ein paar widerspenstige Strähnen aus dem Gesicht und unter die Haarklemmen. Dann steckte sie zwei Finger zwischen die Lippen und stieß einen schrillen Pfiff aus, das Zeichen für Korff. Besser, sie ging schnell wieder rein. Denn Korff bekam zwar jeden Tag die Küchenreste von ihr, knurrte aber trotzdem bei jeder Begegnung, der undankbare Köter. «Du musst ihm zeigen, dass du das Sagen hast», hatte Marje ihr erklärt, doch das funktionierte nicht. Egal wie breit Kea sich vor ihm aufbaute, Korff kläffte trotzdem. Marje hatte gut reden, sie war die Einzige, der Korff nicht an die Gurgel wollte, ja, der ließ sich sogar lammfromm von ihr streicheln. Um ihr Patenkind musste man sich jedenfalls keine Sorgen machen, das freute Kea. Selbst die Bären und Wölfe zollten dem Mädchen Respekt.

In den Pfannen warf der Speck glänzende Blasen. Sie drosselte das Feuer, allzu kross durfte die Schwarte nicht werden, sonst nähmen die Schollen zu viele Röststoffe auf und verlören ihren feinen Geschmack. Behutsam wendete Kea die Fische in Mehl und legte sie in die schäumende Speckbutter. Nach fünf Minuten wenden – und fertig.

Normalerweise standen Kea zwei Küchenmädchen zur Seite, Gesa und Helga, aber jetzt, während der Ferien, war sie allein. Die Schule war nicht so reich, sechs Wochen lang drei Gehälter zu zahlen, wenn bloß ein paar Leute da waren. Aber das war nicht so wild, sie arbeitete gerne für sich.

Die Kartoffeln kochten. Passte doch. Um sechs Uhr würden dann alle am Tisch sitzen und erst mal Schwarzbrot mit Aal essen. Vier Lehrerehepaare mit ihren elf Blagen, dann noch die sieben Schüler, die nicht in die Ferien gefahren waren. Plus drei Besucher: ein Musikus von weiter weg, der zufällig vorbeigekommen war, die Schwiegermutter von Dr. Reiner – eine reiche Witwe, sehr elegant, aber freundlich, zudem hatte sie den feinen Wein mitgebracht – und ausgerechnet Otto Leege, von dem auf der Insel die wenigsten eine hohe Meinung hatten, weil er immer so schlau tat mit seinen Vögeln. Noch vor drei Monaten hätte Kea nie geglaubt, mal für solche Leute zu kochen. Viel zu vornehm, viel zu studiert. Und jetzt war sie hier. Das hatte sie dem Grünkohl im letzten November zu verdanken. Mit dem hatte alles angefangen. Grünkohl konnte sie eben.

«Kea, da sind noch zwei Herren, die die Fähre nach Juist verpasst haben», hatte die Wirtin vom Gasthaus Neptun in Norddeich damals gesagt. «Die haben Schmacht. Mach ihnen was warm. Zapf ihnen zwei Bier. Und kassiere ordentlich ab. Sonderzulage wegen der späten Stunde …»

Kea hatte zwar schon Feierabend gehabt, aber das war ihr egal gewesen, sie hauste im Zimmerchen gleich hinter der Speisekammer, und niemand wartete auf sie, wenn der Tag vorbei, der Gastraum leer und die Küche geputzt war. Also war sie nach vorn gegangen und hatte den nächtlichen Gästen den Rest vom Grünkohl hingestellt, der seit zwei Tagen in einem kleinen Topf im Keller stand. Aufgewärmt schmeckte der sowieso am besten. Schön durchgezogen, mit Salzkartoffeln, gepökeltem Schweinebauch und Griebenschmalz. Ein echter Winterschmaus, man holte das Gemüse nämlich erst vom Feld, wenn die Nachtfröste ein paarmal drübergegangen waren.

«Das riecht aber köstlich», hatte der eine gesagt, der jünger war und gut aussah, der Dr. Reiner eben, heute kannte sie ihn ja. Doch nachdem Kea verraten hatte, um welche Kohlsorte es sich handelte, rümpfte der die Nase: «In meiner Heimat verfüttern wir den Grünkohl an die Schweine.»

«Tja, willkommen in Ostfriesland, hier ist er das Nationalgericht», hatte Kea ungerührt, vielleicht sogar ein bisschen schnippisch geantwortet. Dann war sie hintern Tresen gegangen, um das Bier zu zapfen.

«Erklären wir es zu unserer Feuerprobe», hatte der andere gemeint. Der war älter und trug eine Kappe. Luserke, aber das wusste sie damals noch nicht. «Wenn es uns schmeckt, dann sind wir hier richtig. Dann soll es so sein, dass der Rand der bewohnbaren Welt unsere neue Heimat wird.»

Wie geschwollen der daherredet, hatte Kea gedacht. Faselt was vom Rand der bewohnbaren Welt und ist noch nicht mal auf Juist angekommen. Wenn der glaubt, dass sich schon hier am Norddeicher Hafen Fuchs und Hase gute Nacht sagen, dann soll er sich das mit der Überfahrt mal schwer überlegen. Denn auf 'ner Insel im November war wirklich alles tot und trostlos.

Die Männer hatten zeitgleich die Gabeln in den Mund geschoben, sich dabei angeschaut, gekaut, ein ziemliches Theater gemacht. Schließlich hatten sie sich zu Kea umgedreht und genickt. «Sie haben es entschieden, Gnädigste», hatte Luserke gesagt. «Ihr Essen schmeckt so wunderbar, dass wir eben beschlossen haben, hierherzuziehen. Exakter formuliert: nach Juist!»

«Was wollen Sie denn da?», hatte Kea gefragt und den beiden das Bier neben die Teller gestellt. Ein bisschen ruppig, aber die sollten gleich merken, dass sie keine war, die man ungestraft mit «Gnädigste» ansprach.

«Wir gründen dort eine Schule.»

«Schlechte Idee.»

«Warum, wenn wir fragen dürfen?»

«Gibt's schon.»

«Wissen wir. Aber in der Dorfschule kann man nicht das Abitur machen.»

«Abitur?» Kea lachte höhnisch auf. «Als ob die Lütten da was lernen wollten.»

«Nicht?»

Sie zuckte mit den Schultern. «Die fahren später zur See oder übernehmen die Gästehäuser von den Eltern.»

«Woher wissen Sie das?»

«Ich komme von da.»

«Und sind Köchin geworden … Und zwar eine sehr gute, wie wir uns gerade überzeugen dürfen.» Luserke hatte den dritten Stuhl vom Tisch abgerückt. «Bitte, wenn Sie nicht gerade etwas Besseres zu tun haben, dann leisten Sie uns doch Gesellschaft. Wir brennen darauf, alles über die Insel zu erfahren.»

Kea hatte natürlich nichts Besseres zu tun gehabt. Und obwohl ihr die Männer schon so 'n bisschen komisch vorgekommen waren, war sie der Einladung gefolgt und hatte sich dazugesetzt. Schließlich hockte sie oft genug allein im Hinterzimmer.

«Wir engagieren uns in der reformpädagogischen Bewegung. Koedukation und …»

Kea hatte gar nicht mehr zugehört. Lauter Fremdwörter. Schlau geguckt hatte sie trotzdem. Luserke war einer, der gern große Reden schwang; mit extra Betonung erklärte er, dass die Lehrer bei ihnen die Kinder nicht schlugen, dass in ihrem Unterricht keiner vorne an der Tafel stand und – ab da hatte Kea doch wieder zugehört – Jungen und Mädchen gemeinsam unterrichtet wurden, und zwar gleichberechtigt.

Sofort hatte Kea an Marje gedacht. Die so gut lesen konnte und rechnen und schreiben. Da hatte Keas Herz schneller geschlagen. «Wo soll sie denn hin, Ihre Schule?»

Luserke, der beim Essen schmatzte, was nicht zu seinem geschwollenen Gerede passte, nickte Dr. Reiner zu. «Zeig ihr mal die Skizze.»

Dr. Reiner hatte ein Blatt Papier aus der Innentasche seiner Jacke gezupft und es neben dem Bierglas ausgebreitet. Kea hatte auf der Zeichnung eine ringförmig angelegte Häuserreihe in den Dünen erkannt, wie eine Burg oder so, daneben stand ein Seezeichen mit Windrad.

«Ich kenne ja auf Juist jede Ecke, aber das hier hab ich noch nie gesehen», sagte sie.

«Können Sie auch nicht. Wir planen einen kompletten Neubau. Mit Konzertsaal, Atelier und Theaterbühne. In den Westdünen, in der Nähe der Domäne Bill.»

«Haben Sie sich das gut überlegt?» Normalerweise ließ sie die Gäste ja reden, es ging sie nichts an, was die so trieben. Aber hier hatte sie doch nachgehakt. Weil klar war, die beiden hatten absolut keinen Schimmer. Und heute war Kea froh, dass sie ausnahmsweise mal so forsch gewesen war. Diese kleine Frage hatte schließlich ihr Leben verändert.

Luserke hatte daraufhin nämlich zu einer komplizierten und weitschweifigen Predigt angesetzt, erst ging es um Theaterstücke, die wie das Leben waren, und später um das Segeln als wichtige Erfahrung, wenn man den Stürmen der Zeit begegnen wollte. Irgendwann war es Kea zu viel geworden, und sie hatte ihn unterbrochen: «Das ist ja alles schön und gut. Aber doch nicht an der Stelle. Das ist die Hammerbucht, bei Windstärke acht haben wir da Land unter.»

Luserke und Dr. Reiner hatten sie angeschaut, die Gabeln voll Grünkohl auf halbem Weg zum Mund. «Was meinen Sie damit?»

«Von wegen *Stürme unserer Zeit.* Ich würde da jedenfalls nichts hinbauen. Zumindest nichts für die Ewigkeit. Was glauben Sie wohl, warum die Häuser der Insulaner drei Kilometer weiter östlich stehen?»

Die Männer ließen die Gabeln sinken und starrten sie an.

«Na, weil sie nicht ständig nasse Füße kriegen wollen.»

Die beiden Männer nickten.

«Ich werd mich ja nicht in Ihre Angelegenheiten mischen …»

«Doch, tun Sie das unbedingt», ermutigte Dr. Reiner sie.

«Na gut. Wenn ich Geld hätte und große Pläne, würde ich das Tusculum kaufen.»

«Das was?»

«Das ist ein Gästehaus im Loog. Der Pächter ist pleite, weil er zu viel säuft und die Bude vermüllen lässt. Hat meine Schwester Fenna mir erzählt. Die wohnt noch auf Juist und weiß Bescheid.»

«Aha», machte Luserke.

«Dazu gehört ein großes Grundstück mit Zugang zum Wattenmeer.» Kea umkreiste mit dem Finger auf der Karte die Stelle. «Viel Sand und Gestrüpp, aber man könnte was draus machen.»

«Und wen müssten wir ansprechen?»

«Karl Saathoff wohnt nebenan und verwaltet das Ganze. Richten Sie ihm 'nen schönen Gruß von seiner Großcousine Kea aus. Dann zeigt er Ihnen alles. Und wenn er Sie leiden kann, wird er bei den Verhandlungen ein gutes Wort für Sie einlegen.»

Daraufhin brauchten die Gäste dringend ein weiteres Bier. Sie wollten auch Kea etwas ausgeben – ein Bier?, einen Wein? –, doch sie lehnte ab. Einmal hatte sie den Fehler begangen, mit Gästen zu trinken, ein einziges Mal, und das hatte schlimm geendet.

Viel war an dem Abend im November nicht mehr passiert, die beiden waren kurz darauf ins Bett gegangen und am Morgen mit dem Frühschiff zur Insel gereist. Es hatte Kea doch erstaunt, als sie wenige Wochen später von ihrer Schwester Fenna zu hören bekam, der alte Gasthof Tusculum sei tatsächlich verkauft worden, an ein paar Lehrer, die dort ein Landschulheim eröffnen wollten. «Keine Ahnung, was die da machen. Irgendwas, das kein Mensch braucht. Aber egal, sie haben bezahlt und schon mit dem Aufräumen angefangen.»

Noch verdutzter war Kea allerdings gewesen, als Luserke höchstpersönlich im April wieder im Gasthaus Neptun am selben Tisch gesessen hatte. «Unsere wichtigste Informantin vor Ort!», hatte er strahlend zu ihr gesagt. Es gab keinen Grünkohl, denn die Saison war Ostern wirklich längst vorüber, stattdessen Kartoffelsuppe mit Mettwürsten. Doch schon bevor er den Löffel überhaupt in die Hand genommen hatte, war der Schulleiter mit dem Grund für seinen erneuten Besuch rausgerückt:

«Fräulein Kea Joosten, wollen Sie in unserer Schule am Meer die Leitung der Hauswirtschaft übernehmen?»

Fast wie 'n Heiratsantrag hatte das geklungen, und wenn Kea heute dran dachte, gluckste ein kleines Lachen ihre Kehle hinauf. Dabei lachte sie selten bis nie.

Sie hatte richtig was gefordert: ein eigenes Zimmer mit Waschbecken und denselben Lohn wie im Gasthaus Neptun, dafür etwas weniger Arbeit. Die Küchenhilfen wollte sie auf jeden Fall selbst aussuchen. Und das Hauswirtschaftsgeld dürfte nicht so knauserig ausfallen. Doch das Allerwichtigste und nicht verhandelbar: Sie verlangte einen Platz für Marje an der Schule, und zwar kostenlos und so lange, wie ihr Patenkind freiwillig lernen wollte. Luserke hatte alle Wünsche erfüllt. Und Kea war auf die Insel zurückgekehrt. Mehr als zehn Jahre nachdem sie diese verlassen hatte und auf dem Festland unglücklich geworden war.

Kea verteilte die goldbraun gebratenen Schollen auf den vorgewärmten Servierplatten und gab die Speckwürfel gleichmäßig darüber. «Marje, komm eben, hilf mir beim Tragen!»

Das Mädchen hatte keine Lust. «Aber die Waldi ...» Seit der Dackel da war, hatte Marje nur noch Augen für das Tier. Sogar ein Wienerle hatte sie ihm aus der Speisekammer geholt mit dem Versprechen, dafür am nächsten Abend auf die Wurst im Eintopf zu verzichten. Später war dann noch die verletzte Wildgans dazugekommen, wegen der man Otto Leege herbestellt hatte. So 'n Quatsch, ein oller Vogel, krankgeschossen vom alten Gerken und seiner Jägerschaft, und der wurde jetzt medizinisch behandelt, als hinge von seinem Überleben die ganze Menschheit ab. Kea war seit fast drei Monaten hier, und über dieses ganze Getue um die Natur und die Tiere und die

Kinder musste sie noch immer den Kopf schütteln. Nur dass Marje voller Begeisterung mitmachte, hielt Kea davon ab, ihren Dienstherren mal die Meinung zu geigen.

«Mach hinne, Marje, so schnell schaffe ich das nicht allein, und dann wird das Essen kalt. Ich geb dir heute Abend auch noch die restlichen Klütje mit.»

«Wenn überhaupt noch welche da sind …»

«Hör mal, ich weiß sehr gut über meine Vorräte Bescheid. Und in dieser Truhe …»

«Die Büchse der Pandora!», ergänzte Marje naseweis.

«Keine Ahnung, wie Luserke das Ding nennt. Ist mir auch egal. Jedenfalls sind da noch vier Hefeteile drin, und die kannst du mit nach Hause nehmen, wenn du jetzt mal in die Pötte kommst und mir beim Servieren hilfst.»

Marje nickte.

«Aber wasch dir vorher die Hände!»

«Ja-ha!»

«Mit Seife!»

Marje rollte mit den Augen, stellte sich an die Spüle, nahm den Brocken Kernseife in die Hand und schäumte ihn mit Wasser auf. «Darf ich heute ein bisschen länger bleiben?»

«Musst deine Mutter fragen, nicht dass die sich Sorgen macht.»

«Der ist es doch egal, ob ich nach Hause komme.»

«Unsinn», widersprach Kea, obwohl sich ihr Herz zusammenzog. Denn bestimmt hatte Marje recht. Es war Fenna tatsächlich egal, wann das Mädchen nach Hause kam. So viel Arbeit im Hotel und im Tanzcafé, so viele Kinder zu Hause, ein nichtsnutziger Mann, da fiel es nicht groß auf, wenn jemand fehlte.

«Nur bis zum Sonnenuntergang, Tante Kea, bitte! Ich will

wissen, wie es Titicaca geht. Moskito hat zusammen mit Frau Hafner und dem Vogeldoktor den Flügel geschient.» Marje trocknete sich die Hände ab. «Außerdem hat die vornehme Frau Hochschild für uns Kinder Schokolade mitgebracht, davon bekomme ich nichts ab, wenn ich nach dem Abendessen schon wieder gehen muss.» Sie nahm sich zwei Topflappen und griff nach einer der Servierplatten.

Wenn sie wollte, stellte Marje sich geschickt an, vielleicht reichte es irgendwann mal für eine gute Lehrstelle im Hotel, dachte Kea, nicht in der Küche, besser am Empfang oder in der Verwaltung, das wäre was.

«Und die Kinder von Dr. Reiner sind ganz neu hier, die wollen bestimmt mit mir spielen ...» Marje war stur. Das liebte Kea an dem Mädchen. Genau so ein Dickkopf hatte Kea gefehlt, damals, vor etwas mehr als zehn Jahren.

«Na gut. Sobald wir das Essen auf dem Tisch haben, gehe ich rüber in die Poststelle und versuche, deine Mutter auf der Arbeit anzurufen.»

«Oh, dann frag sie doch gleich, ob ich hier schlafen darf!»

Auch wenn Kea sich nichts anmerken ließ, sie freute sich sehr über diesen Vorschlag. Es war schön, wenn Marje über Nacht blieb und sich in ihrem Bett breitmachte. Für eine Gutenachtgeschichte konnte Kea zwar nicht gut genug lesen, und für eine ausgedachte Erzählung fehlte ihr die Phantasie. Doch meist war Marje so geschafft von diesem aufregenden Leben an der Schule am Meer, dass es keine Minute dauerte, bis sie, in Keas Kissen versunken, eingeschlafen war. Es gab nichts Feineres auf der Welt als dieses kleine Mädchen, wenn es träumte. «Jetzt aber los, die Leute haben Hunger.»

Die große Tafel, zu der man die Tische im Speisesaal zusammengestellt hatte, war bis auf die Stühle von Kea und Marje vollständig besetzt. Alle Augen richteten sich jetzt auf sie – oder besser: auf die vollbeladenen Servierplatten. Im Neptun war sie nie auf diese Weise begrüßt worden. In der Auricher Börse schon gar nicht. Da hatte sie wirklich erst neunundzwanzig werden und sich noch ein ganzes Jahrzehnt älter fühlen müssen, um ein Dankeschön für ihre Arbeit zu hören.

Der Musiker nahm Kea die Schüssel mit den Salzkartoffeln ab. «Danke für die Gastfreundschaft. Es ist wunderbar, in dieser Runde speisen zu dürfen. In meiner Pension hätte ich wieder neben der griesgrämigen Frau Stahlkötter aus Westfalen gesessen und keinen Bissen herunterbekommen.»

«Herr Zuckmayer ist der Bruder des berühmten Schriftstellers», verriet Lu, und die anderen schienen beeindruckt zu sein. «Und stellt euch vor, er überlegt, bei uns als Musiklehrer anzufangen. Obwohl er in den größten Konzertsälen der Republik auftreten könnte!»

«Ehrlich gesagt habe ich schon länger nach einer neuen Aufgabe gesucht», schwächte der Musiker ab, als die Tischgesellschaft zu applaudieren anfing. «Das ist mir erst bewusst geworden, als ich die kleine Marje den Flohwalzer hab spielen hören.»

«Dann wollen wir dem Flohwalzer recht dankbar sein! Also herzlich willkommen in unserem Kreis», sagte die Frau von Dr. Reiner. Die hatte Kea sich anders vorgestellt gehabt. Irgendwie eleganter oder so. Deren Familie musste steinreich sein, immerhin hatten sie den Ofen bezahlt, die Waschmaschine und einen Großteil der Kochtöpfe. Und sie hatte sich so einen schicken Mann geangelt. Aber Anni Reiner schien eher von der patenten Sorte zu sein, hatte vorhin sogar mitgeholfen, die Tische zu verschieben. Kochen könne sie nicht, bei ihr brenne sogar das Teewasser an, hat sie gescherzt, aber zugepackt hatte sie, da konnte man nichts gegen sagen. Mal schauen, wie lange sie durchhielt. Juist lag nicht jedem. Zu rau, zu karg, das Gegenteil von vornehm.

«Herr Zuckmayer, sagen Sie, haben Sie Familie?», fragte Frau Luserke, die ansonsten eher schweigsam war.

«Frau und Kinder meinen Sie?» Der Gast guckte peinlich berührt. «Leider nein.»

«Na, hier hätten Sie gleich einen ganzen Haufen», witzelte Luserke. «Also: Kinder jedenfalls.»

«Ich verstehe Herrn Zuckmayer durchaus, wenn er sagt, er zieht die Insel den Konzertsälen vor.» Frau Hochschild in ihrem glänzenden Kleid stand auf und schenkte rundherum Weißwein in die Gläser. «Hier kann man es aushalten. Zwar ist alles noch sehr improvisiert ...»

Dr. Reiner unterbrach sie. «Ein Euphemismus, liebe Schwiegermutter. Vor uns liegt eine Menge Arbeit.»

Frau Hochschild lächelte. «Meine Familie wird diese Schule nach Kräften unterstützen, das verspreche ich.»

«Bravo!» Luserke stand auf, verbeugte sich in alle Richtungen, lüpfte sogar kurz seine komische Mütze. «Frei nach Shakespeare: *Die Großzügigkeit sei grenzenlos und tief wie das Meer, je mehr man gibt, desto mehr hat man, denn beides ist unendlich.*»

Den Spruch konnte Kea inzwischen auswendig, Luserke posaunte ihn bei jeder Gelegenheit heraus.

«Auf die Schule am Meer!» Frau Hochschild erhob ihr Glas. «Denn auch wenn mein Bett hier ganz gewiss härter und schmaler ist, als es das im Hotel Gerken gewesen wäre, ich weine diesem Etablissement keine Träne nach.»

Auch Otto Leege prostete in die Runde. «Zum Wohl!»

Die kleine Marje, die mit dem Servieren fertig war, setzte

sich neben den Vogelschützer, beugte sich zu ihm hinüber und legte ihm die Hand auf den Arm. «Wird Titicaca überleben?»

«Die Chancen stehen gut, junge Dame.» Leege zeigte auf Moskito. «Dieser Junge wird die Nacht in der Krankenstation verbringen und ein Auge auf die Graugans haben. Hoffen wir das Beste.»

Endlich hatte Kea auch die letzten zwei Schüsseln mit Gurkensalat auf die Tafel gestellt. «Zeit zum Essen», sagte sie. «Guten Hunger allerseits.» Die Kinder griffen nach Messer und Gabel wie nach den Waffen.

«Halt, halt!», sagte Dr. Reiner. «Wir essen erst, wenn auch Fräulein Kea sich zu uns gesetzt hat.»

«Nein, fangen Sie ruhig schon mal an.» Kea beugte sich zu Luserke hinunter. «Ich würde gern kurz den Fernsprechapparat in der Post nutzen, wenn das keine Umstände macht.»

«Aber ja», sagte er. «Nachdem Sie uns dieses köstliche Mahl hier kredenzt haben, dürften Sie sogar mit dem Mars telefonieren, wenn es dort Leben gäbe. Und ein Telefonkabel.»

Alle lachten. Luserke, so kam es Kea vor, konnte durchaus ohne Essen und Trinken überleben, aber nicht ohne die Aufmerksamkeit der anderen. Egal, der Schulleiter war ein gerechter Arbeitgeber, der Beste, den Kea je gehabt hatte, der hielt seine Versprechen, war gut zu den Kindern und lud sich Menschen an den Tisch ein, die ein schmackhaftes Essen zu schätzen wussten.

Die Post war nicht mehr als ein kleiner Verschlag links neben dem Stall, in dem die Dinge gesammelt wurden, die der Nächste, der ins Dorf fuhr, mitzunehmen hatte. Briefe oder Pakete, manchmal auch Bestellungen für den Apotheker oder Brillen, die zu Bruch gegangen waren und im kleinen Fotogeschäft gerichtet werden konnten. Seit einigen Wochen stand auf dem

Tisch neben dem Fenster ein Fernsprecher, der nur zwischen dem späten Nachmittag und frühen Abend funktionierte und dazu genutzt wurde, Organisationskram zu erledigen. Also die An- und Abreise der Schüler oder wenn einer der Lehrer an einer Veranstaltung in Berlin oder Hannover teilzunehmen hatte. Manchmal trafen traurige Nachrichten ein, Großeltern waren verstorben oder Anträge auf Zuschüsse abgelehnt worden. Ab und zu kamen auch Glücksbotschaften, von neugeborenen Geschwistern oder unschlagbar günstigen Sonderangeboten für Koks. Unordentlich war es in dem kleinen Raum, am nächsten Morgen würde Kea wieder einen Strafarbeiter zum Aufräumen herschicken. Irgendjemand fand sich immer, der das morgendliche Tauchbad geschwänzt oder etwas aus der Speisekammer stibitzt hatte.

Kea nahm den Hörer ab. Ehrfürchtig steckte sie den Zeigefinger in die Wählscheibe, dieser schwarze Apparat war ihr ein wenig unheimlich. 4 war die Nummer des Tanzcafés, in dem ihre Schwester Fenna während des Sommers als Spülkraft arbeitete. Meist bis kurz vor neun abends. Und dann ging Fenna nach Hause zu ihrem Mann, der seit dem Großen Krieg trübsinnig war, und den vier Kindern. Fenna hatte es nicht leicht, aber traf das nicht auf die meisten zu?

Als am anderen Ende der Leitung der Hörer abgenommen wurde, hörte Kea im Hintergrund Musik, einen Operettenschlager. *Gern hab ich die Frau'n geküsst …* Darüber Gelächter, die Bude schien voll zu sein. Kea war lange nicht mehr dort gewesen. Sie vermisste es nicht. Der Krach, der Alkohol, der Qualm, die tratschenden Insulaner. Warum sollte sie sich das antun? Hier an der Schule gab es genug zu tun.

«Tanzcafé Promenade. Sie wünschen?»

Kea erkannte die Stimme sofort. Das war komisch, denn sie

war leise im Vergleich zu dem furchtbaren Lied, das in voller Lautstärke aus dem Hörer schmetterte: … *hab' nie gefragt, ob es gestattet ist; dachte mir: nimm sie dir …*

«Hallo? Hören Sie mich? Oberkellner Gustav Wenniger am Apparat!»

… küss sie nur, dazu sind sie ja hier …

Kea warf den Hörer auf die Gabel.

Das konnte nicht sein. Er war gefallen. Im ersten Kriegssommer, irgendwo in Italien. Das hatte man ihr versichert.

~

Titicaca liegt in einem Bett aus Heu. Vielleicht schläft sie sich gesund. Vielleicht ist sie aber auch zu schwach, um die Augen zu öffnen. Moskito würde so gern in die Zukunft gucken können, nur bis morgen früh, um zu wissen, ob sie überlebt. Immerhin, der Verband sieht trocken aus. Frau Hafner hat die Wunde gründlich desinfiziert, und Moskito durfte helfen, den Flügel festzuhalten, als Otto Leege anschließend die Schiene angelegt hat. Sah alles ganz gut aus. Doch Otto Leege hat gesagt, dass beides passieren kann. Leben oder Sterben.

Moskito hat sein Kissen und seine Decke in die Krankenstation geschleppt und sich auf der Behandlungspritsche ein Bett gemacht, zwischen Arzneischränkchen und Schreibtisch. Über ihm hängt ein Plakat, auf dem alle Knochen drauf sind, die leeren Augenhöhlen eines Skeletts blicken auf ihn herunter. Er wird eh nicht schlafen können. Wegen der Gans. Aber vor allem, weil er plötzlich mit dem Nachdenken angefangen hat. Wegen der Bären.

Für die ist er in die Nordsee getaucht und in die Speisekammer eingebrochen, aber was will er eigentlich bei den Bären?

Denn es stimmt, diese Kameradschaft ist ständig mit dem Boot unterwegs, und Moskito hasst das Segeln.

Es klopft an der Tür. Die Wanduhr verrät, dass es schon halb zehn ist, wer läuft noch so spät bis zum Doyen-Haus?

«Herein!»

Anni schiebt sich durch die Tür. «Ich will mal kurz nach dem Tier schauen, ist das in Ordnung?»

«Klar», antwortet Moskito.

Sie ist ganz leise, um die Gans nicht zu wecken, und guckt vorsichtig über den Rand der Kiste mit dem Heubett. Als sie das Tier atmen hört, nickt sie erleichtert und kommt zu ihm.

«Darf ich?» Sie setzt sich auf die Kante der Pritsche, wie Moskitos Mutter, wenn diese ihn früher ins Bett gebracht hat, und doch ist es anders, weil Anni ihn eben nicht in den Arm nimmt, zum Glück nicht. «Sag mal, willst du vielleicht noch mit rauskommen?», fragt sie flüsternd. «Die ganze Schule ist unten am Strand. Wir feiern unsere Ankunft. Und dass die Schule einen neuen Musiklehrer gefunden hat.»

Moskito richtet sich auf. «Und Titicaca?»

«Keine Sorge, die schläft doch ganz ruhig.»

Eigentlich schön, so eine Einladung, wenn sich das Heimweh mal wieder von hinten anschleichen will. Aber Moskito zögert.

«Bist du dir eigentlich im Klaren, was da jetzt auf dich zukommen kann?», fragt Anni. «Wenn Titicaca überlebt, was wir alle hoffen, und sie nicht mehr mit den anderen Gänsen davonfliegen kann, was wir vermuten, wirst du ihre Bezugsperson sein.»

Moskito nickt. «Fänd ich toll.»

«Auch, wenn es viele, viele Jahre sind? Und du älter wirst und vielleicht manchmal denkst: Ach, die blöde Gans, kann die nicht endlich Leine ziehen, sie geht mir auf den Geist.»

Moskito versucht, es sich vorzustellen. Vergeblich. «Woher soll ich das wissen, wie es später mal wird?»

Anni schmunzelt. «Da geht es uns beiden gerade ganz ähnlich. Ich komme ja auch hierher, sogar mit meinen Mädchen im Schlepptau, die es sich nicht ausgesucht haben, auf einer Insel zu leben. Und ich weiß, dass es nicht einfach werden wird und ich bestimmt mehr als einmal an den Punkt komme, an dem ich am liebsten alles hinschmeißen würde.»

Moskito macht große Augen. «Aber das kannst du nicht. Du bist Lehrerin!»

«Eben. Ich habe mich dazu entschieden, das zu machen, und ich weiß auch, dass es richtig ist. Ich freue mich darauf, für euch da zu sein, euch aufwachsen zu sehen, euch das eine oder andere beizubringen. Genau wie du dich darauf freust, Verantwortung für Titicaca zu übernehmen.»

Es gibt nichts Peinlicheres, als von einer Lehrerin direkt oder um die Ecke herum gelobt zu werden. Eigentlich will man ja ernst genommen werden von den Erwachsenen, aber wenn sie es dann tatsächlich tun, so wie Anni jetzt, muss man sich erst einmal daran gewöhnen. «Interessiert mich eben. Also Tier und Natur und so.»

«Mir geht's genauso. Deswegen habe ich vor, einen Garten anzulegen, damit wir unser Obst und Gemüse selber züchten können.»

«Interessant.»

«Außerdem sollen ein paar Seewasser-Aquarien angeschafft werden für den Naturkundeunterricht.»

Das klingt noch viel spannender. Aber Moskito lässt sich nichts anmerken. Er will kein Streber sein, keiner, der sich einer Lehrerin an den Hals schmeißt. «Sicher eine Menge Arbeit ...»

Sie schaut ihn herausfordernd an. «Ich brauche Schüler wie dich, die bereit sind, Verantwortung zu übernehmen.»

«Hm», macht Moskito. «Du musst doch sowieso noch eine Kameradschaft gründen. Jeder Lehrer hat eine.»

Überrascht schaut sie ihn an. «Was für eine tolle Idee!»

Wie werden die Jungs reagieren? Mal angenommen, er entscheidet sich nach all den Mutproben auf einmal, etwas ganz anderes zu machen. Noch dazu bei einer Frau. Sie werden lachen, ganz bestimmt. Andererseits lachen die sowieso immer, egal was man macht. Und was mit Tieren wär toll.

«Die Wildgänse», schlägt Moskito spontan vor, weil es ihm nun mal gerade in den Kopf gesprungen ist.

«Wie?»

«Die sind treu, hat Otto Leege mir gesagt. Und sie haben Durchhaltevermögen.»

«Das stimmt.»

«Wenn sie unterwegs sind, bilden sie eine Gruppe, bei der jeder mal der Anführer sein darf, nur so finden sie alle gemeinsam ans Ziel.»

«Die Wildgänse …» Anni schaut aus dem Fenster. Ihr Gesicht schimmert rötlich, weil die Abendsonne draufscheint. Sie lächelt. Dann steht sie auf. «Aber nun lass uns zum Strand gehen. Meine Mutter hat Süßigkeiten mitgebracht, wäre doch schade, wenn wir nichts davon abbekommen.»

Gemeinsam schauen sie noch mal nach ihrer Patientin, dann verlassen sie das Krankenzimmer, treten durch die Haustür nach draußen und biegen in den Trampelpfad ein.

Es ist noch warm, weil der Südwind die aufgeheizte Luft vom Festland herüberweht und die letzten Sonnenstrahlen noch ein bisschen Kraft haben.

Schweigend geht es durch die Dünen, vorbei an der Stelle

mit dem Sanddornbusch, unter dem Moskito sich versteckt hat. Es kommt ihm vor, als sei das schon ewig lange her, dabei war es erst heute Morgen.

Unten, ganz dicht an der Wasserkante, findet ein tolles Fest statt. Moskito setzt sich zu den anderen in den warmen Sand, während Anni sich um ihre Mädchen kümmert, die ganz schön wild sind. Die Nordsee ist freundlich, die Wellen lecken am Strand, und die Kleinen machen sich einen Spaß daraus, mit ihnen Fangen zu spielen. Die aufgestellten Fackeln tauchen alles in ein orangerotes Licht, und am Horizont geht farblich passend die Sonne unter. Es gibt Apfelsaft und Kekse, und köstliche Schokolade liegt auf kleinen Porzellantellern bereit. Moskito nimmt sich ein Stück.

Lu kündigt an, eine Geschichte zu erzählen. Um ihn herum versammeln sich seine Frau und die Kinder, die Familie Reiner mit Großmutter, Fräulein Kea, Moskitos Freunde, die Mädchen, die Hafners, die Aeschlis, der Mann mit dem Dackel, Otto Leege – alle sind da und hören zu.

«Es war einmal eine Handvoll Menschen, die reiste an den Rand der bewohnbaren Welt, um dort etwas Neues zu erschaffen …»

Moskito schließt die Augen und lauscht.

Quinta

Oktober 1926

Ich kann ihn nicht leiden», sagte Carl nicht zum ersten Mal an diesem Nachmittag und strich sich die dunklen, glatten Haarsträhnen aus dem Gesicht, was nicht viel nützte, da der Wind gleich wieder alles zerzausen würde.

Carl hatte ungewöhnlich schlechte Laune. Statt sich von der Natur betören zu lassen, kickte er die Muscheln im weiten Bogen weg, rupfte unwirsch am Dünengras und folgte den Eiderenten mit zusammengekniffenen Augen, als wollten die hübschen, schwarz-weißen Wasservögel, die den trockengefallenen Strand nach Nahrung absuchten, ihm Böses. Eigentlich hatte er ein sonniges Gemüt, war stets neugierig auf Menschen, Orte, Begebenheiten. Deshalb hatte Eduard seinen Bruder auf die Insel eingeladen. Aber auch, um der Einweihung des Bootsschuppens etwas Glanz zu verleihen.

Sie hatten an der Schule viel geschafft im vergangenen Jahr. Die Wege zwischen den einzelnen Gebäuden waren größtenteils befestigt, das Doyen-Haus war umgebaut und um ein spitz zulaufendes Obergeschoss erweitert worden, sodass Eduard im Erdgeschoss seine eigenen vier Wände bewohnen konnte. Nicht übertrieben groß, ein Schlaf- und ein Musikzimmer, aber mehr brauchte er nicht.

Eine alte Segeljolle war angeschafft und auf Vordermann gebracht worden. Und damit das feierlich auf den Namen Karna getaufte Schulschiff den anstehenden Winter im Trockenen verbringen konnte, war von Lu und einigen Schülern am Watt in Schwerstarbeit ein Schuppen errichtet und mit braunrotem Carbolineum angestrichen worden. Heute Nachmittag sollte die Karna mit viel Tamtam in ihr Winterquartier einziehen. Eduard hatte zur Feier des Tages mit der Unterstufe ein paar Shantys eingeübt. Bewegend war das, wenn die Jungen und Mädchen aus voller Brust zur Kaperfahrt einluden. Danach würden die Älteren Beethovens *Ode an die Freude* singen. In sehr kleiner Besetzung zwar, aber unter freiem Himmel und auf sandigem Grund durfte man kein Opernhaus erwarten.

Eduard war wirklich stolz auf seine Arbeit. Die mühseligen Proben hatten sich gelohnt. Seit über einem Jahr lebte er nun hier, und in der Zeit war auf den Fingerkuppen der Streicher Hornhaut gewachsen, die Querflötisten hatten keine Nackenschmerzen mehr, und die Klarinetten erzeugten nicht Gequake, sondern perlend klare Töne, meistens jedenfalls. Im Sommer hatte der Mozartabend im Speisesaal viele Besucher aus dem Dorf angelockt, und von den Eintrittsgeldern waren unter anderem die Nägel und Schrauben bezahlt worden, die nun den Bootsschuppen zusammenhielten.

Sobald das Flatterband am Eingang durchschnitten, das Boot unter Dach und Fach, die ausufernde Rede von Lu beklatscht wäre, hatte Eduard noch ein weiteres Lied parat: *Ihr Gestirn, ihr hohen Lüfte* – die geradezu stürmische Arie von Bach, welche er auf dem eigens dafür herbeigeschleppten Cembalo begleiten würde. Eine Premiere für den jugendlichen Solisten, der schon jetzt furchtbar aufgeregt war. Kein Wunder, Gregor Bernhard war ein sensibles Kerlchen, es hatte Wochen gedauert, ihn überhaupt zum Singen zu ermutigen. Eigentlich saß Gregor Seite an Seite mit Anni und spielte ebenfalls Cello – hinter einem solchen Instrument konnte man sich gut verstecken. Doch einmal hatte der Junge aus Versehen eine Tonfolge vor sich hin gesungen, die ersten paar Takte aus Mozarts *Trinitatismesse*, und Eduards Gefühl und Sachkenntnis hatten ihn nicht getäuscht: Der schmale Bursche verfügte über einen phantastischen Mezzosopran. Klar und gleichzeitig weich, kein Ton ging daneben, und die Färbung der Vokale gelang Gregor ganz natürlich und ohne hörbare Anstrengung. Er hatte – wenn der nahende Stimmbruch nicht allzu viel Schaden anrichtete – eine große Zukunft vor sich.

Vor etwas mehr als einem Jahr hatte Eduard noch international bekannte Musiktalente dirigiert und der Elite der deutschen Konzertlandschaft den Takt angegeben. Ausverkaufte Premieren, im Publikum namhafte Kulturjournalisten, geschulte Ohren. Dennoch hatte sein Puls selten schneller als im Schritttempo geklopft. Doch heute, bei Gregors bevorstehender Feuertaufe, raste sein Herz regelrecht. Es ging um so viel mehr als um die prachtvollen Koloraturen des Johann Sebastian Bach. Es ging um einen jungen Menschen, der dabei war, seine Stimme zu finden.

«Dieser Luserke ist furchtbar eitel», schimpfte Carl weiter. Eduard, Carl und Waldi waren bis zur Hammerbucht gelaufen, die durch einen vor etlichen Jahren geflickten Inseldurchbruch entstanden war. Ein kleiner Garten Eden, verschlungene Pflanzen, Farnkronen unter buckligen Bäumchen, ab und zu ein Reh im Dickicht oder ein lauthals krächzender Fasan. Otto Leege sprach von hundert verschiedenen Vogelarten, pflanzte unermüdlich Silberpappeln, Erlen und Birken, die Waldi begeistert nutzte, um ihr neues Revier zu markieren, als wäre sie ein Rüde. Seit die Dackeldame mit dem grimmigen Korff Freundschaft geschlossen hatte, war ihr Selbstbewusstsein geradezu unerschütterlich. Soeben war sie im Gestrüpp verschwunden, die wackelnden Gräser und Büsche ließen erahnen, wo genau sie sich gerade herumtrieb: im Sanddorn, bei den Brombeeren, weiter hinten, wo die Schlingpflanzen den kleinen Birnbaum in Beschlag genommen hatten.

Eduard und Carl blieben auf der Höhe des Deiches stehen. Links das flache, träge Watt, rechts das tobende Meer, dazwischen die schmale Insel wie ein vollbesetztes Schiff auf weiter Fahrt.

Doch Carl zeigte sich nach wie vor garstig. «Plustert sich auf wie ein Gockel, der als Einziger an die Legehennen randarf.»

«Martin Luserke ist ein begnadeter Pädagoge. Wenn er abends seine Märchen erzählt, hängen die Kinder förmlich an seinen Lippen.»

«Kann ich mir kaum vorstellen. Alles, was er mir in seinen stundenlangen Monologen erzählt hat, ließe sich problemlos in ein, zwei Sätze verpacken. Und selbst dann würde mich seine blöde Schule nur mäßig interessieren.»

Eduard schaute Carl von der Seite an. Irrte er sich, oder war im Blick seines rebellischen Bruders tatsächlich so etwas wie Sorge zu erkennen? Sorge um ihn, Eduard, den Älteren?

«Du hast dich von dem einlullen lassen», schimpfte Carl. «Und wenn du nicht aufpasst, verinselst du noch völlig.»

«Verinseln?» Eduard lachte.

Doch sein Bruder blieb ernst. «Ihr lebt hier wie unter einer Käseglocke, bekommt nichts mit von dem, was jenseits des Wattenmeeres geschieht.»

Eduard zuckte mit den Schultern. «Wir haben ein Radio.»

«Und?» In Carls Augen blitzte Spott. «Was sagst du dazu, dass unser Land endlich dem Völkerbund angehört? Sichert uns das den Frieden?»

Eduard räusperte sich. «Leider empfangen wir nur Nachrichten auf Englisch und Französisch.»

«Die Zeitungen kommen auch erst Tage später», ergänzte Carl. «Eduard, du verpasst was! Die deutsche Kulturszene erwacht gerade zu ganz neuem Leben. Josephine Baker tanzt am Kurfürstendamm. Eine Augenweide, sag ich dir!»

«Jazzmusik!» Eduard schnaubte.

«Als ob es bei der Baker um die Musik ginge! Was man jetzt plötzlich alles darf! Fritz Lang baut in Babelsberg utopische Stadtkulissen, die Unsummen verschlingen, dafür spart er angeblich am Stoff der Damenkostüme.» Carl zwinkerte ihm vielsagend zu.

«Vom Filmegucken bekomme ich Kopfschmerzen.»

«Dann nimm das Theater – im doppelten Sinne. Brecht hat eine Gruppe linker Schriftsteller um sich geschart und will das kulturelle Leben in Schwung bringen.»

«Ich weiß. Alfred Döblins Sohn ist einer unserer Schüler», unterbrach Eduard, weil er sich dem Vorwurf des Hinterwäldlerdaseins nur ungern ausgesetzt sah.

Es war ohnehin Zeit für den Rückweg. Eduard pfiff nach Waldi, die völlig verdreckt, mit aus dem Maul hängender Zunge, aber glücklich auf ihn zugelaufen kam. «Bei Fuß!» Gleich würden die Festlichkeiten beginnen, und Eduard musste sich vorher noch um die Instrumente kümmern. Und um Gregors Nerven.

Carl seufzte. «Komm mit mir nach Berlin, Bruder. Unser Name öffnet dir in der Hauptstadt inzwischen alle Türen. Du könntest als Theaterkomponist Karriere machen. Oder als Dirigent.»

Eduard brummte.

«Soll ich dich mit ein paar Regisseuren bekannt machen?

Die suchen händeringend Pianisten, die Musik zu den Filmen liefern. Das ist die Zukunft!»

«Für mich sind Kinder die Zukunft.»

«Du bist ein Idealist!»

«Vielleicht. Aber nicht jeder hat das Glück, in einem Elternhaus groß zu werden wie dem unseren. Die Großzügigkeit unserer Eltern hat uns zu dem gemacht, was wir heute sind: ein Schriftsteller und ein Musiker. Sie hätten uns auch zwingen können, ‹etwas Anständiges› zu lernen, dann wären wir jetzt vielleicht beide Buchhalter oder auf dem Amt.»

«Du bist zu bescheiden, Bruder. Wir sind überdurchschnittlich talentiert! Eine Gabe, die du verschleuderst, indem du Heranwachsende unterrichtest.»

«Das sehe ich anders.»

«In Berlin oder Frankfurt würdest du außerdem das Zehnfache verdienen!»

«Bist du deswegen nach Juist gekommen? Um mich zum Gehen zu überreden?» Carls spontane Zusage hatte Eduard ohnehin überrascht. Denn sein Bruder hatte momentan anderes – und womöglich Besseres – zu tun. Seitdem ihm der Durchbruch als Theaterautor geglückt war, verdiente Carl richtig gut, hatte seine Schulden bezahlt und für sich und seine kleine Familie ein Haus im Salzburger Land gekauft. Und in wenigen Wochen würde Carl zum ersten Mal Vater werden.

«Hat unsere Mutter dich etwa geschickt?»

Carl schnaubte statt einer Antwort. Dieses Mal nicht aus Ärger, sondern wohl eher, um ein verräterisches Schmunzeln zu kaschieren.

«Ach, ich verstehe, deswegen ist auch das Fräulein Neuer mit von der Partie.» Das hätte er sich wirklich denken können. Fräulein Neuer war die Traumschwiegertochter seiner Mutter.

Dass Eduard sie immer noch nicht beim Vornamen ansprach, zerrte am Geduldsfaden seiner gesamten Familie. Doch was sollte er tun? Seit ihrer Ankunft auf Juist ließen sich die Sätze, die sie gewechselt hatten, an einer Hand abzählen. Wenn das Gerücht stimmte, dass Ehepaare sich mit den Jahren immer weniger zu sagen hatten, sprach das eindeutig gegen eine Verbindung. Schließlich würden sie schon nach den Flitterwochen das Sprechen gänzlich eingestellt haben. «Zerbricht Mutter sich den Kopf? Weil der Kleine schon zum zweiten Mal verheiratet ist, der Große sich aber nach wie vor stumm und stur weigert, eine Familie zu gründen?»

«Fräulein Neuer ist doch hübsch.»

«Ja, das ist sie.»

«Und brav. Und musikalisch.»

«Du hättest sie nicht mitbringen sollen. Das schürt vielleicht neue Hoffnungen, nachdem ich bereits in einem recht deutlichen Brief mitgeteilt habe, wie wenig es mir ausmachen würde, wenn sie sich nach einer Alternative umschaute.»

«Dann heirate eben eine andere», entgegnete Carl bockig. «Bloß hier in dieser Einöde wirst du keine finden. Die Lehrerinnen an eurer Schule mögen klug sein und manche sogar einigermaßen attraktiv, sie sind aber leider alle schon vergeben, soweit ich das mitbekommen habe.»

«Ich werde nicht heiraten. Niemals.»

Jetzt blieb Carl abrupt stehen. «Was? Warum nicht?»

«Der Krieg …» Es war Eduard unangenehm, darüber zu sprechen, selbst seinem Bruder gegenüber. Obwohl Carl Bescheid wusste. Schließlich hatte er ihn damals aus diesem Sterbelazarett geholt und in eine menschenwürdige Klinik gebracht.

«Das ist doch nur eine Ausrede.» Carl lachte auf. «Man müsste das Wort *niemals* grundsätzlich verbieten. Jeder, der es ausspricht, versündigt sich an dem, was das Leben für ihn bereithält.» Carl wies mit einer ausladenden Geste Richtung Meer. «Hier sieht es fast wie in Holland aus. Erinnerst du dich noch an unseren letzten Abend in Domburg?»

Natürlich erinnerte Eduard sich. Es war der letzte Abend ihres letzten Familienurlaubs gewesen, und es war vor allem der letzte Abend, bevor der Krieg über sie hereingebrochen war. Angstvoll – Carl behauptete sogar: händehaltend – hatten sie auf die Nordsee geblickt.

«Damals hat mich unsere Vermieterin bange gefragt, ob wir nun beide in den Krieg ziehen. Und ich habe lautstark behauptet, nein, *niemals*, da müssen sie mich erst in den Kerker werfen, bevor ich auf Menschen schieße.» Carl machte eine kurze Pause, er war nun mal ein begnadeter Dramaturg. «Keine achtundvierzig Stunden später habe ich mich freiwillig gemeldet, bereit, meinen und den Tod vieler anderer in Kauf zu nehmen.»

«Du warst noch keine achtzehn, Carl. Aber ich bin jetzt sechsunddreißig. Doppelt so alt. Und dreimal so lebenserfahren.»

Carl zuckte mit den Schultern. «Es ist nichts Schlimmes an der Liebe, Bruder. Im Gegenteil.»

Was sollte Eduard darauf erwidern? Er hatte ja seine eine große Liebe: die Musik! Bach, Mozart, Brahms. E-Dur, a-Moll, jede Menge schwarz-weiße Tasten. Und seit er in der Schule am Meer unterrichtete, kam es ihm vor, als sei er verschossen bis über beide Ohren. Der Tag begann mit einem Sprung in die Nordsee, danach gab er im Speisesaal Sätze aus dem *Wohltemperierten Klavier* zum Besten. Mit jedem Ton, so schien es Eduard, öffneten sich die müden Kinderaugen, bis sie beim Schlussakkord leuchteten. Wie könnte ein Tag glücklicher beginnen? Der Vormittag war Eduards freie Zeit, die er zur Vorbereitung der Schulkonzerte nutzte. Die Schüler wurden derweil in den Pflichtfächern unterrichtet, Deutsch und Englisch, Mathematik und Naturwissenschaft. Die Fächer Sport, Musik und Kunst hatte man wohlweislich auf den Nachmittag gelegt. Und nach dem Abendessen konnten die Mädchen und Jungen sich ihren Neigungen entsprechend austoben. Die späten Stunden, wenn sich das kleine Orchester oder der Schulchor zusammenfand und man eine ganz besondere Gemeinschaft bildete, in der nicht mehr gestritten oder doziert, sondern nur noch Musik gemacht wurde, bedeuteten Eduard besonders viel.

Also stand er jeden Morgen voller Vorfreude auf und schloss am Abend zufrieden die Augen. Ob Carl das auch von sich behaupten konnte? Eduard wagte es zu bezweifeln.

Die kleine Anlegestelle, an der das Schulschiff im seichten Watt dümpelte, kam in Sicht. Die Karna, kein Prachtexemplar, aber sturmerprobt, war von den Nixen bunt geschmückt worden. Unermüdlich hatten die Schülerinnen unter Anleitung von Helene Aeschli, die, weil sie Englisch unterrichtete, Aeschlimiss genannt wurde, Papierblumen gefaltet, aufgefädelt und an der Reling und in der Takelage des Segelboots befestigt. Nun waren die Bären schwer beschäftigt, den nassen Rumpf mit der Seilwinde auf den Trailer zu ziehen, an dessen Deichsel zwei Gäule geduldig schnaubend auf ihren Einsatz warteten. Lu stand daneben, die Baskenmütze auf dem Scheitel, die Pfeife im Mundwinkel, und erteilte Kommandos: Nicht so schnell, mehr nach links, aufgepasst mit dem Heck – die Schüler folgten seinen Anweisungen und kamen gut voran.

«Schau ihn dir bloß an», kommentierte Carl. «Er erinnert mich an unseren Kommandanten an der Westfront.»

Eduard verkniff sich einen Einwand. Er war kein Sigmund Freud, aber auch ohne die neumodische Psychoanalyse hatte

Eduard längst begriffen, dass Lu und Carl sich einfach zu ähnlich waren, um miteinander auszukommen. Wobei die Antipathie einseitig war, denn Lu lief ihnen, kaum dass er ihr Kommen bemerkt hatte, freudestrahlend entgehen.

«Endlich! Unser Ehrengast! Wir sind fast so weit, dann können die Sektkorken knallen!»

Schon als Eduard ihm Anfang des Monats den Besuch angekündigt hatte, war der Schulleiter hellauf begeistert gewesen. «Wirklich? Der große Carl Zuckmayer kommt zu uns nach Juist?» Lu war entflammbar wie ein Zündholz, insbesondere wenn es um seine beiden Leidenschaften ging: Theater und Segeln. Und mit diesem Besuch am ersten Tag nach den Herbstferien prallte beides aufeinander. «Wir könnten zusammen ein Stück schreiben», hatte Lu gestern, als sie Carl und Fräulein Neuer am Inselbahnhof abgeholt hatten, munter drauflosphantasiert. «Ein epochales Werk. Es spielt auf einem Schiff. Windstärke zwölf und ein Leck im Bug. Dazu eine alte Sage um Schuld und Sühne. Von Luserke und Zuckmayer.» Nach kurzem Überlegen war er dann doch zurückgerudert. «Oder lassen wir das mit der Reihenfolge im Alphabet und nehmen besser Zuckmayer und Luserke, euer Name ist ja schon der bekanntere.»

Die Idee mit dem Sturm basierte wohl auf den Erfahrungen der letzten Woche, denn bis vorgestern hatte ein heftiger Orkan über der Insel gewütet, dem das Dach des Jenseits und einige Fenster zum Opfer gefallen waren. Wie mit gewaltigen Fausthieben hatte der Wind von Westen her auf sie eingeprügelt. Die See hatte sich weit in die Dünen gefressen, und ausgerechnet die Stelle neben dem Ententeich, wo das Bootshaus errichtet worden war, erwies sich als besonders gefährdet. Sandige Krater klafften links und rechts des Schuppens, Wurzeln hingen wie wirres Hexenhaar über den Bisswunden der Brandung. Und die grelle Sonne, die zwischen Wolkenfetzen hindurch das Szenario beschien, ließ keine Narbe ungesehen.

Es tat der festlichen Stimmung keinen Abbruch. Inzwischen war das Boot verladen und vertäut. Nachbar Karl Saathoff, der immer mal für ein paar Groschen die Stunde aushalf, wenn man ihn brauchte, saß rauchend auf dem Kutschbock. Als er schnalzte, setzten sich die beiden Pferde in Bewegung, um den schweren Anhänger an Land und ins Bootshaus zu ziehen.

Lu begrüßte Carl per Handschlag und legte zusätzlich noch eine Hand auf dessen Schulter. Carl schaute angewidert auf die fremden Finger. Gut, manchmal kam Lu den Menschen tatsächlich ein bisschen zu schnell ein bisschen zu nah. Eduard mochte ihm das nicht ankreiden. Dieser Mann leitete die Schule bis zur totalen Selbstaufgabe. Es war Luserke nicht anzumerken, dass er vor etwas mehr als zwei Wochen Witwer geworden war. Annemarie, die Mutter seiner vier Kinder, war nach schwerer Krankheit in einem Krankenhaus fern der Insel verstorben. Lu baute trotzdem den Bootschuppen, organisierte die Einweihung, moderierte diverse Sitzungen, kümmerte sich um die Korrespondenz mit den Behörden – die Arbeit und die Menschen an dieser Schule seien der beste Trost, wiegelte er ab, wenn jemand ihm hatte kondolieren wollen.

«Moskito!» Lu winkte einen der Quintaner heran. «Schnell, lauf noch mal ins Diesseits und lass dir von Fräulein Kea die gute Schere geben, damit Herr Zuckmayer gleich das Band durchtrennen kann.»

Der Junge rannte los, wie stets verfolgt von Titicaca, der zahmen Gans.

Als Carl sich über das Federvieh amüsierte, erklärte Lu: «Das Tier wurde letztes Jahr von den Juister Jägern angeschossen.

Aber unser Moskito hat sich über Monate hingebungsvoll darum gekümmert. Und nun tut die Gänsedame so, als würde sie selbst die Schulbank drücken. Sie besucht sogar freiwillig den Mathematikunterricht.»

«Kann sie schon Wurzeln ziehen?», scherzte Carl.

«Nein, aber Graugänse werden sehr alt. Vielleicht schafft sie ja irgendwann einmal das Abitur.»

Jetzt lachte Carl das erste Mal seit seiner Ankunft aus vollem Halse. Zum Glück, dann würde es heute vielleicht doch einen amüsanten Nachmittag geben.

Eduard entschuldigte sich und ging durch die Dünen Richtung Schulgelände, das, abgesehen von den Sturmschäden, inzwischen nicht mehr ganz so schlimm nach Baustelle aussah. Den Innenhof bedeckte ein halbwegs grüner, doch an einigen Stellen vom Spielen geplätteter Rasen, die Baracken hatten Fensterläden, und rund um den Hügel, auf dem der Fahnenmast stand, war Mauerwerk gezogen worden, das von weitem einem Burgwall glich. Carl hatte den Anblick dennoch trostlos genannt. Aber es war nun mal Oktober, vielleicht kam Eduards Bruder im nächsten Sommer noch einmal vorbei, wenn die Sonne hell, der Himmel blau, die Welt um einiges bunter war.

Auf jedem Schritt kamen ihm Schüler entgegen in ihren trotz der Herbstkühle immer noch kurzen Hosen, sie grüßten mit «Hallo, Zuck». Eduard lächelte. Zuck! Das hätte sich in Frankfurt niemand getraut. Carl hatte unrecht, wenn er behauptete, die Zeit auf Juist sei vergeudet. Noch nie in seinem Leben hatte sich Eduard so sehr am rechten Ort gewusst wie hier.

Und die Entwicklung der Schule gab ihm recht. Dank der deutschlandweiten Kampagne, mit Anzeigen und Berichten in den großen Zeitungen sowie einer Werbe-Tournee von Lu und Aeschli, stiegen die Schülerzahlen. Achtunddreißig Jungen und zwölf Mädchen waren es mittlerweile, dazu einige neue Kolleginnen und Kollegen, die sich vorgenommen hatten, für ein paar Monate oder auch Jahre Teil dieses Experiments zu sein. Aus der Ferne sah es vielleicht aus, als ginge es bei ihnen besonders ungezwungen zu – komm ich heut nicht, komm ich morgen –, doch das Gegenteil war der Fall. Nichts wurde unternommen, ohne dass man es vorher ausgiebig besprach und sich im Anschluss der Kritik der anderen stellte – oft ein kräftezehrender Akt. Vielleicht hatte Lu sich deshalb verkniffen, den Sitzungen des Schulrats einen seiner heißgeliebten Phantasienamen zu verpassen. Die wöchentlichen Zusammenkünfte der Lehrer und Schüler hätte man auch gut und gern «Teetrinkergremium» oder «Kreis der rauchenden Köpfe» nennen können, doch dazu nahm man dieses demokratische Versuchsmodell zu ernst. Trotz aller Anstrengung war es stets eine Freude, den dabei erzielten Fortschritt mitzuerleben, mehr noch: ein Teil davon zu sein. Eduard konnte sich nicht vorstellen, dass ein Nackedei-Auftritt von Josephine Baker dasselbe Glücksgefühl in ihm auslösen würde.

«Hallo, Zuck!» Anni kam gerade mit ihren Töchtern aus dem Haus. Renate, Eva und Ruth trugen ihre hübschesten Kleider, doch man konnte ihnen schon ansehen, dass sie nicht lange stillsitzen würden. Die Reiner-Mädchen waren alle drei recht zappelig, doch was sollte man bei solch temperamentvollen Eltern auch anderes erwarten? Viel verstand Eduard nicht von der Zweisamkeit. Aber wer Paul und Anni beobachtete, wusste: Als Ehepaar an dieser Schule zu sein war wahrscheinlich Fluch und Segen zugleich. Einerseits hatten sie einander und auch ein gemeinsames Projekt – die Schule. Andererseits mussten sie ja auch den eigenen Nachwuchs großziehen. Mehr nebenbei, die kleineren Lehrerkinder waren überall zu Hause, saßen mal bei den Eltern auf dem Schoß, mal bei den Schülern, mal beim Schulpersonal. Und wenn sie alt genug waren und von der Dorfschule in die Sexta wechselten – bei Renate war es im nächsten Schuljahr so weit –, bezogen sie wie alle anderen auch Internatszimmer und suchten sich eine Kameradschaft, die zu ihnen passte. Wie es Paul und Anni damit ging? Nun, manchmal arbeitete Anni wie eine Besessene im Garten, und Eduard wurde den Verdacht nicht los, dass es dabei um mehr ging als ums Unkrautjäten. Er jedenfalls wollte an solchen Tagen keine Karotte zwischen Annis Fingern sein.

Eduard nickte ihr zu. «Falls du noch ein paar Chormitglieder in der Weltgeschichte herumspringen siehst …»

«… werde ich ihnen sagen, dass sie zum Bootshaus gehen sollen.»

«In einer Viertelstunde, spätestens in zwanzig Minuten!»

«Mach dir keine Sorgen», sagte Anni. «Die sind alle furchtbar aufgeregt und bestimmt viel zu früh da.»

Eduard bedankte sich mit einem Lächeln für den Zuspruch. Er mochte Anni. Im Grunde waren sie sich ähnlich: vermeintlich zu Höherem bestimmt, doch rundum glücklich mit dem schlichten Leben auf Juist. Anni wühlte leidenschaftlich gern in der Erde, und doch war es ihrer großzügigen Spende zu verdanken, dass man am Schuljahresende das Cembalo hatte anschaffen können.

Gerade in diesem Moment wurde das Instrument von Theo und Volkmar auf den großen Handkarren verladen. Das furnierte Holz ächzte lauter als die Jungen, als wollte es sich über diese Zumutung beschweren.

«Schön vorsichtig!», mahnte Eduard, denn die beiden waren eher für ihr rasantes Hockeyspiel als für Feinfühligkeit bekannt. «Die Saiten verstimmen bei jedem Ruck.»

«Wir behandeln das Gerät wie ein rohes Ei!», versicherte Volkmar.

Das Gerät! Eduard schluckte, sagte aber nichts. «Habt ihr Gregor gesehen?»

Die beiden Jungen schüttelten die Köpfe. «Seit dem Frühstück nicht. Wieso?»

«Er soll sich bereitmachen und zu mir kommen.»

«Sagen wir ihm.»

Eduard wollte sich nur noch schnell umziehen. Auch wenn das Fest eher leger sein würde, ihm stand der Sinn nach Hemd und Krawatte.

In seinem Zimmer angekommen, zog er sich gerade den Pullover und das grobe Unterhemd über den Kopf, um es gegen das feinmaschigere zu tauschen, als die Tür ging. «Gregor, bist du es?»

«Ja, Zuck.»

Oje, die Stimme klang zitteriger als sonst. Der Ärmste wurde wohl vom Lampenfieber gequält.

«Sing dich schon mal warm. Einfach die Oktaven rauf und runter, dann immer einen Halbton höher, schön locker, du kennst das ja.»

Es klang leider schauderhaft. Wie eine singende Säge.

«Hab keine Sorge, Gregor! Dein Überraschungsauftritt wird ganz wunderbar werden. Du hast erstens Talent und zweitens geübt.» Eduard öffnete die Schlafzimmertür einen Spaltbreit. Gregor stand mitten im Raum, seine Arme hingen kraftlos herab, und die Schultern sackten unglücklich nach vorn.

«So kann das nichts werden, mein Lieber», sagte Eduard, ging auf Gregor zu und umfasste gleichzeitig Brustkorb und Wirbelsäule, um den Jungen aufzurichten. «Denk an dein Zwerchfell!» Haltung war das A und O beim Singen. Jede Verklemmtheit, jede linkische Position zerquetschte die Stimme, bevor diese überhaupt hörbar wurde.

Doch Gregor war plötzlich zur Salzsäule erstarrt.

«Was ist?», fragte Eduard und schaute an sich herunter. «Ach, ich muss mir noch das Hemd überziehen. Ja, ja, ein Mann in meinem Alter ist kein schöner Anblick.»

Doch Gregor lachte nicht über den Scherz, mit dem Eduard die peinliche Situation hatte überspielen wollen. Nein, er blieb unbeweglich vor ihm stehen, und Eduard kam es sogar vor, als habe er das Atmen eingestellt.

~

«Alle, die mit uns auf Kaperfahrt fahren …» Moskito macht bloß den Mund auf und zu. *«… müssen Männer mit Bärten sein …»*

Volkmar grinst. Er tut auch nur so, als ob. Theo leider nicht, und die Töne, die er von sich gibt, klingen schaurig. Wo steckt bloß Gregor? Der Einzige, der wirklich singen kann, ist unauffindbar.

«… Jan und Hein und Klaas und Pitt …»

Die Küchenmädchen haben Töpfe und Kochlöffel mitgebracht, und damit trommeln die kleinen Reiner-Töchter wie wild. Ihre Haare sind zerzaust und die Kleider dreckig. Die Lehrer singen lautstark eine zweite oder dritte Stimme. Mister hat sein Akkordeon umgeschnallt. Sogar der Ehrengast – der Bruder von Zuck – singt aus vollem Halse und klingt wie ein echter Pirat. So macht das Lied dann doch halbwegs Spaß.

Insgesamt gibt es hier für Moskitos Geschmack einfach zu viel Musik. Schon beim Frühstück klimpert das Klavier, immer dasselbe Stück, erst nach dem letzten Ton dürfen die Schüler – halb verhungert, weil sie ja schon das bescheuerte Mystische Tauchbad und die Frühgymnastik hinter sich haben – nach der Milch und dem Brot greifen. Nachmittags hat Moskito sich für die Pflege des Gartens und der Aquarien gemeldet und sich so erfolgreich um Notenlesen und peinliche Einsingübungen gedrückt. Man muss aufpassen hier an der Schule am Meer, die einzelnen Lehrer tun so ziemlich alles, um möglichst viele Schüler für sich und ihre Sache zu begeistern – spiel bei mir Theater, mal mit mir ein Bild, sing ein Lied, bau einen Schuppen, pflanz einen Baum –, doch manchmal hat man eben auch einfach Lust auf Langeweile.

Nach dem Lied hissen Theo und Walter die Flagge am Dachfirst des Bootsschuppens. Der Ehrengast durchschneidet das Band mit der Schere, die Moskito ihm eben gebracht hat. Dann wird das Boot von den Tertianern in sein Haus geschoben.

Es gibt eine kleine Pause, in der einige Schüler ihre Instrumente und Notenpulte aufbauen. Das kann dauern. Besonders, weil Lu gleich noch eine Rede halten wird. Moskito muss ein Gähnen unterdrücken.

«Moskito?» Volkmar tippt ihm von hinten auf die Schulter. «Zuck sagt, wir sollen Gregor suchen gehen.»

«Jetzt?»

Volkmar nickt. «Der macht sich Sorgen.»

Moskito kann gar nicht schnell genug von dieser Veranstaltung verschwinden. Obwohl er in den Herbstferien selbst am Bootsschuppen mitgebaut hat. Tagelang wurden Leisten von der Tischlerei ans Watt geschleppt, Schrauben reingedreht. Sogar während des Sturms ist der Trupp mit Pinsel und Farbe angerückt, sobald es mal nicht regnete. Doch für einen triftigen Grund, die Rede von Lu zu schwänzen, würden die meisten hier ihr Taschengeld opfern.

Moskito und Volkmar drängeln sich durch die Menschenmenge. Titicaca hinterher. *Moskito, der Gänsepapa.* Er hat sich schon daran gewöhnt. Und heimlich genießt er es auch, dass seine gefiederte Freundin ihn zu etwas Besonderem macht. Längst ist er nicht mehr nur der Junge aus Bolivien, der nicht schnell genug rennt und manchmal heult, weil er seine Mama vermisst. Die Aufmerksamkeit entschädigt dafür, dass er regelmäßig Titicacas Mist wegräumen muss, wenn sie mal wieder heimlich in seinem Zimmer übernachtet hat statt im Stall.

Als sie im Jenseits ankommen, spielt am Strand bereits das kleine Orchester. Sogar Moskito hört, dass Gregors Cello fehlt.

«Gregor war schon den ganzen Tag über komisch.»

«Gregor ist immer komisch», erwidert Volkmar. «Zuck hat heute Nachmittag schon mal nach ihm suchen lassen. Gregor sollte ins Musikzimmer kommen. Hab ich dann auch ausgerichtet. Aber glaub mir, als der Gregor kurz danach von dort zurückgekehrt ist ...» Volkmar schweigt geheimnisvoll. Das ist so eine Marotte von ihm. Erst Andeutungen machen und einen dann hängenlassen.

«Der ist öfter bei Zuck in letzter Zeit», fügt Volkmar hinzu, als Moskito immer noch nicht neugierig nachfragt. «Einzelunterricht. Als ob er was Besonderes wäre.»

Ist Gregor ja auch, denkt Moskito bei sich. Diese Sache in der alten Schule, man muss immer ein bisschen daran denken, wenn man Gregor begegnet.

Sie betreten die Baracke mit den Schülerzimmern, und Moskito klopft an Gregors Tür. Vergeblich. Das wäre auch ein bisschen einfach gewesen. Die Jungen treten ein. Gregor hat ein Einzelzimmer, wahrscheinlich auch wegen der Sache damals. Seine Bude ist mit Abstand die ordentlichste von allen. Das Kopfkissen sieht aus, als habe noch nie jemand darauf gelegen. Auf dem Schreibtisch kein Papierschnipsel, kein Tintenfleck.

Einmal die Woche müssen die Schüler «Reinhaus» machen, mit Besen und Tuch. Danach kontrollieren die Lehrer, ob alles sauber ist. Bei Gregor schauen sie gar nicht erst nach. Sie wissen, wie es hier aussieht. An der holzvertäfelten Wand hängen Postkarten aus der ganzen Welt, geordnet nach Kontinenten.

«Vielleicht ist der Gregor in der Freien Aussicht?», schlägt Volkmar vor. «Der Wirt schenkt den Großen Bier aus, wenn sie das nötige Kleingeld dabeihaben.»

«Gregor und Bier?»

«Oder er ist ins Dorf, um was Süßes zu kaufen …»

«Schließ nicht immer von dir auf andere», sagt Moskito. Denn nur weil Volkmar jede Gelegenheit nutzt, das wenige Taschengeld, das sie bekommen, immer gleich für irgendwelchen Blödsinn auf den Kopf zu hauen, muss das ja nicht jeder tun. Vor allem nicht Gregor.

Moskito öffnet den Schrank. Die Schuhe wie mit dem Lineal aufgereiht. Nur die Schnürstiefel fehlen. «Er könnte in die Dünen gegangen sein.» Warum sonst sollte Gregor feste Schuhe anziehen. Und die Dünen sind ein guter Ort, wenn man für sich alleine sein will. Aber bei der Kälte? Und während des großen Konzerts? Gregors Verschwinden wurde immer merkwürdiger.

«Dann los!»

Moskito schließt Titicaca vorsichtshalber in ihrem Verschlag auf dem Hof ein. Dann folgt er Volkmar, der schon losgerannt ist. Zum Glück ist er nicht mehr ganz so schnell aus der Puste wie früher. So viel, wie man hier arbeitet, weil die Lehrer dauernd irgendwelche neuen Häuser kaufen und umbauen, da setzt niemand Speck an. Körperliche Arbeit veredelt Gestalt und Charakter, sagt Lu. Was der eben immer so sagt.

Es ist mühsam, in den Dünen nach jemandem zu suchen.

So viele Täler werfen ihre Schatten. Die Jungen sind lange unterwegs, erst an der Hammerbucht, später in Höhe des Dorfes. Auf ihre Rufe erhalten sie keine Antwort. Das ist beängstigend.

«Was, wenn Gregor etwas passiert ist?», sagt Moskito.

Volkmar tut so, als wäre das eine lächerliche Idee. «Zum Beispiel?»

«Na, die Jäger. Die schießen mitunter wild um sich.»

«Ich hab nichts knallen gehört.»

Das stimmt. Vielleicht haben die Rehe, die im Wäldchen bei der Hammerbucht leben, gerade Schonzeit. Oder das Wetter ist zu schlecht.

«Was, wenn Gregor sich selbst was antut?», bringt Moskito seine schlimmen Befürchtungen endlich auf den Punkt.

«Aus Lampenfieber?» Das hält Volkmar für Unsinn.

«Oder wegen dieser Sache damals mit dem Anfassen.»

Volkmar bleibt stehen. Er sieht jetzt aus, als sei ihm auch nicht ganz wohl bei der Sache.

«Wir sollten Zuck und den anderen Bescheid geben», schlägt Moskito vor.

«Und wenn wir Alarm schlagen, und dann ist gar nichts?» Volkmar schüttelt entschlossen den Kopf. «Komm, wir gucken noch mal kurz am Strand, wenn wir ihn da nicht finden, trommeln wir alle zusammen. Einverstanden?»

Strammen Schritts marschieren sie durch eine kurze Allee aus Silberpappeln, als es plötzlich ganz scheußlich zu regnen beginnt. Gemeine Tropfen aus allen Himmelsrichtungen, so regnet es nur hier auf Juist. Und mit Vorliebe dann, wenn es weit und breit keinen Unterschlupf gibt. Früher hätte Moskito sich aufgeregt. Heute wird er eben nass.

Auf den Randdünen angekommen, müssen sie zweimal hinschauen, weil das Meer seltsame schwarze Stellen hat.

«Was ist das?», fragt Moskito.

Volkmar legt seine Hand über die Augen, um besser gucken zu können. «Keine Ahnung.» Er beugt sich vor, als würde ihm das die Sicht erleichtern. «Aber schau mal, da vorne, in der Brandung.» Er zeigt aufs Meer. «Das könnte Gregor sein.»

Da steht tatsächlich eine einsame Gestalt knietief in den Wellen. Schlaksig und mit schwarzem Haar.

«Der will ins Wasser gehen!», ruft Moskito atemlos.

Sie rennen los, verheddern sich immer wieder in den angeschwemmten Algen, die wie Teppiche den festen Sandboden bedecken. Auf halber Strecke fangen sie mit dem Schreien an. «Gregor!» Der hört sie nicht oder will sie nicht hören. Unbeirrt läuft er immer weiter, versinkt tiefer und tiefer in den Fluten. «Bleib stehen, verdammt noch mal!» Was, wenn sie nicht rechtzeitig bei ihm sind? Wenn er absäuft, bevor sie ihn retten können? «Gregor, nein!»

Endlich, Gregor dreht sich um. Er hält etwas im Arm. Moskito kann nicht erkennen, was es ist.

Volkmar rennt schnurstracks ins Wasser. Kurz darauf ist auch Moskito bei Gregor angelangt. Das Ding, das er unterm Arm hat, ist ein großes Stück Holz. Ziemlich dick, an einem Ende angespitzt, eine Art Pflock oder Pfeiler, dunkel mit einem leicht rötlichen Stich.

«Eine Strandung!», jubelt Volkmar. «Gregor hat ein richtig dickes Ding rausgezogen. Das ist doch bestimmt einen Meter lang.»

«Sehr gute Qualität», sagt Gregor stolz. «Das können die Wölfe gebrauchen. Mister will uns nämlich die Bildhauerei beibringen. Leider ist der Klotz zu schwer zum Tragen.»

«Mensch, Gregor, wir haben uns Sorgen um dich gemacht! Du solltest jetzt eigentlich singen, oder nicht?» Moskito ist schon ziemlich sauer. Da haben sie sich die schrecklichsten Dinge ausgemalt, und der Junge quatscht bloß vom Holz.

«Mir gings nicht so gut, Frosch im Hals», erklärt Gregor kurz angebunden. «Los, packt mit an, zu dritt können wir es schaffen.»

Moskito wischt sich den Regen und das Meerwasser aus dem Gesicht. «Also los. Zurück zur Schule.»

Volkmar tippt sich an die Stirn. «Wir können doch jetzt nicht einfach gehen.» Er zeigt aufs Meer. «Da, das Dunkle in den Wellen, das sind mindestens tausend Bretter, die schwimmen direkt auf uns zu!»

Gregor nickt. «Während des Sturms muss draußen eine ziemlich große Ladung über Bord gegangen sein.»

«Feinstes Teak!» Volkmar gibt sich fachmännisch. «Und das, wo Lu in den Herbstferien jeden Tag geklagt hat, weil man auf der Insel kein vernünftiges Baumaterial kriegt.»

«Jetzt wird uns das Holz quasi vor die Füße gespült. Umsonst!» Sie können ihr Glück kaum fassen. Moskito jubelt: «Und wir sind die Einzigen, die davon wissen!»

«Das wird sich leider sehr schnell ändern», sagt Volkmar. «Sobald die Insulaner Wind davon bekommen, gehen wir wieder leer aus. Ich sag nur: Zitrone!»

Im Frühjahr hatte es nämlich schon mal eine Strandung gegeben: säckeweise Zitronen. Die haben die Schüler natürlich aufgesammelt und brav zu Fräulein Kea in die Küche geschleppt, die daraus ganz köstliche Limonade hergestellt hat. Doch einen Tag später bekam die Schule die Rechnung, ausgestellt vom Bürgermeister persönlich. Denn was bereits auf dem Strand gelegen hat, gehört Vater Staat und wird öffentlich versteigert. Der Finder bekommt zwar einen kleinen Teil vom Erlös, aber in diesem Fall ging das nicht, da die Zitronen schon weggetrunken worden waren. Wann gibt es schon mal so was Feines wie Limonade? Die Strafe sei saftiger ausgefallen als die Früchte, hatte Lu geschimpft. Deswegen wissen sie es jetzt besser: Nur was man aus dem Wasser zieht, darf man behalten. Und noch schwimmen die Bretter.

«Dann bleiben wir hier, Gregor und ich.» Moskito wundert sich selbst über seinen Vorschlag, denn eigentlich ist ihm erbärmlich kalt, und er würde nur zu gern ins Warme und Trockene eilen. Doch die Bretter einfach liegenlassen? Nein, auf keinen Fall! «Und du, Volkmar, läufst los und holst die anderen. Sie sollen alle kommen. Sofort!»

Vom kleinen Zimmer im Erdgeschoss aus konnte Anni über den Hof hinweg auf den Garten blicken. Oder auf das, was der Orkan davon übrig gelassen hatte. Die Böen der letzten Tage hatten ihn zerrupft, die Zäune hingen schief, Dachziegel lagen zertrümmert in den Beeten. Es juckte Anni in allen Gliedern, bis zum Sonnenuntergang noch ein bisschen zu werkeln, Ordnung zu schaffen, damit der Anblick nicht ganz so trostlos blieb. Wenigstens die Rankhilfen für die Bohnen könnte man richten. Doch das wäre jetzt, Mitte Oktober, wahrscheinlich sinnlos. Das Wetter an der Küste hatte sich als schadenfroher Geselle erwiesen. Regen, wenn man nach Licht und Wärme dürstete. Und Trockenheit, sobald die Früchte saftig werden wollten.

Im Samowar kochte das Wasser, der Dampf schlug auf die Scheiben. Anni drehte die Flamme kleiner, schob die Messingkanne unter den Hahn und goss frischen Pfefferminztee auf, sie hatte die letzten grünen Zweige eben beim Heimgehen gezupft.

Sie wischte das Fenster klar. Paul lief mit den Mädchen über den Hof. Sie hatten noch mit angepackt, um das Cembalo zurück in den Musikraum zu tragen. Unbenutzt, denn Zucks großes Überraschungskonzert war ins Wasser gefallen, da der Solist anscheinend an akutem Lampenfieber erkrankt war. Moskito und Volkmar hatten sich schon auf die Suche nach ihm gemacht, hoffentlich mit Erfolg. Allzu große Sorgen musste man sich um Gregor aber wohl nicht machen; seit sie auf Juist lebten, war er regelrecht aufgeblüht, und auf der Insel ging niemand verloren.

Inzwischen hatte es zu regnen begonnen.

Paul schnitt Grimassen und tat, als sei er ein gefährliches Tier, die Mädchen rannten freudig kreischend davon. Als sie die Haustür öffneten, kam die Kälte mit herein. Und das Lachen.

Paul half den Mädchen beim Ausziehen, dann zog er sich den Norwegerpullover über den Kopf und hängte ihn an die Garderobe, an der neben den farbigen Kinderjäckchen kaum noch Platz war. Als er Anni umarmte und sein Gesicht in ihrer Halsbeuge vergrub, kitzelte sein Atem bis in Annis Zehenspitzen. Erst dann sah er den Brief in ihrer Hand.

«Was ist das?»

«Mutter hat uns einen Zeitungsartikel geschickt, aus der *Rheinisch-Westfälischen.*» Sie reichte ihm das Kuvert. «Könnte sein, dass er dir die Laune verdirbt.»

Paul setzte sich auf das Sofa und faltete das Papier auseinander.

«Papa, lass uns weiter Löwe spielen», forderte Renate.

Doch er war schon in die Lektüre versunken. «Geht bitte in euer Zimmer.»

«Du hast es uns aber versprochen.»

Gern hätte Anni ihre Kinder auf später vertröstet, doch sie hatte den Schulrat einberufen, und das konnte dauern. «Bald gibt es Essen», sagte sie. «Und bis dahin könnt ihr euch oben was Wärmeres anziehen.»

Renate und Eva waren alt genug, um beeindruckend beleidigte Schnuten zu ziehen, Ruths Mimik sah dagegen eher drollig aus. «Wenn ihr schön brav seid, bekommt ihr später einen süßen Pfefferminztee.» Die drei polterten die schmale Stiege nach oben. Das Holz knarrte. Sie waren enttäuscht. Aber wer war das nicht?

Anni schaute wieder aus dem Fenster.

Im Sommer waren ausgerechnet die Lupinen eingegangen. Brombeeren hatte es im Überfluss gegeben, üppig auch die Sonnenblumen, die Kartoffelernte hatte sogar drei Tage gedauert, obwohl sich die ganze Unterstufe daran beteiligt hatte. Die Fruchtbarkeit des Nutzgartens, der sich westlich des Ententeichs in einer windgeschützten Mulde befand, hatte Anni – auch bei den Insulanern – viel Anerkennung eingebracht. Pferdedung, Brennesselsud, geschredderter Seetang, alles kostenlos und auf der Insel reichlich vorhanden. Stolz hatte Anni mit vollen Händen Sonnenblumenkerne an neugierige Besucher verteilt. Vielleicht blühten die gelben Riesen im nächsten Sommer irgendwo im Inseldorf. So wie auch Anni selbst hoffte, bis zum nächsten Jahr erste Wurzeln in den Sand schlagen zu können. Denn dass es so schwer werden würde, sich hier wohlzufühlen, damit hatte sie nicht gerechnet.

Gerade deshalb tat es ihr um die Lupinen besonders leid, auch jetzt noch, im Oktober. Weil sie ihren Wildgänsen im Frühjahr, während diese fleißig Samen in die Erde legten, eine bunte Blütenpracht und eine reiche Bohnenernte versprochen hatte: «Die Lupinen sind wie wir. Sie gedeihen auf sandigem

Grund, wachsen aufrecht und geben viel Kraft und Energie an ihre Umwelt ab.» Anni hatte ihrer Kameradschaft die Symbiose aus Bakterien und Pflanzen erklärt, durch die Stickstoffe der Luft in wertvolle Proteine umgewandelt werden. «Wenn es eine Maschine gäbe, die dasselbe vollbringen könnte, der Erfinder wäre steinreich.» Moskito, wie immer Feuer und Flamme, hatte sofort eine solche Proteinmaschine entwickeln wollen und eine ganze Weile mit Bohnensamen, Erde und diversen Substanzen aus dem Chemieraum herumexperimentiert.

Doch dann waren im Juli die Lupinen eingegangen. Vielleicht, weil nur einen Monat zuvor das Vieh des Nachbarn «aus Versehen» durch Annis Beete gestapft war. Im August wurden dann zwei Schülerinnen aus der Mittelstufe auf dem Weg zum Briefkasten überfallen, die Angreifer hatten Plattdeutsch gesprochen und die geöffnete und nach Wertsachen durchsuchte Post im Kanalgraben entsorgt. Bis heute hatte die Anzeige gegen unbekannt zu keinem Ergebnis geführt. Und als grausiges Finale war im September die kleine Maunzi erschlagen worden, die erst im Mai als entzückendes Katzenbaby zu ihnen gefunden hatte und der Liebling aller gewesen war. Renate hatte den Kadaver frühmorgens beim Fahnenmast gefunden, also musste die feige Tat sogar auf ihrem eigenen Grund und Boden geschehen sein. Der blutige Knüppel lag neben dem Kätzchen, als wolle er ausrichten: Wir machen euch das Leben schwer, bis ihr endlich wieder abhaut!

Längst nicht alle Einheimischen waren grantig. Kea war eine mitunter mürrische, aber treue Seele. Dann der Inselarzt, Otto Leege, der Pastor, die Verkäuferin im Delikatessengeschäft, der alte Florist – alles wirklich feine Menschen, die den Zugezogenen offenherzig begegneten. Dennoch, einer hier auf der Insel, der zu feige war, seinen Namen zu nennen, hatte nun einen Leserbrief an die *Rheinisch-Westfälische* geschickt. Und diese Person – vielleicht waren es auch mehrere – hatte sich die Mühe gemacht, kein einziges Schimpfwort zweimal zu benutzen, nein, es fanden sich zahlreiche Begriffe im Text, die alle dasselbe meinten: Pack, Gesindel, Abschaum, Meute, Teufelsbrut. Anni vermutete, dass jemand die 9. und damit jüngste Auflage des Duden benutzt hatte, denn dort fanden sich neben dem Begriff «Verbrecher» diese Synonyme in exakt derselben Reihenfolge. Man müsste eine inselweite Hausdurchsuchung machen, so ein orthographisches Wörterbuch hatte auf Juist bestimmt Seltenheitswert.

Paul ließ das Blatt sinken und blickte kopfschüttelnd auf. «Du hast doch nicht etwa vor, den anderen davon zu erzählen?»

«Was glaubst du, wofür ich den Tee gekocht habe?»

«Anni! Der Tag war anstrengend genug. Ich dachte, wir setzen uns nachher gemeinsam mit zwei Gläsern Wein ans Fenster und schauen der Insel beim Einschlafen zu.»

«Du willst einfach so tun, als wenn nichts wäre?»

«Ja, stell dir vor. Ich fänd es schön, wenn wir beide einmal etwas anderes machen würden, als immer nur zu diskutieren.»

«Aber wir müssen uns gegen diesen Rufmord wehren!»

«Nicht heute!»

«Würde mich nicht wundern, wenn der Artikel noch in anderen Zeitungen erschienen ist.»

Es war nicht das erste Mal, dass Anni und Paul sich wegen Schulangelegenheiten in die Haare gerieten. Manchmal ging es um das fehlende Geld, dann um pädagogische Fragen oder irgendwelche versponnenen Pläne von Lu. Nur gut, dass das Teeservice mit den zartgelben Rosen, das noch von Annis Großeltern stammte, einfach zu schade war, um es gegen die Wand zu schmeißen.

Gewiss, ihre Liebe war groß und beständig, nur der Rest blieb ein Seiltanz. Auf der einen Seite die Kinder, die Familie in Frankfurt, die Zweisamkeit – auf der anderen die Schule. Einer von ihnen schwebte immer in Gefahr, das Gleichgewicht zu verlieren, oft auch sie beide. Meistens flüchtete Anni nach solchen Diskussionen in den Garten, um zu arbeiten, bis die Wut schließlich verpufft war. Das banale Geheimnis ihres grünen Daumens: Je üppiger die Blüte, desto höher war es zwischen ihr und Paul hergegangen.

Als er sich damals freiwillig zum Kriegseinsatz gemeldet hatte, da hatte Anni auf ihrem Balkon in Heidelberg so erfolgreich Tomaten gezüchtet, dass sie für sämtliche Kommilitonen ausreichten. Und die legendäre Kürbisernte 1919, kurz nachdem Anni die Spanische Grippe überstanden hatte: Da war Renate anderthalb gewesen und Eva grad geboren. Doch in ihrem Keller hatte Paul ständig irgendwelche Revolutionäre versteckt. Keine Nacht ohne erbitterten Streit, ob man für seine politischen Ziele die Familie in Gefahr bringen durfte. Der größte Kürbis hatte zehn Kilo auf die Waage gebracht – und den Anarchisten schließlich als Reiseproviant gedient.

Würden sie sich bei ihrem Seiltanz doch nur in ein und dieselbe Richtung bewegen.

«Lass mich den Artikel ins Ofenfeuer werfen, ja?», bat Paul in versöhnlichem Ton.

«Auf keinen Fall!» Anni nahm das Papier an sich. «Hilf mir lieber beim Umräumen.»

Das kleine Zimmer im Erdgeschoss war durch das Ehebett bereits vollgestellt. Wenn sie Besuch empfingen, schoben sie die beiden Einzelbetten, aus denen es bestand, an die gegenüberliegenden Wände, legten Decken und Zierkissen darauf, dann dienten sie als Sofas, auf denen der gesamte Schulrat Platz fand.

Der Kreis bestand aus sechs gewählten Schülern und den alten Kollegen aus Wickersdorf, außerdem Zuck, der neuerdings dazuzählte, weil er mit seiner freundlichen, zurückgenommenen Art eine Bereicherung für den bunten Haufen war. Oft genug flogen die Fetzen, da half auch kein Tee aus Johanniskraut, jeder Kollege wollte sein Schulfach in den Mittelpunkt rücken und möglichst viel der ohnehin knappen Zuschüsse für Unterrichtsmaterialien einstreichen. Wer musste die Schulstunden am Freitagnachmittag übernehmen, wenn längst die Luft raus war? Wer sprang im Notfall für wen ein? An Gesprächsthemen fehlte es nie.

Paul ächzte, als er das Bett verschob. In letzter Zeit wirkte er geschwächt. Früher hatte Paul immer noch eine Schippe draufgelegt. Früher, das war vor Juist. Die Muskeln, mit denen er sie noch vor einem Jahr bei ihrer Ankunft beeindruckt hatte, waren wieder verschwunden, sein strahlender Blick wirkte fahl. Würde ihr das Thema nicht unter den Nägeln brennen, sie hätte ihm und auch sich selbst die Ruhe am Feierabend gern gegönnt.

«Wir müssen im Rat darüber reden!»

«Das hat ein Idiot geschrieben. Es widerstrebt mir, auch nur eine Sekunde unserer kostbaren Zeit damit zu vergeuden.»

«Wenn ich es für mich behalten muss …» Anni ballte die Fäuste.

Paul warf ihr ein Kissen zu und grinste. «Na gut. Schließlich will ich meine Liebste nicht platzen sehen.»

Anni reagierte zu schnell für Paul, dem das Kissen jetzt direkt ins Gesicht flog. «Du willst eine Kissenschlacht? Kannst du haben!» Er funkelte sie an, und sie war drauf und dran, sich übermütig in seine Arme zu werfen, doch da klopfte es. Die Aeschlimanns waren wie immer die Ersten. Aeschli, Lehrer für Französisch, Geographie und Geschichte, hatte mal wieder seinen Ordner mitgebracht, den mit den vielen Zahlen, die meisten davon rot.

Als wolle sie die Akten ihres Mannes etwas versüßen, reichte Aeschlimiss Anni einen Teller mit Lübecker Marzipan. Sie zwinkerte Anni zu. «Süßes vor dem Abendessen! Ist es nicht schön, die eigenen Regeln zu brechen?»

Die Tür brauchten sie gar nicht erst zu schließen, denn die sechs Schüler, Zuck, die beiden Hafners und Lu waren ebenfalls pünktlich. Oder hungrig. In einer halben Stunde wurden schließlich die Tische im Speisesaal gedeckt, Fräulein Kea hatte Bratkartoffeln mit Spiegelei angekündigt, bis dahin musste die Sitzung beendet sein.

«Nehmt Platz», sagte Paul. «Es dauert auch nicht lange, versprochen.»

Anni blickte in die neugierigen Gesichter ihrer Kollegen, ihrer Schüler. Eigentlich waren diese Menschen inzwischen ihre Familie. Seit zwei Wochen blieb ein Platz für immer leer: Frau Lu. Annemarie hätte jetzt still, aber hellwach in der Ecke beim Kaminofen gesessen, hätte ihren Gatten ab und zu wieder auf den Boden der Tatsachen zurückgeholt und nebenbei Wollsocken für die Kinder gestrickt, gelächelt, gesummt. Manchmal war Anni regelrecht wütend auf Lu, weil der einfach weitermachte, seit seine Frau tot war. Keine einzige Träne hatte Anni ihn bislang weinen sehen, während sie selbst in den letzten Wochen ganze Berge von Taschentüchern nassgeheult hatte. Paul fand, sie solle nicht über ihn richten, Lu mache die Trauer eben mit sich selbst aus, so seien die Männer, insbesondere wenn sie an der Front gedient hatten. Wenigstens waren die vier Kinder halbwegs versorgt: Ursula, die Älteste, hatte fürs Erste die Mutterrolle übernommen, und bis auf den kleinen

Dieter gingen die anderen schon in die höheren Klassen und waren somit in den Internatszimmern untergebracht. Zeit zum Trauern blieb ihnen nicht. Und ein Vater zum Trösten wohl auch nicht.

«Was verschafft uns denn die Ehre dieser kurzfristigen Einladung in die Reiner'schen Hallen?», scherzte Lu, ganz der Alte.

Anni strich den Zeitungsartikel glatt, dann trat sie näher zur Stehlampe. *Rheinisch-Westfälische Zeitung*, Ausgabe vom 15. Oktober. Auf der Vorderseite stand ein Bericht über Bauarbeiten in Spitzbergen, wo eine Flugschiffhalle für Roald Amundsens zweite Polarexpedition errichtet wurde. Anni drehte das Blatt um. «Jemand hat einen Artikel über uns geschrieben.»

«Wirklich?» Lus Augen leuchteten. «Sehr gut!»

Anni hob die Augenbrauen. «Die Schule am Meer wird als pädagogische Katastrophe bezeichnet. Unter uns herrsche Polygamie, wir seien Kommunisten, berauschten uns an Halluzinogenen, würden weder uns noch unsere Kleidung waschen und die Hunde abrichten, damit sie zielgenau in die Waden der Badegäste beißen. Ganz zu schweigen davon, dass die Überzahl an jüdischen Lehrkräften und Schülern dem deutschen Volksgeist ernsthaft zu schaden drohe.» Anni atmete hörbar aus.

«Niemand, der halbwegs bei Verstand ist, wird diesen Unsinn glauben», winkte Lu ab. «Wartet nur, unsere Freunde überall in Deutschland werden ganz bald etwas dazu sagen. Oder schreiben. Wichtige Leute! Erst letzte Woche haben mir die Oberschulräte aus Hannover einhellig bestätigt, was für eine lebendige Gesellschaft wir an unserer Schule sind.»

«Lebendig?», hakte einer der Oberstufenschüler nach. «Und du bist dir sicher, dass diese staubtrockenen Bürokraten das als Lob gemeint haben?»

Lu klatschte amüsiert in die Hände. «Nun, sie sagten, unser

einziges Problem sei die mangelnde Orthographiekenntnis der Primaner!»

«Zieh das bitte nicht ins Lächerliche», sagte Anni. «Die Gerüchte um mangelnde Sittlichkeit und Hygiene – geschenkt! Aber der Vorwurf, die jüdischen Mitglieder unserer Schulgemeinde seien Schädlinge, Lu, dagegen müssen wir uns geschlossen zur Wehr setzen. Nicht meinetwegen, sondern weil ein Viertel unserer Schüler aus jüdischen Familien stammt.»

«Ehrlich gesagt weiß ich gar nicht, wer hier außer dir, Anni, sonst noch Jude ist», sagte Aeschlimiss schulterzuckend. «Oder Christ, Buddhist, Hindu, Moslem, Atheist. Was spielt das für eine Rolle? Wir sind eine Schule und keine Kirchengemeinde.»

«Du weißt genau, dass es beim sogenannten Volksgeist nicht um Glaubensfragen geht», sagte Anni.

Zuck meldete sich zu Wort. «Ich glaube, auch ich bin ein bisschen Jude.»

«Du?», fragte Christel Hafner ungläubig. «Und dann lässt du uns am Liederabend die protestantische Hymne *Ein feste Burg ist unser Gott* proben, mehrstimmig?»

«Meine Großeltern mütterlicherseits sind in jungen Jahren vom Judentum zum Protestantismus konvertiert. Ich selbst wurde katholisch erzogen. Mit Weihrauch, Beichtstuhl, Hostie und allem Drum und Dran.»

«Dann bist du schon lange kein Jude mehr, Zuck!», protestierte Lu mit übertriebenen Gesten. «So leid es mir tut.»

Alle lachten. Bis auf Aeschli, der fassungslos den Kopf schüttelte. «Wer schreibt so etwas Bösartiges?»

«Der Name ist der Redaktion angeblich bekannt.» Anni reichte das Blatt weiter, damit jeder, der wollte, einen Blick darauf werfen konnte. Es widerstrebte ihr, die Worte laut vorzulesen. «Dem Text nach muss es sich um einen Juister handeln.»

«Wie kommst du darauf», fragte Aeschlimiss.

«Gute Ortskenntnisse, Hintergrundwissen über die hier geltenden Regeln, die wir angeblich brechen. Es ist mehrfach die Rede davon, dass sich die brave, unbescholtene Einwohnerschaft vor der Meute am Westende der Insel fürchtet.»

«Was sollen wir also tun?», fragte Frau Hafner. «Eine Gegendarstellung schreiben?»

«Als ob die gedruckt wird», sagte Mister.

«Und wenn wir Anzeige erstatten? Wegen übler Nachrede?», schlug Zuck vor.

«Es mangelt uns leider an einer konkreten Person, gegen die wir die Anzeige richten könnten», erklärte Paul. «Die Redaktion wird den Namen nicht herausgeben, und die Insulaner halten sowieso zusammen, wenn es für einen von ihnen brenzlig wird.»

«Dann stellen wir eben eine offizielle Anfrage ans Rathaus.» Lu schnappte sich eines der Marzipanstücke und faltete genießerisch das rote Papier auseinander. «Wir verlangen, dass sich dort jemand engagiert, um den Schmierfinken ausfindig zu machen.»

Aeschlimiss winkte ab. «Das wäre die Aufgabe des Gemeindedieners, aber der ist meistens betrunken. Und sollte er mal nüchtern sein, kriegt er schlechte Laune, wenn wir ihm Arbeit machen.»

«Also wenden wir uns direkt an den Bürgermeister», sagte Lu mit vollem Mund. «Immerhin erwirtschaften wir Steuergelder.» Für Lu schmeckte die Welt immer süß. Selbst wenn Schülerinnen überfallen und Katzen erschlagen wurden, glaubte er an ein Versehen oder baldige Reue der Verbrecher.

Es war schwer, sich gegen Lus Optimismus zu wehren. Neulich erst hatte Anni klein beigegeben und von dem Geld aus der jährlichen Ausschüttung ihres Familienvermögens das Cembalo gekauft. Dabei hätte eigentlich dringend eine Hypothek ausgelöst werden müssen, die Schulden für den Umbau des Doyen-Hauses drückten. Es gab ja noch nicht einmal genügend Mittel, um Holz für die Bänke und Regale der Biologieräume zu kaufen. Doch Lu hatte entschieden: Ein Cembalo musste sein. Damit man die Musik an den Strand, an das Watt, in die Dünen, einfach überall mit hinschleppen konnte. Ohne Cembalo wäre alles nur halb so schön. Und übrigens, der Bekannte eines Gönners hätte Kontakte zu einem Instrumentenbauer, der genau für das Geld, das auf Annis Konto so nutzlos herumlag, etwas Feines, Maßgeschneidertes liefern würde. Sie hatte dann halt beides bezahlt: die Hypothek und das Instrument. Und die Wintermäntel für die Kinder wieder einmal selbst genäht.

Der Klang des Cembalos war wunderbar, das musste sie zugeben, und Zuck spielte beinahe häufiger darauf als auf dem alten Flügel im Speisesaal. Doch als im Sommer dutzendweise neugierige Kurgäste durch die Schule geführt wurden, hatte Lu zwar jede einzelne Spende in den höchsten Tönen gepriesen – «Ach, schauen Sie, die Möbel stammen von Herrn Roselius, kennen Sie ihn? Kaffee HAG? Bremen?» und «Alfred Hess, *der* Kunstmäzen aus Erfurt, hat es sich nicht nehmen lassen, uns diese Tischtücher zu schenken.» –, nur den Namen einer gewissen Naturkunde- und Deutschlehrerin, die ihr Jahreseinkommen für ein tragbares Tasteninstrument ausgegeben hatte, erwähnte er mit keiner Silbe. Ausgesprochen hatte sie ihren Ärger nicht. Wozu noch mehr Probleme schaffen?

Aeschli schlug seinen Aktenordner auf. «Der Bürgermeister mag uns leider nur, wenn er der Schule irgendwelche Zahlungen aufbrummen und ‹Hochachtungsvoll› drunterschreiben kann.»

Sie schwiegen. Das kam selten vor in dieser Runde, eigentlich immer nur dann, wenn Aeschli mal wieder Einnahmen und Kosten gegeneinanderrechnete.

Schließlich zitierte Lu seinen Lieblingsspruch: «Wenn es im Innern ganz stimmt, dann werden sich die äußeren Umstände von selber wie ein Wunder fügen – und dass man diesen Satz auch umkehren mag, darin liegt ein tiefer Genuss des Risikos des menschlichen Daseins.»

«Lu!» Immer dieses hochtrabende Geschwafel! In Anni brodelte es dermaßen, dass sie den Samowar fast als Seelenverwandten empfand. «Um unsere Einstellung mach dir mal keine Sorgen! Wir haben alle dasselbe Ziel. Doch die äußeren Umstände sind furchtbar. Wir kommen hier auf keinen grünen Zweig!»

Lus Gesichtszüge entglitten nur kurz. «Wer so redet, ebnet dem Unglück den Weg!»

«Das ist doch Aberglaube, Lu! Ich nenne die Dinge nur beim Namen.»

«Ja! Du! Ausgerechnet du!» Lu nahm das nächste Stück Marzipan und warf es sich wütend in den Mund. «War ja klar, dass einem ehemaligen Fräulein Hochschild das bescheidene Leben auf der Insel auf lange Sicht nicht komfortabel genug ist.»

Anni schnappte nach Luft. Paul legte ihr beschwichtigend die Hand auf den Arm. Aber das machte es fast noch schlimmer!

Und vielleicht wäre die Situation eskaliert, doch ein energisches Klopfen an der Wohnungstür löste die Anspannung.

Die Schüler wussten, dass man nicht stören durfte, wenn der Schulrat tagte. Und weil es an dieser Schule nur wenige Verbote gab, hielten sie sich daran. Es musste also dringend sein.

Und noch bevor Paul «Herein» rufen konnte, stürzte Volkmar in den Raum. Nass bis auf die Knochen, mit rotem Kopf und völlig außer Atem.

«Ist was mit Gregor?», fragte Zuck besorgt.

«Dem geht's gut», beruhigte Volkmar. «Aber am Strand! Liegt Holz! Alle müssen helfen!»

Das Wasser ist lausig kalt im Oktober, die Kleidung zum Auswringen nass, von Moskitos Haaren tropft es, und das Salz brennt in den Augen. Aber es macht ihm nichts mehr aus. Denn die Bretter schießen aus den Wellen auf ihn zu wie die Pfeile eines Indianerstammes.

«Ich hab's», jubelt er, als er endlich eines davon zu fassen kriegt.

«Pass auf», ruft Volkmar, «du hältst es viel zu weit vorne!»

Moskito versteht nicht, was sein Freund meint. Bis sich das Brett plötzlich aufbäumt, weil die Strömung sich unter das andere Ende drückt. Er will es halten und rammt sich böse Splitter in die Haut.

«Du musst es genau in der Mitte packen», erklärt Paul, der einen Hechtsprung gemacht und das Brett doch noch gerettet hat. «Zu weit hinten ist auch nicht gut, dann reißt dich die Welle mit.» Bei ihm sieht es mühelos aus. Aber Moskito ist fast am Ende mit seinen Kräften.

Beinahe trifft ihn eine Latte an der Stirn, er kann sich gerade eben noch wegducken, schluckt Wasser und muss husten.

«Lass gut sein, Moskito.» Paul schiebt ihm drei kleinere Hölzer zu. «Bring die zu den anderen an den Strand.»

Gesenkten Hauptes watet Moskito ans Ufer. Dort stehen Lu, Zuck, dessen Bruder, Mister, Aeschli, alle in Badehose, nur mit Hemd drüber, und das im Oktober! Alle rufen und johlen durcheinander, haben Spaß und die nötigen Muskeln. Vielleicht ist Moskito nicht mehr so lahm wie früher. Und nicht mehr so dick. Aber bis er zu den richtig Starken, zu den Erwachsenen, gehört, dauert es wohl noch.

«Hey, Moskito, pass gut auf die Beute auf!», ruft ihm Volkmar hinterher. «Die Insulaner haben jetzt auch Wind von der Sache bekommen.»

Tatsächlich strömen die Dorfbewohner herbei. Es müssen mehr als fünfzig sein. Sie ziehen Karren hinter sich her, zwei Pferdefuhrwerke sind unterwegs, selbst Harm Coordes ist unter ihnen – in seiner Gemeindediener-Uniform!

«Die sind bestimmt stinksauer, weil wir das meiste bereits aus dem Wasser gefischt haben.»

«Das meiste? Moskito, schau mal zum Horizont. Das nimmt einfach kein Ende. Und die Flut dauert noch drei Stunden. Wenn wir so weitermachen, können wir uns ein neues Haus aus Strandgut zimmern!» Volkmar fängt zwei Bretter auf einmal. «Hier, bring die raus zu den Weibern.»

Moskito schultert fünf Hölzer, immerhin. Weiter hinten am Strand warten die Frauen mit den jüngeren Schülern. Und Marje, die wohl am liebsten selbst in die Brandung springen würde. Wenn die Wildgänse Salzwasser für die Aquarien holen müssen, meldet sie sich immer als Erste. Keine Welle hat sie je umgeworfen. Aber Lu hat die Arbeit nun mal so eingeteilt: die Männer im Meer, am Strand die Frauen. Und Schwächlinge wie Moskito.

«Komm, ich helfe dir tragen», sagt Marje und nimmt das vordere Ende der Bretter. Sie laufen Richtung Dünen. Der Sand ist weich, die Füße versinken bis zu den Knöcheln, und die Schritte schmatzen.

Weiter hinten, in der Nähe des Trampelpfades, liegt schon ein Haufen, über den man kaum noch drübergucken kann. Moskito und Marje werfen ihre Bretter obendrauf und wollen gerade wieder zur Flutkante marschieren, als sie drei Jugendliche aus den Dünen schleichen sehen.

«Guck mal!» Moskito stößt Marje von der Seite an. «Das sind keine von uns.»

Die drei Kerle ziehen sich von der Rückseite her die besten Bretter aus dem Stapel.

«Hey, aufhören!», ruft Marje und rennt auf die Holzdiebe zu.

«Warum?», fragt einer frech zurück. Er arbeitet beim Bäcker, und er ist massig. Man will sich lieber nicht mit dem anlegen.

«Weil wir das gesammelt haben!»

Das schert den Insulaner wenig, er will sogar den riesigen Pflock, den Gregor, Volkmar und Moskito mühsam geborgen haben, wegschleppen. Zum Glück ist der selbst für den Bäckerburschen viel zu schwer. «Holt die Gäule!», ruft er seinen Kumpanen zu.

«Dann holen wir den Gemeindediener!», erklärt Marje, aber die Jungen lachen bloß und verschwinden mit acht schnurgeraden Balken unterm Arm.

Moskito ärgert das ja schon, aber Marje ist richtig außer sich. «Ich bleibe hier und passe auf», bestimmt sie. «Und du suchst Harm Coordes!»

Moskito stapft los. Der Gemeindediener patrouilliert am Spülsaum. Man erkennt ihn bereits aus der Ferne, denn sein Rücken ist krumm und sein Gang schleppend. Alle paar Wochen taucht er in der Schule auf. Weil sie ohne vorgeschriebenes Rettungsboot schwimmen gehen zum Beispiel. Oder weil in der Schule am Verfassungstag nicht die richtige Flagge gehisst wurde. Alles Kleinigkeiten. Richtig Angst macht er jedenfalls keinem. Harm Coordes trägt zwar stets Uniform und offizielle Schreiben mit sich, die vom Bürgermeister unterzeichnet sind, aber er kann schon am späten Nachmittag nicht mehr geradeaus laufen. Doch jetzt könnte er tatsächlich mal eine Hilfe sein.

«Oh, kiek man eben, een van de Jöödenschool», lallt er. «Wat willste?»

Moskito riecht den scharfen Atem. Die Insulaner schenken Coordes extra ein, wenn sie wollen, dass er mal nicht so genau hinschaut. Und heute waren sie wohl besonders großzügig.

«Die Jungs von der Bäckerei klauen unsere Beute», erstattet Moskito Bericht.

Der Gemeindediener nickt. «Aha. Wo is 'n euer Stapel?»

Moskito zeigt es ihm. «Der höchste von allen.»

«Aber da sitzt keen een oben drup», sagt Coordes und wendet sich ab.

«Wie, da sitzt keiner drauf?» Doch als Moskito sich erneut umschaut, sieht er, dass sonst überall Menschen auf ihrem Strandgut hocken wie Glucken auf ihrem Gelege. Fünfzig Meter weiter thront die uralte Oma Rass auf einem Dutzend Bretter. Sie freut sich und strickt sogar dabei, während ihre Tochter humpelnd weitere Leisten herbeischleppt. Und ein Stück neben ihr sitzt der kleine Johann, der Sohn vom Pferdehof. Geht noch nicht mal zur Schule, ist aber alt genug, die Familienbeute zu bewachen. Die Eingeborenen kennen ihre Gesetze, sie haben sie wahrscheinlich selbst erfunden. Und den Neulingen erzählen sie einfach nichts davon.

Der Gemeindediener ruft ihm noch etwas hinterher, aber Moskito ist bereits losgerannt. Denn schon wieder sind die Bäckerjungen da und bereichern sich am Haufen.

Marjes Blick ist vorwurfsvoll: «Warum hast du Coordes nicht gleich mitgebracht?»

Moskito winkt ab. «Der ist zu nichts mehr zu gebrauchen.»

«Was machen wir jetzt?»

«Räuberleiter! Einer muss draufsitzen.» Moskito verschränkt seine Finger, und Marje schwingt sich auf den Stapel. «Eigentlich solltest du die Regeln kennen, kommst doch von hier.»

«Schon. Aber bei einer Strandung war ich noch nie dabei.»

Moskito streckt seine Hand aus. «Hilf mir mal!»

Marje zieht ihn hoch. Unter ihnen wackelt es gewaltig.

Gerade kommen Anni und Renate mit neuer Ladung. «Hey, ihr zwei, nicht Däumchen drehen!»

«Machen wir nicht.» Moskito stellt sich vorsichtig hin und nimmt Anni die Bretter ab. «Wir bewachen unser Hab und Gut! Solange wir beide hier oben sind, darf sich kein Insulaner mehr an unseren Sachen vergreifen! Hat Coordes gesagt.»

Tatsächlich haben sich die Bäckerjungen zurückgezogen.

«Na, das kann aber lange dauern», sagt Anni. «Wir kommen bestimmt erst morgen früh dazu, das ganze Holz zu verladen.»

«Kein Problem», sagt Moskito. «Von mir aus bleibe ich die ganze Nacht.»

«Ich auch», erklärt Marje mit fester Stimme.

Und dann reden sie nicht mehr viel, weil alle schwer beladen daherkommen und froh sind, wenn ihnen die Last abgenommen wird. Der Stapel wird groß, immer größer, nein, er wird riesig!

Irgendwann zieht das Meer sich langsam zurück. Dass die Sonne längst untergetaucht ist, hat Moskito tatsächlich verpasst. Die anderen, die Lehrer und Schüler und Schulangestellten, sind nach Hause gegangen, sitzen wahrscheinlich vor den Öfen und wärmen sich auf. Doch Marje und er hocken, in trockene Wolldecken gewickelt, auf dem Holzhaufen und essen die Brote, die Fräulein Kea extra für sie geschmiert hat. Mit besonders viel Wurst und sauren Gürkchen, als Belohnung für ihren Einsatz, auch wenn die Hauswirtschafterin als Marjes Patentante davon nicht begeistert gewesen ist.

Es macht keinen Sinn, das Holz mitten in der Nacht ins Lager zu schleppen, dafür ist es viel zu viel. Und der Weg ist uneben, dazu die Dunkelheit. Lu hat entschieden, die Bretter erst am nächsten Morgen zu bergen – und tut Marje und Moskito den Gefallen, sie solange als Wachpersonal einzusetzen, weil ein bisschen Abenteuer nicht schadet, solange keine wirkliche Gefahr besteht. Moskito ist stolz, dass ihm so eine Aufgabe übertragen wird, obwohl er erst in die Quinta geht und während der Bergung schlappgemacht hat.

Die dünne Mondsichel glimmt ab und zu durch die Wolken und spiegelt sich auf unruhigen Wellen. Diesen Moment nutzen Marje und er aus, um alles auszuspähen. Rechts und links von ihnen hocken Insulaner auf ihrer Beute und warten ebenfalls, bis am Morgen jemand mit dem Handkarren kommt, um das Holz zu holen.

Nachdem sie vorhin kurz auf ihren Zimmern waren, um trockene Kleidung überzustreifen, ist Titicaca ihnen zum Strand gefolgt. Jetzt schläft sie unten neben dem großen Pflock. Sie hat sich nicht heraufgetraut.

«Bist du müde?», fragt Marje.

«Nein», sagt Moskito. Und das stimmt sogar.

«Wir könnten uns mit dem Schlafen abwechseln. So halten wir besser durch.»

«Dann fang du an.»

«Gut.» Sie nimmt ihre Wolldecke und klettert ein bisschen tiefer. Da liegt ein Brett, das breiter ist als die anderen und als Liege taugen könnte. Der Untergrund wackelt, Moskito bietet seine Hand an, sie findet Halt, rollt sich in ihre Decke ein und legt sich hin. Marje ist eher klein, sie kann sich auf dem Brett richtig lang machen. Es sieht fast bequem aus.

«Aber pass weiter auf, ja?», vergewissert sie sich.

«Klar, mach ich. Und du, träum was Schönes!»

Sie dreht sich auf die Seite, mit dem Gesicht zum Meer. Ihr Körper zeichnet sich unter der Wolldecke ab. Das untere Bein ausgestreckt, das obere angewinkelt, einen Arm unterm Kopf. Moskito hört sie atmen, trotz des Windes, trotz der Brandung. Als er denkt, jetzt schläft sie tief und fest, wendet sie sich zu ihm um. «Moskito?»

«Ja.»

«Erzähl mir was, dann kann ich besser einschlafen.»

«Und was?» Sie sollte eigentlich wissen, dass er kein Mann der großen Worte ist.

«Keine Ahnung.» Sie überlegt. «Wovon hast du letzte Nacht geträumt?»

«Von meinen Eltern.»

«Die leben doch in Bolivien.»

Moskito nickt. «Sie standen vor der Halle, in der die Arbeiter meines Vaters zu Mittag essen. Eine Wellblechbaracke, ungefähr zehnmal so groß wie das Jenseits. Ich konnte das Klappern der Bestecke hören. Es roch nach Bohnen. Mein Vater trug einen hellen Anzug. Meine Mutter ein weißes Kleid und einen breiten Hut.»

«Erzähl weiter», sagt Marje. Sie klingt schläfrig.

«Ich bin auf sie zugerannt. Titicaca war übrigens auch mit dabei, sie ist mir hinterher, wie immer. Leider habe ich nicht geträumt, ob sie auch mit an Bord der Atlantikfähre war und ob sie sich dort einen Passagierschein hat ausstellen lassen.»

Marje kichert leise. «Ein Passagierschein für Gänse …»

«Ich hab mich jedenfalls gefreut, meine Eltern zu sehen. Sie haben beide die Arme ausgebreitet, um mich zu begrüßen. Doch kurz bevor ich bei ihnen angekommen bin, habe ich gemerkt, dass sie keine Gesichter hatten. Weil ich vergessen habe, wie sie aussehen. Und plötzlich war ich mir auch gar nicht mehr sicher, ob das überhaupt meine Eltern sind. Also bin ich stehen geblieben. Titicaca auch. Wir haben uns umgedreht und sind weggerannt.»

Marje sagt nichts mehr. Ihr Atem ist tief und regelmäßig. Sie kennt sich nicht aus mit Heimweh. Schließlich leben ihre Eltern hier auf Juist, und sie kann, wenn sie will, jederzeit nach Hause gehen. Trotzdem übernachtet sie meist bei Fräulein Kea.

Jetzt, wo beide schlafen, Marje und die Gans, fühlt Moskito sich ein bisschen alleingelassen. Er versucht, sich die Zeit zu vertreiben, indem er die Wellen zählt. Sehen kann er sie nicht, aber er hört ihr Rauschen. Anni hat im Naturkunde-Unterricht gesagt, dass immer sechs kleine kommen und dann eine große. Weil sich die Wellenlängen überlagern. Danach würden Seefahrer sich richten und Angler und Meeresforscher. Eins, zwei, drei, vier, fünf, sechs, sieben. Er kann keinen Unterschied feststellen.

Kurz fallen ihm die Augen zu, doch als sein Kopf nach vorne sackt, wacht er wieder auf, blinzelt und schaut sich um.

Ungefähr fünfzig Meter entfernt geht ein Mann die Wasserkante entlang. Vielleicht sucht er nach Treibgut, das bislang übersehen wurde. Doch das ist sinnlos, denn die Ebbe hätte es längst wieder ins Tiefe gezogen.

Der Kerl ist groß, hat breite Schultern, in der Hand einen Stock oder so, und er kommt geradewegs auf sie zu.

«Hey, Marje, wach auf!» Plötzlich wird Moskito klar, dass sie beide gar keine Chance hätten gegen einen Erwachsenen, wenn der bewaffnet ist.

«Marje!»

Sie rappelt sich hoch. «Was ist?», fragt sie, doch im selben Moment muss sie den Mann auch gesehen haben. «Ich kenne den. Der ist Kellner im Hotel, wo meine Mutter arbeitet.» Marje steht auf. «Kein netter Mann.»

Moskito kommt ebenfalls auf die Beine. «Sollen wir um Hilfe rufen?»

«Ich glaub nicht, dass die anderen von ihren Bretterhaufen runtersteigen, um uns zu helfen.»

«Und jetzt?»

Marje greift nach einer Latte. «Abwarten.»

Der Mann bleibt vor dem Holzhaufen stehen. «Kinder gehören nachts ins Bett», knurrt er.

«Wir schlafen morgen früh», sagt Marje. «Jetzt halten wir Wache. Damit keiner auf die Idee kommt, uns zu bestehlen.»

«Ganz schön frech.» Er hat den Stock angehoben und schlägt damit in die Innenfläche seiner Hand.

Marje tut es ihm mit ihrer Latte gleich. «Hab ja nicht gesagt, dass wir dich damit meinen.»

Moskito wundert sich, woher sie den Mut nimmt, diesen Kerl einfach zu duzen und überhaupt. Ihn kostet es schon Kraft, überhaupt stabil zu stehen. Viel lieber würde er abhauen.

Der Mann macht einen Schritt nach vorn. Anscheinend hat er es auf den Pflock abgesehen. Den dicken, fetten Klumpen aus Teak, den alle haben wollten.

«Finger weg!», sagt Marje.

Moskito schnappt sich nun ebenfalls eine Leiste. Doch der Kerl lässt sich nicht beirren und greift mit beiden Händen nach dem Edelholz, als wären sie gar nicht da. Je länger sie zögern, ihm eins überzubraten, desto sicherer fühlt er sich. Desto dreister wird er sich die besten Hölzer aus dem Haufen ziehen, als spielte er bloß ein bisschen Mikado.

Doch plötzlich jault er auf. «Verdammt!», schreit er und fasst sich an den Unterarm. «Scheißvieh!»

Ein Schnattern. Hektisches Flügelschlagen. Ein weit vorgereckter Hals.

«Titicaca!», jubeln Marje und Moskito.

Die wackere Wachgans hackt auf den Eindringling ein, immer wieder, bis dieser sich schimpfend zurückzieht. Besser könnte es selbst der Korff nicht erledigen!

Zu komisch, wie der Mann im Zickzack davonläuft, damit ihn der Schnabel nicht erwischt. «Ihr verdammten Rotzlöffel!», schreit er. «Ich werd das Biest abschießen und in den Ofen schieben.»

«Klar», ruft Marje ihm hinterher. «Man sieht schon, wie viel Angst sie vor dir hat!»

Als die Nacht den Mann längst verschluckt hat, lachen Marje und Moskito noch immer. Wozu wach bleiben und aufpassen? Sie haben Titicaca.

~

Die Straße vom Loog ins Dorf zog sich, was auch am Ostwind lag, der am Morgen eingesetzt hatte und Kea ins Gesicht pustete. Aber sie hatte es nicht eilig, dort anzukommen und an den Schaufenstern vorbeizugehen, in denen nichts stand außer dem Schild, dass grad Winterpause war. Kea zog den Mantel vor der Brust zusammen, die Knopflöcher waren ausgeleiert und klafften bei jeder Böe auseinander. Vielleicht hätte sie doch den Schal nehmen sollen. Kalt war's. Der Winter kündigte sich an.

Das letzte Mal war Kea zur Konfirmation ihres Neffen hier gewesen. Also vor etwas mehr als einem halben Jahr. Da war sie nicht drum herumgekommen. Aber den Gottesdienst hatte sie sich gespart. Sie glaubte eher an die Macht einer deftig gewürzten Graupensuppe als an den Mann mit dem langen Bart, zumal der sich bislang einen feuchten Kehricht um ihre Nöte und Sorgen geschert hatte. Beim anschließenden Freiluftkonzert vom Musikverein hatte Kea sich in einem Hauseingang versteckt und die herausströmenden Kirchenbesucher beobachtet. Direkt nach den Konfirmanden, während die Trompeten das *Nun danket alle Gott* schmetterten, war auch der alte Gerken aus der Kirche gelatscht. Mit seiner bleichen Tochter Therese, Keas alter Schulfreundin, die auch noch von keinem geheiratet worden war. Beim *Geh aus, mein Herz, und suche Freud* tauchte in der Menge der besoffene Harm Coordes auf, ein Stück hinter ihm der Arzt, der Bürgermeister, Großcousin Karl Saathoff mit Frau und Kindern. Und als das *Ist Gott für mich, so trete* verklungen war, kam als Letzter Otto Leege gemeinsam mit dem Pastor aus der Kirche. Gustav Wenniger war nicht dabei. Bestimmt hatte er die Zeit bis Ostern auf dem Festland verbracht, in irgend so einem Skigebiet, wie die meisten Saisonkellner.

Seitdem war Kea nicht mehr ins Dorf gekommen. Die Einkäufe für die Küche brachte ihr Großcousin Karl mit der Kutsche, es war eh zu viel zum Schleppen. Beim Dorfklatsch hatte Kea noch nie mitgemacht. Es interessierte sie nicht, wer sein Vermögen versoff, seinem Mann Hörner aufsetzte oder was auch immer tat. Und die Neugier der Leute wollte sie auch nicht befriedigen und sich ausquetschen lassen über die angeblich so schlimmen Zustände in der Schule. Da lebte man schon so eng auf einem Haufen und machte es sich noch unnötig schwer, weil man immer rüberschielte, was denn der Nachbar so trieb und besaß und verdiente. Ganz besonders, wenn der kein Eingeborener war oder sogar so 'n Studierter. Dem gönnte man nicht mal das Schwarze unterm Fingernagel. Dabei gab's hier doch genug zu verdienen mit den Touristen, das reichte für alle. Warum also sollte Kea unter die Leute gehen, wo sie viele von denen überhaupt nicht mochte? Die schlimme Grippe im März hatte Kea in der Krankenstation von Frau Hafner überstanden. Abwechslung gab's an der Schule mehr als genug. Auch wenn von Lus Plänen von wegen Konzertbühne und Theatersaal noch nichts in Erfüllung gegangen war, klimperte jeden Morgen der olle Flügel, und gestern hatten wieder alle gesungen und gefiedelt und getan und gemacht, bloß weil ein windschiefer Schuppen am Watt zusammengeschustert worden war. Das reichte Kea an Gedöns.

Aber heute hatte ihre Schwester Fenna Geburtstag, und Karl hatte am Morgen, als er mit einer Lieferung vom Hafen kam, eine Einladung von ihr mitgebracht. Handschriftlich, gar nicht Fennas Art: *Komm ma rum. Is dringend.*

Im Dorf wehte es nicht mehr ganz so doll. Vor den Haustüren sammelte sich der Sand. Seit Ende September war Schluss mit der Saison. Die wenigen Gäste, die sich auch im Herbst auf die Insel trauten, wohnten im Kurhaus oder im Hotel Gerken, die als Einzige offen hatten. Die anderen Insulaner renovierten ihre Zimmer, machten Urlaub auf dem Festland oder saßen zusammen, um Tee zu trinken oder Bier oder Korn.

Jedenfalls war an diesem Nachmittag nicht viel los auf der Wilhelmstraße. Der Witwer Bruns vom Blumenladen kam ihr am Kurplatz entgegen und tippte sich an die Mütze. «Kea», sagte er. Mehr nicht. Aber für einen alten Friesen war das schon beinahe gesprächig. Kea und Therese hatten früher mit Bruns junior gespielt, hinten am Deich, bei den Pferdekutschen. Der war aber nach der sechsten Klasse von der Dorfschule abgegangen, aufs Festland, Mittlere Reife und Höhere Handelsschule, um Vadders Laden zu übernehmen. Wiedergekommen war er nicht. Dem hatte es da drüben besser gefallen. Deswegen machte Witwer Bruns auch heute noch die Blumen, obwohl er die Gicht in den Fingern hatte. Für die Restauranttische, für die Hochzeiten, für die Männer mit schlechtem Gewissen, meistens aber Grabschmuck. Außerdem vermietete er vier Gästezimmer unterm Dach, so reichte es zum Leben.

Vor dem Haus vom Seehundjäger standen Rika und Greetje mit ihren Einkaufskörben. Die waren bekannt dafür, dass bei ihnen die Mäuler schneller funktionierten als das Hirn, und als Kea an ihnen vorbeilief, drehten sie sich tuschelnd weg.

An der Inselkirche gabelte sich die Straße, Kea musste links, vor den Dünen wieder rechts, dann war sie da. Fenna wohnte gegenüber vom Warmbad, einem backsteinroten Kasten, hinter dessen riesigen Fenstern im Sommer die Kurgäste in Badewannen voll warmem Meerwasser lagen, um ihre Zipperlein zu kurieren.

Fennas Kate war niedrig, und Ubbo, ihre Bohnenstange von Ehemann, würde sich ständig den Schädel stoßen, wenn er denn mal vom Sofa runterkäme. Die Schindeln lagen krumm und schief auf dem Dach, und der Putz aus Muschelkalk bröckelte. Elektrisches Licht hatte Fenna noch immer nicht, und im Winter war die Stube der einzige warme, allerdings vom rußenden Ofen verqualmte Raum.

Gut, dass Marje zu Kea ins Loog gezogen war. Auch wenn Keas Zimmer für zwei Personen ein bisschen lütt war. Und die moderne Heizung dauernd den Geist aufgab. Für das Kind war alles besser als das Leben im Dorf, bei einem traurigen Vater, einer abgekämpften Mutter und drei älteren Geschwistern, die nichts von ihr wissen wollten.

Früher war Keas Schwager Ubbo ein fleißiger Mann gewesen, geschickt mit den Händen. Jetzt war das Hellblau von der Tür abgeblättert, als habe das Haus die Krätze. Der verfluchte Krieg. Obwohl Ubbo noch beide Beine und Arme hatte, war er doch Invalide. *Operation Faustschlag*, Kiew Februar 1918, kurz vor Kriegsende, eigentlich waren die Deutschen am Gewinnen gewesen. Nur Ubbo nicht. Der schlief seitdem keine Nacht mehr. Seit acht Jahren nicht. Und seine Hände zitterten so sehr, dass sie kein Werkzeug halten konnten.

Kea trat ein, ohne anzuklopfen. «Fenna?»

«Hier!», kam die Antwort aus der Stube.

Keas Schwester saß neben ihrem Mann auf dem Sofa. Die Kinder waren schon groß und in der Lehre, die kamen nur noch zum Schlafen und Essen nach Hause. Fenna sah nicht aus, als ob heute ein Freudentag wäre. Sie trug einen blau-weiß gestreiften Arbeitskittel über ihrem fülligen Leib und hatte das lange Haar unter die Haube gesteckt. Sobald die Kirchturmglocken sechs schlugen, musste sie los ins Hotel, weil die Gäste dort ab sieben auf das Abendessen warteten. Wie jeden Tag und jede Woche und jeden Monat und jedes Jahr.

An der Schule am Meer veranstalteten sie immer einen regelrechten Zirkus, wenn jemand Geburtstag hatte. Kea backte Kuchen, der Chor sang, die Kameradschaft schmückte den Platz vom Geburtstagskind mit Blumen und bunten Bändern.

Hier war Geburtstag nur ein weiterer Tag, den man dem Tod näher kam. Kea hatte ihrer Schwester was mitgebracht: feines Schaumgebäck aus Mandeln und Zucker, mit Rosenwassercreme, nach französischem Rezept. Hatte ihr eine Schülerin, deren Eltern in Frankreich lebten, aufgeschrieben. Die runden

Plätzchen mussten in den Ofen, wenn der schon fast wieder abgekühlt war, dort trockneten sie mehr, als dass sie gebacken wurden. In Paris aß das wohl jeder.

Kea stellte die in Seidenpapier eingewickelten Plätzchen neben das angeschlagene Teegeschirr. «Makkaronns. Müsst ihr in den nächsten drei Tagen essen, dann sind die am besten.»

Fenna nickte, rührte die Plätzchen aber nicht an. Vielleicht hätte Kea besser Schinken mitgebracht.

«Wo ist Marje?»

«In der Schule. Sie schleppen das angeschwemmte Holz in die Werkstatt. Können wir gut gebrauchen. Im Winter bauen wir ja noch 'n weiteres Haus. Mit zehn Zimmern. Weil's so viele neue Schüler gibt.» Von Marjes Nachtschicht auf dem Holzhaufen erzählte sie lieber nichts. Kea hatte es ja selbst nicht gutgeheißen, dass das Kind im Oktober draußen geschlafen hatte.

«Es gefällt uns nicht, wie die Marje sich so macht», sagte Fenna. Seit Ubbo verstummt war, sprach sie immer für ihn mit.

«Wieso? Sie ist Klassenbeste!»

«Sie ist 'n ollen Klookschieter geworden.»

«Hat sich wer beschwert?»

Fenna zuckte mit den Schultern, nahm ihre Tasse, pustete in den Tee und trank einen Schluck. Und plötzlich griff sie ganz schnell ins Seidenpapier, holte eins von den Plätzchen raus, steckte es in den Mund und schluckte es runter, ohne gekaut zu haben.

Kea ließ sich in den Sessel fallen, in dem schon der Vadder gehockt hatte. Im selben Haus, im selben Zimmer. Er hatte die Insel mit Koks versorgt, in seinen eigenen vier Wänden aber oft gefroren. Die Armlehnen waren durchgescheuert, Schafwolle quoll zwischen den dünnen Fäden hervor. Vielleicht sollte sie Fenna mal ein paar Stoffreste zukommen lassen, in der Schule hatten sie feinste Meterware für die Theaterkostüme, damit könnte man ein paar Löcher flicken.

Fenna schob keine Teetasse rüber, kein Tellerchen. Das war gar keine Geburtstagsfeier.

«Sie soll von der Schule weg», sagte Fenna.

«Was?»

«Der alte Gerken sagt, sie kann in seiner Wäscherei arbeiten.»

«Warum?»

«Weil Marje gestern Nacht mit 'nem Knüppel auf 'nen Mann los ist. Darum.»

«Sie hat sich bloß verteidigt!» Jedenfalls hatte Marje das heute Morgen beim Frühstück mit roten Wangen erzählt.

«So was geht doch nicht, Kea! Wenn wir Marje nicht da wegholen, nimmt das ein böses Ende!»

«Weil sie sich wehren kann?»

«Mit 'nem Knüppel!»

«Tanterlatant!» schimpfte Kea. «Wir beide haben uns nie gewehrt, Fenna. Du und ich, immer schön brav und blöd. Sind mit zwölf in die Lehre, weil Vadder das so wollte. Haben jeden Groschen abgegeben. Ich bin aufs Festland, du zum alten Gerken, ohne Mucken. Trotzdem hat's bei uns 'n böses Ende genommen. Ich werd mein Lebtag nicht mehr froh. Du schuftest dir den Buckel krumm.» Fenna sagte nichts, wahrscheinlich, weil es stimmte. «Also lass es doch die Marje anders machen. Besser als wie wir. Sie ist so schlau und so mutig …»

«Nein!» Fenna winkte ab. «Wir haben schon genug Ärger deswegen. Im Hotel, die geben keine Ruhe.»

«Das kann denen doch egal sein.»

«Ist es aber nicht. Vor allem nicht nach letzter Nacht. Die Schule hat es ausgenutzt, dass die so viele sind. Schnappen den

Insulanern das ganze Holz weg. Und dabei haben die das gar nicht nötig, bei den vielen Juden.»

«Wat 'n Gequetel.» Das Gerücht hatte Fenna schon bei der Konfirmation rumposaunt. Dass die Schule es so üppig hat, weil alle Juden da ihr Geld reinstecken, das sie vorher den Deutschen weggenommen haben. «Bislang hab ich von dem Reichtum jedenfalls nichts mitgekriegt. Zweimal die Woche Fleisch und bloß nicht zu viel Schale ab von den Kartoffeln.»

«Ist uns egal, ob das nu stimmt oder nicht. Die Therese war heute Morgen hier und hat klipp und klar gesagt: Wenn die Marje weiter da zur Schule geht, bin ich meine Stelle los.» Fenna schnappte sich noch einen Keks. «Und du weißt genau, wie dringend Ubbo und ich das Geld brauchen.»

Kea stand auf.

«Wo willst du hin?», fragte Fenna bange.

«Zu Therese.» Kea ging zur Tür. Die Dielen ächzten.

«Bleib hier», rief Fenna zittrig, «bloß nicht» und «dann wird alles nur noch schlimmer». Aber Kea war schon zur Tür raus und lief die Straße entlang, als würde sie mit der Gerte getrieben. Kea hatte keine Angst, sie dachte noch nicht einmal darüber nach, dass sie Angst haben könnte. Marje von der Schule nehmen? Niemals!

Behutsam schob er seinen Körper zur Seite, ein Stück von ihr weg, dann lagen sie einander zugewandt auf dem Laken. Die Vorhänge waren zugezogen, die Tür abgeschlossen, seltene Minuten der Zweisamkeit. Gustav strich Therese sanft eine Strähne aus dem Gesicht. Sie lächelte. Ihr Glück war das seine.

Seit über einem Jahr küssten sie sich. Im April, als er aus

der Wintersaison in Kitzbühel zurückgekehrt war, hatten sie ihr Wiedersehen in Thereses Bett gefeiert. Und seit dem Sommer redeten sie auch schon mal vom Heiraten. Doch die Gespräche drehten sich im Kreis.

«Liebes, würdest du ja zu mir sagen?»

«Ich schon. Aber mein Vater …»

«Dann lass uns ein Kind machen.»

«Gustav!»

«Wenn du schwanger bist, wird er bestimmt großzügiger sein.»

«Stinksauer wird er sein.»

«Aber wir können uns doch nicht bis ans Ende aller Tage immer nur heimlich treffen.»

«Warten wir den richtigen Moment ab.»

Sie kamen einfach nicht voran. Gustav überlegte schon, mal bei Dr. Hensell vorbeizuschauen, wegen der ständigen Klopferei in seiner Brust, auf die Dauer konnte das nicht gesund sein.

Er griff nach dem Buch, das seit letzter Woche neben ihrem Bett lag, und schaute unter L nach. «Liebe», las er vor. «Innigkeit, Zuneigung, Herzenswärme, Leidenschaft, Passion.»

«Musst du im Duden nachschlagen, um deine Gefühle offenzulegen?», lachte Therese und nahm ihm das Buch aus der Hand. «Schau, bei Liebe steht ebenso Koitus, Akt, Beischlaf. Und den hatten wir gerade.»

Gustav seufzte. Ein anstrengender Sommer lag hinter ihm. Die Insel war von Mai bis September brechend voll gewesen, obwohl alle Welt von schlechten Zeiten sprach und die Sonne sich nur Anfang Juli in voller Pracht gezeigt hatte, der Rest der Saison war eher windig gewesen. Dennoch tanzten die Gäste jeden Abend im Strandcafé, dass das Grammophon heiß lief. Die Schlager dieses Jahres sorgten für ausgelassene Stimmung:

Die schöne Josefine in der Badekabine oder *Wenn du mal nach Hawaii kommst*, da ging es immerhin auch um eine Insel. Bei *Der Neger hat sein Kind gebissen* sangen schließlich alle mit – da war es meist weit nach Sonnenuntergang – bei Sekt, Bier, neuerdings auch Cocktails und Unmengen von Zigaretten. Sogar einige Frauen rauchten, mit schwarzen Zigarettenspitzen, als wäre man hier in Berlin.

Gustav war meist erst nach Mitternacht und von Kopfschmerzen geplagt ins Bett gefallen. Und weil er zusätzlich beim Hotelfrühstück aushalf, um mehr zu verdienen, aber auch, um näher bei Therese zu sein, begann der neue Tag bereits um sechs in der Frühe mit dem Eindecken der Tische. Weiße Decken, weiße Teller, weiße Tassen, weiße Servietten, silbernes Besteck, Butter und Konfitüre in kleinen Kristallschälchen neben den Blumengestecken, die der Witwer Bruns jeden dritten Tag brachte. Gegen halb acht tauchten die ersten Frühstücksgäste auf, die Gustav deutlich lieber waren als die aufgekratzte Meute am Abend. Und weil es auf der Insel um diese Uhrzeit keine druckfrischen Zeitungen gab, bestand die Morgenlektüre aus der kleinen Postille, in der Therese die wichtigsten Nachrichten aus Deutschland und die interessantesten Veranstaltungen auf der Insel liebevoll zusammenstellte. Gekrönt vom Poesiespruch des Tages. Heute war es ein Zitat von Lagarde gewesen: *Frei ist nicht, wer tun kann, was er will, sondern wer werden kann, was er soll.*

Gustav wusste, welche Zukunft für ihn vorgesehen war. Er hatte all die Monate sparsam gelebt, was keine Kunst war, denn es blieb neben der Arbeit kaum Zeit, Lohn und Trinkgeld auf den Kopf zu hauen. Für ihn war es ein kleines Vermögen, was sich da im Kästchen unter dem Bett in seinem Angestelltenzimmerchen angesammelt hatte. Für eine anständige Mitgift reichte es dennoch nicht. Auf normalem Wege hatte er keine Chance, die Tochter eines Hoteliers zum Traualtar zu führen. Umso mehr freute ihn, dass Therese bei ihren intimen Zusammenkünften sehr lax mit dem Thema Verhütung umging, ein Kondom hatte er jedenfalls noch nie kaufen müssen. Und jedes Mal, wenn sie wie jetzt im Bett lagen, nackt und erschöpft, die Feuchtigkeit der Liebe zwischen ihren Bäuchen, dann schickte er ein Stoßgebet gen Himmel, dass er womöglich gerade einen Sohn gezeugt hatte. Mit Thereses blauen Augen und seinem blonden Haar. Einen so prächtigen Stammhalter eben, dass der alte Gerken stolz wäre und seine Tochter gern in Gustavs arische Hände entließ.

«Woher hast du die eigentlich?» Therese fuhr mit den Fingerspitzen die Umrisse seiner Narbe entlang, die eine Handbreit unter dem Nabel lag und so groß wie eine Untertasse war.

Früher hätte er sich eine Heldengeschichte einfallen lassen, ein Abenteuer, einen Kampf, in dem er gesiegt hatte. Doch neben Therese schämte er sich nicht mehr für seine Herkunft. «Ein Schwein im Stall meines Vaters hat mich gebissen, als ich es zur Schlachtung bringen wollte.»

«Du Ärmster!» Sie legte den Duden zurück auf das Nachttischchen und schielte dabei unauffällig nach dem Wecker. «Ich muss los. Bald wird mein Fehlen auffallen. Wie verrückt sind wir eigentlich, uns ausgerechnet in meinem Zimmer zu treffen?» Therese erwartete natürlich keine Antwort auf diese Frage, sie wollte nur noch einmal geküsst werden.

Ihr Zimmer lag über den Büroräumen, manchmal hörten sie den Rezeptionisten husten oder die Küchenmädchen unter dem Fenster kichern. Oft kamen Schritte den Flur entlang, Gäste riefen nach dem Personal, der Fernsprechapparat klingelte. Privatsphäre war ein Fremdwort in diesem Hotel.

Auf dem Flur war jetzt eine aufgebrachte Frauenstimme zu vernehmen: «Ich lass mich von dir nicht wegschicken!» Der breite Dialekt und der ruppige Tonfall verrieten, dass es jemand von der Insel sein musste. «Und du brauchst mir auch nicht den Weg zu zeigen. Ich weiß noch, wo Thereses Zimmer ist.» Die Stimme kam näher.

Mit einem Ruck war Therese in der Senkrechten und zog die Bettdecke weg, um sich darin einzuwickeln. «Gustav!», zischte sie. «Versteck dich! Sofort!»

Gustav stieg eilig aus dem Bett. Selten hatte er sich so nackt gefühlt. Er kannte unzählige Stammtischwitze über Liebhaber, die sich in Kleiderschränke zwängten. Nun war er also der Idiot.

Es klopfte. «Therese!» Jemand rüttelte an der Tür. «Ich weiß, dass du da drin bist.»

«Wer ist das?», fragte Gustav leise, doch Therese zuckte nur mit den Schultern. Dann kam sie auf ihn zu, drückte ihn rabiat in die Nische mit ihrer Garderobe, schob zwei Pelzmäntel vor ihm zusammen und mahnte: «Am besten bist du unsichtbar.»

Das Klopfen wurde lauter. «Mach endlich die Tür auf!»

«Einen Moment!», rief Therese. Gustav erkannte am Vibrieren ihrer Stimme, dass sie Angst hatte. «Ich ziehe mich gerade um.»

«Wird's bald? Sonst trete ich die Tür ein.»

Welche Frau führte sich derartig auf?, fragte sich Gustav. Wer besaß den Mut, derart mit Therese Gerken umzuspringen?

Man hörte einen Tritt gegen die Tür, danach einen zweiten. Wer immer das war, machte Ernst.

«Ich komme ja schon.» Der Schlüssel drehte sich im Schloss, die Klinke wurde gedrückt, die Scharniere knarzten.

«Kea?»

Kurz blieb Gustav die Luft weg, doch dann beruhigte er sich, zwang sich zum Durchatmen. Das konnte schließlich nicht sein. Die Kea, die er kannte – besser: die er vor vielen Jahren flüchtig kennengelernt hatte, an diesem Abend, den er gern auslöschen würde, wenn das ginge –, lebte nicht mehr. Das hatte Deerk ihm versichert. Die war krepiert, während Gustav in Italien gekämpft hatte. *Zum Glück*, hatte Deerk damals nach seiner Rückkehr gesagt, *die Sorge bist du los.*

«Warum setzt du meine Schwester unter Druck?», fragte die Fremde.

«Ts», machte Therese. «Ich habe Fenna lediglich nahegelegt, ihre Tochter bei uns im Hotel arbeiten zu lassen. Wir bieten dem armen Kind eine Stelle in unserer Wäscherei. Daran ist nichts Schlimmes.»

Jetzt wusste Gustav, worum es ging: diese wilden Kinder gestern Nacht. Natürlich hatte er Therese ausführlich von der unschönen Begegnung am Strand berichtet. Die tollwütige Gans hatte er unerwähnt gelassen und die Löcher, die der Schnabel in seine Hosenbeine gerissen hatte, mit einem Stück Stacheldraht erklärt. Doch die Gören von der Drecksschule hatte Gustav beschrieben, auch wenn die beiden wegen der Dunkelheit kaum zu erkennen gewesen waren. Ein dicklicher Junge und ein verrückt gewordenes kleines Mädchen. Der Junge hatte sie bei ihrem Namen genannt: Marje. Da wusste Therese, dass es sich um Fennas Tochter gehandelt haben musste. Und sie hatte Gustav versprochen, sich um die Angelegenheit zu kümmern.

«Und jetzt entschuldige mich, wir haben gleich die Gäste im Speisesaal, und ich muss mich noch umkleiden.»

Doch die Besucherin trat ins Zimmer. Zwischen zwei Kleiderbügeln hindurch konnte Gustav ihre Schuhe erkennen. Klobig und ausgelatscht, das Leder fleckig.

«Warum soll Marje die Schule am Meer verlassen?»

«Zu ihrem eigenen Schutz. Du als Patentante könntest kritischer sein, was ihren Umgang angeht.» Therese klang resolut.

Doch die fremde Frau stand ihr in nichts nach. «Blödsinn!»

«Es stand in mehreren Zeitungen. Schwarz auf weiß.»

Gustav lobte Therese im Stillen für ihr Geschick.

«Unter dem Deckmäntelchen der Reformpädagogik wandern Gelder in die Taschen der Juden …» Dass die Schule am Meer in den Ferien die leerstehenden Schülerzimmer an Gäste vermietete, für einen lächerlichen Betrag, der die Preise auf der Insel in Gefahr brachte, war nur einer von vielen Punkten, gegen die es sich zu wehren galt. Praktischerweise kannte Deerk jemanden beim Hugenberg-Konzern, zu dem gleich mehrere Blätter gehörten, die gern Leserbriefe abdruckten.

«Das Loog ist jedenfalls nichts für anständige Leute», schloss Therese.

«Ich bekomme jeden Monat pünktlich mein Geld», sagte die ungebetene Besucherin. «Und das ist nicht so ’n bisschen, wie dein Vadder meiner Schwester nach fast zwanzig Jahren zahlt.»

«Eben. Wer so viel bezahlt, hat wahrscheinlich etwas zu verbergen.»

«Marje geht umsonst zur Schule. Die kann sogar Abitur machen.»

«Wie alt ist Marje? Elf? Glaubst du im Ernst, dass es diese … diese Einrichtung überhaupt so lange geben wird?» Therese lachte. «Vorher macht der Bürgermeister den Laden dicht. Nach dem, was die sich in der letzten Nacht geleistet haben. Er ist informiert.»

Langsam wurde es unbequem in Gustavs Versteck. Mit gebeugten Knien kauerte er dort, an die raue Wand gelehnt, und ein Fuchspelz kitzelte ihn unangenehm im Gesicht. Gern würde er das Ding etwas zur Seite schieben, doch die Bewegung könnte ihn verraten.

«Und überhaupt», schnaubte Therese. «Was kümmert dich das Balg deiner Schwester? Und jetzt hau ab, sonst lass ich dich rausschmeißen»

«Dann mach das doch!»

Therese würde niemanden rufen, das wusste Gustav. Schließlich stand er hier splitternackt hinter ein paar Mänteln.

«Hol doch deinen lieben Herrn Papa!»

«Kea!»

«Hilfe, Papa! Hier steht 'ne Köchin in meinem Zimmer und hat einfach keine Angst vor mir!»

«Ist gut jetzt!»

Von unten näherten sich Schritte. «Therese? Hast du gerufen?» Der alte Gerken kam die Treppe herauf.

Gustav atmete hektisch. Das Fuchsfell wurde feucht, klebte an seiner Haut, das Jucken war kaum auszuhalten.

«Alles in Ordnung, Papa», sagte Therese tonlos.

«Stimmt nicht, Herr Gerken.»

«Ach Moin, das ist doch die Kea Joosten!», sagte der alte Gerken.

Kea Joosten? Also doch? Aber Kea Joosten war tot. Spitze, kleine Tierhaare drangen in Gustavs Nasenlöcher.

«Dich hab ich aber lange nicht gesehen», sagte der alte Gerken, als freue er sich über den Besuch. «Biste nicht früher immer zum Spielen hier gewesen?»

«Das ist lange her», sagte die Frau.

«Kea möchte jetzt gehen», ging Therese dazwischen.

Doch der alte Gerken war anscheinend in Plauderlaune. «Hast eine Lehre auf dem Festland gemacht? Als Köchin.»

Als Köchin. Gustav war kurz davor, am Niesreiz zu ersticken.

«Ich hab dir damals die Empfehlung geschrieben», grübelte der alte Gerken weiter. «Das war in Aurich. In der Börse.»

In Aurich. In der Börse. Gustav hielt die Luft an und kniff seine Nasenflügel zusammen.

«Warum warst du denn so ewig nicht mehr auf Juist?»

Plötzlich konnte Gustav es nicht mehr aufhalten: Beim Niesen griff er versehentlich in den Fuchs. Der Mantel rutschte vom Bügel. Im Raum standen Therese und ihr Vater – und Kea Joosten.

Und er. Gustav. Nackt.

Nicht mal eine Strategie hatte er ersinnen können. Sofort um die Hand der Tochter anhalten oder sich demütig zeigen. Dazu war es viel zu schnell gegangen. «Pack deinen Kram und verschwinde», hatte der alte Gerken gebrüllt. Und je ärger seine Beschimpfungen ausgefallen waren – Mitgiftjäger, Schweinepriester, Drecksau –, desto lauter hatte Therese geheult. Bis ihr Vater sie mit einer Ohrfeige zum Schweigen gebracht hatte.

Gustav schluckte die Wut hinunter. Sie brannte im Hals und wühlte im Magen. Dabei wollte er doch auf jeden Fall aufrecht stehen, hier auf der Kreuzung in der Nähe des Rathauses. Der Koffer in seiner rechten Hand war nicht groß, aber schwer. Unter anderem wegen des gesparten Gelds. Gustav war nicht arm, und egal was der alte Gerken über ihn erzählen würde, er war auch kein schlechter Mensch. Er musste so schnell wie möglich eine neue Stelle finden, bevor die Nachricht von seiner Entlassung auf Juist die Runde machte. Denn er wollte hierbleiben. Auf jeden Fall. Trotz des alten Gerken. Trotz Kea Joosten.

Er wollte in Thereses Nähe bleiben. Hier wartete seine Zukunft, daran zweifelte er keine Sekunde.

Die Tür zum Rathaus ging auf. Harm Coordes kam heraus.

«Moin», grüßte Gustav in einem möglichst fröhlichen Ton, denn es war wichtig, dass man sich mit dem Gemeindediener gut stellte, auch wenn der ein Saufkopp war.

«Nix is moi hier!», antwortete Coordes. «Bin arbeitslos.»

Gustav musste sich zusammenreißen, denn beinahe wäre ihm ein «Ach, du auch?» herausgerutscht.

«Der Bürgermeister hat mir die Papiere inne Hand gedrückt. So 'n Schiet!»

«Warum?», fragte Gustav.

Coordes zog seine schiefen Schultern hoch. «Wegen gestern. Wegen die Sache mit dem Holz.»

Bestimmt auch *wegen die Sache mit dem Schnaps*, ergänzte Gustav in Gedanken, denn er hatte den Gemeindediener am Vorabend tief und fest schlafend am Strandaufgang liegen sehen, eine leergetrunkene Flasche Dornkaat neben sich.

«Da haben sich Insulaner beschwert. Ich hätte bei die Schule besser aufpassen müssen. Dass die nicht so viel vom Holz abkriegen …» Seufzend nahm er seine Mütze ab. Sie war dunkelblau, hatte ein kleines Wappen über dem Schirm und goldene Kordeln am Saum. Keine Frage, solch eine Mütze würde Gustav ganz ausgezeichnet stehen. Und er kannte den Bürgermeister, hatte ihm oft genug das Bier auf den Tisch gestellt. Keine beeindruckende Persönlichkeit, kein großer Politiker. Aber gut auf ihn zu sprechen, seit Gustav ihn nach einem besonders feuchtfröhlichen Abend diskret bis zur Haustür gebracht hatte.

«Tut mir leid für dich», sagte Gustav. Dann wandte er sich zum Rathaus. Die Tür stand offen, als warte sie nur darauf, dass er endlich eintrat.

Quarta

Dezember 1927

Der Pullover, der neben Moskito auf dem Bett liegt, ist flauschig weich wie die Daunen an Titicacas Bauch. Und er ist genauso grün wie der alte, den er nie getragen hat, weil sie ja die rostroten Schuluniformen anhaben müssen.

Lieber kleiner Bruder,
ich gratuliere dir zum Geburtstag. Dreizehn Kerzen brennen heute zu deinen Ehren. So alt bist du nun schon. Und ich habe dich so lange nicht gesehen. In meiner Erinnerung steht noch immer der kleine Maximilian vor mir, den ich vor mehr als zwei Jahren am Hamburger Bahnhof in die Arme genommen habe, weil er so geschluchzt hat. Wahrscheinlich bist du inzwischen tüchtig gewachsen, und ich würde dich gar nicht mehr wiedererkennen …

Volkmar nimmt ihm den Brief aus der Hand und geht damit zum Fenster. «Lass mal sehen, was sie schreibt, deine schöne Schwester Gundula.»

«Gib ihn mir sofort zurück!»

«Oh, là, là, verlobt hat sie sich!» Volkmar betrachtet die kleine Schmuckkarte, auf der zwei Namen durch schnörkelige Schleifen miteinander verbunden sind. Darüber ist eine Fotografie gedruckt. Gundula trägt ein Kleid ohne Taille und einen

Hut, der wie ein umgedrehter Kochtopf aussieht. Der Mann neben ihr, den sie so anhimmelt, hat eine weiße Hose an. Mit einer solchen Hose würde man hier auf Juist keine hundert Meter weit kommen, dann wäre schon Schmutz dran. Vor allem jetzt im Winter, wo sich auf der Straße die Pferdeäpfel mit dem Schneeregen vermischen, und sobald ein Radfahrer an einem vorbeiflitzt, haben die Hosenbeine Sommersprossen.

«Deine Schwester hat sich einen von und zu geangelt! Moskito wird bald ein verschwägerter Freiherr, Fürst, Graf, was auch immer.» Er dreht und wendet die Karte. «So genau steht das da nicht.»

«Der Adel wurde doch abgeschafft.» Das hat Moskito bei Paul im Politikunterricht gelernt. Offiziell sind jetzt alle Menschen gleich viel wert.

«Deine Schwester sieht trotzdem aus wie eine echte Prinzessin.»

Es stört Moskito, wie Volkmar Gundula anschmachtet, also springt er von seinem Bett und erobert den Brief zurück. Er ist jetzt fast so groß wie sein Zimmergenosse. Und seit Moskito beim Fußball den linken Läufer spielt, ist er auch schnell.

«Nur weil wir ein Zimmer und auch sonst das meiste teilen, darfst du noch lange nicht meine Privatpost lesen», sagt er. «Mach ich bei dir ja auch nicht.» Das ist ein bisschen gemein, weil Volkmar stets leer ausgeht, wenn die Post verteilt wird. Sogar an seinem Geburtstag.

Volkmar schnaubt und schlendert zur Tür. «Ich gehe frühstücken.»

«Komme gleich nach.»

Volkmar dreht sich noch mal um. «Denk dran, später ist das geheime Fest.»

Als ob Moskito das vergessen würde: Weil im Rathaus eine

wichtige politische Veranstaltung stattfindet, gehen heute alle Lehrer vor dem Abendessen ins Dorf. Sturmfreie Bude also. An seinem Geburtstag! Limonade und Weingummi sind schon besorgt. Und seine Eltern haben in ihrem Geburtstagspäckchen jede Menge Kakao mitgeschickt.

«Ich hab auch ’ne ganz besonders schöne Überraschung für dich.»

«Da bin ich ja mal gespannt.»

«Sie ist blond und fängt mit H an!»

Helga? Das kann nicht sein. Die Küchenmädchen müssen abends arbeiten.

Volkmar grinst überheblich, dann schließt er die Tür hinter sich. Moskito glaubt nicht, dass Helga zu seiner Feier kommt. Das wäre einfach zu schön.

Mit dem Brief in der Hand setzt er sich auf die Bettkante.

… und bestimmt passt der Pullover nicht mehr, der damals in Potosí mein Abschiedsgeschenk für dich war. Also habe ich, als ich im Sommer endlich mal wieder zu Hause gewesen bin, auf dem Mercado de los Mineros genau die gleiche Wolle beim gleichen Alpaka-Händler gekauft und beim Stricken ein paar Maschen mehr auf die Nadel genommen. Hoffentlich hat er die richtige Größe.

Moskito hebt den Pullover hoch, drückt sein Gesicht in die Wolle, der Geruch weckt Erinnerungen an Bolivien. Nichts, was man hier auf Juist in die Nase kriegt, ist damit zu vergleichen, nicht mal das flauschige Fell der Deichlämmer im Ostdorf. Doch der Pullover schlackert an ihm rum. Gundula muss denken, dass er inzwischen breit wie ein Kleiderschrank ist und zwei Meter groß.

Wie du der beiliegenden Karte entnehmen kannst, hat sich in meinem Leben einiges getan. Deswegen war ich auch in Bolivien, damit Mutter und Vater meinen zukünftigen Ehemann kennenlernen können. Johannes ist achtundzwanzig, er studiert Jura und wird in absehbarer Zeit in Potsdam die Kanzlei seines Onkels übernehmen, wo ich seit einigen Wochen als Schreibkraft angestellt bin.

Moskito hat sich sowieso immer gefragt, wieso Gundula studiert. Als Lehrerin wie Anni und die Aeschlimiss hat er sie sich jedenfalls nie vorstellen können. Mit einem Haufen eigener Kinder schon. Ob Vater und Mutter das genauso sehen? Ihnen war wichtig, dass beide Kinder eine anständige Ausbildung haben. Weswegen hätte man sie sonst fortgeschickt?

Nun mein besonderes Anliegen an dich – neben den Geburtstagswünschen natürlich: Liebstes Brüderchen, würdest du Weihnachten nach Potsdam kommen, um als mein einziger Blutsverwandter der Verlobung beizuwohnen? Mutter und Vater schaffen es einfach nicht, nach Deutschland zu reisen, der Betrieb wäre zu lange unbeaufsichtigt. Doch Johannes und seine Eltern würden dich sehr gern kennenlernen. Und ich wäre überglücklich, dich endlich einmal wiederzusehen.

Bis Weihnachten dauert es noch ziemlich genau drei Wochen, aber die Vorfreude brodelt jetzt schon in Moskito, dass es kaum auszuhalten ist. Endlich mal raus! Kein Wecken um halb sieben durch Lu, der «Rise, rise!» in seine Flüstertüte brüllt und die Schüler anschließend durch die Dünen jagt.

Wer weiß, vielleicht hat Moskito in Potsdam sogar ein

Zimmer ganz für sich! Denn auch wenn er sich mit Volkmar meistens gut versteht, er wäre gerne mal allein. Das ist an dieser Schule nämlich leider unmöglich. Nur die Primaner werden in Ruhe gelassen, die bekommen Einzelzimmer im Obergeschoss der Arche, dem im Sommer neu gebauten Schulhaus, das den Innenhof zum Westen hin begrenzt. Bis Moskito da mal einziehen darf, dauert es noch eine Ewigkeit. Wenn es die Schule dann überhaupt noch gibt. Angeblich steht man schon wieder kurz vor der Pleite. Sogar am Essen wird gespart.

Sicher gibt es bei seiner Schwester und ihrem Adligen zum Frühstück statt Muckefuck richtigen Kaffee, wie Moskito ihn damals in Bolivien getrunken hat, tiefschwarz und kräftig, mit viel Zucker und Sahne.

Ein kleiner Zugfahrplan Norddeich–Berlin liegt im Kuvert. Aber Achtung, die Deutsche Reichsbahn hat ihre Zeiten geändert. Im Fahrplan sind jetzt vierundzwanzig Stunden ausgewiesen, damit man nicht Mittag und Mitternacht verwechselt.

«Moskito!», ruft Volkmar von draußen. «Wenn du nicht langsam in die Hufe kommst, verpasst du deine eigene Geburtstagstorte!»

Nur noch wenige Zeilen ...

Schreib mir zurück, ob du kommen wirst, dann überweise ich der Schulleitung Geld für die Fahrkarte. Und bitte teile mir recht bald mit, welchen Zug du nimmst, damit ich dich am Bahnhof in Empfang nehmen kann. Aber auch, wie es dir da auf deiner kleinen Insel am Ende der Welt geht. Was treibst du so den ganzen Tag? Was sind deine

Lieblingsfächer? Hast du viele Freunde? Oder vielleicht schon eine Freundin?

In Liebe, deine neugierige Schwester

Das ist der Haken an der Sache. Briefe zu bekommen ist wunderbar. Sie zu beantworten ein Graus. Man muss in Schönschrift schreiben und aufpassen, damit es keine Tintenkleckse gibt. Die Orthographie ist leider auch nicht gerade Moskitos Steckenpferd. Am schlimmsten aber ist das viele Nachdenken. Wie es ihm geht. Womit er seine Zeit verbringt. Ob er viele Freunde hat. Und dann diese blöde Frage am Schluss. Das geht sie ja nun wirklich nichts an. Ja, er hat eine Freundin, seit mehr als zwei Jahren schon, sie ist sehr treu und anhänglich, aber leider eine Graugans.

Am liebsten würde er nur *Liebe Gundula, ich werde Weihnachten kommen* auf einen Zettel kritzeln.

«Moskito!», ruft Volkmar. «Es ist ein Apfelkuchen!»

Moskito wirft den Brief zu dem Pullover aufs Bett und stürmt aus der Tür.

Der Dunst muffiger Wintermäntel ließ die Scheiben des Sitzungssaals beschlagen, und es roch fast wie im Viehstall. Ähnlich laut war es auch. Allein die Angehörigen der Familien Altmanns und Freese nahmen drei Stuhlreihen in Beschlag. Dahinter hatten sich einige Lehrer der Schule am Meer breitgemacht, auch Luserke war dabei und tat wichtig.

Vielleicht war er es ja sogar, dachte Gustav, in gewissem Maße. In seinem sogenannten Landschulheim arbeiteten inzwischen mehr als zehn Lehrer mit festem Wohnsitz auf Juist, dazu kamen die Vollzeitkräfte in der Küche und Leute wie Karl Saathoff, die hin und wieder für die Schule arbeiteten und sich ansonsten vom intellektuellen Gewese beeinflussen ließen. Alles wahlberechtigte Bürger. Und hier ging es darum, ihre Gunst zu gewinnen.

Gustavs Freunde, Kollegen und Bekannte mussten sich mit Stehplätzen begnügen, obwohl sie mehr als pünktlich gewesen waren. Höchste Zeit, dass die Bauarbeiten an der Strandstraße begannen, das neue Rathaus würde drei volle Geschosse haben, einen großen Saal, und es würde an deutlich prominenterer Stelle stehen.

«So viele sind noch nie da gewesen», beteuerte Oldewurtel zum wiederholten Mal. Dem Kämmerer stand der Schweiß auf der hohen Stirn.

«Das mag daran liegen, dass es auf Juist noch nie eine solche Veranstaltung gegeben hat», sagte Gustav.

«Hielt bislang eben keiner für nötig. Wahlkampf! Wozu? Hier kennt doch jeder jeden.»

Schon wieder drängte sich ein Dutzend Männer durch die Tür. Die schienen sich regelrecht verabredet zu haben, vor dem Stammtisch noch einen kleinen Abstecher ins Rathaus zu machen. Eigentlich wollte Gustav derlei Saufköppe gar nicht überzeugen, doch er wusste, wie das hier lief: Nur die Ideen, die zwischen Bierdeckeln und Aschenbechern auf den Tisch gekommen waren, dort mehrfach durchgekaut, begossen, geschluckt und ausgeschieden wurden, konnten sich auf der Insel durchsetzen.

«Frag doch mal deine Süße, ob sie spontan das Tanzcafé für uns aufmacht», schlug Oldewurtel vor, breit grinsend, dass einem übel werden konnte.

«Erstens ist der Raum im Winter nicht nutzbar», antwortete Gustav. «Zweitens sollte die Veranstaltung auf neutralem Boden stattfinden, damit es nicht später heißt, jemand hätte sich im Wahlkampf einen Vorteil verschafft. Die Statuten sind da mehr als pingelig.»

Und drittens würde Gustav ihm nicht den Gefallen tun, das Gerücht, das sich seit seinem Rauswurf im letzten Jahr hartnäckig hielt, zu bestätigen. Wie denn auch? Gustav wusste selbst nicht, ob Therese noch *seine Süße* war. Der alte Gerken untersagte den Kontakt, und seine Tochter hielt sich leider daran. Wenn Gustav Therese zufällig im Dorf traf, wechselte sie die Straßenseite. Wenn er ihr trotzdem folgte, flüsterte sie, er solle sie in Ruhe lassen. Gustav war fast froh über Oldewurtels Andeutungen, denn solange das Gerücht kursierte, konnte man davon ausgehen, dass Therese sich zumindest noch keinem anderen zugewandt hatte.

«Wie wäre es mit der Wartehalle im alten Bahnhof?», schlug Gustav vor.

Oldewurtel verfügte über die Schlüssel für fast alle Türen dieser Insel. Er war Kämmerer, Gebäudeverwalter und der zweite Mann nach dem Bürgermeister, wobei diese Position weniger irgendwelchem Talent oder Charisma geschuldet war als vielmehr seiner ewigen Speichelleckerei. «Stimmt, warum bin ich nicht gleich darauf gekommen?»

«Ja, warum eigentlich nicht?» Sobald Gustav im Inselrat säße, würde er tüchtig aufräumen. Schon wie der jetzt vorne stand, die Arme entschuldigend erhoben, die Fistelstimme kaum hörbar: «Es nutzt nichts, wir wechseln in den Bahnhof!»

Natürlich war niemand begeistert, den warmgesessenen Stuhl aufgeben und knapp hundert Meter weiterziehen zu müssen, bei zwei Grad plus und Nieselregen.

«Wer hat sich den Mist bloß ausgedacht», motzte einer. «Ich stell mir meinen Adventsnachmittag eigentlich kommodiger vor.»

Oldewurtel zog den Kopf ein.

«Gib mir die Schlüssel, dann gehe ich schon mal vor», bot Gustav an. «Du schreibst einen Hinweis und hängst ihn in die Tür, damit uns die Zuspätkommer finden.»

Oldewurtel nickte erleichtert, hastete in sein Dienstzimmer und kam mit einem schweren Schlüsselbund zurück. «Eigentlich darf ich den gar nicht an Unbefugte weitergeben.»

«Unbefugt?» Gustav schaute den Kämmerer streng an. Mit genau dem Blick, der ihn in den letzten Monaten zum gefürchteten Gemeindediener hatte werden lassen. Nicht blinzeln, nicht ausweichen und dann im richtigen Moment klare Anweisungen geben.

Oldewurtel ließ die Schlüssel in Gustavs Hand fallen.

«Kommt alle mit!», rief Gustav in den Raum, und es gefiel ihm, dass die Insulaner das Motzen einstellten und ihm bereitwillig nach draußen in den ungemütlichen Winternachmittag folgten. Sogar die hochnäsigen Lehrer stapften hinter ihm durch den Matsch. Dieser Teil der Wilhelmstraße war noch immer ungepflastert und nach mehr als drei Wochen Regenwetter zu einem schlammigen Strom geworden. Nicht mehr lange, dachte Gustav. Überall wurde gebaut, die alten, schäbigen Insulanerbutzen machten Platz für das neue Rathaus, ein Postgebäude, eine Pastorei. Und oben auf der Düne wuchs ein stattlicher Turm, der in Zukunft die Wasserversorgung regeln würde. «Das ist aber nicht mehr mein Juist, wie ich es kenne», hörte man hin und wieder ein paar Alte jammern. Doch die würden, bis sämtliche Pläne verwirklicht waren, ohnehin im sandigen Boden rund um die Inselkirche liegen. Zur letzten

Ruhe gebimmelt von der sündhaft teuren Kirchenglocke, die durch Gustavs Einsatz mit Spendengeldern finanziert und den Gefallenen des Großen Krieges gewidmet war.

Die wohl wichtigste Verwandlung würde sich aber am alten Bahnhof vollziehen. Gerade passierte Gustav mit seinem Gefolge die bereitstehenden Bagger, noch vor dem ersten Frost wollte man die nötigen Bodenarbeiten beendet haben.

«Ich begreif nicht, was das werden soll», beschwerte sich Tido Fisser, der Veränderungen nicht leiden konnte und deswegen immer noch sein Trinkwasser aus dem Brunnen holte, der nun bald den Umbauarbeiten zum Opfer fallen würde.

«Unser neuer Kurplatz», erklärte Gustav.

«Aber wofür, verdammt noch mal?»

«Juist darf den Anschluss nicht verlieren.»

«Das heißt, wenn ich dir morgen bei der Gemeinderatswahl meine Stimme gebe, dann wird hier alles umgebuddelt?»

«Auf Norderney gibt es einen Park direkt vor dem Conversationshaus, auf Borkum spielt am Weststrand ein Kurorchester im Pavillon. Und bei uns werden die Gäste schon bald mitten im Inseldorf auf weißen Parkbänken sitzen, umgeben von Rosenbeeten, englischem Rasen, schmucken Laternen und elegant angelegten Wegen.»

Tido Fisser rotzte ihm vor die Füße, doch davon ließ Gustav sich nicht beeindrucken. Sobald sich am nächsten Tag auf dem Stimmzettel die Kreuze hinter seinem Namen sammelten, bestimmte er mit, was auf Juist passierte und was nicht. Zu tun gab es jedenfalls genug.

Gustav schloss die Tür zum alten Bahnhof auf und drehte den Schalter. Die Deckenlampen warfen ein funzeliges Licht in die Wartehalle. Scheinwerfer wären Gustav lieber gewesen. «Hereinspaziert!»

Der Raum hatte einen kleinen Schanktresen am Kopfende und bot Platz für fünfzig Gäste. Er wurde jedoch nur im Sommer genutzt, weil er sich schwer heizen ließ und die Gemeinde sich den ganzjährigen Unterhalt nicht leisten konnte. Entsprechend staubig und verlassen sah es jetzt im Dezember aus. Spinnweben in den Ecken, Sand überall. Ringsherum hingen eingerahmte Fotografien an den Wänden. Stramme Jungs in Uniformen: die Jägerschaft, die Seenotretter, der Musikverein. Das Potenzial dieser Insel.

Die Stühle, die sich in der Ecke stapelten, wurden an die Anwesenden verteilt, und als sie nicht mehr ausreichten, setzten sich die Lehrer wenig vorbildlich auf die Tische. Die benahmen sich ohnehin wie die Hottentotten, Gustav hatte in den vergangenen Monaten mehrfach ins Loog radeln müssen, um Bußgeldbescheide auszustellen. Wildernde Tiere, rauchende Jugendliche, Missachtung der Badezeiten, Verdacht auf Fahrraddiebstahl. Da kam ganz schön was zusammen.

Inzwischen war auch Oldewurtel eingetroffen und putzte sich umständlich den Schlamm von den Schuhen. Die große Bahnhofsuhr zeigte an, dass es bereits Viertel vor vier war. Fünfzehn Minuten über der Zeit, wahrscheinlich würde niemand mehr kommen, also schloss Oldewurtel auf Gustavs Kopfnicken hin die Tür.

Die Kandidaten, die mit Gustav auf der Wahlliste standen, waren vollzählig da. Nervös wirkten sie, kein Wunder, sie waren es nicht gewohnt, vor so vielen Leuten zu sprechen. Das überließen sie Gustav.

«Moin», begrüßte er die Anwesenden, und nach einigem Räuspern und Rücken wurde es endlich still. «Wie ihr wisst, sind morgen die Wahlen zum Gemeinderat. Es werden sich insgesamt fünf verschiedene Listen aufstellen lassen. Eine davon sind wir.» Gustav stellte seine Mitstreiter mit knappen Worten vor: ein ehemaliger Kollege aus dem Tanzcafé, ein Badewart, ein Elektrikergeselle, ein Lokführer der Inselbahn. Und er, Gustav, den sie zu ihrem Führer ernannt hatten. Die Liste Wenniger! Auf den ersten Blick waren die Männer vielleicht grundverschieden, doch sie waren sich einig: Alle schufteten wie die Blöden, damit es lief hier auf der Insel, hatten aber nichts davon außer schmerzenden Knochen und Ebbe in den Brieftaschen. Und die Liste Wenniger war wild entschlossen, das zu ändern.

«Ihr habt doch alle keine Ahnung vom Geschäft», schoss einer im Publikum scharf.

«Und keiner von euch wurde auf der Insel geboren», argumentierte ein anderer. «Wie sollt ihr wissen, was gut ist für Juist?»

Man durfte sich nicht abschrecken lassen von den verschränkten Armen, dem Kopfschütteln, den spöttisch gehobenen Augenbrauen. Mit Gegenwind hatten sie schließlich gerechnet.

Und sich gewappnet. Gustav hatte begonnen, wie ein Besessener Zeitungen zu lesen. Anfangs nur, um Therese nicht allzu sehr zu vermissen, doch je mehr er verstand von den Zusammenhängen in Deutschland und der Welt, desto akribischer wurde seine Lektüre. Frühmorgens meldete er sich freiwillig zum Postdienst, weil es dort im Büro ein Radiogerät gab. Abends schrieb er in seinem winzigen Zimmerchen bei Kerzenlicht die wichtigsten Passagen aus dem zweiten Band von Hitlers *Mein Kampf* in eine Kladde. Vielleicht lief es so im Leben: Aus den schlimmen Ereignissen erwuchs etwas Gutes. Der Verlust Thereses hatte ihn zum Lesen gebracht. Nach seinen Rauswurf beim alten Gerken waren ihm die Türen ins Rathaus geöffnet worden. Und durch das Elend und die Unfähigkeit der sogenannten Deutschen Republik würde sich das Vaterland bereit machen für die Erschaffung einer ganz neuen, einer besseren Welt.

Genau das wollte er den Anwesenden gerade erläutern, als die Tür aufging und es Gustav die Sprache verschlug. Therese! Sie schaute ihn an. Wenn er sich nicht irrte, lächelte sie sogar. Dann setzte sie sich still und unauffällig auf den Stuhl, den Oldewurtel hektisch für sie freigegeben hatte. Das konnte kein Versehen sein, keine Verirrung. Nein, Therese musste seinetwegen da sein. Um ihn siegen zu sehen – oder untergehen.

«Bist du nicht der Sohn eines Schweinebauern?», sagte Heinrich Haase, der mit dem alten Gerken regelmäßig auf die Jagd ging. «Haben wir Rüssel und Ringelschwanz, dass wir uns von dir sagen lassen, wo's langgeht?» Beifallheischend schaute er sich um und erntete vereinzeltes Gelächter.

«Ich bin kein Juister, das stimmt, aber ich bin Deutscher.» Gustav war selbst erstaunt, dass seine Stimme mit jeder Silbe an Festigkeit gewann. Trotz Therese, die ihn nicht aus den Augen ließ. Oder gerade wegen ihr. «Ich mache mir Sorgen um unser Land, in dem das hart verdiente Geld verschleudert wird an volksfremde Blutsauger, die darauf warten, endgültig die Macht zu übernehmen. Jeder, der mal ein bisschen weiter schaut als nur bis zum Deich, wird die drohende Gefahr erkennen.» Er wollte den Nörglern das Maul stopfen, sie als provinzielle Dummköpfe entlarven, die nicht über den eigenen Tellerrand blickten.

Therese nickte ihm zu, anerkennend, wie er fand.

«Die Banken, auf denen euer Geld liegt – wenn ihr denn welches habt –, gehören den Juden. Die Kredite, die ihr für euer Überleben aufnehmen müsst, bekommt ihr bei den Juden. Sie verlegen die Bücher, die ihr lest. Sie singen die Lieder, die ihr hört, besonders diese moderne Jazzmusik aus Amerika ist durchsetzt mit jüdischem Blut.»

«Blödsinn!» Es war die Frau des promovierten Politiklehrers, die ihn unterbrach. Ein verwirrendes Mannsweib mit großen Augen und vollen Lippen, die herausstach aus der Menge, weil sie anders war. Eine Fremde, eine, die krampfhaft zu vertuschen suchte, dass sie stets auf Kosten anderer gelebt hatte, verwöhnt und eingebildet war. Von so einer würde er sich nicht ins Bockshorn jagen lassen.

«Blödsinn? Im Talmud steht: Nichtjuden sind keine Menschen.» Gustav erhob seine Stimme. «Das ist eine deutliche Kampfansage an alle anderen Völker!»

«Der Satz ist lediglich ein Gedankenspiel. Ihm folgen seitenweise Erörterungen, die diese These widerlegen.» Diese Anni Reiner erhob sich von der Tischplatte und wandte sich den Anwesenden zu. «Wir Juden arbeiten genauso wie ihr. In Bergwerken, in Großküchen, auf dem Feld und in den Fabriken. Unter den Deutschen, die im Krieg an der Front gekämpft haben, waren Tausende jüdischer Abstammung. Sie sind ebenso elend verreckt wie die arischen Soldaten. Fürs Vaterland.» Einige der Anwesenden klatschten. Jemand rief: «Jawoll!», wahrscheinlich ein Lehrerkollege.

Gustav blieb die Ruhe selbst. «Juden haben kein Vaterland. Sie vererben die Unfähigkeit, einen eigenen Staat zu gründen, und werden zu Parasiten des unsrigen.»

«Wollen Sie ernsthaft mit mir über Vererbungslehre diskutieren? Ich warne Sie, Evolution war mein Studienschwerpunkt, und jeder meiner Schüler weiß wahrscheinlich mehr darüber als Sie.»

«Umso besser. Dann kennen Sie ja den Begriff der natürlichen Auslese.»

Frau Reiner rollte mit den Augen. «Hören Sie, an unserer Schule sind inzwischen über fünfzig Schüler, Jungen und Mädchen, Juden und Nichtjuden, Kinder aus kommunistischem oder konservativem Haus. Wir sehen sie jeden Tag, von morgens bis abends. Wir schleppen gemeinsam die Kohlen in den Keller, sitzen nebeneinander im Unterricht, bei Tisch und abends vor dem Kaminofen, wir spielen in einer Mannschaft Fußball und segeln auf demselben Boot. Und ja, es stimmt, es gibt himmelweite Unterschiede in Charakter und Aussehen. Die einen sind gut in Mathe und die anderen in Deutsch, die einen sind sportlich, die anderen verträumt. Bockig sind sie oder lammfromm, egoistisch oder mitfühlend, klug oder dumm, dick oder dünn, groß oder klein …»

«Da hat sie recht», stimmte eine Juisterin ein und wurde mit eifrigem Nicken ringsherum bedacht.

Langsam riss Gustav der Geduldsfaden. Schließlich war das hier seine Veranstaltung, da durfte er sich nicht das Heft aus der Hand nehmen lassen. «Worauf wollen Sie hinaus, Frau Reiner?»

«Egal, ob in der Schule, auf der Insel, im gesamten Land: Das Besondere des einzelnen Menschen hat nichts mit seiner Herkunft zu tun. Selbst Geschwister unterscheiden sich in wesentlichen Punkten. Ich weiß, wovon ich rede, denn ich habe drei Töchter, und keine gleicht der anderen.»

«Weiß man, ob die denselben Vadder haben?», bölkte Heinrich Haase dazwischen. «Hat man ja schon viel von gehört, was ihr da hinten im Loog so treibt.»

«Genau! Kinderschänder!», rief ein anderer, der sich vorsichtshalber schnell weggeduckte, weil nicht jeder im Saal seine Meinung teilte.

Jetzt schob sich Luserke vom Tisch und richtete sich zu seiner nicht gerade beeindruckenden Größe auf. Sein Kopf war dunkelrot. «Als Schulleiter verbitte ich mir entschieden, dass solche Gerüchte verbreitet werden. Für heute Abend war eine politische Veranstaltung angekündigt, kein Schmierentheater.»

«Ihre Lehrerin hat das eine mit dem anderen verknüpft», entgegnete Gustav. Doch da ein Themenwechsel ganz in seinem Sinne war, beließ er es dabei und erteilte Sigmar das Wort, der sich mit der komplizierten An- und Abreisesituation auf Juist befasste. Auch ein Punkt, an dem sich sämtliche Gemüter erhitzten.

«Sag bloß, ihr wollt jetzt auch so einen Eisenbahndamm bauen wie die auf Sylt!?» Tido Fisser wieder. «Quer übers Watt! So was Hirnverbranntes!»

Die Unruhe, die er damit unter den Anwesenden auslöste, kam Gustav gelegen. Einer brüllte, die Reederei nutze ihr Monopol, um die Fahrgäste auszunehmen. Ein anderer forderte lautstark einen Flugplatz am Ostende der Insel, wie Norderney längst einen hatte. Die Stimmung schaukelte sich hoch: Jedermann bölkte lauthals hinaus, was seiner Meinung nach im Argen lag oder dringend anstand.

Gustav nutzte die allgemeine Aufregung um Fahrpläne und Frachtkosten. Da Sigmar voll in seinem Element war und der Badewart pflichtbewusst das Protokoll führte, bot sich die Gelegenheit zum unauffälligen Rückzug. Gustav tat so, als wolle er sich die Diskussion mit etwas Abstand anschauen, doch in Wirklichkeit suchte er Thereses Nähe. Er stellte sich in den Türrahmen. Sein Mantelsaum stieß an die Lehne ihres Stuhls. Fast eine Berührung.

«Recht hast du», flüsterte Therese, die ihren Kopf unmerklich in seine Richtung gedreht hatte.

«Womit?»

«Wir schuften und schuften … für unseren eigenen Untergang.»

«Wie meinst du das?» Denn eigentlich hatte er sich damit auf Leute wie ihn selbst bezogen, Arbeiter und Angestellte, die nie auf einen grünen Zweig kommen würden. Therese aber war seit dem Tag ihrer Geburt Hotelbesitzerin.

Sie öffnete ihre kleine Handtasche, kramte darin herum. Vielleicht war das kurze Gespräch für sie schon wieder beendet. Gustav versuchte, sich auf die Diskussion zu konzentrieren. Es gelang ihm nicht.

«Die Kokslieferungen müssen regelmäßig erfolgen», forderte Peters, dem der Friesenhof gehörte. «Im Sommer jede Woche, im Winter einmal im Monat. Mindestens. Dann müssen wir nicht so viel auf einmal in die Keller schleppen.»

«Schleppen lassen!», korrigierte einer seiner Hausangestellten mutig und erntete einen strafenden Blick. Die Stimmung brodelte.

«Hier», flüsterte Therese und steckte Gustav hastig einen kleinen Zettel zu. *Nach der Veranstaltung oben am Pumpenhaus* hatte sie mit Bleistift daraufgeschrieben.

Gustav nickte, und ihm kam die Zeit, bis auch die letzte Frage, der letzte Vorwurf, die letzte Sorge ausgesprochen worden war, furchtbar lang vor. Er vermochte noch nicht einmal zu entscheiden, ob dieser Nachmittag nun ein Erfolg gewesen war für ihn und seine Liste, das würde sich wohl erst am nächsten Abend herausstellen. Die Mienen der Insulaner, die nach fast zwei Stunden die Wartehalle verließen, sahen jedenfalls nicht missmutig aus, einige klopften ihm und seinen Mitstreitern sogar anerkennend auf die Schulter.

Die Lehrerschaft aus dem Loog hingegen wirkte wenig erbaut. «Wir werden alle Hebel in Bewegung setzen, damit Leute wie Sie nicht an die Macht kommen», verkündete Dr. Reiner lautstark beim Hinausgehen.

Gustav war alles egal. Die sollten sich einfach sputen. Er wollte Therese nicht warten lassen. Ein Sieg bei der Wahl wäre zwar schön und würde ihn ein Stück nach vorne bringen, ihn zu einem wichtigen Mann auf der Insel machen. Doch am Ziel, musste Gustav sich eingestehen, wäre er erst an Thereses Seite.

«Und wer hilft mir jetzt mit den ganzen Stühlen?», maulte Oldewurtel, als Gustav sich endlich den Mantel zuknöpfte.

«Das schaffst du schon.» Damit verließ er den Raum.

Die feuchte Vorabendkälte, die ihn vor der Tür erwartete, ließ ihn schwindeln. Er setzte sich in Bewegung, rannte die Strandstraße entlang, dann rechts durch die Dünen. Seine Schritte wurden länger, je näher er dem Backsteinkasten kam, der ganz oben, direkt neben der Baustelle des Wasserturms, thronte. Im Sommer, wenn das Salzwasser vom Meer in die Warmbadeanstalt gepumpt wurde, dröhnten hier die Turbinen. Jetzt im Winter war dies ein stiller, vergessener Ort, ideal für verbotene Treffen.

«Therese?», rief er leise. Kurz bekam er es mit der Angst, dass sie doch nicht hier wäre, dass sie es sich im letzten Moment anders überlegt hätte.

Aber dann kam Therese auf ihn zu. Schmal war sie unter dem geöffneten Pelzmantel, die blonden Haare, die unter ihrem Glockenhut hervorschauten, glänzten feucht. Sein Zögern währte nur kurz, dann nahm er Therese entschlossen in seine Arme. Viele Worte lagen ihm auf der Zunge, Liebeserklärungen und Vorwürfe zu gleichen Teilen, er schluckte beides hinunter. Es würde ihm reichen, sie die ganze Nacht zu halten, stehend und frierend, das machte ihm nach mehr als einem Jahr Trennung nichts aus.

Doch schließlich löste sie sich von ihm und schaute ihn an. «Mein Vater wird das Hotel verkaufen.»

Gustav wich ein Stück zurück. «Was?»

«An einen Geschäftsmann aus Hamburg. Einen Juden.»

«Das kann er nicht machen.» Es war, als fiele seine Zukunft, die Zukunft, die er sich all die Jahre erträumt hatte und die eben noch zum Greifen nah erschienen war, in sich zusammen.

«Verstehst du jetzt, warum ich gekommen bin? Warum deine Ziele auch die meinen sind?»

Gustav nickte. Die Hände, die er in seinen Manteltaschen vergraben hatte, waren zu Fäusten geballt. «Das ist ungerecht!»

«Genau. Wir haben uns krummgeschuftet. Erst meine Mutter, dann ich. Für das Geschäft. Stets hab ich mein Glück für das Hotel zurückgestellt. Und nun verscherbelt er es an fremde Menschen, weil er meint, eine Frau alleine kann keinen Betrieb leiten.»

«Dein Vater ist ein Dummkopf!»

«Stell dir vor, er hat mir sogar nahegelegt, den Sohn des Käufers zu heiraten, damit wir den Preis und das Wohnrecht zu unseren Gunsten verhandeln können.»

«Seine Tochter soll die Frau eines Juden werden? Das gefällt ihm besser, als wenn du mich nehmen würdest?» In Gustavs Bauch wühlte die Wut.

«Ob Jude oder nicht, ist meinem Vater egal. Bei ihm zählt nur das Geld.»

«Du hast hoffentlich nein gesagt!»

Sie zögerte. «So einfach ist das leider nicht.»

«Aber ich will dich doch heiraten. Das hab ich dir immer gesagt, und bis heute hat sich nichts daran geändert. Ich möchte Kinder mit dir bekommen und das Hotel übernehmen und mich dafür einsetzen, dass es uns und unserer Heimat besser geht. Bin ich dir so egal, dass du sogar überlegst …»

«Sei still!»

Er gehorchte.

«Ich muss dich etwas fragen, Gustav.»

Er nickte.

«Und du musst mir die Wahrheit sagen, hörst du? Es ist egal, ob mir die dann gefällt oder nicht, nur … mit einer Lüge könnte ich nicht leben.»

«Ich werde bestimmt nicht lügen.»

«Damals, als mein Vater uns beide erwischt hat, … da war eine Schulkameradin von mir zugegen. Du erinnerst dich? Kea Joosten.»

In der Dämmerung zeichneten sich skizzenhaft der hellgraue Turm der Inselkirche in der Dorfmitte ab, das weiße Kurhaus im Westen, der Bahnhof vor dem schwarzen Watt.

«Kea hat mir damals etwas erzählt. Über dich. Und ich möchte wissen, ob das stimmt.»

Das Hotel Gerken war nur ein fahler Fleck. Gustav schaute zu Boden. «Ja. Es stimmt.»

«Eigentlich sind das doch Neujahrskuchen», sagte Marje und nahm die Kelle in die Hand. Ein See aus Teig breitete sich auf dem Eisen aus und floss in die verschnörkelten Rillen. Die Butter knisterte, am Rand karamellisierte der aufgelöste Kandiszucker. «Warum backen wir die schon vor dem zweiten Advent?»

«Weil an Neujahr fast keiner mehr hier ist. Die fahren alle weg über die Feiertage.» Kea wendete in einem Schwung zwei weitere Eisen über der Glut, das dritte nahm sie mit zum Arbeitstisch. Fett tropfte auf den Boden. «Vorsicht, heiß», warnte sie. «Nimm 'ne Gabel, sonst verbrennst du dir die Finger.»

Marje war wie immer viel zu ungeduldig. Vielleicht war es doch nicht so eine gute Idee, sie mithelfen zu lassen. Aber Neujahrskuchen machten 'ne Heidenarbeit. Die Küchenmädchen wollten heute aber unbedingt rechtzeitig in den Feierabend. Angeblich wollten sie tanzen gehen. Warum nicht, Gesa und Helga waren brav und fleißig, die sollten was haben von ihrer Jugend. Außerdem liebte Marje die Weihnachtsbäckerei und stellte sich bis auf die hektischen Bewegungen geschickt an.

«Musst sie einfach über den Besenstiel hängen und dann kurz anstupsen, so rollt sich das Hörnchen fast von alleine.»

Jeder Ostfriese hatte seinen eigenen Kniff, die Küchlein rund zu kriegen, solange sie noch weich waren. Keas Vadder hatte ihr vor vielen Jahren den Trick mit dem Besenstiel verraten. Und nun gab sie das Wissen an Marje weiter.

Das Gebäck war genau richtig – hellbraun und so dünn, dass man fast hindurchschauen konnte. Später würde es im Mund in tausend kleine Splitter zerfallen. Und herrlich nach Anis, Kardamom und Zimt schmecken.

«Darf ich naschen?», fragte Marje.

«Ne», sagte Kea. «Und nu mach hinne, sonst werden die anderen ganz schwarz.»

Marje flitzte hin und her. Auf dem Besenstiel waren die ersten Waffelröllchen hart genug, um in die Büchse der Pandora geschoben zu werden. «Nur eins, zum Probieren», bettelte Marje wieder. Diesmal nickte Kea. Wie froh sie war, dass das Mädchen auf der Schule hatte bleiben können. Ein Geheimnis hatte sie dafür verkauft, doch das war es wert gewesen.

«Warum hat Gustav dich angeschaut, als wärst du ein Gespenst?», hatte Therese gefragt, als das Schlimmste eigentlich schon vorüber gewesen, als der nackte Mann längst aus dem Zimmer geflohen war und der alte Gerken gedroht hatte: «Wir sprechen uns noch, Tochter.» Eine ganze Weile hatte Therese bloß dagestanden, als könne sie nicht fassen, was soeben passiert war. Hatte ihr bleiches Gesicht im Spiegel angeschaut, war krumm geworden und klein. Mitleid hatte Kea trotzdem keins verspürt, auch nicht, als Therese tonlos fragte: «Warum hat Gustav mehr Angst vor dir als vor meinem Vater?»

Kea war schlagartig klargeworden, dass die unfreiwillige Begegnung auch etwas Gutes hatte. «Willst du den mal heiraten?»

Therese zuckte mit den Schultern. «Mein Vater würde das wohl nicht so einfach hinnehmen.»

«Vor allem nicht, wenn ich ihm was über den Kerl erzähle», sagte Kea und war überrascht, wie leicht der Satz ihr über die Lippen gekommen war. Dabei war die Erinnerung an damals hundertmal besser versteckt als die verbotenen Zigaretten in den Wäscheschränken der Schüler. «... was dein Gustav für einer ist.»

«Wieso?»

«Ich hab deinen feinen Gustav damals in Aurich kennengelernt. In der Börse.»

«Ihr habt zusammen gearbeitet?»

Kea schüttelte den Kopf. «Er war da Stammgast. Ständig besoffen.»

«Gustav rührt überhaupt keinen Alkohol an.» Therese ging in Verteidigungsposition, die Arme verschränkt, die Augen zusammengekniffen.

«Mit seinem Freund Deerk hat er an einem Abend fünf Liter Jever geschafft.»

«Deerk Akkermann?»

Kea nickte. Sie war nicht scharf drauf, weiterzureden. Nur dass sie mit ihrem Wissen die kleine Marje retten konnte, machte es überhaupt möglich, über das Geschehene zu sprechen.

«Deerk hat mir später erzählt, Gustav wäre im Krieg gefallen. Irgendwo in Italien.»

«Warum?»

«Damit ich keinen Ärger mache.»

«Ärger? Weswegen?»

Kea schwieg. Wenn man so lange das Maul gehalten hatte, war die verschwiegene Wahrheit fast genauso sperrig wie eine Lüge.

«Hat er geklaut? Das kann ja sein, der Gustav kommt aus einem ganz armen Elternhaus. Oder verbotenes Glücksspiel?»

«Dein Gustav hat sich … an mich rangemacht.»

«Niemals!» Therese lachte. Hell, fast fröhlich.

Damit hatte Kea nicht gerechnet. Aber vielleicht war Gustav Wenniger zu Therese ja ganz anders, lieb und behutsam. In ein Taschentuch aus Seide rotzte man anders als in einen Lappen aus der Lumpenkiste.

«An einem Abend, kurz vorm Krieg … Die Jungs haben's begossen, dass Gustav am nächsten Ersten eingezogen wird. Sie haben mir auch was spendiert, ein Glas Wein, aufgezwungen haben sie mir das sogar, weil ich ja normalerweise nie mit Gästen trinke. Und als ich in den Keller musste, um 'n neues Fass anzustechen, da sind Deerk und Gustav mir hinterher.»

«Das glaube ich nicht!»

«Der Deerk hat gesagt, er sei ja schon verheiratet und somit versorgt zwischen die Beine. Doch sein Freund Gustav, der habe noch keine abgekriegt, weil er immer so nach Schweinemist stinkt. Aber jetzt, wo er in den Krieg ziehen muss, da sollte man ihm das ja wohl gönnen, dass er mal mit 'ner Frau zusammen gewesen ist.»

«Hör auf!», flehte Therese.

«Du wolltest doch, dass ich erzähle, warum dein Freund mich so angeglotzt hat. Wäre mir auch lieber gewesen, ich hätte die Geschichte für mich behalten dürfen, aber jetzt ist es zu spät. Mit 'ner halben Wahrheit ist keiner von uns geholfen.»

«Bitte nicht!»

«Der Deerk hat an der Kellertür Schmiere gestanden. Und der Gustav hat mir den Mund zugehalten und mit der anderen Hand meinen Rock hochgehoben.»

«Kein Wort mehr!»

«Weißt du, das ist nicht so einfach im Stehen, wenn der Mann so groß ist und die Frau so klein. Und wenn der Mann will, aber die Frau nicht. Da muss er richtig brutal werden, um sein Ding reinzukriegen.» Auf einmal war es fast leicht, darüber zu sprechen. So, als ginge es um ein Rezept, das man schon hundertmal gekocht hat und nun jemand anderem erklären muss. Mit allen nötigen Handgriffen und dem Geschmack und dem Geruch und dem Gefühl und was man sonst noch alles mit der Sache verband. Ekel. Scham. Schmerz.

Therese sah aus, als käme ihr was den Hals hochgekrochen.

«Deerk und Gustav haben hinterher behauptet, ich hätte das freiwillig gemacht.»

«Hast du ja eventuell auch», brachte Therese hervor. «Schließlich hast du Wein getrunken.»

«Das hat die Polizei auch gesagt. Aber wenn das wirklich freiwillig war, warum wird Gustav dann so blass, wenn er mich sieht?»

«Vielleicht denkst dir diesen ganzen Mist einfach nur aus.»

«Tu ich nicht. Der Gustav hat da eine Narbe.» Kea zeigte die Stelle. «Genau hier. Hab ich gesehen, als er fertig war.»

Therese blickte zu Boden.

«Und ich hab noch ’nen Beweis.» Kea erzählte ihr diese Geschichte ja nicht aus Jux. Sondern weil darin eine Möglichkeit lag. «Marje.»

«Tante Kea, darf ich dich was fragen?», holte das Mädchen sie aus ihren Gedanken. Die Büchse der Pandora war zur Hälfte mit Neujahrskuchen gefüllt, sie kamen gut voran.

«Nur zu.»

«Wie macht man Humintas?»

«Kenn ich nicht.»

Marje nahm die Schweineschwarte und fettete zwei Eisen ein. «Du weißt doch, der Moskito …»

Ja, den kannte Kea. Ein netter Junge mit gesundem Appetit, auch wenn er in den letzten Monaten immer dünner geworden war, aber das konnte am Wachstum liegen. «Er hat heute drei Stücke von seinem Geburtstagskuchen gefuttert.»

Marje kicherte. «Hab ich auch mitgekriegt.» Wurden Marjes Wangen etwa rot? «Jedenfalls … Ich hab seinen Namen gezogen. Für die Weihnachtsfeier.» Marje rührte den Teig noch mal kräftig durch, bevor sie ihn auf die Kelle füllte. «Und ich will ihm Humintas machen.»

«Aber was ist das?»

«Seine Leibspeise. So kleine Kuchen mit Rosinen, die die Köchin seiner Eltern immer gebacken hat. Mehr weiß ich nicht.»

Kea ging zum Geschirrschrank. Im obersten Fach standen die Koch- und Backbücher. Alles dicke Dinger, sie wuchtete zwei herunter und schaute im Inhaltsverzeichnis nach, doch von Humintas stand da nichts.

«Ohne Rezept wird das schwierig.»

«Moskitos Eltern leben in Südamerika», erklärte Marje.

Kea schnaubte. «Das ist ein Land, in dem ich nie war und in das ich sicher auch nie reisen werde.»

«Aber du backst doch auch Makkaronns.»

«Weil mir die Rahel damals das Rezept besorgt hat.»

«Und wenn ich bis Weihnachten das Rezept für Humintas mit Rosinen besorge?»

«Woher?»

Marje musste nicht lange überlegen. «Man kann jetzt auch nach Übersee telefonieren, hab ich gehört.»

«Ja, meine Kleine. Aber das geht über Funk und kostet ein Vermögen. Deine Hum…dingsda sind dann die teuersten Plätzchen der Welt.»

«Und ein Telegramm?»

Kea sah sie aufmerksam an. «Scheint dir ja sehr wichtig zu sein, dem jungen Mann eine Freude zu machen.» Jetzt sagte Marje nichts, und da sie selten die Klappe hielt, war das besonders verdächtig. «Du bist doch nicht etwa verknallt? Mit dreizehn? Ist das nicht ’n bisschen früh?»

Andererseits auch kein Wunder – an einer Schule, wo Jungen und Mädchen so nah zusammenlebten, ging das schneller, dachte Kea. Und es war ja nichts Schlimmes dabei. Der Moskito hatte gute Manieren, kaute nicht mit offenem Mund und war sicher keiner von denen, die in die Speisekammer einbrachen. «Ach, geht mich ja auch nichts an.»

Schweigend arbeiteten sie weiter, Kea und ihre heimliche Tochter.

Damals wäre der alte Vadder an einer solchen Schande krepiert, die Tochter ohne Mann, keine zwanzig und schwanger, also hatte Fenna sich als Marjes Mutter ausgegeben. Die war schon immer dick gewesen, und man hatte ihr die anderen Schwangerschaften auch nicht angesehen, niemand war verwundert gewesen über den vierten Schreihals unterm Dach. Kea hatte in der Auricher Börse gekündigt, bevor der Bauch allzu rund geworden war, und nach der Geburt im Gasthaus Neptun in Norddeich noch mal von vorne angefangen. Im kleinen Zimmer hinter der Küche hatte sie gewohnt. Jeder Pfennig, den sie dort verdiente, ging an die Schwester, die das Geld gut gebrauchen konnte.

Seit dem Geständnis vor einem Jahr hatte sie jeden Tag damit gerechnet, dass Therese alles ausplauderte und auf Juist das Gerede losging. Oder dass Gustav Wenniger plötzlich vor der Tür stehen könnte, um seine Tochter zu sehen. Aber nichts war passiert. Therese wollte ebenfalls nicht, dass die Sache rauskam. Und solange das so war, schien Marjes Platz an der Schule gesichert.

«Fertig, Tante Kea», sagte Marje. Ihr Gesicht war rot von der Hitze und glänzte fettig. «Darf ich dann noch ein bisschen raus?»

«Bei dem Wetter?»

«Kurz rüber ins Jenseits.»

Zu deinem Moskito, dachte Kea. «Aber bleib auf dem Schulgelände. Und zum Abendessen bist du wieder hier.»

Marje nickte, dann lief sie hüpfend zur Küchentür. «Bis später.»

Viel Spaß, mein Kind, dachte Kea. Dann legte sie sich schon mal das Ölzeug parat. Gleich morgen früh wollte Kea in der Elternkartei eine Adresse herausfinden. Und dann ins Dorf laufen, um dort ein Telegramm aufzugeben. Nach Südamerika.

Sie haben das Grammophon von den Primanern in der Arche ausgeliehen und es in den Olymp geschleppt. Ein modernes Ding, mit Federwerk betrieben und ohne diesen hässlichen Trichter. Dazu mehrere Schellackplatten.

Grammophone sind das Allerletzte, schimpft Lu ständig. Wenn das Gerät nicht von Theos Vater spendiert worden wäre, der irgendwas Wichtiges mit Musik ist und sich regelmäßig hier blickenlässt, um zu schauen, was aus seinen Geschenken geworden ist, Lu hätte das Grammophon schon längst verheizt. Doch so steht es normalerweise in der Besenkammer der Primaner und darf nur mit Genehmigung benutzt werden. Die Moskito und Volkmar nicht haben. Wenn man sie hier auf dem Heuboden mit dem Ding erwischt, sind sie geliefert.

Auch Zuck lästert gerne, aber eher über die Musik, die mit dem Gerät abgespielt wird. Jazz und Schlager – solch simple Melodien könne auch eine Maschine erfinden, meint er. Aber neulich hat er, als er sich unbeobachtet fühlte, *Blue Skies* gepfiffen. Moskito hat's genau gehört: *Blue Skies smiling at me, nothing but blue skies do I see …* Und ebendiese Platte liegt jetzt auf dem Teller und wartet darauf, dass es losgeht.

«Weiß eigentlich einer von euch, wie das Ding funktioniert?», fragt Volkmar.

«Gregor hat gesagt, wir sollen auf keinen Fall den Tonarm auf die falsche Seite legen, sonst zerkratzt die Nadel den Schellack.»

«Aber wie rum ist richtig?»

Sie sitzen im Kreis um das Grammophon und betrachten es, wie sie es sonst bei einer gestrandeten Robbe oder einem Kunstwerk von Mister tun. Also voller Neugierde und doch ein bisschen ratlos.

«Die Platte dreht sich im Uhrzeigersinn, glaub ich», meint Hubert.

«Apropos Uhr.» Volkmar schaut auf sein Armband. «Theo müsste längst da sein, der kennt sich doch damit aus. Ich werd ihn holen.»

Volkmar rennt los. Hoffentlich trampelt er nicht so laut. Die geheime Geburtstagsfeier findet nämlich auf dem Dachboden über dem Stall statt. Sie haben Laternen, Kakao und Weingummis hochgeschleppt und sitzen auf Strohballen. Die Schweine und Hühner unten werden nicht petzen, aber wenn die zu unruhig werden, kommt vielleicht Karl Saathoff vorbei, um nach dem Rechten zu sehen.

«Wann können wir endlich tanzen?», mault Helga und nimmt sich ein Weingummi. Moskito bekommt sie stets von seinem Onkel aus England, und alle hier prügeln sich um die bunten, klebrigen Süßigkeiten. «Wir haben nicht früher Feierabend gemacht, um mit euch kleinen Jungs blöd rumzusitzen.»

Kleine Jungs? Ich bin dreizehn!, will Moskito zu Helga sagen. Aber das traut er sich nicht, denn aus Helgas Sicht stimmt es ja ein bisschen. Helga ist vier Jahre älter und einen Kopf größer. Ihre Locken sind blond, genau wie ihre langen Wimpern und die Haare auf den schlanken Armen. Als die Arme im Sommer braun waren von der Sonne und sich der zarte Flaum fast weiß dagegen abhob, da hat Moskito sich in Helga verliebt. Im Herbst hat er Volkmar davon erzählt. Und heute hat sein Freund dafür gesorgt, dass sie mit Gesa zu seinem Geburtstagsfest kommt, als einzige Mädchen. Damit Moskito sie endlich näher kennenlernen kann, als es beim Spüldienst in der Küche möglich ist. Was für ein Geschenk!

«Wo bleibt eigentlich der Gregor?», fragt Gesa. Sie hat Kakao an der Oberlippe.

«Warum finden alle Mädchen ausgerechnet Gregor so toll?»

Hubert klingt ein bisschen beleidigt. Er hat ein Auge auf die brünette Gesa geworfen und sich ihretwegen heute extra Schmalz ins Haar geschmiert, weil das die Filmstars angeblich auch machen.

«Der Gregor singt so wunderschön», schwärmt Helga. Und das, muss Moskito zugeben, wurmt ihn jetzt auch. Womöglich sind die Küchenmädchen nur gekommen, weil sie hofften, Gregor singen zu hören.

«Der hat aber auch seine Macken», sagt Moskito deshalb.

«Welche denn?», fragt Helga.

«Er redet nur sehr wenig.»

«Das find ich grade so geheimnisvoll.»

«Der hat auch ein Geheimnis», platzt es aus Hubert heraus.

Moskito stößt ihm in die Seite. Das geht die Mädchen nun wirklich nichts an.

Aber sie fordern Hubert mit ihren Blicken zum Weiterreden auf, und der lässt sich nicht lange bitten. «Ein Lehrer hat ihm mal zwischen die Beine gefasst. Und ihn geküsst, überall!»

Die Mädchen zucken angewidert zurück. «Ist das wirklich wahr?»

«Ja, der Kerl hat Gregor regelmäßig auf sein Zimmer bestellt, und dann …»

Glücklicherweise kommen jetzt Theo und Volkmar. Doch sie haben dummerweise Marje mitgebracht. Wahrscheinlich hat die was mitbekommen und Theo dann lange genug angebettelt.

«Ihr seid echt zu dämlich, die Musik anzustellen?» Lässig schubst Theo seine Freunde zur Seite und nimmt auf Moskitos Strohballen Platz. Er genießt es, vor den weiblichen Gästen den Experten zu geben. «Auf keinen Fall schon die Nadel auflegen, bevor ihr die Feder aufgezogen habt.»

Marje kurbelt, bis es nicht mehr weitergeht. Dann lässt sie den Hebel nach einem Signal von Theo los. Der Teller beginnt sich zu drehen.

«Und jetzt den Tonarm in Laufrichtung auf den äußeren Rand setzen. Ganz vorsichtig! Schön gerade!»

Alle halten die Luft an. Man hört ein seltsames Kratzen.

«Nicht so, du Idiot!», schimpft Theo und nimmt Hubert den Tonarm aus der Hand. «Die Schalldose gerade, aber die Nadel leicht schräg, sonst zerstörst du die Rillen.»

Er wagt den nächsten Versuch. Wieder das Kratzen, dieses Mal aber etwas leiser. Eine Gitarre ist zu hören. Die drei Mädchen strahlen, als Ben Selvin zu singen beginnt. *I was blue, just as blue as I could be …*

«Warum klingt das so schaurig?» Theo bleibt grimmig. «Habt ihr die Nadel vorher ausgewechselt?»

«Nein», gibt Moskito zu.

Theo hebt den Tonarm so schnell hoch, als würde sonst eine Katastrophe passieren. «Vor jedem Lied eine neue Nadel! Das ist ein Muss!», schreit Theo, nimmt die Schellackplatte vom Teller und verstaut sie in der Papphülle. «Wenn mein Vater das spitzkriegt, wie ihr mit seinem Grammophon umspringt!»

Unten werden die Tiere nervös.

Vielleicht hat Lu recht, und diese Geräte sind ganz großer Unfug. Wenn man erst studieren muss, um sie zu bedienen, kann man besser selber singen.

Ein sechs Meter langes Meer aus blauem Satin. An einem Ende saß Hubert und brachte die Wellen zum Wogen. Dahinter erhoben sich zusammengestellte Tische zur Insel Molokai, auf der ein Hexenmeister mit seiner Tochter Lehua und deren Ehemann lebte.

«Gut, wir proben noch mal die dritte Szene.» Anni nahm auf dem Regiestuhl Platz. Zu langes Stehen wollte sie vermeiden, der Kreislauf machte ihr Probleme. «Also los, Licht an!»

Moskito war für die Sonne zuständig, für den Mond und die Sterne. Er machte seine Arbeit ganz wunderbar und kam mit den verschiedenen Lampen kein einziges Mal durcheinander. In der Szene, in der ein Gewitter aufzieht, musste Moskito außerdem auf ein großes Stück Kupferblech schlagen, das von der Baustelle übrig geblieben war. Es erzeugte einen wahrhaft unheimlichen Donnerhall.

Lu wünschte sich seit langem schon einen eigenen Theatersaal mit Scheinwerfern und Bühne und allem Drum und Dran. Wieder eins seiner verrückten Projekte, die er durchsetzen wollte, egal was es kostete. Dabei hatten diese improvisierten Kulissen im Schulspeisesaal doch viel mehr Charme, fand Anni, und sie entsprachen zudem ihrem theaterpädagogischen Konzept: Die Schüler sollten niemandem nacheifern. Denn was bei so etwas herauskam, war meist unbefriedigend. Dann gingen sie nicht in ihrer eigentlichen Rolle auf, versetzten sich weder in den König noch in den Bettler hinein, sondern schlüpften vielmehr in die Rolle eines Schauspielers, der in einer professionellen Inszenierung den König oder den Bettler zu spielen hatte. Nur das Laienspiel in seiner unverfälschten, unperfekten Form vermochte verborgene Seiten der Kinder zum Vorschein zu bringen. Wie bei der selbstbewussten Marje, die als Lehua etwas Sanftes in sich entdeckte: *«Bitte, Vater, vergesst doch die Zauberei und lasst uns gemeinsam abwarten.»* Das stand ihr gut, fand Anni. Es war nicht nötig, die jungen Menschen formen zu wollen, sie fanden früher oder später selbst heraus, was in ihnen steckte. Annis Aufgabe bestand lediglich darin, genügend Gelegenheiten zu bieten.

Hexenmeister Theo hatte das Gesicht mit Kohle geschwärzt. *«Der Nichtsnutz will eine Ziehharmonika?»*, versuchte er zu brüllen, jodelte aber bloß heiser. Alle lachten, und nur mit viel Beherrschung gelang es Anni, trotzdem ernst zu bleiben. Der Junge konnte schließlich nichts für seinen Stimmbruch.

«Es tut mir leid, Theo», sagte Anni. «Ich weiß, wir haben *brüllen* als Regieanweisung hineingeschrieben. Aber vielleicht sollten wir uns gemeinsam etwas anderes einfallen lassen.»

Theo setzte sich frustriert auf die Kante der Insel. Die Wellen wurden auf den Boden gelegt, neben die erloschenen Gestirne. Auch Rahel, der Geist aus dem Totenmeer, kam aus ihrem Versteck hinter der Säule, bis sich schließlich die ganze Quarta im Kreis versammelt hatte. Annis heimliche Lieblingsklasse. Drei Jungen und zwei Mädchen, keine richtigen Kinder mehr, aber auch noch lange nicht erwachsen. Im November hatten sie *Die Stimmeninsel* von Robert Louis Stevenson ausgewählt, nachdem mehrere seiner Kurzgeschichten im Deutschunterricht durchgenommen worden waren. Von Gespenstern, über Liebe und Mord war alles im Angebot gewesen, doch die Klasse hatte einstimmig entschieden, diese Abenteuergeschichte zu einem Theaterstück umzuschreiben. *Wegen der Insel*, sagten sie. *Damit kennen wir uns aus.*

Der vorlaute Theo, der folgsame Hubert, die forsche Marje, der praktische Moskito, die verträumte Rahel. Sie alle spielten ihre Rollen, im Theater und im sonstigen Leben. Und Anni empfand es als großes Glück, sie begleiten zu dürfen. Bis zum Schuljahresende im April könnte Anni die fünf auf jeden Fall noch unterrichten und dann hoffentlich schon nach den Herbstferien zurückkommen. Wenn alles gut ging.

«Wofür steht der Hexenmeister in dieser Geschichte?», fragte Anni.

«Zauberei», antwortete Rahel.

«Aber keine echte», warf Marje ein. «Er benutzt faule Tricks.»

«Er ist auf jeden Fall der Anführer», ergänzte Theo und machte seine Schultern etwas breiter.

«Warum eigentlich?», fragte Moskito. «Ich meine, warum haben die Inselbewohner ausgerechnet den Hexenmeister zum Anführer gemacht?»

Anni atmete tief ein. Manchmal wurden die ganz großen Fragen nebenbei gestellt.

Theo sprang von der Tischplatte. «Haben wir ein Stück Pappe da?»

Moskito reichte ihm einen Bogen Zeichenpapier. «Wozu brauchst du das?»

«Zeig ich euch!» Er rollte das Blatt und hielt die schmalere Öffnung an den Mund. *«Der Nichtsnutz will eine Ziehharmonika?»*, wiederholte er seinen Theatertext. Theo hatte das nicht besonders laut gesagt, seine Stimme hatte sich diesmal auch nicht überschlagen, doch durch den Trichter klang das Gesagte wie ein Machtwort.

«Genau wie Lu!» Marje sprach aus, was wahrscheinlich alle dachten. «Wenn er uns morgens um halb sieben mit seiner Flüstertüte weckt.»

«Rise, rise», rief Moskito. «Ich kann's echt nicht mehr hören!» Marje zog Theo die Baskenmütze vom Kopf und setzte sie sich schräg auf. Dann legte sie ihre Hände um den Mund. «Aufstehen! Tauchbad! Essen! Arbeiten! Putzen! Lernen!»

Die Schüler improvisierten wild durcheinander. «Segeln! Malen! Musizieren!» Sie wetteiferten darin, Lu mit seinem Sprachrohr nachzuäffen. «Theater spielen! Geschichten lauschen!» Sie lachten, und doch war es irgendwie ernst. «Pünktlich sein! Mutig sein!» Das Theaterkonzept funktionierte. «Leben! Wachsen!» Das Verborgene kam zum Vorschein.

Anni war sprachlos.

Als sie am frühen Abend zurück in die Wohnung kam, waren die Mädchen nicht da. Paul lag schlafend auf dem Sofa, einen Bleistift in der Hand, den Mund leicht geöffnet, um ihn herum Bücher und Hefte. Wenn Paul schlief, sah er Renate zum Verwechseln ähnlich. Wenn er wach war, eher Eva. Und wenn er lachte, der kleinen Ruth.

Worin würde der neue Mensch, der – wenn Anni die Zeichen richtig deutete – sein Kommen angekündigt hatte, ihrem Mann wohl gleichen? Würde er Pauls Unbestechlichkeit erben? Seinen Mut? Seinen Optimismus? Würden sie nach drei phantastischen Töchtern dieses Mal einen Jungen bekommen?

Anni setzte sich vorsichtig auf die Sofalehne und fuhr mit den Fingern durch Pauls Haar. «Wir müssen los.»

Er blinzelte. «Wie spät ist es?»

«Gleich halb sechs.»

«Halb sechs?» Paul richtete sich auf. «Warum bin ich bloß immer so müde?»

«Weil das Leben ziemlich anstrengend ist.» Anni wollte es scherzhaft klingen lassen. Doch es war nicht zum Lachen. Ihre Reserven waren beinahe aufgebraucht. Alles, was sie taten – ob es das Unterrichten oder das Theaterspielen war, die Gartenarbeit oder eine neuerliche Diskussion mit einem Gustav Wenniger, der rechte Parolen auf Juist salonfähig zu machen versuchte –, sie taten es gern. Aber es kostete immens viel Kraft. Kraft, mit der sie sparsam umgehen mussten, damit es wenigstens bis zu den nächsten Schulferien reichte.

Auch deshalb hatte Anni ihrem Mann noch nichts von der Schwangerschaft erzählt. Erst am Weihnachtsabend, wenn Ruhe eingekehrt war und man unter sich sein würde, wollte sie ihn einweihen. Zuvor gab es noch viel zu viel zu erledigen.

Paul stemmte sich vom Sofa hoch und schaute aus dem Fenster. «Und du willst wirklich die ganze Strecke ins Dorf zu Fuß gehen? Das Wetter ist scheußlich.»

«Ein kleiner Spaziergang.» Anni ging zur Garderobe und warf Paul den Norwegerpullover zu. «Um sechs Uhr schließen die Wahllokale.»

«Dass du es nicht gut sein lassen kannst …», stöhnte er. «Was geht uns dieser Idiot Wenniger an? Wenn die Insulaner wirklich so dumm sind, ihn zum Ratsmitglied zu ernennen, können wir beide nichts daran ändern. Und warum auch? Unsere Arbeit an der Schule zieht so viel weitere Kreise.»

Anni reichte Paul das Ölzeug. «Zieh das über.»

«Und die Mädchen?»

«Spielen bei den Aeschlis und werden, falls es bei uns länger dauert, auch dort übernachten.»

«Was genau hast du eigentlich vor?»

«Wart's ab!» Anni verstaute die Sandwiches, die Fräulein Kea liebenswerterweise geschmiert und in Zeitungspapier gewickelt hatte, in den Manteltaschen. Das kleine Büchlein mit den Lesezeichen, das bis eben noch auf dem Tisch neben dem Sofa gelegen hatte, steckte sie sich zur Sicherheit vorn in den Hosenbund. Es durfte keinesfalls nass werden, sie hatte vor, einige Sätze daraus zu zitieren. «Also los!»

Der Wind schob sie von hinten an. Wenn sie strammen Schritts marschierten, würden sie pünktlich zur Auszählung erscheinen. Bis dahin nutzte Anni die Gelegenheit, Paul von der Theaterprobe zu erzählen. Von dem, was dort geschehen war.

Dass die Schüler ganz unbewusst offenbart hatten, wie sie das Leben an der Schule empfanden.

«Es war fast wie beim Militär!»

«Obwohl sie Lu parodiert haben?»

«Oder gerade deswegen.» Anni schaute Paul von der Seite an. Der Nieselregen hatte sich in feinen Tropfen auf seine Wimpern gelegt. «Vielleicht machen wir es nicht viel anders als die konventionellen Pädagogen. Wir verpacken es nur etwas hübscher.»

«Das stimmt nicht. Als kleinem Jungen wurde mir jeder eigene Gedanke mit dem Rohrstock ausgetrieben. Erst als Erwachsener habe ich verstanden, dass ich mit meinen vermeintlich frechen Bemerkungen kein Problem darstellte, sondern dass das System von Grund auf krank und verrottet war.»

Anni kannte Pauls Geschichte, die Auflehnung gegen die Eltern, die Rebellion gegen die Lehrer, später das Engagement in der revolutionären Jugendbewegung. Es war ein langer Weg gewesen bis zu dieser Schule am Meer, an die sie beide glaubten. Umso schmerzhafter, sich eingestehen zu müssen, dass man zu zweifeln begann.

«Gib unserer Schule noch etwas Zeit, Anni. Irgendwann werden die Schüler von sich aus wollen, was gut für alle ist.» Paul legte den Arm um Annis Schulter und rief ihr in Erinnerung, was tatsächlich alles gut gewesen war in diesem Jahr. Das Haydn-Konzert im Sommer, bei dem sie das Cello-Solo nach viel Proberei recht gut auf die Saiten bekommen hatte. Die Schulwanderung mit der Mittelstufe durch die herbstbunte Eifel Anfang Oktober. Vor allem, dass Geld und Nerven ausgereicht hatten, ein neues Schulhaus zu bauen: die Arche, in deren Seitenflügel, neben den Zimmern für die Primaner, eine große Wohnung entstanden war. Mit zwei Kinderzimmern und einem eigenen Schlafraum für Paul und Anni, sodass die ewige Bettherumschieberei ein Ende gefunden hatte – und ein neues Leben seinen Anfang. Das war gut, oh ja, da hatte Paul recht.

Aus den Fenstern des Rathauses fiel flackerndes Licht auf die Straße. Einige Fahrräder standen vor dem Eingang. Paul hielt Anni die Tür auf, und gemeinsam traten sie in den Flur, von dem die verschiedenen Amtszimmer abgingen. An den Wänden hingen gerahmte Porträts der früheren Bürgermeister. Offensichtlich war es nicht einfach, eine Insel zu regieren, keiner hatte länger als zwei Jahre durchgehalten.

«Was führst du eigentlich im Schilde?», fragte Paul noch einmal. Auf eine Antwort musste er jedoch weiter warten.

Im Sitzungssaal, der tagsüber auch als Wahllokal gedient hatte, saßen fünf Männer vornübergebeugt am Tisch und waren damit beschäftigt, trotz der unzuverlässigen Deckenbeleuchtung die Stimmen auszuzählen. Gustav Wenniger war einer von ihnen. Niemand schaute auf, als Anni und Paul durch die Tür traten.

«Wie gut, wir kommen gerade richtig.» Anni gab sich keine Mühe, besonders leise zu sprechen. «… um den Anwesenden ein bisschen Nachhilfeunterricht in Sachen Demokratie zu erteilen.»

Der Kämmerer Oldewurtel, ein linkischer Bürokrat, der den Vorgang bewachte, kam empört auf sie zu. «Sie haben hier nichts zu suchen.»

Anni wusste Pauls Blick zu deuten. Er überlegte, ob es nicht vernünftiger wäre, auf dem Absatz kehrtzumachen. Ob man sich diese Leute unbedingt zum Feind machen müsse – wenn sie es nicht ohnehin längst waren. Doch Anni sah die Sache anders. Dies war zwar eine winzige Insel, die vom Rest des Landes gar nicht wahrgenommen wurde, von der also eigentlich keine Gefahr ausging. Und wenn man sich erfolgreich gegen die aufkommenden Rechten wehren wollte, so vermochte man dies sicherlich eher in Berlin oder durch flammende Aufsätze in bundesweit verbreiteten Schriften zu erreichen. Nicht jedoch in einem winzigen Rathaus, in dem noch nicht einmal das Deckenlicht zuverlässig funktionierte. Doch Anni ging es nicht um das große Weltgeschehen. Sie tat es für die Kinder. Ihre eigenen und die, die ihnen anvertraut worden waren. Sie sollten an einem Ort leben, an dem sie sich dazugehörig fühlen durften.

Anni machte einen entschlossenen Schritt nach vorn. «Offensichtlich wurden die Wahlbestimmungen nur mäßig gründlich studiert.» Sie wies mit dem Kopf Richtung Wenniger. «Kandidaten sind von der Auszählung unbedingt auszuschließen.»

«Verschwinden Sie!»

Anni holte in aller Seelenruhe das kleine Büchlein hervor, schlug es an der markierten Seite auf und zitierte den entsprechenden Paragraphen. Dann fügte sie noch hinzu: «Eigentlich müsste einem schon der gesunde Menschenverstand diktieren, dass so etwas nicht geht.»

«Herr Dr. Reiner, so bringen Sie doch Ihre Frau zur Vernunft!» Oldewurtel war ganz rot im Gesicht.

«Das tut nicht not», sagte Paul und warf Anni einen Blick zu, der sagte, dass er verstanden hatte, dass er mitmachte, dass sie Seite an Seite standen. «Meine Frau ist der vernünftigste Mensch, den ich kenne.»

Der Kämmerer drängte beide zurück in den Flur und schloss die Tür zum Sitzungssaal hinter sich. «Und wie sollen wir dann bis heute Abend fertig werden?», flüsterte er. «Sechzig Prozent Wahlbeteiligung! Und wir haben fünf verschiedene Listen.»

«Meine Frau und ich werden mithelfen.»

«Also …»

«Wir sind beide Lehrer an einer staatlich anerkannten Schule. Also vertrauenswürdige Personen.»

«Aber …»

«Ach ja, stimmt, meine Frau ist Jüdin. Aber die sind doch besonders geschickt mit Zahlen, oder nicht? Davon wollte Herr Wenniger uns jedenfalls gestern überzeugen. Anni unterrichtet sogar Mathematik.»

«Allerdings nur aushilfsweise. Und nur in den unteren Klassen», fügte Anni hinzu.

«Stell dein Licht nicht unter den Scheffel, meine Liebe. Es geht hier lediglich ums Zählen, bestenfalls reine Addition. Elementarschulniveau. Doch wenn wir nicht erwünscht sind …», Paul tat so, als wollte er das Rathaus verlassen, «… werden wir eben morgen beim Wahlamt vorstellig und fragen mal nach, wie sich das genau verhält mit den Gesetzen.»

Anni nickte. «Wäre schon lästig, wenn die ganze Prozedur wiederholt werden müsste.»

«Halt!» Der Kämmerer schwitzte. «Warten Sie bitte einen Moment.» Er verschwand im Sitzungssaal.

Paul grinste Anni an. «Deswegen der Gesetzestext neben dem Sofa.»

«Aufklärung ist die beste Methode, den reaktionären Rechtsbeugern das Maul zu stopfen.»

«Du weißt schon, dass du hin und wieder etwas oberlehrerhaft wirkst.» Er küsste sie auf den Mund.

Die Tür öffnete sich, und Gustav Wenniger trat mit grimmigem Blick heraus, zog die Jacke über und verließ wutschnaubend das Rathaus.

«Nun denn.» Oldewurtel bat sie in den Sitzungssaal.

Die anderen vier Zähler grüßten wenig begeistert, mit knappem Nicken. Einer fragte: «Aber wir müssen doch nicht noch mal von vorne beginnen, oder?»

«Ich fürchte, schon.» Anni zog die Regenjacke aus und krempelte die Ärmel hoch. «Also los!»

Sie entschieden sich für Zehnerstapel, die zur Kontrolle zweimal gezählt und dann neben die entsprechende Liste gelegt wurden.

«Warum gibt es auf Juist eigentlich keine Parteien?», fragte Anni, als sie ein gutes Stück geschafft hatten.

Der Kämmerer war irritiert. «Darüber habe ich noch nie nachgedacht.»

«Wer seine Meinung öffentlich macht, kriegt Ärger», antwortete einer der Auszähler. «Mit der Familie, mit den Bekannten und Kollegen.»

«Also versteckt man sich lieber hinter diesen Namenslisten?», fragte Anni.

Die Männer nickten.

«Aber warum steht dann nicht wenigstens bei Wenniger ganz deutlich: Nationalsozialist?», fragte Paul. «Er macht aus seinem Herzen ja keine Mördergrube.»

«Gustav mag ein Nazi sein. Die anderen auf seiner Liste sind es nicht. Jedenfalls nicht mit Parteibuch.»

Der Wahlzettelhaufen neben der Liste Dr. Hensells war schließlich der höchste. Anni wunderte das wenig, neben dem Inselarzt gehörten ihr einige andere angesehene Honoratioren an. Kluge Mitmenschen, die es gewohnt waren, Verantwortung zu tragen, Kapitäne und sogar ein Oberstleutnant a. D.

Es folgte die Liste der Hoteliers und Gastronomen, größtenteils anständige und ehrbare Leute, deren Augenmerk jedoch eher auf den touristischen Belangen lag, statt sich mit sozialen

Fragen zu beschäftigen. Wahrscheinlich hatten sie ihren zahlreichen, zumeist weiblichen Angestellten nahegelegt, das Kreuzchen an der entsprechenden Stelle zu machen. Freie Wahlen waren gewöhnungsbedürftig, vor allem für die Frauen, die anders als Anni eine Zeit ohne Stimmrecht kennengelernt hatten. Auch die Liste der selbständigen Arbeiter und Kaufleute konnte etliche Kreuzchen für sich verbuchen. Nur bei den Angestellten sah es ziemlich mau aus. Sie hatten noch weniger Wähler als Wennigers Truppe.

Anni, misstrauisch beäugt von den anderen, wurde auserkoren, die Verteilung der Gemeinderatssitze auszurechnen.

«Es gibt elf Sitze?», fragte sie.

Der Kämmerer nickte.

«Und insgesamt wurden 421 Stimmen vergeben.»

«Ganz ordentlich, was?», fand der Kämmerer.

«Was ist, wenn eine Liste mit 41 Stimmen nur einen Sitz erreichen konnte?»

«Dann geht der an den Mann, dessen Name ganz oben steht.»

Wenniger! Anni rechnete dreimal nach, das Ergebnis wurde nicht erfreulicher. Am liebsten hätte sie die Stimmzettel vom Tisch gefegt. Weshalb nur blieb Paul bei alldem so ruhig? War der Ausgang der Wahl ihm immer noch egal?

«Ich danke Ihnen allen», schloss Oldewurtel sichtlich erleichtert die Runde. Dann öffnete er die Tür zum Flur, wo sich bereits einige neugierige Insulaner versammelt hatten, und bat sie herein.

Auch Wenniger war unter ihnen, ganz vorne stand er, begleitet von Therese Gerken, die ihm aufmunternd über den Arm strich. Dass die beiden ein Paar waren, hatte sich schon bis ins Loog herumgesprochen. Die Sache mit dem Topf und dem Deckel, sie stimmte eben auch für Menschen, die man für wenig liebenswert hielt.

Der Kämmerer schob seine Brille auf die Nasenspitze. «Vorläufiges Endergebnis: vier Sitze für die Liste 22, Dr. Hensell, Kapitän Onnen …»

Die Ergebnisse überraschten wenig. Gewählt waren ein paar Altgediente, mit denen man gerechnet hatte, dazu ein, zwei Frischlinge, bei denen die Wahl dennoch absehbar gewesen war, weil sie entweder eine große Verwandtschaft auf der Insel hatten oder eine noch größere Firma.

«Die Liste 24 hat keinen Sitz für sich gewinnen können …» Da hörte man Therese Gerken schon jubeln. «Der letzte freie Sitz im Juister Gemeinderat geht demnach an die Liste 25, an Gustav Wenniger.»

Verhaltener Applaus sollte den Abend beschließen, doch Paul erhob sich und griff nach dem Büchlein, das Anni mitgebracht hatte. «Ich will ja nicht kleinlich sein, aber …», begann er.

Anni war hellwach. Pauls Finger fanden so schnell die passende Stelle, dass ihr klarwurde: Auch er hatte das Büchlein, dass die letzte Woche neben dem Sofa gelegen hatte, gründlich studiert. Nur war ihm anscheinend ein anderer Paragraph ins Auge gefallen.

«Was?», fragte der Kämmerer.

«Personen, die im Dienst der Gemeinde stehen, dürfen laut Wahlverordnung nicht …» Paul hob die Arme zu einer entschuldigenden Geste. Doch er lächelte dabei so breit, dass jeder wusste: Was er zu verkünden hatte, tat ihm alles andere als leid. «… Sie dürfen nicht Teil des Gemeinderates sein.»

«Was soll das heißen?», rief Wenniger.

Anni konnte einen Freudenschrei nicht unterdrücken.

«Du elender Paragraphenreiter!» Wennigers Gesicht war rot.

Paul half Anni in aller Seelenruhe in die Regenjacke. «Sagt der Mann, der unserer Schule in diesem Jahr über dreihundert Mark abgeknöpft hat, weil wir an den Nationalfeiertagen nicht die richtigen Flaggen gehisst haben.»

Einige Leute lachten. Wenniger hatte sich in seiner Funktion als Gemeindediener wohl noch andere Feinde gemacht.

«Ich … werde das überprüfen», stotterte Oldewurtel. «Falls stimmt, was Dr. Reiner sagt, wäre demnach Sigmar Hildebrand …»

Um das Gebäude zu verlassen, mussten Anni und Paul dicht an Wenniger vorbei. Dessen Augen waren Schießscharten. «Das wird euch leidtun», zischte er.

«Jetzt sind wir erst einmal voller Freude.»

Vor der Tür atmete Anni durch, als hätte sie die letzten zwei Stunden die Luft angehalten.

«Paul! Du bist großartig!» Sie fiel ihm um den Hals. «Und? Bereust du es, meine Einladung zu einem Spaziergang angenommen zu haben?»

«Keine Sekunde!» Zufrieden bot Paul ihr seinen Arm. «Wenn Sie mir dann erlauben wollen, Sie bei uns zu Hause auf ein Glas Wein einzuladen?»

«Da muss ich leider passen», antwortete Anni.

«Aber wir müssen doch auf das Wahlergebnis anstoßen.»

Sie hatte es sich eigentlich bis Weihnachten aufheben wollen. Doch nun hielt Anni es nicht mehr aus. Sie liebte ihren Mann. Sie liebte es, an seiner Seite durchs Leben zu gehen, mit ihm zu streiten. «Alkohol ist in der Schwangerschaft nicht zu empfehlen.»

«Schwangerschaft?»

Sie nickte. «Im Sommer.»

Jetzt fasste Paul sie an der Taille, hob sie hoch, wirbelte sie herum, einmal, zweimal, hundertmal. «Ein Inselkind! Wir werden ein Inselkind haben!»

Wie stark er war an diesem Tag.

~

Liebe neugierige Schwester, beginnt Moskito seinen Antwortbrief, nachdem er es nun schon drei Tage vor sich hergeschoben hat, Gundula für den Pullover und die Einladung zu danken.

Es gefällt mir gut in der Schule am Meer. Am liebsten mag ich Naturkunde, weil wir uns da mit den Fischen und Seepflanzen in unseren Aquarien beschäftigen. Über vierzig verschiedene Arten, die wir alle selbst gefangen haben. Schollen und Scharben, Krabben und Krebse, der dickste so groß wie ein Brotlaib. Wir haben ihn Schmeling genannt. Ich bin übrigens für das tägliche Salzwasserholen zuständig. Und wenn die Pumpen mal wieder ausfallen, müssen wir auch mal die Nacht im Biologieraum verbringen und mit der Hand pumpen. Du solltest meine Armmuskeln sehen! Algen wirken unter dem Vergrößerungsglas wie grüne Perlenketten und Sand wie rot glühende Kohlen. Meistens überziehen wir den Unterricht. Das ist aber in Ordnung.

Er taucht die Feder ins Tintenfass. Seine Hand tut jetzt schon weh. Aber ein bisschen was schreiben muss er noch. Sonst ist Gundula enttäuscht, wenn sie einen ganzen Pullover strickt und ihr kleiner Bruder nur ein paar Sätze aufs Blatt kriegt.

Draußen auf dem Hof spielen die anderen Hockey. Man hört sie jubeln und schimpfen. Theo schreit, hat wohl den Schläger vors Schienbein gekriegt. Es hört sich an, als trainiere er mal wieder für seinen großen Auftritt als Hexenmeister in der Szene, wenn er das Boot zertrümmert.

Moskito beugt sich über das Papier.

In Deutschkunde bei Anni, meiner Lehrerin, die ich duze und die auch die Kameradschaft der Wildgänse leitet, haben wir in den letzten Wochen ein Theaterstück geschrieben. Bei der Weihnachtsfeier ist Premiere.

Er hält kurz inne. Die Weihnachtsfeier! Lampenfieber hat Moskito keins – obwohl das kein Wunder wäre, weil er ganz allein für die Beleuchtung zuständig ist.

Schon braucht er ein zweites Blatt. Die Schrift ist nach unten hin ein bisschen größer und schiefer geworden.

Im November geht ein Korb rum, aus dem man einen Zettel ziehen muss. Und dem, von dem man den Namen gezogen hat, muss man etwas zu Weihnachten schenken. Wir bekommen nachmittags extra frei, damit wir in der Werkstatt daran arbeiten können. Aber ich habe dieses Jahr blöderweise ein Mädchen gezogen!

Wahrscheinlich bastelt er Marje eine Kupferschale. Vom Bau sind so viele Bleche übrig geblieben. Die schneidet man zu, walzt und klopft sie in die richtige Form, stanzt ein paar Sterne rein, fertig.

Helga wird leider von jemand anderem beschenkt. Vielleicht steckt Moskito ihr trotzdem eine Schokolade zu, wenn er sich traut. Am Tag seiner Abreise, dann kann es ihm egal sein, wenn sie sich darüber totlacht.

Der Brief ist nun lang genug geworden. Moskito teilt Gundula noch mit, dass die Abreise für den 18. Dezember geplant ist, weil an dem Tag das Schiff früh genug fährt, damit er noch den Zug nach Berlin bekommt. Und er fragt, ob er seinen besten Freund Volkmar mitbringen darf. Der müsste sonst als Einziger hierbleiben und ganz allein mit den Lehrerfamilien Weihnachten feiern. Zwar hat Moskito sich auf ein eigenes Zimmer gefreut, aber nachdem Volkmar den Geheimgeburtstag organisiert hat, steht Moskito irgendwie in seiner Schuld. Und vielleicht sagt Gundula auch nein.

Soll er ihr mitteilen, wie sehr er sich freut? Besser nicht, sonst hält sie ihn für einen, der an ihrem Rockzipfel hängen will. Aber eine Fotografie legt Moskito noch bei. *Meine Freundin und ich* schreibt er hintendrauf. Das Bild wurde im Sommer aufgenommen, als ein Fotograf angereist ist, um Bilder für die Werbeprospekte der Schule zu machen. Moskito hält die dicke Gans in die Kamera, sie scheint zu lächeln. Seine Schwester wird staunen. Nicht nur über Titicaca.

«Nein, es ist kein Pferd ausgerissen …» Eduard hob den Taktstock. «Ein langes O. Roos! Nicht Ross!»

Den Chorsängern war das offensichtlich egal. Ros oder Ross, sie wollten nur endlich mit dem Einsingen fertig sein und wieder zurück in den Speisesaal, wo am großen Kranz bereits die Kerzen brannten. Eduard summte die Töne. C, F, A, F. Sopran, Alt, Tenor, Bass. Er legte den Finger auf die Lippen. Piano bitte! Der Takt war schwierig anzuzählen, im Lied wechselten vier Viertel und drei Halbe, doch genau darin lag der Reiz. Er atmete mit dem Chor ein, hob beide Arme und zur Sicherheit noch die Augenbrauen dazu.

«Es ist ein Ros entsprungen, aus einer Wurzel zart …»

Im Bass sangen die Jungen mit Absicht Ross, entsprechend kicherten im Sopran die Mädchen. Und die Tenöre traten sich gegenseitig rhythmisch gegen die Schienbeine. Alles wie immer. Ein Haufen Strandflöhe eben. Nicht schön, aber authentisch. «Denkt beim Auftritt nachher an Schokolade, die süß auf der Zunge zergeht, genau so sollen sich die Töne anhören.»

Das Musikzimmer leerte sich in Windeseile. Eigentlich war Weihnachten die Zeit der Besinnung. Hier an der Schule bedeutete es das glatte Gegenteil. Ungeduld zuckte in allen Gliedern, sobald es aus Fräulein Keas Küche nach Zimt und Anis duftete. Dazu die Geheimniskrämerei um die Päckchen – wer beschenkte wen und womit?

Zwei Stunden mussten sie sich noch gedulden. Die diesjährige Weihnachtsfeier hatte ziemlich viele Programmpunkte. Zuerst sang der Chor, anschließend wurde das Theaterstück der Quarta aufgeführt, danach wagte sich Gregor an das *Bereite dich, Zion* aus dem Weihnachtsoratorium. Seine Stimme hatte im Frühling gekiekst, im Sommer gekrächzt und im Herbst endlich an Raum und Substanz gewonnen, und nun konnte er die Arie samtweich und voller Inbrunst singen. Davonlaufen würde Gregor auch nicht mehr, sein Selbstbewusstsein war parallel zur Stimme gewachsen.

Erst nach dem Solo würde die sehnsüchtig erwartete Bescherung stattfinden. Die Weihnachtsfeier galt zu Recht als einer der Höhepunkte im Schuljahr. Auch weil sich traditionell am Morgen danach die Schüler in die Winterferien aufmachten. Wenn alles gut ging. Noch fuhren die Schiffe. Doch in diesem Jahr wehte ein eisiger Ostwind, und zwar schon seit Tagen. Bei solchen Bedingungen tat die Fähre sich schwer, weil die Flut weniger hoch auflief und der Kiel manches Mal millimeterbreit über die Sandbänke im Watt rutschte. Dazu herrschte noch Nipptide, eine ungünstige Konstellation von Sonne und Mond, die denselben Effekt hatte. Seit gestern gingen die Telegramme zwischen den Fahrdienstleitern in Norddeich und der Schule hin und her. Die Kapitäne sahen nur geringe Chancen. Doch Lu behauptete wie immer, die Fähre werde am Morgen des vierten Advent genug Tiefgang haben, um abzulegen, und basta. Zumindest die Schüler ließen sich überzeugen, schließlich tat jeder das, was Lu sich in den Kopf gesetzt hatte, warum also nicht auch die Nordsee?

Eduard holte das Kostüm aus dem Schrank. Netterweise hatte die fleißige wie praktisch veranlagte Anni den roten Mantel aus luftigem Baumwoll-Trikot genäht, und man geriet darunter nicht allzu sehr ins Schwitzen. Der Wattebart, den er sich jetzt anlegte, war schließlich warm und kratzig genug. Wie jedes Jahr würde Eduard auch heute den Nikolaus mimen, der es endlich, nach langer Suche quer durch deutsche Lande, mit fast zwei Wochen Verspätung und einem Sack voller Geschenke auf die Insel Juist geschafft hatte.

Waldi begann zu knurren. «Ich bin's doch nur! Das Herrchen.» Waldi bellte. «Sei brav, sonst bastel ich dir einen Schlitten und lass dich den Geschenkesack ziehen.»

Erst als Waldi aufgeregt zur Tür rannte, bemerkte Eduard, dass jemand davorstand. Nicht Lu, der ihn zur Weihnachtsfeier abholen wollte, sondern zwei Uniformierte aus dem Dorf.

Eduard öffnete die Tür. «Ja, bitte?»

Die Männer schauten ihn erstaunt an. Wahrscheinlich hatten sie nicht erwartet, den Nikolaus anzutreffen. Einer der beiden war der Gemeindediener. Der andere, der wesentlich älter war und beim kurzen Lüften seiner Polizeimütze eine Glatze präsentierte, trug einen Aktenordner bei sich. Das waren keine guten Zeichen.

«Eduard Zuckmayer?», fragte der Aktenmann streng.

«Unter dem Bart, ja.»

«Mein Name ist Akkermann. Polizeikommissariat Aurich.» Er deutete auf den Mann neben sich. «Gustav Wenniger kennen Sie ja bereits.»

«Aha. Und was kann ich für Sie tun?»

Es fühlte sich an wie ein dummer Streich, den die Schüler vorbereitet hatten, um ihn zu foppen. Doch die Männer hielten ihm amtliche Ausweise unter die Nase, die nicht nach Scherzartikeln aussahen.

«Nehmen Sie endlich diesen lächerlichen Bart ab!», befahl Wenniger.

Eduard folgte der Aufforderung fast mechanisch. «Was soll ich denn verbrochen haben?»

«Lassen Sie uns eintreten.»

Er hätte mutig sein müssen. *Ich denke nicht daran*, hätte er sagen können. Oder: *Ein solches Vorgehen verbitte ich mir.* Doch Eduard war höchstens mal streng mit Waldi, und das eigentlich auch viel zu selten. Zudem verfügte er über ein reines Gewissen, hatte also nichts zu befürchten. Dennoch, in dem Moment, als die beiden Uniformierten mit ihren schmutzigen Stiefeln über seine blankgewienerten Bodendielen trampelten, wusste er, es war ein Fehler gewesen, allzu freundlich zu sein.

«Ich habe den Herrn Kommissar aus Aurich rufen lassen, da uns zu Ohren gekommen ist, ein Schüler sei Opfer von Unzucht geworden», sagte Wenniger.

«Wirklich?» Davon hatte Eduard nichts gehört. Und selbst wenn, er würde es niemals glauben. «Wer, um Himmels willen?»

«Gregor Bernhard.»

Eduard war baff. «Mein Schüler?»

«Deswegen haben wir an Ihre Tür geklopft.»

Eduard war schnell darin, Melodien zu erfassen. Er durchschaute Harmonien mit einem Wimpernschlag und erklomm jeden Notenberg im ersten Anlauf. Doch wenn es um zwischenmenschliche Abgründe ging, war er taub, blind und ziemlich lahm. «Sie verdächtigen mich?»

«Unsere Zeugin hat ausgesagt …»

«Ihre Zeugin?»

«Eine Person, die täglich in dieser Anstalt ein und aus geht. Wir haben keinen Grund, ihr zu misstrauen.»

«Und was behauptet sie?»

«Der besagte Schüler werde regelmäßig in Ihr Privatgemach gerufen …»

«Ich habe überhaupt kein Privatgemach. Hier wohne ich. Der Raum hat sechs Fenster und keine Vorhänge, jeder kann hereinschauen. Sehen Sie sich nur um.»

Das taten sie. Begafften seine Familienbilder, sein Bücherregal, das Metronom, die Partituren, die Notenpulte, sogar den Klavierdeckel klappten sie auf und spähten hinein, als wäre darin Platz für Ungeheuerliches.

«Und wohin führt diese Tür?», fragte Gustav Wenniger.

«Wie jeder zivilisierte Mensch habe ich natürlich auch ein Bett, ein Waschbecken und ein Klosett.»

Die Eindringlinge nickten sich vielsagend zu.

Mit Erleichterung bemerkte Eduard bei einem Blick aus dem Fenster, dass Lu unterwegs war, ihn zu holen. Eilig trat er zum Eingang und hielt seinem Kollegen die Tür auf. «Du musst mir zur Seite stehen, Lu.»

Lu ließ sich über die Vorwürfe aufklären, und entgegen Eduards Vermutung blieb er ruhig und gelassen. «Eine uralte Geschichte, und ja, leider die schreckliche Erfahrung eines unserer Schüler. Mit der Herr Zuckmayer aber nichts zu tun hat.» Er räusperte sich. «Kann es sein, dass Sie, Herr Wenniger, sich so engagieren, weil der Kollege Dr. Reiner Ihnen neulich die Ratsmitgliedschaft verhagelt hat?»

Der Gemeindediener verzog keine Miene. «Der Vorwurf ist aktuell. Unsere Zeugin hat erst am Samstag vor dem zweiten Advent davon erfahren.»

«Das heißt doch überhaupt nichts», sagte Lu. «Wenn Sie gestatten, werde ich Gregor holen, damit er die Sache aufklärt.»

«Nein, mach das bitte nicht», sagte Eduard.

Wenniger grinste. «Na also, der Musikus scheint doch etwas verbergen zu wollen.»

«Will ich nicht. Doch Gregor Bernhard ist ein sensibler junger Mann. Es hat Monate gedauert, bis ich sein Vertrauen aufgebaut habe. Vertrauen zu mir, aber vor allem zu sich selbst. Denn Singen ist der unmittelbarste Zugang in unser Seelenleben.»

«Den Eersten sien Dod, den Tweeten sien Not, den Drütten sien Brod», zitierte der Polizist auf Plattdeutsch. Als Eduard und Lu ihn verständnislos anstarrten, übersetzte er: «Man muss nur lange genug dranbleiben, dann kommt man auch ans Ziel.»

Lu wartete nicht länger eine Erlaubnis ab, sondern stürzte kopfschüttelnd aus dem Musikzimmer und eilte über die Straße.

Wenniger und Akkermann hefteten ihre Blicke auf Eduard und rührten sich nicht von der Stelle.

«Meine Herren, ich werde jetzt ganz bestimmt nicht Reißaus nehmen», erklärte Eduard. «Die nächste Fähre geht, wenn überhaupt, erst morgen früh. Bis dahin hätten Sie mich längst geschnappt. Besonders, wenn ich diesen roten Mantel trage.»

Es sollte ein Scherz sein, ein lockerer Spruch, der die Situation ein wenig entspannte. Sein Bruder Carl wäre damit durchgekommen, da zuckten alle nur mal kurz zusammen und lachten schließlich gemeinsam über die Frechheiten, die der große Dichter sich rausnahm. Doch Eduard war die Gabe der Ironie nicht vergönnt. Vielmehr schien sich das im Raum stehende Misstrauen weiter verschlimmert zu haben.

Dass Eduard plötzlich Erinnerungen in den Kopf kamen, machte es nicht eben besser. Damals, als Gregor den Auftritt beim Bootsschuppen geschwänzt hatte, waren sie da nicht vorher beide hier in diesem Zimmer gewesen? Und aus irgendeinem Grund hatte Eduard damals kein Hemd getragen. Eine merkwürdige Situation, die schon länger als ein Jahr zurücklag. Ob der Junge etwas falsch verstanden hatte? Bei der Stimmbildung kam es ja tatsächlich immer wieder zu Körperkontakt. Das war völlig normal. Der Lehrer musste die Atmung kontrollieren, musste tasten, ob der Brustkorb die optimale Weite besaß und das Zwerchfell die nötige Stütze. Man arbeitete mit Bildern: Stell dir vor, die Atemsäule verläuft von der Nase bis zur Lende, entwickle den Ton aus deinem Unterleib heraus, solche Dinge sagte man eben. Hatte Gregor sich belästigt gefühlt durch zu viel Nähe? Schon der Gedanke war furchtbar. Unerträglich, dass der Junge gleich über solche Dinge Auskunft geben musste, vielleicht ausstaffiert bis ins letzte Detail.

«Schon seltsam, wenn ein Mann in Ihrem Alter noch unverheiratet ist», sagte Wenniger wie nebenbei. «Und weshalb, frage ich mich, quittiert ein begnadeter Musiker seine Karriere, um ausgerechnet Lehrer zu werden? Auf einer abgeschiedenen Insel?»

Das alles ließ ihn tatsächlich verdächtig erscheinen, das musste Eduard ihnen zugestehen. Er holte schon Luft, um sich zu rechtfertigen, atmete dann aber wieder aus, ohne ein Wort gesagt zu haben, weil er sonst über Frankreich hätte sprechen müssen, über die Granate, über das Lazarett, über die Schmerzen, die Verzweiflung und die Einsamkeit, die ihn zu dem Mann hatte werden lassen, der er jetzt war. Und das schaffte er nicht.

Lu und Gregor traten ohne anzuklopfen ein. Eduard hatte erwartet, dass der Junge mit gekrümmtem Rücken zu Boden blickte, wie er es häufig tat. Doch Gregor ging aufrecht, reichte den beiden Männern die Hand und schaute ihnen dabei ins Gesicht.

«Hat Herr Luserke dir erzählt, worum es geht?», kam der Polizist zur Sache.

Gregor nickte. «Er hat es zumindest angedeutet.»

«Und hat er dir vielleicht auch schon gesagt, wie du antworten sollst?», mischte Wenniger sich ein. «Immerhin ist er dein Schuldirektor.»

«Nein, dafür wäre auch gar keine Zeit gewesen.»

Der Polizist nickte. «Name? Alter? Und so weiter.»

«Gregor Bernhard. Ich bin siebzehn. Meine Eltern wohnen in München, mein Vater ist dort Bankier, meine Mutter Sängerin. Seit April 1925 lebe ich hier in der Schule am Meer, und im nächsten Winter werde ich mein Abitur machen.»

Akkermann schien beeindruckt von diesem aufgeräumten jungen Mann. Eduards Schüler war groß geworden, kräftig, die Haut weniger glatt. Zu welcher Reife Gregor sich innerlich entwickelt hatte, bemerkte Eduard erst jetzt. Und ganz gleich, was der Junge nun erzählen würde, Eduard war jetzt schon stolz auf ihn.

«Stimmt es, dass du, nun ja …» Akkermann räusperte sich. «Dass dich ein Lehrer unsittlich berührt hat? Und geküsst?»

«Ja, das stimmt», sagte Gregor und hielt dem Blick des Verhörenden stand.

Wenniger zog einen Mundwinkel nach oben. «Na also.»

«Aber es war nicht der Zuck», sagte Gregor.

«Ach. Sondern?»

«Wyneken.» Als der Polizist daraufhin in seinen Dokumenten blätterte, ergänzte er: «Den können Sie dadrin nicht finden, Herr Wyneken war der Direktor meiner alten Schule. In Wickersdorf.»

Akkermann runzelte die Stirn. «Das ist demnach schon … ein paar Jahre her.»

Gregor nickte. «Als es rausgekommen ist, haben sich einige Lehrer gegen ihren Direktor gestellt.»

«Ich will mich ja nicht einmischen», erklärte Lu und tat genau das: «Aber nur fürs Protokoll: Dies waren die Herren Aeschlimann, Hafner, Reiner und meine Wenigkeit. Nebst unseren Gattinnen. Als unsere Bemühungen leider nicht zu Wynekens endgültiger Entlassung führten, haben wir allesamt gekündigt und stattdessen diese Schule hier gegründet.»

«Soso.» Akkermann sah Wenniger verunsichert an.

«Die meisten der betroffenen Schüler sind mit uns auf die Insel gekommen. Es liegt also nahe, dass wir bei der Auswahl unserer Lehrkräfte besonders sensibel sind, was diese Thematik anbelangt.»

Akkermann holte tief Luft. «Herr Luserke, ich bin weder Ihr Schüler, noch führe ich ein Protokoll, für das Sie mir die nötigen Informationen diktieren müssen. Also halten Sie bitte auf gut Deutsch die Klappe, oder ich schicke Sie vor die Tür.»

Es war kaum zu übersehen, wie schwer es Lu fiel, dem Folge zu leisten. «Selbstverständlich.»

Der Polizist wandte sich wieder an Gregor. «Aber dann erkläre mir doch bitte einmal, was genau passiert ist, wenn Herr Zuckmayer dich hier ins Musikzimmer bestellt hat.»

«Das mache ich gern.» Gregor lächelte. «Denn ich bin dem Zuck sehr dankbar. Er hat da was in mir, wie soll ich sagen …» Gregor kaute kurz auf seiner Unterlippe. Das kannte Eduard schon, eine Angewohnheit des Jungen, wenn er beim nächsten Einsatz unbedingt den richtigen Ton treffen wollte. «Ich glaube, der Zuck hat was in mir wiedergefunden, das durch die ganzen schlimmen Sachen verschüttet gewesen ist. Vor dem Gesangsunterricht wollte ich nichts mit mir zu tun haben. Mit meinem Körper. Als wenn der gar nicht mehr da gewesen wäre, wie abgeschnitten vom Kopf. Denken ging. Fühlen nicht.» Zum ersten Mal wirkte Gregor etwas unsicher. «Verstehen Sie, was ich meine?»

Akkermann nickte kaum merklich. «Sprich weiter.»

«Zuck hat mich was ausprobieren lassen. Atemtechnik und Rückenhaltung, die Arme ausstrecken, als wolle man einen Apfel vom Baum pflücken, die Knie anwinkeln. Fast wie Gymnastik, nur eben, dass ich dabei in mich hineinhören sollte. Bis ich wieder was gespürt habe.» Gregor schluckte. «Ich hab nie darüber gesprochen. Und ohne den Zuck wäre das auch jetzt noch nicht möglich.»

Gregor suchte Eduards Blick. Dieser nickte seinem Schüler zu. Ein Ton, nein, eine ganze Melodie, erklang unhörbar für die anderen, aber sie beide stimmten ein und sangen gemeinsam. Dafür, genau dafür hatte der liebe Gott die Musik erfunden.

Keine fünf Minuten später hatten sich Akkermann und Wenniger ohne viel Aufhebens verabschiedet.

«Können wir jetzt endlich zum Fest?», fragte Gregor mit einer Gelassenheit, als wäre es eben lediglich um die Musikauswahl für einen Sonntagnachmittag gegangen. «Die anderen warten bestimmt schon ungeduldig auf ihren Plätzen.»

Das taten sie natürlich nicht, dazu waren die Nerven viel zu angespannt. Die Kleinen spielten zwischen Tischen und Stühlen Fangen, die etwas Älteren versuchten entsprechend, ihre Theaterkulissen vor der Zerstörung zu bewahren. Die Großen strengten sich an, möglichst unsentimental zu gucken, und die Erwachsenen pendelten zwischen nostalgischer Ergriffenheit und Alarmbereitschaft hin und her, damit in all dem Durcheinander nicht doch etwas passierte. Über allen hing der prächtige Weihnachtskranz, aus Inselkieferzweigen geflochten, mit vier großen Kerzen bestückt, die schon beinahe heruntergebrannt waren. Süße Neujahrskuchen, von Fräulein Kea nach altem ostfriesischem Brauch gebacken, lagen auf silbernen Servierplatten bereit, daneben Haselnüsse und Mandeln, Äpfel aus eigener Ernte. Frau Hochschild hatte Dominosteine aus Frankfurt geschickt, die besonders bewacht werden mussten.

«Seien Sie ihnen nicht böse», bat Gregor beim Eintreten. Und als Eduard ihn verständnislos anschaute, ergänzte er: «Den Küchenmädchen. Gesa und Helga. Ich bin mir sicher, das Gerücht kommt von ihnen.»

«Warum?»

«Na, wochenlang schmachten sie mich an, aber seit dem zweiten Advent ducken sie sich weg, sobald ich auftauche.» Gregor hob die Schultern. «Sie meinten es sicher nicht böse.»

Um Punkt vier Uhr stellten sich Paul und Lu auf die zur Bühne umgebauten Tische und hielten ihre Weihnachtsansprache.

Trotz garstiger Erkältungswellen, monatelangem Baustellenchaos inklusive Jauche-Überschwemmung in den neuen Toiletten und der nach wie vor klammen Finanzsituation zog

Lu – wie es seine Art war – für 1927 eine positive Bilanz. Die Familie Aeschlimann hatte im Frühling ein goldiges, quietschfideles Töchterchen bekommen, und seit dem Sommer war die neue Arche bezugsfertig, sodass man sich trotz der neuen Schülerinnen und Schüler nicht auf die Füße trat. Sie hatten sich viel gestritten in diesem Jahr und wieder vertragen, Erfolge gefeiert und Rückschläge einstecken müssen, manche Blumen im Garten waren eingegangen, und andere hatten geblüht, das Orchester hatte schräge Töne gespielt und wohlklingende. «Kein goldenes Jahr», schloss Lu. «Kein silbernes, aber mindestens bronzen.»

«Das sehe ich anders», rief Paul, der in seinem Teil der Rede die politischen Geschehnisse im Land hatte abhandeln sollen. «Für mich war es sogar diamanten!»

«Aber was ist mit dem schwarzen Börsenfreitag», widersprach Lu. «Und mit den Straßenschlachten in Berlin?»

«Darüber sprechen wir im Januar. Ich habe euch nämlich noch nicht erzählt, dass Anni und ich ein Kind erwarten. Und das macht dieses Jahr für uns besonders wertvoll!»

Jubeln und Klatschen war die Antwort auf die freudige Nachricht. Und irgendwann gelang es Eduard tatsächlich, aus dem Chaos heraus den Chor erschallen zu lassen. *Es ist ein Ros entsprungen.* Mit langem O.

~

Wenn man woanders wohnt, ist es einem egal, woher der Wind weht. Es macht keinen Unterschied. Hier auf Juist schon. Wenn er aus dem Osten kommt, mehr als Stärke fünf hat, es dazu noch lausig kalt ist, dann bedeutet das: Nichts geht mehr. Oder, wie sie am letzten Schultag dieses Jahres bei

Aeschli in Vorbereitung auf die Abreise gelernt haben: Rien ne va plus.

Das Wattenmeer sieht aus, als habe jemand den Stöpsel gezogen und das ganze Wasser abgelassen. Der hellblaue Himmel spiegelt sich auf den vereisten Sandbänken. Sogar die Luft ist trocken. Und der Atem, der an diesem Morgen beim Gähnen aus Moskitos Mund kommt, wird zur Wolke.

«Packt trotzdem eure Koffer», sagt Paul, der alle um fünf Uhr im Innenhof zusammengetrommelt hat, um die neuesten Nachrichten kundzutun. «Die Reederei hat per Telegramm mitgeteilt, dass sie es über den Kalfamer probieren wollen.»

«Das heißt, wir müssen mit unserem Zeug bis ganz in den Osten der Insel latschen?», fragt Volkmar.

«Karl Saathoff bringt das Gepäck mit der Kutsche. Aber laufen müsst ihr schon selbst.» Seit er weiß, dass er wieder Vater wird, ist Paul wie ausgewechselt. Vorher war er oft schlecht gelaunt, jetzt steht er da in seinem Norwegerpullover, mit dickem rotem Schal und Schiebermütze und macht den Schülern Mut, dass es nur eine Kleinigkeit ist, in der Dunkelheit zum Kalfamer zu wandern. Dabei ist das Ostende der Insel mehr als zehn Kilometer entfernt, und das letzte Stück führt durch unebenes Dünengelände. Man braucht mindestens zwei Stunden, bei Gegenwind noch länger.

«Zwischen Juist und Norderney verläuft das Seegatt, da hat die Fähre auf jeden Fall genügend Tiefgang, um uns zum Festland zu bringen. Ihr müsstet nur über einen Steg …»

Moskito ist es egal, ob er im Dezember übers Meer balancieren muss. Auch der lange Weg schreckt ihn nicht. Er will nur weg. Zu seiner Schwester. Besonders nach dem, was gestern auf der Weihnachtsfeier passiert ist.

«Geht in den Speiseraum, wenn ihr fertig gepackt habt», sagt

Paul. «Fräulein Kea hat bereits alles hergerichtet. Schmiert euch genügend Brote und füllt heißen Tee in eure Isolierkannen. Spätestens um halb sieben brechen wir auf.»

Alles strömt auseinander. Moskito und Volkmar gehen aufs Zimmer. Moskitos Sachen liegen bereits im Koffer. Das Mitbringsel ganz obenauf. Es erinnert ihn schmerzlich an den vergangenen Abend, und er würde am liebsten im Boden versinken.

Vielleicht hätte er sich doch was anderes einfallen lassen sollen, weil fast alle dieses Jahr Kupferschalen verschenkt haben. Aber er ist nun mal kein Bastelkönig. Er wollte es sich einfach machen und gleich zwei Fliegen mit einer Klappe schlagen. Also hat er zwei Bleche bearbeitet: eins für Marje, mit Sternen drauf, und eins für Gundula und ihren Johann, die haben Herzen gekriegt, weil sie sich ja an Weihnachten verloben. Das Ergebnis war akzeptabel. Es war jedoch nicht besonders schlau, aus lauter Bequemlichkeit für beide dasselbe Geschenkpapier zu benutzen. Wenigstens eine andersfarbige Schleife hätte er nehmen sollen. Aber wie meistens war er mit seinen Gedanken woanders gewesen. Bei Helga, um genau zu sein. Erst als Marje das Geschenk ausgepackt hat und alle gejohlt und «Oh, là, là» gerufen haben, wurde Moskito klar, dass zu viel Lässigkeit nicht gut ist. «Lauter Herzchen! Der Moskito hat der Marje eine Liebesschale geschenkt!»

Das war schon schlimm genug, aber als Marje ihm dann die Humintas mit Rosinen überreicht hat, nach dem höchstpersönlichen Originalrezept seiner Köchin in Potosí, per Telegramm übermittelt, mit Keas Hilfe nachgekocht, mit Maismehl, das ihr ein Bauer aus Marienhafe geschickt hat … Das war zu viel. «Ei, ei, ei, was seh ich da, ein verliebtes Ehepaar!»

Moskito hat plötzliche Halsschmerzen vorgetäuscht – und

Abflug ins Zimmer, wo er aus Verzweiflung beim Kofferpacken Marjes Weihnachtsgeschenk komplett verputzt hat und ihm schlecht war, nicht wegen der Humintas, wirklich nicht, die waren ziemlich gut. Bloß weg hier. Bis Mitte Januar, wenn die Schule wieder losgeht, ist die Peinlichkeit hoffentlich vergessen.

Wie die Pinguine sehen sie aus, als sie in Zweierreihen in Richtung Osten laufen. Dick eingewickelt in ihre Wintermäntel, zwischen Mütze und Schal nur ein schmaler Schlitz. Die meisten sind noch immer nicht richtig wach, keiner redet.

«Nicht trödeln, die Fähre legt auf jeden Fall pünktlich ab», ruft Paul, der sie anführt.

Alle stolpern brav voran durch die Dunkelheit, die Großen haben Laternen dabei und flankieren die Gruppe. Das Dorf liegt schon eine Weile hinter ihnen, die ungepflasterte Straße wird gleich aufhören. Das bedeutet, sie haben erst die Hälfte der Strecke geschafft. Es ist acht Uhr. Immerhin geht bald die Sonne auf.

«Und deine Schwester weiß wirklich Bescheid, dass ich mitkomme?», vergewissert sich Volkmar erneut.

«Ja, als sie mir die Fahrkarten geschickt hat, stand in dem Brief dazu ausdrücklich, dass sie sich freut, dich kennenzulernen.»

Moskito erwartet einen von Volkmars üblichen Sprüchen, dass die hübsche Schwester allen Grund hat, sich auf ihn zu freuen, und dass ihr Verlobter gleich die weiße Fahne schwenken wird, wenn er sieht, was für einen unwiderstehlichen Frauenschwarm er sich da ins Haus eingeladen hat. Doch Volkmar gibt sich erstaunlich wortkarg. Erst nach einigen Minuten fragt er: «Und wie feiert ihr Weihnachten so?»

Moskito zuckt mit den Schultern. «Keine Ahnung, wie meine Schwester das jetzt in Potsdam macht. In Bolivien haben wir Heiligabend immer ein besonders gutes Essen für die Arbeiter kochen lassen und dann mit allen gesungen. Das waren ja Eingeborene, aber *O Tannenbaum* konnten sie.»

«Und eure Familie?»

«Wie, meine Familie?»

«Habt ihr dann auch noch nur so für euch zusammen gesessen?»

Moskito muss überlegen. An das Fest mit den Minenarbeitern kann er sich gut erinnern. Aber was hinterher war? Die Mutter, der Vater, die Schwester – er hat keine Ahnung, ob sie einen Weihnachtskranz in der Stube hängen hatten. Wahrscheinlich nicht, in Bolivien wachsen keine Tannen. «Ich glaube, wir haben dann in unserem Haus noch Süßigkeiten bekommen. Und Geschenke natürlich.»

«Du *glaubst*?»

«Ist lange her. Drei Jahre. Seitdem ist viel passiert.»

Volkmar nickt nur. Moskito überlegt, ob er ihn fragen soll, wie bei ihm Weihnachten gefeiert wurde, bevor er an die Schule am Meer gekommen ist. Doch je länger Moskito seinen Zimmerkameraden kennt, desto schwerer fällt es ihm, ihn auf seine Familie anzusprechen. Oder auf das, was davon übrig ist. Also bleibt er vorsichtig: «Gab es bei euch auch Süßigkeiten?»

«Aber ja. Bergeweise Schokolade, Marzipan, Lebkuchen. Und dazu für die Erwachsenen Champagner, Kaviar und fette Zigarren aus Kuba. Die Geschenke stapelten sich bis an die Decke. Ich hab am meisten gekriegt.»

Wer's glaubt … Eigentlich ist es sowieso viel zu kalt zum Reden. Der Ostwind friert einem das Gesicht ein und beißt in der Nase. Der Himmel verfärbt sich rosarot, und Möwen malen Muster ins erste Licht des Tages. Doch niemand gerät darüber ins Schwärmen, alle streben nur der Morgenröte entgegen und hoffen, dass sich die Dünenkette bald lichtet. Denn dann beginnt der Kalfamer, die Sandbank am Ende der Insel, von der Otto Leege prophezeit, sie wird in hundert Jahren bewachsen und somit ein Teil von Juist sein.

Moskito kneift die Augen zusammen und guckt, ob sich was getan hat, aber der Kalfamer ist flach wie eh und je und öder als jede Wüste.

Als Moskito schon fast denkt, er schafft keinen Meter mehr, werden im Dunst, der das Ende der Sandbank einhüllt, die Umrisse der Frisia sichtbar. Wie ein gestrandeter Walfisch liegt der Kahn im Watt. Die Kutsche von Karl Saathoff steht auch schon parat, die Gäule müssen zum Kalfamer galoppiert sein. Einige Matrosen werfen die Koffer an Bord. Der Kapitän tutet, als er die Schüler kommen sieht, und plötzlich geht es eben doch, plötzlich ist wieder Kraft da zum Rennen und zum Jubeln.

«Runter von der Insel! Endlich!»

Untertertia

Juni 1928

Nein, Waldi!» Die Hündin legte den Kopf so schräg, dass ein Schlappohr die Fliesen berührte. «Du bleibst draußen!» Zwei große schwarze Dackelaugen starrten Eduard flehend an. «Das hier ist eine Krankenstation, da haben Tiere nichts zu suchen.»

«Gar nicht wahr, denk an Titicaca», sagte Moskito, der laut der Liste, die Eduard zu überprüfen hatte, als Nächster an der Reihe war. Draußen warteten noch Anni und ihre Töchter. Eduard selbst war als Letzter dran. Wenn man Zuckmayer hieß, war das häufig der Fall. Ihm war schon jetzt flau im Magen.

«Aber die Gans war seinerzeit schwer verletzt und Doktor Hensell nicht anwesend. Der Inselarzt wird im Gegensatz zu Frau Hafner wenig begeistert sein, wenn wir ein Tier zum Kontrolltermin anschleppen. Strenge Hygienevorschriften.» Waldi sprang nun an Moskitos Bein hoch und schaute dabei zu Eduard hinüber, als wollte sie sagen, wenn du meinem Bitten und Betteln nicht folgst, dann suche ich mir eben ein anderes Herrchen.

«Geh mit dem Korff spielen.» Eduard nahm das Stöckchen, das für Notfälle stets in der Tasche seines Jacketts steckte, trat einen Schritt vor die Tür und schleuderte es weit in die Dünen. «Auf! Fang!»

Waldi sah ihn enttäuscht, beinahe beleidigt an, wandte sich

dann aber trotzdem um und trottete lustlos dem Stöckchen hinterher. Wer behauptete, Tiere hätten keine Emotionen, war ein kaltherziger Lügner.

«Ich könnte mit der Waldi spielen», bot Moskito an, dem schon an der Nasenspitze abzulesen war, dass er sich lediglich vor der Untersuchung drücken wollte.

Da ging es Eduard nicht anders. Seit der Zeit im Lazarett hatte er eine derartige Abneigung gegen alles Klinische, dass er fast zehn Jahre keinem Mediziner mehr gegenübergetreten war und auch jetzt am liebsten auf dem Absatz kehrtgemacht hätte. Dabei ging es bei den Erwachsenen lediglich um Routine, Wiegen und Blutdruckmessen beispielsweise, während den Kindern die Auffrischung der vorgeschriebenen Pockenimpfung bevorstand. «Bitte, Zuck, ich könnte mit Waldi Pfötchen geben üben!»

«Kommt nicht in Frage. Doktor Hensell überprüft später meine Liste. Wenn hinter deinem Namen kein Häkchen ist, müssen wir dich zur Fahndung ausschreiben.» Eduard zwinkerte dem Jungen zu. «Außerdem wird Waldi niemals Pfötchen geben. Dazu ist sie viel zu stur.»

Als Theo aus dem Krankenzimmer in den Flur trat, versuchte er, sich tapfer zu geben, sah aber eher jämmerlich aus.

«War es schlimm?», fragte Moskito.

Theo machte eine Geste, die zwischen halb so wild und Höllenqualen alles bedeuten konnte.

«Maximilian Mücke?», rief Doktor Hensell durch die halbgeöffnete Tür.

Moskito wurde blass, und Eduard schob ihn ein wenig von hinten an. «Du wirst es überleben.»

Lautstark berichtete Theo jetzt, wie riesig die Impfpistole gewesen sei. «Größer als die Luger 08 meines Vaters!»

Moskito war inzwischen weiß wie der Kittel des Mannes, der im Türrahmen auftauchte.

«Na los, junger Herr, wir haben nicht ewig Zeit.»

Zum Glück fand die diesjährige amtsärztliche Untersuchung im Frühsommer statt. Draußen schien die Sonne, die Luft war mild, der Wind freundlich. Das Schönwetterkonzert der Möwen, Enten und Schwalben wirkte sich positiv auf die allgemeine Gesundheit aus. Bis vor einem Monat hatten noch Erkältungen grassiert, Mandelentzündungen und Läuse. Da hätte Doktor Hensell der Schule ein erschreckendes Zeugnis ausstellen und dies zudem bei der Hannoveraner Behörde abliefern müssen. Jetzt im Juni waren nur ein angeknackster Primaner-Fuß, ein entzündeter Hilfslehrerinnendaumen und der Heuschnupfen des Tischlergesellen zu beklagen. Ansonsten waren alle quietschfidel.

Bis auf Anni vielleicht, deren kugelrunder Leib ihr sichtlich zu schaffen machte. Sie kam zur Tür herein, die größeren Mädchen an der Hand, die Kleine am Rockzipfel. Eduards faszinierter Blick blieb nicht unbemerkt.

«Tja.» Sie schaute an sich herunter. «Ich weiß überhaupt nicht mehr, wie ich schlafen soll. Auf dem Rücken drückt es, auf der Seite zieht es, auf dem Bauch kippe ich von links nach rechts. Kein Wunder, dass meine Augen geschwollen sind. Dick wie Rettungsringe, so kommt es mir vor.»

«Oje», sagte Eduard vorsichtig. Er wollte Anni nicht das Gefühl geben, unförmig zu sein, auch wenn sie es vielleicht war. Aber was verstand er schon von diesen Frauensachen? «Wann ist es denn so weit?»

«Vorgestern», antwortete Anni. «Aber die drei hier haben sich damals auch Zeit gelassen.»

«Mama, warum müssen wir eine Spritze kriegen und du

nicht?», fragte Renate, die für ihre elf Jahre recht aufmüpfig war.

Anni strich sich über den prallen Bauch. «Schwangere dürfen nicht geimpft werden.»

«Ich will auch schwanger sein», verkündete die kleine Ruth und sorgte für heiteres Gelächter.

Draußen krachten plötzlich Schüsse. Waidmannsheil! Das war für Eduard das Allerschlimmste. Kein Klarinettenanfänger, kein Kreidestrich auf der Tafel vermochte es, ihn akustisch dermaßen zu quälen. Der Knall, mit dem eine Kugel aus dem Lauf abgefeuert wurde, war das einzige Geräusch, dem man nichts Musikalisches abgewinnen konnte. Es war weder hoch noch tief, ließ sich keiner Note zuordnen, erst recht keinem Akkord, es war einfach nur kalt, metallisch und irrsinnig laut. Eduard hätte sich gern die Ohren zugehalten, aber wie sähe das aus, vor den Mädchen? Die schauten ihn schon jetzt neugierig an. Vielleicht bemerkten sie die Schweißperlen auf seiner Stirn.

«Ist alles in Ordnung?», fragte Anni.

Eduard nickte.

«Das muss dir nicht peinlich sein. Paul zuckt heute auch immer wieder zusammen.»

«Wir sollten uns beschweren. Die Jäger kommen viel zu dicht ans Haus.»

«Kannst ja dem freundlichen Gemeindediener Bescheid geben.» Sie lächelte bitter.

«Wenniger? Der winkt die Grünröcke noch näher heran.»

Moskito kam aus dem Arztzimmer und hielt sich den Oberarm.

«War's schlimm?», fragte Anni.

Moskito nickte. «Aber ich hab einen sportlichen Körperbau, hat der Arzt gesagt. Kein unnötiges Gramm Fett mehr.»

«Das kommt vom fleißigen Seewasserschleppen.» Anni klopfte ihrem Schüler anerkennend auf die Schulter.

Ein lautes Bellen, das musste der Korff sein. Gefolgt von Waldis Kläffen, das jedoch deutlich leiser war. Dann fiel ein weiterer Schuss.

«Darf ich jetzt mit den Hunden spielen?», fragte Moskito. «Ich hab mein Zimmer schon geputzt.»

«Denk dran, wir wollen heute noch an der neuen Kameradschaftsflagge für die Wildgänse arbeiten», erinnerte ihn Anni. «Da brauche ich deine Hilfe.»

«Später beim Tee bin ich dabei, versprochen.»

«Und Vorsicht! Du hast es gehört, die Jäger sind wieder unterwegs.»

«Ich bleib auf dem Schulgelände.»

«Na dann, lauf los!» Eduard schaute Moskito hinterher. War er in dem Alter auch so gewesen? So hungrig nach Bewegung, nach frischer Luft und Abenteuer? Er erinnerte sich an den Klavierunterricht, an das Lateinpauken an Vaters Schreibtisch und daran, dass er Carl dazu genötigt hatte, sich seine frühen Kompositionen anzuhören. Moskito war einer der Schüler, die mit Musik nichts anzufangen wussten und beim Chor extra schief sangen in der Hoffnung, davon befreit zu werden. Das war nicht schlimm, jeder Mensch tickte anders.

«Familie Reiner?» Doktor Hensell machte eine einladende Geste.

Renate heulte vorsichtshalber schon mal ein bisschen. Und Ruth klammerte sich an der Mutter fest.

Eva versuchte, von allen die Tapferste zu sein. «Danach bist du dran, Zuck», sagte sie. «Musst keine Angst haben, der Doktor ist ein lieber Mann.»

Die Tür schloss sich hinter den vieren. Eduard atmete durch.

Versuchte, seiner Anspannung mit Hilfe von Flankenatmung entgegenzuwirken. Tief Luft holen. Ein bisschen summen. «*In dir ist Freude in allem Leide*, la la la lala ...»

Wieder fiel ein Schuss. Es klang ganz nah.

Eduard musste sich setzen. Die Erinnerung übermannte ihn.

Unendliche Tage waren das gewesen. Eine halbe Ewigkeit zwischen dem Moment, der aus Eduard einen anderen gemacht hatte – weil ein Schuss die Wirbelsäule und die Sitzbeinknochen zerschmetterte und die Splitter in seinen Eingeweiden verteilte – und dem Augenblick, als Eduard, mehr tot als lebendig, das Gesicht seines Bruders über sich erkannte. Carl, der ihn endlich in Sicherheit brachte. Es war, als hätte zwischen diese beiden Zeitpunkte ein ganzes Menschenleben gepasst.

Eduard war längst an die Schüsse gewöhnt gewesen, an das Pfeifen der Munition, die den Soldaten um die Schädel fegte. Er kannte das Geräusch, wenn der Feind einen Treffer landete und ein Kamerad neben ihm schrie und wimmerte und schließlich verstummte. Doch wenn man selbst getroffen wurde, war man taub. In seinem Fall war die schwere Verletzung besonders tragisch gewesen, denn der Krieg war bereits so gut wie verloren, und die Kameraden, die es noch nicht erwischt hatte, machten sich in den gekaperten Lazarettzügen auf und davon. Sie sahen die dort gelagerten Schmerztabletten als ihren persönlichen Reiseproviant an und schauten kein einziges Mal zurück. Aber wer wusste schon, ob es etwas geändert hätte, wenn sie Eduard dort hätten liegen sehen. Auf dem Bauch, weil der Rücken eine einzige schmutzige Wunde gewesen war. Mit dem ist es eh vorbei, hätten sie wahrscheinlich gedacht und sich in Sicherheit gebracht. Man konnte es den Männern nicht verübeln.

Wer ihn letztlich aus dem Dreck gezogen hatte, Eduard

wusste es nicht. Das Fieber kam, und die wenigen Ärzte und Schwestern, die an der Front geblieben waren, versuchten es mit in Essig getränkten Lumpen zu bekämpfen. Zumindest roch es wie Essig, später hatte Eduard erfahren, dass es die Säure vergorenen Grases gewesen war. Und die Stofffetzen stammten von der Kleidung jener Kameraden, die es nicht geschafft hatten. In einen schaurigen Güterzug hatten sie ihn gewuchtet, in dem mehr gestorben als gehofft wurde. Die Waggons hatten keine Fenster gehabt, und die Türen waren verschlossen geblieben, denn sie fuhren ohne einen Halt. Im Schneckentempo durch tote Dörfer und verlassene Schlachtfelder, im Inneren stets das gleiche Dunkel. In dem Zug gab es keinen Tag und keine Nacht, nur ab und zu ein Erwachen aus unruhigem Traum, um festzustellen, dass der Kamerad neben einem endgültig Ruhe gegeben hatte. Immer weiter gen Norden, in ein Lazarett in Bremen, wo man ihm verdorbene Kohlgerichte in den Mund löffelte, bis Carl auftauchte und ihn mitnahm. Ohne seinen Bruder wäre Eduard nicht hier. Aber auch nicht ohne diesen Schuss in den Rücken an einem der letzten Tage im Großen Krieg.

«Zuck?» Jemand zupfte an seinem Hosenbein. «Bist du mit offenen Augen eingeschlafen?» Eduard schaute erschrocken auf. Die kleine Eva grinste von einem Ohr zum anderen. «Ist nicht schlimm beim Doktor. Schau, er hat mir sogar ein Bonbon geschenkt.» In der Kinderhand klebte ein Drops.

«Ist alles in Ordnung?», fragte Anni.

«Ja, danke.» Eduard räusperte sich. «Ich war nur mit den Gedanken woanders.»

«Doktor Hensell erwartet dich.»

Eduard streckte den Rücken durch. «Dann will ich mal.» Es war albern, sich so sehr zu fürchten. Zehn Jahre waren vergangen seit der Zeit im Lazarett. Und es ging ihm gut, er hatte überlebt und kaum noch Schmerzen. Bevor er das Untersuchungszimmer betrat, drehte er sich noch einmal um. «Ach, und Anni, wie ist es bei dir?»

Sie zögerte, und Eduard war schon in Sorge um Mutter und Kind, doch dann lächelte sie ihr unverwüstliches Lächeln. «Ich soll mich schonen und einen Tee aus Brombeerblättern, Thymian und Frauenmantel trinken. Wird mir beides nicht besonders schmecken, also weder der Tee noch die Zwangspause.»

«Keine Sorge, es geht bestimmt bald los!»

«Herr Zuckmayer …», kam es ungeduldig aus dem Arztzimmer, und Eduard folgte dem Ruf.

Der Inselarzt war ihm eigentlich recht sympathisch. Er interessierte sich halbwegs für Musik und war Dauergast bei den Schulkonzerten.

«Und? Wie machen sich unsere Schüler so?», fragte Eduard, um sich noch eine Schonfrist auszuhandeln. «Also, gesundheitlich, meine ich.»

«Da gibt es nichts zu meckern, Herr Zuckmayer. Ich bin immer wieder erstaunt, wie groß die Diskrepanz zwischen dem Dorftratsch und der Realität tatsächlich ist. Erst vorgestern kam mir das Gerücht zu Ohren, die Schüler hätten alle die Krätze und mindestens jeder zweite einen Bandwurm.»

«Was haben die Insulaner nur gegen uns?»

«Nun, es sind ja zum Glück bei Weitem nicht alle.» Dr. Hensell machte eine hilflose Geste. «Die Ostfriesen sagen immer: Wat de Buer nich kennt, dat frett hei nicht.»

«Aber die Juister sind doch immer herzlich eingeladen, uns besser kennenzulernen. Ach, Herr Doktor, wo wir gerade dabei sind, darf ich Sie darauf hinweisen, dass wir in diesem Sommer ein selbstgeschriebenes Musiktheater aufführen? *Die tönenden*

Steine von Monga. Ein Genuss für Augen und Ohren.» Doktor Hensell hatte bereits den kleinen Hammer in der Hand und wies Eduard mit unmissverständlicher Geste darauf hin, dass man ganz wunderbar über Musik reden und gleichzeitig ärztlich untersucht werden konnte.

Widerwillig setzte Eduard sich auf den Rand der Behandlungspritsche. «Soll ich Ihnen und Ihrer Frau Karten für die Premiere reservieren?»

«Gern.» Der Hammer fiel, das Knie schaukelte, die Reflexe schienen bestens zu funktionieren. «Würden Sie sich jetzt bitte obenherum frei machen?»

Eduard wurde kalt, obwohl der Tag sonnig-warm war. «Apropos Musik. Wenn Sie wählen dürften, Herr Doktor: Jazz oder Klassik?»

«Menschlicher Herzschlag.» Der Arzt steckte sich die Bügel seines Stethoskops in die Ohren. «Und einatmen.»

Eduard gehorchte. Bestimmt war die Herzfrequenz viel zu hoch. Oder der Rhythmus durcheinander.

«Kriegsverletzung?», fragte Doktor Hensell und klopfte mit dem Finger über den unteren Rücken.

Eduard nickte.

«Wirbelsäule?»

«Hm.»

«Und? Macht Ihnen das irgendwelche Probleme?»

Eduard schüttelte den Kopf. Jetzt war der Blutdruck dran. Die Manschette zerquetschte Eduard beinahe den Arm.

«Na dann …» Die Luft wurde aus dem Schlauch gelassen. Der Doktor betrachtete konzentriert die kleine Anzeige neben der Pumpe. «Hundertzwanzig zu achtzig, besser geht's nicht.»

Eduard durfte das Hemd wieder anziehen. Vor Erleichterung zitterten ihm die Hände.

Doktor Hensell sah zufrieden aus und legte sein Werkzeug zur Seite. «Ich hatte heute Ihren Schüler bei mir, den Gregor Bernhard. Es ist erstaunlich, wie offen er inzwischen über alles reden kann. Als Pädagoge wissen Sie ja selbst: Viele Probleme lösen sich nicht durch Medizin, sondern indem man darüber spricht.»

Eduard steckte sich das Hemd in die Hose. Draußen waren wieder Schüsse zu hören. Immer näher kamen die Jäger, viel zu nah. Es knallte. Eduard stand auf. Es knallte wieder. Eduard setzte sich.

«Ach wissen Sie, Herr Doktor, wegen dieser Kriegsverletzung …»

«Ja?», sagte der Arzt.

Und weil dieses «Ja?» so ganz unaufgeregt war, Adagio, eine Terz nur, in beruhigender Basslage, da fasste Eduard sich ein Herz, obwohl es unangenehm war und sich das Schamgefühl vom Bauch her auszubreiten begann. «Ich habe da doch noch eine Frage.»

~

Moskitos Schulter brennt, und er weiß, die Stelle, an der Doktor Hensell ihm das Serum unter die Haut gespritzt hat, wird sich bald entzünden, weil das zum Impfen dazugehört. Doch sonst geht es ihm gut. Seit Weihnachten ist er drei Zentimeter gewachsen! Vielleicht passt ihm inzwischen der Pullover von Gundula. Aber der wäre heute viel zu warm. Das Thermometer neben dem Eingang zum Diesseits zeigt einundzwanzig Grad. Sonnenlicht bringt Pflanzen zum Wachsen. Ihn vielleicht auch.

«Waldi?», ruft er. «Wo hast du dich versteckt?»

Im Garten duftet es. Vor ein paar Tagen wurde alles umgegraben und der Kompost untergemengt, das hat erst gestunken, aber jetzt riecht es nach frischer Erde. Die Küchenmädchen haben beim Bohnenpflanzen geholfen. Einmal hat Moskito Helgas Arm berührt. Den weichen, blonden Flaum. Sie hat ihn angelächelt. «Moskito, pass auf, wo du hinfasst!» Also kennt sie seinen Namen. Also ist er ihr nicht egal. Das ist auch der Grund, weswegen ihn die drei Zentimeter so freuen.

«Waldi!» Die Gartenpforte ist nur angelehnt. Da sind die Hunde wahrscheinlich durch. «Korff?»

Die Jäger schießen nicht mehr. Moskito hat den alten Gerken mit zwei seiner grün gekleideten Gefährten eben mit dem Rad Richtung Dorf fahren sehen. Jeder einen toten Junghasen auf dem Gepäckträger. Fünfzig Schüsse mindestens für drei mickrige Langohren! Wenigstens kann Moskito jetzt das Schulgelände gefahrlos verlassen. Irgendjemand muss die Hunde ja zurückholen. Die sollen nicht ohne Leine draußen herumstromern. Und er will pünktlich zurück sein. Die Wildgänse treffen sich später bei Anni zum Tee, die neue Kameradschaftsflagge soll nächste Woche das erste Mal gehisst werden. Das ist immer ein tolles Spektakel.

Titicaca kommt angewatschelt. Fliegen kann sie leider immer noch nicht, wird wohl auch nichts mehr werden. Wer sollte es ihr auch zeigen? Moskito kann leider nicht fliegen, und Titicaca weiß nicht, dass sie es trotz ihrer Verletzung wahrscheinlich könnte, wenn sie es mal versuchen würde. Aber sie wirkt ausgesprochen zufrieden mit ihrem Gänsedasein hier an der Schule am Meer. Verwöhnt wird sie nach Strich und Faden, wird von den Kleinen mit Brotresten und manchmal sogar mit Kuchen gefüttert, obwohl das ungesund ist, aber Titicaca schmeckt's. Und über mangelnde Streicheleinheiten kann sie sich auch nicht beschweren.

Moskito und Titicaca laufen am Ententeich vorbei, der die Gans nicht sonderlich interessiert. Da kann das Geflügel auf dem Wasser noch so schnattern, sie hält sich für was Besseres. Das Schulboot liegt weiter hinten gut vertäut am Steg. Zurechtgemacht für den Sommer. Moskito mag das Segeln immer noch nicht, obwohl er im Mai schon mal mit zur Vogelinsel gefahren ist, um dort nach neuen Muschelschalen für die Sammlung im Biologieraum zu suchen. Fester Boden unter den Füßen ist ihm einfach lieber.

Als er Weihnachten nach langer Zeit das erste Mal wieder auf dem Festland gewesen ist, hatte er erwartet, einen Unterschied zu spüren. Wie damals, als er nach der Atlantiküberquerung in Hamburg angekommen ist und plötzlich ganz anders dastand. Doch diesmal hat es nicht funktioniert: Potsdams Kopfsteinpflaster war genauso schief und uneben wie das auf Juist. Aus dem Ausschlafen und Schlemmen und Nichtstun war leider auch nichts geworden. Denn die Stadt war laut und hektisch – und der Verlobte seiner Schwester trotz Adelstitel und Anwaltsberuf nicht annähernd so wohlhabend, wie Moskito sich das erhofft hatte.

Johannes arbeitet für eine Institution, die inhaftierte Arbeiter und Anarchisten vertritt, und an denen lässt sich wenig verdienen. Die prächtige Villa aus Moskitos Phantasie schrumpfte zu einer Stadtwohnung in der Nähe des Bahndamms. Moskito und Volkmar haben sich eine Butze neben dem Kachelofen geteilt und sind regelmäßig von vorbeiratternden Zügen geweckt worden. Es war Moskito etwas peinlich, dass sein Freund ständig mit dem Reichtum seiner Familie geprahlt hat, wie viel üppiger deren Festmahl ausfiel, wie viel goldener der Lüster und wie viel prächtiger der Stuck an der Zimmerdecke. Einmal hat der Verlobte seiner Schwester – ein netter Kerl, klug wohl auch, nur eben nicht wohlhabend – gefragt, was Volkmars Eltern denn beruflich so machten, wenn die so viel Geld hätten. Doch Volkmar hat nur irgendwas gefaselt von Industrie und Aktien, ist aber im Grunde eine Antwort schuldig geblieben. Es war ja nicht so, dass Moskito nicht auffiel, wie seltsam sein Kamerad sich manchmal verhielt, und ihre Freundschaft war über die Feiertage einer gewissen Belastungsprobe ausgesetzt gewesen.

Doch es war schön, Gundula für sich zu haben. Gemeinsam haben sie Fotoalben von zu Hause durchgeschaut und in Erinnerungen geschwelgt. Und beim Besuch im Schloss Sanssouci haben sie auf den Weinbergterrassen Verstecken gespielt wie früher als Kinder. Gundula wirkte richtig glücklich. Sie sei stolz auf die Arbeit ihres Verlobten, hat sie versichert. Die Rote Hilfe kümmere sich um mutige Menschen, und das sei wichtig und viel zu selten heutzutage. Volkmar fand es eher dumm, arme Schlucker zu verteidigen.

Moskito war jedenfalls froh, im Januar wieder nach Juist fahren zu können. Ein weiteres Mal wird er Volkmar ganz bestimmt nicht mitnehmen. Soll der doch nach Bremen fahren, zu seinen reichen Eltern, wenn es die überhaupt gibt.

Auf den Salzwiesen grasen Saathoffs Pferde, wuchtige Gäule mit breiten Leibern und stämmigen Beinen, der eine braun, der andere grau. Die ersten Mücken schwirren über den Entwässerungskanälen. Seetang zwischen den Gräsern verrät, dass hier regelmäßig das Meerwasser steht. Weil kein Wind geht und keine Welle anrauscht, hört man nichts als Stille zwischen Land und Meer. Lu hat neulich gesagt, dies ist die richtige Welt, um darin erwachsen zu werden. Theo, Volkmar, Hubert und Moskito haben die Augen verdreht, weil sie dieses Philosophiegequatsche nicht mehr hören können: dass alles – Ebbe und Flut und Sonne und Mond und die Jahreszeiten – immer in Bewegung ist, weshalb auch sie nicht stehen bleiben dürfen. Nichts bleibt ewig gleich.

Moskito weiß, dies wird ein wunderbarer Sommer werden. Denn er hat sich vorgenommen, Helga zu küssen. Ihre schmalen, blassen Lippen, deren Farbe ihn an die Limecola Baltica erinnert, die zarteste Muschel in der Sammlung. Ein einziges Mal will er Helgas Haar berühren, bevor sie einen anderen kennenlernt und heiratet und Kinder bekommt. Damit muss man rechnen, immerhin ist sie fast achtzehn.

Titicaca schnattert.

«Gibst du mir gerade kluge Ratschläge?»

Sie streckt ihren Hals nach vorn und läuft etwas schneller, fast als wolle sie zum Flug ansetzen.

«Nicht so hastig!»

Zuerst findet Moskito den Korff. Er liegt leise winselnd im Graben. Sein rotbraunes Fell ist nass. Sein Blut vermischt sich mit dem Brackwasser und fließt träge Richtung Watt. Die Wunde kann man nicht sehen. Moskito beugt sich zu ihm hinunter, will ihn streicheln, ihn untersuchen, ihm irgendwie helfen, aber der Hund schnappt nach ihm. In Korffs Augen wird das Helle sichtbar.

Titicaca steht zwei Armlängen weiter und pickt wie wild an etwas herum. Moskito sieht es jetzt auch: Es ist die Waldi, die vor den Gänsefüßen reglos auf dem Boden liegt.

Seltsam, gerade hat Moskito sich so lebendig gefühlt, und nun stolpert er plötzlich über den Tod.

Als wäre die Zeit stehengeblieben, feierten die Gäste mit Blick auf das Meer. Die Männer in hellen Hosen, Weste und Hemd. In ihren Armen schlanke Frauen mit kinnlangem Haar und schmuckbehängtem Seidenkleid. Während im Reich die Wirtschaft auf Talfahrt war, wurde auf Juist das letzte Geld verpulvert, um gemeinsam den neuesten Schlagern zu lauschen sowie dem Klatsch und Tratsch der vermeintlich besseren Gesellschaft. Ganz und gar sorglos bewegten sie sich auf dem Dielenboden neben der Strandpromenade, beim Charleston knirschte ein wenig Sand unter der Sohle, und man musste aufpassen, nicht zu viel Sonne abzubekommen – das waren auch schon die einzigen Probleme. Doch in Wirklichkeit tanzten sie alle am Abgrund.

Gustav schlich unbemerkt an der dekadenten Gesellschaft vorbei und blieb nur einen kurzen Moment vor dem weiß verputzten Gebäude mit den bodentiefen Fenstern stehen. Lange war er nicht mehr hier gewesen. Seit seiner Entlassung hatte er lieber Umwege in Kauf genommen, war bei der katholischen Kirche durch die Dünen gestapft, wenn er zum Strand wollte. Oder weiter westlich am Damenpfad.

Nicht dass er seiner Arbeit im Tanzcafé nachtrauerte. Im Gegenteil, als Kellner hatte er sich herumschubsen lassen müssen, manchmal zwölf Stunden am Tag. Nichts dergleichen war ihm in den letzten Monaten im Rathaus passiert. Der Gemeindediener wurde auf der Insel respektiert, seinem Wort musste Folge geleistet werden, die Arbeitszeit war ein Witz und das Gehalt ein Gewinn.

Sicher, anfangs hatte er sich Therese zuliebe im Café nicht blickenlassen. Doch dieses traurige Versteckspiel hatte im letzten Winter Gott sei Dank ein Ende gefunden. Seit Dezember waren sie offiziell ein Paar. Selbst wenn der alte Gerken sich die Haare raufte, weil die Verbindung seiner Tochter zu einem bekennenden Nationalsozialisten den jüdischen Käufer in die Flucht geschlagen hatte. Therese stand zu Gustav. Offener als je zuvor und trotz allem, was sie inzwischen über ihn wusste.

Der Grund, weshalb Gustav seinen ehemaligen Arbeitsplatz gemieden hatte, war ein anderer. Einen Ort, wo man einen saftigen Tritt in den Hintern verabreicht bekommen hatte, sollte man erst wieder aufsuchen, wenn man inständig darum gebeten wurde. Und eine solche Einladung hielt Gustav nun in den Händen.

«Was Vater wohl von dir will?», hatte Therese gefragt.

«Vielleicht hat er endlich eingesehen, dass ich der Richtige für seine Tochter bin. Und für den Betrieb.»

Therese war skeptisch geblieben. Sie arbeitete Tag um Tag neben ihrem Vater, ohne je ein Wort mit ihm zu wechseln. Er sei noch griesgrämiger geworden, berichtete sie, aber potenzielle Käufer für das Hotel blieben aus, weil es mit der Wirtschaft bergab ging, und der Vater gab allein Therese die Schuld daran. Für ihn schuften musste sie natürlich weiterhin. Mager war sie geworden und matt – aber leider noch immer nicht schwanger. Die Nächte verbrachte Therese bei Gustav, dessen winzige Angestelltenwohnung zu eng und zu bescheiden war, als dass man sie hätte romantisch finden können. Es wäre eine Erlösung für alle, würde der alte Gerken endlich klein beigeben.

Gustav erklomm die wenigen Stufen bis zum Gastraum, kontrollierte in den Fensterscheiben den korrekten Sitz seiner Dienstkleidung und trat ein. Es war nicht viel los. Bei dem Wetter saß niemand freiwillig drinnen. Gustav nickte dem Personal zu. Er kannte längst nicht mehr alle hier, die Saisonangestellten wechselten, und die meisten, die einen Sommer auf

Juist überstanden hatten, taten sich das kein zweites Mal an, selbst wenn man im Rest des Landes kaum mehr gut bezahlte Arbeit fand. Doch die Frau aus der Spülküche, die gerade frisches Geschirr in die Schränke räumte, war noch dieselbe. Fenna van Freeden, die Schwester von Kea Joosten. Sie nickte ihm zu. Falls sie etwas wusste von dem, was damals in Aurich geschehen war, dann ließ es sie offensichtlich kalt.

«Herr Gerken sitzt im Hinterzimmer», sagte sie.

«Danke!» Ein gutes Zeichen, das Hinterzimmer war ausschließlich für private Gäste und Insulaner reserviert. Eine Art Wintergarten, diskret eingebettet in eine Dünenmulde. Nur ein paar ausrangierte Korbsessel und ein ovaler Tisch standen darin. Kein Meerblick, aber welcher Einheimische legte gesteigerten Wert darauf, von seinem Fenster aus die olle Nordsee zu sehen, die er ohnehin den ganzen Tag vor Augen hatte. Gustav stieß die Türflügel auf.

Der alte Gerken war nicht allein, Heinrich Haase und Tido Fisser saßen bei ihm. Die Schreibmaschine, die vor ihnen auf der zerschlissenen Tischplatte stand, ließ auf einen geschäftlichen Anlass schließen.

«Moin.» Gustav blieb stehen. Den Moment, wenn Thereses Vater ihm wohl oder übel einen Sitzplatz anbieten musste, wollte er auskosten. Selbst wenn es nur dieses kurze, unfreundliche Nicken war, mit dem er ihm jetzt den Sessel am anderen Tischende zuwies.

«Ich nehme einen Kaffee.»

«Hol dir einen», sagte Tido Fisser amüsiert. «Kennst dich doch hier aus.»

«Dafür bin ich sicher nicht eingeladen worden, dass ich den Kellner spiele, oder?»

Der alte Gerken erhob sich, ging zur Tür und brüllte den

Kaffee herbei. Kaum hatte er sich wieder gesetzt, erschien ein Küchenmädchen mit der Bestellung.

«Nicht lieber ein Bier?», fragte Haase.

«Abstinenzler», schnaubte der alte Gerken. Dann schob er Gustav einen Brief zu. «Hier, lies!»

Es war ein offener Brief, zwei vollbeschriebene Seiten, adressiert an den Juister Jagdverein, verteilt, wie Gerken jetzt sagte, an so ziemlich jeden, der auf der Insel etwas zu sagen hatte: Pastor, Arzt, Hoteliers. Auch der Bürgermeister mochte ein Exemplar bekommen haben, doch hatte der es wohl nicht für nötig befunden, das Schreiben an den Gemeindediener weiterzuleiten.

«Von der Schule am Meer?» Gustav war überrascht.

«Luserke bezichtigt uns des planmäßigen Ausrottungskrieges gegen Hunde und Katzen.»

«Aha.» Gustav achtete darauf, weiterhin schneidig und gerade zu sitzen. Dass sie ihn herzitiert hatten, weil er sich mit Gesetzestexten auskannte wie kein Zweiter auf der Insel, ehrte sie. Aber seine Enttäuschung, weil es weder um Therese noch um den Betrieb ging, durften sie ihm auf keinen Fall anmerken.

«Wir haben die zwei Köter erlegt», erklärte Fisser. «Das wurde höchste Zeit.»

«Es gab genügend Warnungen von unserer Seite, oder nicht?»,

Gustav nickte. Mindestens dreimal hatte er Bußgelder eingetrieben, weil die Lehrer ihr Viehzeug nicht in den Griff bekommen und sich Urlauber entsprechend beschwert hatten. «Der große Rote war gemeingefährlich.»

«Immer am Wattrand unterwegs. Die Hasen, die er selbst nicht fressen konnte, hat er dem kleinen Kläffer ins Maul getrieben.»

«Dem Dackel!» Fisser schäumte vor Wut. «Ständig ist das Biest durch die Büsche gesprungen und hat fleißig Vögel verjagt. Wir haben kaum noch Fasane, weil die vor lauter Angst ihre Nester verlassen.»

«Jetzt ist es eben passiert.» Haase setzte ein unsichtbares Gewehr an seine Schulter, legte an, schoss zweimal – peng, peng –, nahm die nicht vorhandene Waffe wieder runter und grinste. «Präzise und schnell.»

«In der Schule gab es so etwas wie ein Staatsbegräbnis. Für zwei Vierbeiner!»

«Das muss man sich mal vorstellen!»

«Der Musiklehrer soll untröstlich sein. Hat die Kinder sogar eine Totenmesse singen lassen, erzählt man sich.»

«Und was erwartet ihr jetzt von mir?», fragte Gustav. Er schaute weder zum wütenden Fisser noch zum lamentierenden Haase, sondern dem alten Gerken direkt ins Gesicht.

Der räusperte sich. «Wir wollen zurückschreiben. Und dafür brauchen wir handfeste Argumente.»

Gustav lächelte. Nun, das war nicht der Sieg, den er sich erhofft hatte. Der Vater seiner Braut schloss ihn nicht in die Arme, bat ihn nicht um Verzeihung, bot ihm weder Thereses Hand noch die Leitung seiner Geschäfte an. Aber es war ein Schritt in die richtige Richtung.

«Besser, ihr ladet die Leute zu einem offenen Gespräch ein.»

Alle drei schauten ihn verständnislos an.

«Das ist ja noch viel schwieriger als eine schriftliche Antwort», protestierte Gerken.

«Keine Sorge. Ich werde bis dahin die passenden Gesetze parat haben: Wildschongesetz, Bürgerliches Gesetzbuch, Jagdverordnung. Es würde mich wundern, wenn ich da nichts finde, mit dem man den Klugschwätzern das Maul stopfen kann.»

«Tut mir leid, Gustav, dass ich da ein bisschen skeptisch bin.» Haase hob die Schultern. «Ich erinnere ungern an deine verkorkste Wahl im letzten Winter.»

«Damals trug Oldewurtel die Verantwortung für den reibungslosen Ablauf. Bei mir wird so etwas nicht passieren.»

Fisser und Haase nickten. Der alte Gerken kniff die Augen zusammen. Vielleicht dachte er: Junge, spiel dich nicht so auf, ich habe dich nackt im Schrank meiner Tochter gefunden und kann dich niemals wieder ernst nehmen. Aber falls er das dachte, dann behielt er es wenigstens für sich.

«Am kommenden Samstag hätte ich Zeit für ein Treffen. Wenn ihr wollt, bringe ich morgen schon die offizielle Einladung ins Loog.»

Anni reckte den Hals, an dem der Schweiß in Strömen hinunterrann, und blinzelte gegen die gleißende Sonne, die jetzt, ziemlich genau zur Mittagszeit, am wolkenlosen Junihimmel direkt über dem Jenseits zu stehen schien. Ihr Blick ging hinauf zum Mast, der auf einer kleinen, gemauerten Anhöhe neben dem Haus stand und an dem nur noch eine einzige Fahne wehte, und das war leider die der Bären.

«Das ist eine Kampfansage, ganz klar!», rief Moskito und stachelte die Wut seiner Kameradinnen und Kameraden noch zusätzlich an. «Die Bären wissen, was der Diebstahl unserer Flagge bedeutet, alle hier an der Schule am Meer wissen das: Krieg!»

Anni zuckte zusammen. Doch was wussten die Kinder schon über den Krieg. Moskito, Marje und die anderen waren zwar während dieser furchtbaren Jahre geboren worden, aber sie hatten im Gegensatz zu Anni keine bewusste Erinnerung daran.

«Ich möchte euch bitten, vorsichtig mit solchen Vokabeln zu sein», sagte sie. Ihr war vom vielen Nach-oben-Schauen ein wenig schwindelig, sodass sie sich vorsichtshalber an der Mauer festhielt. «Der Krieg liegt noch kein Jahrzehnt zurück. Viele haben dort ihr Leben gelassen. Vielleicht waren sogar eure Väter darunter, eure Onkel oder nahe Verwandte.»

Vera aus der Unterprima, die Älteste der Wildgänse, dünn und so schüchtern, dass sie quasi unsichtbar war, meldete sich erstaunlicherweise zu Wort: «Unsere Nachbarn aus Köln haben beide Söhne in der Schlacht um Verdun verloren. Das war wirklich schlimm!»

Anni dankte ihr mit einem Lächeln, dann wandte sie sich wieder an die ganze Truppe, die sich auf dem Fahnenplatz versammelt hatte und mit den Hufen scharrte. «Gewalt führt nur wieder zu Gewalt. Können wir also versuchen, erst einmal besonnen zu sein?»

«Es muss während des Mittagessens passiert sein», berichtete Marje. «Ich habe Volkmar im Verdacht, der hat heute schon nach einem Teller Haferbrei seinen Platz geräumt.»

«Das wird er büßen!», drohte Thomas. Er war in der Kameradschaft der Wildgänse der Größte, wegen seiner Sehschwäche trug er allerdings eine dicke Brille, um deren Wohlergehen er stets besorgt war – was ihn eigentlich zu einem eher umsichtigen jungen Mann machte. Wenn also selbst Thomas angesichts der gestohlenen Kameradschaftsflagge von Kampf und Rache sprach, machte das Anni langsam ratlos.

Ja, natürlich, es war eine Schmach. So eine stolze Fahne: ein Meter zwanzig mal zwei Meter. Die Wildgans glänzte golden auf smaragdgrünem Samt, umsäumt von roten und blauen Kordeln, die Anni gemeinsam mit den Mädchen gedreht hatte. Tausend Nadelstiche, zwei Knäuel Stickseide und so viel Herzblut waren in das Gemeinschaftsprojekt eingearbeitet worden. Heute Vormittag hatten sie die Flagge feierlich das erste Mal gehisst – ganz oben am Mast natürlich, über allen anderen, wo sonst? Und natürlich hatte die Flagge die neidischen Blicke der Bären, Pinguine, Wölfe und Nixen auf sich gezogen.

Moskito war bis ganz nach oben geklettert, den Hammer zwischen die Zähne geklemmt, um sie fest anzunageln. Beim Hinuntersteigen hat er den Mast mit Schmierseife eingerieben, damit Diebe keine Chance hatten. Es wunderte Anni nicht, dass er nun, da alles vergebene Liebesmüh gewesen war, so tobte. «Unsere Kameradschaft muss zu einer Armee werden», erklärte er. «Bestehend aus acht Soldaten!»

«Und einer Oberkommandantin, die hochschwanger ist und den ganzen Tag Kräutertee trinkt …», versuchte Anni die Stimmung zu mäßigen.

Absolute Schonung hatte Dr. Hensell ihr am Vortag verordnet. Immer wenn sich die Gelegenheit ergäbe, solle Anni sich setzen, am besten gleich noch die Füße hochlegen, viel trinken, keine Aufregung mehr, wirklich, es sei jetzt höchste Zeit, auch mal an sich selbst zu denken. Und an das Kind. Dass Anni seit einigen Tagen keine Bewegungen mehr spüre, müsse noch kein Alarmzeichen sein, und zum Glück hatte der Arzt bei seiner Untersuchung den Herzschlag gehört. Doch das Kind sei überfällig, und die Wassereinlagerungen in Annis Beinen, ihre Kurzatmigkeit, der leichte Schwindel nach dem Essen seien weitere Hinweise, dass sie wirklich kürzertreten müsse. «Mir wäre es am liebsten, Sie würden die Insel verlassen. Im Krankenhaus wären Sie in weit kundigeren Händen als bei mir.» Doch Anni hatte dankend abgelehnt – und Paul erst gar nichts davon erzählt, er hätte sich nur unnötig gesorgt. Sie kannte diese Wehwehchen von den anderen Schwangerschaften. Und waren die Mädchen nicht auch ohne ärztliches Eingreifen zur Welt gekommen? Die Koffer packen, aufs Festland reisen, dort in der Fremde alleine Däumchen drehen, während sie hier in der Schule gebraucht wurde – das wäre die reinste Qual und sicher auch nicht gesund.

«Aber Lu hat es doch selber gesagt», rechtfertigte sich Moskito. «Eine neue, größere, schickere Fahne, als alle anderen zu haben und sie ganz oben am Mast aufzuhängen ist eine Provokation. Sie zu entwenden eine Kriegserklärung. Sie zurückzuerobern, bevor die Sonne untergeht, eine Ehrenpflicht.»

Anni seufzte. Sie wusste, Moskito zitierte Wort für Wort richtig. «Ihr kennt doch Lu. Er trägt immer ein bisschen dick auf, wenn er eine gute Geschichte wittert. Aber tut mir bitte trotzdem den Gefallen und setzt auf das hier …» Anni tippte sich an den Scheitel. «Statt auf Muskelkraft.»

Abgesehen vom pazifistischen Grundgedanken wäre das für die Wildgänse ohnehin die einzig erfolgversprechende Strategie. Neben der scheuen Vera und dem kurzsichtigen Thomas, dem wütenden Moskito und der cleveren Marje gehörte zu der Kameradschaft noch Fridolin aus der Obersekunda, der den lateinischen Namen jeden Aquariumbewohners kannte, aber beim Sportabzeichen nur beim Ausrechnen der Punktezahl Leistung brachte. Die drei Kleinen, die seit Ostern zur Kameradschaft zählten, hatten keine Ahnung, was sie heute erwartete, und spielten lieber Schweinchen in der Mitte. Jeder Einzelne von ihnen war großartig auf seine eigene Art und Weise. Doch wenn es auf Prügeleien zwischen den Kameradschaften hinauslief – und das war bei Flaggenkämpfen meist der Fall –, hatten sie denkbar schlechte Karten. Zur Kameradschaft der Bären gehörten fast nur Jungen, gestählt vom vielen Segel-Hissen und Boot-Schrubben und Seemannsknoten-Lösen.

«Ihr braucht einen ausgeklügelten Plan, sonst habt ihr keine Chance. Also lasst euch etwas einfallen», schlug Anni vor und war froh, in offene Gesichter zu blicken. Das ersparte ihr weiteres Argumentieren und vor allem das längere Herumstehen in der prallen Sonne. «Ich werde mich ein wenig ausruhen. Wenn etwas ist, ihr wisst, wo ihr mich findet.» Sie wandte sich mit kurzem Winken um und hoffte, dass ihr Abgang geradlinig und sicher wirkte, obwohl jeder Schritt enorme Kraft kostete. Wie überhaupt gerade so vieles Kraft kostete.

In der letzten Woche waren die armen Hunde beerdigt worden, in mehreren Sitzungen des Schulrats hatten sie mögliche Reaktionen und das weitere Vorgehen diskutiert, und schließlich war ein offener Brief an die Jägerschaft aufgesetzt und verschickt worden. Dann war die neue Flagge der Wildgänse vollendet, gehisst und geraubt worden. Und nebenbei hatte der Alltag stattgefunden mit den Töchtern, die sich ständig zankten und um Aufmerksamkeit buhlten, umso mehr, seit sie vom neuen Geschwisterchen wussten. Doch die meisten Nerven ließ Anni beim ständigen Streit der Kollegen. Über Politik, Geld, Umbauten, Stundenpläne und – wenn ihnen sonst nichts mehr einfiel – den Sinn des Lebens. Gereizt waren sie alle, als wären sie in Brennnesseln gefallen. Jeden juckte es, für Unmut zu sorgen. Wahrscheinlich waren sie überreif für die Sommerferien.

Anni ging ins Haus, in dem es angenehm kühl war, schenkte sich einen Becher von dem Kräutertee ein, der ihr allmählich zu den Ohren herauskam, legte sich brav auf das Bett und schloss die Augen. Paul und die anderen waren ins Dorf gegangen, um sich mit der Jägerschaft an einen runden Tisch zu setzen, den ausgerechnet Gustav Wenniger einberufen hatte. Die Mädchen waren derweil gemeinsam mit Luserkes ältester Tochter zum

Spielen an den Strand gegangen, bei diesem Wetter wahrscheinlich der einzige Ort, an dem es sich unter freiem Himmel aushalten ließ. Mit etwas Glück blieben also ein paar ruhige Minuten.

Anni legte die Hände auf ihren Leib und wartete auf einen Schubser oder das regelmäßige Zucken eines pränatalen Schluckaufs. Oder besser noch auf das Einsetzen der Wehen, darauf, dass es endlich ziehen würde, wie es bei den Mädchen gezogen hatte. Aber nichts geschah. Das Einzige, was kreiste und boxte und mehr und mehr quälte, war die Sorge, dass vielleicht wirklich etwas nicht in Ordnung war mit dem Kind. Dass sie die Anzeichen übersehen hatte, weil immer etwas anderes wichtiger gewesen war.

Über der Sorge schlief Anni irgendwann ein, kein Wunder, nach mindestens drei Nächten ohne wirklichen Schlaf. Ein Bauch wie drei Medizinbälle. Beine, dicker als der Mast der Karna. Körper und Geist langsam, schwer und unendlich müde.

Dass sie weggenickt war, wurde Anni erst bewusst, als ein lautes Klopfen an der Tür sie in die Senkrechte riss. Es waren die Wildgänse.

«Wir haben uns ganz besonders wirksame Waffen besorgt», verkündete Marje. Moskito kam hinter ihr herein und legte verschiedene Gegenstände auf den Boden: eine verstimmte Blockflöte, ein *Brehms Tierleben*, einen klapprigen Spaten und Kakao aus Bolivien.

«Was habt ihr vor?», fragte Anni, die sich inzwischen hochgerappelt hatte und ratlos das Sammelsurium betrachtete.

«Du hattest recht, Anni!», verkündete Moskito nicht ohne Pathos. «Wir müssen mit dem Köpfchen siegen, das ist unsere einzige Chance.»

Anni lachte «Und das wollt ihr mit dem Krimskrams hier?»

«Krimskrams? Pah!» Moskito nickte. «Jetzt hör mal genau zu.»

Es ist drei Uhr am Nachmittag und sehr heiß. Absolute Windstille hat auf Juist Seltenheitswert, die Sonne knallt erbarmungslos vom Himmel. Nirgendwo Schatten. Sogar die Schwalben unterm Schuldach halten den Schnabel. Der Hof ist wie leergefegt. Bis auf die Bären und die Wildgänse, deren Anführer – Moskito und Volkmar – sich Aug in Aug gegenüberstehen.

Einen, vielleicht zwei Gedanken verschwendet Moskito noch an Annis mahnende Worte und fühlt sich kurz unwohl in seiner Aufmachung – das um die Stirn gebundene Tuch und die Wildgans, die er sich als Kriegsbemalung mit Tusche auf den nackten Oberkörper hat pinseln lassen. Doch es ist zu spät für einen friedlichen Rückzug. Die gestohlene Flagge weht am First des Stallgebäudes. Von dort müssen die Wildgänse sie zurückerobern, um die Ehre der Kameradschaft wiederherzustellen. Das bedeutet: einmal quer über den Hof, dann an den Schweinen vorbei durch den Stall, bis zur Luke, durch die man normalerweise mit einer Leiter steigen kann, aber jede Wette, die Bären haben diesen Weg versperrt.

Volkmar hat sich das Gesicht mit Kreide weiß gefärbt. Die Bären, die sich hinter ihm versammeln, sehen ähnlich angsteinflößend aus. Dazu bräuchten sie noch nicht einmal die Schminke.

Moskito erhebt bemüht furchtlos als Erster das Wort. «Es wäre vernünftiger, uns die Flagge freiwillig auszuhändigen. Wir machen keine Gefangenen.»

Volkmar bricht in schallendes Gelächter aus. «Das nenne ich aber einen Zwergenaufstand!»

Heute sind sie keine Freunde, Moskito und Volkmar. Die drei Jahre, die sie sich mittlerweile ein Zimmer teilen, bedeuten in diesem Moment gar nichts.

Moskito sieht eine Gestalt hinter der Stalltür verschwinden. Dünn und quasi unsichtbar. Vera hat es also geschafft, in feindliches Gebiet vorzudringen. Dass niemand von ihr je Notiz nimmt, ist jetzt zum ersten Mal ein Vorteil. Moskito wartet auf Veras Zeichen. Da! Eine feingliedrige Hand auf der Fensterscheibe. Sie ist drin.

«Ist das euer letztes Wort?», fragt er.

«Was glaubst du denn!» Volkmar wird ungeduldig. Wie immer. Diese Schwäche muss man ausnutzen, je hitziger er wird, desto mehr leidet seine Konzentration.

Einige der Bären rücken näher heran, bauen sich breitbeinig vor Moskito auf, gucken grimmig.

Fridolin hinter ihm räuspert sich. «Wir haben es hier offensichtlich mit Vertretern des *Ursidae Ostfrisiensis* zu tun», schwadroniert er los. Und als Volkmar ihn verständnislos anstiert, ergänzt Primus Fridolin: «Der ostfriesische Bär hat besonders platte Füße, und ein Bein ist deutlich länger als das andere, damit er auf dem Deich gerade stehen kann.»

Volkmar findet das gar nicht witzig. «Soll das hier ein Ablenkungsmanöver sein, oder was?»

Doch Fridolin lässt sich nicht beirren. «Diese Bärenart ist bekannt dafür, dass sie einen besonders großen …»

Fridolin macht eine Kunstpause. Währenddessen ist die Kutsche zu hören, sie nähert sich, fährt durch die Lücke zwischen Arche und Diesseits. Nachbar Saathoff sitzt auf dem Bock. Groß, stark, kaltblütig wie seine Pferde. Noch ahnen die Bären nicht, dass er auf der Seite der Wildgänse steht. Ein Fremdenlegionär sozusagen – Moskito hat ihn mit Kakao bezahlt.

«Was jetzt, du Klugschwätzer», raunzt Volkmar Fridolin an.

«Der ostfriesische Blödbär hat am Steiß einen besonders großen Schietbüddel!»

Das Stichwort! Die Wildgänse rennen los. Marje und Moskito vorneweg, mit Gejohle und erhobenen Armen, damit der Feind nicht merkt, wie die Kleinen geschwind auf die Kutsche klettern, die vollgeladen ist mit frisch gestochenen Grassoden, die sie zuvor in das muffige Wasser des Ententeichs getaucht haben. Drei große Bären haben Moskito gepackt, zwei andere halten Marje fest, die sich mit Kneifen und Kratzen wehrt.

«Ist das alles, was ihr könnt? Quatschen?», fragt Volkmar, und im selben Moment landet ein brauner Matschklumpen in seinem Gesicht.

Schon fliegen weitere tropfende Wurfgeschosse über den Hof. Die Kleinen haben von der Kutsche aus eine hervorragende Angriffsposition, und wenn es einer der Bären trotz Beschuss schafft, sich dem Wagen zu nähern, dann treten sie dem Angreifer einfach auf die Finger, sollte er versuchen hinaufzukommen. Über den Kutschbock können die Bären jedenfalls nicht klettern, den hat Nachbar Saathoff in Beschlag genommen. Er sitzt dort gemütlich und schaut sich das Spektakel von oben an, Zigarette im Mundwinkel.

Marje und Moskito bekommen natürlich am meisten ab. Nicht nur die eigenen Matschbomben, die sie inzwischen aussehen und riechen lassen, als hätten sie im Schlick übernachtet. Sondern auch die immer wütenderen Handgreiflichkeiten. Moskito landet in Volkmars Schwitzkasten. Das einzige Mädchen der Bären hat Marje zu Boden geworfen. Marje jault, tritt mit den Beinen in die Luft, bis sie die Angreiferin endlich von sich schubsen kann. Jemand reißt an Moskitos Haaren, und vom Ringen mit Volkmar hat er bestimmt schon ein paar blaue Flecke. Das macht aber nichts. So war es geplant. Ein wahrer Anführer muss sich auch zutrauen, eine ganze Weile der Hanswurst zu sein. Selbst der große Thomas, der ja eigentlich nicht kämpfen will, ist schon von oben bis unten nass und schmutzig, doch seine Brille hat er noch auf, und den schlimmsten Dreck wischt er sich gerade von den Gläsern.

Der arme Fridolin wird ordentlich hin und her geschubst, doch in Wirklichkeit, und das wissen die Wildgänse, zählt er innerlich langsam bis hundert. Um den nächsten Schlachtruf auszustoßen: *«Finis coronat opus!»* Fridolin hat sich den Spruch selber ausgesucht, irgendwas mit einem siegreichen Ende. Es ist das Signal, dass die letzte Kampfphase beginnt. Jetzt muss alles klappen. Sie haben nur einen einzigen Versuch!

Thomas rennt los, Richtung Stall. Fridolin eilt an Moskitos Seite, Marje ebenfalls. Sie helfen ihm, sich aus seiner akuten Zwangslage zu befreien, er schlüpft zwischen Armen und Beinen und Leibern hindurch und folgt Thomas. Vera hält ihnen die Tür auf. Dann sind sie drin.

Wie vermutet fehlt die Leiter zur Dachbodenluke. Hektisches Rufen draußen verrät, dass die Bären im Anmarsch sind. Die Stalltür lässt sich von innen nicht verriegeln, deswegen schiebt Vera einen alten Spaten zwischen Türgriff und die Strohballen, die sie sich im Vorfeld zurechtgelegt hat. Lange wird die Barrikade nicht standhalten, das wissen alle. Die Schweine werden immer nervöser, je ärger die Fäuste draußen gegen die Holzwand trommeln.

«Wir müssen uns beeilen!» Thomas stellt sich mit angewinkelten Beinen unter die Luke, Moskito umfasst seinen Nacken, tritt auf seine Oberschenkel, zieht sich hoch, so wie sie es vorhin ein paarmal trainiert haben. Mit kräftigen Händen schiebt Thomas ihn Stück für Stück nach oben, die beiden kippen beinahe um, denn es ist keine Wand in der Nähe, an der sie sich abstützen könnten. «Noch zehn Zentimeter», ächzt Moskito.

Vera lehnt sich mit dem Rücken an Thomas, um ihm Halt zu geben, und versucht die große Sau zu ignorieren, die den Rüssel an ihrem Knie abwischt.

Aus dem Augenwinkel sieht Moskito den Spaten erzittern. Bei jedem Schlag gegen die Tür sackt er ein Stück tiefer. Mit letzter Kraft streckt Moskito sich, seine Fingerspitzen finden Holz, mit einem Bein tritt er auf Thomas' Schulter und stößt sich ab. Thomas und Vera landen im Schweinemist. Aber Moskito hängt in der Luke, holt seine baumelnden Beine nach, wuchtet sich nach oben. Geschafft!

Unten kracht die Tür auf. «Holt die Leiter!», hört man Volkmar rufen. «Gleich sind wir oben, und dann bist du geliefert, Moskito.»

Das macht ihm keine Sorgen. Moskito weiß, sie haben noch eine letzte Waffe. Und die kommt jetzt zum Einsatz. Er krabbelt durch das Heu zum Dachfenster und öffnet die Läden.

Unten hört man das Knarzen der Scharniere, jetzt lässt Marje also die Schweine aus ihrem Verschlag. Dazu spielt sie Blockflöte. Schrill und scheußlich, Marje bläst in das Instrument, dass es einem bis in die Knochen fährt. Die sieben Schweine protestieren zu Recht, was soll die Hektik in ihrem sonst so behaglichen Zuhause? Ihr Quieken vermischt sich mit der Flöte, unter Moskito poltert es und rumst. In dem Wirrwarr kann niemand eine Leiter in die Luke stellen, geschweige denn daran emporklettern. Dennoch macht Moskito jetzt nicht langsamer, sondern zwängt sich in Windeseile aus dem Fenster, greift nach dem First, hievt sich hoch, bis er endlich an der höchsten Stelle angelangt ist: Auf dem Dach des Olymp weht die Fahne, die Wildgans schimmert samtig und golden und sagenhaft prächtig. Moskito reißt sie ab, breitet sie über seinem Kopf aus. «Die Wildgänse, sie leben hoch!»

Sein Siegesgeheul wird von unten beantwortet, von Vera und Thomas und Fridolin und Marje und Saathoff und den Kleinen: «Hoch! Hoch! Hoch!»

Im Diesseits öffnet sich die Tür zur Küche. Helga! Moskito jubelt ihr zu. Sie winkt lächelnd zurück. Und warum nicht, denkt er, warum soll er nicht gleich im Anschluss eine zweite Heldentat wagen?

Wenig später sitzen sie auf dem Heuboden nah beieinander. Helgas Augen sind grün, das konnte Moskito bislang nie so genau sehen. Er hätte eher auf Blau getippt. Aber ob grün oder blau, darauf kommt es nicht an. Ihre Wimpern sind genauso hell wie die Haare an ihrem Arm. Sie kneift die Lider zusammen, weil sie Rauch in die Augen bekommen hat.

Zwei Bedingungen hat sie gestellt: ein bisschen Kakao – damit hatte Moskito bereits gerechnet – und eine Zigarette, das war schon schwieriger. Schließlich hat Moskito Nachbar Saathoff gefragt. Der war für seinen läppischen Kampfeinsatz vorhin ohnehin überbezahlt. Außerdem weiß Moskito von ein paar Primanern, dass Saathoff das nicht so eng sieht mit dem Alter. Und tatsächlich, nachdem sie den Hof von den schlimmsten Schlachtspuren befreit und die Grassoden wieder festgetreten hatten, griff Saathoff in seine Jackentasche und holte eine Zigarette heraus. *«Die größten Gelehrten halten Ecksteins Da Capo Cigaretten für die besten»*, zitierte er den Reklametext. Das sollte wohl ein Witz sein. Weil Saathoff sich manchmal darüber lustig macht, dass die Lehrer sich immer für so klug halten, aber damals dieses elende Grundstück für übertrieben viel Geld gekauft haben.

Helga verkneift sich das Husten. Wenn sie an der Zigarette zieht, spitzt sie den Mund, als würde sie kochend heißen Tee trinken. Sie hält den Glimmstängel etwas schräg und sieht aus wie eine echte Filmdiva. «Willst du auch mal probieren, Kleiner?», fragt sie.

Moskito schüttelt den Kopf. Tränende Augen und bellender Husten, das kann er beides gerade gar nicht gebrauchen. Außerdem stinkt das Zeug.

«Hast du gesehen, wie wir die Bären besiegt haben?», fragt er stolz.

«Hab ich. Warum?»

«Auch, wie ich die Flagge vom Olymp geholt habe?»

«Natürlich. Aber jetzt sag mir lieber, was du eigentlich von mir willst.»

Ich will mal mit dem Zeigefinger über deinen Mund fahren, du hast da eine raue Stelle, die würde ich gerne fühlen. Und wenn du lange genug stillhältst, dann küsse ich dich sogar … All das sagt Moskito nicht. Schon wenn er es nur denkt, wird ihm schwindelig.

«Glaub mal nicht, dass du der erste von euch Jungs bist, der sich in mich verknallt hat. Der eine, der Große mit der Brille …»

«Thomas.»

«Der hat sich letzte Woche im Dunkeln neben der Küchentür versteckt. Und als ich Feierabend hatte, ist er mir vor die Füße gelaufen und hat mir eine Tulpe geschenkt.»

«Du meinst bestimmt eine Lilie.»

«Was?»

«Die Tulpen sind schon lange verblüht.»

«Tulpe oder Lilie. Kann man beides nicht essen.» Sie tippt gegen die Zigarette. Bei den Erwachsenen sieht das anders aus, bei Helga bleibt die glühende Asche schräg hängen, statt abzubröseln.

«Warte», sagt Moskito und hält die Tasse drunter, aus der Helga vorhin den Kakao getrunken hat. «Ist gefährlich, auf dem Heuboden zu rauchen.»

«Weiß ich doch.» Jetzt ascht sie in die Tasse. «Und du? Bist du auch gefährlich?»

«Wie meinst du das?»

«Na, ob du was von mir willst.»

Moskito schluckt und nimmt allen Mut zusammen. «Schon seit fast einem Jahr.»

«Da hast du doch noch in die Windeln gemacht.»

Bevor Moskito protestieren kann, beugt Helga sich zu ihm her und küsst ihn auf den Mund. Vor lauter Schreck fällt er nach hinten um. Sie lacht und legt sich auf ihn, gibt ihm einen zweiten Kuss, der länger dauert und bei dem er ihre Zunge auf den Zähnen spürt. Weil es komisch aussieht, wie sie ihre Hand mit der Zigarette beim Küssen in die Höhe hält, um nicht ans Heu zu kommen, schließt er die Augen. Und das soll es jetzt also sein? Das große Ding zwischen Mann und Frau?

Etwas kribbelt in seiner Nase. Er küsst weiter, bis ihm auffällt, dass ihm die Tasse mit der Asche aus der Hand gerutscht ist. «Mist!» Moskito reißt die Augen auf. Grauschwarze Halme krümmen sich direkt neben ihm, die Glut glimmt schon einen halben Meter weiter.

«Du Idiot!», schreit Helga und springt auf. «Hilfe», schreit sie. «Hilfe, es brennt!»

Draußen kreischten die Wildgänse, die außer der Flagge wahrscheinlich auch eine Menge Selbstvertrauen gewonnen hatten. Drinnen lag Anni. Wartend. Bangend. Hoffend. Noch immer keine Bewegung unter ihrem Herzen. Oder machte sie sich einfach nur verrückt?

Das Schreien der Kinder klang jetzt anders als zuvor, kein Jubel und kein Siegesgeheul. Die Tür wurde aufgerissen. Sommerhitze quoll in den Raum. Und Gestank.

«Es brennt!» Marje fuchtelte mit den Armen, während sie auf Anni zugerannt kam. «Der Heuboden!» Sie riss an Annis Ärmel. «Bitte, wir brauchen Hilfe!»

Anni setzte sich auf. Ihr wurde schwindelig. «Ist jemand drin?»

«Ja! Helga und Moskito. Sie können nicht mehr durch die Luke nach unten, weil schon überall Flammen sind.»

Anni kam auf die Beine und verfluchte ihre Schwerfälligkeit, als sie von Marje nach draußen gezogen wurde. Schon jetzt ging ihr die Puste aus, und das Herz pulsierte bis zum Scheitel. Doch all die Wehwehchen waren vergessen, als Anni das Feuer sah: Aus den kleinen Sprossenfenstern des Stalls entwich Rauch in hellgrauen Fäden, zwischen den Dachplatten leckten Flammen am Holz. Tatsächlich kauerten dort, wo eben noch die entführte Flagge gehangen hatte, Helga und Moskito. Das Küchenmädchen heulte hysterisch, der Junge versuchte indes, ein Seilende zu erhaschen, das ihm von unten her zugeworfen wurde.

«Helga traut sich nicht zu springen, also wollen sie sich abseilen», erklärte Marje atemlos. «Bevor alles in sich zusammenfällt.»

Die Kinder hatten bereits den Löschschlauch herbeigeschleppt, der starke Thomas stand am Brunnen und pumpte so schnell, dass die Scharniere lauter kreischten als die Mitschüler drum herum. Dennoch, der lasche Strahl schaffte es nicht mal bis an die Traufe.

«Habt ihr die Feuerwehr alarmiert?»

«Fridolin ist zum Diesseits gelaufen. Er wird gleich Alarm schlagen. Und Vera versucht es mit dem Fernsprecher.»

«Was ist mit den Tieren?»

«Die sind in Sicherheit, wir haben sie durch die Hintertür ins Freie gelassen.»

«Gut gemacht!» Anni klopfte Marje auf die Schultern. In dem Moment begann die große Feuerglocke zu läuten, dass einem der Schädel dröhnte. «Das wird man überall hören. Gleich kommt Verstärkung, ganz bestimmt!»

Die Bären hatten eine Menschenkette gebildet und reichten Eimer für Eimer aus den Waschräumen quer über den Hof, bis zum Fahnenmast, wo Volkmar sich auf die Mauer gestellt hatte, um von weiter oben das Wasser auf die bereits glühenden Balken zu schleudern. Hoffentlich ging der Wasservorrat nicht so bald zur Neige, schließlich hatte es seit Wochen nicht geregnet.

«Komm mit!» Anni zuckelte, so schnell sie eben konnte, zum Speisesaal, bückte sich, griff in die unteren Schrankfächer und zog stapelweise Tischdecken hervor. «Bring die nach draußen und tauch sie ins Wasser. Damit können wir die Flammen ersticken, falls brennendes Holz runterkommt.»

Als sie sich wieder aufrichtete, tanzten Blitze vor ihren Augen. Sie musste sich an der Kante des Schranks festhalten. Ruhig durchatmen, ermahnte sie sich. Da war nur wenig Platz in ihrem Brustkorb, und die Brandluft machte sie zusätzlich taumelig. In diesem Zustand war sie keine große Hilfe. Doch wenn es nur ein jämmerliches bisschen war, was sie dem Feuer entgegenzustellen vermochte, sie würde es tun, bis die Kinder, der Stall, die Schule gerettet wären.

Draußen musste Anni blinzeln, weil der Qualm in den Augen biss. Moskito hatte das Seil am First befestigt und half dem Mädchen, sich daran Stück für Stück vom Dach zu hangeln, bis zum sicheren Boden.

Durch das Glockengeläut aufgeschreckt, kamen etliche Menschen herbeigelaufen. Saathoff und seine Frau, Urlauber, die wahrscheinlich bis eben friedlich in der Freien Aussicht gesessen hatten, die Kinder vom Strand – zumindest die älteren. Und Fräulein Kea, zum Glück wie immer zur Stelle, wenn man sie brauchte, mit einer Schubkarre voller Wasser, das sie wohl aus der Küche geholt hatte. Alle fassten mit an. Auch Anni. Sie war zu schwach, um randvolle Wassereimer zu stemmen, aber sie konnte immerhin die nassen Decken schwenken, und traf sie eine Flamme, erlosch diese mit einem Zischen. Saathoff und ein paar andere Männer hatten inzwischen eine große Leiter herbeigeschafft, mit der sie an das Fenster im Heuboden gelangten, ihnen wurden Eimer gereicht, Töpfe und sogar Stiefel, alles, was sich mit Wasser befüllen ließ, wurde benutzt.

«Frau Reiner, Sie müssen doch nicht!», rief Fräulein Kea ihr zu.

«Soll ich einfach nur zusehen?», protestierte Anni.

Immerhin breitete das Feuer sich nicht weiter aus, und Moskito hatte es ebenfalls geschafft, unverletzt unten anzukommen. «Es war meine Schuld», heulte er.

Anni ging zu ihm, wollte ihn umarmen und trösten, weil solche Dinge nun einmal passierten und es wenig half, sich zu geißeln. Doch Moskito wich aus, preschte durch die Menge, bis er bei Thomas angekommen war und dem völlig verschwitzen Jungen das Pumpen abnahm. «Wegen der verfluchten Zigarette», heulte er. Und die Wut auf sich selbst ließ Moskito so schnell pumpen, dass der Strahl zwei Meter höher reichte als zuvor.

Vera rannte herbei, ihre Wangen gerötet. «Endlich habe ich jemanden erreicht. Sie sagen, die Feuerwehr ist unterwegs und schon beim Geräteschuppen.»

«Dann müssten sie in spätestens zehn Minuten da sein.»

Der Druck floss ganz plötzlich aus Anni heraus, sie fühlte sich von einem Moment auf den anderen erleichtert, das Atmen ging besser, nur das gleichzeitig einsetzende Ziehen war unangenehm.

«Alles in Ordnung, Frau Reiner?», fragte Vera und blickte auf die Pfütze, die sich zu Annis Füßen ausbreitete.

«Bitte …» Sie musste die Zähne zusammenbeißen, denn das Ziehen erfasste nun auch ihre Flanken, ihren Rücken. «Kannst du Fräulein Kea sagen, sie soll zu mir kommen?»

«Aber ja.»

«Es wäre gut, wenn sie ein paar saubere Küchentücher mitbringt …» Anni unterdrückte ein Stöhnen. «Und ihre gute Schere.»

Nachdem Vera losgerannt war, schleppte Anni sich zurück in die Wohnung. In mehreren Etappen – drei Schritte, stehen bleiben, schnaufen. Weil jede Wehe ihr den Boden unter den Füßen wegzuziehen drohte.

«Geh in die Waschkammer und koch die Tücher aus», sagte Kea, kaum hatte sie die Küche betreten. Für Freundlichkeiten war dies nicht der Tag.

Helga zierte sich, die rot getränkten Lappen auch nur anzufassen. «Das ist ekelhaft.»

«Schau es dir genau an, das Blut. So etwas kommt dabei heraus, wenn man mit Jungs poussiert.»

«Ein totes Kind?»

«Wenn du nicht so dämlich wärst, mit einer brennenden Zigarette auf den Heuboden zu klettern, wäre der kleine Junge vielleicht lebendig zur Welt gekommen.» Das stimmte zwar nicht – Frau Reiner hatte ihr schon zu Beginn der Niederkunft gesagt, sie glaube, ein Sternenkind zur Welt zu bringen –, aber ein schlechtes Gewissen schadete Helga nicht, die sich schon wieder schnippisch gab, als wäre nichts passiert. Der arme Moskito war dagegen völlig hinüber, dabei hatte er bestimmt nicht geraucht, so einer war der nicht. «Und dann schau, ob von den Tischdecken noch welche zu retten sind. Und die wäschst du dann auch gleich mit!»

Maulig machte sich Helga auf den Weg.

Endlich allein. Kea goss ein Glas Milch ein, ließ sich auf den Küchenschemel fallen und schloss die Augen.

«Ich danke Ihnen», hatte Frau Reiner gesagt, als alles vorüber gewesen war. «Ein Doktor hätte es nicht besser machen können. Im Gegenteil», hatte sie noch hinzugefügt, «Sie haben mich so beherzt unterstützt, als hätten Sie schon tausend Kinder auf die Welt gebracht.» Kea hatte bloß genickt. Da lag die Frau Lehrerin mit dem leblosen Wurm im Arm, nassgeschwitzt, verheult und überall verschmiert, und rang sich ein Lächeln ab, um solche Sachen zu sagen.

«Bin wohl 'n Naturtalent», hatte Kea geantwortet. Nicht tausend Kinder, hatte sie gedacht, aber eines. Und diese Erfahrung werd ich nie vergessen, solange ich lebe. Sie verbindet uns Mütter, auch wenn wir sonst wer weiß wie verschieden sind.

Dann hatte Kea lieber schnell angefangen aufzuräumen, bevor der Dr. Reiner reinkam, mit den Kindern womöglich. Gesa und Helga hatten beim Putzen geholfen, mit Essigwasser, damit es frisch roch. Und sie hatten im Garten Blumen gepflückt und ein ausrangiertes, aber hübsch besticktes Deckchen gebracht, um das Kleine – gewaschen und gecremt, als sei es am Leben – darin einzuwickeln. Denn Kea hatte keine Ahnung gehabt, was sie sonst damit anfangen sollten. Ein Mensch, der nie gelebt hatte, bekam der eine Geburtsurkunde? Einen Totenschein? Oder blieb der für immer ein namenloser Gast, nie zu Hause gewesen auf der Erde? Frau Reiner hatte den Kleinen so lieb gestreichelt, als würde er etwas davon mitkriegen, geküsst hatte sie ihn, in den Armen gewiegt, leise singend. Trotz der Nabelschnur, die noch immer um seinen Hals geschnürt war, das verfluchte Mistding. Ob sie sie allein lassen kann, hatte Kea gefragt. Sie sei ja gar nicht allein, hatte Frau Reiner geantwortet. Wirklich schade, dem kleinen Jungen wäre es gut gegangen bei dieser Frau. So viel Liebe hatte die in sich, das war Kea nie bewusst gewesen. Frau Reiner wirkte immer so klug, hatte sich im Griff, wurde nie laut, wenn die Schüler es zu doll trieben, packte mit an, wenn die Lebensmittel angeliefert wurden, bot Lu die Stirn – aber immer wieder schimmerte auch ihre vornehme Herkunft durch. Und darüber hatte Kea ein bisschen die Nase gerümpft: eine Frau, die noch nicht mal kochen konnte oder bügeln oder waschen. Was sollte man von der halten? Doch wie groß musste ein Herz sein, dass man hochschwanger aufsprang, wenn es brannte, dass man alles daransetzte, diese beiden Kinder vom Dachboden zu retten.

Kea dachte an damals, als sie in den Wehen gelegen hatte. Von Sonnenuntergang bis zum Mittag des darauffolgenden Tages. Eine Gemeindeschwester war an ihrer Seite gewesen, die versprochen hatte, die Klappe zu halten. Über die Geburt und über die Verwünschungen und Flüche, die Kea ausgestoßen hatte, dass man schon Angst kriegte, das Kind könnte davon 'nen Schaden kriegen. Bis zu dem Moment, als es endlich vorbei gewesen war, hatte Kea das Wesen in ihrem Bauch wirklich gehasst, wegen der Schande, wegen den Schmerzen und dem Durcheinander, das aus ihrem Leben geworden war. Doch dann war Marje da gewesen, und alles hatte sich ins Gegenteil verkehrt.

Beinahe hätte Kea die Milch vergessen, die neben ihr auf dem Küchentisch stand. Dabei war sie furchtbar durstig. Mit dem Glas in der Hand stand sie auf und ging zur Tür. Lu und die anderen Lehrer räumten gemeinsam mit der Feuerwehr den schlimmsten Schutt weg. Ein Teil des Heubodens war hinüber, die verkohlten Dachbalken lagen glühend auf dem Rasen. Ansonsten war es glimpflich ausgegangen. Die Großen hatten die Schweine eingefangen, während die Kleinen sich gegenseitig mit dem Schlauch nass spritzten.

Jetzt war es still. Kea brauchte ein paar Schlucke Milch, bis sie kapierte, was eigentlich fehlte: die Hunde. Der schreckliche, sabbernde, knurrende Korff, vor dem sie immer ein bisschen Angst gehabt hatte, und der kläffende Dackel. Die wären da jetzt rumgetollt, hätten in der Asche geschnüffelt, die Schweine rumgescheucht und wie die Blöden versucht, den Wasserstrahl zu fangen. Stattdessen lagen ihre zerschossenen Kadaver in einem Meter Tiefe in der Nähe des Gemüsegartens. Ein Berg Blumen obendrauf. Kea vermisste das Gebell.

Genug Gefühlsduselei, schimpfte sie mit sich selbst, schließlich musste heute noch ein besonderes Mahl auf den Tisch. Und wer arbeitete, kam nicht ins Grübeln.

Den großblättrigen Spitzkohl hatte sie schon am Mittag geschnippelt, eigentlich sollte der die Gemüseeinlage im Graupeneintopf sein, doch heute hatte sicher niemand was dagegen, wenn sie ein paar Scheiben fetten Speck hinzugab, auch wenn eigentlich kein Fleischtag war.

Die Speisekammer war verwüstet, weil sämtliche Töpfe zum Löschen rausgezogen worden waren. Alles lag kreuz und quer. Ächzend putzte Kea die Pötte aus, stellte sie ineinander und schob sie wieder unter das Fenster. Der Speck hing oben an der Decke, also schob Kea die Büchse der Pandora bis unter den Balken, an dem die Wurstwaren baumelten. Die Eichentruhe hielt, auch wenn sie sich knarzend über die ungewohnte Last beschwerte. Würde die Küche brennen, die Kiste wäre wahrscheinlich das Erste, was die Kinder in Sicherheit brächten. Wenn man an die Flammen auf dem Herd dachte und im Ofen, die Anzündhölzer, das heiße Fett … Da konnte schon mal was passieren. Was würde dann aus Marje werden?

Kea hielt inne. Darüber hatte sie noch nie nachgedacht. War ja auch kein schöner Gedanke: *Wenn du mal tot bist, Kea Joosten, wird dann Marje jemals erfahren, dass du ihre Mutter warst? Dass du sie lieb gehabt hast, mehr als das eigene Leben? Dass du ihr dankbar bist, weil du durch ihre Geburt Frieden schließen konntest mit dem Schmerz, durch den sie entstanden war*? Nachdenklich stieg Kea wieder hinab. Ohne den Speck. Der musste warten.

Wichtiger waren jetzt die Papiere. Die musste sie in Sicherheit bringen. Denn man wusste nie, was die Zukunft brachte. Vielleicht wäre sie auch mal weg, von einem Tag auf den anderen, so was passierte. So wie die Hunde, die einfach nicht mehr bellten.

Obertertia

Februar 1929

Der Winter hat das Leben in seiner eisigen Klaue. Heute Morgen lagen drei tote Vögel im Hof, zwei Spatzen und ein Rotkehlchen, als wären ihre steinhart gefrorenen Leiber direkt vom Himmel gefallen. In den Dünen und auf den Hellerwiesen sollen Dutzende verendet sein. Verhungert, verdurstet, vom Winter unbarmherzig aus der glasklaren Luft gerissen, die so harmlos tut mit ihren prächtigen Farben. Gestochen scharf ist das Festland zu sehen, als könne man eben rüber nach Norddeich marschieren, auf einen Becher Tee und ein Krabbenbrot. Einfach über das glitzernd weiße Eis schlittern, das auf dem Wattenmeer liegt wie eine Daunendecke. Zwar strömt die See bei Flut heran und flüchtet bei Ebbe, doch es fehlt die Kraft, um das Packeis fortzuschieben. Statt Wellenrauschen hört man das Knarzen und Scheuern der Bruchstellen, die aneinanderreiben, sich aufbäumen und festfrieren.

«Hoffentlich klappt das!», sagt Moskito.

«So schlimm wird's schon nicht werden.» Volkmar schultert seinen Rucksack und zeigt nach Südost. «Wir müssen einfach nur in diese Richtung.»

Die Sendemasten von Radio Norddeich scheinen greifbar nah, ebenso die Markierung der Hafeneinfahrt. Sogar das Kirchenschiff von Ludgeri ist zu erkennen, rot und erhaben zeichnet es sich am Horizont ab. Man kann sich die Menschen vorstellen, die auf dem Norder Marktplatz Winterkartoffeln kaufen oder Grünkohl oder Räucherfisch, sogar Wurst und Käse. Sie tragen warme Mäntel und schützen sich mit Schals und Mützen gegen den Ostwind. Dort drüben ist es oft noch ein paar Grad kälter. Und schon hier auf Juist zeigt das Thermometer frostige minus zehn. Doch die Leute auf dem Festland leiden keine Not. Und sie haben sicher keine Vorstellung von der Lage hier auf den Inseln, dabei dürfte es in den Zeitungen als Sensationsmeldung stehen: Nordseeinsel Juist seit Tagen ohne Schiffsverkehr! Achthundert Menschen abgeschnitten vom Rest der Welt!

Das Telefon in der Post steht in den vier Stunden, die es pro Tag funktioniert, selten still. Normalerweise ist es ein Ärgernis, dass die Zeit für Ferngespräche aus technischen Gründen eingeschränkt ist, doch jetzt macht das die Sache einfacher. Die besorgten Eltern können sich nur von vier bis acht Uhr abends nach dem Wohl ihrer Kinder erkundigen. In diesen Stunden sitzt dann immer ein Schüler neben dem Apparat, um die Anrufer abzuwimmeln. Mit einem Lächeln – ja, wirklich unbedingt mit einem Lächeln, weil Lu sagt, man kann durch die Leitung hören, ob jemand ängstlich oder optimistisch ist – soll man sagen: «Sie können beruhigt sein. Uns geht es allen prächtig, es fehlt an nichts, und wir sind guter Dinge, dass sich die Situation schon bald deutlich verbessert.» Wie ein Telefonfräulein. Nur dass nichts davon stimmt.

«Teufelstage!», hat Lu heute beim Frühstück ausgerufen, während die Schulgemeinschaft die Brotkrusten in verdünnte Milch getunkt hat, weil die Vorräte langsam knapp werden. «Wann sind sie endlich vorüber?»

Man konnte ihn kaum verstehen, er ist schrecklich erkältet, wie die Mehrzahl der Insulaner. Paul liegt schon seit einer Woche flach, Zuck hat wegen Heiserkeit den Chor ausfallen lassen müssen, und in Moskitos Klasse wird mehr gehustet als gelernt. Die Wasserleitungen sind zugefroren. Sogar die Aquarien haben gelitten, das Seewasser in zwei kleineren ist gefroren und mit ihm die Tiere darin – wie die Insekten im Bernstein, den ein geschultes Auge in seltenen Glücksmomenten am Spülsaum findet. Das Glas hat Sprünge, es ist ein schauerliches Bild.

Gestern musste das Doyen-Haus geräumt werden. Würden alle Häuser der Schule beheizt, wären die Koksreste in einer Woche verbraucht. Also haben sie Matratzen geschleppt, Decken, Kissen und ein paar Stühle und Schränkchen. Die letzte Nacht waren sie zu viert in einem Zimmer – neben Moskito und Volkmar noch Theo und Hubert – und haben das erste Mal seit langem nicht gefroren. Jeden Morgen schaut man nach dem Aufstehen über die Dünen und wird enttäuscht, weil keine Besserung in Sicht ist. Ein Panzer aus Eis und Schnee umgibt die Insel, seit die Schüler aus den Winterferien zurückgekommen sind. Er wird Tag für Tag dicker.

Bis März ist der Spuk hoffentlich vorbei, denn dann müssen fünf Oberprimaner nach Wilhelmshaven zur Reifeprüfung fahren.

Doch Moskito und Volkmar halten es schon jetzt nicht länger aus, nach zwei Wochen ohne Schiffsverkehr wagen sie sich auf eigene Faust hinüber. Obwohl Anni gewarnt hat, man solle noch nicht einmal darüber nachdenken. Im Unterricht haben sie das Eis aus den gefrorenen Aquarien mit dem des Ententeichs verglichen. Bröselig wie Sandkuchen ist es, während Süßwasser erst dann in große, glasige Splitter zerspringt, wenn man darauf einschlägt. «Es hat seinen Grund, weshalb seit Menschengedenken niemand über das tückische Juister Watt zum Festland hinübergelaufen ist. Nicht wenn es gefroren war und schon gar nicht im flüssigen Aggregatzustand. Kommt also bloß nicht auf dumme Ideen!»

Annis Worte sind für die Katz gewesen.

«Es sind bloß zehn Kilometer Luftlinie», hat Volkmar gestern gesagt, als sie zu viert mit knurrenden Mägen auf den zusammengestellten Betten lagen. «Und ich würde sterben für eine knusprige Gänsekeule.»

«Oder eine Scheibe Schinkenspeck. Mit Zwiebeln und Eiern», hat Moskito ergänzt. Da heulten die Jungs auf vor Schmacht, den Rest des Abends ging es nur noch ums Essen, um Krustenbraten mit Rotkraut oder eine richtig fette Hühnersuppe, auch der Gedanke an Milchreis mit roter Grütze, Zucker und Zimt hat ihnen das Wasser im Mund zusammenlaufen lassen. So lange, bis alle eingeschlafen sind und in ihren Träumen reingehauen haben wie die Scheunendrescher.

Dass Moskito und Volkmar nun tatsächlich über das Watt laufen, hat sich erst heute Morgen ergeben. Nach dem kläglichen Frühstück. Denn da hat Moskito erfahren, dass Helga krank im Bett liegt. Gesa, die mit ihr im Diesseits eine Kammer unterm Dach teilt, hat es ihm beim Spüldienst erzählt.

«Der Helga geht es richtig schlecht. Letzte Nacht ist das Fieber so gestiegen, dass Doktor Hensell gerufen werden musste.»

«Und?» Krank sind in diesem Winter tatsächlich schon alle gewesen. Moskito und Volkmar hat es gleich zu Beginn der Epidemie erwischt, Mandelentzündung, Schüttelfrost, Köpfe, so dick und rot wie die Ankerbälle draußen auf dem Watt. Fünf Tage haben sie gelegen und sind sich gegenseitig mächtig auf die Nerven gegangen. Wenn der eine wach war und lesen wollte, brannten dem anderen die Augen von zu viel Licht. Es gab Streit um den Tee, den Anni brachte, um die kühlen Wickel, die auf der glühenden Haut so schnell warm wurden, aber keiner hatte die Kraft, das Fenster zu öffnen, um die Lappen zum Frosten nach draußen zu hängen.

Seit dem Kampf um die Flagge im letzten Jahr, der so furchtbar geendet hatte … Dass die arme Anni ihr Kind vor lauter Aufregung bei dem Brand verloren hatte, das tat Moskito unendlich leid, und obwohl alle sagten, es läge nicht an ihm, das Ungeborene sei womöglich schon ein paar Tage zuvor gestorben, gab er sich heimlich die Schuld dafür … Jedenfalls krachte es seitdem immer öfter zwischen Moskito und Volkmar. Als sei das Zimmer, in dem sie lebten, plötzlich furchtbar eng geworden, und die Feindschaft zwischen den Bären und den Wildgänsen hätte auf sie beide abgefärbt. Wenn die Menschen glauben, die Insel sei ein Paradies, so vergessen sie, dass man hier auf nur wenigen Quadratkilometern zusammengepfercht und den anderen auf Gedeih und Verderb ausgeliefert ist. Moskito reagiert jedenfalls immer öfter gereizt und fährt bei Kleinigkeiten aus der Haut. Beim Abtrocknen musste er aufpassen, dass er nicht vor Wut die dünnen Wassergläser zerdrückt. Was geht es ihn an, wenn ein Küchenmädchen ein bisschen hustet?

«Grüß Helga», sagt er zu Gesa. «Ich wünsch gute Besserung.»

«Sie hat nach dir gefragt.»

«Nach mir?»

«Ja, als sie mal kurz wach war, hat sie gefragt, ob du sie wohl besuchen wirst.»

«Wieso?»

Gesa hat wütend die Fäuste in die Hüften gestemmt. «Wieso wohl! Ihr habt euch geküsst, damals, auf dem Heuboden. Und danach hast du sie noch nicht mal mehr mit dem Mors angeschaut.»

«Weil wegen unserer Dummheit fast die ganze Schule abgebrannt ist.»

«Darum lässt du sie einfach links liegen? Was für ein Mistkerl du bist.»

Damit ist Gesa abgerauscht. Den Rest des Spüldienstes über hat Moskito gegrübelt, was er tun soll. Mit jeder Tasse, die er abgetrocknet hat, tat ihm Helga mehr leid. Nach der Sache mit dem Feuer ist sie noch zwei- oder dreimal zu ihm gekommen, wollte spazieren gehen oder heimlich in die Freie Aussicht, was trinken, hat mit den Augen geklimpert und einen Schmollmund gemacht. Aber sie ist echt zu alt für ihn. Hübsch, ja, aber doch auch ein bisschen öde. Das hat er Helga natürlich nicht direkt gesagt. So gemein will er dann doch nicht sein.

Draußen auf dem Hof hat Moskito eine knallrote Hagebutte entdeckt, von einer Eisschicht überzogen, an einem kahlen Zweig hängend. Den hat er abgeknickt und Helga mitgebracht statt Blumen, die man sonst zu Krankenbesuchen anschleppt. Niemand hat mitgekriegt, wie Moskito im Diesseits über die Hintertreppe zu den Personalzimmern hochgeschlichen ist. Schon im Flur hat man die Krankheit gerochen. Die Luft war stickig und roch säuerlich, weil wegen der Kälte nicht gelüftet werden durfte. Er hat Helga schwach husten hören und hat die Kammer betreten, die noch viel kleiner ist als das Zimmer, in dem Volkmar und er es miteinander aushalten müssen. Zwei Holzbetten unter der Dachschräge, eine Waschschüssel neben dem schmalen Schrank, aber kein Schreibtisch.

Obwohl Helga eine Woche zuvor noch kerngesund gewesen ist, hat sie jetzt wie eine alte Frau ausgesehen. Käsige Stirn, fettig-fiebrige Wangen, umschattete Augen, aufgerissene Lippen. Sie hat im Bett gelegen wie ein Omelette auf dem Teller, als hätte sie weder Knochen noch Muskeln, und hat tief und fest geschlafen. Moskito hat ihr den Zweig vorsichtig auf die Bettdecke gelegt, ist wieder raus, schnell die Treppe runter in den

Hof, es kam ihm vor, als hätte er seit dem Betreten ihres Zimmers die ganze Zeit über die Luft angehalten.

Den Kakao aus dem heiß ersehnten Weihnachtspäckchen seiner Eltern hat er längst verteilt. An Gregor, der ihm dafür was gezeichnet hat, das er für den Kunstunterricht brauchte, da lernen sie gerade die Fluchtperspektive, und Gregor hat was Futuristisches zu Papier gebracht, mit fliegenden Automobilen. An Theo, gegen den er im Kartenspiel verloren hat. An Volkmar aus alter … nun ja … Freundschaft. Und an sich selbst gegen die schlechte Laune und das Heimweh, das immer gleichzeitig mit den Päckchen bei ihm eintrifft, weil die Mutter von zu Hause schreibt, von den Hunden und den Arbeitern mit ihren Familien, was es zu essen gibt, ach ja … Jetzt tut es Moskito leid, beim Kakao nicht an Helga gedacht zu haben. Gesa hat recht, er ist ein Mistkerl.

Keine halbe Stunde später war sein Plan gefasst und Volkmar überredet. Sie werden heimlich über das Wattenmeer laufen und mit Taschen voller Leckereien zurückkehren, die sie an die anderen verteilen (und an sich selbst, aber das geben sie nicht zu, weil das Vorhaben dann nur noch halb so edelmütig wäre). Moskito und Volkmar sind echte Abenteurer, wie Steinzeitmenschen auf der Jagd nach dem Mammut oder Schatzsucher in Ägypten.

Jetzt gerade fühlt Moskito sich jedoch leider alles andere als heroisch. Die dicke Kleidung macht ihn unbeweglich. Er trägt lange Unterwäsche, zwei Pullover, zwei Hosen, Ölzeug, die wärmsten Socken, die er besitzt, darüber Fischerstiefel mit grobem Profil. Kalt ist ihm trotzdem.

«Bevor wir aufs Eis gehen, sollten wir noch einmal die Route festlegen», bittet er Volkmar.

«Meinetwegen.» Volkmar zieht mit den Zähnen die Handschuhe aus und holt eine Papierrolle aus seinem Ärmel. Eine Seekarte, die er sich heimlich aus Lus Archiv geborgt hat. Flächen von Blau, Grün, Gelb und Grau kennzeichnen die verschiedenen Tiefen und Untiefen des Meeres, die für den Schiffsverkehr angelegten Prikkenwege sind ebenfalls markiert. Leider kann man die kleinen Birkenstämme, die zur Markierung der Fahrrinnen in den Schlick gesetzt wurden, heute kaum sehen, nur vereinzelt lugen ein paar Äste durch das meterhohe Eis.

Volkmar kennt sich trotzdem aus. «Wir sind an der Wilhelmshöhe. Von hier aus führt der beste Weg gen Norddeich.»

«Aber wenn wir weiter Richtung Osten laufen, sind wir viel näher am Festland», gibt Moskito zu bedenken.

«Mann, du hast echt keine Ahnung. Das wäre lebensgefährlich!»

Warum muss Volkmar immer raushängen lassen, wie viel mehr Ahnung er zu haben glaubt? Aber weil sie es noch ein paar Stunden miteinander aushalten müssen, schluckt Moskito den Ärger hinunter.

«Wir sind am Hohen vom Watt», sagt Volkmar.

«Aha.»

«So nennt man die Stelle, wo die Strömungen besonders viel Sand und Segmente ablagern. Selbst bei Flut steht das Wasser nur einen guten Meter über dem Grund.»

«Du meinst, wenn wir einbrechen sollten, könnten wir stehen?»

«Vermutlich schon.» Volkmar zwinkert Moskito zu. «Uns würden aber sofort alle Gliedmaßen abfrieren. Die werden erst ganz hart und blass, dann kriegt man Blutblasen, am Ende verfärben sie sich von den Kuppen her schwarz und fallen ab.»

«Volkmar!»

«Sag nicht, ich hätte dich nicht gewarnt!»

Jetzt umzudrehen wäre albern. Und die Vorstellung, es zu schaffen, ist verlockend. Also wagen sie es.

Unter den Sohlen knirscht es wie Kies, die Stiefel versinken, und Moskito fürchtet schon, dass das Eis nicht halten wird und sie gleich im eisigen Wasser landen. Es folgt der nächste Schritt, der übernächste. Man muss die Füße anheben wie ein Fischreiher auf Beutezug. Moskito bereut, sich keine getönte Brille ausgeliehen zu haben, er ist jetzt schon fast schneeblind.

Volkmar schwingt große Reden über Roald Amundsen, den besten Polarforscher der Welt. Monatelang war der mit dem Hundeschlitten im ewigen Eis unterwegs. Und anschließend in der ganzen Welt, um von seinen Expeditionen zu berichten. «Er hat sogar einen Eisbärenangriff überlebt!»

«Die wurden in Ostfriesland zum Glück noch nicht gesichtet», murmelt Moskito in seinen mehrfach um den Hals geschlungenen Schal.

«Angeblich soll Amundsen sogar seine eigenen Schlittenhunde aufgegessen haben, um nicht zu verhungern.»

Moskito wird ein wenig übel. «Genutzt hat es ihm nichts. Jetzt ist er abgestürzt, und seine Leiche wird vermutlich nie gefunden.»

«Weil er noch lebt», spinnt Volkmar eine Heldengeschichte. «Er ist am Nordpol geblieben, um dort geheime Experimente durchzuführen, die der Menschheit von großem Nutzen sein werden.»

«Das hält doch keiner durch. In der Arktis ist es noch mal dreißig Grad kälter als hier.»

«Amundsen ist Arier. Stark, zäh, unbezwingbar.»

«Aber im Abitur hatte er nur eine Vier.»

«Schulnoten sind überschätzt.»

Ist ja klar, dass Volkmar das so sieht. Seine Versetzung ist mal wieder gefährdet. Dann hocken sie ab Ostern auch noch in einer Klasse zusammen, Moskito mag nicht daran denken. Er schwitzt aus allen Poren, so anstrengend ist der Marsch. Über die Fugen im Eis springen sie hinweg. Sind diese zu breit, steigen sie ein Stück hinab. Manchmal kann man nicht mehr über den Rand schauen. Als würde man von einem Gletscher verschluckt. Sich dann auf der anderen Seite wieder hochzuwuchten kostet Kraft. Die schweißnasse Kleidung beginnt zu jucken. Sobald der Boden schwankt, rennen sie los, um schnell eine festere Scholle zu erwischen. Irgendwann schaut Moskito sich das erste Mal um – und ist enttäuscht. Als hätten sie bloß ein paar lächerliche Hüpfer gemacht, scheint das Inselufer noch immer in Rufweite, dem Ziel sind sie womöglich keinen einzigen Meter näher.

«Du willst doch nicht etwa schlappmachen?», liest Volkmar Moskitos Gedanken. «Wenn wir einfach so zurückkommen, kriegen wir maßlosen Ärger. Bei nächstbester Gelegenheit wird Lu unseren peinlichen Ausflug in eine seiner Gutenachtgeschichten einflechten, damit alle über uns lachen.»

Da hat Volkmar recht. Nur wenn sie es schaffen, sind sie Helden. Ansonsten zwei nassgeschwitzte Trottel, mehr nicht.

Sie laufen in dieses helle, endlose Weiß hinein, reiben sich den Schweiß aus den Augen, stolpern ab und zu, geben einander Hilfestellung beim Klettern und denken ans Essen. Und lieber nicht daran, dass sie den ganzen langen Weg später wieder zurückgehen müssen.

Mit einem Mal lenkt ein seltsames Geräusch sie ab, surrend nähert es sich am Himmel, wie eine Hummel im Sommer, bloß zigmal lauter.

Ein Flugzeug! Sie bleiben stehen und bestaunen das fliegende Wunder.

«Eine Junkers W 33», weiß Volkmar. «So eine ist neulich ohne Zwischenlandung über den Atlantik geflogen.»

Die Sicht ist klar und der Flieger so tief, dass man die Ziffern am Rumpf erkennen kann: D1424. Sie winken, so gut das in der Kleidung eben geht. Der Pilot scheint zu antworten, denn er kippt leicht von links nach rechts, dass die Tragflächen wippen. Es ist keine Seltenheit, hier einen Flieger zu sehen, im Sommer brausen sie ständig von Ost nach West, um zahlungskräftigen Gästen die Ostfriesischen Inseln von oben zu präsentieren.

«Die Spannweite beträgt fast zwanzig Meter, und mit Rückenwind legt das Ding zweihundert Kilometer in der Stunde zurück», gibt Volkmar wieder mit seinem Wissen an.

«Was du nicht sagst!»

«Mein Vater hat auch so eine», behauptet Volkmar daraufhin.

Moskito tut so, als hätte er das nicht gehört. Gerade als das Flugzeug über ihren Köpfen ist, heulen die Motoren auf, dann zieht die Propellernase nach oben. Wie ein Fisch an der Angel scheint die Junkers in die Höhe gezogen zu werden, dann dreht sie ab und verschwindet gen Osten. Moskito ist sich nicht sicher, ob er jemals neben einem solch waghalsigen Piloten sitzen möchte.

Volkmar ist nicht mehr zu bremsen, weder beim Lauftempo noch bei seinen Erzählungen über Flugzeuge, Pferdestärken und Kilowattstunden, Startmasse und Flügelfläche. Moskito kann sich das ohnehin nicht merken.

Plötzlich versperrt ein riesiger Abgrund den Weg: Schroff fällt das Eis vor ihren Füßen ab, unten preschen Wassermassen durch den frostigen Kanal. Da kann man ganz bestimmt nicht stehen. Die Strömung würde einen mit sich reißen.

«Die Fahrrinne», stellt Volkmar fest.

«Ich dachte, die hätten wir längst überquert.»

«Die von Norderney.»

«Dann haben wir uns verlaufen?»

Volkmar entrollt erneut die Karte. Seine nackten Hände zittern so sehr, dass man kaum etwas erkennen kann. Sie sehen sich um, die Seezeichen bieten Orientierung, der Juister Wasserturm auf der Düne, der Leuchtturm von Norderney, die Markierungstonnen im Seegatt und das Hafengebäude in Norddeich. Mit Hilfe des Taschenkompasses versuchen sie, sich Linien vorzustellen zwischen Inseln und Festland.

«Wir sind zu weit nördlich», sagt Volkmar schließlich.

«Das heißt, dies ist genau die lebensgefährliche Stelle, wegen der wir vorhin den Umweg gemacht haben?» Moskito muss sich zusammenreißen, um Volkmar nicht an die Gurgel zu springen. «Wie konnte das passieren? Du bist doch ständig mit dem Boot unterwegs.»

«Aber nicht bei Eisgang. Das sieht jetzt völlig anders aus!»

«Warum sagst du das nicht früher? Dann hätte ich mehr auf den Weg geachtet.»

«Dann bin ich dran schuld?»

«Wer denn sonst?»

Sie stehen sich gegenüber. Zwei Zimmergenossen mit gefrorenen Haarspitzen und Wut im Bauch.

«Willst du dich jetzt prügeln, oder was?» Volkmar hebt einen Arm zum Schlag. «Kannste haben!»

«Hör auf!» Moskito weicht aus, der Schlag läuft ins Leere, und Volkmar wird fast von den Beinen gerissen. «Was bist du nur für ein Idiot!» Es platzt einfach aus Moskito heraus. Denkbar schlechter Zeitpunkt, denkbar schlechter Ort, doch er kann sich nicht zurückhalten. «Immer musst du dich dicke machen. Aber in Wirklichkeit hast du von nichts 'ne Ahnung!»

Er klatscht seinem Kameraden statt der Hand ein paar Wahrheiten ins Gesicht. Dass Volkmar Kleinere für sich in die Speisekammer einbrechen lässt, dass er Geheimnisse nicht für sich behalten kann, dass er beim Hockey den Schläger absichtlich gegen die Schienbeine der Gegner haut. «Und dann die Lügengeschichten über deine Familie! Die angeblich so reich ist und so vornehm. Die immer Champagner trinkt und neuerdings sogar ein Flugzeug besitzt. Dabei hat sich in den letzten vier Jahren keiner je bei dir gemeldet. Keine Mutter, kein Vater, noch nicht mal irgendein buckliger Onkel.»

Volkmar stürzt sich auf Moskito und reißt ihn zu Boden. «Du hast ja keine Ahnung!», schreit er und boxt Moskito in die Magenkuhle. Die dicke Kleidung mindert die Wucht. Die Kante, die in ungesunder Nähe in die Tiefe führt, bröckelt etwas.

Schnee rutscht in Moskitos Mantelkragen und liegt ihm beißend kalt im Nacken. «Lass das, sonst kracht gleich alles zusammen!», versucht er, Volkmar zu stoppen. Doch der ist wie von Sinnen, holt erneut aus, boxt gegen Moskitos Schulter. Moskito weiß sich nicht anders zu helfen und wuchtet Volkmar hoch, mit dem Knie drückt er nach, dann ein satter Tritt. Volkmar fällt zur Seite, rollt ein Stück weiter, rutscht gefährlich nah an den Abgrund. Moskito schnellt herum und kriegt Volkmar gerade noch zu fassen. Doch der wischt wütend die helfende Hand zur Seite. Und dann ist ein Bersten und Knacken zu hören.

Volkmar ist plötzlich verschwunden, einfach weg. Nicht einmal geschrien hat er.

«Volkmar?» Moskito robbt vorwärts. Ein großes Stück der Scholle ist weggebrochen, zahlreiche Ritzen und Rillen im Boden warnen, dass so etwas gleich noch mal passieren kann, also verteilt Moskito sein Gewicht auf eine möglichst große Fläche. «Volkmar?»

«Verdammter Mist!», hört Moskito weit unter sich ein Fluchen. «Moskito! He! Ich kann mich nicht mehr lange halten.»

Moskito schiebt sich weiter nach vorn und entdeckt Volkmar: Er ist nicht ganz bis nach unten gefallen, zum Glück nicht, sonst wäre er längst davongespült worden. Stattdessen klemmt er in einer Lücke fest, die Beine gegen die gegenüberliegende Wand gestemmt, das Gesicht rot vor Anstrengung.

Moskito wickelt seinen Schal ab, bindet an jedem Ende eine Schlaufe, die eine legt er um sein Handgelenk, die andere lässt er langsam hinab. «Halt dich daran fest, dann kann ich dich beim Hochklettern unterstützen.»

Volkmar folgt den Anweisungen, greift in die Schlinge, beißt sich sogar daran fest vor lauter Angst und weil er dann die Hände zum Klettern frei hat. Sofort spürt Moskito das Gewicht. Er hackt seine Fußspitzen ins Eis, um Halt zu finden, dann zieht er am Schal. «Du musst schon mithelfen, alleine schaffe ich das nicht.»

«Mach ich doch!» Volkmar ächzt und flucht. Dass ihm die Finger gleich abfrieren. Die Nase. Die Zehen. Dass er hier sterben und seine Leiche niemals gefunden wird.

«Hör auf zu jammern und streng dich lieber an», keucht Moskito.

Stück für Stück bewegt sich Volkmar an die Oberfläche. Als seine Finger zum Vorschein kommen, sind noch alle dran, sehen aber aus wie Porzellan. Moskito bekommt die Oberarme zu packen, kann unter die Achseln greifen, dann zieht Volkmar endlich seinen Körper nach, seine Beine und Füße. Sie kriechen weg von der Kluft und bleiben schließlich, als sie sich in Sicherheit wähnen, erschöpft liegen. Einander zugewandt im Schnee, die Wangen gequetscht, die Münder verschoben, schauen sie sich an. Der hektische Atem fühlt sich warm an im Gesicht.

«Wir sollten besser umdrehen», sagt Volkmar.

«Niemals!», sagt Moskito. «Denk an die Zwiebeln und die Eier und den Speck.»

Volkmar schließt die Augen. «Ich kann echt nicht mehr.»

Moskito erhebt sich, greift Volkmars Arm und zieht ihn hoch. «Und ob du noch kannst.»

In den Romanen, die Moskito sich manchmal aus Pauls Bibliothek ausleiht und die er – wenn sie gut sind – in einem Rutsch liest, schweißen überstandene Abenteuer die Helden noch mehr zusammen: Professor Aronnax und Käptn Nemo nach ihrem Kampf gegen den Riesenkraken, Lederstrumpf und der letzte Mohikaner auf der Flucht durch die Wildnis, Gales und Koslowski seitdem sie in Dakar schanghait wurden. Freunde, die fortan gemeinsam durch dick und dünn gehen.

Aber das Leben ist kein Roman. Moskito und Volkmar reden seit der Schlägerei kein Wort mehr miteinander. Nicht als sie nach schier endloser Wanderschaft den rettenden Steinwall erreichten, der bis in den Norddeicher Hafen verläuft. Nicht als der Hafenmeister sie mit warmen Decken und heißem Tee in Empfang nimmt. Noch nicht einmal, als der Reporter vom Ostfriesischen Kurier eigens mit dem Automobil angefahren kommt, um die beiden auszufragen und eine Fotografie zu machen. Sie haben sich in Pose gestellt, die Arme auf die Schultern des jeweils anderen gelegt, Volkmar trägt in der freien Hand den großen Schinken, den der Reporter mitgebracht hat, Moskito hält einen Korb mit Eiern, Zwiebeln und Schokolade in die Kamera. Gegrinst haben sie bis über beide Ohren. Und brav Rede und Antwort gestanden. Wahrscheinlich hat kein Mensch bemerkt, dass die beiden todesmutigen Inseljungen sich ansonsten nichts mehr zu sagen haben.

Für den Rückweg haben sie von einem der Bauern einen Schlitten mitbekommen, um die ganzen Vorräte zu transportieren. Ein Apotheker aus Norden hat einen Karton Medikamente spendiert, weil sie von den vielen Kranken an der Schule berichtet haben. Die Frau des Bahnhofsvorstehers hat sie mit trockener Kleidung versorgt und die durchnässte in einen Sack gepackt. Ein Wattführer zeichnete eine Karte, auf der die sicherste Strecke zur Insel fein säuberlich verzeichnet ist. Sein Angebot, die beiden bis zur Itzendorfplate zu begleiten, von wo aus man am sichersten nach Juist gelangt, schlagen sie aus. «Von da ab stur nach Nordwest. Und meldet euch, wenn ihr drüben angekommen seid!» Mindestens zwanzig Leute stehen winkend am Deich. Schweigen tun sie trotzdem.

Moskito weiß nicht, was gemeiner gewesen ist: dass er Volkmar die Vorwürfe um die Ohren gehauen oder dass er damit so lange gewartet hat. Einerseits wird er von seinem Gewissen gepiesackt, andererseits weiß er einfach, dass er im Recht ist. Sobald dieser verfluchte Winter aufhört und wieder alle Häuser bewohnt werden können, wird er Lu darum bitten, sich einen neuen Zimmergenossen suchen zu dürfen.

Still und konzentriert folgen sie dem Weg auf der Karte, jeder Knochen tut weh. So muss es sich anfühlen, wenn man über fünfzig ist. Die neuen Socken scheuern an der Hacke. Der viele Tee, den sie getrunken haben, drückt in der Blase, aber wenn Moskito zum Pinkeln stehen bliebe, müsste er Volkmar bitten, auf ihn zu warten, weil der die Karte hat – und Moskito will auf keinen Fall der Erste sein, der redet. Außerdem haben sie nicht mehr allzu viel Zeit, die Sonne steht schon so nah am Horizont, dass der Himmel sich rot zu färben beginnt. Die Silhouette der Dünenkette sieht wie ein Ölgemälde aus. Zum Glück kommen sie ungefähr doppelt so schnell voran, weil die Wegbeschreibung sehr präzise ist. Die Rufe der hungrigen Wintervögel im Inselwäldchen werden lauter. Am Ufer, in der Nähe der Wilhelmshöhe, wartet eine Kutsche. Der Hafenmeister hat die Schule informiert, wann ungefähr sie eintreffen müssten. Moskito kann gar nicht in Worte fassen, wie froh er ist, abgeholt zu werden. Wie gern würde er losrennen, doch dann könnte der Schlitten umkippen, und all die kostbaren Mitbringsel würden auf dem Eis landen.

«Wenn ihr meine Gören wäret, ich würde euch erst mal übers Knie legen!», begrüßt Saathoff die Heimkehrer. «Ich dachte immer, ihr Schüler seid so helle Köppe, und dann latscht ihr mittenmang durchs vereiste Watt.» Er schüttelt den Kopf. Ganz sicher bewundert er Moskito und Volkmar heimlich, aber weil er Ostfriese ist, merkt man ihm das nicht an.

Saathoff hilft, das Zeug auf die Kutsche zu packen. Als Moskito vor Erschöpfung die Augen zuzufallen drohen, breitet er auf der Ladefläche eine Pferdedecke aus, rollt sich darin ein und bekommt kaum etwas mit vom Geruckel und Geschaukel der Kutschfahrt. Einmal zieht Zigarettenqualm in seine Nase, Saathoff pafft eigentlich ständig, und Moskito ahnt, dass Volkmar sich auch eine angesteckt hat.

Richtig wach wird Moskito erst, als es schon dunkel ist und die Kutsche auf den steinhart gefrorenen Pfad abbiegt, an dem die Schule liegt. Er rappelt sich hoch, denn natürlich erwartet er einen großen Empfang, vielleicht auch ein bisschen Schimpfe, aber auf jeden Fall eine Menge Leute, die zur Begrüßung parat stehen, ihnen die Geschenke aus den Händen reißen, auf den Rücken klopfen. Doch es ist so still, als wäre in der Zwischenzeit die Menschheit ausgestorben. Moskito bedankt sich bei Saathoff und kriecht schwerfällig von der Kutsche.

Weil Volkmar schnurstracks auf das Jenseits zugeht, um möglichst als Erster seine Version des Geschehens zum Besten zu geben, entscheidet Moskito sich, Fräulein Kea das Essen zu bringen. Und Helga ihre Medikamente.

Doch in der Küche brennt kein Licht. Also stellt Moskito die Lebensmittel auf die Arbeitsfläche, nimmt nur eine Tafel Schokolade heraus und die Arznei, die laut Apotheker bei Lungenleiden hilft. Damit steigt er die Treppe zu den Personalzimmern hinauf. Es wurde gelüftet und riecht weniger streng. Gesa sitzt auf der oberen Stufe und weint.

«Was ist los?», fragt Moskito und glaubt, die Antwort bereits zu kennen. Denn die Tür zur Dienstmädchenkammer steht offen. Und auf dem Boden liegt sein Hagebuttenzweig, zertrampelt und zerquetscht.

Anni öffnete das Fenster und lüftete Pauls durchgeschwitztes Bettzeug. Die Erkältungswelle hatte ihn hart erwischt, im Gegensatz zu ihr und den Mädchen, die nur ein paar Tage geschnieft und geröchelt hatten, kam Paul gar nicht mehr auf die Beine.

«Magst du wirklich keinen Haferbrei?»

Er schüttelte den Kopf. Seine Haare waren strähnig, die Wangen hohl. Schwach rieb er seine Oberarme gegen die Kälte. Anni holte die Decke wieder herein und schloss das Fenster, denn die Luft draußen war, wie jeden Tag seit Einbruch des Eiswinters, klirrend kalt und irritierend rein. Wie gern würde sie mit Paul am Strand spazieren gehen und gemeinsam die bizarren Eisformationen bestaunen. Fast künstlerisch wirkende Skulpturen, zerborstene Schollen, vom schwankenden Boden zusammengeschoben und aufgetürmt. Oder sie könnten es dem tapferen Moskito nachmachen und über das Wattenmeer zum Festland laufen. Inzwischen herrschte reger Verkehr zwischen Norddeich und Juist, sogar ein Automobil war gesichtet worden, darüber würde man noch in hundert Jahren sprechen!

«Ich hole schnell eine Wanne mit heißem Wasser aus der Küche, und dann wasche ich dich mal gründlich von Kopf bis Fuß.»

«Bitte nicht.»

«Keine Widerrede. Ich war Lazarettschwester, schon vergessen?»

«Du bist meine Frau, nicht meine Pflegerin.»

Solange Paul streitlustig und stur war, musste man sich keine ernsthaften Sorgen machen. Anni legte ihm die Decke über den Körper und steckte die Enden unter die Matratze, weil Paul es mochte, fest und warm eingewickelt zu sein. Zumindest bis zum nächsten Fieberschub. «Ich könnte Fräulein Kea fragen, ob sie noch irgendwo einen Geheimvorrat Hühnersuppe gebunkert hat.»

«Wenn ja, dann gib's den Kindern. Ich krieg nichts runter.»

«Du hast seit Tagen nichts gegessen.»

«Mein Magen …» Ihm fielen die Augen zu. Entweder war Paul schon wieder eingeschlafen oder zu schlapp für eine Unterhaltung. Anni küsste seine Stirn, die überraschend kühl war. Das Fieber schien gesunken zu sein.

Leise schlich sie aus dem Zimmer, zog im Windfang den Mantel über und eilte zum Diesseits, wo eine Trauerstunde für das verstorbene Küchenmädchen abgehalten wurde. Alle waren erschüttert. Doch in Annis Bauch grollte auch Wut. Denn als wäre die Lage nicht prekär genug, heizte Lu ihnen in diesen Wochen wortgewaltig ein: *Teufelstage! Schicksalswinter!* Was dachte er sich dabei, solche Vokabeln in Umlauf zu bringen? Im letzten Juni, als die Hunde erschossen worden waren, hätte die *Schreckenszeit* begonnen, hatte Lu bei einer seiner großen Ansprachen behauptet und die Schicksalsschläge aufgezählt: Er war dabei nicht wählerisch gewesen, hatte Annis tot geborenen Sohn in einem Atemzug mit dem Ruderbruch des Schulschiffs genannt. Der Verlust ihres Kindes bedeutete Lu kaum mehr als der kaputte Abwasserkanal im Herbst, der stinkende Brühe in die Küche geschwemmt hatte.

Paul, Anni und den Mädchen hatte die Zeit zum Trauern gefehlt. Nach dem Brand hatte Paul sich in den Neuaufbau des Olymps gestürzt und die Sommerferien über bis zur Erschöpfung gehobelt und gehämmert. Ob er dabei je an das Kind gedacht hatte? Wenn ja, so behielt er es für sich. Die Mädchen durften sich im Juli und im August bei der Großmutter in Frankfurt ablenken, und Anni hatte derweil Dutzende Sponsorenbriefe und Förderanträge geschrieben, um die drohende Pleite abzuwenden. Und nun, ein gutes halbes Jahr später, war die Totgeburt lediglich eine Tragödie von vielen. Oder – so hatte Lu es formuliert: einer der *Teufelstage.* Der *Eiswinter* sei der Höhepunkt, predigte er, wenn die Schule diese Herausforderung überstehe, könne kein Unglück sie je wieder schrecken. Als wären Kälte, Hunger, Krankheit und Tod nur ein Spiel, eine Bewährungsprobe, der man sich stellen musste. Diese elende Untertreibung.

Der Speisesaal war überfüllt. Zuck saß am Flügel und begleitete Gregor, der eine melancholische Variation über *So nimm denn meine Hände* sang. Auf dem zugeklappten Instrumentendeckel stand, von selbstgebastelten Papierblumen gerahmt, ein Porträt der Verstorbenen. Mister hatte es aus dem Gedächtnis gemalt, und eine gewisse Ähnlichkeit war zu erkennen: die hellen Augen, das weißblonde Haar, die schmalen, spröden Lippen. Dennoch blieb die Tatsache, dass es keine einzige Fotografie von Helga gab, eine Peinlichkeit. Im Vorfeld der Trauerfeier hatte Anni sämtliche Alben durchforstet, darin fanden sich unzählige Aufnahmen, professionell angefertigt für die Werbebroschüren, die landesweit verteilt wurden. Sie zeigten jedoch nur die Schüler, und von denen auch nur die Hübschen, Fröhlichen und Gesunden: Volkmar mit seinen blonden Locken bei der Gymnastik am Strand. Rahel im Blumengarten, die Zöpfe stramm um den Kopf gebunden. Moskito und Titicaca als die Unzertrennlichen. Lu mit seiner Mannschaft unter schneeweißen Segeln. Die Theatergruppe in voller Shakespeare-Montur. Orchester, Badenixen, Künstler, Forscher … Was man nicht zu sehen bekam, war das Eis in den Waschschüsseln nach einer Winternacht, war der Sand, der durch die Ritzen der undichten Fenster wehte, waren die schmutzigen Kinderhände, die am Sonntag Koks geschaufelt hatten.

Gesa stand nahe der Tür, ganz schmal und mit rot geweinten Augen. Anni ging auf das Küchenmädchen zu und nahm es in den Arm. Das Schluchzen durchfeuchtete ihre Strickjacke.

Nachdem der letzte Akkord verklungen war, stellte sich Lu neben den Flügel und schaute streng in die Runde. «Helga … unter diesem Namen kannten wir sie alle.»

Gesa stöhnte gequält auf.

«Dabei hieß sie eigentlich Helga Margarete Luisa Breeden. Vielleicht weiß der eine oder andere, dass sie gerade achtzehn Jahre alt geworden war und aus Großefehn stammte. Aber ist das genug?»

Gesa schnappte nach Luft, löste sich aus Annis Umarmung und verließ den Speisesaal.

«Welche Träume hatte Helga? Welche Ängste? Es ist schlimm, dass wir auf diese Fragen keine Antwort kennen.»

Anni folgte dem Küchenmädchen, das sich draußen auf eine der Bänke gesetzt hatte, das Gesicht in den Händen vergraben.

«Komm wieder rein, hier ist es doch viel zu kalt!», sagte sie sanft.

«Da drin halt ich's nicht aus. Blumen und Musik und der ganze Kram.»

«Schon gut.»

«Das ist doch nicht unsere Welt! Wir putzen bloß die Fliesen in der Küche und schälen Kartoffeln. Helga wär an meiner Stelle auch abgehauen.»

«Wenn du hier draußen wartest, wirst du uns auch noch krank, damit ist keinem geholfen.» Anni reichte Gesa ein Taschentuch, das sie eigentlich für ihre eigenen Tränen eingesteckt hatte. «Ich kann dich gut verstehen.»

«Können Sie nicht! Sie sind reich, und Sie haben einen Mann und eine Familie. Und die Schüler lieben Sie.» Sie putzte sich kräftig die Nase. «Helga und ich, wir sind aus dem selben Drecksnest hierhergekommen, obwohl wir wussten, dass wir bestimmt keinen Mann abkriegen, weil wir immer nur arbeiten müssen, noch dazu am Arsch der Welt.»

«Ich wünschte, du wüsstest, wie dankbar ich euch bin. Dir und Helga und Fräulen Kea. Für das, was ihr hier jeden Tag leistet. Und vor allem für das, was ihr damals, als ich mein Baby verloren habe, getan habt.»

Gesa horchte auf. «Wieso? Was haben wir denn so Besonderes gemacht?»

«Das kleine, bestickte Tischtuch, mit dem ihr den Kleinen

eingewickelt habt. Die hübschen Blumen auf meinem Nachttisch. Das werde ich euch nie vergessen.»

«Ach so, ja …» Gesa erhob sich. «Jedenfalls halte ich das Gerede da drin nicht aus. Lieber würde ich mich nützlich machen. Wie geht's denn Ihrem Mann?»

«Oh ja, vielleicht kannst du nach ihm sehen. Und ihn überreden, etwas zu essen. Auf mich hört er nämlich nicht.»

«Werd's versuchen.» Gesa wischte sich noch mal resolut übers Gesicht, drückte Anni das Taschentuch in die Hand und eilte zur Arche.

Anni kehrte nur ungern zurück in den Speisesaal, wo Lu noch immer den Tod des Küchenmädchens für einen moralischen Rundumschlag nutzte. «Was sind wir für eine jämmerliche Gemeinschaft, wenn wir nur unsere direkten zwei, drei Freunde kennen, unsere Kameraden, unsere Sitznachbarn im Klassenzimmer. Nicht aber die Menschen, die sich Tag für Tag abmühen, damit wir satt sind, saubere Wäsche tragen, gebügelt und gefaltet.»

Plötzlich wurde die Tür aufgerissen. Gesa stürzte herein. Das Gesicht blass, die Augen schreckensweit. «Schnell! Der Dr. Reiner … Jemand muss kommen. Ich glaube, er stirbt!»

Vor dem Krieg hatte Anni in Heidelberg studiert, sich dort in Paul verliebt, eine Zukunft mit ihm erträumt – bis er freiwillig in den Krieg gezogen war, um für etwas zu kämpfen, das er nicht mal richtig benennen konnte. Anni war wütend gewesen, hatte das Studium abgebrochen und eine hastige Ausbildung zur Lazarettschwester absolviert. Vielleicht war das so etwas wie ihr ganz persönlicher Sinn in einem völlig sinnlosen Gemetzel gewesen, denn im Lazarett hatte sie so viel Blut gesehen, dass es irgendwann nur noch eine rote, etwas zähe

Flüssigkeit für sie gewesen war, die es einzudämmen galt, mehr nicht.

Also verlor sie auch jetzt nicht die Fassung, als sie Paul in seinem Blut liegen sah, das aus seinem Innern kam, sobald er würgte. Hellrotes Blut und dunkles, das sich zu kleinen Klümpchen verdichtet hatte. Wie nach einem Bauchschuss. Anni agierte mechanisch, als wäre der zitternde, halb bewusstlose Mann nicht der ihre, sondern ein verletzter Soldat, dem sie so gut half, wie es eben möglich war. Die Beine hoch lagern, den Puls mit Eiswasser eindämmen, ihn behutsam mit Flüssigkeit versorgen, beruhigende Worte finden. Und hoffen, hoffen, hoffen, dass endlich ein Arzt kam und das Richtige tat.

Vor der Tür schluchzten die Mädchen aus Angst um ihren Vater, bis Aeschlimiss sie an den Händen nahm und wegführte. Frau Hafner brachte neue Wadenwickel. Gesa begann derweil damit, den Boden zu wischen, weil die Blutung nachzulassen schien und das wenige, das noch aus Pauls Mund sickerte, in einem Eimer aufgefangen werden konnte.

Dann endlich kam Doktor Hensell. Begleitet von Lu, der wohl ins Dorf geradelt war, um ihn zu holen. Anni bemerkte den Schrecken in beiden Gesichtern. Lu machte angesichts der blutigen Szenerie auf dem Absatz kehrt. Der Inselarzt hingegen begann sofort mit der Untersuchung. «Meine Anerkennung, Frau Reiner. Alles, was Sie bislang unternommen haben, war goldrichtig!»

Anni ließ sich erleichtert auf der Bettkante nieder. «Aber wo kommt bloß das ganze Blut her?»

«Eine normale Grippe ist das jedenfalls nicht.» Doktor Hensell begutachtete Paul, der die Anwesenheit des Arztes kaum registrierte, und notierte sorgsam die Ergebnisse. «Auch keine Lungenentzündung wie bei dem armen Küchenmädchen.»

Er ließ das Krankenblatt sinken. «Ich vermute, die Erkältung hat einer ohnehin bestehenden Krankheit in die Karten gespielt.»

«Wovon reden Sie?»

«Litt Ihr Mann schon länger unter Symptomen wie Müdigkeit und diffusen Schmerzen? Hatte er wenig Kraft? Wenig Appetit?»

Anni nickte. «Wir dachten, das läge am Inselleben. Als ich schwanger war, ging es Paul eine Zeitlang wesentlich besser. Bis zur Totgeburt im letzten Jahr, die hat uns beide wohl mehr mitgenommen, als wir uns bislang eingestanden haben.»

«Verständlich.» Der Arzt tastete noch einmal vorsichtig den Bauch ab, leuchtete in Pauls nach oben verdrehte Augen, wedelte sich den kranken Atem zu und schnupperte daran. «Ein geplatztes Magengeschwür, würde ich vermuten.» Er richtete sich auf. «Ihr Mann muss so schnell wie möglich operiert werden.»

«Was?»

«Zwar haben Sie die Blutung in den Griff bekommen, doch seine Widerstandskraft ist derart geschwächt, die innere Verletzung wird unbehandelt höchstwahrscheinlich zu Entzündungen der Bauchdecke führen. Und dann hat er keine Chance.»

«Wie lange können wir denn warten?»

«Innerhalb der nächsten drei, vier Tage muss etwas unternommen werden.»

In Annis Leib breitete sich eine wächserne Masse aus, sickerte in Arme und Beine, durchweichte die Knochen und lähmte das Hirn. «Vielleicht kann man ihn auch hier auf der Insel …»

Der Doktor schüttelte energisch den Kopf. «Er muss in eine Klinik. Der Eingriff ist kein Kinderspiel.»

«Mein Schwager in Zürich ist ein angesehener Internist.»

«Das ist nicht gerade um die Ecke.»

«Ein Krankenwagen könnte meinen Mann abholen und zum Bahnhof nach Norddeich bringen.»

«Das Automobil hat es zwar gestern übers Watt geschafft, wurde aber mächtig durchgeschüttelt und bedarf nun etlicher Reparaturen. Ihr Mann hingegen muss wie ein rohes Ei behandelt werden, sonst könnte die Blutung von neuem einsetzen. Eine lange Bahnfahrt kommt nicht in Frage.»

«Was soll ich also machen?»

Doktor Hensell, der damit begonnen hatte, seine Arzttasche zu packen, schaute sie an. Mitleidig, erkannte Anni. Wie die Lazarettärzte, bevor sie den Schwestern die Anweisung gaben, schon mal nach neuen Laken zu suchen, weil gleich ein Bett frei würde.

«Ich an Ihrer Stelle würde beten, dass Tauwetter einsetzt.»

Er stellte einige Medikamente auf den Tisch, deren Einnahme und Wirkung er ausführlich mit Frau Hafner besprach, da Anni sich nicht imstande sah, auch nur einem weiteren Satz zu folgen. Sie hielt Pauls Hand, die so schlaff in der ihren lag, als wäre bereits alles Leben aus ihm gewichen. So ähnlich würde es sich anfühlen, wenn er tot wäre. Ein Gedanke, den Anni sich im selben Moment verbot.

Es kostete enorm viel Kraft aufzustehen. «Wie spät ist es?»

«Gleich vier», sagte Frau Hafner. «Warum?»

Ohne eine Antwort verließ Anni die Stube. Sie durfte keine Zeit vergeuden, denn der Fernsprecher funktionierte am Nachmittag nur wenige Stunden, und die musste sie nutzen.

Die Kälte auf dem Hof schlug ihr ins Gesicht. Die im Sonnenlicht verdunstete Feuchtigkeit hatte sich als feine, glatte Eisschicht auf die Pflastersteine gelegt. Mehrfach musste Anni sich an der Mauer festhalten, um nicht auszurutschen und zu fallen, dann hatte sie endlich den Speisesaal erreicht, in dem die Schulgemeinschaft bang auf Neuigkeiten wartete. Anni verzichtete auf medizinische Details und kam gleich zur Sache: «Wer von euren Eltern hat Kontakt zur Deutschen Lufthansa?»

Gleich vier Finger gingen in die Luft. Das war nicht verwunderlich, die meisten Familien, die es sich leisten konnten, ihre Kinder auf die Schule am Meer zu schicken, verkehrten in den besten Kreisen.

«Wenn Paul überleben soll, müssen wir ein Flugzeug nach Juist bekommen!»

Die Finger sanken zögerlich hinab. Ein Flugzeug! Nach Juist! Anni wusste selbst, wie verrückt das klang. Die Insel war siebzehn Kilometer lang und nur ein paar hundert Meter breit, dazu vereist und vom Ostwind gepeitscht. Welcher Pilot würde jemals hier landen?

Der Mann in Bremen war kaum zu verstehen, so sehr rauschte es im Hörer. «Es tut mir leid, Frau Reiner, aber da sind mir wirklich die Hände gebunden.» Jetzt kam auch noch ein Knacken dazu. «Trotzdem: Herzliche Genesungswünsche an Ihren werten Herrn Gemahl.» Dann war die Leitung tot.

Es war halb sechs und zum Verzweifeln. Bald wäre die Verbindung zur Außenwelt gänzlich gekappt, und Anni müsste sich für alles Weitere bis zum nächsten Tag gedulden. Eine Abfuhr nach der anderen hatte sie einstecken müssen, und ihr Ohr war schon ganz heiß vom vielen Telefonieren.

«Wieder nichts?», fragte Moskito, der zur Strafe für seine verbotene Wanderung Telefondienst in der Post zu verrichten hatte.

«Es ist immer dasselbe. Wenn ich sage, dass wir Hilfe brauchen, sind alle unbedingt dabei. Doch wenn ich konkret nach einem Flugzeug frage, knicken sie ein. Das hier war der Patenonkel von Vera, der sitzt bei der Lufthansa ganz oben.»

«Aber fliegen wollte er trotzdem nicht.»

«Piloten dürfen nur starten und landen, wenn es einen regulären Flugplatz gibt. Ansonsten machen sie sich strafbar und können ihre Lizenz verlieren.» Anni war nach Fluchen und Heulen gleichzeitig zumute.

«Und was ist mit den anderen Piloten?»

«Es gibt keine anderen Piloten, Moskito.»

«Doch. Als ich vorgestern mit Volkmar über das Eis gegangen bin, haben wir eine Junkers W 33 über Norderney gesehen.»

«Tja, die Inselnachbarn sind im Vorteil, dort gibt es einen kleinen Flugplatz. Soweit ich weiß, werden auf Norderney sogar Piloten ausgebildet.»

«Na, dann könnten die doch hier bei uns die Notlandung üben», schlug Moskito vor.

«Du hast recht!» Und wenn Moskito nicht vierzehn Jahre alt und somit allergisch gegen mütterliche Umarmungen gewesen wäre, Anni hätte ihn vor Dankbarkeit fest an sich gedrückt.

Das Telefonfräulein machte keinen Hehl daraus, schwer genervt zu sein, zum sechsten oder siebten Mal an diesem Nachmittag belästigt zu werden, doch kurze Zeit später hatte Anni den Flugdienstleiter auf Norderney an der Strippe.

«Deerk Akkermann.»

Akkermann? Den Namen hatte Anni schon einmal gehört. Hatte so nicht der Polizist geheißen, der Zuck damals wegen Unzucht verhaften wollte? Sie schilderte ihr Anliegen etwas zögerlicher als vorhin. Umso überraschender, dass der Mann am anderen Ende der Leitung nicht sofort abwinkte.

«Krankentransport? Nun, groß genug wäre der Frachtraum unserer Maschinen ja. Aber es gibt drei Probleme.»

Annis Herz klopfte. «Und die wären?»

«Erstens: Meine Piloten würden erst einmal Erkundungsflüge machen müssen, ob sich überhaupt ein Landeplatz finden lässt. Und falls wir eine passende Stelle entdecken, müsste die Piste von Ihnen deutlich sichtbar markiert werden.»

«Und wie?»

«Das bleibt Ihrem Einfallsreichtum überlassen. Wir brauchen sicher fünfhundert Meter.»

Anni dachte an die Unmengen Stoff, die sie für die Theaterkostüme aufbewahrten, dazu die Bettwäsche, die Tischdecken ... «Das dürfte kein Problem sein.»

«Zweitens berechnen wir die Kosten nach geflogenen Kilometern.» Er stockte. «Wohin soll der Patient denn gebracht werden?»

«Nach Zürich.»

Ein Pfeifen. «Das wird höllisch teuer.»

«Egal.»

Der Flugdienstleiter sagte nichts, anscheinend rechnete er nebenbei schon seinen Gewinn aus.

Anni musste ihre Familie nicht groß bitten. Wenn es um Pauls Leben ging, würde jede Summe überwiesen werden. «Und wo ist der dritte Haken?»

«Sie müssten sich um eine Landeerlaubnis auf Juist bemühen.»

«Selbstverständlich.»

«Wenden Sie sich an Gustav Wenniger.»

Anni zögerte. «Den Gemeindediener? Aber was hat der denn damit zu schaffen?»

«Ich erwarte seinen Anruf morgen Vormittag gegen elf.

Wenn alles glattgeht, können wir dann sofort mit den Erkundungsflügen beginnen.»

~

«Herr Wenniger? Hier steht eine Frau Reiner.»

Gustav schaute von den Papieren auf. Der Stapel der unerledigten Anträge war hoch. Im Rathaus wurde der Notstand verwaltet: Rationierung von Lebensmittel und Koks. Er hatte die Aufgabe übernommen, weil der Bürgermeister krank war, Oldewurtel zu blöd und der Rest der Belegschaft zu nichts nutze. Ein Haufen Arbeit, weil alle was wollten, nur wenige was kriegten und das dauernde Jammern und Klagen einem ziemlich auf die Laune schlug.

«Wer?», fragte er das Fräulein, das in seinem Türrahmen stand.

«Die Lehrerin von der Schule am Meer.» Dann, nach ein paar Sekunden, fügte sie hinzu: «Na, die Jüdin eben.»

«Was will sie?»

Das Fräulein zog die schmalen Schultern hoch. «Keine Ahnung.»

«Lass sie draußen warten.»

«Aber wir haben doch die Stühle fortgeräumt.»

«Dann wird sie stehen müssen.»

«Im Flur ist es bitterkalt.»

«Wer von hinten aus dem Loog hierhermarschiert ist, dem wird bereits warm genug sein.»

So weit kam's noch, dass er alles stehen und liegen ließ, weil diese Person hier antanzte. Seit dem runden Tisch, den sie im letzten Jahr wegen der Sache mit den toten Kötern abgehalten hatten und der wegen eines Feuerwehreinsatzes abrupt und ohne irgendein Ergebnis beendet worden war, herrschte so etwas wie Waffenstillstand zwischen dem Rathaus und der Schule am Meer. Warum sollte Gustav sich weiter an denen aufreiben? Man munkelte, über dem Loog kreise der Pleitegeier, das Problem schien sich also über kurz oder lang von selbst zu erledigen. Gustav überflog die Listen, auf denen die größeren Hotels pflichtgemäß ihre Vorräte notiert hatten. Im Kurhaus waren noch einige Säcke Mehl gelagert, im Keller des Hotel Pabst gab es Kartoffeln, Therese hatte gegen den Willen ihres Vaters das eingemachte Pökelfleisch vermerkt. Wenn Gustav richtig gerechnet hatte, reichte es bei entsprechender Verteilung noch ein Weilchen, satt würde dabei allerdings kaum einer werden. Umso besser, dass ihm gestern eine Lösung auf dem Silbertablett serviert worden war. Die Insulaner würden ihm schon bald zu Dank verpflichtet sein.

Nachdem der letzte Amtsstempel aufs Papier gedrückt worden war, schaute Gustav auf die Uhr. Deerk erwartete gleich seinen Anruf. Also … den offiziellen. Denn inoffiziell hatten sie bereits mehrfach telefoniert. Und eigentlich war alles längst geklärt.

Trotzdem ließ er die Bittstellerin noch ein wenig zappeln.

Es widerstrebte ihm, sich extra vom Stuhl erheben zu müssen. Also rief er nach dem Fräulein. Seine Stimme war laut genug, bis ins Vorzimmer zu dringen. Beinahe sofort tauchte ihr brünetter Schopf in der Tür auf. «Ja bitte?»

«Kannst die jetzt reinlassen.»

Das Fräulein verzog den Mund. «Sie wissen schon, dass ich eigentlich für den Bürgermeister angestellt bin und nicht für einen Gemeindediener, der nur so tut, als ob.»

«Werd nicht unverschämt!»

Sie verdrehte die Augen, widersprach aber nicht. Wenig später war die Jüdin im Zimmer. Sie schien nicht zu erwarten, dass ihr ein Stuhl angeboten würde.

«Wenn Sie gekommen sind, um irgendwelche Extraportionen für sich herauszuschlagen, brauchen wir gar nicht erst zu reden. Die Vorräte werden pro Kopf zugeteilt.»

«Es geht um das Flugzeug», sagte die Frau stattdessen.

Gustav lehnte sich in seinem Stuhl zurück. «Welches Flugzeug?», fragte er scheinheilig. Deerk hatte erwähnt, wie viel Geld rumkäme, wenn man es nur richtig anstellte. Ein Viertel vom Umsatz könne Gustav behalten, hatte sein alter Kamerad zugesichert. Ein Viertel! Wenn Gustav im Gegenzug dafür sorgte, dass niemand nachfragte, warum auf Norderney in Maschinen des Reichsverkehrsministeriums Kampfpiloten ausgebildet wurden, während sich das Land ansonsten an das Militarisierungsverbot zu halten schien. Nun, Wenniger machte sich keine Sorgen, politische Spitzfindigkeiten traute er hier auf der Insel höchstens den Lehrern der Schule am Meer zu – und die wollten in diesem Fall ja etwas von ihm!

Nachdem Gustav Therese von dem Telefonat erzählt hatte, war diese ganz aufgeregt gewesen, hatte einen Stift und das kleine Haushaltsbüchlein gezückt, sich bäuchlings aufs Bett gelegt und das Rechnen angefangen. «Fürs Tanzcafé könnte es reichen!»

Die Nächte in Gustavs kleinem, dunklem Zimmer waren ihnen lang geworden. Eine Frau wie Therese hatte Besseres verdient als eine schmale, durchgelegene Matratze im windschiefen Gemeindewohnhaus. Sie schliefen immer seltener miteinander, umso öfter stritten sie. Sobald er nur andeutete, endlich heiraten und Kinder haben zu wollen, trotz oder gerade wegen des schlechten Verhältnisses zu seinem Schwiegervater, flogen die Fetzen.

«Du raubst mir noch den letzten Nerv», klagte Therese dann und drehte sich von ihm weg.

«Aber wir lieben uns doch», versuchte er es und fühlte sich umso armseliger, denn so schön die Liebe war, reichte sie eben nicht zum Leben. Was Thereses Augenrollen nur bestätigte.

«Natürlich hab ich dich gern, Gustav, hätte ich sonst den Groll meines Vaters in Kauf genommen?»

«Vergiss doch deinen Vater, Liebes. Wir können es auch alleine schaffen!»

«Und endgültig auf das Hotel verzichten? Für das ich mir den Rücken krumm gebuckelt habe? Niemals!»

Gustav hatte Angst vor diesen zermürbenden Auseinandersetzungen. Er konnte sie heraufziehen sehen wie eine Schlechtwetterfront. Bevor Therese miese Laune bekam, kaute sie auf ihrer Unterlippe und zupfte an ihrem Haar, das ganz dünn geworden war, weshalb sie es eine Spur zu kurz und mit Nadeln hinter die Ohren gesteckt trug. Dann wieder hatte Therese ständig Appetit, egal was er auf dem kleinen Herd kochte, sie verschlang es und bekam nie genug. Mager war sie trotzdem, wenn er sich, was selten vorkam, einmal auf sie legen durfte, fürchtete er, ihre hervorstechenden Rippen zu zerbrechen.

«Was genau nimmt denn dein Freund pro Kilometer?», hatte sie wissen wollen.

«Nun, auf der Kurzstrecke sind es immerhin fünfundzwanzig Pfennig pro Pfund. Bei längeren Flügen müssen wir anders verhandeln.»

«Wie viel?»

Gustav nannte die Summe. «Wenn der Winter noch bis Mitte März durchhält, verdiene ich mit Nottransporten so viel wie sonst im ganzen Jahr.»

Sie zog die schmalen Augenbrauen hoch und stellte klar, was sie von seinem Angestellten-Jahresgehalt hielt.

«Wir könnten deinen Vater runterhandeln …»

«Vergiss es!»

«Du sagst doch selbst, dass er müde geworden ist und lieber heute als morgen das Tanzcafé verkaufen will.»

«Bestimmt nicht an uns. Wir brauchen einen Strohmann.» Sie hatte sich im Bett aufgesetzt. «Was ist mit deinem Freund Akkermann?»

Gustav wäre es lieber gewesen, sie hätte einen anderen Vorschlag gemacht. Deerk war clever. Sonst hätte er als Sohn des angesehenen Auricher Polizeikommissars damals kaum den Weg in die Reichswehr gewagt. Inzwischen hatte Deerk die verschlungenen Verbindungen der Behörden für sich zu nutzen gewusst und nannte sich offiziell Flugdienstleiter, zuständig für die Severa, die Seeflugzeug-Versuchsanstalt. In Wahrheit war Deerk im Nordwesten Deutschlands für geheime militärische Manöver zuständig, über die man nur im Flüsterton und mit Eingeweihten sprach.

«Wir werden das Geld in bar ausgezahlt bekommen. Wenn wir deinem Vater die Banknoten direkt vor die Nase halten …»

«… verkauft er auch an einen Bauernlümmel?» Therese stichelte gern und in letzter Zeit immer öfter. Wahrscheinlich sehnte sie sich nur danach, endlich eine gesicherte Zukunft vor sich zu sehen, mit Kindern und einem sie liebenden Gatten. Und egal wie zänkisch Therese sich gab, sie war immer noch erträglicher als diese Person hier, die nun vor ihm stand und mit fester, präziser Stimme ihr Anliegen schilderte.

«Warum sollte ich Ihnen helfen?», unterbrach er sie schließlich.

Sie schien mit seinem Widerstand gerechnet zu haben, denn ihre Antwort kam pfeilschnell: «Ich weiß, Sie halten nichts von mir, weil ich Jüdin bin.»

Gustav tat ihr nicht den Gefallen zu nicken, stattdessen sortierte er scheinbar teilnahmslos die Listen, die eigentlich längst zum Abheften bereit waren.

«Und Sie sind wohl noch immer wütend, weil mein Mann damals Ihre Wahl verhindert hat.»

Er räumte die Akten auf seinem Tisch von links nach rechts. Sie würde schon von selbst weiterreden.

«Sie können nicht verlangen, dass ich deswegen zu Kreuze krieche.»

Die Augen der Frau wurden immer größer, ein einziger Lidschlag brächte die darin schwimmenden Tränen zum Überlaufen. Die Blöße wollte sie sich natürlich nicht geben.

«Warum sollte ich Ihrer Meinung nach eine Landeerlaubnis erteilen?», fragte er schließlich.

Sie wirkte beinahe empört. «Weil es um ein Menschenleben geht.»

Gustav verzog keine Miene. «Ein Menschenleben? Seit wir eingefroren sind, sind bereits zwei Tote zu beklagen. Der Florist aus dem Dorf, Witwer Bruns, er war ein fleißiger Mann. Nicht zuletzt Ihr eigenes Küchenmädchen, das junge Ding.»

«Ihr Name war Helga.»

«Wie auch immer. Ein Flugzeug haben Sie jedenfalls nicht für sie gechartert.» Jetzt hatte Gustav die Frau aus dem Konzept gebracht. Ihr Augenlid zuckte, ein Tropfen rann die Wange hinunter. «Aber für den werten Herrn Studiosus sollen jetzt alle Hebel in Bewegung gesetzt werden?» Gustav spielte mit der Telefonschnur, wickelte sie um seinen Finger und wieder ab. «Ich kenne die Akte Ihres Mannes. Er hat mit Anarchisten gemeinsame Sache gemacht, würde mich nicht wundern, wenn er in München Kriminelle versteckt hat. Aber Sie denken allen Ernstes, dass ich für einen Landesverräter die Sondergenehmigung ausstelle, nur weil seine Frau das nötige Kleingeld hat? Und der Rest der Insel darf weiter hungern und frieren, während Dr. Reiner es sich gut gehen lässt in der Schweiz.»

Sie wischte die Träne fort. «Das habe ich Ihnen gar nicht erzählt!»

«Was?»

«Dass wir ihn nach Zürich fliegen lassen. Von Doktor Hensell haben Sie das bestimmt nicht, der hält sich an seine Schweigepflicht.»

Gustav verwünschte seine Unvorsichtigkeit. Man durfte nie zu früh aus der Deckung kommen. Und keinen Satz zu viel aussprechen.

«Akkermann! Mir kam der Name gleich bekannt vor. Ist es derselbe Akkermann, mit dem Sie damals unseren unschuldigen Musiklehrer in die Mangel genommen haben?»

«Das war sein Vater.»

«Der Flugdienstleiter hat Sie also längst über meinen Fall informiert.»

«Und wir sind uns einig: Eine Sondergenehmigung für einzelne Personen ist indiskutabel.»

Sie stand kurz davor, ihn anzubetteln, das konnte er sehen. Doch dann hatte sie anscheinend kapiert, worum es wirklich ging, und ihre Miene wurde zu Stein. «Sie wollen Geld.»

«Um allen gerecht zu werden, müssten wir die Landeerlaubnis ausweiten und für Lebensmittel, Koks und Medikamente nutzen. Eventuell auch für den eingeschränkten Reiseverkehr.»

«Lassen Sie mich raten: Das wäre für die Gemeinde zu teuer.»

«Und für den normalsterblichen Insulaner ohnehin.» Gustav ließ die Worte nachklingen.

Verzweiflung war das beste Schmiermittel, es dauerte nicht lange, und sie nickte. «Die Schule wird für einen Teil der Kosten aufkommen.»

Seufzend ließ er das Telefonkabel in Ruhe. «Nun gut. Auch wenn ich Ihrem Menschenschlag nicht besonders viel Vertrauen entgegenbringe, verlasse ich mich ausnahmsweise auf Ihr Wort.» Gustav nahm den Hörer ab. Blieb nur zu hoffen, dass der Wind noch viele, viele Tage eisig aus dem Osten wehte.

~

Tote Vögel überall. Die vier Primaner, die die Pritsche durch die Dünen schleppten, mussten über die kleinen Körper hinwegsteigen, um nicht zu stolpern. Selbst wenn Paul fest und in mehreren Lagen eingepackt war, sollte jede unnötige Erschütterung vermieden werden. Umwickelt wie eine Mumie, nur ein kleines Loch war frei geblieben, durch das sein bleiches Gesicht zu erkennen war.

Paul selbst bekam von alldem nichts mit, Doktor Hensell hatte ihm vorsichtshalber eine Beruhigungsspritze verpasst. Die Primaner – allesamt starke, sportliche Jungen – ächzten unter der Last. Bald hatten sie es geschafft: Der von den Piloten als sicherste Landebahn auserkorene Strandabschnitt lag westlich ihrer üblichen Badestelle, und sie erklommen gerade die letzten Meter des mit Brettern ausgelegten Dünenpfads.

Anni, die dem Krankentransport in wenigen Metern Entfernung folgte, verbot sich den Gedanken, die toten Vögel könnten ein schlechtes Omen sein. Die Federn am Boden festgefroren, die Schnäbel halb geöffnet, die Beinchen gekrümmt. Morgens lohnte es sich, einen Eimer zu nehmen, wenn die Kadaver rund um die Schulgebäude eingesammelt wurden. Inzwischen starben selbst die robusten Strandläufer und Austernfischer, nur die Silbermöwen litten keinen Hunger, sie fraßen zur Not auch Artgenossen, warum sollte es im Tierreich friedlicher zugehen als bei den Menschen?

Dreitausend hatte der Aasgeier Wenniger gefordert. Und Anni hatte nicht eine Sekunde gezögert, ihm darauf die Hand zu geben, doch der elende Nazi hatte seine Hand zurückgezogen. Ein Buchhalter in Frankfurt hatte gleich nach dem Gespräch das Geld angewiesen, das Anni gestern Morgen bei der Bank abgehoben und am Abend in großen Scheinen in Wennigers Krallen gezählt hatte. Bis dahin waren auf seine Veranlassung zwar ein oder zwei Erkundungsflüge von Norderney aus gestartet, doch landen würde man erst, wenn der Handel perfekt war. Diese Verzögerungspraktik hatte Anni fast in den Wahnsinn getrieben, denn obwohl Paul inzwischen immer öfter das Bewusstsein erlangte, war er doch vom Schmerz benebelt. Einmal hatte er noch Blut gespuckt, und das Fieber der letzten Nacht ließ darauf schließen, dass Doktor Hensell mit seiner finsteren Prognose richtiggelegen hatte und eine Entzündung im Anmarsch, eine Operation unaufschiebbar war.

«Keinen Pfennig sollst du diesem Schwein geben», hatte Paul in einem wachen Moment geschimpft. «Dann sterb ich lieber.»

«Es ist mein Geld, also meine Sache», hatte Anni gekontert – und ein ehernes Tabu gebrochen, denn über ihren Reichtum und Pauls Armut wurde sonst kein Wort verloren. Dass sie es ausnahmsweise tat, ließ ihn wütend verstummen.

Anni war nicht naiv, das alles roch dermaßen faul, niemals würde Wenniger das Geld der Allgemeinheit zur Verfügung stellen, wie behauptet, sondern schön in die eigene Tasche wirtschaften. Dennoch, wenn in wenigen Minuten endlich der Flieger am Juister Strand landete, würde sie diesem Mistkerl dankbar sein müssen, weil er dafür sorgte, dass Paul in die Schweiz gelangte, wo das Klinikpersonal bereits seine Ankunft erwartete.

Die Schönheit des Strandes, der sich vor ihren Füßen ausbreitete, war nicht in Worte zu fassen. Die Eissonne stand hoch am Himmel und ließ den frostigen Sand funkeln, als bestünde er aus abertausend Edelsteinen. Am Horizont, vom Ostwind in Schach gehalten, lauerte die Nordsee. Einzig die im Moment des Brechens gefrorenen Schaumkronen verrieten, dass dies ein Ufer war, ein kristalliner Saum zwischen Land und Meer.

Die ganze Schule hatte sich zusammengefunden, zudem noch einige Nachbarn und Dorfbewohner, mehr als hundert Menschen waren zum Strand geeilt, als die Nachricht von der bevorstehenden Landung die Runde machte. Etliche Bettlaken, Vorhänge, Tischdecken und sogar einige ausrangierte Segeltücher kennzeichneten zwischen Randdünen und schorfigem Eis eine Schneise. Mit Hilfe von Kompass und Zirkel hatten die navigationsgeübten Bären die von den Piloten telegraphisch durchgegebenen Koordinaten exakt berechnet. Eine an einem improvisierten Mast emporgezogene Pyjamahose blähte sich bei jeder Böe und gab – für das Manöver unentbehrlich – die Windrichtung an. Es schmerzte Anni, dass dies alles erst jetzt geschah und man die anderen Todesopfer nicht auch auf diesem Wege gerettet hatte, denn da hatte Wenniger natürlich recht gehabt, Paul durfte nicht wichtiger sein als jeder andere auch.

Als von Osten das Brummen der Motoren zu hören war, überwog dennoch die Freude. Und als wenig später die Junkers ihren Bogen flog, um gegen den Wind zu landen, war dies trotz all seines Schreckens einer der großartigsten Augenblicke in

Annis Leben. Wie der erste Kuss mit dem richtigen Menschen, wie die Geburt eines gesunden Kindes, wie der Brief eines ehemaligen Schülers, der nach vielen Jahren das Bedürfnis hatte, ihr für die gemeinsame Zeit zu danken.

Die Pritschenträger rutschten mehr, als dass sie nach unten stiegen, so behutsam wie möglich. Paul schlief, obwohl die Motoren inzwischen so laut dröhnten, dass Ruth Angst bekam und sich an Annis Arm klammerte.

«Ich will nicht, dass Papa da mitfliegt», jammerte sie.

Auch Eva fasste vorsichtig nach ihrer Hand. «Mama, er soll bei uns bleiben!»

«Ihm wird nichts passieren, Kinder!»

«Oh doch», protestierte Renate, die mit trotzigem Schritt einige Meter vorauslief. «Abstürzen wird er. Das Flugzeug wird am Boden zerbrechen, ganz bestimmt!»

Ruth und Eva weinten nun beide. Fräulein Kea eilte herbei, fasste die beiden Kleinen an der Hand, zog sie aus dem Tross und blieb mit ihnen am Rande stehen. «Na, na, nicht heulen, ihr zwei! Was soll denn der Papa denken, wenn er gleich im Flugzeug aus dem Fenster schaut und eure roten Gesichter sieht?»

Anni war dankbar. Für jeden einzelnen ruppigen Satz aus Fräulein Keas Mund. Und dafür, dass sie den Mädchen mit dem Küchentuch den Rotz aus den Gesichtern wischte. Wenn die ganze Menschheit irgendwann vom Boden abhöbe, Fräulein Kea bliebe mit beiden Beinen fest verankert.

Anni lief weiter und holte schließlich ihre Älteste ein. «Natispatz! Warum sagst du so etwas?»

Renate schob die Unterlippe vor und wich Annis Blick aus. «Sag nicht immer Natispatz zu mir!»

«Du machst deinen Schwestern nur unnötig Angst!» Und

mir dazu, fügte Anni in Gedanken an. Denn Physik hin und Fortschritt her, es war schlichtweg ein Wunder, dass so ein wackeliger, röhrender Haufen Metall überhaupt fliegen konnte. «Bitte, verkneif dir solche finsteren Kommentare! Und geh zu Fräulein Kea.»

Renate zögerte, blickte ihrer Mutter bockig ins Gesicht.

Sie hat Angst, dachte Anni, genau wie ich. Doch Anni fehlte die Kraft und die Zuversicht für eine Umarmung. Und als sie ihrer Tochter wenigstens kurz über das Haar streicheln wollte, war diese schon davongerannt. Später, dachte Anni, und wusste doch, später würde es noch schwerer werden.

Das Landemanöver wirkte alles andere als vertrauenerweckend: Je näher die Junkers kam, desto irrsinniger schwangen die Tragflächen, der Motor hustete, und als die Räder aufkamen, quietschten sie ungesund laut, hoben erneut ab, das ganze Flugzeug hüpfte auf und nieder, bis es endlich, endlich auf dem Boden blieb, harsch abgebremst wurde und etliche Meter hinter der Landebahn zum Stehen kam.

Die Menschen am Strand applaudierten begeistert, die Schüler umkreisten den aussteigenden Piloten, rufend und johlend, als wäre Hindenburg höchstpersönlich gelandet. Als der schneidige Flieger auch noch Schokolade und frisches Obst aus dem Laderaum holte und an die gierige Meute verteilte, gab es kein Halten mehr.

«Macht bitte Platz», riefen die Pritschenträger, doch sie waren die Störenfriede und mussten einige Seitenhiebe und Beschimpfungen einstecken und auch austeilen, um sich dem Flugzeug nähern zu können. Anni blieb ihnen dicht auf den Fersen.

Der Inselfotograf, der normalerweise nur sonnengebräunte Kurgäste knipste, rannte aufgeregt im Kreis herum, um das

Spektakel von jeder Seite, von nahem und weitem, von oben und unten ablichten zu können. Das erste Flugzeug auf Juist! Welch eine Sensation!

Anni musste sich zusammenreißen, um sich nicht an Paul festzuklammern, als er angehoben und endlich auf die Ladefläche des Fliegers geschoben wurde. Das Gestänge verkantete sich, die Piloten halfen mit einem ordentlichen Ruck nach, und Paul stöhnte auf. Anni küsste zum Abschied ein Stück seiner Wolldecke.

Die Luke schloss sich vor Annis Augen, ohne dass sie noch einmal Blickkontakt mit Paul gehabt hätte. Erst das tagelange zähe Warten, und jetzt ging alles viel zu schnell.

Auch Wenniger war zugegen. «Alle mal herhören!» Breitbeinig stand er neben dem riesigen Propeller. Die Hände eng an die Uniform gelegt, ließ er keinen Zweifel aufkommen, dass er der eigentliche Held des Tages war. «Ich habe mit dem Flugdienstleiter in Norderney ausgemacht, dass von nun an täglich mehrere Versorgungsflüge unternommen werden können. Auch dürfen bis zu sechs Passagiere mitfliegen, wenn eine Reise zum Festland unaufschiebbar ist.»

«Hurra!», schrien die Menschen. «Hoch soll er leben!» Sie klatschten auch dann noch, als Wenniger den rechten Arm ausstreckte und «Heil Hitler!» rief.

Der Pilot grüßte auf dieselbe Art zurück, bevor er auf seinen Sitz kletterte. Als die Motoren angelassen wurden, stob die Menge auseinander. Die Propeller begannen sich wieder zu drehen, die Maschine hob ihr Hinterteil wie eine Wespe, die genug vom Pflaumenkuchen hatte, dann fuhr sie los, nicht viel schneller als ein Traktor, bis ans Westende der improvisierten Bahn.

Annis Blick verschwamm, sie wischte mit dem Ärmel über

ihre Lider, sah dann die Junkers Anlauf nehmen und versuchte, nicht daran zu denken, dass es für Paul dort drinnen doppelt so laut und schmerzhaft sein musste wie für sie. Der Flugzeugschnabel reckte sich nach oben, dann erhob sich der Blechvogel über die Köpfe aller und schwirrte davon.

Einige Schüler rannten hinterher, einige winkten, einige ahmten noch einmal diese seltsame Geste nach, die Wenniger eben so viel Respekt eingebracht hatte, und streckten den rechten Arm in Richtung des Flugzeugs. «Heil Hitler!»

~

«Hilf, Gott, dass es uns gelingt …» B-Dur. Alla breve. Zwei halbe Töne, dafür doppeltes Tempo. *«… und dein Feuer in uns dringt …»*

Eduards Finger tanzten über die Tasten. So lebendig war der Klang, edel und leicht, dass er den Trübsinn der letzten Tage, die Allgegenwart von Krankheit, Tod, Hunger und Kälte zu verscheuchen vermochte.

Dennoch unterbrach Eduard in Takt einunddreißig. «Gregor, hol zwischendurch ruhig mal ein bisschen Luft. Aber auf keinen Fall direkt nach dem Feuer, sonst klingt es so, als hättest du Angst vor den Koloraturen.»

«Hab ich auch», gab Gregor zu.

«Musst du aber nicht. Vertrau auf deine Stimme. Mach dir die Zuversicht der Arie zu eigen. Du hättest dir kein geeigneteres Stück für die Prüfung aussuchen können.»

Eduard begann noch einmal von vorn.

«Hörst du? Es ist eine Gavotte. Ein vornehmer und doch ausgelassener Tanz. Normalerweise von einem Streichorchester begleitet, eine vorwitzige erste Geige spielt bereits deine Melodie – als könne sie es kaum erwarten, dass du endlich loslegst.» Auf dem Klavier klang es nur halb so entzückend, zumal das Instrument durch die andauernde Kälte heftig verstimmt war. Und das trotz Eduards liebevoller Pflege, denn er packte das Piano stets in Wolldecken, sobald die Probe vorüber war.

Aber der Winter schien die Musik sabotieren zu wollen. Kaum jemand brachte derzeit saubere Töne heraus. Statt Bach und Mozart konnte man bestenfalls ein Husten- und Nieskonzert zur Aufführung bringen.

«Wenn die Prüfung überhaupt stattfindet», sagte Gregor, als er eigentlich seinen Einsatz zu singen hatte.

Eduard nahm die Finger vom Elfenbein. «Wie geht das Lied weiter?»

«Dass es auch in dieser Stunde wie in Esaiae Munde seiner Wirkung Kraft erhält und uns heilig vor dich stellt», zitierte Gregor ganz richtig.

«Na also. Wir glauben einfach mit ganzer Kraft daran, dass du morgen Nachmittag in Wilhelmshaven heil und heilig vor dem Prüfer stehst.» Eduard zwinkerte seinem Schüler zu. «Schließlich haben wir seit zwei Tagen Tauwetter! Nach mehr als sechs Wochen unter null.»

«Lu sagt, es dauert trotzdem noch fast eine Woche, bevor das Wattenmeer frei ist und die Schiffe wieder fahren.»

«Notfalls nehmt ihr das Flugzeug!» Das sagte sich so leicht. Allein der Gedanke an dieses unerträglich laute Monstrum, welches seit Pauls Abreise regelmäßig über der Insel kreiste, machte Eduard ganz schwach in den Gliedern.

«Ihr? Kommst du etwa nicht mit?»

«Einer der Prüfer soll ganz hervorragend Klavier spielen», wich Eduard aus.

«Wenn du mich nicht begleitest, Zuck, falle ich durch!»

Das war natürlich Unsinn. Gregor war ein hervorragender Schüler. In den schriftlichen Prüfungen, die im Januar auf der Insel abgelegt worden waren, hatte er bis auf ein Befriedigend in Sport nur Einsen. Es war ein Elend, dass das Ministerium in Hannover stur darauf bestand, die Privatschüler zusätzlich persönlich zu begutachten. Kein Wenn und Aber. Keine Ausnahme bei Packeis und Froststurm. Entweder die fünf Primaner tanzten an, oder es war das Ende vom Lied.

«Bitte, Zuck! Du willst doch bestimmt dabei sein, wenn dein erster Schüler das Abitur in den Händen hält.»

«Doch, doch!», versicherte Eduard. Der Junge hatte ja keine Ahnung, dass sein Lehrer diesem Moment mit gemischten Gefühlen entgegensah. Gregor würde die Reifeprüfung ablegen als ein gesunder, selbstbewusster Mann … und danach seinen Abschied nehmen von der Schule am Meer. Eduard, der sich längst damit abgefunden hatte, niemals eine Familie zu gründen, verspürte schon jetzt einen Stich im Herzen, wie ihn ein Vater nicht geringer erlitten hätte. Die Trauer würde anders sein als bei Waldi, seiner treuen Gefährtin, deren zerfetzten Leib er weinend im Dünensand hatte vergraben müssen. Der Verlust eines Schülers war weitaus süßer, wusste er doch, dass Gregor eine große Zukunft vor sich hatte. Im Mainzer Konservatorium war man gespannt darauf, den talentierten Jungtenor vorsingen zu hören. Dennoch, Eduard würde die Gesangsstunden mit Gregor schmerzlich vermissen, sogar das langweilige Einsingen und die Kämpfe mit den hohen Tönen, die nicht immer wohlklingend gewesen waren. Es war das Los der Lehrer, dass das Erreichen des Ziels zugleich auch den Abschied bedeutete. Wie ein mühsam einstudiertes Musikstück, dessen Partitur man nach einem einzigen Konzert für immer in den Schrank räumte. Ihm wurde das Herz schwer.

«Was ist denn jetzt, Gregor, willst du noch einmal singen?»

«Nur, wenn du mir versprichst, auf jeden Fall mitzukommen!»

Eduard schüttelte energisch den Kopf.

Am nächsten Morgen stand er jedoch auf dem Hof parat, mit seinem kleinen Koffer, in dem sich ein gebügeltes Hemd, Unterwäsche, Zahnbürste, Zahncreme, Seife und natürlich die Noten befanden. Er konnte den Jungen schließlich nicht allein losschicken, wo käme man da hin.

Tatsächlich herrschte der vorausgesagte Westwind und somit Tauwetter, jedoch sorgte der Umschwung nicht für freie Fahrt auf dem Wattenmeer, sondern stattdessen für suppigen Nebel. Was bedeutete: Es verkehrten weder Schiff noch Flugzeug. Die Prüfungskommission im Hotel Reichsadler in Wilhelmshaven würde das wenig beeindrucken, sie wartete, hatte man am Telefon mitgeteilt, bestenfalls bis zum nächsten Mittag. Wenn die Inselkinder dann nicht auftauchten? Pech gehabt!

«Ich wette, die vertreiben sich die Zeit, indem sie akribisch unsere Schulakten studieren», mutmaßte Peter, bei dem die Noten weniger gut ausgefallen waren als bei Gregor. Der Ärmste stand doppelt unter Druck, da man seinem schriftstellernden Vater einen großen Erfolg prophezeite, seit Fragmente des neuesten Romans in diversen Zeitungen veröffentlicht wurden. Es ging um einen Arbeiter, Ex-Sträfling in Berlin. Da musste der Sohnemann Döblin bitte schön auch eine gute Abiturnote in Deutschkunde vorweisen. Der arme Peter, ganz blass war er um die Nase. «Dann kennen sie bei der Mündlichen all unsere Schwachpunkte – und wir sehen alt aus.»

Diese Vermutung sorgte für weitere Unruhe. Die kesse Lisbeth fächerte sich trotz der Kälte Wind zu, Jolanda musste zum wiederholten Male die Toilette aufsuchen, und Werner verschwand um die Ecke, um heimlich zu rauchen. Keiner der Oberprimaner wartete im beheizten Speisesaal, das wäre einem Verrat gleichgekommen.

Außerdem konnte man hier unmittelbar mithören, was Lu gerade in Erfahrung brachte. Seit den frühen Morgenstunden saß er in der Post und nutzte lautstark die Telefonleitung, die man gegen Extrakosten bereits um fünf hatte freischalten lassen.

«Menschenskinder! Fünf Abiturienten und ein Lehrer! Heute! Nach Wil-helms-ha-ven, wie oft muss ich das jetzt noch erklären? Wenn die Schüler es nicht zum Festland schaffen, sind alle durchgefallen. Fünf vielversprechende Lebensläufe ruiniert!»

«Wir sollten singen», schlug Gregor vor. «Das hilft immer.»

«Sing mal schön alleine», blaffte Lisbeth.

Zuck begann zu summen. *Hejo, spann den Wagen an.* Der Kanon war ihm spontan in den Kopf gesprungen. Gregor stimmte ein. Mit improvisiertem Text: *«Flie-ger schmeiß den Motor an ...»* Peter lachte, und Lisbeth sang nun doch mit. *«... denn der Wind treibt Nebel übers Land, hol die armen Schüler, hol die armen Schü-ü-le-er ...»*

Bald erschallte der Kanon dreistimmig aus sechs Mündern über den Hof und hoffentlich bis nach Norderney. *«Flie-ger, schmeiß den Motor an ...»* Wenn sie nur inbrünstig genug sangen, würde es schon irgendwie klappen.

Dann kam Lu tatsächlich aufgeregt aus der Post gelaufen. «Laut Radio Norddeich wurde über Borkum eine Nebellücke gesichtet!»

«Und das heißt?»

«Wenn der Wind in der Stärke weiterweht, haben wir in einer halben Stunde freie Sicht, und der Flieger könnte landen.

Allerdings bleiben dann wirklich nur wenige Minuten zum Einsteigen. Und der Pilot muss womöglich ein paar Runden drehen, bis das Wolkenloch auch über Norderney angekommen ist und er dort landen kann.»

«Das heißt, wir fliegen bloß bis zur Nachbarinsel?»

Lu nickte. «Auf dem Festland verweigert man uns nach wie vor die Landeerlaubnis, einen Direktflug nach Wilhelmshaven können wir uns also abschminken. Aber ihr wäret immerhin ein kleines Stückchen näher dran, und auf Norderney fahren bereits wieder die Schiffe, zumindest bei Hochwasser.»

«Kann mir mal einer sagen, wer auf die idiotische Idee gekommen ist, ausgerechnet auf der gottverlassensten Insel von allen eine Schule zu eröffnen?», maulte Lisbeth.

«Paul», antwortete Eduard, und die Schüler nickten betroffen. Gestern vor dem Abendessen hatte Anni die frohe Nachricht aus Zürich verkündet, dass die Operation gut verlaufen und die Lebensgefahr gebannt sei. Dennoch hatte sie nicht gelächelt, die Ärzte hatten wohl einen Tumor entfernt. Ob das Geschwür durch den Eingriff beseitigt war, ob Paul jemals wieder in der Lage wäre, sich mit voller Energie der Schule zu widmen – und der Familie –, das stand in den Sternen. «Ich soll euch von ihm ausrichten», hatte sie gesagt, «dass er alles daransetzen wird, möglichst bald zurückzukehren.»

Man musste kein begnadeter Menschenkenner sein, um zu sehen, dass Anni diesem Ehrgeiz skeptisch gegenüberstand. Und als Eduard die geschätzte Kollegin anschließend in einer ruhigen Minute zwischen Abendessen und Orchesterprobe abgepasst hatte, war seine Ahnung bestätigt worden: «Ach, Zuck! Mir wäre es lieber, Paul würde sich auskurieren. Mein Schwager, der ihn operiert hat, rät dringend zu einer Anschlussbehandlung in einem Sanatorium. Doch dann würde Paul bis zum Sommer ausfallen. Du kannst dir vorstellen, dass er rundheraus abgelehnt hat.»

Ja, das konnte Eduard sich vorstellen.

«Allein für ihn sollten wir es wagen», versuchte Eduard nun, die Primaner zu motivieren. «Wenn Paul im Krankenbett die Nachricht erhält, dass ihr trotz der widrigen Umstände das Abitur bestanden habt, ist das für euren Lehrer die beste Medizin.»

Tatsächlich, der Satz steigerte den allgemeinen Optimismus. Peter, der sonst nie sang, stimmte erneut den Kanon an, während alle ihre Sachen holten, um sich auf den beschwerlichen Weg zum Strand zu machen. Fräulein Kea kam aus der Küche gelaufen und steckte den Reisenden ein Paket mit Proviant zu.

«Mit hungrigem Magen kann man schlecht in 'nen neuen Lebensabschnitt aufbrechen, oder?»

Das letzte Stück auf gepflastertem Boden beschritten Eduard und die Primaner durch ein Spalier winkender, johlender Gefährten. Anschließend gingen sie allein weiter. Die Sicht war nicht der Rede wert, nach nur zehn Schritten schien der Pfad ins Nichts zu führen, die Dünen lösten sich im weißen Dunst auf, die Geräusche ringsherum wurden vom Nebel gedämpft. Otto Leege bezeichnete dieses Wetter immer als «lüttje Welt». Heute erschien sie Eduard geradezu winzig.

Als Jolanda jammerte, wie viel Angst sie vor dem Fliegen habe, hätte Eduard sich am liebsten die Ohren zugehalten, um nicht davon angesteckt zu werden. Der einzige Flügel, dessen der Mensch sich nach Eduards Dafürhalten bemächtigen durfte, war aus Holz und hatte achtundachtzig Tasten. An anderes konnte und wollte Eduard sich nicht gewöhnen müssen.

Seit zwei Wochen kreisten die Flugzeuge über ihren Köpfen, belieferten die Insel mit mehr als nur dem Lebensnotwendigsten, inzwischen waren sogar Briefe angekommen, Rechnungen und andere unerfreuliche Post, auf die man lieber verzichtet hätte. Beispielsweise eine aktuelle Ausgabe der *Rheinisch-Westfälischen*, welche sensationslüstern die Nachricht von Paul Reiners Krankheit in die Welt hinausposaunte. *Wie lange wird sich die ohnehin überschuldete Schule am Meer noch halten, wenn der Vize demnächst die Segel streicht?* Lu hatte sich furchtbar aufgeregt, wie eine interne Angelegenheit in Dreiteufelsnamen an die Presse hatte gelangen können, zudem noch an das ultrakonservative Blatt. Es hatte sich kein Schuldiger gefunden, und die Vermutung lag nahe, dass die Information aus dem Rathaus durchgesickert war.

«Sind wir eigentlich schon am Strand?», fragte Werner, der ganz hinten lief, weil er glaubte, dann würde nicht auffallen, wenn er weiter seinen Glimmstängel paffte.

«Keine Ahnung!», sagte Jolanda. «Wahrscheinlich schon.»

Alles um sie herum war weiß. Unvorstellbar, dass hier laut Wetterposten in Kürze ein Stück vom Himmel sichtbar werden würde. Der Koffer in Eduards Hand wurde schwerer, seine Schritte wurden unsicher, das Singen hatten sie inzwischen ganz eingestellt. Wäre plötzlich der Klabautermann aus dem Nichts aufgetaucht, stinkend, fluchend und in zerfetzter Kleidung, es hätte niemanden wirklich überrascht.

Plötzlich erklang ein tief vibrierendes, inzwischen fast vertrautes Gis aus dem Nichts. Keine zwei Sekunden später öffnete sich die Nebeldecke majestätisch wie der Samtvorhang im Opernhaus. Blauer Himmel! Und die graue Junkers, gefährlich nah, schon fast am Boden. Die einen rannten jubelnd los, die anderen hielten sich eher zurück. Eduard gehörte zur zweiten Fraktion. Noch könnte er umkehren, er musste ja nicht unbedingt mit, war es nicht sowieso ein bisschen eng in der Kiste?

Man hatte die Ladefläche umgebaut, und als Eduard ins Innere des Flugzeugs blickte, waren die fünf Sitze im fensterlosen Frachtraum bereits mit den aufgeregten Schülern besetzt. Gregor, der in der vorderen Reihe saß, winkte ihm durch die offenstehende Luke aufmunternd zu. «Komm schon, Zuck! Wir haben dir extra den besten Platz freigehalten!»

Ein junger Kerl, kaum älter als die Primaner, mit blitzweißen Zähnen, in fast anmaßend wirkender Pilotenkluft, hielt einladend die Vordertür auf. «Ihre Schüler haben darauf bestanden, dass Sie neben mir sitzen dürfen.» Auch das noch. «Und ich möchte Sie bitten, sich zu beeilen, gleich ist der Zauber vorbei, und wir müssten einen Blindflug wagen.»

Lieber nicht. Eduard stieg ein. Überall befanden sich Hebel und Knöpfe, um die man sich herumwinden musste, wenn man nicht aus Versehen irgendetwas verstellen und womöglich den sicheren Absturz verursachen wollte.

Gregor und die anderen amüsierten sich über seine Zimperlichkeit. «Ach Zuck! Stell dir einfach vor, dein Kopf sei nicht zerbrechlich und bedeutend, sondern lediglich die Halterung für deine Brille.»

Eduard klemmte sich auf den Sitz, schnallte die Gurte um seine Schultern, lehnte sich krampfhaft zurück und kniff die Augen fest zusammen. Das sehr tiefe, überirdisch laute Gis drang bis in sein Innerstes, das Zwerchfell zuckte wie das Fell einer Pauke, der Magen rutschte nach unten, der Blutdruck nach oben.

Als Eduard wenig später vorsichtig die Lider öffnete, sah er jede Menge blinkender Lämpchen und die Scheibe, auf der sich winzige Wasserperlen in die Länge zogen.

«Fliegen wir etwa schon?», schrie er in Richtung des Piloten.

«Aber ja! Nun lassen Sie sich den Ausblick nicht entgehen, guter Mann. Es wäre zu schade! Schließlich erwarten Ihre

Schüler, dass Sie ihnen hinterher erzählen, was genau zu sehen war.»

Eduard drehte den Kopf nach rechts, beugte sich leicht zum Fenster, erst dann machte er die Augen richtig auf. Die Tragflächen wippten beängstigend auf und nieder und zerschnitten die grauweißen Nebelschlieren. Darunter lag ein Fladen, ein Pfannkuchen mit Zimt und Zucker, denn viel anders sah die eingefrorene Insel aus der Vogelperspektive nicht aus. Nur schmaler war sie, ein dürres, langes Etwas zwischen Watt und Meer. Gerade überflogen sie das Dorf, der Wasserturm sah aus wie eine Schachfigur, die Häuser waren rote Würfel, zufällig in die Dünen geworfen. Die Straßen wirkten wie Schnüre, der Deich war nur mehr eine Falte im grün-weißen Teppich. Kaum hatte Eduard die Kirche, das Kurhaus und den Bahnhof erkannt, waren sie schon darüber hinweggeflogen.

Der Nebel zog sich zu, und zwei Stöße kurz hintereinander holten ihn in die grausame Wirklichkeit zurück. Dann ein weiterer Ruck, als seien sie mit einem Wagenrad über ein Hindernis gefahren.

Brach jetzt alles auseinander?

«Keine Sorge, das ist normal», brüllte der Pilot. «Ich ziehe die Maschine ein wenig höher, bis wir über den Nebelwolken sind!»

«Noch höher? Muss das wirklich sein?»

Der Pilot lachte. «Warten Sie es ab!»

Sie wurden in die Sitze gedrückt. Hinten kreischten die Mädchen auf, dann kicherten sie, als wäre dies eine Fahrt im Kettenkarussell. Von den Jungen war kein Pieps zu hören.

Und genauso plötzlich, wie das Rumpeln begonnen hatte, hörte es auch wieder auf. Sie flogen ins Blau hinein, und Eduard riskierte einen weiteren Blick aus dem Fenster. Sollten sie nun doch abstürzen, würden sie in watteweiche Wolken fallen. Was geschah, lag in Gottes Hand – oder in der des Flugzeugmechanikers. Und vor beiden hatte Eduard gebührenden Respekt.

~

Immerhin war das Kirchenschiff halb voll. Das Tauwetter hatte an diesem Vormittag dafür gesorgt, dass sich die Insulaner wieder aus den Häusern trauten, um einen der ihrigen zu Grabe zu tragen.

«Traurig, wa?» Fenna beugte sich herüber und versuchte zu flüstern. «Da hat er sein ganzes Leben Blumen gebunden, der Witwer Bruns, und nun, wo er tot ist, bleibt sein Sarg ohne Schmuck.»

Kea nickte statt einer Antwort. Und starrte weiter an der Holzkiste vorbei auf den Altar, den sie seit ihrer Konfirmandenzeit nicht mehr gesehen hatte: zwei Tafeln, wie in der Schule, auf denen was von Jesus im Sturm geschrieben stand, dazwischen ein Gemälde, von dem die Farbe abblätterte. Damals hatte sie neben Therese gesessen und gelitten wegen der Fußkälte und der harten Holzbänke. Sie wusste wohl, warum die Kirche bis heute nicht zu ihren Lieblingsorten zählte.

«Sein Sohn hätte wenigstens ’n paar Blümchen vom Festland mitbringen können. Wo der sich doch jahrelang nicht bei seinem Vadder hat blicken lassen.»

Kea nickte noch mal. Eigentlich war es ihr aber egal. Und dem Witwer Bruns wohl auch. Der war jetzt tot, und die Plackerei hatte genauso ein Ende wie das ewige Getratsche im Inseldorf. Wenn nur der Gottesdienst bald vorbei wäre. Was der neue Pastor da vorn auf der Kanzel predigte, verstand doch kein Mensch. Zwar ging es um Grünzeug, aber der Pfaffe kam mit so überkandidelten Vergleichen, von wegen die Menschen sind wie Blumen, für sich genommen nett anzuschauen, aber man dürfe eben nicht alle zusammen in dieselbe Vase stellen.

Es wunderte Kea, dass ihre Schwester eifrig nickte. Mit Bruns hatte das schließlich nur ganz entfernt was zu tun. Der war einfach ein lieber, alter Mann gewesen, einsam gestorben im Gewächshaus, als er versucht hatte, die Blumenzwiebeln vorm Frost zu schützen. Da war er gestürzt, und niemand hatte ihn gehört, weil seine Gärtnerei weit draußen im Ostdorf lag. Das fand Kea eigentlich viel tragischer, als dass jetzt keine Kränze auf seinem Sarg lagen.

Endlich der Segen, das Amen, dann standen sechs kräftige Männer in der ersten Reihe auf, fassten die Gurte und schleppten Bruns zu seiner letzten Ruhestätte, die man wegen dem Bodenfrost nur mit Spitzhacke hatte ausheben können. Aber Bruns war schon drei Wochen nicht mehr am Leben, irgendwann musste er schließlich unter die Erde, das nutzte ja alles nichts.

«Du komm mal noch mit auf 'n Tröösteelbeer», entschied Fenna, nachdem die meisten Trauergäste das Kirchschiff durch die enge Seitentür Richtung Friedhof verlassen hatten. «Der neue Pastor wird wohl auch anwesend sein. Ist 'n Guter. Jung und frisch. Sehr moderne Ansichten. Hoffentlich bleibt der lange genug, um mien Ubbo dann mal zu beerdigen.»

«Wieso, geht's ihm schlechter?»

Fenna zog die Schultern hoch. «Leben will er schon 'ne ganze Weile nicht mehr. Und ich bin sein ewiges Gezitter auch leid. Besonders nach diesem Winter, wo man das letzte bisschen Kraft eigentlich für sich alleine braucht.»

«Psst, nicht so laut!» Verstehen konnte Kea die Not ihrer Schwester schon, doch herausposaunen musste die das nun auch wieder nicht. Wenn nun jemand mitkriegte, dass sie ihren Mann los sein wollte. In den langen Inselwintern waren die Leute versessen auf ein bisschen Klatsch und Tratsch. Das war wohl auch der Grund, aus dem Fenna noch unbedingt im Friesenhof beim Leichenschmaus dabei sein wollte. Endlich mal wieder Gelegenheit, sich zu unterhalten und Neuigkeiten zu erfahren, wo doch gestern noch ein paar Angehörige vom Festland eingeflogen waren, ohne Blumen, dafür mit Bier und frischen Geschichten, die noch nicht tausendmal durchgekaut worden waren.

«Oder musst du etwa schon wieder in deine Küche, Mittagessen machen?»

«Nee. Ein Teil ist drüben auf dem Festland wegen der Abiturprüfungen, und für den Rest hab ich vorgekocht.»

«Jetzt, wo die Helga dir nicht mehr helfen kann … Wann und wo kommt das arme Ding eigentlich unter die Erde?»

«Die Eltern holen den Leichnam ab, sobald das Schiff wieder fährt.»

«Wenn die sich kein Flugzeug leisten können, dann lass das doch diese Jüdin bezahlen. Die hat mehr Geld wie wir alle zusammen, hab ich gehört. Den kranken Mann bis in die Schweiz fliegen lassen! Rechne das mal aus, wenn ein Pfund von Norderney nach Juist schon fünfundzwanzig Pfennig extra kostet …»

«Woher weißt du so was eigentlich immer?»

«Von der Christel, der Nichte vom alten Bruns.» Fenna wies mit dem Kopf nach links, wo eine mollige Frau mittleren Alters in der Schlange stand, die sich vor dem Seitenausgang gebildet hatte. «Die ist auch beim alten Gerken in die Lehre gegangen. Inzwischen arbeitet sie auf Norderney beim Flugdienstleiter.»

«Bei Deerk Akkermann?»

Fenna nickte. «Der soll ein sehr vornehmes Haus haben. Direkt an der Marienhöhe. Kronleuchter im Speiseraum und so.»

Die beiden Schwestern traten als Letzte aus der Sitzreihe und verließen die Kirche. Auf dem Friedhof duckten sich die Grabsteine im Nebel, und die Kirchenglocke schlug traurige Töne ins Nichts. Als sie an der Grabstätte anlangten, hatte man den Sarg bereits im Loch versenkt. Bruns junior warf mit einer Schippe Erde hinterher. Hier also auch keine Blumen. Nur Asche zu Asche, Sand zu Sand. Alle ließen die Köpfe hängen, doch niemand weinte.

Christel stand dicht bei den nächsten Angehörigen, schaute kurz auf, blickte in Keas Richtung, nickte knapp und betrachtete wieder ihre Schuhspitzen im matschig getretenen Gras. Es waren feste Schuhe mit dicker Sohle und glattem Leder. Auch der schwarze Mantel, den Christel trug, schien von bester Qualität zu sein, Wolle, hochgeschlossen und ordentlich sitzend, trotz Christels ausladender Figur. Akkermann schien guten Lohn zu zahlen.

«Lass das Kind wegmachen, dann kannst du für mich arbeiten», hatte er damals vorgeschlagen. Nachdem er Kea die Lügengeschichte von Wennigers Heldentod in Italien aufgetischt hatte. «Sei vernünftig, Mädchen. Der Vater des Kindes ist tot. Ob er dir wirklich gegen deinen Willen beigewohnt hat oder nicht, ist letztlich egal. Ich kenne einen Arzt, der dein vordergründiges Problem lösen kann. Und sobald das erledigt ist, würd's mich freuen, dich in unserem Haus zu wissen.» Sein Blick hatte verraten, warum genau ihn das freuen würde. Was wäre wohl passiert, wenn sie damals zugesagt hätte? Nach der Abtreibung hätte sie einen lüsternen Dienstherrn ertragen müssen. Vielleicht wäre ihr Leben ein wenig bequemer verlaufen. Doch Marje wäre nicht da. Und das machte es einfach, nichts zu bereuen.

Der Tross setzte sich allmählich in Bewegung, trampelte

zwischen den Gräbern hindurch, immer an der Kirchmauer entlang, bis zur Wilhelmstraße. Im Friesenhof, der ein paar Schritte entfernt am Eck des neuen Kurplatzes stand, warteten Tee, Kaffee und Beerdigungskuchen mit Schlagsahne.

«Hat alles die Christel von Norderney mitgebracht», wusste Fenna und verschluckte sich fast, weil ihr dermaßen das Wasser im Mund zusammenlief.

Der Pastor hatte in seiner Ansprache ausdrücklich eingeladen: «Wer nach dieser langen Zeit des Darbens diese Aufforderung ausschlägt, muss ein Mönch sein.»

Der Dunst war so satt, dass er die Kleidung durchnässte. Entsprechend muffelte es im Eingangsbereich des Hotels, wo Haufen klammer Winterkleidung abgelegt worden waren, dazu kam der Zigarettenqualm aus dem benachbarten Gastraum. Drinnen Stimmengewirr. Am runden Stammtisch hatte einer das Akkordeon rausgeholt und sang Shanties. *Fuffzehn Mann auf des toten Manns Kiste, ho ho ho, und 'ne Buddel mit Rum! Fuffzehn Mann schrieb der Teufel auf die Liste, Schnaps und Teufel brachten alle um!* Dann stießen die Männer grölend ihre kleinen Gläser mit dem Korn gegeneinander und freuten sich, im Gegensatz zu Witwer Bruns und den fuffzehn Mann noch am Leben zu sein.

Der Pastor stand in der Tür. Die meisten gaben ihm beim Hereinkommen die Hand und dankten für die Predigt. Fenna auch. «Sie haben das schön gesagt mit dem Wind und dass der nach rechts blasen muss, damit sich was ändert und hier auf Juist die Schiffe wieder fahren. Aber auch da im großen Berlin.»

«Es freut mich, in Ihnen eine so aufmerksame Zuhörerin zu haben.»

Kea ließ ihre Hand schön in der Rocktasche und machte einen großen Bogen um den Pfaffen.

Fenna und Kea gingen schließlich in den ruhigeren Nebenraum, zu einer Gruppe Frauen, die sich über Fleischrezepte unterhielten, die man kochen könnte, wenn nur endlich der Frachtverkehr wieder in Gang käme. Als Christel berichtete, dass man auf Norderney bereits vorgestern wieder beliefert worden war und sie ihren Herrschaften Sniertjebraa mit Schnippelbohnen serviert hatte, mit ganz viel Schmalz, verdrehten die Weiber die Augen.

Kea setzte sich neben Therese, die mit abgespreiztem Finger an einer Porzellantasse nippte und von dem Kuchen, der in der Mitte des Tisches stand und von Christel großzügig auf die Teller gestapelt wurde, gleich zwei Stücke verlangte. Den konnte Therese gut vertragen, klapperdürr, wie sie geworden war.

«Wo hast du denn deinen Freund gelassen?», fragte Kea.

«Gustav hat zu tun», lautete die knappe Antwort.

«Kann ich mir denken. Wo der doch ganz alleine die Sache mit den Flugzeugen regelt.»

Therese stellte die Teetasse zur Seite und machte «Hm», was alles und gar nichts bedeuten konnte.

Ob denn der Pilot schon in festen Händen sei, wollte nun Rika wissen. Und woher der Wenniger bloß all diese wichtigen Leute kenne. Dass irgendjemand neulich gemeint hat, der Bürgermeister wäre nie so schnell auf eine Lösung gekommen wie der Gemeindediener, das sei schon wirklich phänomenal. Jetzt, wo Gustav es vom Kellner zum angesehenen Mann geschafft habe, da wäre doch wohl auch der alte Gerken nicht mehr abgeneigt, ihn zum Schwiegersohn zu nehmen?

«Vielleicht.» Therese ließ die schwarze Stola von den Schultern rutschen, als sei ihr warm, und erhob sich vom Stuhl. «Im Hotel müssen noch Bestellzettel ausgefüllt werden. Ihr entschuldigt mich? In drei Wochen haben wir schon Ostern, und wir müssen uns ja jetzt einen neuen Floristen suchen!»

«Ich wünschte, mein Ubbo wäre nur halb so patent wie der Therese ihr Gustav», seufzte Fenna, als Therese gegangen war, und alle nickten.

Wie dumm die doch waren. Kea hatte keinen Appetit mehr auf Kaffee und Kuchen. Manchmal war sie Wenniger auf der Straße begegnet. Sie hatte sich weggeduckt, und bis auf einen kurzen, schlimmen Herzschlag war nichts passiert. Wenniger war doch auch bloß einer von vielen, die schuften mussten und sparen, hatte sie sich eingeredet. Doch nun war er drauf und dran, was Besseres zu werden.

Unbemerkt von den anderen stand sie auf und verließ den Raum.

Der alte Mantel, der noch feucht war von vorhin, lag schwer auf Keas Schultern. Die Hoteltür fiel hinter ihr ins Schloss, und sie hatte endlich ihre Ruhe. Es gab zwei Wege zurück ins Loog. Die Billstraße war kürzer, und vielleicht brannten um diese Uhrzeit auch schon die elektrischen Laternen. Doch wenn andere Insulaner ebenfalls auf dem Begräbnis gewesen und nun auf dem Heimweg waren, würden sie sich anschließen. Das Palaver heute reichte Kea aber erst mal für die nächsten Wochen. Also besser den Strand lang. Nicht ganz ohne bei Nebel. Da hätte der Vadder ihr die Ohren langgezogen! Aber wenn sie sich eng an den Randdünen hielt, würde sie sich schon nicht verirren.

Kea brauchte jetzt einen menschenleeren Strand, wo man im Winter Spuren in den Sand drückte, die gleich wieder weg waren. Die einzigen Begleiter waren ein paar Wasservögel und das vertraute Meeresrauschen am Ende der Welt.

Die beiden Taxen fuhren dicht hintereinander über die rumpelige Deichstraße, und Eduard, der gemeinsam mit Lisbeth und Gregor in der vorderen saß, wünschte sich beinahe ins Flugzeug zurück, so sehr wurden sie durchgeschüttelt.

Die Ödnis der norddeutschen Ebene zog an ihnen vorbei. Durch den aufgelockerten Nebel erkannte Eduard Felder, Bauernhäuser, windschiefe Bäume und ab und zu einen klobigen Kirchturm. Das Tachometer neben dem Lenkrad zeigte achtzig Kilometer pro Stunde an. Der glänzende Stern auf der Motorhaube, der wie ein Fadenkreuz die Richtung vorgab, zitterte bei jedem Pflasterstein. Gesund war das auf keinen Fall, Eduards Wirbelsäule schmerzte scheußlich. Er wusste schon, warum er glatte Eisenbahnschienen bevorzugte. Doch es bestand keine direkte Zugverbindung, und der Umweg über Oldenburg hätte einen halben Tag gekostet. Den sie nicht hatten, denn das Norderneyer Schiff war erst um halb zehn Uhr morgens auf dem Festland angekommen, und die Herren Prüfer bestanden weiter darauf, pünktlich um ein Uhr mittags nach Hannover aufzubrechen, egal ob sie die Reifeprüfungen unterzeichnet und abgestempelt hatten oder nicht. Wären sie nicht alle hundemüde, wäre schon längst die blanke Panik ausgebrochen.

Denn die gestrige Landung auf der Nachbarinsel, die gefährlich hart gewesen war und Eduard den allerletzten Nerv gekostet hatte, war die letzte Etappe des Tages geblieben. Der Norderneyer Flugplatz – der eher eine verschneite Wiese war – lag einen strammen Fußmarsch vom Hafen entfernt, und obwohl sie sich gesputet hatten wie die Streicher bei Rimski-Korsakows *Hummelflug*, war die letzte Fähre des Tages nur noch von hinten zu sehen gewesen. Nächste Überfahrt beim nächsten Hochwasser, also erst am anderen Morgen.

Wie Schiffbrüchige hatten sie sich gefühlt und beim Telefonat mit der Schule noch mal gesondert ausrichten lassen, dass man Fräulein Keas Proviantbrote unter diesen Bedingungen ganz besonders zu schätzen wusste. Die Geschäfte waren um diese Tageszeit nämlich längst geschlossen, die Restaurants im Winterschlaf. Sich eine Übernachtungsmöglichkeit suchen zu müssen, war Anfang März ein fast aussichtsloses Unterfangen. Die wenigen Hotels und Pensionen, die geöffnet hatten, waren ausgebucht oder maßlos überteuert. Untergekommen waren sie letztlich in der Inselschule, wo sonst? Geschlafen hatten sie auf den Turnmatten der Sporthalle, immerhin nicht auf dem blanken Boden. Doch welcher Mensch hätte unter diesen Umständen einen ruhigen, erholsamen Schlaf gehabt? Kaum einer von ihnen war länger als eine Stunde am Stück weggedöst, und als sie heute endlich am frühen Morgen auf der Fähre saßen, die sich durch das halbgefrorene Wattenmeer voranschob, mochten sie ausgesehen haben wie ein Grüppchen Schlafwandler. Jedenfalls hatte der Kapitän eine Runde Schwarztee für alle spendiert, mit Rosinenstuten und Butter.

Erst die rasante Taxifahrt ließ sie munter werden.

«Wo sind wir?», fragte Lisbeth zum wiederholten Mal. Sie hatten extra in beiden Wagen die Mädchen auf den Beifahrersitzen platziert, damit diese die Fahrer auf charmante Art zum neuen Geschwindigkeitsrekord anstacheln konnten. Von Norddeich-Mole nach Wilhelmshaven in neunzig Minuten, das wär's.

«Hinter Hooksiel», antwortete der Taxifahrer, der sich schwer konzentrieren musste, um auf die Straße und nicht auf die bezaubernde junge Dame neben sich zu starren. «Gleich fahren wir querfeldein. Dann wird es vielleicht etwas ungemütlich …»

«Noch ungemütlicher?», entfuhr es Eduard.

Der Mann schaute sich empört nach hinten um. «Hören

Sie, mein Herr. Die Achsen sind an Halbelliptik-Blattfedern aufgehängt, die besten Stoßdämpfer weit und breit. Unsere Kunden sitzen also wie in Abrahams Schoß im Vergleich zu anderen Automobilen.»

Eduard schwitzte Blut und Wasser. «Würden Sie bitte wieder nach vorne schauen?»

Lisbeth griff auf ihr bezauberndstes Lächeln zurück. «Ach, Herr Chauffeur, nehmen Sie ihn nicht so ernst. Zuck ist nur ein Lehrer, ein alter Mann, der den ganzen Tag auf dem Stuhl hockt und nachdenkt.»

Eduard musste einmal schwer ein- und ausatmen, zur Beruhigung blickte er aus dem Seitenfenster und versuchte, sich auf die Landschaft zu konzentrieren. Die ersten Häuser mit mehr als zwei Geschossen tauchten auf. Und weiter hinten reckten die Kräne der Werft ihre Giraffenhälse in den grauen Himmel. Endlich waren die Straßen auch mehr als Schotterpisten und ab dem Ortsschild sogar asphaltiert.

Immer wenn Eduard nach langer Zeit auf der Insel in die Zivilisation zurückkehrte, war das ein kleiner Schock. Selbst in einem Provinznest wie Wilhelmshaven kam man in eine andere Welt. Die Menschen liefen schneller, schauten sich häufiger um, trugen schwerere Taschen und Kleidung, die vielleicht schicker war, aber nicht aussah, als könne sie großartig etwas gegen kalt-feuchtes Märzwetter ausrichten.

In Wilhelmshaven gab es kaum alte Häuser, da die Stadt erst einige Jahrzehnte alt und für militärische Zwecke errichtet worden war. Viel Backstein, hier und da mal ein paar wilhelminische Schnörkel, aber nicht zu vergleichen mit der Pracht in Mainz oder Frankfurt. Vor allem gab es kein Zentrum im eigentlichen Sinne, keine Kirche, vielmehr liefen die Straßen parallel zueinander, und das Hotel Reichsadler befand sich an einem Platz, den der Taxifahrer ihnen als Amüsiermeile anzupreisen versuchte.

«Vielleicht sieht man sich ja heute Abend, um das bestandene Abitur zu feiern», schlug er vor, mehr an Lisbeths Adresse als an die Allgemeinheit gerichtet. Dann half er beim Entladen der Koffer, kassierte freudestrahlend die dicken Scheine plus Trinkgeld und wünschte seinen Passagieren alles Glück der Welt.

«Nach dieser Fahrt hab ich vom allgemeinen Glücksvorrat schon das meiste verbraucht», scherzte Peter. Er war so einer, der gern Witze machte, wenn es ernst wurde. Denn nun waren sie endlich angekommen, eine gute Stunde vor der geplanten Abreise der Schulräte.

«Wenn ihr hineingeht, dann gebt euch Mühe, recht abgekämpft auszusehen», schlug Eduard vor und zog zu Demonstrationszwecken einen Hemdzipfel aus der Hose. «Wir müssen den hohen Herren deutlich machen, was wir alles auf uns genommen haben, um hier zu erscheinen. Dann besteht vielleicht die Chance, dass sie für die Prüfung noch ein paar Stunden dranhängen.»

Lisbeth löste grinsend die Spangen, die sie sich eben im Wagen noch sorgsam ins Haar gesteckt hatte. Gregor öffnete den Krawattenknoten und Peter den Schnürsenkel am linken Schuh.

Eduard klatschte. «Nun noch hektisch atmen! Und ein bisschen Angstschweiß auf die Stirn. Wozu hattet ihr all die Jahre Theaterproben bis zum Gehtnichtmehr?»

Wenn alles glattging, würden sie dieses Hotel als Schüler betreten und als Erwachsene verlassen. Eduard war sogar sicher, die schlimmste Prüfung hatten sie bereits bestanden: Wer eine solche Reise hinter sich brachte, war mit allen Wassern gewaschen.

«Also los», sagte er und ging voran. Mit immer noch butterweichen Knien.

~

Therese wusste nicht, dass heute der große Tag war. Gustav würde sie gleich, in der Mittagspause, wenn sie von der Beerdigung zurück war und die Büroarbeit im Hotel erledigt hatte, überraschen. Den Schlüssel wollte er vor sie auf den Tisch legen. Statt eines Verlobungsrings sozusagen. Wie sie wohl schauen würde? Ob ein Lachen auf ihren schmalen Lippen Platz fände oder ein Staunen? Vielleicht auch der leicht spöttische Zug, mit dem sie tiefe Freude zu verbergen suchte. Er konnte es kaum erwarten.

Ein kurzer Anruf, und die Verabredung war perfekt gewesen: Um Punkt zwölf im Tanzcafé, nur wir beide, und kein Mensch soll etwas wissen. Der alte Gerken ahnte vermutlich, worum es ging.

Der Umschlag, in dem die fünftausend Mark verstaut waren, die der Pilot ihm heute früh ausgehändigt hatte – mit einem schönen Gruß von Akkermann, der für die gute Zusammenarbeit dankte –, lag wie ein schmales Kissen in Gustavs Hand. Eine Hand, die in den letzten Jahren ihre Gestalt verändert hatte, die langgliedriger wirkte, sauberer, weniger rau. Die Hand eines Geschäftsmannes, an der nichts mehr nach Schweinestall roch. Endlich hatte Gustav es geschafft, der zu werden, der er eigentlich schon immer gewesen war.

«Ich bin um zwei wieder da», sagte er dem Fräulein, das inzwischen ganz anders von der Arbeit aufschaute, wenn er mit ihr sprach. Alles Aufmüpfige war verschwunden, seit die Flieger auf sein Kommando hin über den Juister Strand rollten. Gern hatte das Fräulein die frischen Orangen angenommen, die im Frachtraum mitgekommen waren. Und Gustav wurde das Gefühl nicht los, dass sie, wenn er und der Bürgermeister zur gleichen Zeit nach ihr riefen, zuerst in sein Zimmer eilte.

Drei Wochen – und ein ganz neues Leben. Es hätte ewig so weitergehen können, doch der Winter schien nun endgültig vorbei zu sein. Und fünftausend mussten reichen für eine wackelige Bude, die sich Tanzcafé schimpfte, aber in den letzten Jahren ziemlich heruntergekommen war. Keinen Pfennig mehr würde er dem alten Gerken blechen. Und das Ersparte, das noch immer unter seinem Bett verstaut lag, würde er in die Renovierung stecken. Wenn alles glattlief, könnten die Ostergäste bereits auf neuen Stühlen sitzen, Eiche mit gedrechselten Beinen, Samtbezug in Jägergrün, so wie Deerk Akkermann sie in seiner Villa auf Norderney stehen hatte. Dazu ausgestopfte Meerestiere an der Wand, eine Robbe, eine Möwe, ein Delfin wären großartig. Und mindestens eins der Marinebilder von Claus Bergen, sollte das noch ins Budget passen. Vor dem inneren Auge sah Gustav sein herrliches Tanzcafé bereits vor sich.

Als er nach draußen trat, sah er aber erst mal gar nichts mehr. Er schlug den Mantelkragen hoch und wählte den Umweg über die Warmbadstraße, um nicht direkt am Friesenhof vorbeilaufen zu müssen, wo gerade die Beerdigung des Blumenhändlers begossen wurde.

An der Kreuzung zur Strandstraße lag die Baustelle des neuen Rathauses wegen der Frostperiode leider brach, die Eröffnung würde sich weiter verzögern. Aber dann, so hatte Gustav sich fest vorgenommen, würde er dort schon bald auf dem Bürgermeisterstuhl Platz nehmen. Diese Aussicht beschwingte ihn, und er lief etwas schneller als nötig, sonst wäre er wohl kaum an der Kreuzung mit dieser Person zusammengestoßen.

«Passen Sie doch auf!» Gustav rieb sich den Arm. Dann erst erkannte er die Frau.

Jahrelang waren sie einander ausgewichen. Aber nun, ausgerechnet an diesem wichtigen Tag, prallten sie mit voller Wucht gegeneinander.

Diese Ähnlichkeit! Damit hatte Kea nicht gerechnet. Erst jetzt, so aus der Nähe, erkannte sie Marjes blaue Augen, deren runde Form an Herzmuscheln erinnerte. Und das nach vorn gereckte Kinn. Er schien aufgeregt zu sein, und die Art, wie er die Nase krauszog … Bei Marje mochte sie das. Bei Gustav Wenniger kriegte sie Angst. Warum hatte sie ihr Kind eigentlich so lieben können, wenn es diesem Dreckskerl wie aus dem Gesicht geschnitten war?

Gustav hatte immer geglaubt, sich an nichts erinnern zu können. Die vielen Jahre dazwischen. Der Alkohol. Und vor allem die Scham. Doch als er Kea Joosten jetzt vor sich stehen sah, war alles schlagartig wieder da, als lägen kein Krieg, kein Frieden, kein Abstieg und kein Aufstieg dazwischen. Da stand er wieder in diesem Keller und zog sich die Hose runter. Mehr, weil Deerk ihn dazu gedrängt hatte. *Besorg es dem Flittchen, wer weiß, ob du den Krieg überlebst. Und lass mich ein bisschen dabei zuschauen.* Gustav erkannte in ihrem Gesicht dieselbe Angst wie an jenem Abend, als er ihr die Hand über den Mund gelegt und sie gegen die raue Wand gerammt hatte. Als Deerk ihm damals nach seiner Rückkehr erzählt hatte, das Flittchen wäre an der Grippe krepiert, war Gustav heilfroh gewesen.

«Ich will nur an den Strand.» Kea wusste nicht, warum sie das sagte. «Ich muss nach Hause ins Loog. Die warten auf mich.»

«Es ist viel zu neblig», antwortete Gustav. Wir sprechen miteinander wie ganz normale Menschen, stellte er fest. Dabei hat sie mich gesehen, hat mich erkannt, schwitzend mit der Hose in den Knien, ein Tier. Ein Schwein. Irgendwann wird sie auspacken, und dann weiß jedes Tratschweib, was für einer ich tief in mir drin bin und bleibe.

Weshalb er sich an ihrem Arm festkrallte, verstand Gustav selbst nicht. Eigentlich wollte er doch, dass sie abhaute, verschwand, nicht mehr existierte, so tot war, wie Deerk es damals behauptet hatte. Warum nur hielt er sie fest?

«Lass mich gehen», zischte Kea und riss sich von ihm los.

Gustav blickte ihr hinterher. Wie sehr sie sich zusammennahm, um nicht zu rennen. Jeder Schritt wirkte so angestrengt, als müsse sie einen Berg besteigen, dabei lief sie doch nur die Strandstraße hinauf. Er hörte sie noch atmen, als der Nebel sie längst verschluckt hatte.

Die Kirchenuhr schlug zwölf. Er musste sich beeilen. Schließlich wollte er alles richtig machen an diesem wichtigen Tag.

TEIL 2

Möge der Genius dieser Schule
unser Wagnis segnen.

Martin Luserke,
2. Logbuch der Schule am Meer

Untersekunda

Mai 1929

Jemand hatte eine Matte aus geflochtenem Schilf zwischen die Äste des Feigenbaums gehängt. Die Sonne fiel hindurch und ließ Paul, der sich für ein Mittagsschläfchen druntergelegt hatte, ein bisschen wie ein Zebra aussehen. Anni pflückte einen Grashalm und zeichnete auf seiner Haut die Linien zwischen Licht und Schatten nach. Ganz vorsichtig, ohne Paul wirklich zu berühren.

Er hatte zugenommen, im Sanatorium wurde italienisch gekocht, und Paul liebte Pasta. Und vertrug sie glücklicherweise trotz der Operation. Auch wenn die Ärzte vor zu viel Optimismus warnten, Anni beharrte darauf, dass Paul geheilt war. Schließlich hatten sie sich eben geliebt. Das erste Mal seit dem furchtbaren Tag, an dem Paul beinahe gestorben war. Hier auf der Wiese hatten sie sich ins kniehohe, noch etwas feuchte Gras gelegt, zwischen dem See und der Via Valmara. Ungestört und in aller Seelenruhe hatten sie sich einander hingegeben. Seine Arme waren stark, seine Bewegungen sanft.

Auf dem See glitt ein Passagierdampfer dicht am Ufer vorbei, und Anni duckte sich. Sie wollte unbemerkt bleiben. Auch weil sie beide nackt waren. Aber vor allem, weil Menschen auf Booten stets zwanghaft zu winken begannen. Hallo, ich sehe dich, siehst du mich auch? Doch Anni wollte niemanden sehen außer Paul. Selbst die Mädchen, die heute mit den anderen auf Studienfahrt in Ostfriesland unterwegs waren und per Telegramm mitteilen ließen, wie sehr sie die Mama und den Papa vermissten (und dass die großen Jungs aus der Untersekunda sich mal wieder schlecht benahmen). Anni hatte ihre Töchter von Herzen lieb, aber sie brauchte die paar Tage, die sie hier verbrachten, gestohlene Tage, denn auf Juist waren sie nie für sich, und es gab so viel zu tun.

Anni hatte fast vergessen, wie mild das Leben sein konnte, wie grün das Gras, wie blau das Wasser, wie erhaben die Berge, die nicht aus Sand geformt waren. Früher war sie oft mit den Eltern an den Lago Maggiore gereist. Es gab eine Fotografie, auf der Anni im Nachthemd und mit ungebürstetem Haar auf einer Hotelterrasse steht und etwas hochnäsig in die Kamera blickt, da mochte sie fünfzehn gewesen sein. Unter einer der Palmen auf der Piazza Grande in Ascona hatte sie die erste Tasse Kaffee ihres Lebens getrunken und geglaubt, so würde Kaffee immer schmecken. Inzwischen hatte sie die Erinnerung daran mit Ostfriesentee heruntergespült. Anfangs war sie stolz gewesen, nicht mehr Anni Hochschild zu sein, das reiche Mädchen, dem im Sommer ein Sonnenschirm gereicht wurde und im Winter die Droschke gerufen, damit sie nicht nass wurde oder fror. Es hatte sich würdevoll angefühlt, freiwillig unter widrigen Bedingungen zu leben. Nur so, hatte sie sich ausgemalt, könne man über sich selbst hinauswachsen. Doch jetzt lag sie als Anni Reiner im Gras und fand keinen einzigen Grund mehr, für den die Mühen sich lohnten. Wenn sie nur bleiben könnten … in einer der Villen am See, mit Magnolien im Garten und orangefarbenden Hibiskusblüten auf der Terrasse, die besten Kliniken in Rufweite. Eine eigene Köchin, die für Paul Pasta zubereitete, ein Gärtner, der Unkraut jätete. Die Mädchen ganzjährig im Sommerkleid und keine fremden Kinderköpfe zum Entlausen. Warum sollte Anni jemals zurückkehren wollen an die kalte

Nordsee, die ihnen gegenüber in den letzten Jahren so unbarmherzig gewesen war? In diese Schule, die einem alle Kraft raubte und zudem das letzte Geld? Wo man sich nie lieben konnte, und schon gar nicht unter freiem Himmel, weil die Welt dort zu klein war für Intimität und das Wetter zu garstig.

Hatte sie gerade geseufzt, oder strich der Wind durch die Äste des Feigenbaumes über ihr?

«Das scheint ja ein riesiger Brocken zu sein», sagte Paul. Er musste schon seit einiger Zeit wach sein, jedenfalls verriet sein Gesichtsausdruck, dass er sich über Anni amüsierte.

«Brocken?»

«Der meiner bildhübschen Frau auf dem Herzen liegt und sie die Stirn sorgenvoll runzeln lässt. Aber warte kurz …» Paul richtete sich auf und griff nach seiner Hose, die eine Armlänge entfernt auf einem Stein lag. Es war seine Lieblingshose, die hellgraue, die er damals immer unter die Matratze gelegt hatte, in Ermangelung eines Bügeleisens. Sie schlotterte nicht mehr ganz so sehr an ihm wie in den Osterferien, als Anni ihn das letzte Mal im Sanatorium besucht hatte. Paul griff in die hintere Tasche und zog ein längliches Holzkästchen hervor.

Anni Hochschild hätte darin ein Schmuckstück vermutet, eine Perlenkette oder etwas Kleines aus Silber und Gold. Anni Reiner wusste es besser: «Du hast doch nicht wirklich …»

«Doch. Gestern vor deiner Ankunft hab ich mir im Geschäft das ganze Sortiment erläutern lassen, um herauszufinden, welche deinem erlesenen Geschmack entsprechen könnte. Und dann hab ich mir geschworen, ich hole sie erst im richtigen Moment heraus.» Er klappte den Deckel hoch. Zum Vorschein kam eine hellbraune, schmale, etwas krumme Zigarre, gebettet auf dunkelgrünen Satin. «Eine *Brissago Originale.*»

«Und jetzt ist der richtige Moment?»

«Und ob.» Paul schob sich die kleine Strohhalm-Spitze der Zigarre zwischen die Lippen, fischte Streichhölzer aus der anderen Hosentasche, entzündete den Tabak, zog und paffte und reichte sie an Anni weiter. Würziger Qualm legte sich auf Annis Zunge. Der Rauch biss ihr in die Augen. Sie musste blinzeln, husten und lachen. Alles gleichzeitig, das war gar nicht so einfach.

«Für eine Anfängerin schlägst du dich tapfer», lobte er und wartete geduldig den zweiten und dritten Zug ab, bevor er weitersprach. «Es tut mir leid.» Als sie ihn fragend anschaute, ergänzte er: «Dass du diese Sorgenfalten bekommen hast. Wahrscheinlich habe ich nur ansatzweise eine Vorstellung davon, wie schwer das letzte Jahr für dich gewesen ist.»

«Aber Paul, das war *dein* Magengeschwür, nicht meins.»

«Ich habe monatelang faul im Bett gelegen, während du die ganze Verantwortung getragen hast. Und außerdem …» Er zupfte an einem Grashalm. «Anni, wir haben niemals über unseren kleinen Sohn gesprochen.»

Nein, das hatten sie nicht. Das Kind, das nicht hatte leben dürfen, war auf dem Kirchhof im Inseldorf begraben worden, ohne Sarg und ohne Grabstein, ohne Abschied und Segen. Korff und Zucks Waldi war mehr Aufmerksamkeit zuteilgeworden. «Ich versteh's doch. Nur ich habe seine Bewegungen gespürt und sein Gewicht getragen. Für alle anderen ist er immer ein Unbekannter geblieben.»

Paul vermochte es nicht, ihr ins Gesicht zu blicken. «Ich war noch nicht einmal dabei, als er auf die Welt gekommen ist, sondern bin erst aufgetaucht, nachdem das Schlimmste vorüber war. Du wolltest ihn mir zeigen, sein liebes Gesichtchen, aber ich war feige und hab mich weggedreht. Und geheult. Dabei hätte ich dich trösten müssen.»

«Es stimmt. Ich hab nach dir gerufen, als die Schmerzen unerträglich waren. Und als ich unser Kind nicht schreien hörte, hab ich dein Fernbleiben verflucht.»

Er beugte sich zu ihr herüber, schlang seine Arme um ihre Schultern, hielt sie einen kostbaren Moment lang fest, bevor ihn erneut die Kräfte verließen. «Es tut mir so leid.»

Sie lehnte sich zurück. «Schon gut. Das geschah nicht aus bösem Willen.»

«Zu allem Übel bin ich dann auch noch krank geworden.»

Anni zog erneut an der Zigarre. Der feierlich strenge Geschmack war mehr wert als Gold und Silber und Perlenschmuck. Sie hatte nie geraucht, aber immer verkündet, sie wolle es gern einmal probieren – und wenn schon, dann gleich richtig, mit einer Zigarre.

Was sollte sie sagen? Dass er Unsinn redete? Dass niemand Schuld trug an dem, was im letzten Jahr über sie gekommen war wie ein apokalyptisches Unwetter? Dass Lu vielleicht zu Recht vermutete, man habe es schlichtweg mit Teufelstagen zu tun gehabt? Es wären Floskeln. Sie hatte Paul mehr als einmal verflucht, weil er durch Abwesenheit geglänzt hatte, als sie ihn brauchte. Und er kannte sie gut genug, um das zu wissen. Sie verwünschte die Tränen, die ihr jetzt in den Augen standen. Die kamen nicht vom Qualm.

Ein Traktor knatterte über die Via Valmara, die ein Stück den Hang hinauf lag und von Brissago zur nicht weit entfernten italienischen Grenze führte. Sein beruhigender Zweitakter war noch eine ganze Weile zu hören. Dann wurde es wieder still, bis auf das Konzert einer Mönchsgrasmücke, die irgendwo über ihnen im Baum saß. Keine heiseren Möwen. Keine schnatternden Eiderenten. Und das Wasser des Lago Maggiore plätscherte tausendmal lieblicher, als die Nordsee es jemals zustande brächte.

Paul strich Anni übers Gesicht, fing ihre Tränen auf, bevor sie ihr von der Wange tropften. «Das Schlimmste ist vorüber, ganz bestimmt. Ich habe meine Koffer bereits gepackt und werde morgen mit dir zurückreisen.»

«Aber dein Arzt besteht auf mindestens zwei weiteren Wochen.»

«Der verdient ja auch an jedem Tag, den ich da rumliege, ein kleines Vermögen. Doch auf Juist werde ich gebraucht. Und wenn ich nicht langsam wieder etwas zu tun kriege, ist vielleicht mein Magengeschwür weg, aber der Großteil meiner Gehirnleistung auch.»

Anni lachte. «Selbst dann bist du noch klüger als die meisten Menschen. Außerdem weiß ich genau, dass Lu und Aeschli im regen Austausch mit dir stehen, du könntest also auch weiterhin vom Sanatorium aus arbeiten, außerdem aber noch ein wenig die Sonne und das gute Essen genießen. Die neue Hauswirtschafterin auf Juist kocht einfach grauenvoll.»

«Noch ist nicht entschieden, ob sie nach ihrer Probezeit als Fräulein Keas Nachfolgerin eingestellt wird, oder?»

Wie das klang: Fräulein Keas Nachfolgerin! So formal, so geschäftig, als hätten sie bei dem Unglück lediglich eine gute Wirtschafterin und Köchin verloren. Dabei hätte diese Frau vielleicht sogar eine Freundin werden können. Wenn Anni doch nur je erfahren hätte, was genau Fräulein Kea am Herzen nagte, dass sie sich so schroff und unnahbar gab. Zu spät. «Ich hoffe nur, es findet sich eine andere Lösung.»

«Wohl kaum. Lu hat für Pfingsten mehr als hundertzwanzig Gäste eingeladen, selbst wenn bloß die Hälfte kommen, sollte die Köchin bis dahin eingearbeitet sein.»

«Was um Himmels willen hat er vor?»

«Es sind in erster Linie ehemalige Schüler, dazu deren Eltern, Kulturbeamte, Kunstmäzene – sieht also ganz danach aus, als wolle Lu etwas Geld eintreiben.»

«Aber wofür?» So viele Kinder wie nie besuchten die Schule. Und jedes bekam ein Bett und genug zu essen. Das erste Mal nach vier Jahren stand Anni morgens auf und brauchte sich nicht den Kopf zerbrechen, wie es finanziell weiterging.

«Anni. Eine Schule, die nicht rechnen muss, macht etwas falsch. Denk nur an die Klassenräume im Diesseits. Da bröckelt die Farbe von der Wand. Und Neufundland muss für unsere Zwecke umgebaut werden.» *Neufundland* – so war das kleine Backsteinhaus getauft worden, das die Schule seit dem Frühjahr gepachtet hatte. Es lag außerhalb des Schulgeländes, ein gutes Stück hinter der Freien Aussicht in einer Dünenmulde und bot für die Schüler der Sexta und Quinta einen geschützten Ort. Abseits vom Trubel, den die Pubertierenden veranstalteten, wurden die Kleinen besonders liebevoll betreut. «Und die Mädchen wünschen sich einen eigenen Raum, in dem sie sich ungestört treffen können …», fügte Paul noch hinzu.

Ja, wenn Paul Pläne schmiedete, war er gesund. Doch Anni hörte nicht wirklich hin. Sie ärgerte sich über die Enttäuschung, die sich in ihr ausbreitete. Es war furchtbar elitär, von einem ruhigen Familienleben am Ufer des Lago Maggiore zu träumen, bloß weil das Ziel, das man sich einmal gesteckt hatte, nicht ganz so simpel zu erreichen war.

Paul bekam gar nicht mit, dass sie die Zigarre an der Borke des Feigenbaums löschte und sich die Unterwäsche überstreifte, in das Kleid, in die Schuhe schlüpfte. Er redete einfach weiter: «Wir planen die Gründung einer Außengemeinde, um unsere Arbeit besser publik machen zu können …»

Mit «Wir» meinte er Lu und Aeschli. Anni hatte es gewusst: Die Briefe und Telegramme, die zwischen Paul und der Schule hin- und hergegangen waren, waren keine Genesungswünsche gewesen, sondern Arbeit. Sie erhob sich, streckte die Glieder, hielt die Hand gegen die Sonne und versuchte, die gegenüberliegenden Orte zu erspähen, die schon zu Italien gehörten und einladend wirkten mit ihren pittoresken Kirchtürmchen und den pastellfarbenen Häusern. Am liebsten würde sie einfach hinüberschwimmen, eine Pizza essen, ein Glas Rotwein trinken, lachen und das Leben genießen. Doch womöglich gab es das ohnehin nicht: den perfekten Ort, den richtigen Zeitpunkt, das makellose Leben. Dann war es auf Juist ebenso gut wie hier oder dort drüben.

«Warum hast du es plötzlich so eilig?», fragte Paul.

«Ich habe ein paar Klassenarbeiten für die Reise mitgenommen. Und wenn du nun morgen mit im Abteil sitzt, komme ich sicher nicht dazu, alles zu korrigieren.»

Paul nickte. «Mensch, wie freu ich mich auf die anderen!» Und die letzte zarte Hoffnung, er würde sie übermütig ins Gras zurückziehen, entkleiden und ein weiteres Mal lieben, war dahin. Dieser Nachmittag blieb nur eine kleine Auszeit, an deren Ende sie sich gegenseitig die Halme aus den Haaren zupften und die Kleidung glattstrichen.

Als sie wenig später Hand in Hand den steilen Hang hinaufstiegen, um zu den Fahrrädern zu gelangen, die sie am Straßenrand gegen den Oleanderstrauch gelehnt hatten, stolperte Anni fast über ein Brett, das beinahe komplett von Grün bewachsen war und sich als ein ausgeblichenes Schild entpuppte. Sie hob es auf und steckte es zurück in das kleine Erdloch neben ihrer Sandale. *Vendere. Zu verkaufen.* Kaum mehr lesbar, die Pinselschrift auf dem porösen Holz. Und eine Adresse.

«Kommst du?», fragte Paul.

«Geht das auch ’n bisschen schneller?», drängte die Mutter zum vielleicht hundertsten Male, dabei beeilte Marje sich doch mit dem Spülen und Trocknen und Polieren. Es waren bloß eben über zweihundert Gläser, die sachte aus der mit Holzwolle gepolsterten Kiste gehoben und gereinigt werden wollten. Und Marje wusste, wenn sie nur eines davon zertrümmerte, würde es eine Ohrfeige geben. Die Hand der Mutter saß locker, weil die sich nicht blamieren wollte. Sie hatte Marje diese Stelle vermittelt, zumindest fürs Erste, und Herrn Wenniger angeblich auf Knien angefleht. Wenn Marje sich allzu tollpatschig benahm, würde Wenniger nicht zögern, sie gleich wieder zu feuern. Absichtlich ein bisschen Glasbruch zu verursachen war verlockend, schließlich schuftete Marje nicht freiwillig hier. Doch die Mutter tat ihr leid, sie arbeitete Tag und Nacht, und mit dem Vater war es seit dem Winter noch schlimmer geworden. Also spülte Marje artig und stupide alle zweihundert Gläser. Die hohen, geraden, ohne Schnörkel und Stiel, waren für das Bier, die sortierte sie anschließend in den Hängeschrank über der Schankanlage, direkt neben die Schnapsgläschen. Aus den dickwandigen, die etwas niedriger waren, wurde Wasser getrunken. Und die besonders empfindlichen Weingläser fanden ihren Platz in der Vitrine neben der Spültheke.

«Wenn das losgeht mit dem Fest, haben wir keine Zeit mehr zum Rumkramen.»

«Ich weiß», sagte Marje.

«Auf der Hochzeit tanzt schließlich die halbe Insel. Die werden schneller saufen, als wir zapfen können.»

«Krieg ich hin. Ich bin ja nicht blöd.»

«Werd nicht pampig», sagte die Mutter. «Denkst wohl, du bist was Besseres.»

Marje war nichts Besseres, aber sie war Besseres gewohnt

als diese stumpfsinnige Arbeit. Natürlich hatten sie auch in der Schule am Meer mit anpacken müssen, und zwar nicht zu knapp, doch der Dreck unter den Fingernägeln und die Blasen an den Füßen hatten einem guten Zweck gedient. Die Aquarien zu reinigen oder die Kartoffeln zu ernten war sinnvoll. Hier schuftete Marje für fremde Menschen, die sie noch nicht mal leiden konnte.

«Und guck nicht so griesmulig. Das kann der Herr Wenniger nicht ab, wenn man so 'ne Flunsch ziehen tut.»

«Dann soll er eben woanders hingucken.» Klatsch. Halb auf die Wange, halb aufs Kinn. Der Schlag war nicht besonders fest gewesen, doch es tat trotzdem weh.

«Du kannst mich so viel hauen, bis dir die Hand abfällt. Ist mir egal. Solange ich nicht zurück in die Schule kann …»

«Halt den Mund.» Die Mutter hob eine der leergeräumten Kisten an und trug sie schwerfällig aus dem Gastraum.

Marje wandte sich ab. Statt zu heulen, polierte sie stoisch ein Glas nach dem anderen. Trotz der lahmen Arme, weil sie schon seit Tagen nichts anderes tat, als das verfluchte Tanzcafé Promenade auf Hochglanz zu bringen, bevor es am Wochenende bei der Hochzeit des neuen Besitzers wiedereröffnet würde. Obwohl die Mutter seit Ewigkeiten in diesem Laden schuftete, hatte sich Marje nicht allzu oft hier blicken lassen. Früher war sie zu klein gewesen für ein Tanzcafé und danach zu beschäftigt. Warum hätte sie auch einen Fuß ins Inseldorf setzen sollen, wo sie sich doch so wohl gefühlt hatte hinten im Loog, bei ihrer Tante Kea, zwischen all den anderen Jungen und Mädchen und Tieren und Abenteuern. Nun blickte Marje seit Anfang Mai auf weiß getünchte Wände, an denen klobige Gemälde hingen, die Herrn Wenniger gefielen, obwohl – oder gerade weil – sie schreiend trivial waren. Die Ölfarbe schlierig und dick, wie mit der Maurerkelle auf den Untergrund geklatscht. Behäbige Marineschiffe auf hoher See, Matrosen in Uniform, die mit dem Fernrohr in den glutroten Abendhimmel starrten. Die Bilder zeigten den Krieg, verkleidet als romantischen Bootsausflug. *Euphemistisch*, so hatte Marje es in der Schule gelernt. Jetzt, wo sie das Wissen nicht mehr brauchte, fielen ihr dauernd Wörter ein, die sie nicht benutzen durfte, weil ihr das als Überheblichkeit ausgelegt würde.

Warum bloß hatte Marje im Zeichenunterricht bei Mister nie richtig mitgemacht, sondern lediglich seinem spitz zulaufenden Vollbart beim Wackeln zugeschaut, gegähnt und die Minuten gezählt, bis endlich Biologie oder Deutschkunde auf dem Stundenplan stand. Jetzt erinnerte Marje sich mit Wehmut an die *bunte Woche*, in der sie sich den diversen Farben gewidmet hatten. In Chemie mittels Salzlösung, in Physik durch Versuche mit Lichtstrahlen, die sich in einem Glasprisma brachen, in Philosophie und Deutsch hatten sie Goethes Farbenlehre studiert. Sogar musikalisch stand das Thema auf dem Lehrplan: Für jede *Couleur* gab es Zuck zufolge eine dynamische Bezeichnung, *Frenetico* war rot, Blau eher *spiccato.* Und jetzt wurde sie mit kackbrauner Marschmusik zugedröhnt, den lieben langen Tag, weil Wenniger meinte, der Takt treibe zur Arbeit an.

War sie vorher eigentlich blind und taub gewesen?

Mister hatte einen faszinierenden Wettbewerb ausgerufen: Wem gelang es, das Blau der Nordsee zu mischen, und zwar genau jenes kalkige, schroffe Blau, welches zwischen Juist und Memmert das Fahrwasser färbte? Wer komponierte mit Tusche den Himmel am frühen Nachmittag? Wer traf den Ton der schorfigen Miesmuschelschale, auf der Violett und Schwarz und Perlmutt wie mit Aquarellkreiden gezeichnet ineinanderflossen? *Schaut genau hin, Kinder, erst dann offenbart die Welt euch ihre ganze Pracht.*

Früher hatten die Menschen gar kein Blau gesehen, hatte Mister erzählt, während sie eifrig die Pigmente vermischten. Homer schrieb in der *Odyssee* von dunkelweinfarbenen Wellen und einem grünlichen, grauen, weißen oder roten Himmel. Man findet kein einziges blaues Ding in seinen dicken Wälzern. Lediglich die Ägypter kannten diese Farbe und waren zudem die Ersten gewesen, die sie herzustellen wussten: aus gemahlenem Lapislazuli, kostbarer als der ganze Regenbogen. *So ist es,* hatte Mister gesagt, *wir sehen nur das, womit wir uns beschäftigen.*

Wie recht Mister gehabt hatte, wie wichtig es war, sich dem Schönen zu widmen, wurde Marje erst in der Tristesse dieser Gaststube deutlich, in der über ihr ein scheußliches, wenn nicht sogar *monströses*, mit gelblichen Öllampen bestücktes Hirschgeweih hing.

Ein Riss ging durch die Welt und hatte alles, was gut und schön gewesen war in Marjes Leben, ohne Vorankündigung verschluckt.

Auch Tante Kea. Sie war nur ins Dorf gegangen. Tot ist sie, hatte die Mutter behauptet, aber keine Träne um ihre Schwester geweint. Jemand habe Tante Kea noch zum Strand laufen sehen, ganz allein. Bei dem Nebel und auflaufend Wasser habe Kea vermutlich nicht die Hand vor Augen gesehen und sich – in Panik geraten – zwischen den Sandbänken verlaufen. Marje war die Einzige, die diese Geschichte nicht glaubte. Vielleicht weil sie von Mister gelernt hatte, genau hinzuschauen: Wenn das Fett in der Pfanne zu heiß wurde oder das Kartoffelwasser überlief, wenn sich Ratten in der Speisekammer tummelten oder Maden im Mehl – Tante Kea hatte stets besonnen reagiert und ohne viel Aufhebens das Problem in den Griff bekommen.

Sie war *spiccato* gewesen, niemals abgelenkt oder fahrig. Tante Kea wäre nicht kopflos in die Fluten gerannt. Und wenn doch, so wäre sie niemals untergegangen, sondern geschwommen, bis ihre Füße wieder auf Boden getroffen wären. Aber einfach ertrinken – und Marje alleine lassen, ohne einen ihrer trockenen Abschiedsküsse –, das kam nicht in Frage.

Deshalb war Marje auch stinksauer. Die Trauer, die alle von ihr zu erwarten schienen, weil ihre geliebte Patentante nicht mehr lebte, konnte Marje vor lauter Zorn und Fassungslosigkeit gar nicht spüren. Denn nach Tante Keas Tod war auch die Regelung hinfällig, laut der sie kostenlos die Schule besuchen durfte. Bis Ostern, dem Ende der Obertertia, hatte man sie noch gehen lassen, danach war die Mutter unerbittlich geblieben: Ein Mädchen in ihrem Alter musste nicht zur Schule, da rief die Arbeit, das wahre Leben, und damit Schluss! Es war so furchtbar ungerecht! Jemandem die ganze Welt zu offenbaren und dann plötzlich zu sagen: Ja, das ist jetzt dumm, aber eigentlich war das gar nicht für dich bestimmt, vergiss besser, was du gesehen hast.

«Acht Tische zu je zehn Personen.» Herr Wenniger und seine Verlobte betraten gemeinsam mit der Mutter den Schankraum und erteilten Anweisungen. «An diesem Tisch sitzen meine zukünftige Frau und ich, neben uns der Trauzeuge Akkermann nebst Gattin.»

«Und Ihr Schwiegervater?», fragte die Mutter, die für die Sitzordnung verantwortlich war und panische Angst hatte, es zu versaubeuteln.

Die Brautleute schauten sich an, nicht liebevoll oder vorfreudig, sondern eher so, als sei es eine verdrießliche Pflicht, jedes Familienmitglied zu platzieren. Schließlich zeigte die zukünftige Frau Wenniger in eine Ecke, in der es zugig war und nach Toilette roch. «Der sitzt hier.»

«Am Katzentisch?», protestierte Wenniger. «Therese, bei aller Liebe, das geht nun wirklich nicht.»

«Er hat mich jahrelang schäbig behandelt. Da darf er kaum einen Ehrenplatz erwarten.»

Mit ihren hochgezogenen Augenbrauen und der gerümpften Nase wirkte sie, als gelte es, einen Viehstall zu entmisten. Und ihr Bräutigam war derjenige, der Eimer und Schaufel schleppte. Wenn das wirklich alles so grausig war, dann hoffte Marje, niemals heiraten zu müssen.

Wenniger lenkte ab: «Wie gefällt dir denn das Menü?»

Gelangweilt wurde die auf dem Tresen bereitgelegte Karte inspiziert. Bei der Lektüre war Marje vorhin das Wasser im Munde zusammengelaufen. Die Braut verzog jedoch den ihren. «Der Riesling zum Schollenfilet, ist das der Saure aus dem Restbestand? Von dem wird die Hälfte der Gesellschaft scheußliches Sodbrennen bekommen.»

«Wo denkst du hin, Therese, wir haben natürlich neuen kommen lassen.» Herr Wenniger küsste seine Verlobte auf die Schulter. «Rheinhessen. Die Gäste werden begeistert sein.»

«Sagt der Mann, der nie ein Glas anrührt …»

«Ich vertraue dem Winzer. Er ist ein Parteigenosse.»

Es wurmte Marje, ausgerechnet für Gustav Wenniger arbeiten zu müssen. Das kam schließlich einem späten Sieg für ihn gleich, nachdem er damals nach der Strandung die Flucht vor Titicaca hatte ergreifen müssen. Marje verdrängte die Erinnerung an diese merkwürdige Nacht. Denn ansonsten wäre ihr wieder Moskito in den Sinn gekommen, dass der immer so mutig und stark tat und dann am Ende doch eher schüchtern war. Und wie lieb er mit Titicaca umging – weil er eben anders war als die anderen Jungen. Wenn sie noch eine Sekunde länger an ihn dachte, würde aus ihrer Wut auf das Schicksal doch noch Trauer werden, und Marje hatte keine Ahnung, wie sie die überleben sollte.

«Kind, wie lange willst du dieses eine Bierglas noch polieren», zischte die Mutter.

Jetzt schaute die Braut von der Menükarte auf, in Marjes Richtung. «Wer ist das?»

«Marje, meine Jüngste», sagte die Mutter und zog Marjes Schürze zurecht. «Wenn sie mit den Gläsern durch ist, nimmt sie sich das Besteck vor.»

«Die Patentochter von Kea Joosten?»

«Genau», sagte Marje, weil sie es blöd fand, wenn über ihren Kopf hinweg geredet wurde.

Die hellgrauen Augen der Frau verengten sich. «Wer hat sie eingestellt?»

«Ich.» Gustav Wenniger zuckte mit den Schultern. «Es ist schwer, Saisonkräfte zu finden. Von den Angestellten deines Vaters ist nur noch die treue Fenna da. Wir sind also auf jede helfende Hand angewiesen.»

«Aber sie kommt von der Judenschule», sagte die Braut angewidert.

«Wir sind keine Judenschule!», protestierte Marje. «Bei uns können alle zum Unterricht kommen.»

Der giftige Blick ihrer Mutter brachte Marje zum Schweigen. «Ich werd schon dafür sorgen, dass sie ordentlich zupackt.»

«Sie muss gehen», bestimmte die Braut. «Und zwar sofort!»

Es war sonderbar, aber Marje ärgerte sich kein Stück über die Unverschämtheiten dieser Frau. Im Gegenteil, sie versuchte krampfhaft, sich ihre Freude nicht anmerken zu lassen.

«Bitte, Fräulein Gerken. Seit Keas Tod fehlt das Geld an allen Ecken und Enden.»

Gustav Wenniger räusperte sich und ergänzte: «Zudem erinnere ich mich, dass du, meine Liebe, dem Mädchen vor Jahren selbst einen Ausbildungsplatz anbieten wolltest.»

«Gut, dass Sie es nicht gemacht haben», ging Marje dazwischen. «Ich bin nämlich wirklich ungeschickt und außerdem ziemlich faul und frech.»

«Marje!» Die Mutter legte sich noch einmal ins Zeug: «Sie meint es nicht so. Das Kind ist gerade vierzehn geworden, das richtige Alter, um in die Lehre zu gehen.»

Doch die zukünftige Frau Wenniger schüttelte ungnädig den Kopf, und ihr Bräutigam nickte nur ergeben. Das wäre damit wohl entschieden …

Die Mutter fasste Marje hart am Oberarm und zerrte sie in die Küche, wo es nach der Brühe für die Hochzeitssuppe roch. Zunächst war sie noch weniger schmackhaft als ein Schluck heißes Wasser gewesen, bis Marje nachgeholfen hatte, mit frischen Wildkräutern, Giersch und Spitzwegerich vom Deich, wie Tante Kea es ihr beigebracht hatte. Den jungen Sauerampfer von den Viehweiden wollte sie erst kurz vor dem Servieren darüberstreuen. Nun würde nichts mehr daraus werden.

«Warum benimmst du dich so dreist?»

«Die will mich sowieso loswerden, hast du doch gemerkt!»

«Was hast du dem Fräulein Gerken getan, dass die dich so auf'm Kieker hat?»

«Nichts», antwortete Marje.

«Geh hin und entschuldige dich!»

«Wofür?»

Wieder eine Ohrfeige. Marje biss sich auf die Unterlippe. Die Mutter zischte: «Wirst schon wissen, wofür. Und sonst denkst du dir eben was aus. Man kann sich für alles Mögliche entschuldigen. Klugschwätzerei. Faulheit. Ungebürstetes Haar. Such dir was aus.»

«Das bringt doch nichts. Die hat einfach schlechte Laune, vielleicht, weil sie den gruseligen Wenniger heiraten muss.»

«Das geht uns nichts an.»

«Tante Kea hätte sich das auch nicht bieten lassen.»

«Die solltest du dir nicht zum Vorbild nehmen, Kind! Siehst ja, wie es mit ihr geendet hat. Ins Wasser ist sie gegangen.»

Marje stockte der Atem. «Ich dachte, es war ein Unglück. Wegen des Nebels.»

«Was weiß denn ich!», blaffte die Mutter und begann, so hastig im Topf zu rühren, dass die Suppe überschwappte und zischend in die Flamme tropfte. «Nur weil du nicht mal ’n bisschen zu Kreuze kriechen kannst, muss dein kranker Vater wieder Hunger leiden.»

Marje dachte an den zitternden Mann auf dem Sofa, der die Augen kaum je offen hatte, und wenn doch, sie kein einziges Mal anschaute. Der nie Gutenachtgeschichten erzählt hatte, dafür aber ständig vom Krieg. Marje konnte sich nicht erinnern, dass er je ihre Hand gehalten, sie hochgehoben und mit ihr herumgetollt wäre, wie Paul es mit seinen Töchtern tat. Auch war sie kein einziges Mal von ihm getröstet worden, wenn sie sich weh getan hatte. Noch nicht einmal geschimpft hatte er – im Gegensatz zur Mutter.

Jetzt kriegte Marje wirklich einen Rappel, und fast aus Versehen sprach sie aus, was ihr schon oft im Kopf herumgespukt, aber noch nie zu Ende gedacht worden war: «Er ist doch gar nicht mein Vater.»

In Biologie hatte die damals schwangere Anni sie gelehrt, dass ein Kind neun Monate im Bauch der Mutter war, bevor es zur Welt kam. Bei Seehunden waren es acht Wochen mehr. Delfine trugen ihren Nachwuchs sogar länger als ein Jahr aus. Doch bei Menschen waren es eben neun Monate. Marjes Geburt fiel auf den 13. April 1915. Mitten im Großen Krieg, als Ubbo van Freeden überall in Europa unterwegs gewesen war, aber nicht auf Juist. Auch ohne Abitur und Anstrengung ließ sich ausrechnen, dass der Satz, den Marje gerade herausposaunt hatte, der Wahrheit entsprach.

Die Mutter hatte schon wieder ausholen wollen für Ohrfeige Nummer drei, und die wäre vielleicht sogar verdient gewesen, denn so etwas Gemeines sagte man einfach nicht, selbst wenn es stimmte. Doch die Hand sank stattdessen müde herab. «Hau ab!», sagte sie nur.

«Aber …»

«Kannst ja nichts dafür, dass du so 'n Dickkopp hast. Und die Nase so weit oben trägst. Die Kea hat dich so … erzogen. Aber die is nu tot. Also verzieh dich.»

«Und was heißt das?»

«Du musst jetzt alleine zurechtkommen. Durchfüttern werde ich dich jedenfalls nicht mehr.»

Die Worte taten kein Stück weh, im Gegenteil. Kurz überlegte Marje, ob sie noch einmal an die Mutter herantreten sollte, doch die hatte bereits den Deckel auf den Topf gelegt und sich umgedreht, um in den Gastraum zu eilen. Die vielen Gläser, die vielen Stühle, die Tische, das Service …

Vielleicht hätte sie zusammenbrechen und schluchzen und verzweifelt sein sollen, mit vierzehn Jahren fortgeschickt zu werden. Aber für Marje war es, als falle eine Fessel von ihr ab.

Du *darfst* alleine zurechtkommen, dachte sie – und rannte hinaus in die Dünen, bevor die Mutter es sich anders überlegte.

«Und hier, meine sehr verehrten Damen und Herren, etwas, das man in keinem anderen Aquarium der Welt zu sehen bekommt!»

Die beiden Urlauberjungs, die von ihren Eltern in alberne Fischerhemden und Matrosenmützen gesteckt worden sind, greifen ehrfürchtig nach der Hand ihrer Mutter. Der Familienvater steht daneben, mit stolzgeschwellter Brust, weil er Frau und Kindern einen solch aufregenden Tag bescheren kann. Ein Geschäftsmann, schätzt Moskito, im guten Zwirn, mit goldener Taschenuhr in der Jacke und einem aus der Mode gekommenem Kaiserbart. Der wird hoffentlich gleich einen Schein in die Spendenbüchse stecken.

Moskito schiebt den selbstgenähten Vorhang zur Seite, der das Aquarium verdeckt. Anni hat die glorreiche Idee gehabt, dass man den Rundgang durch die Biologieräume wie eine Varietévorstellung inszenieren könnte, statt bloß einen nüchternen wissenschaftlichen Vortrag zu halten. Jetzt dreht Moskito den Lichtschalter an, den er hinter den Schaukästen installiert hat.

Die Kinder machen «Ihh», die Mutter «Ohh», der Vater «Ahh». Und auch das Neunauge macht seine Sache gut. Festgesaugt am Glas, zeigt es sein rundes Maul mit den vielen kleinen, scharfen Hornzähnen in ganzer Pracht. Dazu glänzt der grünsilberne Fischkörper im Licht der Glühbirne. Welch dramatischer Anblick!

«Ein Seeungeheuer», vermutet das kleinere Kind.

Moskito nickt. «Ja, und zwar ein besonders gefährliches. Zum Glück haben wir es mit einem Jungtier zu tun. Sobald es ausgewachsen ist, wird es so dick sein wie der Wasserturm. Und so groß!»

Die Kinder schaudern. Die Eltern werden misstrauisch.

«Ich habe einen Witz gemacht», ergänzt Moskito. «Aber

zumindest wächst dieses Exemplar in den nächsten zwei, drei Jahren, bis es ungefähr die Größe vom Arm eures Vaters hat. Mit dem runden Maul saugt es sich am Leib anderer Fische fest und ernährt sich von deren alten Schuppen, die es mit seinen kleinen Zähnchen abraspelt.»

«Igitt», stöhnt die Mutter.

«Die Fische sind froh darüber. Es ist wie eine Schönheitskur, bewahrt vor Infektionen und versorgt Wunden.»

«Das Monster hat ja ganz viele Augen», stellt der größere Junge fest, der mutig einen Schritt nach vorn getan hat.

«Richtig», lobt Moskito. «Damit können die fischähnlichen Wirbeltiere hundert Seemeilen weit gucken, ob sie etwas zu fressen bekommen. Ein sinkendes Piratenschiff zum Beispiel.»

Jetzt glauben die Kinder schon nicht mehr alles, was Moskito sagt. Er lässt sie dennoch ein wenig zappeln, sie sollen das Tier gründlich studieren, Neugierde ist der beste Weg zum Wissen. Und wirklich, der Kleinere stellt irgendwann fest, dass ein paar der Augen irgendwie komisch aussehen.

«Gut beobachtet», lobt Moskito. «Es sind in Wirklichkeit Kiemen, aber die Menschen früher haben genauso gedacht wie dein Bruder, deswegen heißt das Tier Neunauge. Es kommt in Skandinavien, in der Ost- und Nordsee vor, ganz selten auch in Amerika.»

«Ist das wirklich wahr?», fragt der Vater mit kritischem Blick.

«Unbedingt. Außerdem – und das ist auch kein Scherz – schmeckt das Neunauge hervorragend, geräuchert oder gebraten, mit Petersilienbutter und Salzkartoffeln. Aber keine Sorge, wir werden diesen Freund hier leben lassen, er ist unser einziges Neunauge, und wir sind stolz darauf, ihn in der Sammlung zu haben.» Moskito schiebt den Vorhang wieder zurück, die Vorstellung ist vorbei. «Übrigens, das *Ficta Belua Marina* scheut den Menschen, ihr könnt also beruhigt am Juister Strand baden gehen.»

Moskito verbeugt sich, und die Anwesenden klatschen Beifall. Der Familienvater zeigt sich wirklich spendabel. Als er den Zehnmarkschein in die Spendenbüchse stopft, zwinkert er Moskito verschwörerisch zu. «Ihr scheint einen guten Lateinlehrer zu haben. *Ficta Belua Marina* … Das ausgedachte Seeungeheuer! Sehr amüsant!»

Moskito bedankt sich und führt die Familie aus dem Biologieraum hinaus ins Freie. Vor der Tür warten schon die nächsten Gäste. Dieses Mal sind ein paar kleine Mädchen dabei. Denen wird er das Neunauge als frisch geschlüpfte Meerjungfrau verkaufen.

Dass Moskito es etwas übertreibt und neben den Effekten durch Vorhang und Licht auch noch variierende Schauermärchen zum Besten gibt, ist nicht auf Annis Mist gewachsen. Doch er absolviert in der Hauptsaison und an den Wochenenden bis zu zehn Führungen am Tag, da wird einem schnell langweilig, wenn man nur von Kiemen und Flossen und Algenwachstum reden soll. Selbst schuld, wenn sie einem hier an der Schule beibringen, der Phantasie grundsätzlich freien Lauf zu lassen. Und am Ende heiligt der Zweck die Mittel, denn jedes angebliche Fabelwesen im schuleigenen Meerwasseraquarium erhöht die Summe im Spendentopf. Und der Unterhaltungswert spricht sich herum, der Besucherstrom ebbt nicht ab. Insbesondere seit die Pfingsturlauber angereist sind und das Wetter sich von seiner besten Seite zeigt, gönnt sich der gemeine Juist-Gast gern einen Spaziergang in die Wunderwelt Loog.

Die Jungen winken dem Bändiger des Meerungeheuers beim Davongehen respektvoll zu.

«Wie viel?», fragt Theo, der vor dem Haus, in dem die Biologieräume untergebracht sind, an einem kleinen Tisch sitzt und für die Einteilung der Besuchergruppen und die anschließende Abrechnung der Spenden zuständig ist. Stilecht klemmt ein Bleistift hinter seinem Segelohr. Titicaca hockt neben ihm auf dem Rasen. Etwas zu passiv für Moskitos Geschmack, man müsste sie dressieren, dass sie bei jedem, der sich um eine Spende drückt, effektvoll schnappt und schnattert.

«Ich hab nicht gezählt», sagt Moskito. «Aber ich glaube, heute bislang ungefähr neunzehn Mark.»

Theo pfeift durch die Zähne. «So viel Geld. Möchte wissen, wofür Lu das alles braucht.»

Moskito zuckt mit den Schultern. «Wird er uns spätestens Pfingstsonntag verraten.»

«Ach komm! Du bist doch jetzt Mitglied im Schulrat, du weißt mehr als wir.»

«Aber längst nicht alles.» Moskito wendet sich ab und begrüßt die neuen Gäste. Eine Braunschweiger Familie mit zwei Töchtern und ein älteres Ehepaar mit Schäferhund aus Paderborn. Seinen Vortrag über die erfolgreiche Geschichte der Schule am Meer mit ihren reformpädagogischen Zielen, den er zu Beginn jeder Führung zu absolvieren hat, kann Moskito bereits im Schlaf. Entsprechend lustlos rattert er ihn herunter.

«Seit wann bist du hier Schüler?», fragt der weißhaarige Hundehalter anschließend.

«Seit fast vier Jahren. Ich besuche die Untersekunda und werde, wenn alles gut läuft, 1934 mein Abitur machen.»

«Und? Kommunist?»

Moskito ist verwirrt. «Ich glaube, nicht.»

Der Mann wird von seiner Gattin sanft in die Seite geboxt. «So ein netter Junge ist das doch.»

Die überschaubare Gruppe folgt Moskito ins Innere des

niedrigen Backsteinhäuschens und bestaunt erst mal den ausgestopften Seehund und den Delfin, die beide von den hölzernen Deckenbalken baumeln. Dann lassen sich die Gäste die Schautafeln über Ebbe und Flut erläutern, bis der Rundgang sie schließlich zur Aquariumswand führt. Sieben mächtige Glaskästen, alle liebevoll bepflanzt und mit Meerwasser befüllt, das Zuhause für massenhaft Seestachelbeeren und sogar einen nicht ganz ausgewachsenen Europäischen Hummer. Moskito schiebt einen Schemel für das kleinste Mädchen zurecht, damit es hinaufsteigen und einen Blick auf die Schollen werfen kann, die sich am sandigen Boden des höchsten Glaskastens tummeln. Normalerweise behauptet er an dieser Stelle, dies sei die originale Flunder, für die man das Volkslied vom jungen Harung komponiert hat, dass er dann zur Freude aller intonieren lässt. Doch den Scherz verkneift er sich dieses Mal, da der ältere Mann ihn taxiert, als warte er nur auf einen Fehler. Und wenn der Hund ab und zu knurrt, maßregelt ihn das Herrchen nicht einmal, gerade als ob es einen triftigen Grund gäbe, Moskito feindlich gesinnt zu sein. Diese Unfreundlichkeit verdirbt ihm jegliche Lust, also sagt er seinen Text ohne Extras und in einem Tempo auf, dass er schon nach einer Viertelstunde mit allem durch ist und wieder draußen vor der Tür steht. Am Ende zeigen sich die Besucher auch noch geizig und werfen nur ein paar mickrige Kupferstücke in die Dose.

Die Frau des Hundebesitzers nimmt Moskito zur Seite. «Du musst verstehen, mein Mann hat im Krieg gegen die Russen gekämpft», versucht sie, dessen Verhalten zu rechtfertigen. Doch Moskito versteht eben nicht im Geringsten, was denn die Russen mit ihm persönlich zu schaffen haben. Er reicht ihr zum Abschied die Hand, der Hundehalter marschiert grußlos von dannen.

«Kannst du die letzte Runde für mich übernehmen?», fragt Moskito Theo und ist froh, als dieser nickt.

Moskito trollt sich Richtung Jenseits, wo er seit Schuljahresbeginn ein Dreierzimmer mit Hubert und Theo teilt. Es ist enger als die Bude, in der er mit Volkmar gehaust hat. Außerdem haben die Jungs ihn dazu verdonnert, im Doppelstockbett oben zu schlafen, was eine schöne Kletterpartie bedeutet, wenn man nachts mal auf die Toilette muss. Theo ist ein Draufgänger und Hubert immer etwas belehrend, doch sie stiften ihn nicht zu irgendwelchen Dummheiten an. Und, was Moskito irgendwie wichtig geworden ist: Die drei lassen sich gegenseitig auch mal in Ruhe. Ein paar Minuten nur für sich, mit niemandem reden müssen und vielleicht über Mädchen nachdenken. Er mag Rahels weiße Zähne, die sie zeigt, wenn sie mal nicht zu schüchtern zum Lächeln ist. Und Monika aus der Obertertia hat siebzehn Sommersprossen auf der Nase. Nur ganz selten denkt er an Helga, sie ist eine Erinnerung, die verblasst und inzwischen nicht mehr weh tut.

Der eisige Winter hat alles verändert. Moskito wurde als Vertreter der Untersekunda in den Rat der Schule gewählt, was ihn in seinem Gefühl bestätigt, nicht mehr derselbe zu sein wie vor einem Jahr. Auch Volkmar hat sich um den Posten beworben, doch eine Stimme weniger bekommen, was ihn noch mehr wurmte als der erzwungene Umzug. Moskitos ehemals bester Freund wohnt nun auf dem Flur im Zimmer ganz links und Moskito im Zimmer ganz rechts, mehr als zwanzig Meter liegen dazwischen. Wenn man sich nicht unbedingt begegnen will, gibt es genügend Platz zum Ausweichen.

Im Dreibettzimmer mit Theo und Hubert herrscht wie so oft ein heilloses Durcheinander: Sand auf dem Boden, Bücher kreuz und quer, in der Ecke ein Haufen Wäsche, zerknüllt und vor sich hin müffelnd. Denn in der letzten Woche, als eigentlich Großreinemachen auf dem Arbeitsplan stand, sind sie auf Studienfahrt gewesen. Mit den Fahrrädern durch Ostfriesland, wo Aeschli über Entwässerungskanäle, Neulandgewinnung und Deichbau referierte, während sie die ganze Zeit nur Blödsinn im Kopf hatten. Weil doch die Ostfriesen so ein lustiges Plattdeutsch sprechen und der Bauer, bei dem sie zu Mittag aßen, ums Verrecken nicht zu verstehen war. Den hatten sie nachgeäfft. «Watt wullst du?» «Goa nix.» «Döspaddel!» «Klei mi an Mors!» Und dabei sind sie mit ihren Stiefeln absichtlich durch den Modder gelatscht und haben den Dreck durch die Gegend gepfeffert. Aeschli ist zu Recht sauer geworden, denn man macht sich nicht lustig über Menschen, die hart und ehrlich arbeiten und dazu noch Gastgeber sind. Bei der Heimfahrt spät am Abend bekamen sie zur Strafe nichts vom Streuselkuchen ab, den Aeschlimiss in Norden im Café Remmers gekauft hatte. Egal, der Jux war es wert gewesen. Und am Ende haben die Lehrer ohnehin zugegeben, dass sie den Blödsinn doch ganz amüsant fanden. Wer es besonders wild treibt, wird sogar von Lu geadelt, indem dieser die Streiche in seine Abendgeschichten einbaut. Wenn Lu von tapferen, in einer Geheimsprache kommunizierenden Matschkämpfern erzählt, weiß jeder in der Schule Bescheid, dass er Hubert, Theo und Moskito bei ihrem Ausflug aufs ostfriesische Festland meint, und das ist schon irgendwie toll.

Moskito legt den grünen Pullover, den Gundula ihm zum dreizehnten Geburtstag gestrickt hat, in den Schrank. Inzwischen passt er wie angegossen und hat ihm beim Ausflug zwar wohlige Wärme, aber auch ein paar üble Spitznamen aus Volkmars Mund beschert: Froschmann, Grashüpfer – das sind die freundlicheren gewesen.

In den Osterferien hat Gundula geheiratet. Es war nur eine bescheidene Feier in sehr überschaubarem Kreis, da Johannes mit den Vorbereitungen für eine Demonstration beschäftigt gewesen ist. Wäre Moskitos Schwester nicht in anderen Umständen, hätten sie die Hochzeit wohl erst im Sommer stattfinden lassen. So aber gab es Senfeier mit Stampfkartoffeln und Bier – Moskitos erstes! –, außerdem endlose Diskussionen über Politik. Gundula hat ein wenig traurig dreingeblickt als junge Braut. Oder sorgenvoll, wegen der Arbeit ihres Mannes. Es ärgert Moskito, dass er so wenig verstanden hat von dem, was den ganzen Hochzeitstag lang Gesprächsthema gewesen ist. Zum Glück ist Paul seit Sonntag zurück auf der Insel. Sobald der wieder unterrichtet, wird Moskito sich zum politischen Seminar anmelden und fragen, was genau Imperialismus eigentlich bedeutet und ob man wirklich einen Krieg fürchten muss. Dann wird er auf dem Laufenden sein, was die Arbeit seines Schwagers als Anwalt betrifft. Und auch hoffentlich souveräner antworten, falls ein weiterer Aquariumsbesucher auf die Idee kommt, ihn zu fragen, ob er Kommunist sei. Vielleicht ist er ja einer und weiß es bloß noch nicht.

Wo ist denn nur die Tasche? Der kleine Lederranzen? Da müsste noch Reiseproviant drin sein, Schwarzbrot mit holländischem Käse und Essiggurken. Wenn Moskito das nicht bald entsorgt, riecht das schlimmer als die Füße von Theo nach einer Stunde Fußballspielen. Er sucht unter dem Doppelstockbett und unter der Liege, auf der Hubert schläft. In den Schränken kramt er, in der kleinen Ecke zwischen Heizkörper und Schreibtisch. Aber der Ranzen bleibt verschwunden. Was war außerdem noch drin?, überlegt er. Um die Tasche ist es nicht schade, da war eine Naht offen, und eigentlich sah sie auch ein bisschen kindisch aus. Aber es war Geld drin, nicht viel allerdings, das meiste hat er beim Ausflug ausgegeben. Und Weingummis. Und ein Roman von Erich Kästner, *Emil und die Detektive*, ein Neuzugang in Pauls Bibliothek, in einem Rutsch durchgelesen, mit einem zwei Zentimeter langen Riss auf Seite zwölf, der da versehentlich reingeraten ist, als Theo ihn wegen seiner Schwärmerei für Monikas Sommersprossen aufgezogen hat. Das tut Moskito sowieso schon leid, weil man ein geliehenes Buch ja makellos zurückgeben will. Wenn er es nun aber ganz verbummelt haben sollte, traut er sich kaum, heute Abend bei der Ratssitzung Paul unter die Augen zu treten.

Hubert kommt rein.

«Hast du meine Ledertasche gesehen?», fragt Moskito.

«Heute Morgen. Genau da.» Hubert zeigt zum Stuhl, auf dem sich allerhand stapelt, eine Tasche ist nicht dabei. «Komisch. Mein Fernglas vermisse ich auch immer noch.»

Sie suchen gemeinsam, drehen jeden Zettel um, räumen bei der Gelegenheit die Schuhe in den Schrank, fegen den Boden, lüften das Bettzeug. Die Sachen finden sie nicht. Hubert muss fast heulen, weil er das Fernglas von seinem Großvater vererbt bekommen hat und mächtig stolz darauf ist.

«Keine Angst, hier klaut doch keiner», versucht Moskito ihn zu beruhigen, ist sich aber nicht sicher, ob das wirklich stimmt. Letzten Dienstag stand das Thema bereits auf der Tagesordnung des Schulrats. Eine vermisste Kette, und in der Leibnizia – wie der kleine Schüler-Kiosk genannt wird, an dem man seit neuestem Süßigkeiten kaufen kann – stimmte die Kasse nicht. «Ich werd das heute Abend mal ansprechen.»

Hubert nickt. Dann starten sie eine letzte Suchaktion. Ohne Erfolg.

Wie an jedem Dienstag trifft sich der Schulrat nach dem Abendessen in den gemütlichen Räumen der Familie Reiner. Annis stets dampfender Samowar ist der Motor für die oft langweilige Tagesordnung, in der es um Schuluniformen geht, um den Wochenplan und die meiste Zeit ums Geld, weil immer was bezahlt werden muss. In den Einweckgläsern unter der Fensterbank lagern getrocknete Gartenkräuter, aus denen man sich jederzeit Tee aufgießen kann, wenn der Hals kratzt oder die Augenlider schwer werden, weil die Sitzung länger dauert als die vereinbarten zwei Stunden. Moskito wählt heute Fenchel und Kamille, denn das Essen, das die Aushilfsköchin am Abend auf den Tisch gebracht hat, liegt ihm schwer im Magen. Viel zu fett und viel zu salzig. Wahrscheinlich dachte jeder während des Löffelns sehnsüchtig an Fräulein Kea.

«Stimmt, das Essen ist noch nicht tipptopp, aber ich fürchte, wir müssen der Dame eine feste Stelle anbieten», versucht Aeschli einen Schlussstrich unter das Problem zu ziehen, über das alle sich schon geraume Zeit die Köpfe zerbrechen. «Sonst ist sie weg, und wir stehen Pfingsten ohne Köchin da.»

«Was, wenn wir eine weitere Anzeige im Ostfriesischen Kurier schalten?», schlägt Lu vor. «Immerhin bezahlen wir deutlich höhere Löhne als die meisten Hotels!»

«Auf die Insel will trotzdem keiner freiwillig.» Aeschli zuckt mit den Schultern. «Außer Urlaubern. Und uns.»

Alle lachen. Und es stimmt ja auch, bei der Studienfahrt hat Moskito oftmals festgestellt, dass Ostfriesland, obgleich eine gottverlassene Provinz, einige Vorteile gegenüber Juist bietet. In der Innenstadt von Norden gibt es einen Laden, in dessen Schaufenster eine elektrische Modelleisenbahn rumfährt. Die Geschäfte verkaufen tagesaktuelle Zeitungen und unterm Ladentisch Magazine mit Frauen oben ohne. Das hat Volkmar zumindest behauptet, aber kein Beweisexemplar vorlegen können. Selten ist Moskito so ungern wieder an Bord der Fähre gegangen, zurück auf die öde Insel. Doch dann hat Titicaca ihn überschwänglich schnatternd begrüßt, und am nächsten Morgen ist beim Tauchbad der Himmel im Osten ganz besonders feuerrot und prächtig gewesen.

«Was ist denn mit Gesa?», fragt Mister. «Sie ist ein liebes Mädel und schon seit Anbeginn dabei. Sie hätte eine Beförderung verdient.»

«Wir wollen sie auf jeden Fall behalten», versichert Aeschli. «Aber Vorratshaltung? Einkaufslisten? Schonkost für unsere Kranken? Überfordern wir sie damit nicht?»

«Das stimmt», pflichtet Anni ihm bei. «Gesa arbeitet wunderbar, doch nur, wenn jemand konkrete Anweisungen gibt.»

Es ist Moskito unangenehm, bei so was zuzuhören. Als würde er an einer Tür lauschen, hinter der sich Erwachsene unterhalten. Doch die eherne Regel lautet, dass im Rat der Schule sowohl Lehrer als auch Schüler ab der Sekunda gleichberechtigt über die Fragen des Zusammenlebens verhandeln. Moskito würde schon in seine Aufgabe hineinwachsen, hat ihn Anni nach seiner Wahl ermutigt. Dennoch hat er bislang kein einziges Mal die Stimme erhoben, einen Antrag gestellt oder sonst wie seinen Senf dazugegeben. Wie soll er, der noch nicht einmal weiß, wie man Kartoffeln kocht, beurteilen, ob Gesa eine gute Arbeitskraft ist oder nicht? Er ist fünf Jahre jünger, darf den ganzen Tag Fußball spielen und mit Matsch werfen und im Unterricht zuhören (oder nicht), während Gesa schuftet, seine Wäsche wäscht, seine Toilette putzt. Bloß weil er das Glück hat, als Sohn eines Zinnminenbesitzers geboren worden zu sein und nicht als Tochter eines … nun, Moskito hat keine Ahnung, was Gesas Eltern beruflich machen.

Irgendjemand hat den Antrag gestellt, die Küchenfrage zu vertagen. Inzwischen geht es um einen Deutschlehrer, der am nächsten Tag mit seiner Verlobten auf die Insel kommt und bei Gefallen vielleicht im nächsten Schuljahr Teil des Kollegiums wird. Der Rat diskutiert auch noch über den Wunsch der Primaner, im Tanzcafé Promenade an einem Kurs für Gesellschaftstänze teilnehmen zu dürfen, da hat Moskito schon die zweite Tasse Tee intus. Der letzte Tagesordnungspunkt betrifft das kommende Wochenende, an dem das große Pfingstfest steigen wird, zu dem hundertzwanzig Gäste geladen sind.

«Wir werden Hindemith aufführen», kündigt Zuck an. «Auch wenn es jetzt noch grauslig klingt, bis Sonntag tanzt die *Frau Musika* auf unseren Tasten und Stimmbändern, versprochen!»

Das klingt nach mindestens drei Extraproben, und Moskito wird ganz elend. Doch die anderen klatschen begeistert, das Stück sei ja so wunderbar, und welch ein Glück, dass Zuck den Komponisten persönlich kenne.

Paul, der trotz Sanatorium in der Schweiz seltsam grau geworden ist, also nicht gerade den Eindruck erweckt, als könne er Bäume ausreißen, will genau das tun: «Anni und ich bringen die Gärten auf Vordermann, das scheußliche Dornengestrüpp an der Westseite verdeckt die ganze Frühlingspracht. Wir brauchen jede helfende Hand.» Ihm wird Unterstützung zugesichert.

Lu ist dabei, mit seiner Truppe für die Gäste den ersten Akt von *Der Sturm* einzuüben, als Vorgeschmack auf die diesjährige Shakespeare-Inszenierung.

Mister bereitet eine Skulpturen-Ausstellung im Innenhof vor, zudem steht noch eine akrobatische Sportrevue auf dem randvollen Programm.

Es wundert Moskito selbst, dass sich sein Arm plötzlich

in die Höhe reckt. Eigentlich will er doch nichts sagen. Zum Glück nimmt in dem allgemeinen Durcheinander niemand Notiz davon, bis auf Anni, die ihm schließlich das Wort erteilt. Da hat Moskito schon beinahe vergessen, was er eigentlich sagen wollte.

«Wie … also … ich meine … können wir das alles überhaupt schaffen?»

Seine einfache Frage sorgt schlagartig für Ruhe. Die älteren Schüler verschränken ihre Arme und mustern ihn mitleidig bis schadenfroh. Die wissen wohl, was ihm jetzt blüht.

«Planst du irgendeine Petition?», will Lu wissen.

«Ich meine nur … Viele von uns bekommen Besuch von den Eltern oder den großen Geschwistern. Da will man doch auch ein wenig Zeit für sich haben, könnte ich mir vorstellen.»

«So, könntest du dir das vorstellen?» Lu lächelt nachsichtig. «Dann fehlt dir also einfach noch die nötige Reife. Denn die Bedeutung unserer Gemeinschaft, die weit über jene der eigenen Familie hinausgeht, die wirst du erst erfassen können, wenn du erwachsen bist. Und dann wirst du wissen, dass alles, was du heute als anstrengend und überflüssig empfindest, den Reichtum deiner Jugend begründet hat.»

Das ist ein Plädoyer von der Art, wie Lu es schon vorher tausendfach gehalten hat. Doch dass es nun so zielgenau an ihn gerichtet ist, lässt Moskito schlucken. Wie ein dummer Junge kommt er sich vor. «Ich … meine ja nur», stottert er. Am liebsten würde er jetzt die Klappe halten, aber die Sache mit den Diebstählen ist wichtig. «Dann hätte ich noch was zur Rubrik Sonstiges …» Weshalb wackelt seine Stimme, als hätte er sich gerade verschluckt? Warum tut er sich schwer, jemandem in die Augen zu schauen? Alle anderen kriegen das doch auch hin: einfach reden und gucken, ohne Angst vor dem Erstickungstod.

«Es sind wieder Sachen verschwunden. Dieses Mal aus unserem Zimmer.»

Aeschli ächzt, Lu zieht die Luft ein, Anni seufzt, Paul haut mit der Faust auf den Tisch, und Moskito verwünscht, dass er ihnen den wohlverdienten Feierabend vermiest hat.

~

Sie trug ein weißes Kleid mit hellgelben Streifen am Saum, einen geflochtenen Hut mit breiter Krempe, um sich vor der Sonne zu schützen, und eine übergroße, etwas albern wirkende Brille. Das brünette Haar war fein und vom Seewind zerzaust. Gegen das Licht schien es, als könne es ganz kleinen Vögelchen als weiches Nest dienen. Eitel schien sie jedenfalls nicht zu sein. Und auch nicht schüchtern. Beides irritierte Eduard gleichermaßen.

«Das ist meine Verlobte», stellte Walter Jockisch seine Begleitung dem Begrüßungskomitee vor. Er war für eine Probewoche angereist, weil er überlegte, als Deutsch- und Theaterlehrer auf die Insel zu kommen. Dann ließ er seine Braut jedoch abseits stehen, ohne ihren Namen genannt zu haben, weil er anscheinend lieber mit Lu über Laienspiel und Dramaturgie palavern wollte. Die junge Frau – sie war noch keine dreißig, ganz sicher nicht, hatte aber dennoch nichts Mädchenhaftes mehr, am ehesten hätte man sie als apart beschreiben können – schien nicht vorzuhaben, wie bestellt und nicht abgeholt auf dem Hof stehen zu bleiben, sondern kam stattdessen geradewegs auf Eduard zu und reichte ihm die Hand. Als sei es bei diesem Besuch eigentlich nur darum gegangen, einander endlich kennenzulernen.

«Gisela Günther. Literaturübersetzerin, also … angehende.

Noch studiere ich in Frankfurt. Und Sie sind also das Musikgenie Eduard Zuckmayer.»

Er nickte und zog schnell die Hand zurück. Ihre Haut war so glatt und so frisch, dass es ihm peinlich war.

«Ich hörte, Sie spielen am Wochenende etwas von Hindemith?»

«Ja», brachte er hervor.

«Leider habe ich keine Ahnung, was Hindemith so komponiert. Musik ist nicht gerade mein Steckenpferd, wie gesagt, ich habe es eher mit fremdsprachiger Literatur. Ungarisch, Englisch, Deutsch.»

Er könnte nachfragen, was genau sie übersetzte …

«Am liebsten Spannungsromane. Oder Gespenstergeschichten. Aber ich habe nicht viele Aufträge. Noch nicht. Später einmal möchte ich die Werke von Ambrose Bierce übersetzen, das wäre das Größte für mich.»

«Ach, sehen Sie, da entlarven Sie nun mein Unwissen, denn dessen Werk kenne ich nicht», reagierte Eduard halbwegs schlagfertig.

Gleich wird sie mich nach Carl fragen, dachte er. Ganz sicher wird sie das, denn das Interessanteste an mir ist nun mal mein kleiner Bruder, zumal sie sich ohnehin mehr auf dem Literatur-Parkett bewegt als in der Welt der Melodien.

Doch die junge Frau fragte nicht nach Carl, kam nicht beiläufig auf den *Fröhlichen Weinberg* zu sprechen, den *Schinderhannes* oder *Katharina Knie.* Stattdessen trat sie aus der Sonne und setzte sich neben ihn auf den kleinen Mauervorsprung, wo er eigentlich nur Platz genommen hatte, um abseits des Trubels auf das Mittagessen zu warten.

«Schön warm, dieses Eckchen. Und windstill. Außerdem hat man alles gut im Blick.»

Eben, genau darum saß er hier. Drüben, vor dem Fahnenmast, übten die Kleinen mit Seilen und Reifen ihre Akrobatiknummer. Neben der Arche baute Mister gerade die Tische für die Skulpturenausstellung auf. Drei Mittelstufenschüler flitzten in ihren schillernden Theaterkostümen in die Werkstatt. Und in der Mitte der Rasenfläche gönnte sich Titicaca eine Siesta. Am Himmel schwirrten die Schwalben, und zwischen Arche und Jenseits konnte man weit hinten im Wattenmeer die Bären erkennen, die das Schulschiff auftakelten, um damit die ersten Pfingstgäste am Norddeicher Hafen abzuholen.

Er könnte sie fragen, ob sie ein Instrument spielte, womöglich sogar eine Bratsche, die fehlte nämlich noch im Ensemble, mit ein wenig Übung im Vorfeld wäre das ohne weiteres …

«Leider habe ich nie Musikunterricht genossen, noch nicht einmal Noten kann ich lesen.»

Eduard war sich gar nicht mehr so sicher, ob er wirklich nur gedacht oder aus Versehen laut gesprochen hatte.

«Sie sind wohl eher die Sorte schweigsamer Zeitgenosse», beantwortete sie seine geheimen Gedanken. «Umso besser, mein Verlobter redet für meinen Geschmack ohnehin ein wenig zu viel. Und mit Herrn Luserke scheint Walter noch Verstärkung bekommen zu haben. Jetzt sind die zwei bestimmt schon bei Shakespeare angelangt und dessen Inszenierung im zu allen Seiten offenen Zuschauerraum, das kann sich ewig hinziehen. Mögen Sie mir vielleicht inzwischen die Schule zeigen?»

«Sehr gerne», antwortete Eduard und erhob sich. «Aber erwarten Sie nicht zu viel Komfort. Alles, was Sie hier sehen, befindet sich im Entstehen. Und wird womöglich niemals ganz fertig.»

Sie zwinkerte ihm zu. «Das klingt viel aufregender, als wenn mir jemand etwas von Perfektion erzählen will.» Dann hakte sie sich bei ihm unter, und als sie Walter Jockisch und Lu passierten, schien sie sich noch ein wenig enger an ihn zu schmiegen, obwohl da eigentlich genug Platz gewesen wäre. Man hätte meinen können, sie wollte ihren Verlobten eifersüchtig machen. Eduard erwischte sich dabei, den Kopf zu schütteln. Jemanden *mit ihm* eifersüchtig machen? Dagegen sprach, dass sie sich erstens mit Eduard einen eher dürftigen Kandidaten ausgewählt hätte für ein solches Vorhaben. Zweitens nahm ihr Liebster keinerlei Notiz davon. Also hatte Gisela Günther wohl einfach ein offenes Naturell und zudem ein ehrliches Interesse an den Gegebenheiten vor Ort. Nichts, wofür man sich genieren müsste.

Trotzdem vermochte Eduard sich die Frage nicht zu verkneifen: «Würden Sie denn ebenfalls nach Juist ziehen, falls Herr Jockisch nach der Probezeit die Stelle als Deutschlehrer annimmt?»

«Ich bin schon noch ein paar Jahre an der Universität eingeschrieben, und meine Eltern wären wohl kaum begeistert, wenn ich ohne Trauschein bei einem Kommilitonen einzöge. Ich stamme aus Ungarn, müssen Sie wissen. Siebenbürger Sachsen, sehr konservativ.» Sie gingen am Schulgarten vorbei, und das Fräulein Gisela glitt mit ihren Fingerspitzen über den Zaun, dass es fast wie Klavierspiel anmutete. «Doch sobald ich das Studium beendet habe und die Formalitäten geklärt sind, ja, warum nicht? Ich mag das Meer. Ich brauche keinen Luxus. Und ich bin nicht ängstlich.»

Nein, das war sie wirklich nicht.

Sie fragte ihm ein Loch in den Bauch. Nach all den Dingen, die Eduard im Laufe der Jahre ganz selbstverständlich geworden waren. Warum diese Namen, Jenseits und Diesseits, ob das für die Kinder nicht viel zu philosophisch sei – und zugegeben, das war es, fiel ihm auf. Was das überhaupt für Schüler wären, warum die Eltern sie hier auf die Insel schickten. Ob das stimme mit dem Tauchbad, und warum man es mystisch nenne.

«Kommen Sie einfach morgen früh mit, dann verstehen Sie es», hatte Eduard draufgängerisch gekontert.

Fräulein Gisela hatte laut gelacht und gleich einen weiteren Fragenkatalog ausgegeben: Wer die Graugans gezähmt habe, wer die Aquarien mit frischem Wasser fülle, wer auf einer Nordseeinsel Obstbäume pflanze und sogar zum Blühen brächte. Und natürlich am Ende, als sie schon fast wieder am Diesseits angekommen waren: Wer das alles bezahle. Vor allem, wo doch jetzt auch noch die Neubauten inklusive einer Bühnenhalle hinzukämen.

«Was für eine Halle?», fragte Eduard verunsichert.

«Soweit ich das verstanden habe, soll die genau hier stehen.» Fräulein Gisela wies auf die Dünen, die sich rechts neben dem Doyen-Haus breitmachten. Wilde, sandige, robuste Hügel, durch die die Schulgemeinde allmorgendlich zum Bade stapfte. «Herr Luserke hat uns die Pläne schon vorgelegt: fünf Neubauten, ein Turm, eine Bühnenhalle, alles durch einen überdachten Wandelgang miteinander verbunden.» Sie schnalzte anerkennend. «Schicke Zeichnungen!»

«Zeichnungen?»

«Von Bruno Ahrens.» Und da Eduard nicht sofort reagierte, fügte sie hinzu: «Na, hören Sie, den müssen Sie doch kennen, der ist einer der wichtigsten Architekten Berlins. Das allein war schon Grund genug für Walter, nach Juist zu reisen: wenn eine solche Koryphäe ein Theater in die Dünen baut!»

Eduard war hin und her gerissen. Einerseits wollte er mehr darüber in Erfahrung bringen, über die Pläne, von deren Ausmaß er das erste Mal hörte. Gut, Lu hatte immer und auch zu Recht gejammert, dass sich der Speisesaal nicht für Aufführungen eigne, zu beschränkt, zu dunkel, die Akustik eine Katastrophe. Aber dass er nun ganz neu plante? Und gleich so groß? Womöglich alles schon bis ins letzte Detail skizziert? Ob auch ein paar Räume für die Musik vorgesehen waren? Andererseits würde durch allzu gieriges Nachfragen offenbar werden, dass diese ominösen Architektenzeichnungen Eduard und wohl auch den meisten anderen Kollegen völlig unbekannt waren. Wie würde das wirken? Eduard wollte nicht falsch verstanden werden, schließlich begrüßte er diese Vision. Allein das Wort «Neubau» klang nach diesem Winter, in dem er morgens das Eis im Waschbecken hatte zerschlagen müssen, wie das Paradies. Vielleicht – nein, ganz sicher – steckte kein böser Wille dahinter. Lu wollte sie bloß schonen. Weil es doch massig zu tun gab. Vermutlich hatte er die Sache einfach schon mal in Angriff genommen und würde ihnen davon berichten, sobald die Bauanträge genehmigt und die Gelder beschafft wären.

Sie waren wieder am Mauervorsprung eingetrudelt. Inzwischen wartete die halbe Schulgemeinschaft vor dem Speisesaal darauf, dass sich die Türen öffneten. Die Kleinen, noch immer im Turndress, klopften ungeduldig und hungrig vom Sport an die Fensterscheiben. Denn es roch ganz vorzüglich. Und das hatte in den letzten Monaten Seltenheitswert gehabt, da die Hauswirtschafterin nicht recht mit dem Herd umzugehen wusste und das Feuer gern zu sachte stellte, sodass es nach gar nichts roch und die Kartoffeln noch hart waren. Oder sie übertrieb es mit der Hitze, und man musste die stinkende schwarze Kruste vom Essen kratzen, bevor man es wagte, den ersten Bissen zu tun. Aber heute …

«Wissen Sie, was uns gleich serviert wird?», fragte das Fräulein Gisela. «Meine Nase findet schon Gefallen daran!»

Eduard betrachtete die Nase. Und fand auch Gefallen daran. Sie war ein wenig nach oben gebogen, neugierig, forsch, aber nicht mit so einem zickigen Höcker. Wenn Fräulein Gisela redete, und das tat sie gern, bebten die Nasenflügel wie kleine Blasebälge. Du meine Güte, warum schaute er sich das eigentlich so genau an?

Sie schnupperte. «Könnte Lauch sein, oder?»

«Mein Geruchssinn ist eher mangelhaft. Dafür kann ich Ihnen verraten, dass Sie einen A-Dur-Dreiklang lachen.»

«Ach ja?»

«Ganz präzise. A – Cis – E. Wird von unseren Ohren gemeinhin als besonders glänzend, festlich und klar wahrgenommen und …»

Plötzlich stand Walter Jockisch neben ihnen und schaute Eduard freundlich an. So freundlich, dass Eduard die Idee mit der provozierten Eifersucht gänzlich beiseiteschob.

«Versuchen Sie, meiner Verlobten etwas Musiktheorie beizubringen? Das wäre vergebene Liebesmüh.»

«Nein, Walter, Herr Zuckmayer hat mir gerade ein sehr hübsches Kompliment gemacht. So eines ist dir noch nie über die Lippen gekommen. Er hat gesagt, dass mein Lachen …»

Walter Jockisch stoppte den Satz mit einem schnellen Kuss. «So viel zum Thema Lippen. Und nun lass uns hineingehen. Ich habe gehört, es gibt Ofenlauch mit Kassler.»

Tatsächlich, jetzt, wo Jockisch es erwähnte, kam Eduard der Geruch bekannt vor.

«Das wäre ja zu schön, um wahr zu sein. Wissen Sie, Ofenlauch mit Kassler war eine Spezialität unserer verstorbenen Hauswirtschaftsleiterin.»

Anni gesellte sich zu ihnen. «Ja, stell dir vor: Marje ist wieder da! Sie wird unserer talentlosen Köchin zur Hand gehen und hoffentlich ein paar Kniffe ihrer Patentante verraten. Ist das nicht wunderbar?»

«Klingt, als müssten wir uns schleunigst einen guten Platz im Speisesaal sichern», scherzte Jockisch und geleitete seine Verlobte zur Tür.

Fräulein Gisela zog entschuldigend die Schultern hoch und machte ein Gesicht, das verriet, wie schade sie die Unterbrechung fand. Dennoch folgte sie ihrem Begleiter und ließ Eduard stehen. Dort in der Ecke. Wo es windstill war und sonnig und von wo man alles gut überblicken konnte. Die Ecke, in der sie sich zum ersten Mal begegnet waren.

Anni stieg die Treppe hinauf und klopfte an die Tür, an die sie seit Ewigkeiten nicht geklopft hatte. Seit Annemarie vor drei Jahren gestorben war, hatte sie die Wohnung, die sich im Obergeschoss des Diesseits befand und in der Lu und sein jüngster Sohn lebten – die beiden größeren Jungs teilten sich ein Internatszimmer, und Ursula machte auf dem Festland eine Ausbildung – nicht mehr aufgesucht. Lu war ein lausiger Gastgeber, denn ihm fehlten die Ruhe und ein Händchen für Bewirtung und Gemütlichkeit. Was keine Rolle spielte, weil doch bei Anni im Zimmer ein ständig brodelnder Samowar wartete. Sie klopfte erneut. «Ich bin's, Anni.» Er musste da sein, denn durch die Ritzen des Türrahmens drang der herbe Duft seiner Pfeife. «Können wir kurz sprechen?»

Schritte, dann drehte sich ein Schlüssel, und die Tür öffnete sich einen Spalt. Es war Lus jüngster Sohn Dieter, der vom Alter her zwischen Renate und Eva lag, im Vergleich zu den beiden aber ein eher blasses, schüchternes, vor allem braves Kind war.

«Der Lu ist gerade im Bad», sagte er.

Noch nie war Anni aufgefallen, dass selbst die Luserke-Kinder ihren Vater beim Spitznamen nannten. Lu war der Vater der Schule, der Vater der Idee, der Vater der wunderbaren Geschichten, die er allabendlich zum Besten gab. Da blieb nicht mehr viel Vater für die eigentliche Familie übrig. Paul ging es da nicht anders.

«Kann ich in seinem Arbeitszimmer auf ihn warten?»

Dieter zuckte mit den Schultern. «Weiß nicht.»

Durch den Spalt blickte Anni ins Innere der Wohnung, die Tür zum Arbeitszimmer stand offen, dort hingen gerahmte Seekarten an der Wand, Radierungen diverser Segelschiffe. Die Fensterbank schmückte der hölzerne Relief-Globus, daneben die geschnitzte Bärenskulptur, die Lu von seiner Kameradschaft zum Vierzigsten geschenkt bekommen hatte. Alles war ziemlich vollgestellt, aber nicht unordentlich, wahrscheinlich, weil Tochter Ursula beinahe jedes Wochenende auf die Insel kam, um nach dem Rechten zu schauen. Auf dem schweren Schreibtisch waren große Papierbögen ausgebreitet, die sich von den Enden her aufrollten. Skizzen, auf denen akkurate Linien und Quader und Längenmaße zu erkennen waren.

Lu kam aus dem Bad und wischte sich die Hände an der Weste trocken. «Welch hoher Besuch», sagte er und nickte seinem Sohn zu, der sich daraufhin erleichtert trollte.

Anni erwartete eigentlich, dass Lu sie ins Arbeitszimmer bat und ihr einen Stuhl anbot, doch er ließ sie im Flur stehen und sagte nur: «Ich nehme an, es geht um Marje?»

Anni nickte. «Sie würde gern eine feste Stelle haben. In der Küche. Als Unterstützung für die Köchin.»

«Fein, der Ofenlauch vorhin hat mich ganz wehmütig werden lassen. Die endgültige Entscheidung trifft wie immer der

Rat, aber wir haben schließlich die Stelle der armen Helga noch nicht neu besetzt und wer könnte etwas dagegen haben, dass das Essen endlich wieder schmeckt?»

«Darüber hinaus sollten wir Marje die Möglichkeit geben, wieder am Unterricht teilzunehmen. Sie ist ein heller Kopf.»

«Solange die Arbeit nicht darunter leidet.»

«Dafür werde ich sorgen. Sie bleibt ohnehin Teil meiner Wildgänse.»

«Sicher.» Er lächelte und wollte Anni offensichtlich hinauskomplimentieren. «Grüße an Paul. Es tut so gut, ihn wieder hier zu wissen.»

Anni machte einen Schritt nach vorn. «Zeig mir doch mal, woran du gerade arbeitest. Was liegt da auf deinem Schreibtisch?»

«Nichts Besonderes, nur erste Skizzen für die Bühnenhalle.»

«Zuck erwähnte beim Essen, du hättest Walter Jockisch und seiner Verlobten gegenüber von Plänen gesprochen, die über ein reines Bühnenhaus hinausgehen.»

«Hat er das?»

Wenn ein Mann wie Lu, dessen Mundwerk stets wie ein Radio lief, plötzlich einsilbig wurde, war etwas faul. Den winzigen Moment der Irritation nutzend, schlüpfte sie an ihm vorbei ins Arbeitszimmer.

Lu folgte hektisch. «Weißt du, ich dachte, wenn man ohnehin den Bautrupp auf der Insel hat …»

Anni beugte sich über die Skizzen, versuchte, das Gezeichnete auf dem Gelände zu verorten und sich vorzustellen, was gemeint sein könnte. Doch sie musste passen. Das Gebäude war doppelt so hoch wie das Diesseits und erstreckte sich, wenn sie es richtig deutete, vom Doyen-Haus bis zur Freien Aussicht. In der Mitte erhob sich so etwas wie ein Tor, das an die Kulissen moderner Filme erinnerte. Auf dem Haupthaus thronte ein eckiger Turm.

«Das kann unmöglich dein Ernst sein!»

Lu griff nach dem einen Ende des Papiers und begann, die Zeichnung in aller Seelenruhe einzurollen. Dabei setzte er dasselbe Lächeln auf, das er zeigte, wenn er im *Sommernachtstraum* den Puck spielte. «Man muss von Anfang an in den richtigen Dimensionen planen, sonst …»

«Das hier ist eine Festung. Eine Burg. Vielleicht sogar ein Schloss.»

«Und genau deshalb werden uns die Theaterleute die Bude einrennen. Pädagogen und Schauspieler, Regisseure und Schriftsteller. Glaubst du, die wollen in einer ärmlichen Hütte hausen und ihre Proben im Speisesaal abhalten, wo es nach Kohl riecht und bei Starkregen durch die Decke tropft? Denk doch mal nach, Anni! Zucks Bruder schreibt gerade ein Drehbuch für die Ufa. Wenn er nur seine Kontakte ein bisschen spielen lässt …»

«Bezahlt werden muss es trotzdem, und zwar lange bevor die von dir angekündigten Herrschaften eventuell hier antanzen», unterbrach ihn Anni erneut. «Als wir im Rat über die Möglichkeit eines neuen Bühnenhauses gesprochen haben, war von höchstens vierzigtausend die Rede. Aber das hier …?»

«Wird nicht viel teurer, versprochen. Pfingsten startet die groß angelegte Spendenaktion, in den Sommerferien geht die Theatertruppe auf deutschlandweite Tournee zugunsten des Bauprojekts, dann schreiben wir verschiedene Ministerien an und …»

«Die Kinder brauchen ihre Ferien. Ich finde es unverantwortlich, sie den ganzen Sommer einzuspannen. Außerdem: Liest du keine Zeitung? Die Wirtschaftslage ist alles andere als stabil.»

«Wir haben jede Menge Gönner im ganzen Land.»

«Die derzeit alle ihr Geld zusammenhalten müssen. Selbst in der Metallbaugesellschaft meines Vaters wird momentan an allen Ecken und Enden gespart.»

«Ach stimmt, da wollte ich sowieso schon lange nachgefragt haben. Weißt du schon, wann deine diesjährige Ausschüttung erfolgt?»

«Wie bitte?»

«Und vor allem: wie hoch diese sein wird?»

Anni blieb die Luft weg. Ihre Dividende, die mal üppiger, mal schmaler ausfiel, war von ihr in den letzten Jahren stets in die Schule am Meer investiert worden. Ein Geschenk, das Anni gern machte, ohne auf übertriebenen Dank zu spekulieren. Dass Lu dieses Geld inzwischen zum gesicherten Einkommen rechnete, fand sie jedoch ungeheuerlich.

«Auch ich trage zur Finanzierung bei.» Lu zeigte auf seine Schreibmaschine, neben der ein Manuskriptstapel lag. «Gerade brüte ich über einem neuen Werk. Jeder damit eingenommene Pfennig wird selbstredend in unser gemeinsames Bauvorhaben fließen.»

Anni versuchte, den handschriftlich auf das Deckblatt gekritzelten und mehrfach korrigierten Titel zu entziffern. *«Revolte der Zuschauer?»*

«In der neuen Halle werden wir das Publikum in unser Spiel integrieren, wir werden die Leute unmittelbar teilnehmen lassen, ihre Emotionen aufnehmen und …»

«Lu!» Anni schaute ihn streng an, wie sie es sonst bei ihren Mädchen tat, wenn diese es mal wieder auf die Spitze trieben. «Ich will deine Verdienste nicht schmälern, aber das Buch kaufen zweihundert, dreihundert Leute. Davon ließe sich noch nicht einmal das Geländer bezahlen, das wir benötigen, um in diesen opulenten Turm zu steigen. Überhaupt, was soll da eigentlich rein?»

«Ganz oben? Mein Arbeitszimmer!» Lu zuckte mit keiner Wimper. Doch sein Lächeln war verschwunden. «Also, die Dividende …»

«Fällt dieses Jahr aus», sagte Anni. «Kein Geld für deinen Elfenbeinturm. Tut mir leid.»

Augenblicklich schoss ihr die Hitze ins Gesicht, und sie spürte das Pochen der Halsschlagader. Sie war eben keine gute Lügnerin.

~

«Wir begrüßen Sie alle aufs herzlichste.» Oldewurtel hatte sich zur Feier des Tages einen neuen Anzug gekauft und war sichtlich nervös. Seine Hände, mit denen er das Blatt hielt, auf dem die Rede fein säuberlich getippt war, zitterten, und in seinem Oberlippenbart wartete ein kleiner Tropfen Schweiß darauf, endlich hinunterzufallen. «Dies ist die erste Trauung in unserem neuen Rathaus. Und das Paar, welches sich gleich das Jawort geben wird, ist auch etwas ganz Besonderes: Therese Hermine Alma Gerken, einzige Tochter und Vertreterin der dritten Generation der Hoteliersfamilie Gerken, und Gustav Wenniger, den ich wohl niemandem vorstellen muss, weil er im vergangenen Kältewinter für das Überleben unserer Insel gesorgt hat.» Der Tropfen fiel. Er landete auf dem Blatt.

Gustav hätte sich einen schneidigeren Standesbeamten gewünscht, doch dann wäre nur der Bürgermeister selbst in Frage gekommen. Womöglich hätte dieser die Gelegenheit genutzt und während der Trauung seines Kontrahenten spitze Bemerkungen fallen lassen. Oldewurtel würde so etwas niemals wagen. Seit Gustav als Gemeindediener gekündigt hatte und unter die Gastronomen gegangen war, war Oldewurtels Bewunderung für ihn ins Unermessliche gestiegen.

«Erlauben Sie mir, dass ich zu Beginn dieser Zeremonie Hegel zitiere: *Zum Handeln gehört wesentlich Charakter, und ein Mensch von Charakter ist ein anständiger Mensch, der als solcher bestimmte Ziele vor Augen hat und diese mit Festigkeit verfolgt.*» Oldewurtel räusperte sich, froh, den Satz, den Gustav ihm zuvor diktiert hatte, fehlerfrei abgelesen zu haben. Dann begann die eigentliche Rede. Mit Gustavs Geburt, «als jüngster Sohn eines Schweinebauern, der schon früh die Schulbank verlassen musste, um auf dem elterlichen Hof ...»

Gustav schweifte mit den Gedanken ab. Er kannte seine Biographie. Und er hatte sich ganz bewusst dazu entschlossen, diese heute für alle Ohren hörbar werden zu lassen. Vorüber die Zeit der Scham, nun war er stolz auf seine Herkunft. Ein guter Charakter verfolgt seine Ziele mit Festigkeit – und erreicht sie auch. Bis auf die Sache mit dem Bürgermeisteramt jedenfalls.

Gustav wandte sich nach rechts. Dort saß Therese mit halbgeschlossenen Augen regungslos und etwas steif auf dem samtbezogenen Holzstuhl, ohne die Lehne zu berühren. Der bestickte Schleier wurde von einem Blumenkranz in der Stirn gehalten, er fiel über ihre schmalen Schultern und reichte bis zu den weißen Stiefeletten, die zwischen den Rüschen des halblangen, eher schlichten Kleides zum Vorschein kamen. Schon immer hatte er Therese für ihren exzellenten Geschmack bewundert, heute schien sie schöner denn je. Und in nur wenigen Augenblicken war sie seine Frau. Gustav konnte glücklicher nicht sein. Therese dagegen sah beinahe etwas ängstlich aus, gern hätte Gustav ihre Hände fest in die seinen genommen. Doch dies war kein romantisches Fest, sondern eine formale

Angelegenheit, ein Eintrag ins Register, bei dem hinter ihrer beider Personalien der Vermerk von *ledig* auf *verheiratet* geändert und Therese einen neuen Familiennamen erhalten würde. Auch der quadratische Raum, dessen Fensterfront auf die Kreuzung von Friesen- und Strandstraße zeigte, entbehrte jeden Firlefanzes. Keine Rosen und keine bunten Glasscheiben, es spielte kein Streichquartett, und es schmachteten keine Brautjungfern. Hier gab es bloß ein schmuckloses Holzpult, davor zwei Stühle für das Brautpaar, neben ihnen Akkermann und Thereses Patentante als Trauzeugen, dahinter die Bänke für die recht übersichtliche Standesamtsgemeinde. Auf die kirchliche Trauung hatten sie verzichtet, obwohl der Pfarrer ein Mann mit vernünftigen politischen Ansichten war. Aber Therese waren die Vorbereitungen auch so schon etwas zu viel geworden. Vorgestern hatte sie aus einer Laune heraus ein junges Küchenmädchen gefeuert, weil ihr deren Nähe zur Schule am Meer nicht gepasst hatte. Therese war angespannt. Er konnte es ihr nicht verdenken.

«… So wünschen wir Ihnen beiden Glück, Gesundheit, Erfolg und natürlich wohlgeratene Kinder, doch wer wollte bei zwei so ansehnlichen Brautleuten daran zweifeln.» Einige lachten. Gustav auch. Obwohl es ihm bitterernst war. Er hatte heimlich mitgezählt. Von Thereses letztem Unwohlsein bis heute. Es war der zwölfte Tag. Jemand hatte ihm verraten, dann würden sie immer schwanger, die Frauen, ganz sicher. Er freute sich auf seinen Sohn.

«… Und so wie das neue Rathaus ein Symbol darstellt für den Wohlstand unserer kleinen Inselgemeinde, so mögen die Ringe, die auf dem Pult vor mir liegen, ebenfalls nur Gutes verheißen für dieses Paar, das sich entschieden hat, den Bund …»

Langsam musste Oldewurtel auch mal zum Ende kommen.

Allerhöchstens zehn Minuten, hatten sie verabredet. Dann das Eheversprechen, die Unterschriften, die Glückwünsche – und endlich los zum Tanzcafé Promenade. Dem neuen Tanzcafé Promenade, das mit dem heutigen Tag eingeweiht würde. Inhaber: Gustav Wenniger. So stand es in Messing gestanzt auf dem Schild neben dem Eingang.

«Doch bevor wir zur Trauung kommen, lassen Sie mich auch über die bezaubernde Braut noch ein paar Worte verlieren.»

Das war nicht abgesprochen, aber nun gut, Oldewurtel hatte recht, auch Therese sollte Aufmerksamkeit zuteilwerden. Auch für sie war es nicht immer glattgelaufen, und im Gegensatz zu ihm haderte sie noch immer damit, dass man dem sturen Alten das Café hatte abkaufen müssen, statt es einfach als Erbe übertragen zu bekommen, nach all dem, was Therese dafür geleistet hatte.

«Seit dem Tod der Mutter – Therese war gerade erst zehn – hieß es schon früh mithelfen im Hotel. Eine Gemeinsamkeit der Brautleute, deren Kindheit gleichermaßen kurz gewesen ist. Schaut man sich an, welche Faulheit die Jugend heutzutage an den Tag legt …»

Draußen schien die Sonne zwischen den Giebeln der Häuser hindurch. Klare Luft, blauer Himmel. Kein grauer Nebel wie damals, als er mit seinem Schwiegervater den Handel perfekt gemacht hatte. Als Gustavs unrühmliche Vergangenheit endlich abgeschlossen war und das neue, das erfolgreiche und von Eigenverantwortung geprägte Leben begann, das mit der heutigen Hochzeit einen ersten Höhepunkt erreichte. Nur kurz, ganz kurz, überkam Gustav die Erinnerung an Kea Joosten. Dort unten, keine hundert Meter von hier und doch Ewigkeiten weit entfernt, hatte er sie das letzte Mal gesehen. Nach ihrer kurzen Begegnung war sie die Straße hinauf zum Strand gelaufen und hatte dort den Tod gefunden. Ein unglückliches Kapitel seines Lebens war damit für immer zu Ende gegangen. In der Stunde ihres Todes hatte Gustav den Kaufvertrag unterschrieben. Und er fühlte sich lebendiger als je zuvor.

«… Jetzt danke ich für Ihre Geduld und komme endlich zum wichtigsten Teil dieses Tages. Ich bitte das Brautpaar sowie alle Anwesenden, sich von ihren Plätzen zu erheben.» Stühleschieben war zu hören, Hüsteln, der alte Gerken gab ein mürrisches Schnauben von sich.

Gustav wandte sich Therese zu, sie standen voreinander, beide fast gleich groß, das machte es ihnen leicht, sich in die Augen zu blicken. Als er ja sagte, lächelte Therese. Bis heute konnte er sein Glück nicht fassen, dass sie gerade ihn gewählt hatte, sie, die jeden hätte haben können auf der Insel. Doch nun bejahte Therese die Trauformel ohne ein Zögern, und Gustav war der glücklichste Mann der Welt. Der goldene Ring glitt mühelos auf ihren schlanken Finger. Und er würde den seinen von heute an nie, nie wieder abstreifen, das wusste er genau.

Akkermann unterschrieb die Urkunde und gratulierte als Erster. Danach die Familie, die nur spärlich erschienen war, die Brüder hatten das Vieh nicht allein lassen wollen, einzig zwei Schwägerinnen waren angereist und machten große Augen, wie weit der Jüngste es gebracht hatte. Thereses Tante standen Tränen der Rührung in den Augen. «Wie deine Mutter», stammelte sie immer wieder, «ganz genau wie deine Mutter siehst du aus!» Dass Gustav, als er sich endlich seinem Schwiegervater zuwandte, eine finstere Miene erblickte, ließ ihn kalt. Damit hatte er schließlich gerechnet.

Überraschend war hingegen, was ihn draußen erwartete: Auf den Stufen zum Rathaus schien sich die halbe Insel versammelt zu haben, um den Frischvermählten zuzujubeln. Blumenumkränzte Spaliere, von entzückenden Kindern gehalten, bildeten über Therese und ihm ein Dach. Der Musikverein intonierte den Hochzeitsmarsch, die Mitglieder des Jagdvereins bliesen ein Halali in ihre Hörner – *die Jagd ist vorüber*, oh ja, das war sie. Schnäpse wurden gereicht, und Gustav tat so, als würde er eine Ausnahme machen, hob das Glas, nippte am Rand, dann kippte er den Klaren unbemerkt in die Blumenrabatte neben dem Haupteingang.

«Sie leben hoch!», riefen die Frauen, mit denen Therese sich im Winter zum Handarbeitskreis traf.

Und als er seine Liebste auf den Mund küsste, gab es Beifall von allen Seiten, ebenso laut und stürmisch wie die Brandung unten am Strand. «Hoch! Hoch! Hoch!»

Gustav hob seinen rechten Arm. Ihm gefiel «Heil!» nun mal viel besser. Akkermann, sein treuer Kamerad, tat es ihm gleich und von den Umstehenden noch der eine oder andere.

Nur Therese schüttelte den Kopf. «Pass nur auf, dass dir unten am Ärmel keine Naht reißt», scherzte sie.

Als die Flaschen leer und die letzten Lieder verklungen waren, kündigte Hufgeklapper eine weiße Kutsche an, elegant dekoriert mit Schleifen und Tüll, gezogen von zwei stolzen Friesenrappen, deren zu Zöpfen geflochtene Mähnen prächtig glänzten.

«Mein Geschenk für euch beide», sagte Akkermann und klopfte Gustav jovial auf die Schulter. «Wenn der Weg zu eurem Café auch kurz ist, sollte das die standesgemäße Art der Fortbewegung sein. Nur Mut, mein Freund, schnapp dir deine hübsche Braut, und los geht's!»

Gustav legte sich Thereses Arm um den Nacken, hob sie an und stieg mit ihr frohgemut die beiden Stufen bis zur Sitzbank hoch. Wie der Kaiser und seine Gemahlin saßen sie dann dort oben und winkten mal links und mal rechts. Der Kutscher schnalzte, dann ging es im Trab die Strandstraße hinauf. Jeder Pflasterstein ein Schlag gegen die hölzernen Räder, der Gustavs Magen hob und seine Knochen zum Vibrieren brachte. Er versuchte, sich nicht anmerken zu lassen, wie sehr er die Fußgänger, die der Kutsche folgten, beneidete. Auch Therese lächelte gequält. Ihr Schleier verrutschte, und als es das letzte holprige Stück über den Dünenpfad ging, hielt sie sich krampfhaft an Gustavs Oberarm fest, bis sie endlich angekommen waren.

Mit weichen Knien kletterten sie hinaus. Der Kutscher wendete. Therese entschuldigte sich kurz, um ihre Kleidung zu richten. Und Gustav glaubte, für einen Moment allein zu sein und durchatmen zu können, weil die Hochzeitsgesellschaft das Tempo der Kutsche nicht hatte halten können. Doch dann trat ihm der alte Gerken in den Weg.

«Glaubst du wirklich, so ein pompöser Auftritt macht dich besser, als du bist?»

«Das war nicht meine Idee. Der Trauzeuge …»

«Mit so was wirst du Therese alle Knochen brechen», grunzte Gerken.

«Deine Tochter ist robuster, als du denkst.»

«Krank ist sie, du Idiot. Genau wie ihre Mutter.»

Gustav entschied, ihn einfach stehenzulassen, schob sich an dem Alten vorbei und betrat den Gastraum.

Doch der alte Gerken hing an seinem Ärmel. «Und wenn du glaubst, sie schenkt dir viele Kinder, dann muss ich dich enttäuschen. Schau sie dir doch an, dürr und blass ist sie, bald wird sie hässlich und faul werden wie ihre Mutter, als die im selben Alter war.»

«Vater!» Therese stand neben dem Brauttisch, stützte sich mit beiden Armen auf der Holzfläche ab, schaute mit leeren

Augen zu ihnen her, und Gustav wusste plötzlich, dass der alte Gerken die Wahrheit sprach.

«Sie war schon einmal schwanger», fuhr dieser mit widerlicher Schadenfreude fort. «Hat das Kind verloren, bevor man was sehen konnte. Von einem Kellner, war genau so einer wie du, denn leider war Therese nie wählerisch, das dumme Ding. Andererseits: Wer nimmt schon eine, von der man weiß, dass sie elend sterben wird, lange bevor sie vierzig ist?»

Therese warf sich Gustav in die Arme. «Glaub ihm nicht», flehte sie. «Ich bin in Behandlung. Jeden Monat eine Spritze. Deshalb fahre ich doch so oft zum Festland. Der Doktor sagt, es muss nicht so verlaufen wie bei meiner Mutter. Ich könnte viele Kinder bekommen und hundert Jahre alt werden.»

Gustav nickte. Was sollte er anderes tun. Die Tische waren gedeckt, die Gläser poliert. In der Küche wartete die Suppe auf dem Herd, und gleich würde der Saal sich füllen mit Menschen, die ihn beglückwünschen wollten. Dass er geheiratet hatte. Diese Frau. Die ihm verschwiegen hatte, wer sie wirklich war.

Obersekunda

September 1930

Der Mond ist aufgegangen, die goldnen Sternlein prangen am Himmel, hell und klar …

Das *Abendlied* lag als ein Summen auf Eduards Lippen. An diesem schon etwas kühlen Sonntagabend kam es ihm vor, als drehe sich alles ohnehin nur um den Mond. Als gäbe es kein einziges Lied, das nicht für den fahlen, melancholischen Erdtrabanten komponiert worden wäre, der dreiviertelrund über dem Horizont stand und die Düsternis des Wattenmeers illuminierte, begleitet nur von einem Schwarm Seeschwalben. Dieser Himmelskörper, zigtausende Kilometer entfernt, gab unten auf der Erde den Takt vor wie der charismatischste aller Dirigenten. Nachdem die Flut als Crescendo angeschwollen war, hielt die Natur für einen Moment inne, als stünde eine Fermate darüber. Bis schließlich, ganz sanft – meno piano – alles fortfloss, die Sandbänke trockenfielen, die Strömung versiegte.

Wie ist die Welt so stille und in der Dämmrung Hülle, so traulich und so hold …

Die Ruderblätter durchschnitten die glatte See und ließen das darin badende Mondlicht flirren.

… als eine stille Kammer, wo ihr des Tages Jammer verschlafen und vergessen sollt.

Lediglich die Seeschwalben, die ganz in der Nähe der Vogelinsel Memmert auf der späten Jagd nach kleinen Fischen waren, schwatzend, trillernd und immer wieder hektisch ins Meer tauchend, stifteten ein wenig Unruhe.

Inzwischen nannte er sie Gi. Das hatte sie ihm angeboten, weil sie Gisela langweilig fand.

Gi lehnte sich über den Bootsrand, tauchte ihre rechte Hand ins Meer und zog sie gleich wieder heraus. «Brr», machte sie, trocknete die Hand an ihrer Wollstola ab und rieb sich fröstelnd die zarten Arme. «Und ihr springt wirklich jeden Morgen da rein? Das sind doch höchstens fünfzehn Grad.»

«Je regelmäßiger wir uns überwinden, desto seltener werden wir krank.»

«Das stimmt. Die Kinder machen einen sehr gesunden Eindruck. Mitunter sind sie sogar etwas zu lebhaft für meinen Geschmack. Während der Mittagspause am Strand haben sie geschrien, gerauft, einander geschubst, da leiden sensible Künstlerseelen wie wir ein wenig, oder?»

«Das war bloß die *Tobsucht.*»

«Eine Art Virus, der die Kinder durchdrehen lässt?» Gi grinste übermütig, gerade als überlege sie, sich ebenfalls davon anstecken zu lassen.

Eduard lachte. «Im Gegenteil. Die Tobsucht war sogar meine Idee. Selbst wenn es auf den ersten Blick nicht erkennbar ist: Dahinter steckt System!»

Gi schaute ihn fragend an.

«Wir waren noch nie so viele. Die Kinder sind immer auf einem Haufen, bei Tag und bei Nacht, da kracht es schon mal, das ist ganz natürlich. Wir haben versucht, diese Gefühlsausbrüche auf eine Stunde am Tag zu beschränken.»

Sie verstand. «Die Tobsucht!»

«Immer nach dem Mittagessen, wenn ein konzentrierter Schulvormittag und ein üppiges Mahl hinter uns und noch einige Arbeits- und Übungsstunden vor uns liegen, schicken wir die Jugend an den Strand. Dort dürfen sie alles tun, außer bewegungslos und schweigend herumzustehen.»

«Und? Bringt es was?»

«Und ob.» Es fiel ihm schwer, ungezwungen mit Fräulein Gisela, pardon: mit Gi, zu plaudern. Ständig hatte er Angst, in seiner Nervosität irgendeine Dummheit von sich zu geben. Zum Beispiel, dass er mehr als ein Jahr eigentlich nur mit Warten zugebracht hatte. Es war ihm erst bewusst geworden, als am Vortag die Inselbahn angekommen und Gi aus dem Waggon gestiegen war. Im beigen Hosenanzug, ein buntes Tuch um den Kopf gebunden, damit ihr das wellige Haar nicht ins Gesicht wehte. Ihr freudiges Winken, die Kusshand aus der Ferne, das übersprudelnde Lachen hatten – und daran bestand kein Zweifel – vor allem ihm gegolten. Es hatte Eduard regelrecht erschüttert, wie sehr ihn das freute.

Walter Jockisch hatte im Frühsommer das Lehrerexamen bestanden und sein Versprechen wahr gemacht, die Stelle auf Juist anzunehmen, obwohl die Bühnenhalle noch längst nicht fertiggestellt war. Vielmehr verschandelte eine Baugrube die einst so weichsandigen Dünen. Nach einem gewaltigen Krach in der Lehrerschaft hatten sich Lus hochtrabende Pläne drastisch verkleinert, kein Turm, kein Tor, kein Wandelgang – nur die Halle, die hatte Lu sich beim besten Willen nicht ausreden lassen. «Wenn diese Konferenz ein wahres Bild unserer Gemeinschaft wäre, dann wäre diese es nicht wert, weiter zu bestehen!», hatte

Lu gewettert. Zum Glück waren irgendwann alle auf diesen Kompromiss eingegangen, Eduard hatte schon befürchtet, die Schulgemeinschaft könnte tatsächlich an diesem Zwist zerbrechen. Wo doch beide Seiten irgendwie recht hatten. Ja, es wäre wunderbar, wenn die Schule am Meer der Ausbildungsort Nummer eins für Laienspielpädagogen werden würde, so wie es Lu vorschwebte. Wenn sich hier in absehbarer Zeit tatsächlich renommierte Theaterleute die Klinke in die Hand geben und ihre intensiven Proben in die Abgeschiedenheit der Insel verlagern würden. Doch nein, da musste man Anni zustimmen, jetzt gerade war wohl nicht der richtige Zeitpunkt, das wenige Geld allzu großzügig auszugeben. Denn sogar das Kultusministerium hatte verschnupft auf diesen überdimensionierten Plan reagiert und den Förderantrag abgeschmettert. Aber dann wieder: Ja, das lebendige Erfahren galt als ein Leitmotiv dieser Schule, und das war in den beengten Räumlichkeiten bisweilen schwer möglich. Doch nein, es war den Lehrkräften nicht zuzumuten, deshalb gänzlich auf ihre Gehälter und eine Altersvorsorge zu verzichten. Schwierig war das alles. Aber so ging es wohl zu, wenn Großes im Entstehen war.

Trotz Finanzkrise und allgemein schlechter Stimmung war es Lu schließlich gelungen, ausreichend Optimismus zu verbreiten und zu erwirken, dass wenigstens die Bühnenhalle gebaut wurde. Sobald damit deutschlandweit Aufmerksamkeit erzielt würde, könnte man den Bau immer noch erweitern. Am Ende entschieden sie sich also für ein Jein. Und dann hatte die Bürokratie das Bauvorhaben aufgrund einer ungeklärten Wegeführung vorerst gestoppt.

Ohne Lus unermüdliches Zureden wäre Jockisch wahrscheinlich woanders hingegangen. Er war nicht nur ein sympathischer Kerl, er galt auch als außerordentlich talentiert und fleißig. Und er verfügte über vielversprechende Kontakte. War mit Bonsels, den Manns und den Weils befreundet. Man musste nicht rätseln, weshalb Lu dermaßen um seine Gunst buhlte. Eduard kannte das schon von seinem Bruder, den ließ Lu auch nicht in Ruhe, egal wie abweisend Carl auf seine Schmeicheleien reagierte. Was immer Walter Jockisch zum Kommen bewogen hatte, es würde hoffentlich auch zum Bleiben genügen.

Gisela Günther, nun, sie war für Lu eher Beifang. Sie hatte nicht vor, an der Schule zu unterrichten, sondern plante nach wie vor, Übersetzerin zu werden, wie sie Eduard auf dem Weg vom Bahnhof ins Loog ausführlich kundgetan hatte. Ihre Füße hatten in zarten Sandalen gesteckt und waren sandverkrustet gewesen, da sie die Wartezeit in Norddeich Mole für eine kleine Wattwanderung genutzt hatte. Sie fand es *phänomenal* auf Juist, wie *hoch* der Himmel doch war, wie *glasklar* die Luft, wie *grandios* der Duft, der aus dem Spiel von Land und Meer emporstieg. Natürlich habe sie vor, eine gewisse Zeit hier bei ihrem Walter zu verbringen (und Eduard hatte bei dieser Formulierung erneut ein albernes Zwicken in der Herzgegend gespürt), doch nicht für immer wolle sie bleiben, nein, das auf keinen Fall. Selbstredend hatte sie bereits den Fahrschein für die Rückreise nach Frankfurt in einer Woche gekauft.

«Ich weiß nicht, ob ich hier leben könnte. Auf Dauer. Es ist ja schon sehr begrenzt auf der Insel», hatte sie beim Abendessen geklagt, und um sie zum Umdenken zu bewegen, hatte Eduard eine Bootsfahrt vorgeschlagen.

«Nie wirkt die Welt größer als bei Mondschein auf dem Meere, wenn das Auge alles und nichts zu sehen bekommt!»

Gi war sofort Feuer und Flamme gewesen. Überhaupt sprühte diese Frau wie hundert Sternschnuppen, um bei der Astronomie zu bleiben. Doch schon Claudius hatte weiter gedichtet: *Wir stolze Menschenkinder sind eitel arme Sünder, und wissen gar nicht viel. Wir spinnen Luftgespinnste und suchen viele Künste, und kommen weiter von dem Ziel.*

Eduards Luftgespinnste wären beinahe ins Wasser gefallen, da auf dem Schulschiff mindestens eine Person mit rudimentären Segelkenntnissen an Bord sein musste. Eduard fiel definitiv nicht in diese Kategorie. Anfangs hatte Lu unbedingt mitkommen wollen, weil der eigentlich keine Gelegenheit ausließ, die Segel zu hissen. Doch dann war ihm etwas ins Auge geflogen, und er hatte das geschwollene Lid auf Frau Hafners Rat hin waschen, kühlen und vor allem schließen müssen. Also hatte Anni sich angeboten, die Bootsfrau zu spielen, obwohl sie außer perfekten Seemannsknoten kaum maritime Kunststücke beherrschte. Eine üble Zankerei mit ihrer ältesten Tochter hatte jedoch auch diesen kühnen Plan zerschlagen. Aeschli war zu beschäftigt, Mister nicht seetauglich, die Bären hatten Stubenarrest, weil es am Ententeich zu einer sehr unschönen Form von Tierquälerei gekommen und einer der jüngeren Kameraden darin verwickelt gewesen war – langer Rede kurzer Sinn: Aus der Segeltour war eine abgespeckte Variante geworden, und Eduard durfte Gi allein in einer Nussschale durch die Nacht rudern, nachdem Gis Verlobter es vorzog, in Ruhe das neue Arbeitszimmer einzuräumen.

«Walter ist niemals eifersüchtig.» Gi hatte mal wieder Eduards Gedanken gelesen. Ein leises «leider» wurde angefügt. Und dann, nach einer Weile: «Ich manchmal schon.»

«Ach. Auf wen denn?»

Die Antwort war für Gis Verhältnisse sehr zögerlich ausgefallen: «Unter anderem auf seine Arbeit!»

Dann hatten sie sich verabredet, um sieben am Bootssteg, und Eduard war sich bis zuletzt sicher gewesen, dass etwas dazwischenkommen und Gi nicht aufkreuzen würde. Doch sie hatte sogar bereits auf ihn gewartet. In langen Hosen, einem taubenblauen Stickpullover, der sich wahrscheinlich sehr weich anfühlen würde, wenn man ihn berührte. Doch statt einer winddichten Jacke hatte sie diese Stola gewählt. Eduard war gleich klar gewesen, dass sie frieren würde, sobald sie sich ein paar Ruderschläge vom Ufer entfernt hätten. Und so war es. Sie fröstelte.

Um nicht in Versuchung zu kommen, sie zu wärmen, erzählte Eduard etwas über das *Abendlied.* Da gab es genügend Gesprächsstoff. Beispielsweise, dass Matthias Claudius, wenn man seine Landschaftsbeschreibung wörtlich nahm, das zugrundeliegende Gedicht an einem Abend im Spätsommer oder Frühherbst geschrieben haben musste.

«Also wahrscheinlich an einem ebenso wunderbaren Abend wie diesem», schlussfolgerte Gi. «Sie könnten uns beiden doch auch ein Lied widmen.»

«Ähm … Was?» Eduard räusperte sich ausgiebig. Tatsächlich sei ihm der Komponist ein Bruder im Geiste, erwiderte er dann, um anschließend darzulegen, dass auch bei Johann Abraham Peter Schulz nicht das Künstlerische im Vordergrund stünde, sondern die Lust am Singen, man müsse sich an einem Lied auch ohne Ausbildung am Konservatorium erfreuen können.

«Aha», machte Gi und schob sich vorsichtig von ihrer Bank, um sich neben ihn zu setzen. «Das macht Ihnen doch nichts, oder? Mir ist nämlich ein wenig kalt, und wenn Sie so schön über Musik sprechen, haben Sie mehr Glut als der Küchenofen meiner Großmutter.»

Eduard wusste nicht, ob das ein Kompliment sein sollte. War so ein Ofen nicht schrecklich altmodisch, zudem unpraktisch und von klobiger Gestalt? Zum Glück war sein Vortrag noch nicht zu Ende, also konnte er, ohne über etwaige Peinlichkeiten nachzudenken, einfach weiterreden. «Es gibt übrigens noch andere Vertonungen des Gedichtes, zum Beispiel von Franz Schubert, Michael Haydn …»

«Ich kenne ja noch nicht einmal die Version, von der Sie sprechen!», unterbrach Gi ihn und rückte noch ein Stückchen näher.

Eduard schwitzte. «Doch, die kennen Sie sicher, die ist sozusagen ein Gassenhauer.»

«So wie *Nimm dich in Acht vor blonden Frau'n*?», fragte sie und fuhr sich mit schalkhafter Unschuldsgeste durch ihre dunklen Locken. «Ihr Bruder hat das Drehbuch geschrieben. Das muss doch ein wunderbares Gefühl sein, wenn Marlene Dietrich Worte in den Mund nimmt, die man selbst verfasst hat.»

Jetzt ist es so weit, dachte Eduard. Eigentlich hat sie sich nur mit mir getroffen, weil sie über den *Blauen Engel* und über Carl reden will. Das wollen immer alle. Natürlich, die Filmbranche ist viel interessanter als das vermeintlich staubtrockene Wissen eines Musiklehrers.

«Ich habe in Berlin die Dreharbeiten besucht», verriet er also, um ihrer Neugierde ein Stück weit entgegenzukommen. Gleich würde sie fragen, ob die Dietrich wirklich nach Hollywood gegangen und Jennings tatsächlich fuchsteufelswild vor Neid geworden sei – diese Fragen kannte Eduard zur Genüge und hatte keine Antworten parat, da ihn diese glamouröse Seite der Kunst nicht sonderlich interessierte und Carl, wenn sie sich trafen, lieber von seiner Tochter, seiner Frau und dem schönen Haus im Wiesengrund schwärmte.

«Ihr Bruder hat Familie, wie ich hörte …» Erneut griff Gi auf magische Weise einen seiner Gedankengänge auf. Klopfte sie etwa gerade die Möglichkeiten ab, sich dem berühmten Schriftsteller zu nähern?

«… Sie aber nicht», ergänzte Gi. «Warum, wenn ich so indiskret fragen darf?»

Eduard hielt in der Ruderbewegung inne. Sollte er von seiner Verletzung erzählen? Von seiner nicht ganz unberechtigten Sorge, niemals Vater zu werden? Von seiner Einsamkeit, die ihm erst wirklich bewusst wurde, seit er Gi kannte, weil ihm die Zweisamkeit mit ihr so außerordentlich gut gefiel?

«Ich hab noch nicht die Richtige gefunden», kürzte er ab und ruderte noch etwas forscher als bisher. Inzwischen waren sie an Memmert vorbei, die Seeschwalben satt und still, die Dämmerung war zur Dunkelheit geworden. Er leitete das Wendemanöver ein.

«Wir sollten zurück, sonst verirren wir uns noch. Nicht weit von hier strömt die Ems ins Meer, der Sog ist enorm, das Watt an der Stelle mehr als zwölf Meter tief.»

«Schade», sagte sie. «Aber würden Sie mir auf dem Rückweg etwas vorsingen?»

«Das Lied aus dem Film? Das mit den blonden Frauen?»

Sie lachte, als habe er mit Absicht einen Witz gemacht. «Nein, das Lied mit dem Mond.»

Dann lehnte sie den Kopf gegen seine Schulter, und Eduard ruderte nur ganz behutsam, sodass sie kaum vorwärtskamen.

So sind wohl manche Sachen, die wir getrost belachen, weil
unsre Augen sie nicht sehn.

Die Verse klangen in seinem Kopf nach, als sie längst wieder an Land waren, das Boot am Steg vertäut und den Weg zur Schule schweigend zurückgelegt hatten, ohne einander noch einmal zu berühren. Die Melodie hüllte ihn weiterhin ein, als Eduard in den Speisesaal schaute, weil dort so spät noch Licht brannte. Die Kollegen und die älteren Schüler saßen um das Radiogerät versammelt, aus dem gerade die Ergebnisse der Reichstagswahl verkündet wurden. Einige lachten, weil eine Witzfigur wie dieser Hitler zum zweitstärksten Mann im Lande geworden war. Und selbst da hatte Eduard natürlich noch keine Ahnung, wie viel die dritte Strophe des *Abendliedes* über diesen Tag verriet.

Moskito zieht das Seil stramm und dann Stück für Stück nach unten, bis es nicht mehr weitergeht. Die rauen Fasern scheuern unangenehm auf der Haut, weil seine Handteller schwitzen. Hastig schlingt er das Ende um den Haken, macht drei Achten übereinander, und die vierte dreht er einmal um sich selbst. «So, sitzt fest!»

Theo folgt Moskitos Blick. Zwanzig Meter ragt der Fahnenmast in die Höhe, und wenn wie heute der Mond daraufscheint, kann man meilenweit sehen, welche Flagge ganz oben gehisst ist. Auch die Kleinen, die im Neufundland etwas abseits der Schule wohnen, kennen den Code, den sich die Schulgemeinschaft für die Korrespondenz zwischen den Häusern ausgedacht hat: Frühmorgens spähen sie hinüber zum Mast und wissen Bescheid, ob das Tauchbad stattfindet (blaue Fahne), ob es freiwillig ist (gelb) oder Pflicht (grün), ob anschließend noch Gymnastik im Hof auf dem Plan steht (orange) oder man gleich zum Frühstück gehen darf (violett).

Und jetzt weht die Fahne signalrot. Das bedeutet: *Mitternacht. Ruine.* Aber nur heute und auch nur für Auserwählte.

Moskito und Theo packen zusammen, was sie brauchen – das

Megaphon, die Gläser, die Mäntel, die Masken und den Bambusstab –, springen von der Mauer des Fahnenplatzes, schleichen lautlos über den Hof, vorbei an den Häusern, in denen der Rest der Schulgemeinde tief und fest schläft. Das hoffen sie jedenfalls. Sie hatten blöderweise vergessen, dass ausgerechnet heute die Reichstagswahl stattgefunden hat. Danach gab es natürlich eine Versammlung im Speisesaal, wo man gemeinsam die Ergebnisse im Radio angehört hat. Die Rechten haben gewonnen, das thematisiert Paul morgen bestimmt in seinem politischen Seminar. Doch heute hat Moskito etwas Wichtigeres vor. Denn er und Theo sind im Neuner. Und müssen eine Untat bestrafen, wie es sie an dieser Schule noch nicht gegeben hat.

Es geschah vor drei Tagen. Am Ententeich. Frösche sind keine Kaninchen. Sie haben weder flauschiges Fell noch schwarze Knopfaugen und erst recht keinen drollig hoppelnden Gang. Im Sommer nerven sie frühmorgens mit ihrem Gequake, und manchmal hüpfen sie einem in die nasse Badehose, wenn man die zum Trocknen neben den Teich gelegt hat. Will man wieder hineinschlüpfen, bekommt man einen Schreck, weil einem etwas Grünes, Glitschiges entgegenspringt. Doch das ist noch lange kein Grund für das mit dem Strohhalm.

«Wer hat dich überhaupt auf diese grausame Idee gebracht?», hat er Roland, den Übeltäter, gelöchert, nachdem dieser auf frischer Tat ertappt und ordnungsgemäß vor das Schulgericht – den sogenannten Neuner – gestellt worden war.

«Ich wollte das mal ausprobieren», sagte Roland, als wäre nichts weiter dabei. «Es waren auch nur zwei Frösche, und dann wusste ich ja, dass es funktioniert, und hab's bleibenlassen.»

«Hast du nicht vielmehr aufgehört, weil die Mädchen vorbeigekommen sind?»

«Die blöden Petzen.»

Er hat kein Gewissen, der Kerl. Seit Ostern lebt er in der Schule, ist gerade mal zehn (so alt wie Moskito damals), recht sportlich, aber unberechenbar. Schon dreimal stand er vor dem Neuner.

Seit die Sache mit den Diebstählen zugenommen hat, wird bei Straftaten eine Art Schulgericht einberufen. Der Neuner eben. Bestehend aus drei Lehrern, drei Mädchen und drei Jungen. Weil man sich als Schüler ja eher an seinesgleichen wendet, wenn man einen Verdacht hat oder sogar einen Beweis oder vielleicht auch Gewissensbisse. Der Dieb ist zwar noch immer nicht geschnappt, dafür jede Menge anderer Missetäter: Fritz, der nachts abgehauen und auf Saathoffs Pferd ins Dorf galoppiert ist. Susanne wurde beim Rauchen erwischt, Monika beim Spicken während der Mathearbeit. Und immer wieder Roland, der beim ersten Mal die kleine Sigrid erpresst hat, die im Zimmer neben seinem schläft: Taschengeld, oder ich schneide dir nachts die Zöpfe ab! Sein Vater ist ein hohes Tier beim Film, seine Mutter Fotomodell, und er ein schlimmer Halunke. Zur Strafe musste er dreimal hintereinander für Sigrid Reinhaus machen, also Zimmer fegen, Betten lüften, Staub wischen. Genutzt hat es wenig, denn noch am selben Tag hat Roland eine Keilerei im Waschraum angezettelt, bei der der kleine Otto sich den Zeigefinger verstaucht hat – da musste Roland zur Strafe Frau Hafner dabei helfen, in der Krankenstation sämtliche Mullbinden neu aufzuwickeln. Und jetzt die Sache mit den Fröschen. Der Roland ist ein Gewohnheitstäter. Also hat Moskito vorgeschlagen, dass er statt pädagogischer Milde diesmal eine echte Lektion erfährt. «Auge um Auge», hat er gefordert.

Doch der Neuner war anderer Meinung. «Die Prügelstrafe hat an unserer Schule nichts verloren», erklärte Anni unerbittlich. Sie war einfach zu weich.

«Aber was der den armen Tieren angetan hat …», setzte Moskito an.

«… das war wirklich furchtbar», unterbrach Anni ihn. «Wir werden einen Brief an seine Eltern schreiben.»

«Wir haben jedes Mal einen Brief an die Eltern geschrieben. Das interessiert die einen Dreck.»

«Ist das nicht schlimm? Wenn der Sohn seinen eigenen Eltern offensichtlich egal ist?», warf Aeschlimiss ein, die als zweite Lehrkraft im Neuner sitzt. «So ein Verhalten kommt ja nicht von ungefähr.»

«Dafür können aber die Frösche nichts!»

Anni, die im Neuner den Vorsitz hat, seufzte. «Nun gut, dieses Mal wird Roland eine ernste und wirklich allerletzte Abmahnung erhalten.»

«Wahrscheinlich will er das doch nur: von der Schule fliegen», gab Theo zu bedenken.

«Glaub ich kaum, die Eltern haben fünfhundert Mark für den Hallenbau gespendet», argumentierte Mister, wie nur Lehrer argumentieren können. Als habe das eine irgendwas mit dem anderen zu tun.

Ein letztes Mal kam Moskito auf seinen Vorschlag zurück. «Ich meine ja nicht, dass wir Roland jetzt auch mit dem Strohhalm aufblasen und dann drauftreten sollen …»

«Moskito!» Anni wurde blass um die Nase. Sie war noch immer nicht richtig beieinander. Denn bevor Rolands Fall erörtert wurde, hatte ihre eigene Tochter auf der Anklagebank gesessen. Renate Reiner und Moskitos Zimmergenosse Hubert hatten sich in der Nähe des Wäldchens, im Schatten des neuen Deiches, zum Küssen getroffen! Dabei ist Renate gerade erst dreizehn! Die können fast froh sein, dass die Sache mit der Tierquälerei so hohe Wellen schlägt, sonst wäre das Dünengeknutsche

Gesprächsthema Nummer eins. So sind die beiden mit einer Woche Spüldienst – natürlich voneinander getrennt – glimpflich davongekommen. Hubert meint, das sei es wert gewesen, weil er wirklich verliebt sei in die Nati und für dieses Mädchen durch die Hölle gehen würde. Wer hätte gedacht, dass Moskitos alter Freund so ein Schmalzlappen ist! Außerdem: Spüldienst *ist* die Hölle.

«Der Auftrag des Neuners ist klar definiert: Wir müssen eine Strafe finden, die dem Vergehen entspricht», erinnerte Mister sie noch einmal. Und er hatte recht. Es gibt schon einen richtigen Katalog: Wer im Unterricht stört, muss anschließend am Strand eine halbe Stunde laufen, bis ihm die Zunge so aus dem Hals hängt, dass er keine Kraft mehr hat zum Rumblödeln. Wer sich vor dem Tauchbad drückt, dessen Name steht eine Woche lang in der von Lu erdachten «Schlappier-Liste», damit sich jeder über ihn lustig machen kann. Tatsächlich ist die siebentägige heiße Scham für die meisten unangenehmer als kurz ins eisige Wasser zu springen.

«Deswegen plädiere ich in Rolands Fall für einen Monat Aquariumwasser schleppen und Pumpnotdienst, wenn der nächste Stromausfall die Motoren lahmlegt», hatte Annis Schlusswort gelautet. «So lernt der Kamerad die Natur zu schätzen und begreift, dass man für sie Verantwortung übernehmen muss.»

Sieben Mitglieder des Neuners haben ihr zugestimmt. Nur Moskito und Theo waren dagegen. Sie haben beschlossen, auf eigene Faust für Gerechtigkeit zu sorgen, damit Roland sich nicht kaputtlacht über diesen butterweichen Verein.

«Vorsicht!» Moskito tastet sich mit den Füßen voran. Überall sind Gräben ausgehoben, liegen Steine, Stahlträger oder Säcke mit Betonmischung herum. Und wer weiß, welche Hindernisse im Mondschatten sonst noch zu Stolperfallen werden.

Seit Lu im Mai den ersten Spatenstich getan hat, wurde den Sommer über eifrig gebaggert, das Fundament ausgehoben, das Kellergeschoss aus Beton gegossen und die ersten Stahlpfeiler gesetzt. Doch seitdem passiert nichts mehr. Statt einer Bühnenhalle steht dort eine skelettöse Ruine, in der es sich Spinnen, Ratten und allerhand nachtaktives Federvieh gemütlich machen.

«Achtung! Moskito, pass auf!»

Eine Fledermaus flattert ihm fast ins Gesicht.

Moskito geht unbeirrt weiter. «Also wie geplant, du hinter dem Treppengerüst. Ich beim Pfeiler.»

«Und wenn er nicht kommt?», fragt Theo.

«Keine Sorge, Roland will, dass man ihn für kaltblütig hält. Also kann er nicht kneifen.»

Sie werfen die Kostüme über und gehen in Position, wie sie es vorhin geprobt haben.

Das Neufundland liegt östlich der Schule, etwas weiter entfernt als das Jenseits, doch selbst wenn Roland furchtbar getrödelt hätte, müsste er langsam hier aufkreuzen. Moskito blickt sich um. Die Welt wirkt wie die Filmkulisse von *Nosferatu.* Das Rauschen vom Strand her verheißt Gefahr und Verderben.

Endlich, Roland schleicht sich dicht an der Böschung entlang, schaut sich mehrfach um, bleibt stehen, atmet durch.

Moskito legt die Flüstertüte auf einen Sockel, leckt seinen Daumen an, steckt ihn ins Glas und reibt kräftig. Erst klingt das Geräusch leise und wenig überzeugend, doch dann hat er es raus. Er hält das Glas mit der Öffnung ans Ende der Flüstertüte und reibt erneut. «Quak. Quak.» Sehr laut und sehr echt. Wie der größte Frosch auf Erden. «Quak. Quak. Quak.» Jetzt hat Roland es gehört. Reglos wartet er ab.

Theo kommt aus der Deckung, mit breitem Maul und riesigen Glubschaugen. Schon praktisch, wenn man auf einen Theaterfundus zurückgreifen kann. Im Frühjahr haben sie *Kakadu-Kakada* gespielt, ein Stück von Zuck und seinem berühmten Bruder, zwei Frösche waren Teil der Inszenierung. Auch Moskito setzt nun die Maske aus Pappmaché auf. Man kann durchs Maul rausgucken.

Roland ist inzwischen weitergegangen, ohne Moskito und Theo zu bemerken. Erneut das gespenstische Froschkonzert, das an den vielen nackten Betonwänden widerhallt, Roland lauscht in die Nacht. Dann quakt Moskito in den Trichter: «Roland!»

«Ja?», bringt der leise hervor und verharrt.

Theo hebt das Bambusrohr. «Hast du Lust, etwas Tolles auszuprobieren? Ein kleines Experiment. Nur gucken, ob es funktioniert. Wir haben auch einen Strohhalm mitgebracht …»

Roland will davonrennen, doch er landet geradewegs in Moskitos Armen. «Quak», sagt der. Und obwohl es ohne Flüstertüte nur halb so dramatisch klingt, schreit Roland auf, dreht sich um, will sich losreißen … und versteinert. Theo hat sich vor ihm aufgebaut, mit ausgebreitetem Mantel wirkt er doppelt so dick und mindestens zwei Köpfe größer.

«Es tut mir leid!», schluchzt Roland.

Und obwohl er sich eigentlich fest vorgenommen hat, mit dem Bambusrohr dem Tierquäler den Hosenboden zu versohlen, merkt Moskito auf einmal, dass es jetzt schon reicht. Er schüttelt den Kopf, als Theo das Rohr in die Höhe hebt. «Lass bleiben!»

Doch das ist wohl wegen der Maske nicht so gut zu verstehen, denn Theo lässt den Stab niederrauschen und trifft Rolands Schulter.

«Aua!», heult der und schwört, dass er nie wieder einem Frosch oder einer Fliege oder sonst wem etwas zuleide tun wird.

Theo holt erneut aus.

«Hör auf!» Moskito schiebt sich schützend vor Roland, es gelingt ihm, das Ende des Stabs zu umfassen.

Roland nutzt die Gelegenheit, rappelt sich hoch, schlüpft zwischen den Riesenfröschen hindurch, läuft los, fällt über ein paar Metallstreben, jault auf und rennt humpelnd weiter.

Moskito und Theo setzen die Masken ab und schauen dem Flüchtenden hinterher.

«Dem haben wir eine Lektion erteilt!», sagt Theo.

Moskito nickt. Und fühlt sich scheußlich.

~

Auf der Kutsche lag ein seltsam gewundenes hölzernes Objekt. Es war mit Seilen fixiert, ragte hinten heraus und wirkte so massiv, dass man Mitleid hatte mit den Gäulen, die das Monstrum durch die Gegend ziehen mussten, selbst wenn es die Strandstraße leicht bergab ging. Gustav gab dem Kutscher ein Zeichen anzuhalten. Dazu war er zwar nicht befugt, doch die Jahre als Gemeindediener lagen noch nicht allzu lange zurück, da mochte sich beim Wagenlenker ein Automatismus ergeben haben: Wenn der Wenniger die Hand hebt, hab ich an Bremse und Zügeln zu zerren.

«Was ist das?», fragte Gustav.

«Die alte Wendeltreppe vom Kurhaus. Ist wohl zu schmal geworden für die vornehmen Leute, also wird nächste Woche eine breitere montiert.»

Ein schönes Stück aus schlichtem Holz und mit ein paar Jahren auf dem Buckel, die ein Tischler sicher glattgehobelt bekäme, dennoch edel – und vor allem unbezahlbar. Im Hotel könnte er solch eine Treppe gebrauchen, sobald die Eingangshalle renoviert war. Noch zogen sich die Übernahmeverhandlungen mit dem alten Gerken, der immerhin endlich eingesehen hatte, dass er mit dem Betrieb überfordert war. Doch bevor der Vertrag unterschrieben wäre, würde Wenniger in keinen einzigen Eierlöffel investieren. Um diese Treppe wäre es allerdings schade, die würde sich neben der Rezeption gut machen. «Wenn du nicht weißt, wohin damit, könnten wir sie den Winter über im Tanzcafé lagern …», bot er an.

«Tut mir leid. Ist schon vergeben. Nimm's mir nicht krumm.» Der Kutscher schnalzte und löste die Bremsen. Die Pferde strauchelten fast, als das Gewicht sie von hinten anschob.

Gustav schaute dem Fuhrwerk noch eine Weile hinterher. Wer war ihm da wohl zuvorgekommen? Schließlich boten nur wenige Häuser auf Juist den Platz und die Raumhöhe für eine Treppe dieser Größe. Nun denn, Pech gehabt.

Gustav lief zum Tanzcafé, holte sein Fahrrad aus dem Schuppen und schwang sich auf den Sattel.

«Wo willst du jetzt noch hin?», rief Therese von der Terrasse aus.

Er antwortete nicht, sondern trat in die Pedale. Es gab jedes Mal ein Donnerwetter, wenn er etwas unternahm, das nicht direkt mit dem Tanzcafé oder dem Hotel zu tun hatte. Therese vertrat die Meinung, dass ein Geschäftsmann sich nirgendwo anders zu engagieren habe als eben in seinem Geschäft. Dabei schaffte Gustav es an manchen Tagen gerade mal vom Bett in den Betrieb und wieder zurück, gegessen und getrunken wurde zwischendurch im Stehen. Therese genügte trotzdem nie, was er leistete. Als habe sie beschlossen, nun die Rolle ihres Vaters zu übernehmen und ihn unablässig herumzukommandieren.

«Wir machen gleich auf, und ich habe wirklich keine Lust, ganz alleine ...»

Den Rest verstand Gustav nicht mehr, weil er sich bereits zu weit entfernt hatte. Sie würde keifen wie ein Waschweib. Sie würde ihre Wut an Fenna auslassen oder an einem der armen Küchenmädchen, die ihnen wegen der launischen Chefin reihenweise davonliefen, wenn Therese sie nicht zuvor feuerte. Dann würde sich Gustavs Frau vielleicht wieder eine Flasche Sekt aus der Kühlung holen, ein Glas einschenken unter dem Vorwand, dass man sich auch mal was gönnen dürfe im Leben. Und wenn Gustav wieder zurück war, wäre die Flasche womöglich leer. Er kontrollierte den Warenbestand und ahnte, dass sie längst nicht so viel Schaumwein an die Gäste verkauften, wie er regelmäßig beim Winzer orderte. Doch seit der Erkenntnis, dass Therese und er es – wenn überhaupt – umsonst trieben, war ihm die Lust daran vergangen, und Therese schien das Problem stilvoll mit Schampus ertränken zu wollen.

«Hyperthyreose», hatte der Spezialist, den Gustav direkt nach der Hochzeit mit Therese aufgesucht hatte, diagnostiziert.

Der Mann war ein hochdekorierter Professor für Frauenheilkunde in Münster – und passionierter Freizeitpilot, der gern auf Norderney landete, um mit Akkermann ein Bier zu trinken. Gustavs Trauzeuge hatte ein gutes Wort für ihn eingelegt, deshalb war so schnell ein Termin zustande gekommen.

Der Blick auf die Liste der Medikamente, die Therese einnahm, hatte den Professor die Hände über dem Kopf zusammenschlagen lassen. «Es ist völlig falsch, in Ihrem Fall noch jodhaltige Mittel zu verabreichen!»

«Das waren Vitamine», verteidigte Therese ihren Frauenarzt mit leiser Stimme. «Sie bringen meinen Monatszyklus in Schwung.»

«Ich möchte meinem Kollegen zugutehalten, dass er alt ist und in der Provinz praktiziert. So hat er natürlich kein Gesamtbild vor Augen wie wir Hochschulärzte. An seiner Stelle hätte ich vielleicht auch ein rein hormonelles Problem vermutet. Was kümmert den Frauenarzt die Schilddrüse, die haben Männer schließlich auch. Doch der weibliche Organismus reagiert weitaus diffiziler. Die Fehlgeburt vor ein paar Jahren ist mit an Sicherheit grenzender Wahrscheinlichkeit ebenfalls auf die Stoffwechselstörung zurückzuführen.»

Was nicht tragisch war, fand Gustav, der so wenigstens keinen Bastard durchzufüttern hatte. Ihm war stets bewusst gewesen, dass Therese ihre Unschuld lange vor ihrer gemeinsamen Zeit weggegeben hatte. Das war zu verkraften, schließlich hatte auch er sich alles andere als vorbildlich verhalten. Doch ein Kind zu akzeptieren, das nicht das eigene war? Womöglich schwarzhaarig wie Josef, jener Kellner, der im Tanzcafé und wohl auch in Thereses Armen sein Vorgänger gewesen war? Undenkbar.

«Wenn meine Frau das Zeug also absetzt und stattdessen von Ihnen etwas anderes verschrieben kriegt, kommt sie wieder in Ordnung?», hatte Gustav gefragt und Therese gemustert.

Der Mediziner hatte den Kopf gewiegt. «So einfach wird es kaum sein. Auch einen Umzug müssten Sie ernsthaft in Erwägung ziehen, Herr Wenniger.»

«Umzug?» Gustav war irritiert nach vorn geschnellt. «Wir haben gerade erst ein Café eröffnet und planen, im Winter das Hotel meines Schwiegervaters zu übernehmen. Wenn wir Juist verlassen, sind diese Pläne hinfällig. Und eine Menge Geld wurde in den Sand gesetzt.»

«Die jodhaltige Nordseeluft ist Gift für Ihre Frau. Ebenso

begünstigen Alkohol sowie der Verzehr von Fleisch, Fisch und Meeresfrüchten die Krankheit. Und übermäßiger Stress.»

«Sobald sie Mutter ist, braucht meine Frau gar nicht mehr zu arbeiten», hatte Gustav gesagt, und das Streicheln von Thereses Unterarm war die erste zärtliche Berührung gewesen seit ihrer Hochzeit. In diesem Moment keimte die Hoffnung in Gustav, man müsse lediglich Verzicht üben und vielleicht die Winter in den Bergen verbringen, wenn das Klima wirklich so entscheidend war. Das wäre es ihm wert gewesen.

«Sie halten also an Ihrem Kinderwunsch fest?» Der Professor befeuchtete mit der Zunge seinen Finger und blätterte eine Weile angestrengt in den Unterlagen. «Ach ja, hier haben wir es.» Er wandte sich direkt an Therese. «Ihre Mutter litt unter ähnlichen Symptomen: Schweißausbrüche, Untergewicht, Hysterie, eventuell auch Herzprobleme?»

Therese hatte genickt. «Soweit ich weiß. Sie starb mit vierunddreißig an einem Hirnschlag.»

Die Akte wurde zugeklappt und eine Krankenschwester gerufen, die Therese für weitere Untersuchungen zu einem Internisten geleiten sollte. Gustav hatte sich schon erhoben, um ihr zu folgen, doch der Professor zauberte wie durch Geisterhand zwei Gläser herbei, in denen eine bernsteinfarbene Flüssigkeit darauf wartete, getrunken zu werden.

«Calvados. Aus der Normandie. Ein edler Tropfen.» Er stellte Gustav ein Glas hin.

«Das ist sehr freundlich, Herr Professor, aber ich lebe abstinent.»

Der Professor schob das Getränk noch ein Stück weiter in Gustavs Richtung. «Wenn Sie wählen müssten zwischen Ihrer Frau und der Aussicht, irgendwann einmal Vater eines gesunden Kindes zu werden …»

Gustav wurde kalt. «Sie meinen, das Erbgut?»

Der Mediziner stand auf und ging zu seiner Bücherwand. Hastig griff Gustav nach dem Glas und nahm einen Schluck, der schmerzhaft in der Kehle brannte. Nachdem der Arzt ein Buch vom Bord gefischt hatte, blätterte er darin, schlug eine Seite auf und legte die dort abgedruckten Fotografien vor Gustav auf den Tisch: ein Mann, dessen Augen aus den Höhlen traten und der nach links und rechts schielte wie ein Wahnsinniger. Daneben eine Frau mit unförmig geschwollenem Hals und kahlen Stellen auf dem Kopf.

Gustav trank den Rest des Glases in einem Zug. «Sie müssen sich irren. Meine Frau hat weder Glubschaugen noch einen Kropf.»

«Die Krankheit schlummert oft jahrelang im Körper, die Symptome können versteckt sein oder – wie im Fall Ihrer Frau – fehlinterpretiert werden. Doch dann geht es mitunter schnell. Eine simple Erkältung kann der Auslöser sein, ein Unfall, beruflicher oder privater Ärger. Es gibt Patienten, die schlafen abends ganz normal ein, wachen morgens auf und sehen so aus …» Er tippte auf eine weitere Fotografie, die Gustav schaudern ließ.

Er wusste, worauf der Arzt hinauswollte. «Wie hoch ist die Wahrscheinlichkeit, dass mein Kind …»

«Sie, Herr Wenniger, können Dutzende gesunder Kinder zeugen. Jedoch, so leid es mir tut, nicht mit Ihrer Frau. Ich würde – auch über die ohnehin wahrscheinlich bestehende Infertilität hinaus – zusätzlich zur Sterilisation raten.» Er schenkte erneut ein und reichte Gustav das Glas. «Und Ihnen zur Annullierungsklage. Eine verschwiegene Erbkrankheit ist durchaus ein triftiger Grund.»

Gustav hatte bislang keine solche Klage eingereicht. Obwohl ihm sein Freund Akkermann Entsprechendes geraten hatte. Doch es gab eine Klausel, auf die der alte Gerken damals wohlweislich gepocht hatte: Im Falle einer Auflösung der Ehe fällt das Tanzcafé vollständig und ohne jedwede Ausgleichszahlung an die Tochter des Verkäufers. Ein wortgleicher Paragraph befand sich auch im Kaufvertrag für das Hotel und war mit Sicherheit nicht verhandelbar. Vielleicht war Gustav naiv gewesen, unvorsichtig und auch schlecht beraten, doch er hatte eben nie damit gerechnet, dass es einen Grund geben könnte, sich von Therese zu trennen und auf diesem Wege alles zu verlieren, was er sich in den letzten Jahren aufgebaut hatte. Gustav war an diese Frau gebunden, auf Gedeih und Verderb. Die Wut darüber war alsbald in Abscheu umgeschlagen. Und die Liebe in Hoffnung, dass alles nicht so schlimm werden möge. Jeden Morgen schaute er Therese an, suchte nach Anzeichen für die Krankheit, nach Haarbüscheln auf dem Kissen oder einer Veränderung in ihrem Blick. Und sie reagierte darauf, als habe sie obendrein die Tollwut.

«Bin ich nicht mehr hübsch genug? Mache ich dir Angst? Sparst du dir deine Manneskraft für eine andere auf? Jetzt, wo du alles bekommen hast durch die Hochzeit, da behandelst du mich wie den letzten Dreck!»

Auf seinem Rad rollte er die Strandstraße hinab. Der Sohn des Drogisten, der gerade die Werbeplakate für Kölnisch Wasser auf den Bürgersteig stellte, nahm Haltung an, als Gustav an ihm vorbeifuhr. «Heil Hitler!», grüßte er. «Und einen schönen Tag für Sie, Herr Wenniger!»

Guter Junge, ein bisschen zu einfältig, um es richtig weit zu bringen, doch für den Laden seines Vaters reichte es. Im Schaufenster waren schwarz-rot-weiße Fähnchen rund um ein Wahlplakat – «Das Volk steht auf» – dekoriert. Daneben wurden Pferdesalbe und Dragees zur Darmpflege angeboten. Über diese Zusammenstellung würde Gustav mit dem Drogisten noch reden müssen. Am nächsten Abend vielleicht, da traf Gustav sich mit ein paar Männern, die beabsichtigten, die Wahlergebnisse als Rückenwind zu nutzen, um einen SA-Ortsverein zu etablieren.

Wenniger bog rechts in die Wilhelmstraße ein, passierte den Kurplatz, der seit diesem Sommer wie aus dem Ei gepellt wirkte: ovale Rasenflächen, umsäumt von gemauerten Parkbänken und üppig bestückten Blumenbeeten. Nächsten oder übernächsten Sommer würde man noch einen künstlichen Teich anlegen, auf dem die Kinder Holzboote fahren lassen konnten. Leider fiel die prächtige Neugestaltung des Inseldorfes mit den Nachwehen des Schwarzen Freitags zusammen. In diesem Sommer verzeichneten die Juister einen eklatanten Gästerückgang, auch das Tanzcafé warf bei weitem nicht den Gewinn ab, mit dem Gustav kalkuliert hatte.

Aber das war nur eine kurze Phase, die man überstehen musste, bevor Hitler aufräumen würde, es mit dem Land aufwärtsging und die Betten wieder voll belegt wären. Genau deshalb saß Gustav auch auf seinem Rad, den Zorn der Gattin billigend in Kauf nehmend. Denn der äußerste Nordwesten des Landes war leider immer noch viel zu rot. Für neue Ideen musste man neue Menschen gewinnen, insbesondere die Jugend, die in ein paar Jahren das erste Mal an die Wahlurne treten würde.

Lange hatte es Gustav nicht mehr ins Loog verschlagen. Das letzte Mal war er noch in seiner Funktion als Gemeindediener hier gewesen. Damals, als der neue Deich, der die Hammerbucht zur Seeseite hin schloss, eingeweiht worden war. Die Schule am Meer hatte sich seitdem immer weiter ausgebreitet und sich auch das hübsche kleine Häuschen am Ostende des Loog gekrallt, weil dieses Lehrergesocks dem Pächter mehr Geld auf den Tisch gelegt hatte als die meistbietenden Insulaner. Dort waren jetzt den Gerüchten zufolge die ganz kleinen Kinder untergebracht, die Jungen und Mädchen zwischen zehn und zwölf.

Neufundland stand auf einem an der Hauswand befestigten Schild. In den Blumenkästen wucherte Buntes, und im Vorgarten lagen wild durcheinander allerhand Spielzeuge – Springseile, Turnreifen, Bälle und Kegel.

Wenn das so weiterging, würde der ganze Ortsteil bald von Einheimischen entvölkert und in der Hand dieses Luserke sein. Im Sommer pilgerten die Gäste bereits in Scharen in den Inselwesten, ließen sich dort Getier und Hokuspokus zeigen, besuchten Schülerkonzerte und Theaterspiele, als sei man in Bayreuth.

Als Gustav endlich vom Rad stieg, war von großartigen Erneuerungen nicht viel zu sehen. Die Schule bestand noch immer aus einer Ansammlung baufälliger Baracken. Neben der stillgelegten Baustelle entdeckte Gustav zu seiner Überraschung die Kutsche, die in einiger Entfernung von einem Dutzend Kindern umringt wurde. Zahlreiche Hände griffen nach den Seilen, mit denen die Wendeltreppe gesichert war. Ach nein, ausgerechnet die Judenschule, wie ärgerlich!

Zwei Jungen traten Gustav in den Weg. «Können wir Ihnen helfen?», fragte der Ältere. Auf seinen blonden Locken saß die obligatorische Baskenmütze, und die Knie und Waden, die man dank der grauen Knickerbocker sehen konnte, waren von blauen Flecken übersät. Der Knabe folgte Gustavs Blick. «Ach, sieht aus, als wäre ich verprügelt worden, was? Keine Sorge, das kommt vom Hockeyspielen.» Er lachte.

«Ja, Volkmars Mannschaft hat letzte Woche gegen die Jungs vom Dortmunder Jugendlager gewonnen», berichtete der kleinere Schüler mit bewunderndem Blick zu seinem Gefährten.

«Und wer bist du?», fragte Gustav. Er wollte die Namen hören, nicht dass aus Versehen ein Jakob, ein David oder Salomon dabei wäre, wenn er demnächst die Jugend auf die neue Zeit einschwor.

«Theo», antwortete der Junge. «Aber ich spiele Fußball.»

«Sportliche Ertüchtigung ist immer gut», sagte Gustav und fragte dann mit Blick auf die Wendeltreppe: «Was wird das?»

«Die ist für unsere Bühnenhalle», verriet Theo.

«Ach, ich dachte, die Baugenehmigung hätte sich erledigt.»

Der Junge zuckte mit den Schultern. «Lu sagt, in einer Woche kommen die Arbeiter zurück. Und noch einen Monat später sind die dann so weit, dass man die Treppe einbauen kann. Darf nur nicht so doll regnen in nächster Zeit, sonst können wir das gute Teil wegschmeißen.»

Ein paar Mädchen in hellen Blusen und dunkelblauen Röcken gesellten sich zu ihnen. «Sie sind doch der Gemeindediener, oder?», fragte eine Kecke mit Sommersprossen. «Oder waren es zumindest mal. Wollen Sie kontrollieren, ob wir was Verbotenes machen?» Die anderen Kinder lachten und stießen sich gegenseitig in die Seite. «Wir drücken uns nämlich gerade vor dem Arbeitsdienst.»

Gustav ließ sich nicht provozieren, sondern konzentrierte sich auf seine Mission. «Ich bin hier, um eine Einladung vorbeizubringen.» Er holte aus der Innentasche seiner Joppe das Flugblatt heraus, das er bereits im Dorf großzügig verteilt hatte. Der blondgelockte Junge, der Volkmar hieß, streckte schon die Hand danach aus. Gustav zog es zurück. «Moment! Ihr seid doch alle echte deutsche Jungs und Mädels, oder?»

«Ja, klar. Warum?»

«Für Judenkinder gilt die Einladung nämlich nicht.»

Das kecke Mädchen schnappte sich den Zettel und überflog die Zeilen. «Deutsches Jungvolk?»

«Für die Kleineren, von zehn bis vierzehn. Alle Burschen, die älter sind, dürfen zur HJ kommen.»

«Und was sollen wir da?», fragte Theo.

«Ich habe vorerst die Leitung übernommen», verriet Gustav. «Und meine Pläne sehen vor, dass die Jungen Sport treiben, auf Wanderungen gehen, Lagerfeuer machen …»

«Was ist mit den Mädchen?», fragte eine, mit Zöpfen bis zur Hüfte.

«Sobald wir eine geeignete Leiterin gefunden haben, lernt ihr dort Handarbeiten und Kochen und Backen. Die Frau vom Pastor hat sich schon bereit erklärt.»

«Das alles machen wir hier auch», winkte einer der Jungen ab. «Dafür brauchen wir nicht extra ins Dorf latschen.»

«Da hast du natürlich recht.» Dass es schwer werden würde an der Schule am Meer, damit hatte Gustav gerechnet. Im Gegensatz zu den Insulanerkindern litten diese Jungs und Mädels nicht an Langeweile und Unterforderung, die musste man anders ködern. «Ihr lebt wirklich etwas zu weit ab vom Schuss, um bei uns mitzumachen. Doch ich wollte euch nicht einfach so ausschließen.»

«Ausschließen? Wovon?»

«Dreh mal das Blatt um», sagte Gustav. Auf der Rückseite war ein Bild, kühne Jungens in Reih und Glied, die Uniformen saßen fesch, die Jacke auf Taille, ein schwarzes Tuch passend zur schmal geschnittenen Hose, die Gürtelschlaufe silbern, das Koppel ledern, Armbinde und Abzeichen würden den Kindern hier sicher auch gefallen. «Wir sind die Zukunft Deutschlands.

Und die ist … nun ja …» Gustav ließ seinen Blick über den Ententeich schweifen, an dessen Rändern die Brennnesseln wucherten, über die schief hängenden Dachrinnen und die Sickergrube, aus der es übel roch. «Also, auf jeden Fall weit größer als das hier.»

«Hör nicht auf den, der ist ein Nazi!», sagte die Kecke. «Paul hat im Unterricht gesagt, Hitler behauptet, das Volk befreien zu wollen. Doch in Wahrheit rollt er schon den Stacheldraht aus.»

«Wer behauptet das? Paul Reiner?»

Die Kinder nickten.

«Ihr wisst, dass ich damals, als er so krank war, für das Flugzeug gesorgt habe?»

Die Kinder nickten wieder.

«Nun ja, es ist jedenfalls löblich, dass er überhaupt mit euch über Politik spricht. Doch bedenkt immer: Wer wirklich Bescheid wissen will, muss sich auch die Stimmen der Andersdenkenden anhören. Meine Tür steht offen. Das nächste Treffen findet am kommenden Sonntag statt, um zehn Uhr im Tanzcafé Promenade. Für jeden ein Glas Limonade umsonst.»

Gustav tippte sich zum Abschied an die Schläfe, stieg auf und radelte davon. Die Kinder schauten ihm hinterher, die Wendeltreppe hatten sie noch immer nicht abgeladen, und das würde, so wie die sich anstellten, wohl auch noch eine ganze Weile dauern.

Es war Gustav egal, dass er die Treppe nicht haben konnte. Dafür war er beinahe sicher, einige der Schüler schon ganz bald wiederzusehen.

Gerade, als Sir Henry im Moor von dem blutrünstigen, gespenstisch leuchtenden Hund angegriffen wird und man nicht sicher sein kann, ob Holmes und Watson rechtzeitig eintreffen werden, klopft es an Moskitos Tür.

«Nein!», ruft er. Nur noch ein paar Seiten. Es ist Samstag, freie Zeit, wohlverdient nach der Plackerei mit der blöden Wendeltreppe und dem anschließenden Lernen für die Biologie-Arbeit. Die meisten sind ins Dorf gegangen oder an den Strand.

Es klopft erneut.

«Kann man hier nicht mal eine Stunde ungestört lesen?»

Die Tür geht auf. Es ist der kleine Roland, immer noch ziemlich scheu und verdruckst. Da die zwei nächtlichen Riesenfrösche auch eine Woche später kein Thema waren unter den Schülern, hat Roland vermutlich vor lauter Angst die Klappe gehalten. Gut so, die Geschichte hätte ihm ohnehin keiner geglaubt.

«Ich muss dir was zeigen», sagt er. «Aber du darfst niemandem verraten, dass du es von mir hast.»

Moskito rappelt sich hoch, schiebt seine Beine über den Bettrand und springt runter. Die Leiter benutzt er schon eine Weile nicht mehr.

Roland bewundert Moskito sichtlich, und der muss wieder einmal daran denken, dass er auch mal so klein gewesen ist und wie unerreichbar damals die Obersekundaner auf ihn gewirkt haben. Nun ist er selber einer, eins achtzig groß, fünfundsiebzig Kilo schwer, im Chor singt er den Bariton, einmal in der Woche muss er sich rasieren, und seit einem Jahr ist er sogar Onkel. Anton heißt der Kleine, Moskito hat ihn Weihnachten und Ostern besucht. Wahrscheinlich hätte er früher einen Heidenrespekt vor sich gehabt, so wie Roland jetzt.

Er verrät dem Sextaner nicht, dass es sich in Wirklichkeit

gar nicht so toll anfühlt, fünfzehn zu sein, weil man trotz allem nichts Halbes und nichts Ganzes ist. Zu alt zum Spielen und zu jung für den Ernst des Lebens. Reif genug, sich ständig zu verknallen, für die Mädchen aber weiterhin ein uninteressanter Milchbubi. Genau deswegen liebt Moskito es, sich in sein Zimmer zu verkrümeln, da hängt er nicht ständig irgendwo dazwischen. Roland hat ja keine Ahnung. «Was soll so toll sein, dass ich mich davon stören lasse?»

«Ein Geheimnis.»

«Eins, das ich noch nicht kenne? Kann ich mir kaum vorstellen.»

«Nur die Hockeymannschaft weiß davon.»

Moskitos Interesse ist geweckt, denn zwischen den Fußballern und den Hockeyspielern herrscht Konkurrenz, die nicht zuletzt mit Volkmar und ihm zu tun hat. Als letzte Woche zwei Turniere gegen die Jugendgruppen des Dortmunder Ferienlagers, das ganz in der Nähe an der Billstraße lag, stattfanden, ging es weniger um das Duell mit den Festländern als vielmehr um ein Kräftemessen der Schulmannschaften untereinander. Am Ende hatten Volkmars Leute je einmal gewonnen und verloren, und zweimal unentschieden gespielt. Moskitos Fußballer konnten keinen einzigen Sieg verbuchen, was bitter gewesen ist und in Lus Abschiedsansprache auch noch scherzhaft kommentiert wurde: «Der Hockey-Club hat unserer Schule alle Ehre gemacht, während die Fußballjungs sich beim nächsten Turnier vielleicht besser zum Bratwurstverkauf anmelden denn als Teilnehmer.» Volkmar hat natürlich übertrieben laut gelacht.

«Und warum willst du mir das Geheimnis verraten?», fragt Moskito, denn Roland gegenüber ist Skepsis angebracht.

Der Junge bleibt eine Antwort schuldig. Ob er ahnt, wer unter den grünen Masken gesteckt hat? Dann könnte sein merkwürdiges Verhalten ein Versuch sein, sich fortan gut mit Moskito zu stellen – oder eine Falle. Vielleicht liest Moskito aber auch einfach zu viele Detektivromane. «Na gut, worum geht's?»

Roland deutet mit einem Nicken an, das sie rausgehen sollen, also zockeln sie den Gang entlang bis zur Besenkammer, die sich ganz links neben Volkmars Zimmer befindet. Ein schmaler Verschlag nur, in dem man sich weder drehen noch wenden kann, Regale an jeder Wand, vollgepfropft mit Besen und Kehrschaufeln, Eimern und Bohnerwachs, Bettwäsche und Laken und anderem Kram.

«Was sollen wir hier?», fragt Moskito, der zu seinem Buch zurückwill.

«Hilf mir mal!» Roland packt die Eckstrebe eines Regals und zieht es ein Stück nach vorn. Die Dielen darunter liegen nur lose auf. Roland hebt sie einzeln hoch und lehnt sie gegen die Wand.

«Ein geheimer Keller?», fragt Moskito, als wider Erwarten darunter kein Fundament zum Vorschein kommt, sondern ein wirklich großes, wenn nicht sogar riesiges Loch, das von einem Holzgerüst gestützt wird.

Roland legt einen Finger auf die Lippen.

«Kann man da rein?», flüstert Moskito.

Roland nickt.

«Wenn du glaubst, ich bin so blöd, da jetzt alleine runterzusteigen, damit du den Deckel wieder zumachen und mich auslachen kannst ...» Denn zuzutrauen wäre dem Kleinen alles.

«Ich gehe vor.» Roland steigt vorsichtig in das Loch, und Moskito folgt ihm, nachdem er sich noch einmal vergewissert hat, dass im Flur niemand darauf wartet, ihm eins auszuwischen.

Der Raum, in den sie eintauchen, hat keinen festen Boden,

die Füße versinken in weichem Pudersand. Es gibt sogar elektrisches Licht, jemand musste sich die Mühe gemacht haben, den Stromkreis anzuzapfen, um ringsherum flackernde Funzeln zum Leuchten zu bringen. Zwischen den gemauerten Wänden sorgen unzählige hölzerne Stelzen für die Stabilität des darüberliegenden Jenseits. Besonders hoch ist der Raum nicht, wenn man das Ende erreichen will, das von dort, wo sie stehen, kaum auszumachen ist, muss man sich bücken. Nicht auszudenken, welche Möglichkeiten sich einem von hier aus bieten. Man kann wahrscheinlich so ziemlich jedes Gespräch im Jenseits belauschen. Und sich, wenn man hier und da ein paar Bodendielen löst, auch unbemerkt Zutritt zu den Zimmern verschaffen, selbst wenn die Türen dort abgeschlossen sind.

«Wer hat das entdeckt?», fragt Moskito schwer beeindruckt.

«Volkmar. Aus Versehen, weil ihm mal was zwischen die Dielen gerutscht ist.»

«Aha. Und ihr trefft euch hier?», fragt Moskito weiter, obwohl das offensichtlich ist, denn überall liegen Dinge herum, die strengstens verboten sind: Flaschen, in denen ganz sicher keine Limonade gewesen ist, daneben Aschenbecher, Kerzenreste, leere Bäckertüten, Spielkarten. Moskito ist neidisch, weil er niemals bei einem dieser herrlich verruchten Treffen dabei war. Und er begreift, weshalb die Hockeymannschaft sich stets für etwas Besseres hält. Wenn seine Fußballer doch auch so ein Geheimverlies hätten …

«Weshalb hast du mir das Versteck verraten?»

Roland sagt nichts, zieht Moskito nur am Ärmel in eine der hinteren Ecken, die so niedrig ist, dass man auf allen vieren krabbeln muss, um ganz hineinzugelangen. Roland zeigt auf ein paar Backsteine, nur wenige Zentimeter über dem Boden, der genauso sandig ist wie sonst überall.

«Was soll da sein?»

«Man kann die Steine aus der Mauer lösen.»

Moskito ist etwas mulmig zumute, weil hinter diesen roten Ziegeln ja sonst was lauern könnte. Doch andererseits, wenn er nicht nachschaut, wird er es nie erfahren. Also schiebt er sich auf dem Bauch nach vorn. Das Mauerstück, das tatsächlich etwas anders aussieht als die übrige Fläche, da hier kein Mörtel in den Fugen sitzt, ist schmal, seine Fingerkuppen passen gerade eben hinein. Obwohl der Stein lose ist, bekommt er ihn nicht richtig zu packen, sondern muss ihn mühselig Stück für Stück nach vorne ruckeln. Dann zieht er den daneben und noch einen dritten heraus.

«Woher weißt du von diesem Versteck im Versteck?», raunt er.

«Einmal war ich hier unten, und da war es auf.»

«Vielleicht ist derjenige, der es nutzt, mal gestört worden und hat nicht geschafft, den Ziegel wieder reinzuschieben.»

«Kann sein.»

Endlich, die Steine sind draußen, dahinter klafft es dunkel. Auf die Gefahr hin, dass dort eine hungrige Ratte sitzt oder auch der Hund von Baskerville, schiebt Moskito mutig den Arm hinein. Keine gefletschten Zähne, zum Glück, stattdessen ertastet er mehrere Gegenstände. Weiche und Harte, runde und eckige, schließlich zieht er etwas relativ Großes heraus, was nicht einfach ist, da es sich im Mauerdurchbruch verkeilt. Als er das Ding schließlich befreit hat und ein Stück ins Funzellicht zurückgekrochen ist, erkennt er Huberts heißgeliebtes, seit mehr als einem Jahr schmerzlich vermisstes Fernglas.

«Der Dieb!» Moskito greift noch einmal hinein, tastet nach dem weichen Etwas, das sich nur zusammengequetscht herausziehen lässt, aber tatsächlich sein alter Ranzen ist. Darin das

Kleingeld, das geliehene Buch, die mumifizierten Essensreste von der Pfingstfahrt damals, als er noch vierzehn war. Es fehlt nichts.

«Jetzt hab ich dir ja alles gezeigt, dann ist die Sache mit den Fröschen vergessen?» Roland schaut ihn mit untertassengroßen Augen an. «Und außerdem wollte ich fragen, ob ich bei euch beim Fußball mitmachen darf.»

Eigentlich war es doch das Natürlichste von der Welt, wenn Mutter und Tochter zu zweit einen Spaziergang machten. Sogar Philippine Hochschild hatte sich früher die Zeit dafür genommen, obwohl so etwas damals nicht üblich war, und trotz der Firma, der Angestellten, der gesellschaftlichen und familiären Verpflichtungen: Annis Mutter hatte ihre Jüngste immer mal wieder an die Hand genommen und war ein paar Schritte mit ihr gegangen. Am Ufer des Lago Maggiore entlang, durch den Wald bei ihrem Wochenendhaus in Eppenhain, manchmal auch eine langweilige graue Frankfurter Straße rauf und wieder runter. Denn wenn man nebeneinanderging und sich beim Reden nicht zwangsläufig ins Gesicht schauen musste, fiel die Aussprache leichter. Erst seit sie selbst Mutter war, wusste Anni, wie hilfreich es war, Probleme beim Namen zu nennen – und wie schwer, den rechten Ort, den günstigsten Zeitpunkt zu finden.

Vielleicht war es keine gute Idee gewesen, mit Renate ausgerechnet an den Hammer zu gehen, also dorthin, wo die Sache, über die es zu reden galt, stattgefunden hatte. Doch das ruhige Tal zwischen den beiden Deichen, von denen der eine zur Seeseite hin noch ganz neu und grün war und der am Watt bereits gänzlich vom Dünensand verweht, wirkte wie Baldrian auf Annis gereiztes Gemüt. Die krummen Bäume, die Otto Leege vor fast einem Jahrzehnt auf dem ehemaligen Inseldurchbruch gepflanzt hatte, waren inzwischen groß genug, um vor dem Wind zu schützen. Wenn Anni die heruntergefallenen Blätter der Pappeln und Birken mit den Füßen durchpflügte, stieg Herbstlaubduft in ihre Nase. Es knirschte und knackte unter ihren Sohlen. Ab und zu krächzte ein Fasan, oder ein Kaninchen hoppelte aufgeschreckt von links nach rechts.

«Ich bin kein kleines Kind mehr», sagte Renate und stampfte genauso bockig auf, wie sie es mit fünf oder sechs Jahren schon getan hatte. Eigentlich war die Launenhaftigkeit junger Menschen das Tagesgeschäft eines Lehrers. Doch das eigene Kind in der Mauser zu erleben war sonderbar. Renates Zöpfe lösten sich noch immer bei jeder Gelegenheit in ihre Bestandteile auf und passten zu der Art des Mädchens, die alles andere als reif und vernünftig war. Ihre Gesichtszüge wirkten manchmal fast fraulich – um in Sekundenschnelle wieder kindlich und trotzig zu sein.

«Ich glaube dir ja, dass du den Hubert gernhast und er dich», versuchte es Anni. «Ihr dürft auch etwas zusammen unternehmen, wenn die anderen dabei sind. Segeln gehen oder musizieren, und bei der Tobsucht habt ihr sogar Gelegenheit zum Raufen.»

«Ich will doch nicht mit ihm raufen!»

«Stimmt, Natispatz, das ist ein dummes Beispiel. Was ich damit meine: Ich verstehe, dass ihr beide euch nahe sein wollt. Aber es wäre besser, wenn dann immer andere Leute dabei sind. So heimlich davonschleichen und dann irgendwo in den Büschen …»

«Mama, wir waren nicht in den Büschen, sondern hier am Deich.»

«Im hohen Gras! Das ist nicht viel anders, als sich in die Büsche zu schlagen.» Das hatte schroffer geklungen als beabsichtigt. Doch es war ein Kraftakt, besonnen zu bleiben und so zu tun, als könne man dem, was da passiert war, etwas Positives abringen. Renate hatte sich mit einem älteren Jungen eingelassen, nicht auszudenken, wie das Ganze geendet hätte, wenn nicht zufällig Monika dazugekommen wäre. Liebeleien wurden mit Schulverweis bestraft, da gab es keine Ausnahmen. Das Experiment der Koedukation stand ohnehin unter ständigem Beschuss der konservativen Pädagogen, und die Behörden beobachteten akribisch, ob hier auf Juist alles in geordneten Bahnen verlief. Dass nun ausgerechnet die Tochter eines Lehrerpaares …

Paul jedenfalls hatte getobt: «Sorge dich lieber um deine Noten in Mathematik und Physik, statt herumzupoussieren!»

«Aber Papa, Hubert und ich, wir mögen uns wirklich.»

«Jungen wollen ganz was anderes als das, was kluge Mädchen in deinem Alter zu geben bereit sind.»

«So ist es nicht!»

«Oh doch! Glaub mir! Ich war selber mal jung!»

Renate hatte geweint, Paul war noch lauter geworden, und Anni fühlte sich zwischen beiden hin und her gerissen. Einerseits sorgte sie sich um ihren Mann, der sich schonen sollte, um keinen weiteren Rückfall zu erleiden. Die gesundheitlichen Krisen im letzten Herbst und im Frühjahr hatten allzu deutlich werden lassen, dass Paul noch weit davon entfernt war, wirklich geheilt zu sein. Andererseits stellte Anni sich instinktiv vor ihre Tochter, die von den Erwachsenen befragt wurde, verurteilt und gestraft, weil sie … nun ja, was hatte Renate gewollt?

«Wir haben jedenfalls nichts Schlimmes gemacht.» Renate seufzte.

«Geküsst, soweit ich weiß.»

«Auf die Wange, Mama. Mehr traut sich der Hubert gar nicht.»

«Aber weißt du, wenn es der Kuss auf die Wange ist, den er wagt, dann wird es beim nächsten Mal der Kuss auf den Mund sein. Und so weiter und so fort. Das willst du doch nicht, oder, Natispatz?»

«Deinen bescheuerten Natispatz kannst du dir sparen!» Renate kriegte links und rechts den Strandhafer zu fassen und zog wütend daran. «Aua!» Jetzt hatte sie sich an dem scharfen Gras geschnitten, doch als Anni ihr ein Taschentuch reichen wollte, drehte sie sich unwirsch zur Seite. «Lass mich in Ruhe.»

«Nein, ich lasse dich nicht in Ruhe, Renate. Dazu bist du mir viel zu wichtig.»

«Das behauptest du nur», kam es zurück. Renate leckte sich das Blut von der Handfläche und schaute Anni dabei feindselig an. «Alle sind dir wichtig. Alle anderen. Aber ich bestimmt nicht.» Dann machte Renate auf dem Absatz kehrt und rannte den schmalen Trampelpfad entlang, so schnell, dass der Sand flog und Anni, selbst wenn sie gewollt hätte, niemals hätte Schritt halten können.

Ein Stück weiter stand ein grün gestrichenes Wärterhäuschen am Wegrand, das bei Regenwetter Unterschlupf bot und ansonsten Otto Leege und seinen Mitstreitern zur Aufbewahrung von allerhand Werkzeug diente. Anni hockte sich auf die schmale Holzbank, die davorstand, und lehnte sich mit geschlossenen Augen gegen die Bretterwand. Ihr schwirrte der Kopf. Damals, als sie auf die Insel gekommen war, hatte sie gemeint, ganz klar zwischen Richtig und Falsch unterscheiden zu können. Wenn man von der Liebe geleitet wird und vom unbedingten Willen, die Menschen um sich herum zu respektieren, dann ist man auf dem rechten Weg und muss nicht fürchten, je davon abzukommen. So hatte sie gedacht. Heute wünschte Anni sich diesen naiven Glauben zurück. Heute lebte sie mit hundert Menschen auf engstem Raum zusammen und hatte begriffen, dass jede Entscheidung einen Konflikt beinhaltete und die Eigenarten der Menschen beileibe nicht immer ohne Widerspruch zu nehmen waren. Wie viel Kraft es allein gekostet hatte, Lu von dieser irrwitzigen Gebäudeplanung abzuhalten! Das Schlimmste dabei war nicht Lus Wortakrobatik gewesen, von der Anni stets schwindelig wurde. Auch nicht die beleidigte Reaktion des Architekten oder die Enttäuschung der Kollegen, die nur allzu gern in Lus Luftschloss eingezogen wären. Nein, das Schlimmste war der Streit mit Paul gewesen. Den hatte Anni noch immer nicht verdaut.

Vor ein paar Wochen hatte es gekracht in ihrer Stube, als die Kinder schon schliefen oder zumindest so taten, als ob, denn Anni und Paul waren ziemlich laut geworden.

«Ich kann das gar nicht glauben, Anni. Du hast *was* getan?»

«Ich habe das Grundstück am Lago Maggiore gekauft.»

«Hinter meinem Rücken?»

«Du hättest es nicht gutgeheißen.»

«Stimmt.» Paul hatte sich mit beiden Händen auf dem Esstisch abgestützt. «Denn wir brauchen doch jeden Pfennig für die Schule!»

«Als ob ich das nicht wüsste.» Anni hatte zurückgelehnt auf dem Stuhl am Kopfende des Tischs gesessen, die Arme verschränkt, damit sie nicht damit herumwedelte. Paul sollte nicht merken, wie aufgebracht sie war. «15 000 für die neue Wäscherei, die Physikräume, die Bänke im Speisesaal und für die Reparaturen nach dem Wassereinbruch im Doyen-Haus, da habe ich meine Mutter zu einer weiteren Spende überreden können, weil uns diese Anschaffungen wichtig erschienen. Doch dieses Monstrum in die Dünen zu bauen, Paul, damit bin ich nicht einverstanden. Am Anfang hat Lu von 40 000 gesprochen, jetzt wird es vielleicht fünfmal so viel.»

«Du übertreibst!»

Nun beugte Anni sich doch nach vorn. Vermutlich hatte die störrische Sorgenfalte über ihrer Nase sowieso längst verraten, wie nah ihr das alles ging. «Ich werde das Geld meiner Familie nicht bereitstellen, um Lus Wolkenkuckucksheim zu bauen.»

«Und was, in Dreiteufelsnamen, willst du mit einem Grundstück im Tessin?»

«Es ist wunderschön dort!»

«Es ist steil und steinig. Und das Gelände liegt nach oben hin an einer stark befahrenen Straße.»

«Und nach unten hin am See.»

«Es gibt dort nur ein paar knorrige Feigenbäume.»

«Unter einem von ihnen haben wir Zigarre geraucht und uns geliebt!»

Paul hatte ungläubig den Kopf geschüttelt. «Das war ein herrlicher Tag in Brissago. Doch unsere wahre Liebe gehört dieser Schule.»

Anni hatte ihren Mann angeschaut. Lange, weil sie hoffte, er werde sich besinnen, werde einlenken und sagen, dass sei missverständlich formuliert gewesen. Doch Paul hatte nicht einmal die Augen niedergeschlagen. Kein Zweifel, er hatte es wortwörtlich so gemeint. Seine wahre Liebe gehörte der Schule.

«Na dann.» Anni hatte mit dramatischer Geste den Ehering vom Finger gestreift und ihn auf den Tisch geknallt, mit so viel

Verve, dass er von der Holzplatte abprallte, in hohem Bogen davonhüpfte und in irgendeiner Ecke zum Liegen kam.

Zwei Wochen war das her. Seitdem blieb der Ehering verschwunden, Paul schlief im Wohnzimmer auf dem Sofa und Anni mehr schlecht als recht allein im Ehebett. Der Krach war so verheerend, dass noch nicht einmal die Gartenarbeit half. Anni hatte es versucht. Kohlrabi, Lauch und Rettiche, die so lang waren wie Kinderarme. Gerupft, geschnitten, gesäubert und zu Marje in die Vorratskammer geschleppt. Und Bohnen, immer wieder Bohnen! Doch Erleichterung hatte die Arbeit Anni nicht verschafft. Ständig war sie ins Grübeln gekommen, ob Paul vielleicht recht hatte und es wirklich furchtbar egoistisch war, sich Grund und Boden zu kaufen in einem anderen Land, zwei Tagesreisen entfernt. Ob die neunzig Rappen pro Quadratmeter tatsächlich zum Fenster rausgeschmissen waren, weil kein Mensch etwas anfangen konnte mit einem halben Hektar irgendwo in der südlichen Schweiz. Verhielt sie sich etwa gerade wie die verwöhnte Industriellentochter, die sie doch eigentlich längst nicht mehr hatte sein wollen? Weil sie in einen luxuriösen Traum von einem Leben unter der Sonne investierte, während alle anderen zum dritten Mal in der Woche bei Regenwetter Pellkartoffeln aßen, um Geld für die Bühnenhalle zu sparen.

Dann war die Sache mit Renate und Hubert im Dünengras dazugekommen, die Tierquälerei, ein Besuch von Wenniger, der neuerdings für die Hitlerjugend zu rekrutieren versuchte – und vorhin noch die langersehnte Aufklärung der jahrelangen Diebstähle. Volkmar war überführt. Moskito hatte durch Zufall dessen Diebeslager unter dem Jenseits entdeckt, der Schulverweis war beschlossene Sache. Doch Genugtuung wollte sich deshalb noch lange nicht einstellen. Einen jungen Mann so kurz vor dem Ziel wegschicken zu müssen war wirklich kein Grund, erleichtert aufzuatmen.

Es war einfach alles zu viel. Kaum war ein Problem gelöst, schon kündigte sich die nächste Katastrophe an. Die eine Klassenarbeit war geschrieben und korrigiert, da stapelten sich neue Hefte auf dem Tisch. Den einen Schüler entließ man ins Leben, der nächste kam und machte einem selbiges schwer. Pädagogik im Akkord, nur dass es keine Automobile waren, die am Fließband an Anni vorbeiliefen, damit sie die eine oder andere Schraube festdrehte oder eine Naht schweißte, sondern es waren Menschen. Mit ihren ganz eigenen Ecken und Kanten und Wünschen und Sehnsüchten. Was die Schule am Meer nie hatte sein sollen, war sie dennoch geworden: eine Bildungsmaschinerie. Mit der zusätzlichen Erschwernis, dass Anni und die Kollegen niemals Feierabend machten, weil sie auch noch am Arbeitsplatz lebten, aßen, tranken und schliefen. Es blieb keine Zeit, kein Raum, den eigenen Kindern das Gefühl zu geben, trotz allem etwas ganz Besonderes zu sein.

Anni hätte für immer sitzen bleiben mögen an diesem kleinen Wärterhäuschen, wo nur ab und zu, und auch nur im Sommer, jemand vorbeigekommen wäre. Den hätte sie dann freundlich gegrüßt und wäre ansonsten ihren Gedanken nachgehangen, die sich um alles drehen durften außer diese verfluchte Schule, die laut Paul die Liebe ihres Lebens zu sein hatte. Oder eben das Scheitern ihres Lebens.

Eine innere Uhr ließ Anni schließlich doch die Augen öffnen, tick, tack, tick, tack – Schritt für Schritt zog es sie zurück ins Loog. Weil ja gleich das Abendessen auf den Tisch kam, dank Marje etwas, wofür es sich aufzustehen lohnte, selbst wenn es wieder nur Pellkartoffeln gab.

Und dann sah Anni plötzlich die Frau auf dem Weg zwischen Arche und Doyen-Haus stehen. Hoch aufgerichtet, im langen fliederfarbenen Kleid, das altmodisch und elegant zugleich war und von dem Anni wusste, wie es riechen würde, wenn sie gleich bei der Umarmung ihre Nase am Samt rieb.

«Mutter!» Wie freute sie sich, Philippine Hochschild zu sehen. Ein Mensch wie eine kühlende Salbe. «Mutter, wo kommst du denn auf einmal her?»

Ja, die Schulter roch nach Frankfurt, nach Bohnerwachs, Lampenöl und Puder. Nach Geduld und Kindheit, einem Leben ohne Sorgen und einer Zukunft voller Verheißungen.

Philippine Hochschild hielt ihre Tochter fest im Arm. Sie hatte geahnt, dass Anni weinen würde bei der Begrüßung. Genau deswegen war sie überhaupt zur Insel gekommen.

«Ist gut, mein Kind», sagte sie und tätschelte Anni, die sich gar nicht wieder von ihr lösen wollte, den Rücken. «Ich habe schon mit Paul gesprochen. So geht das nicht weiter mit euch. Nicht einen Tag.»

Marje wuchtete das schwere Bügeleisen auf den Herd, strich den Stoff glatt, faltete die Hose zusammen und legte sie auf die anderen Kleidungsstücke, die sie auf die Schnelle gewaschen hatte, damit Volkmar morgen mit sauberer Garderobe zurück nach Bremen fuhr. Eigentlich wollte sie die stupide Arbeit nutzen, um nebenbei für den Test nächste Woche französische Verben zu konjugieren. «Je fais la lessive, j'ai fait la lessive, je faisais …» Doch sie schweifte ab.

Sie mochte Volkmar nicht besonders. Er war ein Angeber, der ständig andere anstachelte, Blödsinn zu machen. Jetzt packte er seine Koffer. Zu Recht, weil er gestohlen und die anderen dazu angestiftet hatte, in einem Keller unter dem Jenseits verbotene Dinge zu tun.

«Tu fais, tu as fait, tu faisais …»

Die Kleidung würde ihm nie und nimmer noch passen. Eine altmodische Hose, zu schmal und zu kurz, genau wie die Weste, feine Nadelstreifen, guter Wollstoff und hinten im Rücken glatter Satin, aber für einen Zehnjährigen geschneidert, da passte gerade mal ein Quintaner rein. Marje hatte Volkmar nie darin gesehen, hier trug man ausschließlich die Schuluniform, die glücklicherweise nicht gebügelt werden musste. Wahrscheinlich hatte Volkmar Hose und Weste schon damals, als er vor fünf Jahren oder so nach Juist gezogen war, mitgebracht. Offensichtlich war er seitdem nie zu Hause gewesen. Vielleicht hatte er ein ähnlich freudloses Familienleben wie sie? Denn auch wenn Marje froh war, nur selten in das dunkle Elternhaus in der Friesenstraße zurückkehren zu müssen, ein- oder zweimal in der Woche tat sie es dennoch. Es gehörte sich so. Zumal der Vater es nun gar nicht mehr aus dem Bett schaffte und Mutter ihn nicht ohne Hilfe waschen konnte. Zwar sprach man kaum miteinander, denn die Mutter grollte noch immer wegen der Sache mit Therese Wenniger, aber immerhin hielt Marje den losen Faden, der sie mit den Eltern verband, noch in der Hand.

Was aber hatte Volkmar dazu bewogen, nie die Familie zu besuchen? Marje griff nach dem grauen Wintermantel – kaum zu glauben, dass der lange Lulatsch da je reingepasst hatte – und hievte das Bügeleisen auf die Rückseite. Noch glühten die Kohlen darin heiß genug, um den Mantel zu plätten.

«Il fait. Mit T! Das muss ich mir merken. Il fait, il a fait …»

Französisch zu lernen, ohne am Unterricht teilnehmen zu können, fiel Marje schwer. Zwar versorgte Aeschli sie mit dem nötigen Material, und Rahel nahm sich zwischendurch Zeit, damit Marje die Sprachmelodie ins Ohr bekam, doch der Rest war stupides Auswendiglernen. Wenn Marje das Abitur bestehen wollte – und das war ihr erklärtes Ziel, denn sie würde es allen zeigen und irgendwann eine Universität besuchen –, dann musste sie die Prüfung in zwei Fremdsprachen ablegen. Englisch stellte kein Problem dar, sie hörte britisches Radio beim Kartoffelschälen oder Spüle-Schrubben, am liebsten Lieder von George Gershwin, und von den Nachrichten verstand sie auch das meiste, doch Französisch war eine echte Herausforderung.

Die Mutter hielt es für hirnverbrannt, was Marje sich zumutete, daraus machte sie kein Hehl. «Arbeitest schon acht Stunden am Tag. Und dann noch die Lernerei. Glaub mal nicht, dass es dir was nützt. Am Ende wirst du genau wie ich eine bleiben, die den Herrschaften den Boden wischt.»

Manchmal war Marje tatsächlich drauf und dran, alles hinzuschmeißen. Doch dann richteten die anderen sie immer wieder auf.

Allen voran Anni. Neulich, als sie gemeinsam nach einem verschwundenen Ring gefahndet hatten, der Anni angeblich vom Finger gerutscht war – Marje war nicht blöd, sie wusste, es war der Ehering, genau wie sie das Bettzeug auf dem Sofa bemerkt hatte, aber es ging sie nichts an. Jedenfalls hatten Anni und Marje jede Ritze in der Wohnung abgesucht, vergeblich zwar, aber sie hatten nebenbei als kleine Übung ein Gedicht Stefan Georges interpretiert.

Sprich nicht immer
Von dem laub
Windes raub
Vom zerschellen

Reifer quitten
Von den tritten
Der vernichter
Spät im jahr

So solle Marje es handhaben, hatte Anni geraten, wenn die Mutter mal wieder dunkle Visionen ersponn. «Denk an die Möglichkeiten, die sich dir bieten. Niemals an das Scheitern. Das verkneife ich mir auch, Tag für Tag, sonst hätte ich längst kapituliert.»

«Wie, kapituliert?»

«Anfangs, als wir hierhergezogen sind, habe ich es mir auch einfacher vorgestellt, eine Schule zu gründen. Heute wächst mir das oft über den Kopf. Dass ich nicht alles hinschmeiße, liegt an solchen Menschen, wie du einer bist, Marje, auf die ich als Lehrerin richtig stolz sein kann.»

Es ging um diesen Geist der Gemeinschaft, Anni hatte recht. Marje fühlte sich von allen Seiten unterstützt. Von Rahel als ihrer besten Freundin sowieso, aber auch von Lu, Aeschlimiss und selbst Moskito, der mit ihr manchmal für Biologie büffelte. Dann waren sie für eine Stunde so vertraut miteinander wie damals zu den Zeiten, als Marje noch eine normale Schülerin gewesen war. Eine wehmütige Erinnerung war das jetzt noch, mehr nicht. Denn Moskito hatte sich verändert, seit er im Neuner mitmachte. Vor ein paar Tagen, als sie alle mit angefasst hatten, um die Wendeltreppe abzuladen, hatte sie ihn sogar mit einer Gruppe anderer Jungen und Mädchen bei Gustav Wenniger stehen sehen.

«Machst du jetzt bei dem mit?», hatte Marje ihn beiläufig gefragt, als sie über den Büchern saßen und sich eigentlich mit Osmose und semipermeablen Membranen beschäftigen sollten.

«Mal sehen», hatte Moskito ausweichend erwidert. «Grundsätzlich bin ich eher Kommunist.»

Man konnte ihn nicht ernst nehmen. Kommunist oder Nationalsozialist, Moskito tat so, als wäre es ein und dasselbe.

«Im englischen Radio sagen sie, Hitler könnte der Welt einen neuen Krieg bringen.»

Moskito hatte kurz aufgeschaut, die Stirn kraus, Fragezeichen im Blick. Natürlich, er saß im Neuner und im Schulrat, da hatte man keine Zeit, sich zusätzlich mit Politik zu beschäftigen. Also lief er auch gar nicht Gefahr, in Wennigers Truppe zu landen wie der Sohn vom Drogisten, mit dem Marje früher zur Schule gegangen war. Der zog die Uniform gar nicht mehr aus. Schlauer machte ihn das nicht.

Marje wendete den Mantel, breitete ihn auf dem Tisch aus und bemerkte eine flache Erhebung im Saum, ungefähr an der Stelle, an der sich die Innentasche befand. Dabei hatte sie vor dem Waschen alles abgetastet, um nicht aus Versehen etwas Wertvolles in die Maschine zu stecken. Marje stellte das Bügeleisen zur Seite, langte in die Innentasche, die leer war, ertastete eine aufgetrennte Naht, hinter der eine zweite Tasche eingelassen war. Die hatte sie heute Morgen tatsächlich nicht bemerkt. Deswegen war der Brief, den sie nun hervorzog, von der Restfeuchte aufgequollen. Vielleicht hatte er jahrelang in der geheimen Tasche gesteckt, ohne entdeckt zu werden. Er war einmal in der Mitte gefaltet, sie bog ihn vorsichtig auseinander. Vorn auf dem Umschlag – feines Büttenpapier, bevor es in der Waschmaschine gelandet war – war kaum lesbar in verlaufener Tinte notiert: *Für meinen lieben Sohn.* Doch der liebe Sohn, der wahrscheinlich Volkmar war, hatte den Brief niemals geöffnet. Der Umschlag war noch verschlossen. Als Absender stand hinten verschwommen: *Deine Mutter … Ellen … Bremen.*

Wenn Volkmar diesen Brief nie gelesen hatte, wonach es eindeutig aussah, konnte das zwei Gründe haben. Entweder interessierte ihn nicht, was drinstand, und dann wäre er auch wenig begeistert, wenn Marje ihm damit aufdringlich vor der Nase herumwedelte. Oder Volkmar hatte keine Ahnung, dass dieses Schreiben überhaupt existierte. Dann war es wichtig, dass Marje ihm erklärte, wo genau der Brief verborgen gewesen und warum er nun in diesem erbärmlichen Zustand war. Wägte sie beide Möglichkeiten gegeneinander ab, kam Marje jeweils zum gleichen Ergebnis. Doch einen übelgelaunten Volkmar konnte sie verkraften, zumal er am nächsten Tag sowieso auf Nimmerwiedersehen mit der Fähre verschwinden würde. Also legte Marje die Kleidungsstücke zusammen, den Brief obenauf, und marschierte mit dem Wäschekorb unter dem Arm zum Jenseits, den Flur entlang, bis zu Volkmars Tür.

Ihrem Klopfen folgte ein mürrisches «Herein».

Marje trat ein. «Ich bringe dir deine Anziehsachen.»

Volkmar lag auf dem Bett, die Arme hinter dem Kopf verschränkt. Sie stellte den Korb auf dem Boden ab und schaute sich um. Es sah nicht so aus, als habe Volkmar auch nur eine einzige Sache in den Koffer geräumt: An der Wand über seinem Bett hingen noch alle Bilder, Fotos seiner Hockeymannschaft und des Schulschiffs, selbst die Bücher im Regal standen unverändert … und wahrscheinlich auch ungelesen da.

«Danke», sagte Volkmar ohne jede Freundlichkeit. Als Marje nicht sofort verschwand, setzte er sich auf. «Was glotzt du so? Hab ich dir auch was geklaut? Dann geh zu Lu, der hat die Sachen gebunkert. Weil weggekommen ist nichts davon, ganz bestimmt nicht.»

«Warum hast du dann überhaupt geklaut?»

«Geht dich nichts an.»

«Stimmt.» Sie zeigte auf den Brief. «Den hab ich übrigens in deinem Mantel gefunden. Leider erst nach der Wäsche.»

Er rührte sich keinen Millimeter. «Was ist das?»

«Ich glaub, ein Brief von deiner Mutter.»

«Sicher!» Er legte sich wieder hin.

«Ich hoffe, er ist noch lesbar.»

«Warum machst du das?», giftete er. «Hat Moskito dir gesagt, dass ich nie Briefe kriege, und jetzt ziehst du mich damit auf?»

«Blödsinn!» Marje überlegte, einfach das Zimmer zu verlassen. Sollte Volkmar doch allein zurechtkommen, wenn er immer so ruppig war. Trotzdem blieb sie stehen. «Deine Mutter heißt Ellen, oder?»

«Nein. Wie kommst du darauf.»

«Steht auf dem Umschlag.»

Sie spürte, dass Volkmar mit sich kämpfte, und schließlich stand er unter Ächzen vom Bett auf und schnappte sich den Brief. «Zeig her.» Er hielt den Umschlag erst auf Abstand, dann zog er die Augenbrauen hoch, verwuschelte seine blonden Locken und drehte den Brief um. «Meine Mutter hieß Charlotte.»

«*Hieß*? Ist sie gestorben?»

«Keine Ahnung.» Er rieb sich die Nase.

«Und was bedeutet dann Ellen?»

«Da wohnte sie. Glaub ich. Ellenerbrok.»

Er setzte sich auf den Stuhl, starrte den Umschlag an und kam wohl überhaupt nicht auf die Idee, ihn zu öffnen.

Marje konjugierte im Stillen noch *faire* und *laisser* durch, und schlich schließlich zur Tür.

«Kannst du bleiben?», fragte Volkmar, als sie schon fast draußen war. «Nur so lange, bis ich das hier gelesen habe?»

Unterprima

Pfingsten 1931

Wie Pergament ist seine Haut, sie schiebt sich in Falten, wenn man darüberstreichelt, und manche der Flecken darauf beschreiben die Umrisse von Kontinenten. Moskito meint, Afrika und Australien zu erkennen, ohne den Golf von Carpentaria. Eine ganze Welt auf dem rechten Handrücken seines Vaters. Zwischen Australien und Afrika wachsen grauschwarze Haare. Moskito starrt darauf. Es ist eine fremde Hand. Sie liegt auf seinem Unterarm und meint es gut mit ihm. Moskito kann kaum glauben, dass genau diese Hand ihn geführt haben soll, als er Laufen lernte. Sein Vater ist für ihn in all den Jahren der Trennung zu einem zweidimensionalen, schwarzweißen Mann geworden, mit einem Eselsohr in Brusthöhe, weil Moskito die Fotografie aus Versehen mal geknickt hat.

Nun sitzt der Vater neben ihm auf einer der Bänke im Innenhof und ruht sich aus vom langen Fußmarsch ins Loog und dem kurzen Rundgang durch die Schule. Moskitos Vater aus Fleisch und Blut, die Stimme noch immer dunkel und warm, der Bauch dicker, die Haare dünner, die Nase irgendwie knolliger als früher. Wahrscheinlich ist er einfach nur alt geworden, überlegt Moskito, weil diese Fremdheit sich sonst gar nicht aushalten ließe.

«Gleich eine Hauptrolle, Maximilian! Hast du uns nicht geschrieben, dass du lieber hinter den Kulissen bleibst?»

«Das war in der Quarta. Also vor Ewigkeiten. Und es ist auch keine richtige Hauptrolle, Vater, da gibt es noch ein paar andere, die genauso viel Text lernen müssen.»

«Wie es euch gefällt», liest der Vater den Titel des Theaterstücks von einem der Plakate ab, mit denen die ganze Schule gepflastert ist, obwohl ohnehin jeder Bescheid weiß und morgen kommen wird. Von den hundert Menschen, die hier leben, sind fast siebzig an der Aufführung beteiligt. Die Premiere muss phantastisch werden und groß, die Leute sollen Augen machen. Moskitos Eltern sind extra deswegen angereist. Aus Bolivien. Weil am Pfingstsonntag die Bühnenhalle eingeweiht wird und er den Orlando spielt, der sich in eine als Mann verkleidete Frau verliebt. So eine typische Shakespeare-Geschichte eben, Liebe, Missverständnisse, Kämpfe und Scherze, ganz nach Lus Geschmack. Sie werden nicht nur auf der Bühne spielen, sondern auch aus dem Publikum auftauchen und von der Balustrade rezitieren. Einmal muss sich Herr Jockisch in seiner Rolle als Probstein sogar an einer Strickleiter von der Decke hinunterhangeln. Die Eltern werden staunen.

Nun ja, genau genommen gab es mehrere Gründe, nach Deutschland zu kommen. Die Mutter will natürlich auch endlich einmal ihr Enkelkind in den Arm nehmen, den kleinen Anton, der schon fast zwei Jahre alt ist und genauso viel redet wie sein Vater. Und sie will Moskitos Schwester sehen, die im Oktober das zweite Kind kriegt. Moskitos Vater hat zudem Geschäftliches in Berlin zu regeln. Die Wirtschaft in Europa liegt am Boden, und er versucht zu verhindern, dass sich das auf den Zinnhandel mit Bolivien auswirkt. Alles wichtige Sachen. Doch die große Reise haben sie so geplant, dass sie heute alle da sind, um Moskito spielen zu sehen. Als wäre er nicht schon nervös genug.

Seine Mutter, Gundula, Johann und der Kleine treffen etwas später hier ein. Nach der langen Reise gönnen sie sich einen Mittagsschlaf in der Frühstückspension. Doch der Vater ist gleich vom Bahnhof ins Loog mitgekommen. «Weil ich neugierig bin!», hat er erklärt. Moskito findet neugierig nicht ganz treffend, denn neu ist hier – bis auf die Bühnenhalle – eigentlich gar nichts. Jedenfalls nicht für Moskito.

Im Gegenteil, seit Volkmar und er sich wieder ein Zimmer teilen, ist alles beim Alten.

«Er ist dein Freund!», hatte Marje immer wieder gesagt, in ihrer ellenlangen Rede, die sie hielt, nachdem sie Moskito damals im September bei den Waschräumen abgepasst und in die Küche gezerrt hatte. «Es stimmt, Volkmar ist ein Dieb. Er hat seine Kameraden bestohlen. Aber all die Gegenstände, die er entwendet hat, sind noch da und unbeschädigt. Und außerdem ist er dein Freund!» Zum Zeitpunkt dieses Plädoyers saß Volkmar längst auf gepackten Koffern, nur wenige Stunden später wäre sein Schiff Richtung Norddeich gefahren. Volkmars Entlassung war einstimmig beschlossen, und niemanden im Neuner plagte auch nur der leiseste Zweifel daran, dass diese Entscheidung richtig war. Es war Moskito schleierhaft, was Marje bezweckte.

«Was lernen wir hier, Moskito? Dass es besser ist, eine Frage zu viel als eine zu wenig zu stellen. Also: Wenn Volkmar nicht gestohlen hat, um sich zu bereichern, warum dann?»

Tja, warum dann?, hat Moskito gedacht und nebenbei die Kartoffelklöße abgezählt, die auf der Arbeitsfläche neben dem Kochtopf lagen. Fast zweihundert. Für jeden zwei. Er hatte Hunger.

«Glaub mir», machte Marje weiter. «Ich mag Volkmar nicht

besonders, ich mochte ihn noch nie, weil er ein Angeber ist. Trotzdem hat er es nicht verdient, dass man ihn wegschickt, ohne verstehen zu wollen, warum er das getan hat. Vor allem du, Moskito, denn du …»

«… *bist sein Freund.* Ja, Marje, das hast du bereits erwähnt.»

Natürlich hat es ihn gewurmt, dass sie da so stand, in ihrer Schürze, mit den Händen in den Hüften wie früher Fräulein Kea, wenn man sich beim Abwasch dumm anstellte. Weil Moskito spürte, wie viel mehr Gerechtigkeitssinn in ihr steckte, dass sie im Neuner vielleicht besser aufgehoben wäre als er. Da hat Moskito sich geschämt. Zugeben konnte er das natürlich nicht. Also überlegte er stattdessen krampfhaft, was es wohl zu den Klößen geben würde, einfach nur in Butter geschwenkte Semmelbrösel oder vielleicht einen Braten mit dunkler Soße?

«Was weißt du denn eigentlich über Volkmar?»

«Nichts.»

«Du hast vier Jahre mit ihm ein Zimmer geteilt, hast mit ihm Weihnachten gefeiert, bist an seiner Seite über das zugefrorene Wattenmeer gelaufen. Dann ist es wirklich armselig, wenn du nichts über ihn weißt.»

«Ich hab ihn oft gelöchert», wehrte Moskito sich. «Was seine Eltern machen, ob er Geschwister hat oder Großeltern. Da hat er entweder gar nichts erzählt oder völlig übertriebene Lügen.»

Marje lächelte wie jemand, der beim Kartenspiel gewinnt. «Lügen ist fast dasselbe wie Stehlen. Man tut es nicht. Und wenn doch, dann hat man einen Grund dafür. Besonders, wenn man es seinem besten Freund gegenüber tut.»

«Na, dann erzähl du mir halt die Wahrheit!»

Moskito hatte nicht damit gerechnet, dass sie den Kopf schütteln würde. Aber sie wollte wohl die Gelegenheit nutzen, zu beweisen, wie überlegen sie war. «Du musst ihn schon selber fragen. Ich habe hoch und heilig versprochen, meine Klappe zu halten.»

Als Moskito anschließend von der Küche rüber zum Jenseits ist, hat er getrödelt. Obwohl nur noch zwei Stunden bis zur Abfahrt des Schiffes blieben. Wie eine Schnecke ist er den Flur bis zum letzten Zimmer links entlanggekrochen, und bevor seine Faust den Mut hatte, an die Tür zu klopfen, war wahrscheinlich auch noch mal eine kurze Ewigkeit vergangen. Irgendwann stand er aber doch vor Volkmar, der so tat, als kämen die roten Augen und die laufende Nase von einem lästigen Schnupfen.

«Keine Ahnung, was Marje damit meint», erwiderte Volkmar ausweichend, als Moskito ihn fragte. «Weiber, weißt ja, schnattern wie Titicaca, wenn's Futter gibt und …»

«Volkmar! Wenn du nichts zu sagen hast, dann wünsche ich dir noch ein schönes Leben.»

Moskito zählte innerlich bis zehn, denn dann hätte er nach seinem Gefühl lange genug gewartet und hätte umdrehen und in Richtung der Klöße gehen können. Bei neuneinhalb sagte Volkmar dann aber: «Na gut, ist jetzt sowieso egal, ich bin ja schon fast weg.»

Also gestand Moskito ihm weitere zehn Zählzeiten zu, und dieses Mal legte Volkmar schon bei der Sieben los: «Bin ein Bastard, sozusagen.»

«Das ist alles?», frage Moskito wütend. «Da haben wir hier einige von. Eva Gross und der Friedel beispielsweise, deren Eltern sind auch nicht verheiratet, geklaut haben sie aber trotzdem nichts.»

«Mein Vater ist ein protestantischer Pfaffe. Also einer, der nicht ehebricht.»

Nun dämmerte Moskito, was Sache war.

«Du sollst nicht stehlen … Du sollst nicht falsch Zeugnis reden …» Volkmar war ganz blass und hielt sich am Schreibtisch fest.

«Also gab es bei euch an Weihnachten statt Champagner und Kaviar eher Messwein und Oblaten?», half Moskito seinem Freund mit einem gut gemeinten Witz und einem schiefen Grinsen auf die Sprünge. «Und dein Vater ist gar nicht mit dem eigenen Flugzeug unterwegs gewesen, sondern im Namen des Herrn?»

Doch Volkmar blieb ernst. «Mein Vater will nichts mit mir zu tun haben. Das Schulgeld bezahlt er heimlich, und meine Halbgeschwister habe ich nie kennengelernt. Weihnachten mit dir in Potsdam war mein erstes richtiges Familienfest.»

«Was ist mit deiner Mutter?»

«Wo die wohnt, dürfen sie keine Kerzen aufstellen, weil offenes Feuer viel zu gefährlich ist. Keine Gläser und kein Porzellan, wegen der Scherben. Und alle tragen Bademantel und Pyjama.»

Moskito hatte kapiert. Und war ganz erstaunt, weil er kein Mitleid empfand, wie man es erwarten würde, wenn von jemandem die Mutter einen Klaps hat und – wie Volkmar später berichtete – seit mehr als zehn Jahren weggeschlossen ist in einer Nervenheilanstalt in Ellenerbrok, ganz in der Nähe von Bremen. Aber für Mitleid konnte Volkmar sich eh nichts kaufen. Handeln musste Moskito. Also ist er rausgerannt, rüber zur Arche, hat schon im Hof laut nach Anni gerufen, die dann angelaufen kam, weil sie befürchtete, es sei was ganz Schlimmes passiert.

Und genau das wollte Moskito ja verhindern.

«Volkmar muss bleiben», rief er. «Ich verbürge mich für ihn.»

Titicaca zwickt Moskitos Vater erneut ins Hosenbein. «Ich glaube, sie ist eifersüchtig», sagt der Vater und lacht über die Schrullen der alten Gans. Er fürchtet sich nicht vor Tieren, in Bolivien, erinnert Moskito sich, laufen so viele davon herum, dass man bei jedem Schritt aufpassen muss, nicht über Hühner, Ziegen, Hunde oder sonst was Lebendiges zu stolpern. Titicaca scheint zu bemerken, dass ihr Rivale sie nicht fürchtet, und watschelt beleidigt Richtung Jenseits. Moskitos Vater schaut hinterher. Er legt eine Hand über die Augen, denn die Sonne, die hoch über dem Wattenmeer steht, leuchtet ungewöhnlich grell. Als hätte Lu sie überredet, heute als Scheinwerfer zu dienen. Obwohl die Bühnenhalle keine Extrabeleuchtung nötig hat. Man kann sie gar nicht übersehen.

Ob das Gebäude zu den anderen Häusern passt, zum verwinkelten Diesseits und dem bescheidenen Jenseits, zur schlichten Arche und dem engen Neufundland? Das Doyen-Haus jedenfalls duckt sich daneben, als habe es einen Heidenrespekt. Alles in allem gleicht die Halle einem sehr großen, zudem sehr eckig geratenen Kuckucksei, das im Inselnest darauf wartet, ausgebrütet zu werden. Doch die Gäste, die zur Einweihung aufgelaufen sind, zeigen sich voll des Lobes. «Ein Paradestück moderner Architektur!», findet der eine. «Gerade im Kontrast steckt die Herausforderung», sagt ein anderer.

Die werden sich noch wundern, so Moskitos Meinung. Im Innenraum zieht es nämlich wie Hechtsuppe, und als der Chor zum ersten Mal dort gesungen hat, ist dem armen Zuck die Kinnlade runtergefallen, weil die Töne sich an der hohen Decke sammelten und gnadenlos von den Betonwänden getropft sind. Stets hat Zuck gejammert, im Speisesaal klinge das Klavierspiel, als säße man in einem Schuhkarton. Nun muss seine Sängerschar mit einem hundertfachen Echo klarkommen und hoffen, dass es dem Publikum, das ja schließlich viel Geld gespendet hat, nicht auffällt. «Wartet nur, bis erst der Vorhang drin ist», hatte Lu gesagt. «Und die Kulissen. Und die Zuschauer.» Alle hoffen, dass er recht behält. Vor ein paar Jahren hätte niemand je daran gezweifelt.

«Die Wildgänse», sagt Moskitos Vater, als Titicaca gänzlich außer Sicht ist. «Bist du eigentlich noch immer in dieser Kameradschaft?»

«Ja, natürlich. Schau!» Moskito zeigt hoch zum Fahnenmast. «Dort weht unsere Flagge.» Das Stück Stoff, das sie damals so tapfer verteidigt haben, ist in die Jahre gekommen. Die Farben sind zu einem sandigen Grau verblichen, die Kordeln baumeln fransig herunter, Zeit und Wind haben eine ordentliche Ecke herausgenagt.

«Ziemlich trauriger Lappen», stellt sein Vater ganz richtig fest. «Die Fahnen von den Bären und den Delfinen machen viel mehr her.»

«Ja, wir müssten sie dringend mal erneuern. Aber gerade ist es schlecht.»

«Wegen der Frau Reiner, die wieder schwanger ist.» Sein Vater kennt die alte Geschichte bis ins letzte Detail. Das Geständnis, einen Brand verursacht zu haben, brachte Moskito damals unter Tränen zu Papier, und diesen Brief hat er dann nach Bolivien geschickt mit der Bitte, den daraus entstandenen Schaden zu begleichen. Zumindest den Schaden, den man mit Geld bezahlen kann. Sein Vater scheint der Bitte Folge geleistet zu haben, sonst hätte Moskito noch mal was davon gehört. Die Sache liegt lange zurück. Gern würde er seinen Brief von damals noch einmal zur Hand nehmen, um zu begreifen, was für ein Junge er eigentlich gewesen ist.

«Wann ist es denn so weit?»

«Im August. Und dieses Mal wird Anni kein Risiko eingehen. Sie wartet die Einweihungsfeier ab, dann fährt sie zu ihrer Mutter nach Frankfurt.»

«Das ist vernünftig», sagt sein Vater. «Schließlich ist sie auch nicht mehr die Jüngste.»

Moskito überlegt. Anni hat kein Alter. Sie ist erfahren und weise, wenn sie über den Garten spricht, über die Verantwortung, die man für die Tiere im Aquarium trägt, über den Zusammenhalt der Kameradschaft. Aber sie ist auch übermütig und impulsiv, wenn sie die ersten Früchte erntet, wenn sie singt oder Kostüme schneidert oder mit ihrem Paul spazieren geht.

«Sobald sie mit dem Kind zurück ist, werden wir eine neue Flagge nähen.»

Sein Vater nickt abwesend. Moskito kann ihn verstehen. Was hat er schon zu tun mit den wichtigen Nebensächlichkeiten der Schule? Wessen Fahne am Mast ganz oben hängt, wer am Abend beim Tauziehen gewinnt, ob herauskommt, dass Renate und Hubert sich noch immer heimlich zum Küssen treffen, oder welches Kleid Marje morgen beim Servieren trägt? (Vielleicht das blaue mit dem weißen Kragen, das steht ihr gut, egal ob mit offenem oder zusammengebundenem Haar.)

Moskitos Welt und die seines Vaters haben nichts miteinander zu tun. Und er wird das Gefühl nicht los, dass sein Vater gerade genau dasselbe denkt.

«Eigentlich habe ich mir die Schule komfortabler vorgestellt», erklärt sein Vater jetzt. «Bei der monatlichen Summe, die von meinem Konto abgebucht wird.»

«Es ist doch schön hier», verteidigt Moskito sein Zuhause.

«Was ist mit dem Zimmer? Zu zweit in eurem Alter, auf so engem Raum.»

«Wenn ich in die Oberprima komme, werde ich ein Einzelzimmer haben. Bis dahin geht es, Volkmar und ich verstehen uns gut. Außerdem haben wir genügend Platz, der Strand in diesem Teil der Insel gehört uns fast allein.» Er lacht.

«Und die Lehrer?»

«Die mag ich. Also fast alle. Bis auf den Deutschlehrer.» Herr Jockisch, der sich einen Spitznamen verbeten hat, beim Vornamen will er auch nicht genannt werden, und beim Theaterspielen ist er übertrieben ehrgeizig. «Aber das ist ja normal», ergänzt Moskito, «dass man auch mal jemanden nicht so gut leiden kann.»

Sein Vater grinst bestätigend. «Doch lernt ihr auch genug? Also in den ernstzunehmenden Fächern wie Mathematik und Englisch?»

«Bislang haben die meisten das Abitur bestanden, also denke ich, es reicht.»

Paul und Anni kommen aus der Arche. Sie ganz rund und mit geröteten Wangen, geschäftig wie immer. Er trägt schon sein Kostüm für die Generalprobe: ein schwerer schwarzer Mantel mit breitem, edel besticktem Gürtel, Umhang, Schwert und Schild. Sie haben sich eingehakt, und man kann nicht erkennen, wer gerade wen stützt, der Mann seine schwangere Frau oder umgekehrt. In der Aufmachung fällt kaum auf, wie dünn Paul geworden ist. Und dass er seine erste Szene auf dem Thron sitzend spielt, soll von seinen schwachen Beinen ablenken, die ihn kaum mehr tragen. Als Herzog Friedrich muss er drohen und brüllen und seine Macht demonstrieren, und niemand wird merken, wie krank der zweite Mann an der Schule in Wahrheit ist.

Beide bleiben bei ihnen stehen, Moskitos Vater erhebt sich und reicht ihnen die Hand. Anni und er tauschen die üblichen

Floskeln aus, über das Wetter und wie schön es ist, sich endlich einmal persönlich kennenzulernen. Paul schöpft derweil Atem. Als er bemerkt, dass Moskito ihn beobachtet, zitiert er seinen ersten Satz: «*Wohlan! Da der junge Mensch nicht hören will, so mag er auf seine eigne Gefahr vorwitzig sein.*» Dann gehen Paul und Anni weiter. Ganz nah beieinander, Schritt für Schritt. Sie sind Moskito vertrauter als die eigenen Eltern.

«Findest du diese Leute nicht alle etwas merkwürdig?», fragt sein Vater.

Moskito denkt nach, doch ihm fällt keine Antwort ein.

«Vor allem der Schulleiter», fährt sein Vater fort. «Sein Ruf als exzellenter Pädagoge eilt ihm voraus. Aber die seitenlangen Schriften, die Martin Luserke uns regelmäßig zukommen lässt, lesen sich so hochgestochen, dass deine Mutter und ich ehrlich gesagt kaum je einen Satz verstanden haben. Da habe ich eine Art weltfremden Professor erwartet, mindestens ein Meter neunzig und mit Brille. Stattdessen …»

Stattdessen? Moskito versucht, den Gedanken seines Vaters zu Ende zu bringen. Doch es gelingt ihm nicht, Lu mit fremden Augen zu sehen. Wie denn auch, wenn er doch der Mensch ist, der Moskito morgens weckt und ihm abends eine Geschichte zur Nacht erzählt. Der ihm auf die Schulter klopft, wenn er fleißig war, und ihn links liegenlässt, wenn Moskito nicht macht, was auf dem Tagesplan steht. Moskito mag Lu – und ist von ihm genervt. Er will, dass Lu ihn leiden kann, und doch will er nicht ständig in seinem Blickfeld sein.

«Weißt du, wie er zu der neuen deutschen Idee steht?»

«Lu?» Darüber hat Moskito noch nie nachgedacht.

Sein Vater wendet sich ihm zu. Das Gesicht ist ernst, und dieser Ausdruck kommt Moskito tatsächlich bekannt vor, den hat der Vater auch damals aufgesetzt, als er verkündete, dass

Moskito nach Deutschland übersiedeln und dort neun Jahre lang zur Schule gehen werde, keine Widerrede.

«Deine Mutter und ich werden am Dienstag zurückfahren. Und wir haben noch drei weitere Tickets für die Überfahrt auf dem Schiff reserviert.»

Ein Kloß im Hals hindert Moskito daran, nach dem Warum zu fragen.

«Es gefällt uns nicht, wie sich das Land entwickelt. Dein Schwager Johann muss Angst haben, im Gefängnis zu landen, wenn er weiter seiner Arbeit nachgeht. Und wir könnten einen guten Justiziar gebrauchen.»

Moskito räuspert sich. «Also gehen Gundula, Johann und der kleine Anton mit euch?» Seine Stimme klingt mindestens eine Oktave höher als sonst, Zuck würde ihn glatt in den Sopran stecken.

«Kinder unter sechs Jahren brauchen noch keinen eigenen Passierschein», sagt sein Vater. «Nein, der dritte Platz in der Koje ist deiner, mein Sohn.»

~

Marje umfasste die Leiter, nahm die schmalen Stufen, kletterte behände bis unter die Decke und löste das äußerste Ende der Schnur vom Haken. Die Bohnen, die seit letztem Herbst daran zum Trocknen aufgehängt und fast weiß geworden waren, raschelten. Leicht waren sie wie Reisig, und sie rochen nach nichts. Ihr Aroma würde sich erst am nächsten Tag wieder entfalten, wenn sie zu Eintopf verkocht waren. Mit Speck, Kartoffeln und Mettwurst. Updrögt Bohnen, kein Festmahl, aber dafür eine ostfriesische Spezialität, die sich auch für fast zweihundert Pfingstgäste schmackhaft zubereiten ließ. Zumindest wenn man früh genug damit begann. Deswegen hatte Marje es eilig, die Hülsenfrüchte mussten zügig in die großen Blechwannen, um über Nacht eingeweicht zu werden. Und in einer Stunde begann der Spieleabend, den wollte Marje auf keinen Fall verpassen.

«Reich mir mal den Sack», bat sie Gesa, die unten stand, weil sie nicht schwindelfrei war. Das Treppenhaus war immerhin fünf Meter hoch, und unter der gesamten Decke hingen essbare Girlanden. Die Ernte im letzten Herbst war ergiebig gewesen, drei Tage lang hatte es Bohnen gegeben, achtzig Gläser hatten sie eingekocht, und trotzdem war jede Menge zum Trocknen übrig geblieben.

«Den Sack habe ich vergessen», sagte Gesa zerknirscht.

«Dann hol ihn.»

«Ich muss doch die Leiter festhalten.» Dabei sah es von oben eher aus, als sei es umgekehrt, und die hölzerne Stiege, die im Treppenhaus an der Wand lehnte, diente Gesa als Halt.

«Aber ich brauch den Sack, wo soll ich denn sonst mit den ganzen Bohnen hin?», protestierte Marje. Es waren immerhin dreißig Schnüre, an denen das Gemüse eng aufgefädelt war. Die mussten in Schlaufen zusammengelegt werden, sonst verhedderte sich gleich alles, und dann brauchte es Stunden, bis die Bohnen geschnitten waren. Gesa dachte leider immer nur drei Schritte weit, und jetzt, wo sie in den Tischler aus der Schulwerkstatt verknallt war, bestenfalls zweieinhalb.

«Nicht bewegen, ja?» Gesa vergewisserte sich mit einem Blick nach oben, ob Marje sicher stand, dann lief sie geschwind in die Küche und kam mit dem Leinensack zurück.

Marje ließ die Bohnen in den Beutel gleiten, die Arme taten ihr weh vom Ausstrecken, und sie kam sich ein wenig wie Aschenputtel vor, das erst die Arbeit verrichten musste, um danach endlich zum Ball gehen und den Prinzen treffen zu dürfen. Nicht dass sie die Arbeit in der Küche verfluchte. Mit Gesa, die mit ihr die Dachkammer bewohnte, verstand sie sich gut, die Hauswirtschafterin war nicht allzu streng, und beim Kochen kam es Marje manchmal vor, als ob Tante Kea ihr über die Schulter schaute. Doch die Schule war ihr wichtiger. Hätte sie die Wahl, doch die hatte sie nicht, Marje hätte stets dem Unterricht den Vorzug gegeben. Noch erwiesen sich ihre Leistungen als gut genug, dass sie nicht um die Versetzung bangen musste. Doch die Tage waren randvoll, und jedwede Ablenkung vom Wesentlichen war zu vermeiden. Keine Krankheit, keine Verletzung, erst recht kein «Prinz».

Schließlich waren die Bohnenschnüre geerntet, Marje stieg mit dem gut zur Hälfte gefüllten Sack die Leiter hinab. In der Wäscherei hingen noch etliche Bohnen, nicht gar so weit oben, da brauchte es keine Leiter, und weil der Raum direkt neben der Tischlerei lag, übernahm Gesa die Arbeit ohne Zögern, so konnte sie nebenbei mit ihrem Liebsten turteln.

«Versprich mir, dass du die Bohnen heute noch schneidest und ins Wasser gibst!»

Gesa nickte. Marje würde später vorsichtshalber kontrollieren. Obwohl Gesa fünf Jahre älter war, hatte Marje das Gefühl, ihr wie eine Mutter hinterherräumen zu müssen.

Marje zog in der Speisekammer zwei große Blechwannen aus der Ecke und schnitt die Bohnen mit einer Schere von der Schnur und anschließend in etwa daumennagelgroße Stücke, dann ging es am nächsten Tag mit dem Kochen schneller. Auf einen Teil Bohnen gab sie vier Teile Einweichwasser, das Saathoff zum Glück vorhin mit der Kutsche angekarrt und neben der Küchentür abgestellt hatte. Zehn Eimer aus dem Brunnen und genauso viele aus dem Meer, in der Mischung waren die

Bohnen richtig gesalzen. Marje schleppte mit schweren Armen Eimer für Eimer hinein, entleerte sie über den Wannen, rührte mit dem riesigen Holzlöffel um. Die Seile wurden aufgewickelt und im Küchenschrank unter der Spüle verstaut, die würde man im Herbst wieder brauchen.

Endlich war alles geschafft. Marje trocknete sich die Hände ab, zog die Schürze aus und hängte sie neben der Küchenuhr an den Haken. Gleich acht. Draußen auf dem Hof hörte sie die anderen bereits durcheinanderreden. Am liebsten wäre Marje sofort hinausgerannt, doch sie wollte sich noch umziehen, also hastete sie die Treppe hinauf ins Zimmer. Das blaue Kleid mit dem weißen Kragen wartete fertig gebügelt am Schrank. Ihr schönstes Kleid! Anni hatte es ihr vermacht, zuvor war es im Besitz einer ihrer Nichten gewesen, die sehr vornehm waren und in Zürich lebten. Ob sie es nicht lieber für Renate aufbewahren wolle, hatte Marje gefragt, die passe da bestimmt auch schon bald rein. Doch Anni hatte den Kopf geschüttelt. «Das Blau des Stoffes und das Blau deiner Augen gehören einfach zusammen. Also keine Widerrede, das Kleid ist deins.»

Marje löste die Haarklammern, bürstete sich erst mit vornübergebeugtem Kopf, danach vom Scheitel hin zu den Spitzen. Den Trick hatte Rahel ihr verraten, so bekam die Frisur mehr Glanz. Dann flocht sie sich Zöpfe auf beiden Seiten, von der Stirn bis zum Hinterkopf, nicht zu fest anliegend, und band die weißen Schleifen hinein. Zöpfe bis zur Hüfte wie Rahel hatte sie nicht, das wäre auch unpraktisch in der Küche. Ein Blick in den halbblinden Spiegel an der Innenseite der Schranktür stellte Marje einigermaßen zufrieden. Jedenfalls sah man ihr die acht Stunden Arbeit nicht an. Die von der Eile geröteten Wangen fielen zwar auf, doch so brauchte sie wenigstens keinen teuren Lippenstift, den sie eh nicht besaß, auf die Wangen zu schmieren.

Draußen hatte Zuck bereits ein Lied angestimmt. *Flamme empor* schmetterten alle lautstark mit, Kinder und Erwachsene, sogar Saathoffs plattdeutscher Akzent war herauszuhören. *Rufe die Jugend zusammen, dass bei den zischenden Flammen wachse der Mut.*

Ja, mutig klang es vielleicht, aber beileibe nicht schön. Für Harmonie war der richtige Chor zuständig, und der würde morgen bei der offiziellen Einweihung etwas deutlich Anspruchsvolleres singen.

Marje stellte sich auf die Zehenspitzen, so konnte sie durch das kleine Dachfenster direkt auf den Hof spähen. Von jedem dritten Schüler waren die Eltern angereist, auch ein paar Ehemalige waren gekommen, unter ihnen Gregor Bernhard, der inzwischen Musikwissenschaften in Berlin studierte, weil er Musiklehrer werden wollte, genau wie sein Vorbild Zuck.

Lu und ein paar andere Lehrer standen beim Fahnenmast, debattierend und rauchend. Anni und Paul hatten auf einer der Bänke Platz genommen und unterhielten sich angeregt mit Moskitos Schwager, der, so hatte Moskito erzählt, Anwalt war und in Potsdam Leute verteidigte, die Politikern auf die Füße getreten waren. Klar, dass sich die Reiners brennend für einen interessierten, der endlich mal etwas zu berichten wusste, das nichts mit Ebbe, Flut, Windstärken oder der neuen Halle zu tun hatte. Ihre Töchter waren weit und breit nicht zu sehen, die beiden Kleineren tollten wahrscheinlich mit den anderen Kindern hinten am Ententeich herum, um schon bald mit matschbeschmierten Kleidern zurückzukommen. Und Renate würde die Nähe von ihrem Hubert suchen und mit den Großen zusammen die Spiele vorbereiten. Volkmar und Theo breiteten für das Tauziehen eine ausrangierte Leine aus, die bislang zum Befestigen des Schulbootes gedient hatte.

Endlich entdeckte Marje auch Moskito. Er hatte sich seinen kleinen Neffen auf die Schultern gehoben und galoppierte mit ihm über den Rasen. Seine Familie stand lachend daneben. Nett sahen sie aus, der Vater ein bisschen dick, die Mutter ein bisschen dünn, die Schwester hübsch, aber etwas blass.

Vielleicht sollte Marje sich noch eins von den Gänseblümchen, die unten neben dem Kücheneingang wuchsen, ins Haar stecken. Oder war das übertrieben? Moskito und sie hatten gemeinsam Nachtwache gehalten, die Bären im Flaggenkampf besiegt, unzählige Male nebeneinander die Aquarien geputzt. Zweimal die Woche gab er ihr in den Abendstunden Nachhilfe in Biologie, und er war ein geduldiger Lehrer. Moskito kannte sie in Schürze, mit Schnupfennase, schlecht gelaunt und aufgekratzt. Marje fühlte sich ihm enger verbunden als ihren älteren Geschwistern, und wenn sie sich einen Bruder backen könnte, wäre er genau wie Moskito. Verliebt? Nein, das war sie nicht, das lag lange zurück, Zeit hätte sie ohnehin nicht für solchen Quatsch. Sie wollte nur, dass Moskito auffiel, wie hübsch sie sich gemacht hatte. Und dass seine Eltern sie leiden mochten und mehr in ihr sahen als ein Küchenmädchen, das sich in Schale geworfen hatte. Jetzt aber los!

Unten angekommen, geriet Marje mitten hinein in die grölende Menge, die ihre Mannschaft beim Tauziehen anfeuerte. Die Bären («Wir sind bä-ren-stark! Wir sind bä-ren-stark!») gegen die Delfine («Delfine sind schlau, Delfine sind keck, die reißen den Bären die Unterhosen weg!») Ein ungerechtes Duell, da die Bären Saathoff in der Mannschaft wussten – und die Delfine als Zucks Kameradschaft allesamt Klavierspielerhände hatten, aber Muskeln wie zu lange gekochten Spargel.

«Ja! Zuck! Gib alles! Zeig, was du kannst!», rief Fräulein Gi, die Verlobte von Herrn Jockisch, von der man nicht den Eindruck gewann, dass sie wirklich vorhatte, ihren Bräutigam zu ehelichen. Denn immer, wenn sie zu Besuch war, saß sie neben Zuck und ging mit ihm spazieren und lauschte andächtig seinen Klaviersonaten. Und wenn Fräulein Gi nicht zu Besuch war, schrieb sie ihm deutlich dickere Briefe als dem Herrn Jockisch. Marje konnte das beurteilen, das Sortieren der Post gehörte zu ihren tagtäglichen Aufgaben.

Moskito war Schiedsrichter, er stand neben der Linie, die auf die Pflastersteine gezeichnet worden war und über die man die gegnerische Mannschaft zu ziehen hatte. Die Delfine gaben alles, doch die Fußspitzen der Vorderfrau rückten der Markierung gefährlich nah.

«Hau-ruck!», rief Fräulein Gi, und Zuck bemühte sich so sehr, ihr zu gefallen, dass sein Kopf vor Anstrengung knallrot war.

«Aufhören!», schrie Moskito plötzlich und hob beide Arme. Doch wahrscheinlich war Marje die Einzige, die seine Stimme aus diesem Lärm herauszuhören vermochte. Die anderen kämpften jedenfalls unbeirrt weiter. «Das Seil!»

Marje wusste sofort, was Moskito meinte: Das Tau bestand ziemlich genau in der Mitte nur noch aus einem dünnen Strang, die wenigen Fasern würden dem Kräftemessen nicht mehr lange standhalten, sie zerbarsten bereits hier und da, spalteten sich wie störrisches Haar. Und noch bevor Marje Moskito unterstützen und eine Warnung ausstoßen konnte, riss das Tau in der Mitte durch, und die Mannschaften wurden an beiden Enden mit einem abrupten Ruck zu Boden gerissen. Ein Jaulen und Heulen war die Folge. Einige hatten sich mit Armen und Beinen ineinander verhakt, und die, die am Tau ganz hinten gezogen hatten, wurden unter den Leibern der Vorderen begraben. Da würden am nächsten Tag beim festlichen Einweihungsakt einige Veilchen blühen. Schon rannte Frau Hafner mit ihrem Notfallkoffer herbei, doch schwer verletzt war glücklicherweise niemand. Bis man sich auseinandersortiert und die Wunden geleckt hatte, würde es jedoch noch etwas dauern. Einige Jungen und Mädchen spielten derweil Fußball, und die anderen bereiteten die Scharade vor, bei der gleich die Wildgänse gegen die Pinguine antreten würden.

«Marje, wie hübsch du aussiehst!», sagte Anni und klopfte mit der flachen Hand auf das freie Ende der Bank. «Na komm, hast heute genug gestanden, leiste uns ein wenig Gesellschaft.»

Marje nahm das Angebot gern an, zumal auch Moskitos Schwager bei Anni und Paul saß. Er stellte sich ihr als Johann vor und streckte die Hand aus. Dann fuhr er fort mit dem, worüber er gerade geredet hatte. «Der Prozess soll künstlich verschleppt werden», berichtete er. «Das muss man sich mal vorstellen: Vor mehr als zwei Jahren erscheint der Artikel in der *Weltbühne*, und jetzt will man die Verfasser wegen Spionage verurteilen!»

«Und es steht wirklich fest, dass die Fliegerstaffel auf Norderney involviert war?», fragte Paul. «Also auch der Pilot, der mich damals nach Zürich gebracht hat?»

Der Anwalt nickte. «Seine Maschine, die D1424 – da habe ich noch einmal in meinen Unterlagen nachgeschaut – gehörte zur sogenannten Severa.»

«Und das bedeutet?»

«Dahinter steckte die Lufthansa, Abteilung Küstenflug. Eine Tarnorganisation, in der heimlich Militärpiloten ausgebildet wurden.»

«Das ist einfach furchtbar!», empörte sich Anni. «Ich habe

denen damals ein mittleres Vermögen gezahlt. Und damit womöglich die illegale Aufrüstung gefördert.»

Paul legte den Arm um Annis Schultern. «Sonst wäre ich gestorben. Und dann gäbe es auch das kleine Wesen hier nicht.» Sacht streichelte er über den Bauch seiner Frau.

Ein Fußball, der dreckig und an einigen Nähten kurz vor dem Aufplatzen war, flog in hohem Bogen auf sie zu und landete zu Marjes Füßen.

Theo kam herbeigerannt. «Entschuldigung, war keine Absicht!» Umständlich kroch er unter die Bank.

Die Erwachsenen ließen sich nicht davon ablenken.

Johann stützte seinen Kopf in den Händen ab. «Niemand spricht offen darüber, aber die meisten glauben, dass die geheime Reichswehr und die Deutschnationalen sich extrem nahestehen und den Sturz der Demokratie vorbereiten.»

Jetzt schubste Theo den Ball noch ein Stückchen weiter von sich weg. Als wolle er absichtlich lange dort unten kauern. Marje rutschte unruhig hin und her.

«Von Ossietzky und Kreiser haben jedenfalls schlechte Karten.» Johann raufte sich die Haare. «Der vorsitzende Richter hat Hitler im letzten Jahr zum Legalitätseid verholfen.»

Theos Kameraden begannen, ihren Ball zu vermissen, und jemand rief: «He, was machst du da so lange da unten?»

«Komme ja schon!» Doch das stimmte nicht. Theo bewegte sich kein Stück, weder vorwärts noch zurück. Marje wurde den Verdacht nicht los, dass Theo so trödelte, um dem Gespräch zu lauschen.

Johann seufzte. «Die Zeichen verdichten sich, dass es in den deutschen Gerichtssälen schon bald alles andere als gerecht zugehen wird. Auch deshalb will ich das Land für eine Weile verlassen und vom Ausland aus tätig sein.»

«Verstehe», sagte Paul nachdenklich.

Es war nicht zum Aushalten, noch immer kauerte Theo da unten. Marje hätte den Ball am liebsten selbst zurückgeworfen. «Ach Anni! Wir haben gar keine Preise für die Gewinner des Spieleabends», versuchte sie, das Thema zu wechseln. Seit Theo allwöchentlich sonntags in die Kirche ging, hetzte er mit Vorliebe gegen jüdische Mitschüler und solche, die angeblich Kommunisten waren. Marje hatte ihn auch schon den deutschen Gruß machen sehen, als zwei Insulaner am Haus vorbeigeradelt waren. «Ich meine, vielleicht haben wir noch Süßigkeiten in der Vorratskammer. Die könnte man verteilen.»

«Gute Idee», sagte Anni.

Marje beugte sich runter und schaute zwischen ihren Beinen hindurch auf ein neugieriges Jungengesicht. «Und Theo muss jetzt aufhören zu lauschen, nicht wahr, Theo?»

«Ich, … äh, hab nur den Ball geholt», kam es von unter der Bank, dann peste Theo los. Paul sah ihm verwundert hinterher.

Marje reichte Anni die Hand und half ihr hoch. Noch war sie nicht so rund wie damals, die Beine noch schlank, das Gesicht nicht gar so aufgequollen. Durch die Seitentür gingen sie in die Vorratskammer. Die Büchse der Pandora war durch die nach vorn gezogenen Bohnenwannen verstellt.

«Was ist das denn?», fragte Anni. «Stroh?»

Marje quetschte sich zwischen Wanne und Regal. «Da, wo du herkommst, gibt es Updrögt Bohnen wahrscheinlich nicht.»

«Da, wo ich herkomme, musste ich mich mit dem Kochen gar nicht befassen. Was das Kulinarische angeht, bist du mir meilenweit voraus, Marje.»

«Aber hat deine Mutter dich nie in den Topf schauen lassen?»

«Wir hatten eine Köchin.»

«Wie Tante Kea», seufzte Marje. «Die hat mir alles beigebracht. Neujahrswaffeln, Grünkohl und eben auch Üpdrögt Bohnen.»

Die Büchse der Pandora ließ sich nicht ganz hervorziehen, und den Deckel bekam sie nur halb auf. Also musste Marje die Hand durch den schmalen Spalt schieben, die dort verborgenen Schätze Stück für Stück ans Tageslicht befördern und an Anni weiterreichen. Ein Packen rot und grün geringelter Lutschstangen, die der Vater von Hubert mitgebracht hatte. «Die reichen nicht ganz, sehen aber schon mal hübsch aus!» Marje kramte weiter. Es gab getrocknete Datteln aus der Türkei, weniger bunt, aber auch zuckersüß, dazu gebrannte Mandeln und … Marje tastete den Boden ab, war das schon alles? Ach, dort, ein Päckchen, in der hinteren Ecke, sehr flach, vielleicht Schokolade? Sie zog es hervor: ein hellbrauner Umschlag, der sich knicken ließ.

«Wer legt denn Papier in die Büchse der Pandora?»

Anni nahm den Umschlag entgegen, drehte und wendete ihn, und während Marje die Kiste wieder vors Regal schob und dann zurück über die Wannen stieg, riss Anni das Kuvert mit dem Daumennagel auf.

Marje war schon in der Tür. «Ich bringe die Süßigkeiten in die Küche und zähle sie durch, damit wir auf jeden Fall genügend …»

«Marje?», unterbrach Anni sie. «Weißt du, wie deine Geburtsurkunde da reingekommen ist?»

«Meine *was*?»

«Das Schriftstück, mit dem deine Geburt beim Standesamt angezeigt wurde.» Anni trat mit den Blättern näher zum Fenster. «Und zwar im April 1915, in Aurich. Ein Brief liegt auch dabei.»

«Ich wurde in Aurich geboren?» Das hatte ihr die Mutter nie

erzählt. Besonders gesprächig war die allerdings ohnehin nie gewesen, was Familienangelegenheiten betraf.

«Was steht in dem Brief?», fragte sie.

«Gehen wir in die Küche, da ist es heller.»

Marje folgte Anni mit weichen Knien. Derlei Aufregung konnte sie wirklich nicht gebrauchen. Gerade jetzt, wo so viele Gäste im Haus waren, musste sie einen klaren Kopf bewahren.

Trotzdem riskierte sie einen Blick. «Das ist ja Tante Keas Schrift!»

Man sah den Wörtern an, dass Kea das Schreiben kaum gelernt und so gut wie nie praktiziert hatte. Die Buchstaben waren tief ins Papier gedrückt, als habe sie Gewalt anwenden müssen. Die Wörter gingen oft ohne Zwischenraum ineinander über, und die Buchstaben hingen aneinander, als seien sie gestaucht und geplättet worden.

«Meine liebe Marje …» Marjes Blick verschwamm. Es war, als höre sie Tante Keas raue, immer etwas strenge Stimme. Als rieche sie diese einzigartige Mischung aus Zwiebeln, Scheuerpulver und Kernseife. «Du bist das beste Geschenk, das mir das Leben gemacht hat …» Es zerlegte Marje das Herz. «Tut mir leid, dass ich dir nicht die ganze Wahrheit sagen kann.» Mehr als zwei Jahre war sie tot. Aber jetzt tat es zum ersten Mal richtig weh. «Aber ich hab dich lieb, das musst du mir glauben.»

Es war gut, dass Anni ihr die Hand auf den Rücken legte, als Marje nun die Geburtsurkunde auseinanderfaltete.

Pfingstsonntag und ein Himmel so hoch und azurblau, als sei er ganz frisch über das Land gespannt worden. Als hätte der Wind alles davongeblasen, was das Leben mühselig und trist machte. Nie war Gustav so sehr Teil vom Ganzen gewesen wie jetzt, da alles auf einen glücklichen Ausgang zusteuerte. Mit langsameren Schritten zwar, als er sich das als ungestümer Saisonkellner vor sechs Jahren vorgestellt hatte, dafür stetig und aus dem Volke geschnitzt.

Die fünf Jungen, die im sonnendurchfluteten Wintergarten auf ihren Stühlen saßen und an seinen Lippen hingen, entschädigten Gustav für einiges. Vielleicht hatte es einen tieferen Sinn, dass Therese ihm niemals Söhne schenken würde, so konnte er alle Aufmerksamkeit diesen Knaben widmen, die Feuer gefangen hatten und für die große Sache brannten. Bald würden es mehr werden, Gustav zügelte seine Ungeduld. Landesweit wurden Zuwächse bei der Hitlerjugend gemeldet. Wenn einer erst überzeugt war, brachte er bald zwei neue Freunde mit. Die Jugend erwachte, daran sollte sich die Gesellschaft besser gewöhnen. Der Sohn des Drogisten, zwei Brüder aus dem Ostdorf und die beiden Jungen aus der Schule am Meer, Theo und Otto, zählten zu Gustavs jüngsten Schäfchen. Letztere waren, das musste man anerkennen, die Cleversten der Truppe. Auch wenn sie heute etwas lädiert wirkten – eine Schramme zierte Theos Stirn, Otto hatte ein blaues Auge. Beim Tauziehen war das Seil gerissen, angeblich weil Theo und Otto zu stark gezogen hatten. Gustav hatte lachen müssen. Die zwei konnten sich nicht genug überschätzen.

«Paul Reiner war bis vorletzte Woche in der Schweiz», plauderte Theo, der sich hervorragend entwickelt hatte, von einem orientierungslosen Jungen mit großer Klappe zu einem aufrechten Kerl mit fester Gesinnung.

Es hatte Gustav sogar einige Argumente gekostet, Theo auszureden, in der Schule mit HJ-Uniform anzutanzen. «Wenn es so weit ist, dann musst du die auch nachts nicht mehr ausziehen, versprochen. Doch bis dahin sei diskret, trag weiterhin die Schulkleidung, und lass beim Grüßen die Hand in der Tasche.»

Dem Schulleiter erzählten Theo und Otto, sie würden den Gottesdienst besuchen. Der Pfaffe spielte mit, verriet nicht, dass beide in Wirklichkeit im Wintergarten des Tanzcafés saßen und Rassenlehre studierten oder die wahre deutsche Geschichte. Woche für Woche lieferte Theo als der Ältere von beiden ein akkurat geführtes Notizbuch ab, in dem die deutschfeindlichen Äußerungen von Lehrern, Mitschülern und mitunter auch Hauspersonal der Schule am Meer aufgelistet waren. Penibel war er, wusste genau, wann das Küchenmädchen fremde Radiosender hörte und bei abartiger Musik mitsummte.

«Wir glauben, Pauls Krankheit ist wieder ausgebrochen, denn er isst kaum etwas und muss auch nicht mehr beim mystischen Tauchbad dabei sein. Und Anni geht mir auf den Geist mit ihrem mütterlichen Gehabe. Jetzt ist sie schon wieder schwanger und …»

Manchmal schweifte Theo vom Thema ab. Dann schwadronierte er wie dieser Luserke, verlor sich in Geschichten und Anekdoten, das musste man ihm noch austreiben.

«… sie haben von irgend so einer Severa gesprochen.»

Gustav horchte auf. «Wer?»

«Na, die Reiners. Und dieser Anwalt aus Potsdam. Und, ähm, Marje war auch dabei.»

«Das Küchenmädchen mal wieder?» Gustav sah ihn streng an. «Behalte die Göre im Auge. Selbst die eigene Mutter misstraut ihr.»

Gustav hatte wegen der Severa nichts zu befürchten. Die Staffel auf Norderney war nur ein ganz kleines Rädchen im Getriebe, versicherte Akkermann, für seine Verhältnisse ungewohnt bescheiden. Und den Journalisten, die die Sache aufgedeckt hatten, würde das Maul gestopft. Ihnen drohten anderthalb Jahre Zuchthaus. Wahrscheinlich suchten die bald schon das Weite, gingen nach Frankreich oder gleich zu den Russen, dann war man das Problem los. Ihm, Gustav Wenniger, konnte jedenfalls nichts passieren. Dass er Bescheid gewusst hatte über die geheimen Militärflieger, musste man ihm erst mal beweisen.

Die Vaterunser-Glocke der Inselkirche begann zu bimmeln.

«Ihr hört es, Jungs. Der Gottesdienst ist gleich vorbei und unser Treffen für heute beendet. Bis nächste Woche schön die Ohren steif halten und: Heil Hitler!»

«Haben Sie noch Kuchen übrig?», fragte einer der Ostdorfjungs. Die hatte Gustav ohnehin im Verdacht, dass sie nur wegen der Fressalien so regelmäßig antanzten. Zu Hause gab es nichts, der Vater hatte morsche Knochen und fegte im Sommer die Pferdeäpfel von der Straße, die Mutter putzte das Rathaus. Ehrenvolle Arbeit, doch satt wurde man nicht damit.

«Geht in die Küche, Jungs, und fragt Fenna, sie soll euch und euren Eltern ein paar Randstücke vom Blech einpacken.» Die strahlenden Kinderaugen machten Gustav zufrieden. «Wollt ihr auch?», fragte er die übrigen drei. Doch der Sohn vom Drogisten musste Diät halten, und Theo und Otto wollten sich den Hunger aufsparen, da heute an der Schule am Meer das Einweihungsfest für die Bühnenhalle stattfand und es ein Festessen geben würde. Sämtliche Honoratioren waren geladen. Vom Bürgermeister und vom Pastor wusste Gustav bereits, dass die sich Zeit lassen wollten. Eine halbe Stunde Verspätung war mindestens einkalkuliert, denn wie sonst konnte man eleganter seine Missachtung ausdrücken als durch demonstrative Unpünktlichkeit ohne jedwede Entschuldigung.

Als die Jungen fort waren, trug Gustav die Gläser und den Limonadenkrug in die Küche. Dort roch es nach Linsensuppe. Um zwölf öffnete das Café, und bei diesem Wetter durfte man mit einigen Mittagsgästen rechnen.

«Sind die Terrassentische eingedeckt?», fragte er Fenna, die dabei war, den übrigen Blechkuchen in gleich große Quadrate zu schneiden.

«Was soll ich denn noch alles tun?», stöhnte sie und schob sich eine Strähne hinter das Ohr.

«Aber Jens und Hilde …»

«Sind heut nicht gekommen», unterbrach sie ihn. «Sind wahrscheinlich rüber zum Festland. Verdenken kann man's ihnen nicht.»

«Gab's wieder Probleme?»

«Therese hat mit den Kerzenständern nach ihnen geworfen. Weil sie gestern um zwanzig Uhr noch nicht alle Gäste abkassiert hatten.»

«Na dann …» Gustav nahm einen Stapel schneeweißen, penibel gefalteten und gestärkten Damast aus dem Schrank. «Zum Glück hab ich's noch nicht verlernt.» Er trat durch die Schwingtür auf die Terrasse, schlug Decke für Decke aus, dass es nur so knallte, bevor er sie auf den Tischen ausbreitete, glattstrich und mit Messinghaken, die er an die Kante klemmte, vor dem Wegwehen bewahrte.

Es war nicht das erste Mal in dieser Saison, dass er wegen Personalmangel die niederen Arbeiten erledigen musste. Ostern hatte Therese im betrunkenen Zustand den Sommelier geohrfeigt, der noch am selben Tag ins Kurhaus abgewandert war. Auch an Himmelfahrt hatte es ordentlich gekracht, im wahrsten Sinne des Wortes, denn das Tablett mit dem frisch gespülten Kaffeeservice war vom Tresen gefallen. Gustav hatte den Unschuldsbeteuerungen der armen Servierkraft natürlich geglaubt, schließlich war Therese kurz vorher wegen einer Nichtigkeit wutschnaubend durch den Gastraum gefegt. Dennoch hatte er das arme Ding entlassen müssen. Sonst wäre der Rest des Geschirrs ebenfalls in Scherben geendet. Therese war nun mal unkündbar, leider.

Die halb in Leder, halb in Leinen eingeschlagenen Speisekarten lagen in der Anrichte im Eingangsbereich. Gustav heftete in jeder einzelnen das Angebot des Tages ab: *Linsensuppe nach Hausfrauenart, ohne Wursteinlage für eine Mark, mit Wurst für eins fünfzig. Streuselkuchen vom Blech mit Schlagsahne und einer Tasse Bohnenkaffee für neunzig Pfennig.*

Dass sie das Angebot etwas schlichter und die Preise etwas niedriger hielten, sowohl hier im Tanzcafé Promenade wie auch im Hotel, kurbelte das Geschäft deutlich an. Gerken hatte anfangs noch geschimpft, warum man die armen Leute anlocke und nur olle Hausmannskost serviere. Sollte er doch, der alte Griesgram, der hatte hier nichts mehr zu melden.

Die Gäste, die sich für etwas Besseres hielten, konnten ruhig im Kurhaus ihre Pasteten und Törtchen futtern. Von der Sorte kamen ohnehin immer weniger nach Juist, und meistens waren es auch noch Juden. Langfristig würde sich Gustavs Geschäftsmodell durchsetzen, da war er sicher.

Er ließ seinen Blick in aller Ruhe schweifen. Etwas, das er als Kellner niemals gewagt hätte. Doch als Besitzer war dieser Moment fast schon ein morgendliches Ritual. Hinten das heute so zaghafte Meer, die Dünengräser wiegten sich im milden Wind und bildeten die perfekte Kulisse für seine Terrasse mit den akkurat aufgestellten Tischen und Stühlen, an denen bald Gäste sitzen und den wohlverdienten Urlaub genießen würden.

Die silberne Taschenuhr, die Gustav dem alten Gerken abgeluchst hatte, weil der sowieso zu blind war, die kleinen Ziffern noch zu erkennen, verriet, dass es erst Viertel nach elf war. Er steckte die Uhr zurück in die Weste. So blieb genügend Zeit für sein zweites morgendliches Ritual. Fröhlich pfeifend ging er zurück in die Küche.

«Fenna?» Sie war ihm eigentlich zu dick. Zu alt sowieso. Und dass sie mehrfache Mutter war, ließ sich auch nicht verleugnen. Doch sie war da, jeden Morgen, und nicht so zimperlich wie damals ihre Schwester. «Geh schon mal vor!»

Er trank erst noch in Ruhe einen Kamillentee, bevor er in den Keller stieg, wo sie auf dem Tisch wartete und er nur noch die Hose bis zu den Knien herunterlassen musste.

Es hätte so vieles anders laufen können damals. Eduard hätte sich wegen des schlechten Wetters gegen einen Spaziergang ins Loog entscheiden können. Oder aus Missmut über den unfreundlichen Gustav Wenniger vorzeitig den Rückmarsch antreten. Wenn Marje nicht den Flohwalzer geklimpert hätte, wäre er nicht stehen geblieben. Ohne den Regen nicht eingetreten. Und hätte Lu die Lampe problemlos an die Speisezimmerdecke schrauben können, hätte sich nicht die Gelegenheit für einen Plausch und ein Klavierspiel ergeben.

Würde und hätte und wäre und könnte – Eduard war froh, dass es den Konjunktiv gab. Erst die Möglichkeitsform offenbarte, wie dankbar er sein musste, dass alles genau so gekommen war und er nun hier saß, an diesem wunderbaren Steinway-Fügel, die rechte Hand zum Dirigat erhoben, die Augenbrauen auch – Gewohnheiten wie diese legte man nicht ab –, um dem Orchester und sich selbst an den Tasten den

Einsatz zu geben. Anni am Cello, das sie wegen des Bauches kaum umfassen konnte, schaute ihn erwartungsvoll an. Neben ihr Lu mit der Klarinette, sich ein triumphierendes Grinsen mehr schlecht als recht verkneifend. Hubert an der Bratsche, Rahel hob die Flöte an die Lippen, und Peter, Susanne, Anatol, Benjamin, Albert … Sie alle warteten auf sein Zeichen. Er kannte jeden einzelnen Namen. Das war bei seinem Orchester in Frankfurt nicht der Fall gewesen.

Es schien, als habe sich ein Vakuum in der Halle gebildet, als hörten die Uhren auf zu ticken. Das Publikum saß in Eduards Rücken, doch die allgemeine Anspannung war spürbar, von der Ferse bis zum Scheitel. Gleich, sobald Eduard mit einem kaum wahrnehmbaren Schwung den Takt angezählt hätte, würde der erste offizielle Orchesterakkord in diesen Wänden erklingen. Ein feierlicher Moment.

Zwanzig Minuten hatten sie gewartet, weil Bürgermeister und Pastor noch immer nicht aufgetaucht waren, dann hatte Lu entschieden, es sei jetzt genug und man solle doch die anderen für ihre Pünktlichkeit nicht bestrafen.

Eduard hob Arm und Brauen noch ein wenig höher. *Veni Creator Spiritus! Komm, Schöpfer Geist!* Eine uralte Pfingsthymne, neu und pompös vertont von einem polnischen Komponisten, der es sich nicht nehmen ließ, mit sämtlichen Instrumenten gleichzeitig einzusetzen. Ob es Eduards Musikern gelingen würde, tatsächlich auf Anhieb die rechten Töne zu treffen, war fraglich, doch darauf kam es nicht an. Das Stück schien vorherbestimmt für diesen Anlass. Und – das bedeutete Zuck besonders viel – es war mit einer Solostimme versehen, die Gregor übernommen hatte. Der würde den Ton haargenau treffen. Das war dann wie Weihnachten, Ostern und Erntedank zugleich.

Und nun …! Eduard, dessen Brustkorb vom ewigen Luftanhalten schon beinahe schmerzhaft geschwollen war, nickte und …

Da ging die Tür auf. Es war eine nagelneue Tür, deswegen quietschte und knarrte sie natürlich nicht. Doch Eduard musste sich nicht umdrehen, er spürte den Luftzug durch die Halle wehen. Und dann grüßten Bürgermeister und Pastor gleichzeitig lautstark: «Moin!»

Eduards Arm fiel herab auf die Tasten und erzeugte einen schauerlichen Akkord, über den er selbst wahrscheinlich am meisten erschrak. Das Raunen und Rascheln und Stühleschieben ließ den feierlichen Augenblick dann gänzlich in sich zusammenfallen.

Er drehte sich um. Den beiden verspäteten Ehrengästen war keinerlei Scham anzumerken. Im Gegenteil, hoch erhobenen Hauptes drängelten sie sich durch die Stuhlreihen, bis sie ganz vorne bei den für sie reservierten Plätzen angekommen waren.

«Lassen Sie sich von uns nicht stören», sagte der Bürgermeister, bevor er sich umständlich und laut ächzend setzte.

Eduard fing Gis Blick auf. Sie saß in der dritten Reihe, neben Doktor Hensell und Otto Leege, und zwinkerte ihm zu. «Mach dir nichts draus», sagten ihre Augen. «Einfach lässig bleiben, das ärgert die Störenfriede am meisten.»

Inzwischen konnte er ihre Gedanken lesen, so wie sie es von Anfang an bei ihm gekonnt hatte. Diese Fähigkeit hatte wider Erwarten nichts Beängstigendes. Schließlich dachte sie meistens ganz vernünftige Sachen. Und wenn sie abschweifte, wenn da plötzlich etwas Wildes, Glühendes und ganz und gar Unvernünftiges hinter ihrer hohen Stirn passierte, schüttelte Eduard sich kurz, wie ein Hund, der aus dem Bade stieg. Dann war er sicher, sie missverstanden zu haben, und überhaupt,

Gedankenlesen war doch Hokuspokus. Warum sollte sie sich wünschen, ihn zu küssen? Das wäre absurd.

Wäre, hätte, würde, könnte …

Oje, jetzt war er auf das völlig falsche Lied eingestimmt. Eduard kniff die Augen zusammen, nahm die Brille ab und putzte die Gläser an dem Tuch, das in seiner Brusttasche steckte. Er hütete sich, nach dem Aufsetzen der Brille noch einmal in die dritte Reihe zu schielen, sondern nahm das gesamte Bild der Halle auf: die hohen, weiß getünchten Wände, die kleinen, quer im Mauerwerk sitzenden Fenster, die Bühne mit den vielen Stufen und Nischen, darüber die Balustrade, auf der nachher der erste Shakespeare-Akt gespielt werden würde. Kein überflüssiger Firlefanz, jede Linie gerade, damit nichts ablenkte von der großen Kunst. So lange hatten sie auf die Eröffnung dieses Gebäudes gewartet, so viel Arbeit, Geld und Leidenschaft investiert. Aber es hatte sich gelohnt. Dass ihre Schule eine solch prächtige Bühnenhalle besaß, würde sich im Land herumsprechen, und dann würden sie alle nach Juist reisen, um in diesem ambitionierten Gebäude zu spielen. Theater, Musik und Kunstformen, die man heute noch gar nicht für möglich hielt.

Er wandte sich wieder der Tastatur zu, richtete die Noten auf dem Pult, seine linke Hand würde die Instrumente ersetzen, die es hier an der Schule nicht gab, seine rechte den Takt angeben. Und endlich: der Anfangsakkord. Das metallene Es der Trompeten stieß als Erstes gegen die Decke, danach die Terz der Holzbläser, am Ende die Harmonien der Streicher. Eduard intensivierte sein Dirigat. Es war nicht einfach, sich gegen die Akustik zu behaupten. Der Vorteil war, dass die berauschende Klangwolke, die sich über allen Köpfen ausbreitete, die falschen und quäkenden Töne verschluckte. Und Gregors Tenor war so kraftvoll und klar, dass er mühelos über allem schwebte, der Junge hatte noch einiges dazugelernt. Eduard nickte ihm in einer versteckten Bewegung zu, die wahrscheinlich nur sie beide wahrnahmen, und Gregor lächelte stolz. Doch dann die Pauke, viel zu dumpf und breit. Auch von den Posaunen hätte Eduard sich mehr Prägnanz erhofft. Aber es langte, für ungeübte Ohren klang es wahrscheinlich sogar phänomenal. Für Eduard war es eher ein bisschen wie der heutige Eintopf. Nicht unbedingt raffiniert, aber man wurde satt, und die eine oder andere Zutat war tatsächlich Haute Cuisine.

... cum Paracleto Spiritu regnans per omne saeculum!

Es war geschafft! Die Silben klangen nach, ganz weit oben, die Querflöte schien sich irgendwo im nördlichen Eck verfangen zu haben. Wieder ein Moment der Luftleere, nur dass dieses Mal der Odem entwichen war. Die Hymne war ausgesungen, ausgespielt, ausdirigiert.

Nach einem kurzen Augenblick der absoluten Stille brandete Applaus los und löste alles, was noch angespannt gewesen war, in reine Freude auf.

Das Orchester erhob sich auf Eduards Geste hin. Gregor trat einen Schritt nach vorn, erntete verdienten Sonderbeifall, auch von den Musikern, die gegen ihre Notenpulte klopften und sich dann Eduard zuwandten, der vom Klavierhocker aufstand – nun, das Verbeugen und Präsentieren beherrschten die Schüler auf jeden Fall in professioneller Vollendung. Eduard war glücklich wie selten. Und als er sich umdrehte und aus der dritten Reihe eine gedachte Liebeserklärung vernahm, wurde er rot.

Dann klappte er den Klavierdeckel zu und ließ die Bühne räumen, denn Lu fieberte schon auf seine Rede. Mehrere der Kollegen hatten ihn förmlich angefleht, sich kurz zu fassen, aber diesbezüglich sah Eduard schwarz. Lu würde sich die Gelegenheit nicht entgehen lassen, die ihm eigene Kunst der Schachtelsätze zu zelebrieren und rekordverdächtige Wortgebilde aufzutürmen, die einen beim Zuhören schwindelig machten. Zum Glück hatte Lu sich aufs Geschichtenerzählen spezialisiert, wäre er Komponist geworden, hätte er jedes Orchester zum Verzweifeln gebracht. Nach Lu würde der unhöfliche Bürgermeister sprechen, und schließlich würde *Wie es euch gefällt* aufgeführt.

Die Schülerinnen und Schüler, die im ersten Akt dran waren, schlichen bereits nervös, aber geräuschlos hinter die Bühne, um sich umzuziehen und die Schminke aufzutragen.

Eduard stieg die drei Stufen hinab und nahm neben dem Pastor Platz, der ihm anerkennend zunickte. «Nicht schlecht», lobte er. Eduard wollte sich schon wieder der Bühne zuwenden, auf der Lu gerade sich und die vorbereiteten Blätter sortierte, doch dann fügte der Gottesmann noch hinzu: «Ich meine, für einen Juden, der christliche Werke dirigiert, nicht schlecht!»

Eduard glaubte, sich verhört zu haben. Dann grübelte er Lus gesamte Rede lang, ob er etwas erwidern sollte, etwas wie: «Genau genommen bin ich Halbjude und zudem katholisch erzogen», oder: «Ach, dann waren Mendelssohn Bartholdys geistliche Werke wahrscheinlich auch gar nicht so schlecht», doch am Ende verkniff er es sich, denn was hätte es groß gebracht.

Als schließlich der Bürgermeister das Wort ergriff, nutzte Eduard die Gelegenheit, sich davonzustehlen. Keine Minute länger wollte er neben diesem verlogenen Pfaffen sitzen. Und das Shakespeare-Stück hatte bei der Generalprobe ganze zweieinhalb Stunden gedauert.

Er ging möglichst unauffällig die vollbesetzten Stuhlreihen entlang und entschwand in das kleine Foyer. Geräuschlos schlüpfte er durch die Flügeltür nach draußen, lehnte sich gegen die von der Sonne gewärmte Backsteinwand und schloss die Augen.

Warum regte er sich eigentlich so auf? Weil ein dahergelaufener Pastor, der womöglich auf die Insel strafversetzt worden war, ihm einen dämlichen Spruch vor den Latz geknallt hatte? Sicher aus Neid, die Halle war höher als sein mickriges Kirchenschiff. Und Neid war eine Todsünde – genau wie Zorn. Ach, könnte man doch nur einen Mechanismus auslösen, der unangemessene Gefühle einfach aussortierte und entsorgte, bevor sie einem den Tag verhagelten.

Carl hatte auch schon von solchen Zwischenfällen berichtet und igelte sich zum Schreiben gänzlich in seinem Hof im Wiesengrund ein, wo die Antisemiten ihn in Ruhe ließen. Eduard wünschte fast, er würde rauchen, so könnte er wenigstens etwas Dampf ablassen.

«Willst du eine?», fragte Gi wie aus dem Nichts und hielt ihm ihre hellblaue Dose hin. Er hatte sie nicht kommen hören. Und es war ihm nicht recht, dass sie ihn in dieser Verfassung erwischte. Zwar waren sie inzwischen beim Du, doch dass sie ihn verzweifelt erlebte, dafür waren sie sich nun doch nicht vertraut genug.

Er zog eine Zigarette heraus, und sie gab ihm mit einem kleinen Gaszünder Feuer. Es war nicht das erste Mal, dass er an einem Glimmstängel zog, und er musste zum Glück nicht husten wie ein Pennäler. Tatsächlich schmeckte das Zeug sogar, vielleicht sollte er das öfter –?

«Gewöhn dich besser nicht daran», sagte Gi. «Man bekommt gelbe Finger davon, und wie sähe das aus auf den Tasten des wunderbaren Steinway?»

«Warum weißt du eigentlich immer genau, was ich gerade denke?»

Sie zuckte mit den Schultern. «Weiß ich doch gar nicht. Ich hab zum Beispiel keine Ahnung, warum du so plötzlich rausgegangen bist. Die Musik war übrigens wunderschön.»

So wie du, dachte er, und es wäre nicht schlimm, wenn sie es mitbekäme. Denn es war mehr als ein hohles Kompliment, so wie ihre Schönheit mehr war als volle Lippen und strahlende Augen. Wenn Gi neben ihm stand, war ihm der Pastor egal, auch die schlechte Akustik oder jede andere Last, die ihn sonst niederdrückte.

«Also, warum bist du geflüchtet?»

«Hab ich schon vergessen.» Er zog an der Zigarette. Der Qualm, den er ausstieß, erinnerte an einen Violinschlüssel. So etwas passierte nur mit Gi an seiner Seite.

Sie nestelte ganz bezaubernd an einer ihrer Locken. «Eduard, ich möchte dich etwas fragen. Etwas sehr Persönliches.»

«Ja?»

Immer wieder wickelte sie die Strähne um den Finger und ließ sie los. «Weißt du, wenn du Musik machst, dann klingt mein ganzer Leib. Das ist so wunderschön. Das ist wie Liebe.»

«Ja …?»

«Ich habe mein Studium so gut wie abgeschlossen. Das bedeutet, ich muss wieder nach Ungarn zurück. Noch diesen Sommer. Es sei denn …»

«Ja …?»

Plötzlich ließ sie ihre Hand sinken, die Strähne bebte nach. «Kannst du auch noch was anderes sagen als: Ja?»

«Nein.»

«Es sei denn, ich würde einen finden, der mich heiratet. Einen Deutschen.»

Eduard hatte einen trockenen Mund. Weder Ja noch Nein war jetzt die richtige Antwort. Und überhaupt, sie hatte ja gar keine Frage gestellt.

«Und deswegen will ich wissen, ob du …»

Nun frag schon.

«… bei Walter und meiner Hochzeit Klavier spielen würdest. Wir wollen heiraten. Ganz bald.»

Er hatte es ja die ganze Zeit gewusst: Diese blöde Gedankenleserei, das war nicht mehr als fauler Zauber.

Sie lagen zu fünft auf der rot karierten Decke und blickten ins Geäst, das sich dornig und ungelenk über ihnen wölbte. Um sie herum die Reste des Picknicks, zerknüllte Servietten, Bonbonpapier, zwei leere Saftflaschen.

«Was ist ein Picknick?», hatte Ruth gefragt, und Anni war wie vor den Kopf gestoßen gewesen. Paul hatte nachgerechnet, und wirklich, das letzte Familienpicknick hatten sie in Wickersdorf veranstaltet, da war Ruth höchstens anderthalb gewesen. Natürlich konnte sie sich nicht erinnern. Danach hatte immer die Zeit gefehlt.

Heute hatten sie sich die Stunden einfach gestohlen. Während die anderen die Pfingstgäste zum Hafen begleiteten oder die Schule nach den Feierlichkeiten wieder auf Vordermann brachten, hatten sie sich davongeschlichen, mit belegten Broten im Korb, Apfelsaft, Keksen, Bonbons und Kuchen. Nicht allzu weit hatten sie sich vom Haus entfernt, denn das Laufen war für Paul und sie momentan eine Zumutung. Doch es gab eine Stelle in den Dünen, ganz in der Nähe der Badestelle, wo sich in einem Sanddornstrauch eine Kuhle verbarg. Früher hatte sie manchem Schüler als Versteck gedient, wenn dieser sich vor dem Tauchbad drücken wollte. In der Zwischenzeit war der Strauch gewachsen und die verborgene Höhle mit ihm, eine halbe Schulklasse fand darin Platz. Oder eben eine Familie, die mal unter sich sein wollte.

In Annis Rücken pikten ein paar Steine – und ihr Bauch war der Mittelpunkt des Interesses. Das Kind gebärdete sich gerade sehr lustig, und jeder hatte mal fühlen dürfen, wo die kleinen Beinchen und Ärmchen strampelten. Als Letzte Eva, deren Mund noch mit Marmelade verschmiert war und die aus den wilden Stößen schloss, dass es nur ein Brüderchen werden könnte.

«Ich bin für Werner», verkündete sie.

«Werner Reiner, wie klingt das denn?», maulte Renate.

«Roland?»

Anni richtete sich etwas auf. «Kannst du dich noch an Roland erinnern? Der vor einem Jahr mal kurz hier war und Kröten gequält hat? Also, so will ich meinen Sohn nicht nennen, ich müsste immer an diesen Schüler denken.»

«Dann David!» Es war Evas Vorschlag Nummer drei.

«Zu jüdisch.»

«Renate!» Paul setzte sich hin und stieß sich den Kopf am Geäst, sodass der ernste Ausdruck seines Gesichts die Wirkung verfehlte. «Autsch!»

Alle kicherten, bis auf Renate. «Ich bin froh, dass ihr mir einen deutschen Namen gegeben habt», erklärte sie, «und ich nicht Eva oder Ruth heißen muss.»

«Wieso, was stimmt denn nicht mit meinem Namen?», fragte Ruth.

«Es ist alles in Ordnung damit», beruhigte Anni sie und warf Renate einen tadelnden Blick zu. «Und ich wäre unbedingt dafür, dass wir uns bei der Namenswahl nicht vom Unfug der Nazis beeinflussen lassen.»

«Also David!», freute sich Eva.

«Mir würde auch etwas Norddeutsches gefallen», merkte Paul an. «Schließlich haben wir hier unsere Heimat gefunden. Jan zum Beispiel, da macht man doch nichts verkehrt.»

Alle nickten.

«Und wenn es ein Mädchen wird?»

«Papa wünscht sich doch einen Jungen!», protestierte Ruth.

«Aber Papa bestimmt nicht über alles!», entgegnete Renate beinahe triumphierend.

Annis Älteste ließ derzeit keine Gelegenheit verstreichen, sich unbeliebt zu machen. Vorsorglich griff Anni nach Pauls Arm und drückte ihn sanft, aber bestimmt. Er brauste schnell auf in letzter Zeit. Eigentlich sollte die Mattigkeit, die mit einer Krankheit einherging, den Betroffenen dazu zwingen, sich zu schonen. Doch Paul wollte seine Müdigkeit nicht hinnehmen, kämpfte täglich mit Inbrunst den so harten wie aussichtslosen Kampf gegen die eigene Schwäche.

Wenn Renate ihm dann noch unverblümt zu verstehen gab, wie sehr sie an der Autorität ihres Vaters zweifelte, traf sie zielgenau den wunden Punkt: «Ob wir einen Bruder oder eine Schwester kriegen, bestimmen die Chromosomen. Und wenn die Papa ärgern wollen, wird's wieder nur ein Mädchen!»

«Das stimmt nicht. Papa freut sich über beides gleich.» Eva schaute ihren Vater an. «Ist doch so, oder?»

Jetzt war Paul leider nicht mehr zu bändigen. «Renate, noch so eine Frechheit, und du kannst nach Hause gehen. Wäre sowieso besser, wenn du heute was für die Schule tust, deine Rechtschreibung ist eine Katastrophe, und über dein Ungenügend in Mathe reden wir noch.»

Renate ging auf alle viere wie ein Hund, und es hätte Anni nicht gewundert, ein Knurren und Bellen von ihr zu hören. Doch sie kroch bloß wortlos aus der Höhle.

«Natischatz! Bitte bleib! Nächste Woche muss ich weg, und dann werde ich viele Wochen nicht auf Juist sein. Ich wünsche mir, dass wir den letzten freien Tag zusammen …»

Doch Renate kam nicht zurück.

«Oder Rosalind. Oder Celia.» Eva war die Einzige, die sich von den Querelen nicht die Stimmung verderben ließ. «So wie die schönen Mädchen gestern im Theaterstück!»

Paul streichelte ihr über den Blondschopf. Ihm war nicht anzusehen, ob es ihm leidtat, die älteste Tochter vergrault zu haben. Anni hoffte es, doch sicher war sie nicht.

«Dürfen wir jetzt spielen gehen?», fragte Ruth.

Die Macht der Gewohnheit. Ein Kind, das von so vielen Menschen erzogen worden war, konnte mit der Geborgenheit einer Kleinfamilie nicht besonders viel anfangen. Wahrscheinlich fand Ruth dieses erste bewusst erlebte Picknick schrecklich öde, und dann hatte es auch noch Streit gegeben. So bald würde sie sich keine Wiederholung wünschen.

«Na los, ihr zwei. Aber nicht allein an den Strand, hört ihr?»

«Mama, das wissen wir doch!» Die beiden krabbelten eilig hinaus.

Paul legte sich wieder auf die Decke. «Ich bin froh, dass wir Pfingsten überstanden haben.»

Anni wusste, was er meinte. So viele Gäste und Fotoapparate und Reden und Geklatsche, und immer hatten sie versucht, sich nicht anmerken zu lassen, wie wenig Lust sie auf all das verspürten.

Die Bühnenhalle stand in voller Pracht da, und obwohl sie glücklicherweise nur ein Drittel so gewaltig ausgefallen war, wie Lus Pläne es ursprünglich vorgesehen hatten, war sie noch immer zu wuchtig und zu teuer. Lu kündigte vollmundig Schauspieler und Theatergruppen an, die sich schon bald dort einmieten würden, doch schriftliche Buchung gab es keine einzige. Den Kulturschaffenden wurde von der Politik das Wasser abgegraben, genau wie den freien Bildungseinrichtungen. Fünf Schüler hatten sich nach den Osterferien abgemeldet, weil die Eltern ins Ausland gezogen waren. Drei weitere waren aus finanziellen Gründen ferngeblieben. Man lamentierte über die allgemeine Wirtschaftskrise, doch dass alle acht Schüler Juden gewesen waren, sprach niemand aus. Und dass Moskito gerade seine Sachen packte, weil die Eltern ihn nicht länger in diesem Land aufwachsen sehen wollten, wurde ebenfalls nicht thematisiert.

Anni legte ihren Kopf auf Pauls Brust. «Hast einen guten Herzog abgegeben gestern Abend!»

«Und du eine bravouröse Konzertcellistin!» Er streichelte ihr Haar. Sein Herz klopfte schnell. Viel zu schnell dafür, dass sie satt und ruhig dalagen und das Schlimmste doch eigentlich vorüber war. «Anni, wenn die Kinder heute im Bett sind …»

«… dann treff ich die Kameradschaft. Die Wildgänse feiern Moskitos Abschied.»

«Wie lange wird das dauern?»

«Keine Ahnung. Ich muss auch schauen, wie es Marje geht. Sie wollte heute zu ihrer Mutter … ich meine, zu Fenna, um mit ihr über diesen Brief zu reden. Vor allem will sie wissen, wer ihr Vater ist.»

«Wird Marje das gut verkraften?»

«Dass Fräulein Kea ihre Mutter war? Ich hatte ehrlich gesagt den Eindruck, dem Mädchen fällt ein Stein vom Herzen, weil es endlich versteht, warum alles so ist, wie es ist.»

«Marje hat mich schon immer an Kea erinnert. Resolut und mit unbestechlicher Klugheit ausgestattet. Ohne Fräulein Keas etwas rabiate Zurechtweisung bei unserer ersten Begegnung im Gasthaus Neptun hätten Lu und ich einen großen Fehler begangen und eine Schule an der Hammerbucht gebaut. Da stünde uns heute im wahrsten Sinne des Wortes das Wasser bis zum Hals, und wir wären pleite.»

«Du meinst: Noch mehr pleite, als wir sowieso schon sind.»

Er lachte und drückte ihr einen Kuss auf den Scheitel. «Ach Anni. Hast du es je bereut?»

«Die Schule gegründet zu haben?» Sie entschied sich für eine Lüge. «Nein. Und du?»

Paul sagte nichts. Dass er schwieg, machte ihr Angst.

«Bitte, Anni, schau, dass es heute Abend nicht so spät wird. Ich bin schrecklich müde, aber es gibt etwas, worüber wir unbedingt noch reden sollten, bevor du fährst.»

«In Ordnung», sagte sie.

Seltsamerweise wurde sein Herzschlag ruhiger. Dann raschelte es zwischen den Zweigen, und Eva kam hereingekrochen. «Mama! Papa! Mir ist eingefallen, wie unsere kleine Schwester heißen soll.»

Paul und Anni zuckten auseinander, als wären sie in flagranti erwischt worden. «Ach ja?»

«Er passt zu unserem Familiennamen. Wir hatten noch nie eine blöde Schülerin, die so hieß. Und jüdisch ist er auch nicht.»

«Lass hören.»

«Da war ein kleines Mädchen am Strand …»

Paul hob tadelnd den Finger. «Ihr solltet doch nicht alleine ans Wasser!»

«… und die Mama hat nach ihr gerufen und …»

«Das ist nicht in Ordnung, wenn ihr einfach Sachen macht, die eure Mutter und ich euch strengstens verboten haben!»

«Und das Mädchen hieß …»

«Ruth, hörst du mir eigentlich zu?»

«Karin!»

Es war spät geworden. Halb elf durch. Aber wenn ein Schüler die Insel verließ, nachdem er so viele Jahre Mitglied der Kameradschaft gewesen war, dann mussten Tränen getrocknet und Erinnerungen ausgetauscht werden. Wer würde dabei auf die Uhr schauen?

Anni war sicher, Paul schlafend im Bett vorzufinden, doch als sie die Wohnungstür öffnete, brannte das Leselicht in der Stube, und Paul saß hellwach in seinem Lieblingssessel. «Entschuldige, Liebster, ich …»

«Ist schon gut.» Er streckte seine Hand nach ihr aus. «Komm zu mir.»

«Auf den Schoß? Bist du dir sicher? Ich wiege inzwischen eine halbe Tonne!»

«Und wenn du eine Seekuh wärst, tu mir bitte den Gefallen!»

«Seekuh – sehr charmant.»

Er hatte Feuer im Kamin gemacht, obwohl das zu dieser Jahreszeit wirklich nicht mehr nötig war. Anni zog ihre Jacke aus, hängte sie an die Garderobe, dann ließ sie sich vorsichtig auf seinen Beinen nieder und hoffte, ihm nicht weh zu tun, dünn, wie er geworden war. «Und die Mädchen schlafen?»

«Tief und fest. Bis auf Renate, die habe ich noch zum Vokabelnlernen verdonnert.»

Anni seufzte. «Bitte, wenn ich weg bin, sei nicht so hart mit ihr.»

«Ich werde mir Mühe geben. Wenn Renate es auch tut.»

Das klang wenig beruhigend.

Paul griff nach einem kleinen Kästchen, das auf dem Beistelltisch lag. Es war schwarz, den Deckel zierte eine goldene Schrift, die Anni bekannt vorkam: der Juwelier in Zürich, bei dem sie damals ihre Eheringe gekauft hatten. Von denen seit ihrem großen Streit im letzten Jahr der eine verschwunden war.

Die Mutter hatte damals dafür gesorgt, dass sie sich wieder vertrugen und Paul seine Bettdecke brav ins Schlafzimmer zurückschleppte. Ein wahres Donnerwetter hatte sie losgelassen: «Irgendwann muss es auch mal gut sein, sich immer nur für die Schule zu zerreiben. Dieser alberne Zank wegen eines Grundstücks!» Das habe Anni von ihrem eigenen Geld gekauft und mit dem Wohlwollen der Familie. Wenn es mal eng würde, könne man es jederzeit wieder verscherbeln. Grund und Boden in der Schweiz sei ansonsten eine gute Wertanlage. Doch richtig beruhigt hatte Paul sich erst, als Philippine Hochschild feierlich ankündigte, zur Eröffnung der Bühnenhalle ihren Steinway-Flügel zu spenden. «Ich fühle mich inzwischen zu alt fürs Klavierspiel, und so ein edles Instrument, das würde Lu und dem Zuck sicher Freude machen.»

Anni war ihrer Mutter heute noch dankbar. Und sie hatte recht behalten, der Flügel passte so gut in den Saal, dass man meinte, das Gebäude sei um ihn herum erbaut worden.

Also war alles wieder halbwegs friedlich gewesen zwischen Paul und ihr. Anni hatte es sich verkniffen, die Schule weiterhin als eine Art Nebenbuhlerin zu empfinden, eigentlich war diese Eifersucht ja auch albern. Nur der Ring war nicht mehr aufgetaucht.

«Du hast doch nicht etwa einen Haufen Geld ausgegeben für …»

«Hab ich nicht.» Paul ließ den Deckel aufschnappen. Es

waren zwei Ringe, im Grunde wie die alten, nur um einiges schmaler. «In der Klinik musste ich vor dem Röntgen meinen Ring abnehmen. Da kam ich auf die Idee, ihn einschmelzen zu lassen.»

«Du hast zwei daraus gemacht?»

Paul nickte, nahm Annis Hand und hielt sie wie damals, vor fünfzehn Jahren, als sie einander, so furchtbar jung, das Jawort gegeben hatten. «Anni, mit diesem Ring gibst du mir ein Versprechen.»

«Aber natürlich!», sagte sie und zwinkerte verschwörerisch, weil sie glaubte, er wolle ein bisschen Ironie in die Romantik mischen, wie es seine Art war. Doch da irrte sie. Die Träne, die ihm über die Wange lief, verriet es.

«Was ist los? Was soll ich dir versprechen?»

«Dass du den Weg weitergehst.»

«Paul?»

«Ich wollte es dir nicht vor dem großen Pfingstfest sagen. Und auch jetzt möchte ich, dass du ruhig bleibst. Schon wegen dem Kleinen …»

«Die Ergebnisse?»

Er nickte. «Es bleibt nicht mehr viel Zeit. Ein Jahr, mit Glück etwas mehr. Ich werde schon bald Behandlungen über mich ergehen lassen müssen, die mich zwingen werden, die meiste Zeit in Zürich zu sein. Und ich will, dass du, egal was kommt, für uns beide hier auf Juist die Stellung hältst. Du musst bei den Kindern bleiben, bei der Schule. Es soll sich nichts ändern. Unser gemeinsames Ziel darf nicht in Frage stehen. Verstehst du?»

Es gibt Bilder, die malt man sich unweigerlich aus, auch wenn es vermessen ist, dies zu tun. Sie und Paul mit weißem Haar, freundlichen Falten, in einem prächtigen Garten sitzend, den tobenden Enkelkindern milde zulächelnd, die Gewissheit eines erfüllten Lebens im Herzen … Das Gemeine an diesen Bildern: Sie wirken so überzeugend, als gäbe es keine andere Zukunft außer dieser. Als wäre diese Zukunft bereits bestellt und bezahlt.

Nun wurde Anni bestohlen. Hinterrücks. Der Krebs fraß das Bild einfach weg, sie würde es nie wieder betrachten können.

«Versprichst du mir das, Anni?», fragte Paul.

Es kann sein, dass sie nickte. Es kann sein, dass sie schrie. Oder schwieg.

Doch der Ring passte. Sie trägt ihn noch heute.

~

Eng ist es in dieser blöden Inselbahn, weil alle Pfingstgäste, die gestern nicht abgereist sind, sich heute hier reingequetscht haben. Die alte Frau neben Moskito beschwert sich, weil sie keinen Sitzplatz abgekriegt hat, aber alle, die sitzen, sind noch älter als sie. Und der vornehme Herr mit der Brille, der bestimmt im Kurhaus genächtigt hat, stinkt nach Schweiß. Schlecht ist Moskito jetzt schon, da braucht er gar nicht erst an Bord der Frisia gehen. Wegen des Gestanks, dieser Enge, vor allem aber wegen des Abschieds von der Insel, bei dem er auf keinen Fall heulen will, solange jemand in der Nähe ist.

Seine Eltern, Gundula, Johann und der kleine Anton befinden sich im anderen Waggon. Moskito hat so getan, als hätte er sie im Gewühl aus den Augen verloren, doch in Wahrheit will er einfach nur die letzten Minuten hier auf Juist mit seinen Freunden verbringen. Nicht mit Titicaca, leider, die war ihm sogar noch bis zum Lokschuppen am Deich hinterhergewatschelt, als wüsste sie, dass er nicht nur kurz zum Süßkramkaufen ins Dorf verschwindet. Davongescheucht hat er sie, denn spätestens beim Einsteigen in die Inselbahn wäre für die Gans sowieso Schluss gewesen, und dann hätte das arme Tier da rumgestanden, am Bahnsteig, und irgendein Juister Jäger, der sonst zu blöd zum Schießen ist, hätte die günstige Gelegenheit genutzt.

Zwischen der motzenden Frau und dem Schweißmann pressen sich Volkmar und Marje ganz eng an die Tür, weil sie sich im letzten Moment reingezwängt haben. Hoffentlich purzeln sie nicht gleich, wenn die Bahn am Anleger hält, rücklings raus. Die zwei Gauner, denn normalerweise kostet es zehn Pfennig, zum Anleger mitzufahren, und wenn der Zug überfüllt ist wie heute, darf man gar nicht mit. Aber sie gehen das Risiko ein. Und müssen später mit dem Schulschiff vom Anleger abgeholt werden, damit nicht auffliegt, dass sie schwarzgefahren sind.

Richtig schlimm wird es gleich, wenn Moskito an Bord geht und die beiden unten stehen bleiben. Wenn der Kapitän das Signalhorn tuten lässt, die Schiffsmotoren angeworfen werden und die Frisia sich Meter für Meter vom Anleger entfernt, bis die Freunde immer kleiner werden. Hoffentlich winken sie nicht, das würde Moskito nicht verkraften. Gestern bei seiner Abschiedsfeier ist es schon schlimm genug gewesen, als Anni die Geschichte erzählt hat von dem Tag, als Titicaca gekommen ist und im Krankenzimmer übernachtet hat. Der Tag, an dem sich die Wildgänse gegründet haben. Der Name ist Moskitos Idee gewesen.

Bloß nicht dran denken, seine Augen brennen schon.

Sie hätten nicht unrecht, die Eltern, hat Anni gestern Abend gesagt. Wenn in Deutschland Menschen vor Gericht gestellt werden, weil sie die Wahrheit sagen, sei das kein gutes Zeichen. Wer wisse schon, wie lange das noch gut gehe. Es könne von einem Tag auf den anderen schwierig werden, wenn man zu denen zählt, die ihre Meinung kundtun, oder vielleicht auch nur verwandt ist mit einem, der sich das traut.

Anni übertreibt, da ist Moskito überzeugt. Aber es kommt ja nicht drauf an, was er denkt. Moskito könne unmöglich mit seinen siebzehn Jahren als Einziger aus der Familie in Deutschland bleiben, hat sein Vater entschieden.

«Und was wird aus meinem Abitur?», hat Moskito gefragt.

«Das kannst du auch in Südamerika machen», hat der Vater geantwortet. Auch dort gäbe es Internate, die seien vielleicht nicht reformpädagogisch, aber nachdem er gesehen habe, wie bescheiden man hier lebt für das ganze Geld, fragt er sich sowieso, wofür das gut sein soll.

Moskito fängt Marjes Lächeln auf. Ganz kurz nur. Zwischen den Leuten hindurch. Sie ist frohgemut, obwohl sie gerade erst erfahren hat, dass Fräulein Kea ihre Mutter gewesen ist. Und über ihren Vater wird Marje wohl nie was rauskriegen. Jemand anders wäre da völlig neben der Spur. Aber Marje verkraftet das irgendwie. Hätte Moskito einen Hut, er würde ihn ziehen. Sie sah so hübsch aus vorgestern. Gesagt hat er's ihr nicht.

An dem Abend hat er überhaupt nicht begriffen, was passieren wird. Da ist er noch mit Anton über den Hof galoppiert und hat beim Tauziehen den Schiedsrichter gespielt, als wenn überhaupt nichts wäre. Und nun, keine achtundvierzig Stunden später, steht Moskito in der Inselbahn und macht sich auf den Weg nach Hause. Nein, auf den Weg in die Fremde. Sein Zuhause ist hier.

Die Inselbahn schmeißt sich ratternd in die Kurve. Die ältere Frau verliert den Halt, Volkmar fängt sie zum Glück auf. «Hoppla!», sagt er und strahlt die Dame an mit diesem Grinsen, nun ja, das hat er drauf.

Die Mundwinkel der Fremden biegen sich plötzlich nach

oben. «Ach, wären doch nur alle so aufmerksam wie Sie, junger Mann!»

Volkmar zwinkert Moskito zu, der diesen Blick seines Freundes zu deuten weiß. Volkmar glaubt nämlich, Höflichkeit lohnt sich, denn irgendwann mal hat man das Glück, im richtigen Moment zum richtigen Menschen nett zu sein, und das ist all die Male wert, in denen ein Lächeln vergeudet war. Wer weiß, vielleicht ist die Frau eine Millionärin, die noch keine Ahnung hat, wem sie ihr Vermögen vererben soll, und dann erinnert sie sich im Moment ihres Ablebens an den blonden Mann in der Inselbahn und ernennt ihn zum Alleinerben.

Jetzt halten sie an, und Volkmar bietet, ganz Kavalier, seinen Ellenbogen, damit die Möchtegern-Erbtante sicher aussteigen kann. «Eine gute Weiterreise, Madame!»

Draußen weht der Wind ziemlich stark, und die Wellen der heranrollenden Flut werfen sich gegen die Poller, dass es nur so klatscht.

«Dass mir nie aufgefallen ist, wie stark wir alle geworden sind.» Es ist ein Satz, der eigentlich viel zu schlau für Moskito ist. Klingt eher nach einem Helden aus Pauls Romanbibliothek. Entsprechend verwundert schauen Marje und Volkmar ihn an.

Die Leute ringsum wollen eilig aufs Schiff kommen, dabei fährt die Frisia bestimmt nicht ohne sie los. Niemand beachtet die Insel, die einen halben Kilometer entfernt in der Nachmittagssonne liegt. Und auf der das Leben weitergehen wird, nachdem Moskito sie verlassen hat. Im Sommer werden die Gäste nach Sonnenöl riechen oder den Regen verfluchen. Im Winter wird der Ostwind die Insel so lange in die eisige Zange nehmen, wie es ihm gefällt. Und dazwischen gehen die Gezeiten ungerührt ihrem Rhythmus nach, und Zuck spielt am Morgen im Speisesaal Klavier.

«Maximilian, kommst du?», ruft der Vater.

«Ja, gleich!»

Der Vater gesteht ihm noch etwas Zeit zu. «Aber wir gehen dann schon mal vor.»

In all den Jahren, die sie sich kennen, haben sie noch nie so belämmert voreinander gestanden. Moskito fallen die Humintas ein, die Marje damals für ihn gebacken hat. Und er denkt an den Tag, an dem Volkmar und er wieder in ein gemeinsames Zimmer gezogen sind und es gleich den ersten Zoff gab, wer das Bett neben dem Fenster kriegt.

«Vater, warte!», ruft Moskito und betritt den Steg, der inzwischen fast leer ist, weil die meisten längst auf dem Schiff sind, um sich dort schon wieder die besten Plätze zu erstreiten.

Der Vater dreht sich zu ihm um. «Ich dachte, du wolltest dich noch in Ruhe verabschieden.»

«Ja, Vater. Von dir.»

«Maximilian, wir haben doch ausführlich darüber geredet.»

«Du musst dir keine Sorgen machen. Ich hab viele Freunde, auf die ich mich verlassen kann. Sollte es schlimmer werden in Deutschland, werde ich zu euch kommen. Aber so lange, bitte, Vater, so lange möchte ich bleiben.»

Der Vater schaut Moskito verärgert an. Dann wird sein Blick milde. Er atmet einmal ein und einmal aus, als strenge ihn das alles ganz schön an. «Bist ein richtiger Mann geworden.» Dann nimmt er Moskito kurz in den Arm, drückt ihm einen Kuss auf die Stirn und lässt ihn los. «Deine Mutter wird mich beschimpfen, bis wir in Potosí angekommen sind.»

«Das wird keine schöne Reise für dich.»

«Nun, das war ihre Entscheidung, mit dieser Schule am Meer. Sie wollte damals unbedingt, dass du zu einem Menschen heranwächst, der weiß, was er will.»

«Dann sag Mutter, ihre Entscheidung war goldrichtig.»

Das Signalhorn ertönt. Die Matrosen beginnen damit, die Stege einzuholen. «Halt, wartet!» Schon liegt ein halber Meter Wasser zwischen Bord- und Spundwand. Moskito rennt los. Er erklimmt den letzten Steg gerade noch rechtzeitig, stolpert fast über die Querbalken, ergreift mit beiden Händen das Geländer und betritt mit gewagtem Schritt, aber trockenen Fußes den Anleger.

«Büst dördreiht, oder wat?», schimpft einer der Seeleute.

Auch Marje und Volkmar schütteln die Köpfe. «Und jetzt?»

«Zurück nach Hause, und zwar auf direktem Weg!» Moskito nimmt Anlauf, nähert sich ohne Zögern der Kante. Das Meer, das einen Meter weiter unten wartet, schäumt unruhig, doch es macht ihm keine Angst. Er hält die Luft an und springt.

Wasser umtost ihn, reißt an ihm, dringt ihm in Ohren, Nase, Augen. Moskito taucht auf. Hat's geschafft.

TEIL 3

Hier, in Meer und Eis, kann einem vorkommen,
Berlin wäre ein Tollhaus geworden.
Freilich muss der Einsturz dieses Tollhauses
auch unsere Arbeit zerstören.

Martin Luserke,
3. Logbuch der Schule am Meer

Oberprima

April – September 1933

Es war Sonntag. Ostersonntag. Wie spät genau, konnte Anni nicht sagen. Um nachzuschauen, hätte sie sich umdrehen müssen, weg von der beruhigend öden Wand mit den vertrauten kleinen Rissen im Putz, hin zum Nachttischchen, auf dem der Wecker nach einer durchwachten Nacht unbarmherzig tickte. Sobald Anni sich umdrehte, würde es weh tun. Wenn nicht die Schulter oder die Hüfte, dann wegen der schneidenden Kälte im Zimmer. Dazu die allmorgendliche Enttäuschung, dass Pauls Bett nicht mehr neben ihrem stand. Dass das Gesicht, in welches sie fast jeden Morgen als Erstes geblickt hatte, verschwunden war, nachdem es vor fast einem halben Jahr so friedlich ausgesehen hatte wie niemals zuvor. An jenem Abend im November. Als Paul gestorben war.

Sie hatte ihn nicht allein gelassen, nicht einen Tag. Anfangs hatte Paul geschimpft, das wäre anders vereinbart, sie solle nicht ständig auf seiner Bettkante hocken und seine Hand halten, sie werde auf Juist gebraucht, sie lasse die Kinder und vor allem die Schule im Stich. Doch mit der Bestrahlung hatte sich das geändert, da hatte Paul sie zumindest nicht mehr wegschicken wollen. Mit den Schmerzen war sogar Dankbarkeit dazugekommen, und am Ende blieb nur Liebe. Für sie, Anni, seine Frau, und die Töchter, die fern auf der Insel an ihn dachten und fast täglich schrieben, Bilder malten, bastelten.

Während die Schule ihn vergessen zu haben schien. Briefe

kamen kaum, von Besuchern ganz zu schweigen. Das politische Seminar in der Schule leitete eine neue Kollegin, Fräulein Blankenheim, die als erste Amtshandlung die Abonnements für Pauls Lieblingszeitungen kündigte. Den Geschichtsunterricht übernahm Dr. Dietrich. Pauls Kameradschaft wurde auf die anderen Gruppen verteilt. Paul, der *Mitbegründer der Schule, dessen kluger Kopf unersetzlich war* – wie es später in der Todesanzeige so hochtrabend formuliert war –, er war eben doch umstandslos ersetzt worden.

Er klagte nicht, doch Anni kannte ihren Mann gut genug, um zu wissen, wie sehr es ihn schmerzte, sein Wissen nicht mehr weitergeben zu dürfen. Fast bis zuletzt verfolgte Paul das politische Geschehen in Deutschland übers Radio und diverse Tageszeitungen, mit denen die Klinik ausgestattet war, diskutierte, nachdem Anni der Themen überdrüssig geworden war, dann eben mit Ärzten und Mitpatienten weiter. Dass er irgendwann still wurde, lag nicht nur an der Krankheit. «Pack deine Koffer, Anni, nimm die Mädchen und geh weg von Juist, weg aus Deutschland. Am besten, solange noch Zeit ist!»

Auch das hatte Anni ihrem Mann hoch und heilig versprechen müssen und letztlich nicht befolgt. Paul war tot. Doch ihre gemeinsame Idee war nicht gestorben. Ihm fehlte am Ende bloß die Kraft, weiter darum zu ringen. Ausgezehrt war er gewesen, die Muskeln im Gesicht ganz hart vom vielen Zähnezusammenbeißen, die Augen rot und stumpf, weil er über Stunden vor Schmerzen geschrien hatte. Irgendwann hatte Anni keine Fotos mehr gemacht. Das letzte zeigte Paul am Lago Maggiore, am Ostersonntag vor fast genau einem Jahr. Annis Mutter war gerade in Frankfurt zu Grabe getragen worden, und Anni und Paul nutzten die Tage zwischen zwei seiner zehrenden Behandlungsphasen, um ins Tessin zu reisen. Im

Bewusstsein, es würde ihr letzter Frühling bleiben. Trotzdem versteckte Paul auf der Isola di Brissago zwischen Narzissen und Krokussen Eier aus feiner Schokolade. Und in ein Nest unter einem Salbeistrauch legte er die Briefe, die die Mädchen ihnen beiden zu Ostern geschickt hatten. Darin waren auch Fotografien, die wunderschön, aber schmerzhaft anzuschauen waren, weil Karin so gewachsen war, ohne dass Anni und Paul daran hatten teilhaben dürfen.

Sich selbst überlassen waren die Kinder nicht, Frau Hafner kümmerte sich rührend, und Marje war in die Arche gezogen, sodass die vier nachts jemanden um sich hatten, den sie mochten, dem sie vertrauten. Anni hatte es schier zerrissen, die Mädchen ohne ihren Beistand zu wissen. Und ganz heimlich hatte sie aufgeatmet, als es endlich vorbei gewesen war. Sie hatte Pauls friedliches Gesicht geküsst und sich in den erstbesten Zug gesetzt, der gen Norden fuhr.

Dann war es Winter geworden, nicht nur im Kalender, und es schien, als währte die Dunkelheit ewig, als hätte das Zwielicht die Sonne ganz und gar vertrieben. Warum also aufstehen? Zumal an einem Sonntag?

Es waren Ferien. Die Wochen zwischen zwei Schuljahren, die ruhigste Zeit also. Sie hatte frei. Sie fand keinen Grund, sich zu erheben.

«Mamala! Mamili!»

Nun, fast keinen. Eine klitzekleine Hand kroch über ihren Fuß. Warm, wie der Frühling eigentlich zu sein hatte. Dann ein Arm, ein Köpfchen, zwei strampelnde Knie.

«Mumulu!»

Evas Stimme bettelte: «Wenn Karin zu dir ins Bett darf, dann wollen wir auch!»

Ruths lockiges Haar kitzelte bereits an Annis Wange. «Und

Mama, nächste Woche kommt ein Zirkus auf die Insel, ein echter Zirkus! Dürfen wir da hin?»

«Mal schauen. Vielleicht.» Es wurde eng auf der Matratze. Und warm. Und behaglich.

«Wann gibt es Frühstück?», fragte Eva.

Anni streckte sich. «Sobald ihr es zubereitet habt.»

«Wir können das nicht», sagte Ruth. «Dazu sind wir zu klein.»

«Dann weckt Renate.»

«Die ist nicht da!»

«Was?» Anni setzte sich auf. «Hat sie gesagt, dass sie woanders schläft? Bei den Aeschlis vielleicht?»

«Nein», sagte Ruth.

«Nein», sagte auch Karin, denn sie plapperte immer alles nach, was ihre großen Schwestern redeten. Nur Eva schwieg.

«Eva?»

«Ich darf nichts sagen, Mama.»

«Wieder der Hubert?» Anni schlug die Bettdecke zur Seite. Diese verfluchte Kälte, Gänsehaut überzog ihren gesamten Körper. «Ist Renate zelten gegangen?» Anni suchte mit dem großen Zeh ihre Pantoffeln. «Obwohl ich es ihr verboten habe?»

Sie stand auf und griff sich den Morgenmantel, der eigentlich viel zu dünn war, um damit durch die Dünen zu streifen, so früh am Morgen, bei diesem Wetter. «Renate weiß genau, was das für sie bedeutet.»

«Bitte, Mama, sei nicht so streng!», jammerte Eva und rannte ihr bis zur Haustür nach. «Nicht die Nati fortschicken.»

«Deine Schwester weiß, dass ich bereits ein Zimmer reserviert habe.»

«Nicht in der *Bedales School*!»

«Doch. Es war ausgemacht, noch ein Regelbruch, und …»

«Mama, bitte, bitte nicht! England ist so weit weg!»

Was sollte sie tun? Anni war alles in einem – die behütende Mutter, der strenge Vater, die Lehrerin, die sich an geltende Regeln zu halten hatte.

Ihr entschiedener Schritt drückte sich in den regenfeuchten Sand. Sie fasste den Morgenmantel enger und hielt ihre Arme um den Körper geschlungen, trotzdem zitterte sie. Wo das Zelt stand, war leicht zu erraten. Auf einer Weidefläche ganz in der Nähe des Sees, der sich im vorletzten Winter nach einer Sturmflut zwischen den beiden Deichen der Hammerbucht gebildet hatte. Dort fanden die Heringe Halt im festen Boden. Die Sandhügel ringsherum schützten vor dem eisigen Wind. Und Seevögel sangen die hier Zeltenden in den Schlaf. Ein hübscher Platz.

«Du kannst mir gar nichts verbieten!», hatte Renate trotzig gesagt. «Und der Papa schimpft nicht mehr. Der ist tot. Der ist verbrannt. Der liegt als Aschehaufen in Zürich verbuddelt.»

Beinahe wäre Anni die Hand ausgerutscht. Vielleicht wäre es besser gewesen, sie hätte ihre Tochter ausnahmsweise wirklich geohrfeigt. Dann hätte Renate es erst gar nicht gewagt, sich ihr zu widersetzen.

Das Zelt war rot, kümmerlich und schief aufgebaut bei einem Stapel Birkenstämme. Anni blieb stehen. Sie hatten die Plane nicht richtig geschlossen, durch einen Spalt waren Renate und Hubert zu sehen, eng aneinandergeschmiegt, der Berg aus Wolldecken verheimlichte nur, ob beide Pyjamas trugen oder nackt waren. Es wäre eine Kleinigkeit, einfach umzudrehen und ihnen den Schlaf zu lassen, die Zweisamkeit, den Frieden.

All das, was Anni so schmerzlich vermisste.

Noch nie hatte Marje solch einem Menschen gegenübergesessen, jemandem, der so schillernd und so schön war. Zu gern hätte sie die Hand ausgestreckt, um wenigstens einmal ganz kurz über die braune, samtig aussehende Haut zu streicheln. Doch das wagte sie natürlich nicht. Schon die langen, rot lackierten Fingernägel signalisierten, dass eine Frau wie Affra sich nicht einfach berühren lassen wollte. Die unzähligen Armreifen klapperten am Gelenk und die Creolen, die ihre Ohrläppchen zierten, schaukelten, sobald sie sich bewegte. Und das tat Affra die ganze Zeit, im Grunde redete sie mehr mit den Händen als mit dem Mund. Wenn sie sagte: «Denkst du gerade an etwas Großes, sehrrr sehrrr Grroooßes!», dann warf sie ihre schlanken Arme in die Höhe und riss noch zusätzlich die zwischen schweren künstlichen Wimpern eingebetteten Augen weit auf. Die Pailletten ihres Kleides funkelten im Scheinwerferlicht, und die Feder, die in ihrer turbanähnlichen Kopfbedeckung steckte, wippte. Marje war nicht dumm und wusste, dass Affra, die «grrrößte Gedankenleserrrin» der Welt, mit diesem Gesten- und Mienenspiel von irgendeinem billigen Trick ablenkte. Die fremdartige Musik des kleinen Zirkusorchesters – es umfasste lediglich einen Trommler, einen Akkordeonisten und einen, der sowohl Trompete als auch Posaune und Querflöte spielen konnte – diente dem gleichen Zweck. Alles Budenzauber. Faszinierend war es trotzdem.

«Das, woran du denkst, ist grrrrau!»

Marje nickte. Obwohl sie schon längst nicht mehr an den Elefanten dachte, selbst wenn Affras Assistent, der im Rücken der Künstlerin stand, voller Konzentration das Schild, auf welches Marje vorhin in Großbuchstaben *Elefant* geschrieben hatte, nach oben reckte. Sie sinnierte viel mehr darüber, wie genau Affra das anstellte und was für eine Frau sie eigentlich war. Irgendwie musste es sie ja von Afrika oder dem Rest der fremden Welt in einen deutschen Zirkus verschlagen haben, wo Affra laut Programmheft zum berühmtesten Medium Europas aufgestiegen war.

«Weiß ich nicht die Name …» Affras mondsichelartige Augenbrauen bewegten sich aufeinander zu, sie presste beide rotkralligen Zeigefinger in die Schläfen und ihre ebenso roten, vollen Lippen aufeinander.

Negroid, hatten sie in Rassenkunde gelernt. Ein neues Schulfach, das Fräulein Blankenheim, die als Pauls Nachfolgerin gekommen war und außerdem Politik und Sport unterrichtete, in den Stundenplan integriert hatte. Marje wusste nicht, ob es mehr in Richtung Naturwissenschaften ging oder doch eher mit Soziologie zu tun hatte. Jedenfalls seien die Negroiden auf der untersten Stufe anzusiedeln, direkt neben den Juden. Das trichterte Frau Blankenheim ihnen ein, ungeachtet dessen, dass die arme Rahel dabei ständig von allen angestiert wurde, als stünde mitten im Klassenraum ein …

«Elefant!» Affra strahlte, als Marje nickte. Die Kapelle intonierte einen Tusch. Die wenigen Leute, die sich zur Nachmittagsvorstellung des Wanderzirkus eingefunden hatten, klatschten. «Das war eine sehrrr, sehrrrr schwerrre Gedanke, liebe Mädchen!»

Marje war entlassen, verbeugte sich kurz vor Affra und dem Publikum, dann setzte sie sich wieder neben Rahel, die wahrlich beeindruckt zu sein schien. «Hast du was gespürt? Als Affra in deinen Kopf geschaut hat?»

Marje verneinte. Und noch in der Umbauphase vor dem nächsten Auftritt – ein akrobatisches Zigeunerpärchen wurde angekündigt – hatte sie die Sache durchschaut, als nämlich rechts von der Manege, direkt an einer der verschnörkelten

Stangen, die das Zeltdach hielten, ein kleiner Spiegel langsam und unauffällig nach oben gezogen wurde. Sie verriet Rahel nichts davon. Schließlich hatte diese ihr die nicht ganz billigen Eintrittskarten zum achtzehnten Geburtstag geschenkt. «Stell dir vor, der große Zirkus Sarrasani kommt nach Juist! Da müssen wir hin, unbedingt!» Die Plakate, mit denen die Insel in nur einer Nacht tapeziert worden war, zeigten Löwen und Tiger, kreischbunte Clowns und exotische Feuerspucker. Die Realität präsentierte sich deutlich bescheidener, statt Raubkatzen zuckelten drei brave Ponys im Kreis, die immerhin in der Lage waren, Mohrrüben zu zählen. Der Clown hatte offensichtlich schlechte Laune und der Feuerspucker wegen Erkältung abgesagt. Trotzdem, allein für Affra hatte sich der Eintrittspreis gelohnt, fand Rahel ganz verzückt. Warum also sollte Marje ihre Freundin enttäuschen?

Und ja, es war schön – die Strahler an der Decke, die in allen Farben leuchteten und sich wie durch Geisterhand bewegten, der Geruch der Wunderkerzen, die Kostüme so bizarr – welch herrliche Ablenkung vom Alltag, der immer beschwerlicher wurde, je näher das Abitur rückte.

Und je enger der Gürtel geschnallt werden musste. Der Haushaltsplan erlaubte keine Eskapaden, Fleisch gab es nur noch einmal die Woche und Fisch lediglich dann, wenn sich welche in die Reusen verirrten, die sie im tiefen Priel jenseits der Fahrrinne aufgestellt hatten. Als neulich einige Fässer mit feuchtem Roggenmehl gestrandet waren, hatten Gesa und Marje die Nacht hindurch Brote geknetet und die Hälfte davon zu Zwieback verarbeitet, der knüppelhart und trocken, aber dafür länger haltbar war. In der Not frisst der Teufel Fliegen, hatte Lu gesagt. Der hatte gut reden.

Nach einer weiteren Pony-Nummer, bei der die Tochter

des Zirkusdirektors mit allerlei Verrenkungen im Sattel beeindruckte, war die Vorstellung zu Ende, die Zeltplanen wurden zur Seite geschlagen und das Publikum zurück in die echte Welt entlassen, in der keine Feuerwerkskörper knallten, sondern nur ab und zu die Manöverschüsse der Marine, die vor Borkum und Norderney Krieg spielte.

Der Zirkus hatte den verwunschenen Park neben der Dorfschule zugewiesen bekommen, unterhalb des Wasserturms und ganz in der Nähe der katholischen Kirche. Und ganz in der Nähe auch von Marjes Elternhaus, das diesen Namen eigentlich nicht mehr verdiente. Noch immer stattete sie dort Besuche ab, wenngleich nicht mehr ganz so regelmäßig, weil die Zeit fehlte. Die Begrüßung fiel weder herzlicher noch frostiger aus, seitdem die Wahrheit ans Licht gekommen war. Einzig, dass sie diese Frau nicht mehr Mutter nannte, sondern Fenna, und den Mann, der noch immer lebte, ohne Lust darauf zu haben, Ubbo. Den Zirkus würden die beiden ganz sicher nicht besuchen. Zu bunt und zu teuer.

Rahel hakte sich bei Marje unter. «Soll ich uns für den Rückweg noch eine Tüte kandierte Mandeln spendieren?»

Die gab es im kleinen Kiosk neben den Tierkäfigen, ihr Duft lockte schon von weitem. Doch davor standen breitbeinig und mit verschränkten Armen die Insel-Nazis, die offensichtlich die Menschen davon abhalten wollten, Karten für die nächste Vorstellung zu kaufen.

Rahel blieb prompt stehen. «Mist, ausgerechnet!»

«Marje, du musst wirklich besser achtgeben, wo und mit wem du deine wenige Freizeit verbringst», rief Theo quer über den Platz. «Gerade der Zirkus ist verseucht, du könntest dir sonst was holen.»

Gern wäre Marje hocherhobenen Hauptes an Theo und den

anderen vorbeistolziert. Doch das konnte sie ihrer Freundin nicht antun. Rahel war nicht besonders mutig und zweifelte mehr und mehr, ob vielleicht was dran war an dem Geschwätz und ihr ein Makel anhaftete.

«Komm, lass uns einen kurzen Umweg machen. Ich hab keinen Appetit auf Mandeln. Außerdem bin ich neugierig, was sich wohl hinter dem Zelt befindet. Vielleicht lauern da ja die Löwen vom Plakat?»

Rahel folgte ihr erleichtert. Sie passten auf, nicht über eins der zahlreich gespannten Seile zu stolpern. Das Zirkuszelt war nicht zu vergleichen mit dem kleinen, roten Fetzen, in dem Renate am vergangenen Wochenende heimlich übernachtet hatte, gemeinsam mit Hubert. Ein Riesendonnerwetter war losgebrochen, und Marje hatte Mitleid gehabt mit Renate, die ihr in den letzten Monaten, seit sie bei Familie Reiner in der Arche wohnte, ans Herz gewachsen war. Seit Pauls Tod bedauerten alle Anni und auch Eva, Ruth und die goldige Karin. Doch Renate bekam die ganze Zeit zu hören, dass sie als Älteste vernünftig zu sein habe und ihrer Mutter nicht noch zusätzlich Kummer bereiten dürfe. Als Renate schließlich Trost bei ihrem Freund suchte, der ein feiner Kerl und zudem schon lange ihr Liebster war, wurde sie bestraft und nach England ins Internat gesteckt. Marje verstand, dass Anni sich hart und konsequent zeigen musste, besonders jetzt, da jeder darauf schaute, ob sie es schaffte, ganz ohne Paul und ohne wohlhabende Mutter, dafür mit einem jüdischen Geburtsnamen im Pass. Dennoch war es ungerecht, dass Renate mit ihren sechzehn Jahren angeblich zu jung für die Liebe war, aber alt genug, den Tod des Vaters und der Großmutter zu verarbeiten.

Rahel stieß Marje aufgeregt in die Seite. «Schau mal!» Zwischen zwei Silberpappeln, direkt neben der Mauer zur Dorfschule, duckte sich ein Wohnwagen, dessen hölzerne Außenwand purpurn gestrichen und mit orientalisch anmutenden Sternen verziert war. *Affra*, war auf ein Schild gepinselt. Die Tür, zu der ein metallener Tritt führte, stand offen, doch ein Vorhang aus flatternden Samtstreifen verbarg den Blick nach innen.

«Da wohnt die also!», staunte Rahel. «Sicher hat sie ein Bett mit tausend goldenen Kissen und einem Baldachin darüber.»

«He, Marje! Nicht davonschleichen!», hörten sie Theos Stimme. Er war ihnen gefolgt, wischte sich wichtigtuerisch die blonde, glatte Strähne seines ansonsten kurzgeschorenen Haars hinter das Segelohr. «Juden, Neger und Zigeuner, das ist für ein deutsches Mädel wie dich kein Umgang!»

Ihm dicht auf den Fersen waren die anderen, die inzwischen zur HJ zählten. Es wurden wöchentlich mehr, nicht unbedingt aus Überzeugung, viele auch, weil man sich eben auf eine Seite schlagen musste, warum also nicht auf die vermeintlich stärkere.

Rahel zog den Kopf ein.

«Keine Angst», sagte Marje. «Solange ich in der Küche dafür verantwortlich bin, die Portionen einzuteilen, tun die uns nichts.»

Die Jungs rückten zusammen und machten einen weiteren Schritt auf sie zu.

«Bleibt uns bloß vom Leib», warnte Marje.

«Was ist hier los?», fragte eine schneidende Stimme hinter ihnen. Affra stand auf dem Tritt, sie trug einen wenig glamourösen Morgenmantel und hatte erst auf einer Seite die dicken, schwarzen Wimpern entfernt. Die Haare, nicht mehr vom Turban gezähmt, tanzten wild um ihren Kopf.

«Ein Negerweib!», schrie Otto, und es hätte nicht ängstlicher klingen können, wenn sich hier doch ein paar Raubtiere rumgetrieben hätten.

Und wirklich: Affra riss die Augen noch weiter auf als eben in der Manege, dann fletschte sie die Zähne und knurrte. Die Jungen schienen schon weniger mutig.

«Geht da rein, Mädels», sagte Affra zu Marje und Rahel und schob die roten Samtschnüre zur Seite. «Mit denen werde ich schon fertig.»

Die Mädchen fanden sich im Innern des Wohnwagens wieder. Leider gab es kein ausladendes Bett, keine goldenen Kissen, erst recht keinen prächtigen Baldachin. In der einen Ecke klemmte eine furchtbar enge Pritsche. An der Wand dahinter hingen, mit Reißzwecken befestigt, unzählige Zeitungsausschnitte. Alle zeigten sie Affra im Kostüm, neben ihr stattliche Männer in Anzügen und Uniformen. Marje und Rahel traten zurück, als Affra hereinkam. Doch sie schien nicht böse zu sein, dass ihre Besucherinnen so neugierig ihre Behausung studierten.

«Kennt ihr den da ganz links?», fragte sie und zeigte auf ein Bild, auf dem sie die Gedanken eines hageren Mannes mit zurückgekämmtem Haar las. «Mitte der Zwanziger in Berlin. Joseph Goebbels. Heute dafür zuständig, Kunst und Kultur ausbluten zu lassen. Wenn der wüsste, dass in meinem Wagen ein Foto von uns beiden hängt, würde er den ganzen Zirkus abfackeln.»

Marje schaute sich das Bild noch einmal an. «Was hat er denn in dem Moment gedacht, der Herr Goebbels?»

«Elefant.»

«Wie du, Marje», sagte Rahel begeistert.

«Elefant kommt jedes dritte Mal. Oder Giraffe. Und ganz ehrlich, was dieser Goebbels in Wirklichkeit gedacht hat, als er mir gegenübersaß, hätte ich nicht aussprechen mögen. Es waren Kinder anwesend.» Sie setzte sich vor ein Tischchen mit ovalem Spiegel und drehte den Docht der Petroleumlampe höher. Mit einem Lappen wischte sie sich die restliche Schminke vom bereits wimpernlosen Auge. «Ich habe eure Verfolger mit einem Voodoozauber belegt, die sind auf und davon.»

«Was ist eigentlich mit deinem rollenden R passiert?», fragte Marje grinsend.

«Mädels! Ich komme aus Göttingen, da spricht man das lupenreinste Hochdeutsch der ganzen Republik.»

«Wir sind keine Republik mehr», sagte Rahel. «Sondern ein Reich.»

«Meinst du?» Affra tauchte den Lappen in einen Tiegel mit Fettcreme, rieb ihn über die Lider, kniff die Augen zu. Dunkle Schlieren ließen sie gruselig aussehen. «Ich weiß nur, dass dieses Land meine Heimat ist.»

«Nicht Afrika?»

Affra lachte. «Da war ich noch nie. Meine Mutter hat in Westafrika als Stenotypistin gearbeitet. Als sie schwanger war, hat man sie zurück nach Hause geschickt. Ich bin bei meiner Oma aufgewachsen, und weil die mich nicht anders als ihre anderen Enkel behandelt hat, hab ich erst ganz spät kapiert, dass ich nicht so blass bin wie die meisten und mein Haar nicht so schlapp runterhängt wie bei euch. Affra ist auch nur mein Künstlername.»

«Und wie heißt du in echt?»

«Kriemhild.»

«Deutscher geht's quasi nicht.» Marje kicherte. *«Ich habe einen Mann, dem alle diese Reiche sein sollten untertan.»*

Jetzt war die andere Gesichtshälfte dran. Die Frau, die unter der künstlichen Farbe sichtbar wurde, war im Grunde noch viel schöner.

«Bei mir ist es umgekehrt», stellte Marje fest. «Ich bin blond und blauäugig, fühle mich aber überall fremd.»

Rahel schaute sie ungläubig an. «Du?»

«Das würde ich an deiner Stelle lieber nicht so laut sagen.» Affra zupfte sich eine Zigarette aus einem bereitliegenden Etui und zündete sie an der Petroleumlampe an.

«Und was ist mit der Gedankenleserei?», fragte Rahel, wie um sich einen letzten Rest der Magie, die von dieser Frau ausging, zu bewahren.

«Ich glaube, Affra kann einfach nur sehr gut spiegelverkehrt lesen», erklärte Marje.

Affra zwinkerte ihr zu. «Meine Kollegen sagen immer: Pass auf, bald verbieten sie sogar den Zirkus.» Sie blies Rauchringe in die Luft, immerhin war das kein Trick, sondern ein echtes Kunststück. «Ist doch Quatsch, sage ich dann, Zirkus kann man nicht verbieten, den wird es immer geben.»

Oh! Könnte Marje doch nur ein bisschen so sein wie diese Frau. Selbstsicher. Stolz. Kühl und doch leidenschaftlich. Irgendwann einmal. Es wäre wunderbar.

«Und jetzt zieht Leine, Mädels. Und Klappe halten wegen Kriemhild und Göttingen und so, ja?»

Marje und Rahel versprachen es, bedankten sich artig, schauten die Frau noch einmal ganz genau an, um kein Detail zu vergessen, und stiegen aus dem Wagen. Ihre Schritte waren leicht. Der Kopf in Wattewolken. Auf dem Heimweg pafften sie unsichtbare Zigaretten und schauten imaginären Ringen aus Rauch hinterher.

~

Therese stand im algengrünen Kimono auf dem Balkon ihrer Privatwohnung im ersten Stock des Hotels. Der Wind blies vom Meer her, herrlich frisch und salzig. Seit sie nicht mehr trank und die neuen Medikamente einnahm, war sie wie ein weißes, frisch gebügeltes Tischtuch. Alles hinterließ Spuren in ihr, als erlebe sie es zum ersten Mal. Den Frühling auf der Insel, hatte sie ihn jemals wirklich eingeatmet? Ihn bis in die Spitzen ihrer Lunge dringen lassen? Ihre Nasenflügel blähten sich leicht, ihr Spiegelbild in der Balkontür zeigte es.

Das Haar wuchs üppig nach, sie trug es offen und etwas kürzer als zuvor. Der Kropf, die hervortretenden Augen, all das, was Gustav fürchtete, war bislang ausgeblieben. Therese war nun Mitte dreißig und fühlte sich gesund und stark – und schön. Das einzig Unansehnliche an ihr war diese Narbe, die breit wie eine Nacktschnecke über ihren Bauch kroch, einen Fingerbreit über dem Schamhaar. Die Erinnerung an jene Operation, auf der Gustav und sein Naziarzt bestanden hatten. Die Eileiter zerschnitten. Therese unbrauchbar gemacht. So hatte es sich eine Weile angefühlt. Jetzt nicht mehr. Sie war geheilt. Zumindest von dem Schmerz, der eigentlich noch viel, viel älter gewesen war als der, den Gustav ihr zugefügt hatte. Vielleicht war es wie beim Tiefseetauchen. Einmal musste man ganz unten sein, am Boden von allem, dem massiven Druck des Daseins ausgesetzt.

Im letzten Herbst, kurz vor dem Ende der Saison, war es so weit gewesen. Therese war angetrunken zum Café gewankt und hatte dort ihrem Mann dabei zugesehen, wie er Fenna bestie… Nein, wirklich, es brachte nichts, sich ständig daran zu erinnern. Was sie empfunden hatte, war keine Eifersucht gewesen, dazu hätte sie Gustav lieben müssen, nicht mal Wut, dazu fehlte der Hass. Der Mann, mit dem sie die letzten Jahre zusammengelebt und das Geschäft ihres Vaters geführt hatte, war ihr im Grunde genommen gleichgültig. Erkannt hatte sie das erst spät und etliche Meilen entfernt, in Wien. Ach, Wien!

Dr. Hensell hatte ihr nach dem furchtbaren Zusammenbruch eine Adresse gegeben und dringend zum Klimawechsel geraten. Und noch dringender zur Entgiftung. Therese war dem guten alten, hartnäckigen Inselarzt dankbar, dass er ihr sogar die Zugfahrkarte organisiert hatte, allein hätte sie das nie geschafft. Und in Wien war alles gut geworden. Nicht gleich zu Beginn, noch an Silvester war Therese sicher gewesen, in der Vorhölle gelandet zu sein, diese Schmerzen, dieser Ekel, dieser Durst. Doch dann hatte sie eine dieser neuen Therapien ausprobiert, ohne recht daran zu glauben und auch nur weil die Kraft für Widerstand nicht mehr gereicht hatte. Anfangs war ihr nicht bewusst, wie sehr ihr diese junge Frau half, indem sie einfach dasaß und zuhörte und Therese nicht ein einziges Mal unterbrach. So hatte Therese von der Zeit erzählen können, als die Mutter krank war und wütend wie eine Furie – und dann elend starb, woraufhin der Vater Therese im Haushalt und dem Geschäft schuften ließ. Das Reden hatte sich angefühlt, als werfe sie zentnerweise Geröll von sich, unter dem sie jahrelang verschüttet gewesen war. Therese schaffte es zurück an die Oberfläche, hatte gierig Atem geschöpft, hatte ihr Leben in die Hand genommen – und war seit Ostern wieder auf Juist.

«Therese?», rief Gustav. «Liebes, wo steckst du?»

«Hier draußen.»

Er trat lächelnd auf den Balkon, nahm sie in den Arm und rieb ihre Schultern. «Es ist zu kühl für einen solchen Aufzug.» Er behandelte sie wie ein rohes Ei. «Komm lieber rein!» Das schlechte Gewissen, gepaart mit der neu erwachten Leidenschaft, weil die Gattin wieder so adrett war – und seine Partei an der Macht. Zwar nicht auf Juist, aber im Rest des Landes.

Therese folgte ihm. Im Wohnzimmer hatte sie die Wände zitronengelb streichen lassen und die dunklen Eichenmöbel durch leichte Fichte ersetzt, statt der Brokatvorhänge ließen flirrende Seidenschals die Sonne herein. Das Einzige, was in ihren privaten Räumen noch schwer und finster wirkte, war Gustav. Ihn auszutauschen war kaum möglich. Immerhin war es ihm bislang nicht gelungen, sie für unzurechnungsfähig zu erklären. Versucht hatte er es nach ihrer Krise, doch da hatte Dr. Frenkel ein Gutachten geschrieben, welches Gustavs Pläne, das Hotel und das Café gänzlich an sich zu reißen, null und nichtig machte. Nun waren die Vorzeichen anders. Das Gutachten einer jüdischen Psychiaterin aus Wien würde das Papier nicht wert sein, auf dem es geschrieben stand. Therese musste sich mit ihrem Mann arrangieren, wenn sie nicht alles verlieren wollte.

«Hast du schon gefrühstückt?», fragte sie und zeigte auf den runden Tisch, den das Zimmermädchen so nett gedeckt hatte, mit frischen Brötchen, Tee, Obst, Gemüse und Saft. «Ich lasse dir gern ein weiteres Gedeck bringen.»

Er nickte. «Und etwas Butter, Käse, Schinken, Ei, Wurst. Tut mir leid, von dem, was da auf dem Tisch steht, werd ich nicht satt.»

Therese ging zum Telefon, das auf einem Beistelltischchen stand und auch eine Neuerung im Haus war: Von hier aus konnte sie im Hotel anrufen, auch im Tanzcafé. Im Grunde müsste sie gar nicht mehr vor die Tür gehen, könnte den ganzen Tag im Kimono herumlaufen. Eine verlockende Vorstellung.

Die Bestellung war schnell erledigt.

Gustav saß bereits und stopfte sich die Serviette in den Ausschnitt seines Hemdes, dessen Kragen mit dem rot-weißen Parteiabzeichen bestickt waren. «Versteh mich nicht falsch, Liebes, ich finde es ja gut, dass du dich so eisern an deine Diät hältst.»

«Kein Fisch, kein Fleisch, keine tierischen Produkte. Wenn ich das durchhalte, erspare ich mir mit viel Glück den operativen Eingriff. Und ich brauche die Klimaveränderung, im Winter muss ich wieder nach Wien.» Zu ihr, dachte Therese, zu Dr. Else Frenkel. Bei der ich nichts falsch machen kann und keine Angst haben muss. Spätestens im Oktober würden sie sich wiedersehen.

«Mal schauen, wenn der Betrieb es zulässt, kann ich dich ja begleiten!» Gustav legte seine Hand auf die ihre.

Therese stellten sich die Nackenhaare auf. «Oh ja!»

Es klopfte an der Tür, das Zimmermädchen kam mit dem Tablett herein. Therese sprang auf und nahm ihr das Porzellan ab. Wie schämte sie sich dafür, in den letzten Sommern so gemein zu den Angestellten gewesen zu sein. Wenn es möglich wäre, sie würde sich bei jedem Einzelnen persönlich entschuldigen. Doch die meisten hatte sie für immer vergrault. Scham war eines der vielen Gefühle, das Therese erst seit Wien empfinden konnte. Und sosehr die Sensibilität ihr Leben bereicherte, auf die Scham hätte sie gerne verzichtet. Sie machte einen unendlich hilflos.

Gustav schmierte sich fingerdick Butter auf das Brötchen, legte drei Scheiben Blutwurst darauf und hatte mit einem Bissen die Hälfte verschlungen. Aufgeweichte Krümel klebten an seinem Zahnfleisch, er spülte sie mit Tee weg. Wenn er kaute, hörte man die Kiefer malmen.

«Der Bruns …», kam er schließlich zum Thema. Er hatte sich für seine Verhältnisse Zeit gelassen, normalerweise ging es bei Gustav schon im zweiten oder dritten Satz um die Gemeinderatswahl im März, deren Ausgang nach seiner Ansicht ein Armutszeugnis für die ganze Insel war. Weil Juist weit und breit die einzige Gemeinde war, in der die Nationalsozialisten nicht stärkste Kraft geworden waren. Und weil es für ihn, obwohl er die meisten Wählerstimmen ergattert hatte, nicht für den Bürgermeisterposten gereicht hatte. Zu viele im Inselrat wussten mit den Nazis nichts anzufangen.

«… also, der Sohn vom Floristen, der ist doch mit dir zur Schule gegangen. Den kennst du doch gut.»

«Das ist Jahre her.» Therese löffelte ihr Apfelkompott.

«Warum hat der bloß so viele Stimmen gekriegt?»

«Ach, Gustav. Die Menschen mochten seinen Vater, den Witwer Bruns. Und sie mögen es, dass der Sohn nun auf die Insel zurückgekommen ist, um den Blumenladen zu übernehmen.»

«Der hat keine Frau.»

Therese betrachtete das Obst auf dem silbernen Löffel eingehend, die kleinen Zimtpunkte auf der feuchten, roten Schale. «Ich mache da nicht mit, Gustav!»

«Ja, ich weiß. Der hat doch schon früher nur mit Mädchen gespielt. Und nun bindet er gar Blumen und läuft immer so gekünstelt durch die Gegend.» Gustav winkelte einen Arm an und ließ die Handfläche nach unten zeigen, dazu blinzelte er affektiert mit den Augen. «Ich muss das melden, Liebes, so einen können wir im Inselrat nicht gebrauchen.»

«Er ist ein gutherziger Mensch, und er liebt seine Heimat. Das sind beste Voraussetzungen für dieses Amt, wenn du mich fragst.»

«Er ist ein warmer Bruder!»

Therese kratzte das letzte bisschen Kompott aus dem Schüsselchen und leckte den Löffel hingebungsvoll ab. Durch Dr. Frenkel, die sie heimlich, nur für sich, Else nannte, hatte sie gelernt, sich nicht bedrängen zu lassen, sondern mit allen Sinnen zu genießen. Das wollte sie nie wieder verlernen.

Gustav köpfte sein Ei. «Dieser Rat dürfte wohl der einzige im ganzen Reich sein, der komplett untauglich für die neue Zeit ist. Ahrends zum Beispiel, dieser Querulant …»

«Immerhin ein altgedienter Stahlhelm-Mann!»

«In meinen Augen sitzt er nur im Rat, um sich Vorteile zu verschaffen. Und Casjens riecht schon morgens nach Schnaps, Franke kann nicht mit Geld umgehen …»

Es war schwer erträglich, Gustavs Tiraden über sich ergehen lassen zu müssen. An keinem Ratsmitglied, das ihm die Stimme zum Bürgermeister verwehrt hatte, ließ er ein gutes Haar. Mit manchen Anschuldigungen hatte er recht, Casjens becherte, und Franke hatte bei einigen Juistern einen offenen Deckel, auch im Tanzcafé ließ er gern anschreiben. Doch er war ein langjähriger Stammgast und freundlich gesinnter Schulkamerad ihrer Mutter gewesen. Es war Therese unangenehm, dass Gustav derart über ihn herzog.

«Sogar einen Lehrer der Judenschule muss ich neben mir ertragen. Dr. Dietrich.» Das *Doktor* sprach Gustav aus, als handle es sich um eine ansteckende Krankheit. «Meine Jungs haben mir berichtet, dass er sich weigert, den deutschen Gruß zu zeigen. Ich hab das Reichsministerium des Innern bereits in Kenntnis gesetzt. Die werden ohnehin bald einen ganzen Stapel unangenehmer Briefe an die Schule schicken. Denn so geht es einfach nicht weiter.»

«Gustav, warum gibst du nicht endlich Ruhe?»

Er ließ die zarte Teetasse hart auf das Porzellantellerchen krachen und putzte sich den Mund ab. «Soll ich dir mal was zeigen?» Er stand auf, zog die Schublade seines Schreibtisches auf und kam mit einem Faltprospekt zurück, die Werbebroschüre der Schule am Meer. Ein Segelboot war darauf abgebildet, andere Fotografien zeigten Jungen beim Speerwerfen am Strand und Mädchen in Badeanzügen fröhlich und eng beieinanderstehend. Eine davon war Marje.

«Das ist doch das Allerletzte!»

Therese zuckte mit den Schultern. «Ich weiß nicht, was du hast.»

«Die genießen eine Ausbildung, die man uns beiden verwehrt hat, bezahlt von Fördergeldern, die deutsche Schulen niemals genehmigt bekommen hätten. Allein hunderttausend für eine Theaterhalle, in der volksfremdes Zeug aufgeführt wird! Diese Judengesichter. Eins ums andere hässlich und verschlagen. Das kann dir doch nicht egal sein.»

Nein, es war ihr nicht egal. Dafür hatte Therese zu oft in ein Judengesicht geschaut. Eines, dessen Schönheit sie erst nach und nach erkannt hatte und dann davon regelrecht verzaubert worden war. Würde man Else und Gustav nebeneinandersetzen, sein immer breiter werdendes Gesicht gegen ihr filigranes, sein Haar aus Stroh gegen ihr weiches, schwarzseidenes, man würde die Rassentheorie über Bord werfen. So wie Therese es getan hatte.

«Schau nur, diese Marje, die du vor Jahren sehr vorausschauend aus unseren Diensten entlassen hast. Dieses elende Küchenmädchen schwingt gefährliche Reden über Pazifismus und wohnt im Hause dieser Jüdin, deren verstorbener Mann überhaupt der Schlimmste von allen gewesen ist. Und dann treibt diese Marje sich im Zirkus rum und steigt im Wohnwagen einer Negerin ab.» Er tauchte kopfschüttelnd sein Messer in die Butter.

«Bravo, Gustav, du bist mal wieder bestens unterrichtet.»

«So weit kommt es noch, dass die linke Brut demnächst in unseren Universitäten nistet.»

Sollte Therese ihm sein fettiges Brötchen ins Gesicht drücken? Den Tee auf seinen Hosenbeinen verteilen? Oder besser noch: Sollte sie ihm verraten, dass dieses aufmüpfige Küchenmädchen seine eigene Tochter war, Ergebnis einer Tat, für die alle Scham, die Therese neuerdings empfand, niemals ausreichen würde. Vor einem Jahr hätte sie ihrer Wut freien Lauf gelassen und damit alles nur noch schlimmer gemacht.

Heute jedoch lächelte Therese das Lächeln, von dem sie wusste, dass es Gustav gefiel.

Und fasste einen Plan. Der ihm nicht gefallen würde.

~

«Jetzt klopfen wir da an und fragen nach Flickzeug!», bestimmt Moskito und lehnt sein Fahrrad gegen die moosbewachsene Friedhofsmauer. «Wir haben mehr als hundertfünfzig Kilometer geschafft, und mein Hintern ist platt wie ein Pfannkuchen. Von Norddeich nach Bremen ohne irgendeine Panne, und dann platzt dir ausgerechnet hier der Reifen. Das muss doch ein Zeichen sein.» Er zeigt zur Kirchturmspitze. Die Mittagssonne setzt ihr gerade einen Heiligenschein auf. «Von dem da oben höchstpersönlich.» Dass er eben, als Volkmar um die Kirchenecke verschwunden ist, um in den Komposthaufen des Friedhofs zu pinkeln, ein bisschen mit der Spitze seines Taschenmessers nachgeholfen hat, verrät Moskito natürlich nicht. Der Zweck heiligt bekanntlich die Mittel, so ist Volkmar gezwungen, den ersten Schritt zu tun.

«Wir könnten auch noch bis zum nächsten Gasthof laufen und da nachfragen», versucht dieser sich zu drücken, doch Moskito schüttelt den Kopf und zeigt zur Tür des Pfarrhauses. Eine schwere grüne Holztür, hinter der Volkmars Vater mit seiner «echten» Familie lebt. Hierher hat die Reise geführt. Nachdem sie drei Tage lang im Sattel gesessen haben, Wind, Regen und Kopfsteinpflaster getrotzt, die erste Nacht im Heuschober und die zweite in einer Bahnhofswartehalle zugebracht. Im Gepäck lediglich ein Stück Seife, das Nötigste an Kleidung und den Roman, den sie durchlesen müssen, weil sie nächste Woche bei Anni eine Klassenarbeit darüber schreiben. Die ganze Zeit schon sind sie ein bisschen hungrig und durstig, durchgefroren und sehr, sehr müde. Beide haben sie gewusst, ohne es auszusprechen: Falls wir es wirklich bis Bremen schaffen, schauen wir hier vorbei. Im Nordosten der Stadt, wo die schmale Kirche mit dem ungewöhnlich spitzen Turm steht, an den Volkmar sich noch dunkel erinnern kann.

«Und was soll ich sagen, wenn er fragt, wer wir sind?»

«Die Wahrheit: Zwei wissbegierige junge Männer auf Studienreise.»

Denn offiziell sind Moskito und Volkmar unterwegs, um ein Thema für die große Arbeit zu finden, die alle Oberprimaner im Laufe des letzten Schuljahres anfertigen müssen, um ihren Forscherdrang unter Beweis zu stellen. Laut Lu ist das unerlässlich auf dem Weg zur Reifeprüfung. Volkmar hat gleich verkündet, dass er etwas im Bereich Sport recherchieren will, über die erste Herrenmannschaft des Bremer Hockey-Clubs. Weil die in einem englischen Turnier mitgespielt hat, mit mäßigem Erfolg zwar, doch das hält ihn nicht davon ab, sich eingehend mit deren Strategien und Taktiken beschäftigen zu wollen. Auf gut Deutsch: Volkmar hatte Karten für ein Heimspiel besorgt, und gestern Nachmittag haben sie am Spielfeldrand gestanden und jedes Manöver kommentiert. Darüber hinaus hatte sich aber auch die willkommene Gelegenheit für ein Glas Bier geboten und für ein heimliches Zigarettchen. Einfach herrlich, so eine Studienreise. Sie fühlen sich wie rasende Reporter.

Moskito hat sich allerdings noch immer nicht entschieden, worum es bei seiner eigenen Arbeit gehen soll. Vielleicht das Vogelbrutgebiet in der Wesermarsch oder das Wachstum der

Inselbäume im Vergleich zu denen auf dem Festland. Hauptsache, sie bietet auch für ihn einen triftigen Grund, die Osterferien um ein paar Tage zu verlängern und die Rückkehr nach Juist hinauszuzögern.

Bereut hat er es nicht, vor zwei Jahren geblieben zu sein, während der Rest der Familie nach Bolivien abgereist ist. Schon allein das Gefühl, nun zu den Ältesten der Schule zu zählen, zu den Oberprimanern, will er nicht missen. Volkmar und er sind im März in die Arche umgezogen, Moskito hat jetzt ein Zimmer für sich allein, und wenn er ungestört sein will, legt er einen Ring um die Klinke, und das Zimmer ist für alle anderen tabu. Absolute Ruhe! Anni kommt kaum noch nach, Moskito mit Lesestoff aus ihrem Bücherschrank zu versorgen. Er darf zudem seine Lerneinheiten freier gestalten, je nach Interesse Schwerpunkte setzen und eben Reisen unternehmen, wenn sie einem schulischen Zweck dienen. Es ist großartig, erwachsen zu werden!

Volkmar trödelt vor Moskito die drei Stufen hinauf, ergreift den Schlegel, zögert kurz, dann haut er ihn dreimal gegen die Metallplatte. Er atmet durch, als habe ihn das bisschen Klopfen die letzte Kraft gekostet. Hastig dreht er sich noch mal zu Moskito um und flüstert: «Aber du versprichst mir, keine Andeutungen zu machen oder sonst irgendwas …»

Die Tür öffnet sich. Der Mann, der ihnen gegenübersteht, trägt keinen Talar, sondern eine zerknitterte Leinenhose und unter der Weste einen gestrickten Pullover, der an den Ellenbogen geflickt ist. Er ist hager und blass, seine Augen hinter den dicken Gläsern seiner Brille seltsam rund, mit der Brille erinnert er an den Katzenhai, den Mister im letzten Jahr am Strand gefunden und gefährlich lebensecht präpariert hat, sodass der Fisch, dessen glatter, gewundener Körper an Drähten von der Decke hängt, seitdem dumpf in den Biologieraum glotzt.

Die Fehlsichtigkeit hat Volkmar hoffentlich nicht geerbt, Hockey spielen mit einem solchen Gestell auf der Nase wäre problematisch.

«Kann ich euch irgendwie helfen?» Die Haare waren bestimmt irgendwann einmal genau so blond wie die von Volkmar, die Locken sind auch die gleichen. Doch dem Pastor geht immer noch kein Licht auf, er blinzelt unbeeindruckt, fast etwas unfreundlich durch seine Brille.

Volkmar nimmt allen Mut zusammen. «Wir bräuchten Flickzeug für mein Fahrrad.» Er sagt das mit einer solch zittrigen Unsicherheit, dass sein Gegenüber natürlich skeptisch wird.

Der Pastor macht einen Schritt zurück und verkleinert den Spalt zwischen Tür und Rahmen. Gastfreundschaft sieht anders aus. «Seid ihr etwa Studenten? Wenn es um die Sache mit den Büchern geht, da mache ich nicht mit.»

«Bücher?», fragt Moskito.

Der Pastor greift in die Tasche seiner Weste und zieht einen Zettel hervor. Hakenkreuze links und rechts. Hier auf dem Festland gibt es die massenhaft. Auf den Schaufensterscheiben jüdischer Läden, an den Mauern der Synagogen, überall, wo es ins Auge springt. Es muss wirklich viele Menschen geben, die nachts mit Farbeimern und Pinsel ausrücken.

«Dieser Aufruf. Für nächsten Mittwoch. Eine Schande ist das!» Demonstrativ zerreißt der Pastor das Flugblatt in kleine Schnipsel und lässt sie auf Volkmars Schuhspitzen schneien.

«Damit haben wir nichts zu tun», bringt Volkmar hervor. «Wir haben wirklich nur wegen der Reifenpanne geklopft. Aber wir können auch beim nächsten Gasthaus fragen.»

Moskito ahnt, dass sein Plan, Vater und Sohn miteinander zu versöhnen, leider in die Hose gegangen ist. Volkmar kann sich gar nicht schnell genug umdrehen und weggehen. Dabei – zu beschweren braucht er sich nicht, politisch gesehen ist sein Erzeuger schon mal in Ordnung. Das hätte auch schlimmer ausfallen können, wenn man beispielsweise an den Inselpastor denkt, der die Vernichtung des Antichristen zum höchsten Ziel erklärt hat. Als ob manche Leute völlig verrückt geworden sind.

So verrückt wie Volkmars Mutter vielleicht. Was genau ist mit ihr passiert? Warum ist Volkmar überhaupt auf der Welt, und weshalb will der Vater nichts von ihm wissen? Der Pfaffe muss es beichten, oder es bleibt für immer geheim. Volkmars Mutter ist nämlich vor anderthalb Jahren sang- und klanglos verstorben, da gab es einen knappen Kondolenzbrief aus der Anstalt, und das war's.

Der Pastor ruft Volkmar hinterher: «Kenne ich dich überhaupt?» Er schaut zu Moskito. «Oder deinen Kameraden hier?»

«Nein», sagt Volkmar, kickt mit dem Fuß den Fahrradständer nach oben, greift nach dem Lenker und schiebt los. «Wir haben uns noch nie gesehen!»

Moskito klaubt einen der Papierschnipsel vom Boden auf. Er hat sich nicht verlesen, darauf steht *Robert Musil.* Hastig setzt er seinen Rucksack ab und kramt die Schullektüre hervor. «Da! Von dem Autor lesen wir gerade was in der Schule! *Die Verwirrungen des Zöglings Törleß*!»

Der Pastor, der schon drauf und dran war, sich umzudrehen und ins Pfarramt zurückzukehren, hält inne.

«Mos-ki-to!», ruft Volkmar.

Ja, ja, er hat ihm versprochen, keine Andeutungen zu machen. «Was soll denn sein mit diesen Büchern?», fragt Moskito trotzdem.

«Vernichten will man sie. Hier und in Hannover und Berlin und überall im Land. Hast du den Aufruf nicht gelesen?»

«Ich gebe zu, der Roman ist wirklich etwas langatmig, und diese sadistischen Szenen zwischen zwei Jungs, Herr Pastor, die gefallen Ihnen doch sicher auch nicht.»

Der Mann stellt sich gerade hin, als müsse er sein Haus verteidigen. «Darüber zu urteilen ist weder meine Aufgabe noch die der Nazis. Aber Kunst zu verbrennen ist ein Verbrechen. Das werde ich wieder und wieder sagen, selbst wenn mich das in Gefahr bringt.» Drinnen verkündet eine Frauenstimme, das Essen stünde auf dem Tisch. Es riecht nach Blumenkohl. Der Pastor schickt sich erneut an, die Tür zu schließen.

«Kommst du endlich?», ruft Volkmar, der schon ungeduldig an der nächsten Laterne steht.

Moskito wird ihn niemals zum Bleiben überreden können. Und dieser Pastor ist zu sehr mit großpolitischen Problemen beschäftigt, als dass er seinen eigenen Sohn erkennen würde.

Also springt Moskito die Stufen runter, schnappt sich sein Fahrrad und schiebt es zu Volkmar. «Dann mal nichts für ungut, Herr Pastor. Und entschuldigen Sie die Störung.»

Der Gottesmann ruft ihm noch einen Segen hinterher, der eher nach einem Fluch klingt.

An der Laterne, wo Volkmar wartet, klebt ein weiteres Flugblatt, der Leim ist noch nicht trocken. *Bürger des deutschen Reichs, reinigt eure Büchereien!* Moskito reißt das Papier vom Pfahl.

«Was willst du damit?», fragt Volkmar.

«Ist für meine große Arbeit», sagt Moskito.

«Was hat das mit Vögeln und Bäumen zu tun?», fragt Volkmar ratlos.

«Nichts. Ich habe mich umentschieden. Ich mache was mit

Literatur.» Moskito steckt das Flugblatt ein. «Was meinst du, wenn wir schon mal hier in Bremen sind, dann schaffen wir es doch auch noch bis nach Berlin, oder?»

~

Eduards Fuß ertastete das Pedal, drückte es sanft nach unten, wodurch die Mechanik nach rechts verschoben wurde, nur wenige Millimeter, damit die Hämmer des Steinway-Flügels eine Saite weniger zum Klingen brachten, *una corda.* Die leisen Töne verflüchtigten sich in der Weite der Bühnenhalle. In ihrer vollen Lautstärke erschallen durften sie erst am Ende des ersten Teils, wenn das Libretto ein Quäntchen mehr Optimismus zuließ.

Eduard zählte acht Schläge. Jetzt! Fuß vom Pedal, die Hände weit gespreizt, fast jeder Finger im Einsatz, acht Töne auf einmal, dazu hörte er im Geiste den Chor singen: *Trotz bietet, was lebt und lacht*!

Er war ganz allein auf der leeren Bühne, keine Menschenseele im Publikum, nur Eduard, der Steinway und die Musik im Entstehen. Inzwischen war er im passenden Alter, sich die Träume zu erfüllen, die er als kleiner Junge gehegt hatte. Und zum Glück hatte Eduard nie Schornsteinfeger werden wollen oder Eisenbahner oder Gendarm, das wäre ihm heute recht anstrengend geworden. In seinem unschuldig-hochtrabenden Kleinjungentraum war er Komponist gewesen. Am Klavier sitzend und tage- und nächtelang über Akkorden und Takten brütend. Das tat er im Grunde schon viele Jahre, und die Lieder, die er für Carls Theaterstücke geschrieben hatte, bescherten ihm sogar ein nettes Zubrot. Doch der kindliche Eduard hatte einer sein wollen, der Werke für richtige Orchester schrieb, für

Chöre und Solisten. Werke, die zeitlos waren, die selbst dann noch einstudiert und aufgeführt wurden, wenn er längst unter der Erde lag. Ein Stück Unsterblichkeit. Wenn er schon keine Söhne und Töchter haben würde.

Denn die einzige Frau, mit der er das je gewollt hätte, war mit einem anderen verheiratet und erwartete zu Weihnachten dessen Kind. Ihr widmete er heimlich die Kantate, an der er schrieb, seit sie vor einigen Monaten die Insel für immer verlassen hatte. *Für Gi.* Offiziell jedoch: *Die Herbstkantate.* Traurig tropfende Tonleitern, frei durch alle Möglichkeiten der Musik mäandernd, melodisch und doch ohne Melodie. Wenn sich sein Wunsch je erfüllen sollte und die Kantate berühmt genug würde, um in Musikschulbücher aufgenommen zu werden, würden die Schüler lernen, dass der Komponist bei der Entstehung in einem Schwebezustand gewesen war zwischen Wehmut und der trotzigen Absicht, doch irgendwie alles zu überstehen.

Es klopfte im Dreivierteltakt an die Hallentür. Das passte nun so gar nicht, weder in Eduards Komposition noch in seine Gemütslage. «Herein!»

Es war Anni. Und wie immer, wenn er sie in letzter Zeit sah, zog sich sein Herz zusammen, weil die Welt ungerecht war und nicht nur in seinem Fall Menschen auseinanderriss, denen doch eigentlich ein langes gemeinsames Leben vorbestimmt schien. Die *Kameradschafts-Kantate*, die er im letzten Winter auf das Notenpapier gebracht hatte, war Paul gewidmet gewesen. Der Chor hatte bei der Trauerfeier den ersten Satz gesungen. Manchem war die Stimme weggebrochen. Kameradschaft tat weh, wenn man einen verlor.

Anni erklomm die Bühne und ließ sich auf den Hocker sinken, der ihrer war, wenn sie im Orchester Cello spielte. Das Instrument lehnte nur eine Armlänge von ihr entfernt, doch sie behielt die Hände in den Taschen ihres weiten Rocks. Dass Anni zum Musizieren vorbeigekommen war, hatte Eduard ohnehin nicht zu hoffen gewagt. Sie war noch käsiger als sonst. «Hast du auch diesen Brief bekommen?»

Ja, hatte er. «Nimm den nicht so ernst.»

«Sie untersagen uns das Unterrichten an öffentlichen Schulen!»

«Zum Glück sind wir eine private!» Das war ein sehr zweifelhaftes Argument, doch hatte es Eduard bislang beruhigt.

Anni nicht. «Wenn wir beide weiterhin hier arbeiten, werden sie uns die öffentlichen Zuschüsse streichen!»

«Dann drehen wir halt den Spieß um und nehmen nur noch Kinder von Juden und Kommunisten auf. Jetzt, wo denen von hundert offiziellen Schulplätzen nur noch anderthalb zustehen, werden wir uns vor Anfragen nicht retten können.»

Anni lächelte schief. «Das glaubst du nicht wirklich.»

Nein, das glaubte er nicht. «Ich hätte endlich wieder genügend Mädchenstimmen im Chor.» Denn der Sopran war dünn wie Pergament, seit zum Schuljahresende im März ein Viertel der Schülerinnen und Schüler die Insel verlassen hatten. Einige Eltern konnten sich das Schulgeld schlicht nicht mehr leisten. Andere packten ihre Siebensachen und verließen das Land Richtung England oder Amerika. Auch Eduards Bruder lebte mit seiner Familie ausschließlich in seinem Haus in Österreich, seitdem die Nazis öffentlich gegen seine Werke Stimmung machten, den Theaterstücken das Aufführungsverbot drohte und dem Namen Carl Zuckmayer stets das Adjektiv «nichtarisch» angeheftet wurde. Eduard hielt die Reaktion seines Bruders für überzogen, Carl hingegen warnte ihn, nicht naiv zu sein. Wahrscheinlich lag die Wahrheit irgendwo dazwischen.

Für Anni gestaltete sich die Lage um einiges prekärer. Sie war das, was die Rassentheoretiker eine Volljüdin nannten, noch dazu Witwe eines Mannes, der sich zu Zeiten der Revolution mit dem roten Lager eingelassen hatte. Eduard hingegen war «nur» Halbjude, katholisch getauft, Kriegsveteran und Träger des Eisernen Kreuzes. Die neuen Gesetze trafen da klare Unterscheidungen. Eduard war guter Dinge, dass seinem Widerspruch gegen das Berufsverbot stattgegeben und man in seinem Fall eine Ausnahme machen würde. Aber bei Anni?

Jetzt wurden ihre Augen nass. Sie wischte energisch mit dem Ärmel darüber. «Ach Zuck. Wo soll ich denn hin mit den Kindern?»

Anni war keine Frau, die vor Kollegen weinte. Und Eduard kein talentierter Tröster. Er erhob sich vom Klavierhocker, näherte sich Anni, legte kurz seine Hand auf ihr dichtes Haar.

«Wir werden euch nicht im Stich lassen», versprach er und zog seine Hand vorsichtig zurück. «Nachdem du dich so für diese Schule engagiert hast. Nicht zu vergessen deine Mutter mit ihren großzügigen Spenden. Vielleicht wird es eine Weile schwierig mit dem Unterrichten, doch so lange kannst du all die anderen Aufgaben übernehmen, die nicht unter das Beamtengesetz fallen. Das ist zweifelsohne unter deinem Niveau, aber bloß eine Zwischenlösung, bis der Spuk vorbei ist.» Eduard war selbst erstaunt, doch seine Worte schienen eine beruhigende Wirkung zu haben. Die Tränen versiegten, Anni zog ihr Taschentuch heraus und schnäuzte sich. «Niemand wird dich fortschicken, versprochen!» Hoffentlich lehnte er sich damit nicht zu weit aus dem Fenster. Lu, die Blankenheim und einige andere Kollegen waren kürzlich dem Nationalsozialistischen Lehrerbund beigetreten, ein Schritt, der aus Eduards Sicht nicht zwingend nötig gewesen wäre. Und dass morgens beim Frühstück der deutsche Gruß für alle verpflichtend war, schien ihm deutlich überzogen. Doch wahrscheinlich war das der allgemeinen Euphorie geschuldet, im ganzen Land herrschte Aufbruchsstimmung, und als Schulleiter musste man sich aufgeschlossen zeigen, wollte man sich die Sympathien der Machthaber nicht verscherzen.

Anni steckte das Taschentuch wieder ein. «Ich habe dich spielen hören. Es klang wunderschön. Die neue Kantate?»

Er setzte sich wieder an die Tasten und wiederholte die letzten Akkorde. Wenn jemand zuhörte, klangen sie gleich ganz anders. *«Singt, nun schwingt das Jahr zur Mitte»*, zitierte er die ersten Zeilen des Librettos, das aus Lus Feder stammte.

Anni lehnte sich zurück, griff den Wirbel ihres Cellos und wuchtete das schwere Instrument zwischen ihre Beine. «Welche Tonart?»

«Es geht mit g-Moll los, dann Es- und As-Dur.»

Anni schloss die Augen, neigte den Kopf, setzte den Bogen an. Weich schwoll die Dominante unter ihren vibrierenden Fingern. Eduard spielte weiter, sie folgte ihm. Erst tastend, wie Frage und Antwort, dann hatte Anni die Melodie verstanden und begann, sie leicht zu variieren. Nur selten öffnete einer von ihnen die Augen, noch seltener beide zur gleichen Zeit, und nur ein einziges Mal schauten sie sich sogar an. Musik wie diese brauchte keinen prüfenden Blickkontakt, keine erklärenden Worte und Anweisungen.

Ach, wäre es mit der Welt doch nur genauso.

~

Moskitos Gesicht ist heiß und trocken, obwohl Volkmar und er sicher zwanzig Meter vom Scheiterhaufen entfernt stehen. Er muss die Augen zusammenkneifen, um keine Asche hineinzubekommen. Die Luft ist voll davon. Papier, das von einem glühenden Saum gefressen wird, sich krümmt wie unter Schmerzen, sich einrollt, kleiner wird und leichter und schließlich schwebt, trotz des Regens. Auf einigen Fetzen kann man noch Buchstaben erkennen, und Moskito überlegt, ob er diese Seiten vielleicht selbst einmal gelesen hat. Das erste Kapitel von *Im Westen nichts Neues*, das ihn so erschüttert hat, wegen der Sache mit dem Stiefel. Oder schwebt da gerade irgendeine Silbe aus *Berlin Alexanderplatz* vorbei, das Moskito gleich nach seinem Erscheinen verschlungen hat, weil es doch von Peters Vater geschrieben war.

Die aufgekratzten Studenten haben eine Kette gebildet, reichen Buch für Buch weiter, laut johlend wie beim Mannschaftssport. Die einen tragen NS-Uniformen, die anderen die Couleur ihrer Verbindung, auch Professoren im Talar packen mit an. Der Qualm ist beißend, man mag ihn kaum einatmen, und bei jedem Stapel, der in den Flammen landet, lodern spitze Funken in den Nachthimmel.

Moskito und Volkmar haben ihre tapferen, inzwischen mehrfach geflickten Räder, die bis in die Hauptstadt gerollt waren, am Spreeufer abgestellt und sind dann rüber zum Opernplatz. Nach dem Weg fragen mussten sie nicht, denn unzählige Menschen strömten dorthin, als erwarte man ein Volksfest mit Freibier. Tatsächlich spielt eine Kapelle, dazu Lachen und Jubel von allen Seiten. Nur dass man nicht stehen darf, wie man will, sondern in Reih und Glied, im akkuraten Quadrat um das Feuer herum. Scheinwerfer erhellen die Nacht, und Filmkameras werden auf den jungen Mann gerichtet, der eine Rede hält, oder besser: brüllt. «Ich übergebe alles Undeutsche dem Feuer!», ruft er zum Abschluss.

Das scheint ein Kommando zu sein, denn nun treten nacheinander weitere Studenten an das Mikrophon und sagen ihre Sprüche auf. «Gegen Klassenkampf, für die Volksgemeinschaft!»

Die Menge tobt.

«Gegen moralischen Zerfall! Für Zucht und Sitte in Familie und Staat!»

Es klingt so steif und künstlich, dass Moskito kurz überlegt, ob sie nicht auch mal einen Theaterkurs bei Lu besuchen sollten. Doch eigentlich will er die nicht auf der Insel haben. Überhaupt, es ist gut, dass Juist so weit weg ist von dem, was hier geschieht.

Die Feuerwehr ist nun auch da, in voller Montur. Doch sie machen keine Anstalten, ihrer Arbeit nachzugehen. Ein Brandherd, viele Meter hoch, auf einem öffentlichen Platz mitten in Berlin, und keiner löscht.

«Es müssen Tausende Bücher sein», sagt Moskito zu Volkmar, der seinen Unmut, sich am späten Abend im Regen die Beine in den Bauch stehen zu müssen, offen zur Schau trägt. «So viel Wissen, so viele Geschichten werden verbrannt, ohne Grund.»

«Ohne Grund?», mischt sich eine junge Frau ungefragt ein, die Schulter an Schulter mit Moskito in der dritten Reihe steht. «Was ist mit Dekadenz! Perversion!»

«Haben Sie die Bücher gelesen?»

Sie zieht eine Augenbraue hoch. «Wie käme ich dazu.»

«Und woher wissen Sie dann, was drinsteht?»

Volkmar packt Moskito am Ärmel und zieht ihn ein Stück zur Seite. «Lass uns gehen. Wir sind doch vorhin an einer Kneipe vorbeigekommen, da ist es trocken, und man kann auch was essen, Buletten … also Frikadellen mit Kartoffelsalat.»

«Ich war mit dir beim Hockeyspiel, obwohl ich Fußballer

bin. Nun musst du dir das hier anschauen!» Moskito macht einen mutigen Schritt nach vorn, ein Mann mit Hut rückt zur Seite und lässt ihn neben sich stehen. Er ist anders als die anderen. Sein Arm ist nicht nach oben ausgestreckt, stattdessen ahnt Moskito, dass er eine geballte Faust in der Manteltasche versteckt. Und er hat nicht dieses krakeelende Grinsen aufgesetzt, das die meisten Gesichter ringsum entstellt. Seine Unterlippe wirkt trotzig, der Mund ist ernst, doch merkt man ihm an, dass er eigentlich gerne lacht, ihm nur jetzt gerade überhaupt nicht danach zumute ist. Der Mann ist still und stumm. Obwohl er gerne erzählt. Das weiß Moskito, er kennt diesen Mann. Von der Rückseite eines Buches, das einst auf seinem Nachttisch gelegen hat.

Die Feuerwehr rückt näher. Noch brennt nur die eine Ecke des riesigen Haufens, der Rest will wegen des Regens nicht so recht zündeln. Noch könnte man das leinengebundene Exemplar von Marx' Kapital retten. Oder die dicken Schinken von Freud, in denen es um sexuelle Sachen geht, weswegen sie in der Schulbibliothek meist vergriffen sind. Wenn es nicht so viele wären, nicht so schwer und so klobig, und Moskito mit dem Automobil reisen würde statt mit dem klapprigen Drahtesel, er würde sie am liebsten allesamt retten und mit nach Juist nehmen.

«Was macht der da?» Moskito kann es nicht glauben. Einer der Feuerwehrmänner schleppt einen Kanister herbei, schraubt den Deckel ab und schüttet den Inhalt über das noch nicht entflammte Papier. Öliger Benzingeruch wabert zu Moskito herüber. Dann wirft ein Feuerwehr-Kollege eine Fackel hinterher. Ein glutroter Feuerpilz schwillt empor. Die Menge klatscht Beifall.

«Echt, lass uns abhauen, Moskito!», mault Volkmar.

Doch Moskitos Füße sind wie am Boden festgeschraubt. «Ich muss das sehen.»

«Das ist nur ein Feuer. Zu Hause machen wir doch jede Woche eins.»

«Das ist mehr als nur ein Feuer.»

Der Mann mit dem Hut dreht sich in Moskitos Richtung und nickt ihm zu.

Moskito nimmt allen Mut zusammen. «Ich hab es geliebt», sagt er leise.

«Was?», fragt der Mann.

«Emil und die Detektive.»

«Das ist nicht dabei.»

«Es wird nicht verbrannt?»

«Noch nicht.»

Moskito schluckt. «Sie meinen, so was hier wird es in Zukunft öfter geben?»

Der Mann nickt erneut.

«Aber das sind doch nur ein paar Studenten.»

«Dahinter steckt jemand ganz anderes. Und es ist mehr als ein Feuer, da hast du recht.» Er lüpft den Hut, versucht, verschmitzt zu gucken, doch es misslingt ihm. Dann verschwindet der Mann zwischen den Menschen, die laut lachen, während seine Geschichten als Aschepartikel auf braunen Jacken landen, aufweichen, in den Stoff sickern, Flecken hinterlassend.

«Ich krieg die blöden Schrumpeldinger nicht geschält!», fluchte Gesa und warf das Messer in die Schüssel. Es war zu lange zu kalt gewesen. Regen war entweder gar nicht oder gleich in Sturzbächen gefallen und hatte die Beete unter Wasser gesetzt.

Und Anni war zu niedergeschlagen gewesen, um frühzeitig zu düngen. Jedenfalls fiel die erste Ernte in diesem Juni erbärmlich aus: Möhren, nicht viel größer als die Finger eines Kleinkindes und zu krumm zum Putzen. «Nützt nichts. Lass uns die kochen, im Topf werden sie sauber, und wir sparen uns die Arbeit.»

Doch Marje blieb stur. «Es gibt nur Rohkost! Das halten wir durch, bis wir endlich einen moderneren Herd kriegen.» Fenna hatte davon erzählt, dass im Hotel Gerken neuerdings mit Elektrizität gekocht wurde. Man drehte einfach an einem Knopf, der die Hitze der Platte regulierte. Kein schweißtreibendes Heizen mit Holz, kaum Gefahr, sich die Finger zu verbrennen. Marje hatte Gesa und die Hauswirtschafterin eines Nachmittags ins Dorf mitgenommen, um das technische Wunderwerk zu bestaunen und sich die Details von Fenna vorführen zu lassen. Danach waren alle überzeugt, in den Kochstreik zu treten, bis der Rat der Schule die Neuanschaffung genehmigte. Geldnot hin oder her, dafür mussten zwar ein paar tausend Mark geopfert werden, schließlich wurde auch dauernd in die Segelboote und Musikinstrumente investiert oder in die Ausrüstung der Sportmannschaften.

«Aber den Lauch müssen wir braten, sonst furzen die sich tot …»

Marje gab nach. «Gut. Ein bisschen. In der Pfanne. Aber die Möhren bleiben roh!»

«Meinetwegen. Dann schäl aber alleine. Ich kümmere mich um das hier.» Gesa wandte sich resolut dem Porree zu. Ihr Schatz war nach dem Reichstagsbrand entlassen worden, weil er ein Parteibuch der Kommunisten besaß und Lu den Tischler nicht länger beschäftigen wollte, da er fand, die Schule müsse sich nicht unnötig in Misskredit bringen. Seitdem war Gesa stinkig und betonte mindestens ein halbes Dutzend Mal am

Tag, dass sie nicht mehr lange bleiben werde in diesem Irrenhaus. Immer mehr Arbeit für immer weniger Lohn. Man habe ihr im Hotel Claasen eine besser bezahlte Stelle angeboten, da könne sie sofort als Zimmermädchen anfangen. Und so weiter und so fort. Geblieben war Gesa trotzdem. Zumal ihr Schatz inzwischen mit einer Fischverkäuferin in Norddeich angebändelt hatte. Daran dachte sie wahrscheinlich gerade, denn sie zerhackte die Lauchstangen in atemberaubender Geschwindigkeit.

Fräulein Blankenheim kam herein, und wie immer erweckte sie den Eindruck, eine Inspektion vorzunehmen. Das mochte an ihrer spitzen Nase liegen. An ihrer schnurgeraden, nahezu peniblen Ponyfrisur. Oder an der Art, wie ihr Blick über sämtliche Schränke und Arbeitsflächen schweifte. Meist folgte eine Aufforderung – dass man sich doch ein bisschen mehr beeilen solle oder dafür sorgen müsse, dass sie am Tisch nicht wieder so ein fettiges Stück Fleisch serviert bekäme.

«Es geht um das Fest der Jugend», kam sie ohne Umschweife auf ihr Anliegen zu sprechen. «Am Wochenende. Im Dorf.»

Es war das erste Mal, dass die Schulgemeinschaft an einem Inselfest teilnehmen durfte, Lu war mächtig stolz. Zu verdanken hatte man dies einem Treffen der verschiedenen Jugendorganisationen vor Ort, zu dem die SA eingeladen hatte, um eine Spiel- und Sportveranstaltung zu organisieren. Extra Trainingsstunden waren angesetzt worden. Fräulein Blankenheim rannte allmorgendlich mit den Schülern im Dauerlauf durch die Dünen, aus dem kurzen Tauchbad war ein ausgedehntes Tauchschwimmen geworden, beendet wurde die Sporteinheit durch schweißtreibende Leibesübungen im Innenhof. Hoffentlich erreichten sie ihr Ziel, die Konkurrenz war beachtlich. Die SA stellte einen eigenen Trupp, noch ernster nehmen musste man den Kyffhäuser-Bund, einen Zusammenschluss junger Männer, die zum Aufbau des geplanten Flugplatzes in der Nähe des Kalfamer angereist waren. Im Anschluss an den Wettkampf würde es eine fröhliche Zusammenkunft auf der Pferdekoppel im Ostdorf geben. Mit Tanzmusik, Bratwurst und Bier. In den Schulpausen wurde von nichts anderem mehr gesprochen. Weniger vom sportlichen Teil als vom Fest natürlich. Rahel, die neuerdings für Volkmar schwärmte, überlegte, sich ein Kleid umzuschneidern, und hatte schon allerhand neue Frisuren ausprobiert.

Marje war noch unschlüssig, ob sie überhaupt hingehen sollte. Ihr Herz sagte ja, denn sie liebte es zu tanzen, und dies wäre endlich eine Möglichkeit, mit Moskito über etwas anderes zu reden als über den Biologie-Stoff. Insbesondere seine Fahrradtour interessierte Marje brennend. Bis nach Berlin waren er und Volkmar gekommen. Berlin! Da war sie noch nie gewesen. Leider hatte sich noch keine Gelegenheit ergeben, ihn auszuquetschen. Und natürlich würde sie ihn auch fragen, warum er seine große Arbeit nun über Erich Kästner schrieb.

Doch eben genau diese große Arbeit war der Grund, weswegen Marje wahrscheinlich auf das Fest verzichten musste. Die war nämlich auch noch zu verfassen, aber bislang hatte sie weder ein Thema noch die Zeit, überhaupt ein Thema zu finden. Allenfalls *Die Geschichte des Kochens* wäre ihr eingefallen, da könnte sie noch einmal referieren, warum ein Elektroherd mehr als ein überflüssiges Luxusspielzeug war. Bis zu den Prüfungen und der Abgabe der Arbeit war wenig Zeit, und Marje fand kaum je eine Lücke in ihrem streng geregelten Alltag. Sie bereute bereits den Ausflug zum Zirkus und den Besuch in der Hotelküche, da hätte sie vernünftig sein und Schulbücher fressen müssen. Am Freitag stand die Deutscharbeit an, und

Marje war gestern zum wiederholten Mal erschöpft über dem ersten Kapitel des Romans eingeschlafen. Wenn nicht bald ein mittelgroßes Wunder geschah, war der Traum vom Abitur geplatzt.

«Wir werden am Samstag um Punkt zehn Uhr ins Dorf aufbrechen», erklärte Fräulein Blankenheim, und obwohl sie bestenfalls eins sechzig war und dünn wie ein Rebhuhn nach der Mauser, der schneidende Ton verlieh ihr die Autorität eines Feldwebels. «Der Reiseproviant hat bis dahin fertig zu sein.»

«Wir wissen Bescheid. Obst und belegte Brote für zweiundsechzig Schüler und zwölf Lehrer.»

«Fünfundvierzig und acht», korrigierte die Blankenheim.

«Gibt es Kranke?»

«Nein.» Sie zog die Augenbrauen hoch. «Doch für den Wettkampf sind nur Arier zugelassen.»

«Ach! Und dem hat Lu zugestimmt?»

«Aber ja. Die Zusammenarbeit mit der Gemeinde gestaltet sich durchweg freundschaftlich. Einige SA-Leute zeigen reges Interesse an unseren sportlichen Aktivitäten, weil der Inselarzt ausdrücklich unsere Konstitution gelobt hat.»

«Trotzdem schließt man fast ein Drittel aus!»

Die Blankenheim rollte mit den Augen. «Und du, Marje, bleibst auch besser daheim. Nachdem man dich bei dieser Negerin erwischt hat, die unsere tapferen Jungs wie eine Wilde bedroht hat.»

Marje verkniff sich weitere Widerworte. Mit Fräulein Blankenheim zu streiten war genauso erquicklich wie Gemüseputzen. Außerdem hatte die Schreckschraube ihr wenigstens die Entscheidung, was sie am Wochenende unternehmen würde, abgenommen. Marje nickte. «Also insgesamt dreiundfünfzig Fresspakete. Um zehn. Wird gemacht.»

Ohne einen Dank machte Fräulein Blankenheim auf dem Absatz kehrt und marschierte von dannen.

Gesa streckte dem kerzengeraden Rücken der Lehrerin noch kurz und kräftig die Zunge heraus. «Weißt du was, Marje?», sagte sie dann. «Eine Portion Lauch lasse ich doch lieber roh. Und die legen wir der Blankenheim auf den Teller, zusammen mit einem Stück ganz besonders fettigem Fleisch.»

«Nicht tuscheln!» Anni warf einen strengen Blick in die letzte Reihe, wo Fridolin und Theo die Köpfe zusammensteckten, während sich der Rest der Oberprima bereits konzentriert der Klassenarbeit widmete. «Jeder schreibt für sich. Da ihr den Roman ja alle in den Osterferien gelesen habt, dürften die Aufgaben für jeden zu bewerkstelligen sein.»

«Ich hab das Buch nicht gelesen», sagte Theo, ohne rot zu werden. Er provozierte, wo er nur konnte. «Muss ich auch nicht. Robert Musil gehört zu den undeutschen Geistern.»

«Ich habe euch die Aufgabe vor den Ferien gegeben, also Ende März, da war der Roman noch offizielle Schullektüre.»

Theo lehnte sich mit verschränkten Armen zurück. «Der Schriftsteller ist mit einer Jüdin verheiratet.»

Anni hielt seinem Blick stand. «Als er den Roman schrieb, war Musil Junggeselle.» Dann setzte sie sich hinter das Pult. «Zusammenfassung und Interpretation der ersten drei Kapitel sind Pflicht, die Übertragung der Hauptfigur in die heutige Zeit wäre die Kür und bringt Extrapunkte. Geht dabei nicht zu oberflächlich vor, diese Klassenarbeit wird für die Zulassung zum Abitur herangezogen.»

Anni hatte niemals eine dieser Lehrerinnen sein wollen,

die ihre Position den Schülern gegenüber ausnutzte, um sich durchzusetzen. War so ein Machtwort denn viel anders als ein Rohrstock?

«Und wenn ihr euch weigert, überhaupt etwas zu schreiben, bitte schön! Aber dann kann es sein, dass ihr an dieser Schule noch eine Ehrenrunde drehen dürft.»

«Keine Angst, ich werde etwas schreiben!» Doch Theos Körperhaltung verriet das Gegenteil.

«Dann los.» Anni schaute auf die Wanduhr über der Tür. Es war halb zehn am Morgen. «Ihr habt neunzig Minuten, die Zeit läuft ab jetzt.»

Sie versuchte sich daran zu erinnern, ob Theo schon immer so gewesen war. Damals, in der Quarta, als sie das Theaterstück über die Stimmeninsel aufgeführt hatten, als Theo in sein selbstgebasteltes Sprachrohr gerufen hatte. Da war er ihr draufgängerisch vorgekommen, forsch und nicht dumm. All das hatte Theo sich bewahrt. In dieser Hinsicht war er unverkennbar derselbe geblieben. Nur trug er seit Februar die braune Uniformjacke selbst im Unterricht.

Schon immer hatte es Kontroversen über die Schultracht gegeben, und stets hatten sich die Lehrer durchgesetzt, weil es bei den Baskenmützen, den Knickerbockern und Pullundern, den Röcken und Blusen um mehr als nur um Kleidung ging. Jetzt entschieden drei Jungen und zwei Mädchen, dass sie lieber die Zugehörigkeit zu einer anderen Gemeinschaft demonstrieren wollten. Ausreden durfte man es ihnen nicht, jedes Wort zu diesem Thema gelangte eins zu eins an Gustav Wennigers Ohren. Und der würde bei der Schulbehörde Stimmung gegen die Schule machen. Es wäre nicht das erste Mal. Nur im Speisesaal blieb die Nazi-Kleidung untersagt, da konnte ihnen kein Amt dazwischenfunken, und Anni hatte es sich zur Aufgabe gemacht, die Einhaltung dieses Verbots zu kontrollieren. Jedoch im Unterricht, den Anni offiziell gar nicht mehr erteilen, sondern nur noch beaufsichtigen durfte, musste sie es ertragen.

Theo spielte demonstrativ mit der roten Armbinde und fuhr ständig mit dem Zeigefinger über das aufgenähte Hakenkreuz. Seinen Stift hingegen hatte er bislang noch kein einziges Mal angerührt.

Anni versuchte, ihn zu ignorieren, schlug den Briefblock auf, zog den Füllfederhalter voll und schrieb:

Lieber Natispatz!

Das hatte sich ihre älteste Tochter immer verbeten. Natispatz. Hör auf damit, Mama, nenn mich bitte Renate! War es gemein, wenn Anni für sich ausnutzte, dass man eine Anrede im Brief nicht so einfach reklamieren konnte? Nein, entschied sie. Ihre Tochter saß weit weg in einem Internat in England, von Heimweh geplagt, von Liebeskummer wohl auch. Es war ihr womöglich sogar ein Trost, wenn die alte, strenge Mutter sie noch immer mit dem Kosenamen ansprach, denn das bedeutete schließlich, dass sich an deren Liebe zu ihr auch durch die verbotene Nacht mit Hubert nichts geändert hatte. Anni liebte ihre Große keinen Deut weniger. Als Pädagogin wusste sie, es war richtig gewesen, das Kind wegzuschicken, als Mutter blutete ihr das Herz.

Jeden Tag wollte sie Renate schreiben, an jedem zweiten hatte Anni es bislang geschafft. Und wenn am Abend, sobald Marje die Post brachte, keine Nachricht aus Bedales kam, kostete Anni das einige Stunden Schlaf.

Ich hoffe so sehr, dass du dich allmählich einlebst und Freundinnen findest. Und wenn sich die beiden Mädchen aus Deutschland wirklich so schäbig benehmen, so lass dir nichts anmerken und versuch es mit Humor zu nehmen, dann wird ihnen über kurz oder lang die Lust am Piesacken vergehen.

«Ich muss mal», sagte Moskito.

Anni nickte ihm zu. «Höchstens drei Minuten!»

Moskito eilte hinaus. Durchs Fenster sah sie ihn, der inzwischen ein junger Mann geworden war, über den Hof laufen. Titicaca hinterher, ein wenig altersschwach auf den Beinen, den Hals nicht mehr ganz so forsch nach vorn gestreckt, auch schnatterte sie kaum noch. Brav wartete das Tier in einem sonnigen Eck vor den Waschräumen, zupfte sich an den Federn, schaute nach oben in den Himmel, dessen Bläue mildes Wetter vortäuschte. Dabei war es noch immer schneidend kalt. Der Garten gedieh nur mühselig, üble Erkältungen grassierten auf der Insel. Wem es irgendwie gelang, dem strengen Regime von Fräulein Blankenheim zu entkommen, der schwänzte das Tauchbad.

Erst jetzt bemerkte Anni, dass Marje, gedankenverloren am Füllfederhalter kauend, ebenfalls aus dem Fenster blickte. «Alles in Ordnung, Marje?»

Das Mädchen schrak zusammen. «Was?» Sie senkte den Blick auf das Arbeitsblatt. «Ja, alles gut.» Doch weiterhin kaute sie auf dem Stift, anstatt damit zu schreiben. Musste Anni sich Sorgen machen um die fleißigste aller Schülerinnen?

Moskito kam über den Hof zurück. Er rieb sich die Oberarme gegen die Kälte. Titicaca schaute ihm von ihrem Sonnenwinkel aus nach, dann vergrub sie den Kopf unter den Flügeln.

«Die Hälfte der Zeit ist rum», sagte Anni, nachdem Moskito wieder Platz genommen hatte. Theo lag vornübergebeugt mit dem Kopf auf der Tischplatte und gab vor, ein Schläfchen zu machen. «Und schreibt bitte leserlich, Schmierereien gelten als Fehler.»

Genervtes Murmeln war die Antwort. Fridolin zog ein Löschpapier hervor und legte es auf sein Heft, in das, soweit Anni es von ihrem Pult aus beurteilen konnte, erst ein paar Zeilen geschrieben worden waren.

Anni wandte sich seufzend ihrem Brief zu.

Das Neufundland haben wir, weil wir die Einnahmen brauchen, an eine Gästegruppe vermietet. Die kleinen Mädchen wohnen derweil bei uns, und es geht recht fröhlich zu. Eva teilt ihr Zimmer mit Beate Köstlin und Maria Fein. Zwei wirklich prächtige, kluge Mädchen, aus denen bestimmt mal was wird. Was Streiche angeht, sind sie jedenfalls jetzt schon sehr kreativ. Am Wochenende haben sie den Jungen die Schlafanzüge zugenäht!
Ansonsten gibt es nichts Besonderes zu berichten …

Das stimmte nicht. Und Renate würde es wissen. Sie war sechzehn, kein kleines Kind mehr, das man vor dem, was auf der Welt gerade aus dem Ruder lief, schützen musste.

Bei Renates Abreise hatten sie verabredet, niemals über Politik zu schreiben, für den Fall, dass die Post kontrolliert würde. Beim Geldverkehr war es längst so, bei den Reisen – mit Sicherheit wurde auch die Post überwacht. *Ansonsten gibt es nichts Besonderes zu berichten* war ihre Umschreibung für: Die Situation hat sich leider immer noch nicht verbessert, aber du musst dir keine Sorgen um uns machen.

Karin ist goldig und macht uns allen viel Freude. Sie ist deinem Vater wie aus dem Gesicht geschnitten, und wenn sie lacht, erinnert sie mich sehr an ihn.
Wie schön, dass Hubert dir regelmäßig schreibt, er ist ja auch ein anständiger Kerl. Nur war es für diese Liebelei noch ein bisschen zu früh. Sei geduldig, liebe Nati, und wenn es so ist, wie du sagst, und ihr seid füreinander bestimmt, wie dein Vater und ich es gewesen sind …

Anni schaute auf die Uhr. «Gibt es irgendwelche Fragen, dann wäre jetzt die letzte Gelegenheit.»

Moskito hob den Arm. «Ich finde das schwierig, mit der Übertragung der Handlung in die Gegenwart. Wie genau ist das gemeint?»

«Nun, der Roman wurde zu Beginn des Jahrhunderts geschrieben, zur Zeit der Monarchie, und heute …»

«Heute haben wir das Tausendjährige Reich!», rief Theo, plötzlich wieder hellwach, dazwischen. «Da kannst du also einfach schreiben: Heutzutage würde man die Jungs in ein Lager stecken, und der Roman wäre zu Ende.» Er schaute sich beifallheischend um, und tatsächlich bekam er einige Lacher.

«Bitte, nicht vom Thema ablenken!» Anni war laut geworden und ärgerte sich, dass ihre Stimme kiekste. Theo war doch nur ein vorlauter Primaner. Jungen von der Sorte gab es schon immer. Sie versuchte es mit etwas mehr Timbre: «Und Theo: Es reicht!»

«Stimmt, es reicht.» Theo erhob sich von seinem Platz und schlenderte zum Lehrerpult. Die Impertinenz, mit der er sein Arbeitsheft hinwarf, sodass es einmal über den Tisch glitt und auf dem Boden neben Anni landete, war atemberaubend.

«Heb das auf», sagte Anni.

Doch Theo straffte die Schultern und ging zur Tür.

«Theo! Deine Noten sind jetzt schon im Keller. Du musst mindestens die ersten beiden Aufgaben beantworten, sonst …»

Er drehte sich noch nicht einmal um. «Hab ich. Sogar alle drei. Und zwar richtig. Das wird ein *sehr gut*, darauf könnt ihr einen lassen.» Dann warf er die Tür krachend hinter sich zu, und die ganze Klasse zuckte zusammen.

Fridolin stand die Bewunderung für seinen Kameraden ins Gesicht geschrieben. Die anderen wirkten eher irritiert, und Rahel war sogar Angst anzumerken. Sie kam zum Pult, hob Theos Heft auf und legte es beinahe behutsam vor Anni hin. Anni bedankte sich, obwohl sie wünschte, Rahel hätte sich nicht dazu genötigt gefühlt.

Erst als alle wieder konzentriert auf ihre Hefte starrten, und es still war, bis auf angestrengtes Schnaufen und das Ticken der Wanduhr, wagte Anni, die erste Seite von Theos Heft aufzuschlagen. Er hatte nicht gelogen und zu jeder der drei Aufgaben etwas geschrieben: *1. Heil Hitler! 2. Heil Hitler! 3. Heil Hitler!*

~

Sie liegen im Schlick, die Bäuche rutschen über den nassen Sand. Mit den nackten Füßen schieben sie sich vorwärts durch den Matsch, mit den Ellenbogen dirigieren sie die Richtung. Von hinten schallen Fräulein Blankenheims unermüdliche Kommandos, und vorne feuert Theo zu Höchstleistungen an. Als ginge es um Leben und Tod.

Noch bis zu den Gleisen der Inselbahn müssen alle robben, hundert Meter bestimmt, wer sich aufrichtet, wird disqualifiziert. Moskito steht kurz davor, das in Kauf zu nehmen.

«Das ist doch kein Sportfest», ächzt er. «Das ist Krieg!»

Volkmar hat dennoch Spaß. Auch weil die Schule am Meer bislang die Führung übernommen hat und sowohl die Jungs vom Kyffhäuser-Bund als auch die angeberischen SA-Leute hinter sich lässt. Doch dann schneidet Volkmar sich böse an einer Sandklaffmuschel. Blut läuft aus der Wunde, und er flucht, weil das Salzwasser furchtbar brennt.

«Egal, weiter!» Nun ist Moskito die treibende Kraft. «Das bisschen Blut, schleck's einfach ab.»

Volkmar ist so blöd und folgt seinem Vorschlag. Den Mund voller Sand, schmeißt er eine Matschbombe herüber.

«Aufhören!», schreit Otto von rechts. «Wir sind nicht zum Vergnügen hier!»

«Das hatte man uns aber eigentlich so angekündigt», beschwert sich Moskito. «Ein Fest der Jugend, mit Sport, Spiel und Spaß!»

«Vor allem müssen wir siegen!», ächzt Otto.

Da hat er schon ein Quäntchen recht. Wenn sie die ganzen Strapazen durchstehen und am Ende verlieren, ist es doppelt schlimm. Also hören Moskito und Volkmar auf mit dem Unsinn. Je mehr sie sich beeilen, desto schneller ist es schließlich vorbei.

Moskito beneidet die Kleinen aus der Unterstufe, die müssen nur die halbe Strecke bewältigen. Vor allem aber würde er gern mit den Nichtariern und Kommunisten tauschen, die machen sich gerade zu Hause einen netten Tag, während er morgen voller Schürfwunden, blauer Flecke und obendrauf noch erkältet sein wird.

Endlich sind sie an den Schienen. Sie rappeln sich hoch, lassen das Watt hinter sich und sprinten barfuß und tropfnass auf dem Deich entlang bis zu den Pferdeställen im Osten. Dort liegt das Ziel. Man sieht aus der Entfernung die schwarz-rot-weißen Flaggen wehen.

Wo kommt eigentlich das ganze Zeug her?, überlegt Moskito, als er darauf zuläuft. Hitler ist noch kein halbes Jahr an der Macht, und seine Farben, sein Adler, sein Kreuz sind allgegenwärtig. Das kann doch in so kurzer Zeit nicht alles genäht und gedruckt worden sein, das war doch von langer Hand vorbereitet. Die mussten sicher gewesen sein zu gewinnen.

Die Zunge klebt ihm trocken am Gaumen. Moskito und Volkmar sehen aus wie die Hottentotten. Von oben bis unten graugrün besudelt, das Haar starr vor Dreck, wilde, angestrengte Laute ausstoßend.

Was soll das überhaupt?, denkt Moskito. Und läuft weiter.

Der Schlick auf seiner Haut trocknet im Wind zu einer festen Kruste, die abzublättern beginnt. Als würde eine Uniform zu eng und risse an den Nähten ein. Sein Vater, der im Großen Krieg gewesen ist, hat manchmal erzählt, wie es sich anfühlt, um sein Leben zu rennen. Auch Zuck war Soldat gewesen, Lu und Paul, Saathoff wahrscheinlich ebenfalls. Und der Mann, von dem Marje dachte, er ist ihr Vater, ist sogar daran kaputtgegangen.

Moskito rennt nicht um sein Leben. Aber er beginnt zu begreifen, dass es das ist, was ihnen hier am Tag der Jugend antrainiert werden soll. Er drosselt das Tempo.

«Was ist los, Moskito?», fragt Volkmar, der ebenfalls langsamer wird, weil sie Freunde sind und sich versprochen haben, gemeinsam durchs Ziel zu rennen oder gar nicht.

«Ihr zwei! Nicht schlappmachen!», fordert Fräulein Blankenheim. «Nur noch ein halber Kilometer, dann habt ihr es geschafft!»

Moskito trabt bloß noch.

«Hopp! Hopp! Hopp!», kreischt Theo.

Moskito geht gemächlich weiter.

Die anderen hasten wütend voran, schauen sich noch ein paarmal um, beschimpfen ihn als Memme und Kameradenschwein.

«Hast du Seitenstechen, oder was?», fragt Volkmar. «Dann musst du ganz lange ausatmen, das hilft.»

Moskito schüttelt den Kopf. «Wir haben es mit den Rädern bis in die Hauptstadt geschafft, da bringt mich so leicht nichts mehr aus der Puste.»

«Und warum schleichst du dann so rum?» Volkmar zeigt hinter sich, wo bereits die ersten Kyffhäuser auf dem Deich auftauchen. «Die holen uns gleich ein.»

«Wohl kaum.» Moskito bleibt stehen. Volkmar begreift nicht, bis Moskito sich umdreht und in die entgegengesetzte Richtung rennt. «Komm mit», ruft er seinem Freund zu. «Oder hast du etwa Lust, mit denen zu feiern?»

Volkmar ist unschlüssig. «Angeblich gibt es Bier …»

«Bei uns auch. Hab heimlich was unter der Wäsche versteckt.»

Jetzt rennt auch Volkmar los. «Und was ist mit Musik und Tanz?»

«Musik ist da. Schließlich durfte Zuck auch nicht mitmachen. Und zum Tanzen hätten wir Marje, Anni, Beate, die kleine Maria Fein. Rahel …»

Rahel! Das zieht! Volkmar hat aufgeholt.

Die ersten Gegner kommen ihnen entgegen. «Seid ihr blöd? Das ist die falsche Richtung!»

Moskito und Volkmar prusten los. Und legen an Tempo zu. «Wer kennt denn schon den richtigen Weg?»

Hitler und Hindenburg versuchten einander im Sackhüpfen zu schlagen. Beim Eierlaufen hatte Göring die Nase vorn gehabt und mit großem Vorsprung gegen Goebbels gesiegt.

Marje hatte Schluckauf vom vielen Lachen. Jedes Mal, wenn sie aus der Wäscherei trat, schaute sie rüber zum Innenhof, wo diejenigen, die beim Fest der Jugend nicht mitmachen durften, nun einen Wettbewerb der anderen Art veranstalteten. Rahel, die sich das schwarze Haar mit Pomade gescheitelt und an den Kopf gepappt und sich mit Kohle einen rechteckigen Schnauzbart über die Lippen gemalt hatte, sah einfach zum Piepen aus. Der Führer schlug kurz vor der Ziellinie lang hin. Hindenburg stieß sich beim Siegesjubel versehentlich seine aus einem Kochtopf gebastelte Pickelhaube vom Kopf.

Zuck hatte das alte, leicht verstimmte Akkordeon herausgeholt und spielte einen Berliner Gassenhauer, in dem ein Mann ständig in Prügeleien verwickelt ist. Das Lied hatte unglaublich viele Strophen, und den Refrain kannten inzwischen alle auswendig. Sämtliche sackhüpfenden Nazigrößen grölten lauthals mit: *«Aber dennoch hat sich Bolle janz köstlich amüsiert ...»*

Ja, sie amüsierten sich wirklich köstlich! Marje wusste nicht, wann es je fröhlicher zugegangen war als bei diesem spontan anberaumten Fest. Wie gut, dass Moskito und Volkmar kurzerhand aus dem Dorf zurückgekehrt waren mit dieser Idee, die ganzen blöden Reichspolitiker mit ihrem Drill für die angebliche Volksgesundheit ein bisschen zu verulken. Alle waren Feuer und Flamme gewesen. Neben dem Fahnenmast überwachte eine von Anni und ihren Kindern gebastelte Vogelscheuche mit ausgestrecktem Arm das Treiben. Einmal hatten sich zwei Möwen auf dem Strohhaupt niedergelassen und zielgenau einen Orden auf die Pappkarton-Uniform gekleckert. Marje tat der Bauch weh vom Lachen.

«Komm doch rüber!», rief Moskito und winkte ihr zu.

«Geht nicht. Keine Zeit!»

«Soll ich dir helfen? Dann bist du schneller fertig!»

«Auf keinen Fall. Du bist viel zu dreckig und stinkst wie ein abgetakelter Fischkutter. Wehe, wenn du nur in die Nähe meiner frisch gewaschenen Wäsche kommst!»

Moskito machte ein enttäuschtes Gesicht. «Später vielleicht?»

«So gern ich würde, aber die große Arbeit ...» Marje verstummte. Sie sah eine Frau auf den Hof kommen, eine kleine, rundliche Frau, die sich noch nie hier hatte blicken lassen. «Fenna?»

Die Besucherin zögerte mit dem Näherkommen. Kein Wunder, gerade führten sämtliche Parteifunktionäre einen wilden Tanz auf. Und wenn Zuck von einem Takt auf den anderen mitten im Lied aufhörte, mussten sie in der Bewegung verharren. Wer sich zuerst rührte, war raus. Anni war die Schiedsrichterin. Und gerade bestand sie darauf, bei Goebbels einen wackelnden Fuß gesehen zu haben.

Marje setzte den Wäschebottich ab und eilte Fenna entgegen.

«Ist was mit Ubbo?»

«Nein.» Fenna trug einen Korb bei sich, in dem ihre Schürze lag und die Haube.

«Musst du nicht arbeiten?»

«Doch. Und zwar hier.» Das klang alles andere als begeistert. «Frau Wenniger hat mich für euch abgestellt. Ich soll deinen Posten übernehmen.»

«Meinen Posten? Warum?»

«Die muss irgendwie mitgekriegt haben, dass du hier nebenbei zur Schule gehst. Und jetzt will sie unbedingt, dass du das Abitur schaffst.»

Marje wusste nicht, was sie sagen sollte. Ausgerechnet Frau Wenniger? «Wie … kommt sie dazu?»

Fenna blickte verschämt zu Boden. «Kann sein, dass die mich loswerden will.»

«Dann könnte sie dich doch einfach entlassen, wie sie es damals mit mir gemacht hat.»

«Ich kapier's ja auch nicht. Seitdem die nicht mehr säuft, ist sie komplett durch den Wind.»

Anni trat zu ihnen und reichte Fenna die Hand. «Kann ich behilflich sein?»

«Nein. Aber ich Ihnen.» Fenna klemmte den Henkel des Korbs in die Armbeuge, kramte die Schürze zur Seite, zog einen Umschlag hervor und reichte ihn Anni.

«Was ist das?» Anni öffnete vorsichtig das Kuvert und machte große Augen. «Ein Scheck?»

«Frau Wenniger hat mitgekriegt, dass sich die Schule so 'nen Elektroherd wünscht, wie wir ihn haben.»

Marje hatte noch nicht einmal auf ein mittelgroßes Wunder zu hoffen gewagt. Und nun wurde gerade die Welt aus den Angeln gehoben.

Anni konnte nicht verbergen, wie es in ihr arbeitete. So oft war sie mit den Wennigers aneinandergeraten, und nun sollten ausgerechnet diese Möchtegern-Inselherrscher die ersehnten Retter sein?

«Warum macht sie das?»

«Das kapiert nur der Teufel. Sie will unbedingt, dass Marje das Reifezeugnis kriegt.» Fenna stellte den Korb ab, faltete die Schürze auseinander und legte sie sich um. «Ich soll noch ausrichten, dass Herr Wenniger nichts davon erfahren darf. Kein Sterbenswörtchen.»

Bis zu dem Augenblick, als Lu mit zornesrotem Gesicht auf die Mauer des Fahnenplatzes gestiegen war, um dem ulkigen Sportfest ein Ende zu bereiten, und über die Geschmacklosigkeit, über den mangelnden Instinkt, über unreifes, albernes, ja, sogar gefährliches Tun schimpfte, dass die Spucke flog, bis zu dem Augenblick hatte Eduard alles nur für einen bösen Spuk gehalten. Eine kurzfristige Verirrung des Geistes.

Und das, obwohl man in einigen Städten Carls Bücher ins Feuer geworfen hatte. Und die Musik von Mahler und Hindemith nicht mehr spielte. Er war sicher gewesen, schon bald würden alle zerknirscht zu Kreuze kriechen und zugeben, dass es sich um ein bedauerliches Missverständnis gehandelt hatte. Denn wo sollte das sonst enden? Würde man irgendwann damit anfangen, wertvolle Bilder aus den Museen zu verbannen, wenn sie Dinge zeigten, die den Nazis missfielen?

Schließlich war ja Eduards Widerspruch gegen das Berufsverbot von Erfolg gekrönt gewesen, seine Befähigung als Musiklehrer vom Kultusministerium ausdrücklich bestätigt. Es gab also auch vernünftige Menschen, hatte er geglaubt, die sich über kurz oder lang durchsetzen würden.

Doch dann hatte Lu, als er vom offiziellen Fest der Jugend im Dorf zurückgekehrt war, einen Wutanfall bekommen. Hatte die lustige Vogelscheuche geköpft. Hatte davon gesprochen, dass der neue Kurs in Deutschland auch den Weg für die Schule frei machen würde und dass die Verunglimpfung des Führers diesem Ziel gefährlich schade. Ein böses Ende für ein fröhliches Fest.

Seitdem war nichts mehr wie vorher.

Obwohl, heute saßen sie hier wieder so vertraut beieinander, im allerengsten Kreis, im Wohnzimmer der Reiners. Der Samowar dampfte, es roch nach Pfefferminztee. Aeschlimiss spendierte Marzipan, auf der Tagesordnung standen unter anderem die miserable finanzielle Lage der Schule und der Antrag, die Kleidungsvorschriften zu lockern – genau wie in all den vielen gemeinsamen Jahren zuvor. Kurz hoffte Eduard, es würde so bleiben, und das Schlimmste, über das es zu streiten gelte, wäre der Verzicht auf weiterhin zehn Prozent ihres Gehaltes oder die Senkung der Rentenbeiträge.

Doch dann ließ Lu die Bombe platzen: «Juist ist offiziell judenfrei.»

Anni lachte laut auf. «Sagt wer?»

«Der noch amtierende Bürgermeister. Der das kleinere Übel ist. Denn wenn Wenniger weiter so interveniert, wird er schon bald dessen Posten bekleiden und diese Behauptung konsequent in die Tat umsetzen.»

Es herrschte tiefes Schweigen. Das allererste Mal, seit Eduard damals mit seiner Waldi an die Schule gekommen war. Man hörte keine lange Rede von Lu, kein Abwiegeln von Aeschli, keine kritische Bemerkung von Anni und kein Nachfragen von Mister. Es war so still, das Kichern der Mädchen im oberen Stockwerk war der einzige menschliche Laut.

«Mamili, Mamulu, Mamala», quiekte Karin.

Schließlich räusperte Anni sich und stand auf. «Ich gehe kurz hoch … Lese den Kindern noch was vor, damit sie endlich schlafen. Vielleicht … singen wir auch noch ein Gutenachtlied. Macht ruhig schon mal weiter.»

Sobald Anni den Raum verlassen hatte, war eine gewisse Erleichterung zu spüren. Denn jeder wusste: Es ging um sie. Um Anni.

«Das können wir nicht machen», sagte Eduard. Es kam selten vor, dass er als Erster das Wort ergriff. Doch Anni aus ihrer Mitte zu verbannen, damit die neue Obrigkeit zufriedengestellt war, schien so undenkbar, dass man es sofort aussprechen musste.

«Warum nicht?», fragte Lu.

Frau Hafner beugte sich vor. «Hör mal! Anni ist Gründungsmitglied.»

«Eben genau», sagte Lu. «Und gerade wir Gründungsmitglieder würden doch alles dafür geben, das Überleben der Schule zu sichern. Jeder von uns wäre bereit, ein solches Opfer zu bringen. Nur eine ehrliche Bejahung des neuen Staatsgedankens und unsere Eingliederung in den künftigen Kulturkampf …»

«Lu!», ging Aeschlimiss mit zitternder Stimme dazwischen. «Anni hat gerade ihren Mann verloren. Und sie ist Mutter von vier Kindern.»

«Wenn sie bleibt, wird Wenniger uns auf Juist die Hölle heißmachen», entgegnete Lu. «Und im Grunde hat Anni sich das selbst zuzuschreiben. Sie ist ja nicht einfach nur irgendeine Jüdin.»

«Was meinst du jetzt damit?», fragte Eduard.

«Mehr als einmal hat Anni diesen Mann gereizt. Die Sache mit der verpatzten Gemeinderatswahl … Wenniger wird erst Ruhe geben, wenn Anni weg ist.»

Oben hörte man sie singen. Anni, Eva, Ruth, Karin und die beiden Mädchen, die hier eingezogen waren, weil man das Neufundlandhaus aus Geldmangel hatte vermieten müssen. Es war das *Abendlied.* Eduard schnürte es die Kehle zu.

«Ohnehin darf sie schon nicht mehr unterrichten», fasste Lu zusammen. «Rein wirtschaftlich ist das für uns untragbar.»

«Aber Anni hat ihr ganzes Vermögen in diese Schule gesteckt», brauste Aeschli auf. Er kannte die Zahlen wie kein anderer. «Ich schätze, mehr als ein Viertel von dem, was wir uns aufgebaut haben, wurde aus dem Hause Hochschild bezahlt.»

«Vielleicht war das von Anfang an das Problem. Zu viel jüdisches Kapital», jammerte Lu. «Die Versklavung an das Geld hat uns zu haltlosen Genießern werden lassen, da haben die Nazis leider recht!»

«Die Nazis haben recht?», entfuhr es Eduard. «Das meinst du doch nicht wirklich!»

«Was ich persönlich meine, lassen wir an dieser Stelle außen vor», schwächte Lu ab. «Ich zitiere lediglich jene Politiker, in deren Händen die Zukunft unserer Schule liegt.»

«Aber Lu, wenn wir Anni fortschicken, senden wir ein überdeutliches Signal an die Elternschaft und verlieren auch die letzten jüdischen Schüler.» Aeschli spitzte den Bleistift. «Schon jetzt müssen wir befürchten, nach den Sommerferien das erste Mal unter sechzig Kinder zu rutschen. Hast du eine Idee, wie wir die finanziellen Einbußen kompensieren können?»

«Die HJ wäre daran interessiert, regelmäßig bei uns Schulungen abzuhalten.» Lus Augen funkelten. «Und wer weiß, vielleicht werden wir ab nächstem Jahr eine Reichsführerschule sein!»

«Das ist nicht dein Ernst, Lu!» Anni lehnte im Türrahmen. Niemand hatte sie kommen hören. Neben ihr an der Wand hing ein Bild von Paul. Fast erwartete Eduard, jeden Moment das Glas zerspringen und Paul heraustreten zu sehen, mit Blitz und Donner. «Wir? Eine Nazi-Schule? Wollt ihr das wirklich?» Annis Blick streifte jeden in der Runde.

Auch Eduard. Gern hätte er den Kopf geschüttelt und wäre aufgestanden, um tüchtig auf den Tisch zu hauen und mutige Sätze von sich zu geben. Doch er dachte an sein kleines Musikzimmer mit dem Cembalo, von dem aus er in die Dünen schauen konnte, wo es in diesem Jahr so viele Schwalben gab und Wiesenpieper und Regenpfeifer, die ihm allmorgendlich ihr Konzert sangen. Wenn Eduard sich jetzt meldete, würde die *Herbstkantate* nie aufgeführt werden, und dabei war sie doch für genau dieses Orchester, diesen Chor, diese Bühnenhalle komponiert. Wenn er sich an Annis Seite stellte, die anderen überzeugte, für ihr Bleiben zu stimmen, wäre es nur eine Frage der Zeit, bis man sie dann eben alle von der Insel jagte. Egal wie er sich entschied, es wäre in jedem Fall furchtbar.

«Nun», sagte Anni mit erstaunlich fester Stimme. Als sei es ihr gelungen, die ganze Ungerechtigkeit, den Verrat, die Enttäuschung niemandem anzulasten. «Dann habe ich verstanden. Ich kündige.»

Sie trat in den Raum, ging zum Samowar, drehte den kleinen Hahn auf und ließ heißes Wasser in ihr mit Minzblättern gefülltes Glas laufen.

«Möchte sonst noch jemand einen Tee?»

Eduards Wangen glühten. Vor Bewunderung – und Scham.

Auf ihrem Weg ins Dorf war es beinahe unheimlich still.

Die meisten blieben an diesem vorletzten Septembermorgen wohl im Bett und schliefen den Schlaf der Gerechten. Oder aber sie zogen die Decke bis an die Nase, um nicht mitzubekommen, was passierte.

Und es gab die, die sich trotz Temperaturen unter zehn Grad und Nieselregen in der Morgendämmerung auf den langen Weg ins Inseldorf machten, um für immer fortzugehen: Anni und Renate und Eva und Ruth und Karin. Die Mädchen, zu müde zum Reden, Anni zu niedergeschlagen für jedwede Aufmunterung. Niemand war da, um Lebewohl zu sagen. Anni hatte es ausdrücklich verboten. Sie wollte nicht, dass die Schüler dabei zusahen, wie sie aus ihrem Leben verschwand. Und sie wollte sich und ihren Töchtern ersparen, bei diesem Gang Trost oder Spott über sich ergehen lassen zu müssen. Beides schien gleichermaßen unerträglich.

Mutter, warum hast du gekündigt? Wir haben dann keine Heimat mehr, hatte Renate damals aus Bedales geschrieben – und Anni damit das Herz gebrochen. Weil sie dasselbe gedacht hatte.

Juist war ihre Heimat. Nun fühlte es sich an, als würden sie aus dem fahrenden Zug geworfen, bei voller Geschwindigkeit, weil herausgekommen war, dass sie die ganze Zeit kein gültiges Billett besessen hatten.

Renate war in den Sommerferien aus England heimgekehrt, um die letzten Wochen mit ihnen auf der Insel zu verbringen. Bei den Menschen, die in ihrem Leben eine so wichtige Rolle gespielt hatten. Und die sie nun auf unbestimmte Zeit aus den Augen verlieren würde. So viele Tränen waren in den letzten Wochen geflossen, Lebewohls und Treueschwüre für die Ewigkeit ausgetauscht worden, dass Anni irgendwann die tatsächliche Abreise herbeigesehnt hatte. Ausgerechnet die kleine Karin vermochte es, den Rest der Familie aufzumuntern. Mit ihrem unermüdlichen Singsang aus Mamili und Mamulu und Mamala. Mit ihren vollen Windeln, die gewechselt werden mussten, ihrem Widerwillen gegen gekochtes Gemüse und ihrer Unfähigkeit, irgendwo anders einzuschlafen als im Bett der Mutter oder der großen Schwestern. Es würde weitergehen. Auf einem anderen Weg zwar. Mit einem neuen Ziel. Doch das hier war nicht das Ende.

Gestern, die *Herbstkantate* in der Bühnenhalle, mit dem wild dirigierenden Zuck, der den aufgewühlten Chor einzufangen versuchte, das war ein würdiger Abschied gewesen.

Ferne Mächte lenken Tag und Nacht, Träume narren uns, Hoffen gaukelt Glück und stille Dauer …

So klang es weiter in Annis Ohr. Das Stück, so schien es, war für einen Septembermorgen wie diesen komponiert worden. Die Sonne, zu müde und matt, hatte kurzerhand entschieden, die Welt im Dunkeln zu lassen, weil ohnehin jeder betrübt war und sterblich obendrein. Warum für klare Sicht sorgen, wenn die Zukunft keinen schönen Anblick bot? Ob einem kalt oder warm war, hatte letzten Endes wenig mit der Sonne zu tun, man konnte im Hochsommer frieren und im Winter schweißklebrig sein.

Sie reisten mit drei Koffern, denselben, mit denen sie vor acht Jahren angekommen waren. Den Rest hatte Anni einfach dalassen wollen, so schwach fühlte sie sich. Doch ausgerechnet Nachbar Saathoff, der mürrische, wortkarge Saathoff, hatte ihr den Unfug ausgeredet: «Warum wollen Sie denen alles schenken? Die schmeißen Sie raus, eine Witwe mit vier Kindern und …»

«Gekündigt hab schon ich, Herr Saathoff!»

«Ach! Kauelmoorsere!»

«Was?»

«Na, Quatsch ist das. Ich weiß, dass der Luserke mit dem Wenniger geklönt hat. Von wegen Führerschule. Oldewurtel, der vom Rathaus, ist 'n Vetter von mir, der hat's mir vertellt. Und ich seh das so: Der Luserke lässt Sie über die Klinge springen, weil er mit den Nazis gemeinsame Sache machen will. Schon deswegen würde ich dem nichts schenken. Nicht ein graues Haar aus Ihrer Bürste!»

Der längste Wortbeitrag aus Saathoffs Mund, den Anni je gehört hatte. Und als er anbot, einen Schwager aus Emden zu fragen, ob der sein Boot zur Verfügung stellte, um die Möbel aufs Festland zu verschiffen, da hatte Anni das erste Mal seit Juni ein paar Minuten nicht gefroren.

Gestern hatten sie alles verladen: die Regale, die Bücher, Pauls Sessel, die Truhen und Stühle, die Betten und Schränke, den Samowar, das Teegeschirr, zuletzt sogar den Steinway.

«Das geht nicht, Herr Saathoff!», hatte Anni protestiert. «Meine Mutter hat das Instrument ausdrücklich der Schule vermacht, nicht mir!»

«Nu is aber mal gut!», schimpfte er. «Ihre Mutter war 'ne feine Frau. Schade, dass sie nicht mehr lebt. Die wäre höchstpersönlich zur Insel gekommen und hätte Luserke den Marsch geblasen, dass der nicht mehr gewusst hätte, wo Back- und wo Steuerbord ist!»

An dieser Stelle hatte Anni sogar lachen müssen. Und sie hatte Saathoff schließlich machen lassen. Er hatte den Flügel auf die Kutsche gepackt und war damit durchs Watt bis zur Laderampe des Frachters gefahren. Was das Instrument zu dieser unbequemen Art des Reisens sagen würde, blieb abzuwarten. Jegliche Form von Verstimmung war unwichtig, so viel hatte Anni inzwischen verstanden.

«Und was machen Sie jetzt?», hatte Saathoff noch gefragt. Da standen sie neben dem Bootssteg und schauten dem Schiff seines Schwagers hinterher, das an diesem Morgen lange vor Sonnenaufgang bei auflaufendem Wasser in See gestochen war. In Emden würde ein Container für die Sachen bereitstehen. «Geht's nach Frankfurt, ins Haus Ihrer Mutter?»

Anni hatte nur den Kopf geschüttelt. Das Haus in Frankfurt gab es nicht mehr, es war im Sommer verkauft worden. Für viel zu wenig Geld, doch Pessimisten hatten geunkt, es würde ihnen sonst in ein paar Jahren einfach weggenommen werden, für null Mark und null Pfennig. Die Einnahmen, die zwischen

Anni und ihren Geschwistern aufgeteilt worden waren, nützten im Moment allerdings herzlich wenig, da es Juden verboten war, größere Geldbeträge zu transferieren. Hundertdreißig Mark hatte Anni noch in bar dabei, um die Bahnfahrt für sich und die Kinder zu bezahlen. Am Ziel angekommen, wären ihre Taschen leer.

«Na ja, geht mich ja auch nichts an», hatte Saathoff gesagt und ihr die Hand gereicht. «Hauptsache, es geht Ihnen gut. Und Ihren Kindern. Ich habe Sie jedenfalls immer gern gemocht. Auch Ihren Mann. Vielleicht war er ein Kommunist, wie alle sagen, aber ist doch eigentlich auch schietegal.»

Dann hatte Saathoff sich schnell zum Gehen gewandt, und Anni war fast sicher gewesen, trotz der Dunkelheit Tränen in seinen Augen entdeckt zu haben.

Einzig am Bahnhof war es hell. Und das auch nur, weil Gustav höchstpersönlich dafür gesorgt hatte, dass die Straßenlaternen bereits um diese Uhrzeit an waren. Hoher Parteibesuch gedachte abzureisen und sollte sich nicht fühlen wie im letzten Provinzkaff. Volle Beleuchtung auf der Adolf-Hitler-Straße, die bis gestern noch Strandstraße geheißen hatte, vorbei am schmucken Hindenburgplatz. Die Anpassung der Ortsbezeichnungen an die neue Zeit war eine der ersten Entscheidungen gewesen, die Gustav im Inselrat durchgefochten hatte. Die Ernennung des Führers zum Ehrenbürger der Insel würde bald folgen. Ebenso hatte ihm der Regierungspräsident ausrichten lassen, dass es gut aussehe für die Neubildung des Inselrates. Gustav rechnete fest damit, in weniger als einem halben Jahr Bürgermeister von Juist zu sein. Deswegen würde er heute

Abend zur Feier des Tages für sich und Therese ein besonders köstliches Menü servieren lassen, mit Kerzenschein und Grammophonmusik. Endlich hatten sie wieder zueinandergefunden. Dafür die treue Fenna gehen lassen zu müssen war ein geringes Opfer. Schließlich zeigte sich das Glück spendabel in letzter Zeit.

«Stellt euch ordentlich auf», mahnte Gustav und richtete den beiden Ostdorfjungens die Koppel. «Immer jeweils Jungs und Mädels gegenüber, drei Meter dazwischen, über die gesamte Länge des Bahnsteigs. Und wenn der Ortsgruppenleiter kommt, wisst ihr, was ihr zu tun habt, oder?»

«Die Hacken zusammen und den deutschen Gruß gezeigt», bestätigte Otto. «Und die Mädels schwenken ihre Fähnchen.»

Gustav klopfte ihm anerkennend auf die Schulter. «Gut, mein Junge, dann übernimmst du das Kommando. Einverstanden?»

Otto platzte fast vor Stolz, bereits eine halbe Stunde vor Abfahrt der Inselbahn hatte er parat gestanden. Fräulein Blankenheim, eine erfreuliche Lichtgestalt im Lehrerkollegium, die auf Wennigers Empfehlung hin eingestellt worden war, hatte die Truppe begleitet und kümmerte sich gemeinsam mit der Pfarrfrau darum, dass die Mädchen ihr Haar in strammen Zöpfen trugen und die Scheitel der Jungen schnurgerade verliefen.

Auch der Musikverein nahm jetzt Haltung an, um mit Blasmusik den Abschied des Ortsgruppenleiters feierlich zu gestalten. Mehr als die Hälfte des Vereins gehörte inzwischen der SA an, und alle freuten sich, dass sie im Anschluss an das Platzkonzert zum Frühschoppen ins Tanzcafé eingeladen waren. Sie hatten sogar extra das Horst-Wessel-Lied einstudiert und versuchten sich soeben zum Aufwärmen an den ersten vier Takten.

Das klang zwar genauso schief und krumm, wie man es vom Musikverein gewohnt war, doch der Wille zählte.

Die Inselbahn wartete abfahrbereit am Gleis. Der Ortsgruppenleiter würde im ersten Waggon fahren, um ihm das lästige Umsteigen auf die Fähre zu erleichtern. Und um ihm hier auf der Insel noch ein Spalier von beachtlicher Länge bieten zu können.

«Er kommt! Er kommt!», rief Theo, den man zum Schmierestehen verdonnert hatte.

Der Musikverein holte schon mal tief Luft. Die Jungs und Mädels, ja, Gustav nannte sie oft schon «seine Kinder», kontrollierten nach links und nach rechts, dass bloß kein Fuß zu weit vorn stand oder jemand aus der Reihe tanzte. Alles passte ganz herrlich.

Dann bog jedoch nicht der Ortsgruppenleiter um die Ecke, sondern eine Frau im grauen Wintermantel, die einen Koffer trug und zwei Mädchen, ebenfalls mit Gepäck, im Schlepptau hatte. Danach folgte eine mit Lockenkopf, ein Kleinkind auf dem Arm.

«Das ist Anni …», raunte Otto. «Stimmt, die fährt heute auch.»

Gern hätte Gustav losgebrüllt, sie sollten bloß nicht strammstehen, sollten nicht feierlich gucken und erst recht keine Musik machen. Doch nur wenige Schritte hinter Frau Reiner schritt der Mann, um den es hier ging. Also ließ Gustav es geschehen, dass diese Jüdin, die ihm das Leben auf Juist so schwer gemacht hatte, mit Pauken und Trompeten, mit Fähnchen und Jubelrufen verabschiedet wurde.

Anni Reiner verzog keine Miene. Erst kurz bevor sie in einen der mittleren Waggons stieg, schaute sie Gustav an. Direkt, doch nicht einmal feindselig.

Das kleine Mädchen auf dem Arm seiner Schwester hielt sich weinend die Ohren zu. «Psst, Karin!», sagte Frau Reiner. «Nicht weinen, du wirst sehen, alles wird gut.»

~

Erst als sich die Inselbahn schwankend in Gang setzte, wagte Therese, den dicken Schal aus dem Gesicht zu nehmen. Der Waggon war beinahe leer. Die meisten hatten versucht, sich ganz vorn hineinzuquetschen, um ein wenig teilzuhaben am Glanz des Ortsgruppenleiters.

Doch Therese wünschte keinerlei Gedränge oder Aufmerksamkeit. Niemand wusste, dass sie überhaupt hier war. Nicht einmal Gustav, der glaubte, sie würde sich schon auf das gemeinsame Abendmahl freuen. Stattdessen war sie unterwegs nach Wien, um den Winter dort zu verbringen und Else ihr Herz auszuschütten.

Gustav hatte gebeten, sie möge mit der Reise warten, bis im Tanzcafé alles winterfest war, damit er zumindest für ein paar Wochen mitkommen könnte. Doch Therese hätte ihn keinen Tag und keine Stunde an ihrer Seite ertragen. Gustav gehörte nicht nach Wien. Dort war er nur ein Problem, von dem sie erzählte.

Also hatte sie die Aufregung um den Ortsgruppenleiter genutzt, um sich klammheimlich davonzustehlen. Den Hut tief im Gesicht, den Schal um Mund und Nase geschlungen, den Mantelkragen aufgestellt. Wenn Gustav, dessen Tagesplan randvoll war, ihr Fehlen bemerkte, säße sie längst im Zug Richtung Süden.

Therese drehte ihren Kopf zum Fenster, tat so, als hefte sie ihren Blick sehnsuchtsvoll auf die Schattenrisse der Insel, die sich immer weiter entfernten. In Wahrheit wollte sie verhindern, dass Licht auf ihr Gesicht fiel und sie womöglich erkannt wurde. In Wien hatte sie es zu schätzen gelernt, anonym zu sein, eine unter vielen, statt die einzige Tochter eines reichen Hoteliers auf einer winzigen Insel im Nirgendwo.

«Frau Wenniger?», sagte eine Frauenstimme neben ihr.

Therese zuckte zusammen, dann setzte sie das Lächeln auf, das für Hotelgäste und die Damen aus dem Handarbeitskreis reserviert war, und wandte sich um. «Ja?» Erst jetzt erkannte sie die Jüdin. Erinnerte sich im nächsten Moment an ihre allererste Begegnung damals auf dem Schiff, als sie den Blick nicht hatte abwenden können von dieser Frau, die so stark wirkte und mutig, die sich nicht mit Stöckelschuhen quälte oder furchtbare Modefarben trug. Voller Neid war Therese damals gewesen, und sie hatte Genugtuung empfunden, genau diese Frau wenig später aus dem Hotel werfen zu können.

«Gut, dass ich Sie hier treffe», sagte die Jüdin. «So kann ich Ihnen sagen, wie dankbar ich bin, dass Sie Marje unterstützt haben. Ohne Ihre Großzügigkeit …»

«Ist schon gut», unterbrach Therese sie. «Und fragen Sie mich bitte nicht nach dem Grund. Den wollen Sie nicht wissen, ganz sicher nicht.» Therese wandte sich wieder dem dunklen Wattenmeer zu. Ihr Herz klopfte ungesund schnell, und sie durfte sich nicht aufregen. Der Sommer am Meer hatte sie anfällig gemacht, und manchmal meinte Therese, einen sich steigernden Druck hinter den Augen zu spüren, gefolgt von rasendem Kopfschmerz. Das würde vergehen. Wenn sie nur endlich fort war. Vom Hotel. Von Gustav. Von dieser elenden Insel.

Abitur

März 1934

Der Hummer liegt wie tot in seinem gläsernen Zuhause. Man muss genau hinschauen, um seine seltenen Bewegungen zu bemerken, die wie ein Rekeln anmuten. Der untere Teil des Panzers ist gebrochen und nach hinten gerutscht.

«Was stellen wir jetzt mit ihm an?», fragt Moskito. «So eine Häutung kann dauern. Und danach ist das Abdomen vielleicht zu empfindlich, um ihn direkt auszuwildern.»

«Wir könnten ihn kochen», schlägt Volkmar vor. «Soll eine Delikatesse sein. Und ich hatte schon lange kein ordentliches Stück Fisch mehr auf dem Teller.» Er wendet sich zur Seite. «He, Marje, das ist doch dein Metier.»

«Ein Hummer ist kein Fisch!» Marje schaut Volkmar strafend an. «Ich fasse es noch immer nicht, dass so ein Kindskopf wie du tatsächlich gestern das Reifezeugnis überreicht bekommen hat.» Böse schauen kann Marje gut, sie zieht die Brauen zusammen, wirft die Lippen auf und fixiert den Gegner mit ihren hellen Augen.

Volkmar grinst unbeeindruckt. Tatsächlich hat Moskitos Freund das Abitur nur mit Ach und Krach bestanden, brüstet sich aber damit, als habe er alle anderen Absolventen in den Schatten gestellt. Immerhin, seine große Arbeit über strategische Spielzüge beim Hockey hat sogar Fräulein Blankenheim beeindruckt und wurde in einem Sportmagazin veröffentlicht. Seitdem hält Volkmar sich für ein Ausnahmetalent.

«Ach, wenn ich erst mein Sportstudium beendet habe und deutscher Hockeytrainer bin, kann ich jeden Tag Hummer essen, ihr werdet sehen!»

«Wer's glaubt …» Moskito reicht Volkmar den Zinkeimer, in dem sich die Wellhornschnecken stapeln. «Statt Unfug zu reden, könntest du die hier mal wegbringen. Zur Wattseite, am besten in der Nähe der Fahrrinne, dann verteilen sich die Muscheln mit der Strömung. Aber sei vorsichtig, die sollen am Leben bleiben.»

Volkmar verlässt den Biologieraum, nicht ohne Moskito zuvor einen vielsagenden Blick zuzuwerfen. «Lasst es euch gut gehen, ihr zwei.»

Den Spruch hätte er sich besser verkniffen. Vielleicht ist es ein Fehler gewesen, Volkmar in sein Vorhaben einzuweihen, überlegt Moskito. Dann verbietet er sich das Grübeln, denn es ist in einem solchen Moment nicht angebracht und erschwert alles zusätzlich.

Am nächsten Morgen wird Moskito die Insel verlassen müssen. Dieses Mal unumstößlich, dieses Mal für immer. Er hat das Reifezeugnis in der Tasche, und hierbleiben kann er nicht, selbst wenn er wollte. Am Vorabend, auf der Abiturfeier, hat Lu offiziell verkündet, was die meisten schon eine ganze Weile ahnen: Die Nazis haben keinerlei Interesse daran, die Schule zu übernehmen. Anni und Rahel und all die anderen sind vergrault worden, weil man es Wenniger hatte recht machen wollen, doch dessen Versprechen, eine Führerschule einzurichten, hat sich als wertlos erwiesen.

Heute packen sie also die geleerten Aquarien in Kisten, schrauben die Tafeln von den Wänden, fegen den Sand aus den Ecken der Klassenzimmer und zerhacken die Pulte zu Brennholz. Gerade werden von Lu die Fahnen eingeholt. Eine Feierstunde hat er angekündigt, doch kaum einer will ihr ernsthaft beiwohnen. Was gibt es schon zu feiern? Dass die Schule zuletzt judenfrei war? Dass man sich von den Nazis hat verarschen lassen? Allen voran Lu! Warum sollte man sich dessen Reden über die glorreiche Zukunft noch anhören, wenn das Beste bereits der Vergangenheit angehört?

Moskito hat Wichtigeres zu erledigen. Marje und er sind eingeteilt, die Biologieräume zu leeren und die Aquariumsbewohner freizulassen. Bis auf ein paar Kleinsttiere und ebendiesen Krebs in der akuten Wachstumsphase sind sie fertig. Moskito ist dem Hummer heimlich dankbar, dass der ausgerechnet heute seinen alten Panzer abwirft und ihm so einen Aufschub gewährt. Aber wie soll er es bloß anstellen? Er versucht sich an Helga zu erinnern, die er damals als kleiner Knirps geküsst hat, obwohl sie einen halben Kopf größer gewesen ist. Nun sitzt er neben Marje, die er besser kennt als jedes andere weibliche Wesen. Und doch traut er sich nicht einmal, sie kurz zu berühren, obwohl sich das ganz unauffällig einrichten ließe bei ihrer Arbeit.

Die Lamellen blättern allmählich vom Körper, der Hummer krabbelt ein Stück nach vorn und versteckt seinen immer nackter werdenden Unterkörper fast schüchtern zwischen den Algen.

«Er hat es bald geschafft», sagt Moskito.

Marje schaut kurz auf und nickt, dann fischt sie wieder mit dem feinmaschigen Kescher im großen Becken herum, um die Seestachelbeeren einzusammeln. Die Tierchen sind kaum zu erkennen, tarnen sich wie durchsichtige Murmeln auf dem sandigen Grund. So unscheinbar und winzig, doch wenn man sie von hinten beleuchtet, glimmen sie beinahe überirdisch. Neben dem Hummer und dem Neunauge spielten sie die heimliche Hauptrolle im Seewasseraquariumstheater.

Marje ist geschickt, ihr gehen gleich drei auf einmal ins Netz. Moskito hält den Eimer bereit, und behutsam lässt sie die Quallen hineingleiten. Wahrscheinlich bekommen die gar nicht mit, wie ihnen geschieht. Wer zu neunundneunzig Prozent aus Wasser besteht, den interessiert es nicht, dass die Schule am Meer gerade geräumt wird, dass die letzten fünfzig Schüler und zwölf Lehrer ihre Koffer packen und von nun an keine eingeschworene Gemeinschaft mehr sind, sondern zukünftige Fremde, die es in alle Himmelsrichtungen verschlägt. So einer Qualle ist es vermutlich egal, ob sie im Aquarium lebt oder in der Nordsee, Hauptsache, sie bekommt zu fressen und pflanzt sich fort. Was diesen Gleichmut betrifft, wäre Moskito auch gern eine Seestachelbeere.

«Marje …?», beginnt er. Warum ist das nur so schwer? Im Winter, beim Schlittschuhlaufen, da haben sie sich doch schon mal ganz selbstverständlich an den Händen gehalten. Moskito muss nur die Augen schließen, und schon ist es wieder Januar, der Hammersee eine glitzernde Fläche, der Atem eine Wolke, die sich mit Marjes vereint, während sie beide, immer schneller werdend, ihre Kufen im Gleichklang über das Eis gleiten lassen. Gut, das Händehalten war nur passiert, weil sie anfangs etwas unsicher unterwegs waren auf dem glatten Untergrund. Doch dann waren sie sicherer geworden und immer eleganter über den herrlich zugefrorenen See geschlittert. Losgelassen hatten sie sich dennoch nicht. Das kleine Wäldchen, das Otto Leege in den letzten Jahren angelegt hatte, wucherte bereits bis zum Ufer. Aus Kristall schienen die vereisten Zweige der Birken zu bestehen, und die Halme des Strandhafers wirkten wie mit Puder bestäubt. Jemand hatte das Grammophon mitgeschleppt, Jazz schallte weit über das Eis, und da kein Lehrer dabei war, gab es auch keinen Ärger, weil die Musik zu wenig deutsch war und unanständig. Duke Ellington spielte ungestört auf dem Hammersee. Marje lachte und summte mit. Und Moskito war seitdem verliebt bis sonst wo.

Er öffnet die Augen wieder. «Wo wirst du jetzt eigentlich wohnen?»

Marje hat auch die letzten Quallen erwischt. «Bei Fenna.» Sie überführt die Geleekügelchen eins ums andere in den Eimer und tut so, als verlange die Tätigkeit ihre gesamte Konzentration.

«Bist du dir sicher? In dem dunklen Haus, mit dem kranken Mann …»

«Fenna hat mir die Arbeit abgenommen, damit ich die Schule zu Ende machen kann.»

«Aber das hat ihr doch die Wenniger bezahlt.»

«Und die ist weg. In Wien. Sieht nicht so aus, als ob sie je zurückkommt. Und ihr Mann, dieses Ekel, nimmt Fenna bestimmt nicht mehr in Stellung. Also ist sie arbeitslos und braucht meine Unterstützung.» Marje hebt den Eimer an. «Ich kann im Kurhaus arbeiten. Die bilden mich zur Köchin aus.»

«Bei deiner Abiturnote steht dir die Welt offen.»

«Bei meinem Portemonnaie aber leider nicht.» Marje steigt in die Stiefel, die neben der Tür stehen. «Na los, die vorletzte Fuhre. Kannst die Krabben nehmen und den Sack mit den Algen.»

Moskito folgt ihr und ärgert sich über sich selbst. Weil er so schüchtern ist und wie ein Trottel immer ein paar Schritte hinter Marje läuft.

Auf ihrem Gang Richtung Bootssteg kommen sie am Fahnenmast vorbei und werden langsamer. Gerade holt Lu, der sich auf die Mauer gestellt hat, die prächtige Bären-Flagge ein und redet zu den vielleicht zwanzig Schülern, die sich rund um seine Füße versammelt haben, über Kameradschaft. Moskito kann es nicht mehr hören.

Vor der Mauer sitzt Zuck am Cembalo und reibt sich die Hände warm. Er wird nur ein kleines Stück von Brahms spielen, eine der *Sieben Fantasien*, hat er angekündigt. Einen satten Chor kriegt er ohnehin nicht mehr zustande, zu viele sind vorzeitig abgereist und die Instrumente größtenteils bereits verpackt.

«Ich kann mir kaum vorstellen, was aus Zuck wird, wenn er nichts mehr zum Dirigieren hat», flüstert Moskito.

«Mach dir keine Sorgen um ihn», sagt Marje. «Fenna sortiert ja noch seine Post. Und seit ein paar Wochen bekommt Zuck wieder Briefe von Fräulein Gi. Sehr dicke Briefe!»

Das beruhigt Moskito. Auch weil selbst ein scheuer Mann wie Zuck das anscheinend irgendwie hinbekommt mit den Frauen.

Auf dem weiteren Weg nimmt er den Behälter mit den Algen und Krabben in die linke Hand, obwohl der ziemlich schwer ist. Doch er braucht den anderen Arm, um ihn eine Idee nach rechts bis zum Saum von Marjes Mantel zu bewegen und schließlich beherzt nach dem Henkel ihres Eimers zu greifen.

«Komm, ich helfe dir!» Seine Finger liegen jetzt neben ihren. War gar nicht so schwer.

Am Bootssteg angekommen, ziehen Moskito und Marje die Stiefel aus und treten ein paar Meter ins Watt. Die dunkelgrüne, kalte Suppe reicht bis zu den Knien. Sie tauchen die Eimer ins Wasser, bewegen sie hin und her, bis nichts mehr drin ist. Wieder an Land, wischen sie sich die nassen Hände an den Kleidern ab und laufen barfuß zurück. Alles, ohne ein Wort zu wechseln.

Titicaca kommt ihnen entgegen, schnattert und zwickt Moskito ins Bein. Das macht sie in letzter Zeit öfter, entweder ist sie verwirrt, oder sie weiß genau, was Sache ist.

«Lass das, du freche Gans!» Moskito rennt los. Titicaca hinterher. Wenn er stoppt und versucht, sie zu streicheln, dreht sie sich eingeschnappt zur Seite.

Marje lacht. «Die will nicht, dass du sie verlässt.» An dem Gebäude, in dem die Biologieräume untergebracht waren, hält sie Moskito die Tür auf, damit er ohne die Gans hineinschlüpfen kann.

«Titicaca kann ich unmöglich mitnehmen», sagt Moskito, und dann kramt er allen Mut, der sich in ihm befindet, zusammen und ergänzt: «Dich schon.»

Marje lässt die Tür hinter sich zufallen und schaut ihn an. «Wohin?»

Über dieser Frage hat Moskito einige Nächte lang wach gelegen. Seine Eltern wollen, dass er so schnell wie möglich den Atlantik überquert. Volkmar will mit ihm eine weitere Radtour unternehmen, vor allem, um Bierlokale auszuprobieren. Lu will, dass er in Hannover Veterinärmedizin studiert, weil er sich bei den Wildgänsen immer so engagiert hat. Und was will Moskito selbst?

«Nach Berlin», sagt er. «Im Haus meines Schwagers sind noch Zimmer frei, da könnte ich … da könnten wir vorerst unterkommen.»

Verblüfft, so würde Moskito ihren Gesichtsausdruck deuten. Vielleicht auch ein bisschen erfreut. Doch bevor Marje das, was ihr durch den Kopf spukt, aussprechen kann, bemerken beide, dass Mister in einer der hinteren Ecken steht und ächzend die Pumpe aus dem Aquarium hebt.

«Welch ein Hohn! Tausendmal ist dieses Mistding ausgefallen, und wir mussten nachts den Pumpdienst übernehmen, damit die Tiere überleben. Jetzt funktioniert es seit Wochen einwandfrei.»

«Warte, ich fasse mit an.» Moskito ist schon bei ihm und greift nach dem tropfenden Schlauch.

Marje hebt den inzwischen abgelegten Panzer aus dem Hummerbecken, eine gepunktete, leicht gekrümmte Rüstung, die sehr zerbrechlich wirkt. «Was machen wir damit?»

«Ich kann das präparieren.» Mister holt eine Lage Seidenpapier hervor. «Meine Familie und ich werden ja auf der Insel bleiben und versuchen, mit unseren Exponaten ein kleines Museum zu eröffnen. Das hier ist doch ein besonders prächtiges Exemplar.» Er wickelt den Panzer sorgfältig ein und legt das Päckchen ins Regal.

Draußen hat Titicaca begonnen, mit den Flügeln zu schlagen. Aufgeregt hüpft sie herum, pickt mit dem Schnabel gegen die Scheibe, schimpft und lässt Federn.

«Wenn ihr hierbleibt, Mister, kümmert ihr euch dann um Titicaca?», fragt Moskito.

«Meine Frau wird's freuen. Sie erinnert sich gern an den Tag, als du das Tier in ihr Krankenzimmer geschleppt und beim Verarzten assistiert hast.» Mister zwinkert Moskito und Marje zu. «Ihr zwei könnt uns dann ja gern mal von Berlin aus besuchen.»

Moskito stöhnt. Jetzt benimmt der sich schon genauso peinlich wie Volkmar!

Glücklicherweise geht Marje nicht darauf ein. Stattdessen überlegt sie: «Ob wir den Hummer schon freilassen können?»

Mister nähert sich dem Tier, begutachtet es kritisch, dann nickt er. «Der weiß sich schon zu helfen und schlüpft in die nächstbeste Muschelschale. Aber geht besser an die Strandseite, sonst kriegen ihn die hungrigen Möwen vorher in den Schnabel.»

Moskito sucht den größten Eimer heraus und füllt ihn zur Hälfte mit Wasser. Eine Handbreit hätte auch gereicht, doch dann hätte man das Ding auch locker alleine schleppen können, so aber müssen sie beide anfassen.

Draußen wird Moskitos letzter Tag auf der Insel immer kürzer, und der auffrischende Nordwind scheint sie davonwehen zu wollen.

Marje schiebt mit der freien Hand ihre zerzausten Haare aus dem Gesicht und lächelt Moskito an, als der vorsichtig über ihre Finger streichelt.

Am Fahnenmast weht nur noch ein blasser Lappen: Die Flagge der Wildgänse hat man wohl vergessen. Oder absichtlich übersehen. Ein Wunder, dass sich das von Wind und Wetter zerfressene Ding überhaupt noch so lange oben am Mast gehalten hat. Vor ein paar Jahren hatte Anni mal von einer nagelneuen Fahne aus Satin und Brokat und eingestickten Seidenbändern gesprochen. Es ist nie was draus geworden.

Annis Spuren haben sich jenseits der Insel verloren. Kaum jemand spricht noch über sie und ihre Töchter. Wie es ihnen geht, wo sie leben, darüber kursieren verschiedene Gerüchte. Wirklich nachzufragen traut sich niemand. Aus Angst, dass die Version, man habe sie in eines dieser grausamen Arbeitslager gebracht, stimmt. Lu kann den Geist der Schule noch so beschwören, predigen über ihren Sinn und die alles überdauernde Kraft, die von ihr ausgeht. Ihre Seele ist der Schule schon im letzten Herbst abhandengekommen. Mit Annis Abreise.

Der Weg über den Strandpfad ist wie immer beschwerlicher als der zur Wattseite hin. Das Wasser im Eimer schwappt bei jedem Schritt. Ob ein Hummer seekrank werden kann?

«Mal angenommen, wir gehen zusammen nach Berlin», sagt Marje, als sie die Bühnenhalle passiert haben und den Aufstieg über die Dünen in Angriff nehmen. «Was würdest du dort machen?»

Moskito zögert. «Ich weiß es nicht.» All die Jahre hat er bei der Verleihung der Abschlusszeugnisse geglaubt, dass die Oberprimaner sich in diesem Moment ganz erhaben fühlen und genau wissen, was sie erwartet. Doch als er schließlich das Blatt Papier in den Händen hielt, fühlte Moskito sich eher … ja, wie ein Hummer, der seinen Panzer abwirft: nur notdürftig gewappnet. Zwar hat er die Schule hinter sich gelassen, mit ihren Regeln und Stundenplänen, Klassenarbeiten und all dem lästigen Zeug. Doch am liebsten würde er sich verkriechen und warten, bis ihm jemand neue Vorschriften vorsetzt, die es zu befolgen gilt.

Schließlich liegt der Strand vor ihnen und sieht aus wie immer. Ein breites Meer reicht an ein breites Land, Salzwasser und Sand reiben sich aneinander, der Wind streicht darüber. Und plötzlich langweilt es Moskito, er hat das alles viel zu oft gesehen. Gleichzeitig bedrückt ihn, dass die Nordsee von nun an nicht mehr morgendlich grüßen wird. Um ihn herum werden Häuser stehen, die grau sind und hoch. Nicht die Brandung, sondern Verkehrslärm wird ihn wecken. Und Staub wird unter seinen Sohlen sein, kein Sand.

Wenn Marje nur mitkäme. Dann würde weiterhin jemand neben ihm stehen, den er kennt, der ihm wichtig ist, mit dem er sich vorgestern gestritten hat und gestern vertragen. Doch er wagt es noch immer nicht, ihr zu zeigen, wie sehr er sich ein Ja von ihr wünscht.

Moskito weiß, die Menschen haben noch vor ganz anderen Dingen Angst. Vor Büchern – oder davor, dass Bücher brennen. Vor Juden und Kommunisten – oder davor, dass Juden und Kommunisten verfolgt werden. Vor dem Krieg – oder vor dem Frieden.

Doch im Leben geht es nicht um Angst.

Auf den Mut kommt es an.

Epilog

Brissago, Tessin, Schweiz 1962

Der frühe Abend trägt eine angenehme Kühle über den See. Die Sonne hat sich hinter den Bergen geduckt, nur das gegenüberliegende Ufer wird noch von ihr beschienen, ein leuchtend bunter Ausblick. Es war gut, den alten Baum zu fällen, nun ist die Sicht viel freier.

Ich falte die Damastservietten meiner Mutter, rolle sie so, dass das eingestickte Familienwappen sichtbar ist, und lege sie auf die Teller, die vom leicht angelaufenen Silberbesteck gesäumt werden. Eine Wespe setzt sich auf den Salat und nippt an der Säure des Essigs. Ich verscheuche sie, doch sie kommt natürlich gleich wieder angesummt. Ich rücke die Gläser zurecht und gieße Wasser aus der Karaffe ein. Dann gehe ich ins Haus.

«Wir können gleich essen, würdest du schon mal den Wein öffnen?»

Zucks Haar ist so weiß wie das meine. Seine Brille ist noch dicker als damals, sein Rücken krumm. Er nimmt die Finger von den Tasten.

«Man kann ihn leider nicht mehr stimmen», entschuldige ich meinen Steinway. «Er hat nie wieder so schön geklungen wie damals auf Juist.»

In der Küche gieße ich die Pasta ab und fülle sie in die große Schüssel, gebe Mangold und geröstete Baumnüsse darüber. Als ich zurückkomme, räumt Zuck auf dem Tisch ein wenig Platz dafür frei.

Er wedelt sich mit seiner schlanken Hand den Duft zu. «Seit wann kannst du eigentlich kochen?»

Ich gebe jedem eine Portion auf den Teller. «Als wir damals hier angekommen sind, war ich plötzlich die Schülerin, musste Kurse belegen in Italienisch – sprechen und kochen …»

Er setzt sich auf den Terrassenstuhl. Schaut über den See. Atmet tief ein und wieder aus. «Du hast es gut erwischt», sagt er nicht zum ersten Mal seit unserem Wiedersehen.

Ich erinnere mich, dass ich dieses Grundstück damals aus purem Trotz gekauft habe, als Auflehnung gegen all das, was wir zu jener Zeit für Vernunft hielten. Ein nutzloses, steiniges, verwildertes Grundstück am Ufer des Lago Maggiore?, höre ich Paul noch fluchen. Bist du verrückt geworden, Anni? Was sollen wir damit? Nun, sage ich dann in Gedanken zu Paul, es war unsere Rettung. Und ist seitdem mein Zuhause. Die Mädchen sind hier erwachsen geworden, haben neue Freunde gefunden und den Krieg und das Grauen überlebt. Und weißt du was, Paul, manchmal, wenn ich mich in den Garten setze und auf den See schaue, ist es, als lägest du neben mir im Gras und schliefest nur ein bisschen.

Zuck greift nach der Weinflasche, die bereits auf dem Tisch steht. Auch er hat es gut getroffen in Anatolien, wo er an der Universität in Ankara angehende Musiklehrer ausbildet.

«Kommst du, Gi?», ruft er nach oben, denn seine Frau sitzt dort auf dem Balkon an ihrer Schreibmaschine. Sie hatte ein wenig arbeiten wollen und uns die Möglichkeit geben, die alten Juister Geschichten herauszukramen. Nun hat sie die Zeit vergessen.

Zuck freut sich ganz besonders über den Korkenzieher. Der Griff ist aus Treibholz geschnitzt und hat die Form einer Wildgans. «Stell dir vor, ich habe einen ähnlichen. Nur mit einem Delfin. Gi findet ihn abscheulich und wollte ihn schon mehrfach entsorgen.» Er öffnet die Weinflasche und schenkt uns großzügig ein. «Aber dann sage ich: Nein, niemals, der ist doch von Maximilian Mücke. Weihnachten 30 oder 31, ich weiß es nicht mehr genau, da hat er meinen Namen gelost.»

Moskito, denke ich. Für mich ist er immer achtzehn geblieben, jung, gesund und mutig. «Stalingrad?», frage ich lieber noch mal nach, denn vielleicht habe ich es ja vorhin auch nicht richtig verstanden. Manchmal höre ich schlecht.

Doch Zuck nickt leider.

Dann stoßen wir an, auf die Toten, auf die Überlebenden.

Und auf uns.

Nachwort

Es sind Dinge geschehen, die auf Erden wohl von Menschen niemals ganz geklärt werden können, doch könnte man ja wohl auch im Guten darauf verzichten, wenn keine Worte mehr möglich sind.

Martin Luserke an Anni Reiner,
Meldorf, Februar 1967

Diese Zeilen stammen aus einem Brief, den ich im Sommer 2019 zwischen Korrespondenz, Fotografien, Zeichnungen und Schriftstücken fand, die etliche Jahrzehnte mehr oder weniger unbeachtet überdauert haben. In der *Casa Reiner* am Ufer des Lago Maggiore, wo Anni Reiner (1891–1972) und ihre Kinder 1933 eine neue Heimat gefunden hatten.

Als Anni Reiners jüngste Tochter Karin (* 1931) mich eingeladen hat, dort zwei Wochen zu schreiben und ihrer Familiengeschichte nachzuspüren, war mein Roman *Die Schule am Meer* bereits im Entstehen. Ich hegte zu diesem Zeitpunkt einen gewissen Groll gegen Martin Luserke (1880–1968), dessen Name so eng mit der Schule am Meer verbunden ist und der auf meiner Heimatinsel Juist in Ehren gehalten wird, während dort kein Mensch mehr von Anni Reiner spricht. Oder von ihrem Mann Paul (1886–1932). Auch dass Eduard Zuckmayer (1890–1972) dort als Lehrer wirkte, wissen nur die wenigsten. Denn Martin Luserke war es, der die meisten Worte gemacht hat. Vielleicht stammt auch von ihm der Satz, mit dem das

Ende der Schule am Meer üblicherweise zusammengefasst wird: *Sie wurde im Frühjahr 1934 vor dem Hintergrund der NS-«Gleichschaltung» und des staatlichen Antisemitismus geschlossen.*

Lange Jahre hat mir diese Version ausgereicht. Bis ich bei einem Besuch im Juister Küstenmuseum, das von Fritz Hafner (von den Schülern Mister genannt, 1877–1964) in den ehemaligen Biologieräumen eingerichtet worden war, eine vergilbte Schautafel bemerkte, die nur sehr dürftig über die Schule am Meer Auskunft gab. Da fragte ich mich, ob hier nicht vielleicht eine Geschichte darauf wartet, endlich erzählt zu werden. Allerdings eine, die tragisch endet.

Meine Recherche begann damit, dass ich das sogenannte Logbuch gelesen habe, ein im Original knapp 760 Seiten umfassendes, handschriftlich geführtes und mit allerlei Skizzen versehenes Tagebuch, das in erster Linie aus Luserkes Feder stammt. Täglich hat er dort das Wetter vermerkt und über die wichtigsten Ereignisse an der Schule berichtet (während seiner Abwesenheit wurden die Eintragungen von Kollegen gemacht). Ein Füllhorn von amüsanten Anekdoten, kleinen und großen Dramen, aber auch Zusammenfassungen trockener Schulratssitzungen. Ich war begeistert – und gleichzeitig erschüttert, weil daraus hervorging, dass der hochgelobte Pädagoge und Theatermann Luserke auf Juist seine vielleicht unrühmlichste Rolle spielte. Was er wohl auch selbst so gesehen hat: In seinen autobiographischen Skizzen klammert er die Juister Jahre weitestgehend aus, die Logbücher durften lange Zeit nur mit Genehmigung der Nachlassverwalter gelesen werden, der dritte Teil des Logbuchs, in dem die letzten Monate der Schule erfasst sind, war sogar viele Jahre gänzlich verschollen. In diesem Dokument wird erschütternd deutlich, dass Luserke mehr als nur politisch blauäugig gewesen ist. Einige Jahre später (1937–1938) zog Luserke sogar vor Gericht gegen diejenigen auf der Insel und im Kultusministerium, die ihn der «Gesinnungslumperei» bezichtigten, er bekannte sich öffentlich zum nationalsozialistischen Gedanken und ging auf Distanz zum linken Pädagogen Paul Reiner und dessen jüdischer Frau Anni, die als Geldgeberin für die Schule fungiert hat.

Martin Luserke hat zeitlebens wirklich eine Menge Worte gemacht. Doch um die an Anni Reiner und die anderen Lehrer und Schüler, die damals «vor dem Hintergrund der Gleichschaltung» gehen mussten, hat er sich gedrückt. Das oben zitierte Schreiben sollte erst nach seinem Ableben an Anni Reiner ausgehändigt werden. Wenn – aus seiner Sicht – keine Worte mehr möglich wären.

Doch Worte sind immer möglich. Insbesondere, wenn sie zu einem Roman zusammengefügt werden. Dann darf ich als Autorin bestehende Lücken mit Phantasie schließen. So werden Leserinnen und Leser, die sich ebenfalls mit der Schule am Meer beschäftigt haben, vielleicht anmerken, dass es keine Kameradschaft der Wildgänse gegeben hat und dass die Aquarien eigentlich von Fritz Hafner eingerichtet und betreut wurden. Dass das schuleigene Schiff, die Karna, später durch die Monga und den Kormoran ersetzt wurde. Oder dass die Haushälterin doch Fräulein Franke hieß und gar keine Insulanerin war.

Es gab keinen Schüler namens Maximilian Mücke, dessen Eltern in Bolivien eine Zinnmine betrieben haben. Doch es gab den Schüler Siegfried Schmidt, dessen Vater Diplomat in China war und der als alter Mann über die Seekrankheit bei seiner ersten Überfahrt nach Juist und über sein Heimweh der frühen Schuljahre schrieb, über die Bergung der gestrandeten Hölzer und die Geheimgänge unter dem Jenseits. Genau wie

Alfred Döblin über seinen Sohn Peter berichtete, der es im Eiswinter 1929 auf einer abenteuerlichen Route gerade noch rechtzeitig zur Abiturprüfung nach Wilhelmshaven schaffte. Beate Uhse, geborene Köstlin, erzählt in ihrer Biographie, wie sehr sie das Segeln mit Luserke liebte. Und die spätere Filmschauspielerin Maria Becker, geborene Fein, erinnert sich an ihre ersten Auftritte in der Bühnenhalle in den Dünen.

Gustav Wenniger ist eine fiktive Romanfigur, doch es gab sehr wohl einen Bürgermeister, der 1925 die falsche Beflaggung bei der Hindenburgfeier abmahnte, aufgrund derer einige Insulaner sich sorgten, es mit einer Kommunisten-, Ausländer- und Judenschule zu tun zu haben. Andere Insulaner hingegen begrüßten die moderne Bildungseinrichtung im Loog und ließen ihre Kinder dort zur Schule gehen.

Und es gab einen Pastor, der über seine Amtszeit in den frühen 1930er Jahren in die Juister Kirchenchronik schrieb: «… ich sah von vornherein deutlich, dass der Kampf zwischen Christus und Antichrist im Jahre 1933 in ein neues Stadium trat. Deutschland muss stellvertretend für das Abendland diesen Kampf mit besonderer, dem deutschen Wesen entsprechender Tiefe durchfechten.» In diesem Geiste übernahm dessen Frau ab 1934 die Leitung des Bunds Deutscher Mädel. Es gab auch jenen Nazi der ersten Stunde, der mit dem Vorsatz nach Juist kam, auf der eher unpolitischen Insel den Nationalsozialismus durchzusetzen, und der durch Verunglimpfung der gewählten Ratsmitglieder eine Neuwahl im April 1934 erwirkte – und sich so selbst auf den Bürgermeisterstuhl hievte. Dieser Mann kam – anders als Gustav Wenniger – erst Anfang der 1930er Jahre auf die Insel und war überdies kein Kellner.

Ein großes Glück bei meiner Recherche war, dass Günther Leitz, Sohn des Unternehmers Ernst Leitz, der 1925 die erste

Kleinbildkamera der Welt auf den Markt brachte, Schüler auf Juist gewesen ist. Durch ihn kamen viele Lehrer und Schüler in den Besitz einer Leica, und das Fotografieren wurde zu einer fast alltäglichen Sache, weshalb ich auf ein umfangreiches Bildarchiv zurückgreifen konnte, in dem neben gestellten Gruppenbildern auch spontane Schnappschüsse zu finden waren.

Darunter Fotos, auf denen Luserke, die Aeschlis, die Hafners, Zuckmayer, Paul und Anni zu sehen sind, inmitten ihrer Schüler, beim Musizieren, im Garten, am Strand und manchmal sogar beim Unterrichten. Diese Menschen, die bereit waren, trotz aller Schwierigkeiten ihren Traum von der Schule am Meer zu leben, gab es wirklich, und ich habe versucht, ihr Schicksal so nah wie möglich an den wahren Begebenheiten zu erzählen.

Auch Philippine Hochschild, Dr. Hensell und Otto Leege sind historisch belegt. Ebenso wie die Tatsache, dass Carl Zuckmayer sich sorgte, sein Bruder könnte auf Juist «verinseln».

So fügten sich viele Worte und Bilder zusammen zu diesem Roman. Dass ich ihn schreiben durfte, war ein großes Geschenk. Die Geschichte der Schule am Meer machte mich mit Menschen und Orten bekannt, die ich sonst nie entdeckt hätte.

Wie zum Beispiel die *Casa Reiner*, wo ich im Sommer 2019 ebenjenes Schriftstück fand, in dem Martin Luserke ungelenk und auch nur mit halbem Herzen um Vergebung bittet.

Der weit größere Schatz aber, den es dort zu entdecken galt, waren die über hundert Briefe, zwischen 1931 und 1933 von Anni an ihre älteste Tochter Renate geschrieben. Also zu genau jener Zeit, in der Martin Luserke immer wortkarger geworden war. Diese Briefe waren ein Segen, durch sie wurde Anni wirklich lebendig, sie haben mir ihre Sprache und ihren feinen Humor nahegebracht, mir ihre innere Zerrissenheit offenbart.

Und sie haben, so ganz nebenbei, meinen Groll auf Martin Luserke besänftigt. Denn Anni, die später nur sehr wenig über die Zeit auf Juist gesprochen hat – vielleicht, weil ihr Leben im Tessin trotz aller Schicksalsschläge ein erfülltes gewesen ist –, hat wenige Tage nach ihrer Kündigung die schlichten, aber weisen Worte gefunden, mit denen ich meinen Roman schließen möchte:

Nun ist das Wichtigste von allem,
Euch zu guten, anständigen, tüchtigen und hilfsbereiten Menschen heranwachsen zu sehen –
zu solchen, wie Vater sie gern hatte und haben wollte. Vielleicht ist es dafür ganz richtig, dass es so gekommen ist. Ich jedenfalls werde das Beste draus machen, und wir werden uns gegenseitig helfen.

Anni Reiner an Renate Reiner,
Juist, Juli 1933

Danke an

Karin Reiner, für die Gastfreundschaft, Großzügigkeit, Offenheit und das Vertrauen, als sie mir die Türen im Hause ihrer Mutter geöffnet hat, sowie an Annis Enkel Angela Häfliger-Töndury und Peter Samelson

Jochen Büsing, Thomas und Hannelore Koch, Hans Kolde und das Hotel Friesenhof für die Unterstützung bei der Recherche auf Juist; posthum auch Karl J. Koch für sein Manuskript «Juist in der Stunde Null» und Renate Michalczak-Kalnins für ihre Dokumentation «Die Schule am Meer auf der Insel Juist»

Achim Conring und Rainer Hilmar Jacobs für die Unterstützung bei der Suche nach historischen Inselbildern

Dr. Susanne Buchinger (Carl-Zuckmayer-Gesellschaft) und Barbara Trottnow (Regisseurin «Ein Musiker in der Türkei») für die Unterstützung bei der Recherche über Eduard Zuckmayer

Prof. Dr. Jürgen Oelkers (Universität Zürich) und Dr. Maike Manske (Schleswig-Holsteinische Landesbibliothek) für die Unterstützung bei der Recherche über Martin Luserke

Hans-Peter Hess, der über ein enzyklopädisches Wissen zur «Schule am Meer» verfügt und dies u. a. bei Wikipedia der Allgemeinheit – und auch mir – zur Verfügung stellt

Oliver Buslau für sein musikalisches Knowhow, Sophie Jaquier von der Vogelwarte Schweiz, Beate Knoblach als Expertin für Impfkunde, Kurt Perrey für den Einblick in die Juister Kirchen-Chronik, Judith Petschelt vom Robert-Koch-Institut und

Minis Rieb für die Auskünfte zum Wahlrecht in der Weimarer Republik

meine Lektorin Ditta Friedrich (sowie Ulrike Beck und all die anderen wunderbaren Menschen im Rowohlt Verlag) für die begeisterte und begeisternde Zusammenarbeit an diesem Buch

meine Agentin Lisa Volpp (sowie das gesamte Team der Literaturagentur Copywrite) für die phantastische Rundumbetreuung bei diesem Buch

Susann Rehlein für die akribische wie behutsame Textarbeit

Sara Fricke, Julie Lüpkes und Tobias Perrey als Testlesende

Sarah Koska für das Autorenfoto

Anika Stracke und Maren Strobel für die Pressearbeit

Lisa-Marie Paesike für die Lesungsplanung

meinen Mann Jürgen Kehrer für seine Liebe, Geduld, wertvollen Ratschläge und Rückendeckung sowie meine Familie, die mein Ankerplatz ist

Anmerkungen

Die Fotos im Vorsatz und die Skizze der Schule stammen aus dem Archiv des Küstenmuseums Juist.

Der Prolog enthält auf S. 10 Passagen aus: Mein Freund Elio, von Anni Reiner.

Liedtext auf S. 91 aus Paul Knepler, Bela Jenbach: Gern hab ich die Frau'n geküsst, aus der Operette Paganini von Franz Lehár.

Liedtext auf S. 112 aus Gottfried Wolters: Alle, die mit uns auf Kaperfahrt fahren

Liedtext auf S. 185 aus Irving Berlin: Blue Skies

Liedtext auf S. 205 aus: Es ist ein Ros entsprungen. Speyerer Gesangbuch 1599

Text auf S. 305: Höchsterwünschtes Freudenfest, Bach-Arie, BWV 194, Autor des Textes unbekannt

Liedtext auf S. 382 ff. aus Matthias Claudius: Abendlied

Verse auf S. 425 ff. aus Stefan George: Sprich nicht immer, aus: Das Jahr der Seele. Berlin 1897

Liedtext auf S. 445 aus Johann Heinrich Christian Nonne: Flamme empor

Text auf S. 459 ff. aus Rabanus Maurus: Veni Creator Spiritus

Text auf S. 510 ff. aus Eduard Zuckmayer: Herbstkantate, Text Martin Luserke